中国历代散文精选读本

董义连　编注

图书在版编目（CIP）数据

中国历代散文精选读本 / 董义连编注. — 北京：中国书籍出版社，2010.1

（美丽中文悦读书系 / 乔继堂主编）

ISBN 978-7-5068-2024-0

Ⅰ. ①中… Ⅱ. ①董… Ⅲ. ①古典散文—作品集—中国 Ⅳ. ① I262

中国版本图书馆 CIP 数据核字（2009）第 226623 号

中国历代散文精选读本

董义连　编注

责任编辑　赵月华　武　斌
责任印制　孙马飞　马　芝
出版发行　中国书籍出版社
地　　址　北京市丰台区三路居路 97 号（邮编：100073）
电　　话　（010）52257143（总编室）（010）52257140（发行部）
电子邮箱　chinabp@vip.sina.com
经　　销　全国新华书店
印　　刷　三河市华东印刷有限公司
开　　本　700 毫米 ×1000 毫米　1/16
字　　数　403 千字
印　　张　25.5
版　　次　2014 年 1 月第 2 版
印　　次　2023 年 1 月第 4 次印刷
书　　号　ISBN 978-7-5068-2024-0
定　　价　68.00 元

前　言

任何一种语言的美丽都有其载体，那就是它千古流传的华章；与此相应，我们要领略一种语言的美丽，乃至感受一个民族的精神气质和生活趣味，也必然要通过它那些千古流传的华章。

当然，一种美丽的语言肯定不会是单调平板的，它的美丽自有其丰富性和灵动性。而各体文章则从不同的角度全面体现着这种美丽语言的丰富和灵动。诸如诗歌体现的结构美和音乐美，论说文体现的严密性和规范性，戏剧、小说体现的丰富表现力和感染力，乃至于日常书牍体现的周详礼貌、曲尽人情……

在人类语言的百花园中，中文是一朵绚烂夺目的奇葩。为了与广大读者一起领略中文之美，品赏中文之精妙，我们专门编写了这套“美丽中文悦读”书系。书系按体裁分册，计有《中国历代诗词精选读本》《中国历代散文精选读本》《中国历代白话小说精选读本》《中国历代文言小说精选读本》《中国历代传记精选读本》《中国历代戏剧精选读本》六种，基本上涵盖了中国古典文学的重要作品和经典篇章。

《中国历代诗词精选读本》选录从先秦至近代的诗词佳作。其中既有民众的集体创作，更多的是文人的作品，也有无名氏的篇什。选目突出一个“美”字，所以那些时代印迹突出而文采不彰的作品未予收录。同时，基于诗词自身发展的特点，更多地选取了古典诗词最为辉煌的唐宋时代的作品。

《中国历代散文精选读本》选录从先秦至近代的散文。体裁上涉及各种文体，只是传记作品留给了书系中专门的一种。选录的标准仍旧是名家名篇，尤其注重作品的抒情、叙事、说理之美，而不以存史料、明学术为尚。《中国历代白话小说精选读本》主要选收宋代的话本和明代的拟话本。选收时除注重文字之美外，特别考虑了三个方面，一是反映我国古代白话短篇小说的总体发展脉络；二是兼顾各种题材；三是考虑作品的知名度及其与姊妹艺术的关系。

《中国历代文言小说精选读本》主要选录魏晋以来直到晚清的作品。文言短篇小说是中国叙事文学的宝藏，如今人们耳熟能详的各类故事（表现为小说、戏曲、曲艺）有许多本于文言短篇小说。这也正是本书选目所依据的一个主要因素。与此同时，选目还考虑了题材因素，较多地选取了虚构作品而少选依托真实历史人物的作品，以充分体现“小说”的本色。

《中国历代传记精选读本》选收从先秦至近代的传记作品。之所以单列传记为一册，缘于我国自古以来书史不分的传统，缘于千百年来脍炙人口的华章美文有相当一部分是传记作品的状况。本书所录，正史中的著名列传占了相当的比例，此外则是其他散见的精彩篇什。体裁上除了史传外，还有叙、记、状等；篇幅上，有《项羽本纪》那样的“长篇”，也有《芋老人传》那样的“短幅”。

《中国历代戏剧精选读本》选录自元至清的作品。由于篇幅所限，多为节选。且由于是文学选本，晚近的演出本未能入选。尽管如此，中国古典戏剧的精美之处已尽在其中。戏剧作为一门综合艺术，兼有诗、文、小说的特点，或许更能体现中文的美丽和精妙。

美丽的中文也要“悦读”才好。为此，编写这套丛书时，我们除着意选取美文外，还在编排上作了适应时代的人性化设计：作者简介，侧重文采而非功行；题解导读，三言两语，留不尽余味请读者细品；注释注音，则尽可能全面详尽，扫清通向美的路障。特别值得一提的是，本套书的注释随文侧排，与正文一一对应，极大地免除了读者的翻检之劳，可以最大限度地方便读者阅读，使读者轻松享受探美历程的娱悦。与坊间流行的各种古典文学注释本相比，这样的编排方式是一种新颖的创造，它的诸种优点读者在使用后一定能切实体会到。

那么好吧，现在就让我们捧起这套书，满心喜悦地出发，踏上品赏中文之美的浪漫、快乐旅程。

编　者

2010年1月

目　录

先秦两汉编

魏晋南北朝编

唐宋编

元明清编

先秦两汉编

《左传》

《左传》又名《春秋左氏传》，相传为和孔子同时而稍后的史官左丘明所撰，成书于东周初年。《左传》是一部史学著作，同时又是一部文学价值很高的散文名著。

郑伯克段于鄢[①]

【题解】本文集中描述了郑庄公家庭的内讧，暴露了统治阶级家庭内部的争权夺利、勾心斗角。文章结构完整，矛盾的开端、发展、高潮和结局紧密衔接，故事情节脉络清晰，主次分明，有头有尾。

初，郑武公娶于申，曰武姜[②]，生庄公及共叔段[③]。庄公寤生，惊姜氏，故名曰寤生，遂恶之[④]。爱共叔段，欲立之。亟请于武公，公弗许[⑤]。

及庄公即位，为之请制[⑥]。公曰："制，岩邑也，虢叔死焉，他邑唯命[⑦]。"请京，使居之，谓之京城大叔[⑧]。祭仲曰："都城过百雉，国之害也[⑨]。先王之制：大都不过参国之一，中五之一，小九之一[⑩]。今京不度，非制也[⑪]，君将不堪[⑫]。"公曰："姜氏欲之，焉辟害[⑬]？"对曰："姜氏何厌之有？不如早为之所，无使滋蔓[⑭]，蔓难图也。蔓草犹不可除，况君之宠弟乎！"公曰："多行不义必自毙。子姑待之[⑮]。"

既而大叔命西鄙、北鄙贰于己[⑯]。公子吕曰："国不堪贰，君将

①郑伯：指郑庄公。克：打败。鄢（yān）：地名，在今河南鄢陵。

②初：追述往事的习惯用语。武姜：武是丈夫武公的谥号，姜取娘家姓。

③庄公：武公之子。

④寤生：难产。寤，通"牾"，逆，倒着。恶（wù）：讨厌。

⑤亟（qì）：屡次。弗：不。

⑥及：等到。制：地名。

⑦岩邑：险要的城邑。虢（guō）叔：东虢国君，为郑武公所灭。焉：于此。

⑧京：郑国邑名。大：同"太"。

⑨祭仲：郑国大夫。城：城墙。雉：古代城墙长三丈、高一丈为一雉。

⑩制：制度。参：同"三"。

⑪不度：不合制度。

⑫堪：忍受，这里有控制的意思。

⑬辟：同"避"。

⑭所：处所。滋蔓：滋长，蔓延，这里指势力发展壮大。

⑮毙：失败。姑：暂且。

⑯既而：不久。鄙：边邑。贰：两属，既属于郑庄公又属于太叔段。

若之何[1]？欲与大叔，臣请事之；若弗与，则请除之[2]，无生民心[3]。”公曰：“无庸，将自及[4]。”大叔又收贰以为己邑，至于廪延[5]。子封曰：“可矣。厚将得众[6]。”公曰：“不义不昵，厚将崩[7]。”

大叔完聚，缮甲兵，具卒乘，将袭郑[8]。夫人将启之[9]。公闻其期[10]，曰：“可矣！”命子封帅车二百乘以伐京。京叛大叔段。段入于鄢。公伐诸鄢[11]。五月辛丑，大叔出奔共[12]。

遂置姜氏于城颍[13]，而誓之曰：“不及黄泉，无相见也！”既而悔之。颍考叔为颍谷封人，闻之，有献於公[14]。公赐之食。食舍肉[15]。公问之。对曰：“小人有母，皆尝小人之食矣，未尝君之羹[16]，请以遗之[17]。”公曰：“尔有母遗，繄我独无[18]！”颍考叔曰：“敢问何谓也[19]？”公语之故，且告之悔[20]。对曰：“君何患焉？若阙地及泉，隧而相见，其谁曰不然[21]？”公从之。公入而赋：“大隧之中，其乐也融融[22]！”姜出而赋：“大隧之外，其乐也泄泄[23]！”遂为母子如初。

①公子吕：字子封，郑国大夫。
②与：给予。事：侍奉。
③生民心：使人民产生怀疑的心理。
④无庸：不用（管他）。及：指碰到祸事。
⑤收贰以为己邑：把原来两属的地方完全占为己有。廪延：郑国地名，今河南延津县。
⑥厚：土地扩大。众：指民心。
⑦昵：亲近。崩：坍塌，此指垮台。
⑧完聚：集合民众。缮：修理。甲兵：铠甲和兵器。具：准备。乘：四匹马拉的战车。
⑨启之：开城门做内应。
⑩期：段袭郑的日期。帅：同“率”。
⑪诸：“之于”的合音，其中“之”为代词，代共叔段。
⑫出奔：逃亡（到共国）避难。
⑬城颍：今河南临颍。
⑭颍考叔：郑国人名。颍谷：地名。封人：管理疆界的官。献：进献。
⑮舍：这里指留下没吃。
⑯羹：肉汤。
⑰遗（wèi）：赠给。
⑱尔：你。繄（yī）：发语词，无义。
⑲敢：谦敬副词。何谓：什么意思。
⑳语：告诉。
㉑阙：通“掘”。隧：挖地道。然：代词，代庄公对姜氏发的誓言（黄泉相见）。
㉒赋：吟诵。融融：和乐相得的样子。
㉓泄泄（yì）：舒散快乐的样子。

曹刿论战

【题解】本文记述了鲁国在长勺之战中的准备及作战过程，说明取信于民和采取“敌疲我打”的方针的重要性。本文在选材上极具匠心，对战争起因、经过和结束略写，重点突出论战这一主题。行文跌宕多姿，语言相当精炼。

十年春，齐师伐我①。公将战②。曹刿请见③。其乡人曰④：“肉食者谋之，又何间焉⑤？”刿曰：“肉食者鄙，未能远谋⑥。”乃入见。

问：“何以战？”公曰：“衣食所安，弗敢专也，必以分人⑦。”对曰：“小惠未遍，民弗从也⑧。”公曰：“牺牲玉帛，弗敢加也，必以信⑨。”对曰：“小信未孚，神弗福也⑩。”公曰：“小大之狱，虽不能察，必以情⑪。”对曰：“忠之属也，可以一战。战则请从⑫。”

公与之乘，战于长勺⑬。公将鼓之。刿曰：“未可⑭。”齐人三鼓⑮。刿曰：“可矣！”齐师败绩。公将驰之。刿曰：“未可。”下，视其辙，登轼而望之⑯，曰：“可矣。”遂逐齐师。

既克⑰，公问其故。对曰：“夫战，勇气也⑱。一鼓作气，再而衰，三而竭⑲。彼竭我盈，故克之⑳。夫大国，难测也，惧有伏焉㉑。吾视其辙乱，望其旗靡，故逐之㉒。”

①十年：鲁庄公十年（前 684 年）。我：指鲁国。因作者为鲁国人。
②公：指鲁庄公。
③曹刿：鲁国人。见：谒见。
④乡人：曹刿的同乡、邻居。
⑤间：参与。
⑥鄙：目光短浅。
⑦安：使生活安适的东西。专：独占。
⑧遍：普及。从：跟从。
⑨牺牲：祭祀用的祭品。加：增加，这里指虚报。信：诚实。
⑩孚（fú）：信任。福：保佑，赐福。
⑪狱：案件。察：查明。情：实情。
⑫属：范围，职守。请从：请允许我跟从。
⑬乘：坐车。长勺：鲁国地名，在今山东曲阜。
⑭未可：不可，还不到时候。
⑮三鼓：击了三次鼓。
⑯败绩：大败。驰：追赶。轼：古代车厢前做扶手的横木。
⑰既克：已经打了胜仗。
⑱夫：发语词，无义。
⑲作气：振作士气。再：第二次。竭：尽，用完。
⑳盈：满，盛。
㉑测：估计。伏：伏兵。
㉒靡：倒下。

烛之武退秦师

【题解】本文记载了在秦晋围郑的危急形势下，郑国老臣烛之武不计个人得失，以一番巧妙的外交辞令说退秦师的一段史事。本文结构完整，对事件的叙述有条不紊而又波浪起伏。尤其是烛之武的一番说辞，利用秦晋矛盾，站在秦的立场上，直陈利害得失。析理极为透彻，又不卑不亢，曲折委婉中显示出一种骨力。

晋侯、秦伯围郑①，以其无礼于晋，且贰于楚也②。晋军函陵，秦军氾南③。

佚之狐言于郑伯曰④："国危矣，若使烛之武见秦君⑤，师必退。"公从之。辞曰："臣之壮也，犹不如人；今老矣，无能为也已⑥。"公曰："吾不能早用子，今急而求子，是寡人之过也。然郑亡，子亦有不利焉。"许之。

夜缒而出⑦，见秦伯，曰："秦、晋围郑，郑既知亡矣。若亡郑而有益于君，敢以烦执事⑧。越国以鄙远，君知其难也。焉用亡郑以陪邻⑨？邻之厚，君之薄也。若舍郑以为东道主，行李之往来，共其乏困⑩，君亦无所害。且君尝为晋君赐矣，许君焦、瑕⑪，朝济而夕设版焉⑫，君之所知也。夫晋，何厌之有⑬？既东封郑，又欲肆其西封⑭。若不阙秦，将焉取之？阙秦以利晋，唯君图之⑮。"秦伯说，与郑人盟⑯，使杞子、逢孙、杨孙戍之⑰，乃还。

①晋侯：晋文公，名重耳。秦伯：秦穆公。

②无礼于晋：重耳在外流经郑国时，郑文公未礼遇他。贰于楚：对晋国怀有二心，而倾向于楚国。

③军：驻扎。函陵：今河南新郑北。氾（sì）南：今河南中牟南。

④佚之狐：郑国大夫。

⑤烛之武：郑国大夫。

⑥无能为：不能做，没有能力做。

⑦缒（zhuì）：用绳子系放下去。

⑧敢以烦执事：还值得麻烦你劳师远征。

⑨越国：跨过别的国家。秦与郑中间隔着晋国。以鄙远：使边疆拉得太远。鄙，边邑。陪：增加。邻：指邻国晋。

⑩行李：使者。共：同"供"。乏困：盘缠不足。

⑪尝为晋君赐：曾给过晋君恩惠。许君焦、瑕：答应割让焦、瑕两地。

⑫济：渡河。设版：筑防御工事。

⑬厌：满足。

⑭封郑：意为吞并郑国。封，疆界。肆：扩张。

⑮阙：同"缺"，亏损。图：考虑。

⑯说：同"悦"，心服。盟：结盟。

⑰杞子、逢孙、杨孙：三人皆为秦国大夫。戍：驻守。

子犯请击之[1]。公曰："不可！微夫人之力不及此[2]。因人之力而敝之[3]，不仁；失其所与，不知[4]；以乱易整，不武[5]。吾其还也。"亦去之。

①子犯：晋大夫狐偃的字。
②微：若非。夫人：那个人，指秦穆公。
③因：凭借，依靠。敝：伤害。
④与：联合。知：同"智"，明智。
⑤乱：互相攻击。整：整齐，指秦晋采取统一行动。

《国语》

《国语》是我国第一部国别体史书，分卷记载了周、鲁、齐、晋、郑、楚、吴、越八个国家的史实。《国语》着重记叙公卿士大夫的言论，善于记言是它的突出特色。也涉及一些历史事件。

召公谏厉王弭谤[①]

【题解】周厉王是西周后期著名的暴君，他采取高压政策，使国人敢怒而不敢言。召公以“防民之口，甚于防川”的比喻劝谏厉王停止倒行逆施，但是厉王不听，终于激发国人暴动，自己亦被流放。全文记事和记言交叉进行，却又浑然一体，言为事而发，事又为言验证。整篇文章只有数百字，却完整地记述了国人暴动、厉王被逐这一历史事件。

厉王虐，国人谤王。召公告王曰：“民不堪命矣[②]！”王怒，得卫巫，使监谤者，以告[③]，则杀之。国人莫敢言，道路以目[④]。

王喜，告召公曰：“吾能弭谤矣，乃不敢言[⑤]。”召公曰：“是障之也。防民之口，甚于防川。川壅而溃，伤人必多[⑥]，民亦如之。是故为川者决之使导，为民者宣之使言[⑦]。故天子听政，使公卿至于列士献诗，瞽献曲，史献书，师箴，瞍赋，矇诵，百工谏，庶人传语，近臣尽规，亲戚补察，瞽、史教诲，耆、艾修之[⑧]，而后王斟酌焉。是以事行而不悖[⑨]。民之有口也，犹土之有山川也，财用于是乎出；犹其有原隰衍沃也，衣食于是乎生[⑩]。口之宣言

①召（shào）公：即召穆公，西周卿士。弭（mǐ）：消除。谤：批评。

②堪：能够忍受。

③以告：以之告，把这告诉（厉王）。

④道路以目：路上相遇用眼神示意。

⑤乃：终于。

⑥壅（yōng）：堵塞。溃：决口。

⑦为：治理。导：疏通。宣：宣泄。

⑧公卿：三公九卿。列士：指上士、中士、下士。瞽（gǔ）：盲人，这里指乐师。史：史官。师：指少师，一种乐官。箴（zhēn）：以劝戒文字针砭。瞍（sǒu）：无瞳仁的盲人。赋：朗诵。矇：有瞳仁而看不见的盲人。补察：监视补充。瞽、史：乐官和史官。耆（qí）、艾：寿高望重的人。修：整治。

⑨悖（bèi）：违背，乖谬。

⑩原、隰（xí）、衍、沃：分别指宽阔平坦、低下潮湿、低而平坦、有河流可供灌溉的地方。

也，善败于是乎兴。行善而备败，所以阜财用衣食者也[1]。夫民虑之于心而宣之于口，成而行之，胡可壅也[2]？若壅其口，其与能几何？”

王弗听。于是国人莫敢出言。三年，乃流王于彘[3]。

①阜（fù）：生长。阜财用衣食，指使财物用具、衣服食物丰富。

②成：成熟。行：说出，流露。

③彘（zhì）：晋地，在今山西霍县。

战国策

《战国策》是一部史书，它记载了战国时代纵横家奔走于诸侯间进行游说的纵横捭阖之术，从一个侧面记录了当时的政治斗争和社会生活。《战国策》也是一部文学性很强的历史散文作品，许多段落都可以单独成篇。

苏秦以连横说秦

【题解】本文选自《战国策·秦策》。文章写苏秦的纵横捭阖之术及其影响。先从说秦写起，写其说而不售，裘敝金尽，归家无人理睬；接着写他刺股苦读，说赵封相，权倾天下，路过家乡时父母郊迎，妻恭嫂卑。文章写来一波三折，摇曳多姿，深刻反映了战国的时代风貌。

苏秦始将连横说秦惠王①，曰："大王之国，西有巴、蜀、汉中之利②，北有胡貉、代马之用③，南有巫山、黔中之限④，东有崤、函之固⑤。田肥美，民殷富，战车万乘，奋击百万，沃野千里，蓄积饶多，地势形便，此所谓天府，天下之雄国也。以大王之贤，士民之众，车骑之用，兵法之教，可以并诸侯，吞天下，称帝而治。愿大王少留意，臣请奏其效⑥。"

秦王曰："寡人闻之，毛羽不丰满者不可以高飞，文章不成者不可以诛罚⑦，道德不厚者不可以使民，政教不顺者不可以烦大臣。今先生俨然不远千里而庭教之⑧，愿以异日。"

苏秦曰："臣固疑大王不能用也。昔者神农伐补遂⑨，黄帝伐涿鹿

①苏秦：字季子，与张仪同为战国纵横家的代表。秦惠王：秦国的国君。

②巴、蜀：古国名。汉中：今陕西汉中一带。

③貉（hé）：兽名，皮可制裘。代马：今山西北部代县等地所产的马。

④限：古籍中通"险"，险隘。

⑤崤（xiáo）、函：崤山、函谷关。

⑥奏其效：陈述这种说法的效验。

⑦文章：法令。

⑧庭教：当庭指教。愿以异日：愿意改日再领教。

⑨补遂：古代部落名。

而禽蚩尤[1]，尧伐驩兜[2]，舜伐三苗[3]，禹伐共工[4]，汤伐有夏，文王伐崇[5]，武王伐纣，齐桓任战而霸天下。由此观之，恶有不战者乎[6]？古者使车毂击驰，言语相结[7]，天下为一。约从连横[8]，兵革不藏。文士并饬[9]，诸侯乱惑，万端俱起，不可胜理。科条既备，民多伪态[10]；书策稠浊，百姓不足[11]。上下相愁，民无所聊。明言章理，兵甲愈起；辩言伟服[12]，战攻不息。繁称文辞[13]，天下不治；舌敝耳聋[14]，不见成功；行义约信，天下不亲[15]。于是，乃废文任武，厚养死士，缀甲厉兵，效胜于战场[16]。夫徒处而致利[17]，安坐而广地，虽古五帝、三王、五霸，明主贤君，常欲坐而致之，其势不能，故以战续之。宽则两军相攻，迫则杖戟相撞，然后可建大功。是故兵胜于外，义强于内；威立于上，民服于下。今欲并天下，凌万乘，诎敌国，制海内，子元元，臣诸侯[18]，非兵不可。今之嗣主，忽于至道，皆惛于教[19]，乱于治，迷于言，惑于语，沉于辩，溺于辞。以此论之，王固不能行也。"

说秦王书十上而说不行。黑貂之裘敝[20]，黄金百斤尽，资用乏绝，去秦而归。赢縢履蹻，负书担橐，形容枯槁，面目黧黑[21]，状有愧色。归至家，妻不下纴[22]，嫂不为炊，父母不与言。苏秦喟然叹曰[23]："妻不以我为夫，嫂不以我为叔，父母不

①涿（zhuō）鹿：山名，在今河北省涿鹿县西南。蚩（chī）尤：九黎部落首领。禽：同"擒"。

②驩（huān）兜：传说为尧的大臣，因作乱被放逐。

③三苗：古代长江流域部族名称。

④共工：部落首领，极为横暴，为禹所放逐。

⑤崇：商时小国，因助纣为虐而被周文王歼灭。

⑥恶（wū）：哪能，怎会。

⑦毂（gǔ），车轮中心的圆木，中有圆孔，车轴安在其中。言语相结：即商谈结盟。

⑧约从（zòng）：即合纵，指六国联合抗秦的策略。从，通"纵"。

⑨饬（shì），通"饰"，巧饰的意思。

⑩科条：规章制度。伪态：虚伪态度，即非真心来履行。

⑪书策：法令。稠浊：繁乱。百姓不足：百姓（却）很贫困。

⑫辩言：言辞巧辩。伟服：服装壮观。

⑬繁称：称谓繁琐。文辞：美饰言辞。

⑭敝：指疲困、劳累。

⑮行义约信，天下不亲：即便（你）行事仁义、诚信守约，天下也无人（与你）亲近。

⑯缀甲厉兵：缝铠甲，磨兵器。效胜：决胜。

⑰徒处：无所事事。

⑱凌：凌驾，统帅。诎（qū）：通"屈"。制：整治。子：当作子孙。元元：指百姓。臣：使臣服。

⑲惛（hūn）：神智不清。

⑳裘：皮衣。敝：坏，坏损。

㉑黧（lí）：黄黑色。

㉒纴（rèn）：纺织，此处指织布机。

㉓喟（kuì）：叹息。

以我为子，是皆秦之罪也！”乃夜发书，陈箧数十[①]，得太公《阴符》之谋[②]，伏而诵之，简练以为揣摩。读书欲睡，引锥自刺其股[③]，血流至足。曰：“安有说人主不能出其金玉锦绣，取卿相之尊者乎？”期年[④]，揣摩成，曰：“此真可以说当世之君矣。”

于是乃摩燕乌集阙[⑤]，见说赵王于华屋之下[⑥]，抵掌而谈[⑦]。赵王大说，封为武安君，受相印。革车百乘，锦绣千纯[⑧]，白璧百双，黄金万镒[⑨]，以随其后，约从散横，以抑强秦。故苏秦相于赵而关不通[⑩]。

当此之时，天下之大，万民之众，王侯之威，谋臣之权，皆欲决于苏秦之策[⑪]。不费斗粮，未烦一兵，未战一士，未绝一弦，未折一矢，诸侯相亲，贤于兄弟。夫贤人在而天下服，一人用而天下从。故曰：式于政[⑫]，不式于勇；式于廊庙之内，不式于四境之外。当秦之隆，黄金万镒为用，转毂连骑，炫熿于道，山东之国从风而服，使赵大重[⑬]。且夫苏秦特穷巷掘门、桑户棬枢之士耳[⑭]，伏轼撙衔[⑮]，横历天下，庭说诸侯之主，杜左右之口，天下莫之伉[⑯]。

将说楚王[⑰]，路过洛阳。父母闻之，清宫除道，张乐设饮，郊迎三十里[⑱]；妻侧目而视，侧耳而听；嫂蛇行匍伏，四拜自跪而谢[⑲]。苏秦

①发：翻找。陈箧（qiè）：陈旧的箱子。

②太公：姓姜，名尚，周文王臣，佐武王伐纣。《阴符》：后人托名太公所著的兵法书。

③引：拿过。股：大腿。

④期（jī）年：一整年。

⑤摩：接近。燕乌集阙：宫阙名。

⑥赵王：即赵肃侯。华屋：华丽殿堂。

⑦抵掌而谈：抵掌，两人手掌相抵；喻交心而谈。

⑧革车：用皮革包裹装饰的车子；纯（tún）：量词，匹。

⑨镒（yì）：量词，二十四两为一镒。

⑩关不通：函谷关内和关外的交通隔绝。

⑪皆欲决……：都想以……为决定。策：谋略、主张。

⑫式：同“试”，取用，致力于。

⑬当：匹敌，与抗衡。隆：兴盛，兴旺。用：用度。转毂连骑：滚滚军车、接连不断的战骑。炫熿：炫耀。大重：大受重视。

⑭棬（quān）枢：弯木条做成的门轴。

⑮轼：车前横木。撙（zǔn）衔：驭马使之就范。撙，节制。衔，马勒。

⑯伉：通“抗”，匹敌。

⑰楚王：指楚威王。

⑱清宫除道：清理房舍，洒扫街路。郊迎：到郊外迎接。

⑲匍伏：匍匐。谢：谢罪。

曰："嫂，何前倨而后卑也[①]？"嫂曰："以季子位尊而多金[②]。"苏秦曰："嗟乎！贫穷则父母不子，富贵则亲戚畏惧。人生世上，势位富厚，盖可以忽乎哉！"

①倨：傲慢。卑：谦卑。

②以：因为。

邹忌讽齐王纳谏[①]

【**题解**】本文生动地记述了邹忌从与徐公比美中受到启发，并以之劝说齐威王去蔽纳谏，终使齐国大治。从而说明了只有修明政治、广泛听取意见，才能巩固统治、称雄诸侯的道理。文章以记事阐明事理，兼用暗示和比喻。笔调轻松自然而又富于变化，人物描写细腻逼真。

邹忌修八尺有余[②]，而形貌昳丽[③]。朝服衣冠[④]，窥镜[⑤]，谓其妻曰："吾孰与城北徐公美[⑥]？"其妻曰："君美甚，徐公何能及君也！"城北徐公，齐国之美丽者也。忌不自信，而复问其妾曰[⑦]："吾孰与徐公美？"妾曰："徐公何能及君也！"旦日[⑧]，客从外来，与坐谈，问之："吾与徐公孰美？"客曰："徐公不若君之美也！"明日，徐公来。熟视之[⑨]，自以为不如；窥镜而自视，又弗如远甚。暮，寝而思之[⑩]，曰："吾妻之美我者，私我也[⑪]；妾之美我者，畏我也；客之美我者，欲有求于我也。"

于是入朝见威王，曰："臣诚知不如徐公美[⑫]。臣之妻私臣，臣之妾畏臣，臣之客欲有求于臣，皆以美

①邹忌：齐人，因善鼓琴而得宠于齐威王，被用为相，封成侯。讽：用含蓄的话规劝。齐王：齐威王。纳：接受。

②修：长，身材高。八尺有余：古代的尺比现代的短，故人身高可至八尺。

③昳（yì）丽：光艳美丽。

④朝（zhāo）：早晨。服：穿戴。

⑤窥：原指从小孔或门缝里看，这里指对镜端详。

⑥吾孰与……美：吾与……孰美。孰，谁，哪个。

⑦不自信：自己不相信。

⑧旦日：明日。

⑨熟：仔细。

⑩暮寝：晚上睡觉。

⑪美我：认为我美。私：偏爱。

⑫诚：实在，的确。

于徐公[①]。今齐地方千里，百二十城[②]，宫妇左右莫不私王，朝廷之臣莫不畏王，四境之内莫不有求于王。由此观之，王之蔽甚矣[③]！"

王曰："善。"乃下令："群臣吏民，能面刺寡人之过者，受上赏[④]；上书谏寡人者，受中赏；能谤议于市朝，闻寡人之耳者，受下赏[⑤]。"令初下，群臣进谏，门庭若市[⑥]；数月之后，时时而间进[⑦]；期年之后[⑧]，虽欲言，无可进者。燕、赵、韩、魏闻之，皆朝于齐[⑨]。此所谓战胜于朝廷[⑩]。

①以美于：以为（我）比……美。
②方千里：纵横各千里。
③宫妇：君王侍妾。四境：四面疆界。蔽：蒙蔽。甚：很，非常。
④面刺：当面指摘。
⑤谤议：背后指责。市朝：公共场所。
⑥门庭若市：形容人很多。
⑦间：偶而。进：进谏。
⑧期（jī）年：一周年。
⑨朝：朝拜。
⑩战胜于朝廷：指不用武力，以政治修明使别国畏服。

唐雎不辱使命[①]

【题解】安陵是附属于魏的一个小国，秦王想通过外交手段吞并它。唐雎受安陵君委派出使秦国，在秦王寻衅威胁的情况下，他有勇有谋，终于折服秦王，完成了使命。本文在写作上的特点，主要是通过人物的对话，刻画人物性格，推动情节的发展。虽然以记言为主，但事件的发展过程十分连贯完整，情节紧张，富有戏剧性。

秦王使人谓安陵君曰[②]："寡人欲以五百里之地易安陵，安陵君其许寡人[③]！"安陵君曰："大王加惠[④]，以大易小，甚善。虽然[⑤]，受地于先王，愿终守之，弗敢易。"秦王不说[⑥]。安陵君因使唐雎使于秦[⑦]。

秦王谓唐雎曰："寡人以五百里之地易安陵，安陵君不听寡人，何

①唐雎（jū）：魏国人。辱：辱没，辜负。这里指未能完成使命。
②秦王：指秦王嬴政，即后来的秦始皇。安陵君：战国时魏襄王曾封其弟为安陵君。此为安陵君后裔。
③易：交换。其：语气词，表示期望。许：答应。
④加惠：给予恩惠。
⑤虽然：即使这样。
⑥说：同"悦"。
⑦因：于是。

也？且秦灭韩亡魏，而君以五十里之地存者，以君为长者，故不错意也[①]。今吾以十倍之地，请广于君，而君逆寡人者，轻寡人与[②]？”唐雎对曰：“否，非若是也[③]。安陵君受地于先王而守之，虽千里不敢易也，岂直五百里哉[④]？”

秦王怫然怒[⑤]，谓唐雎曰：“公亦尝闻天子之怒乎[⑥]？”唐雎对曰：“臣未尝闻也。”秦王曰：“天子之怒，伏尸百万，流血千里。”唐雎曰：“大王尝闻布衣之怒乎[⑦]？”秦王曰：“布衣之怒，亦免冠徒跣，以头抢地耳[⑧]。”唐雎曰：“此庸夫之怒也，非士之怒也[⑨]。夫专诸之刺王僚也，彗星袭月[⑩]；聂政之刺韩傀也，白虹贯日[⑪]；要离之刺庆忌也，仓鹰击于殿上[⑫]。此三子皆布衣之士也，怀怒未发，休祲降于天[⑬]，与臣而将四矣。若士必怒，伏尸二人，流血五步，天下缟素[⑭]，今日是也。”挺剑而起[⑮]。

秦王色挠，长跪而谢之[⑯]，曰：“先生坐，何至于此？寡人谕矣[⑰]。夫韩、魏灭亡，而安陵以五十里之地存者，徒以有先生也[⑱]。”

①长者：老实厚道的人。错意：放在心上。错，同“措”，置、放。

②广：扩展，扩大。逆：违背，不顺从。轻：瞧不起。

③非若是：不是这样。

④虽：即使。岂直：岂止。

⑤怫然：生气的样子。

⑥公：你，对人的尊称。

⑦布衣：普通老百姓。

⑧亦：不过。徒跣（xiǎn）：光着脚。抢（qiāng）：撞。耳：而已。

⑨庸夫：平庸无能的人。士：这里指有本领有胆量的人。

⑩专诸：春秋时吴国勇士。王僚：吴国国君。彗星：星名，俗名扫帚星。

⑪聂政：战国时齐国勇士。韩傀：战国时韩国的国相。贯：穿过。古人认为白虹穿过太阳是一种凶兆。

⑫要离：春秋时吴国勇士。庆忌：吴王僚的儿子。仓鹰：老鹰。

⑬休：吉兆。祲（jìn）：不祥之气。

⑭缟、素：都是白色丝织品，这里代指丧服。

⑮挺：拔出。

⑯挠：屈服。长跪：挺直腰跪着，这里表示敬意。谢：道歉。

⑰谕：明白。

⑱徒：只，仅仅。以：因。

触龙说赵太后[①]

【题解】 本文记录了触龙说服赵太后让小儿子长安君去做人质的故事。触龙以礼相见，从健康问题找谈话的突破口；再找出“爱子”的共同话题，指出“爱子”应“为之计深远”；最后归结到谈话的最终目的。层层深入，细细道来，娓娓动听，情寓于理，理表于情，充分体现了触龙善于说辞的本领。

赵太后新用事，秦急攻之[②]。赵氏求救于齐。齐曰：“必以长安君为质[③]，兵乃出。”太后不肯，大臣强谏[④]。太后明谓左右：“有复言令长安君为质者，老妇必唾其面[⑤]！”

左师触龙愿见[⑥]。太后盛气而揖之[⑦]。入而徐趋，至而自谢，曰[⑧]：“老臣病足，曾不能疾走[⑨]，不得见久矣。窃自恕[⑩]，而恐太后玉体之有所郄也[⑪]，故愿望见。”太后曰：“老妇恃辇而行[⑫]。”曰：“日食饮得无衰乎[⑬]？”曰：“恃粥耳[⑭]。”曰：“老臣今者殊不欲食[⑮]。乃自强步，日三四里，少益嗜食，和于身[⑯]。”曰：“老妇不能。”太后之色少解[⑰]。

左师公曰：“老臣贱息舒祺[⑱]，最少，不肖。而臣衰，窃爱怜之。愿令得补黑衣之数[⑲]，以卫王宫。没死以闻[⑳]！”太后曰：“敬诺[㉑]。年几何矣[㉒]？”对曰：“十五岁矣。虽少，愿及未填沟壑而托之[㉓]。”太后曰：“丈夫亦爱怜其少子乎[㉔]？”对曰：“甚于妇人[㉕]。”太后笑曰：“妇人异

①触龙：人名。说（shuì）：言语说服。赵太后：即赵威后，赵惠文王的妻子。赵惠文王死后，因赵成王年幼，赵太后执政。

②用事：掌权，执政。急：加紧。

③质：抵押品，这里指人质。

④强：竭力。

⑤复：重复，再。老妇：太后自称。

⑥左师：官名。

⑦盛气：怒气冲冲。

⑧趋：小跑。自谢：自己告罪。

⑨疾：快。走：跑。

⑩窃：私下。

⑪郄：同“隙”，不舒服。

⑫辇（niǎn）：用人力推挽的车子。

⑬得无：应该没有。衰：减少。

⑭耳：罢了。

⑮今者：近来。殊：很。

⑯乃：却，但是。强步：勉强步行。益：增加。嗜：喜好。和：舒服。

⑰色：脸色。解：通“懈”，缓和。

⑱息：子。舒祺：触龙儿子的名字。

⑲黑衣：卫士的代称。

⑳没（mò）死：冒死。闻：使知道。

㉑诺：允诺之辞。

㉒几何：多大。

㉓填沟壑：指死亡。

㉔丈夫：男子。

㉕甚：胜过，厉害。

甚[①]。”对曰：“老臣窃以为媪之爱燕后，贤于长安君[②]。”曰：“君过矣[③]，不若长安君之甚。”左师公曰：“父母之爱子，则为之计深远[④]。媪之送燕后也，持其踵为之泣，念悲其远也[⑤]，亦哀之矣[⑥]。已行，非弗思也，祭祀必祝之，祝曰[⑦]：‘必勿使反[⑧]！’岂非计久长，有子孙相继为王也哉[⑨]？”太后曰：“然。”

左师公曰：“今三世以前，至于赵之为赵，赵主之子孙侯者，其继有在者乎[⑩]？”曰：“无有。”曰：“微独赵，诸侯有在者乎[⑪]？”曰：“老妇不闻也。”“此其近者祸及身，远者及其子孙[⑫]。岂人主之子孙则必不善哉[⑬]？位尊而无功，奉厚而无劳，而挟重器多也[⑭]。今媪尊长安君之位，而封以膏腴之地[⑮]，多予之重器，而不及今令有功于国[⑯]，一旦山陵崩，长安君何以自托于赵[⑰]？老臣以媪为长安君计短也，故以为其爱不若燕后[⑱]。”太后曰：“诺，恣君之所使之[⑲]。”于是为长安君约车百乘[⑳]，质于齐，齐兵乃出。

①异：特别。

②媪（ǎo）：对老年妇女的尊称。燕后：赵太后的女儿，嫁给燕王为后。贤于：胜过。

③过：错。

④计：考虑，谋划。深远：长远。

⑤踵（zhǒng）：脚后跟。念：惦记。

⑥哀：悲痛。

⑦祝：祈祷。

⑧反：同“返”。

⑨久长：长远。相继：不断。

⑩三世：三代。赵之为赵：前一“赵”为赵氏，后一“赵”为赵国。公元前403年晋国大夫赵籍、韩虔、魏斯三家分晋，成立赵、韩、魏三国。侯者：被封为侯的。继：继承人。

⑪微：非，不但。诸侯：其他诸侯国。

⑫及：波及。

⑬善：好。

⑭奉：同“俸”，指俸禄。劳：功劳。挟：持有。重器：指金玉、权力之类。

⑮尊：使处于尊位。膏腴（yú）：肥沃。

⑯予：给。及：趁。今：现在。

⑰山陵崩：对赵太后死的婉称。托：托身。

⑱不若：比不上。

⑲诺：好吧。表示答应。恣：任凭。

⑳约车：准备车。

冯谖客孟尝君

【题解】战国时代，各国贵族养士成风，尤以齐孟尝君、魏信陵君、赵平原君、楚春申君四公子著名，其中孟尝君门下食客多达三千。此文即写孟尝君的门客冯谖。文章以冯谖的言行发展为中心，组织情节，安排结构。情节此起彼伏，跌宕多姿，把冯谖恃才傲物、智谋不凡的策士风度表现得淋漓尽致。

齐人有冯谖者，贫乏不能自存①，使人属孟尝君，愿寄食门下②。孟尝君曰："客何好③？"曰："客无好也。"曰："客何能？"曰："客无能也。"孟尝君笑而受之，曰："诺④。"

左右以君贱之也，食以草具⑤。居有顷⑥，倚柱弹其剑，歌曰："长铗归来乎⑦！食无鱼。"左右以告。孟尝君曰："食之，比门下之客⑧。"居有顷，复弹其铗，歌曰："长铗归来乎！出无车！"左右皆笑之，以告⑨。孟尝君曰："为之驾，比门下之车客⑩。"于是乘其车，揭其剑，过其友⑪曰："孟尝君客我。"后有顷，复弹其剑铗，歌曰："长铗归来乎！无以为家⑫。"左右皆恶之⑬，以为贪而不知足。孟尝君问："冯公有亲乎？"对曰："有老母。"孟尝君使人给其食用，无使乏⑭。于是冯谖不复歌。

后孟尝君出记⑮，问门下诸客："谁习计会，能为文收责于薛者乎⑯？"冯谖署曰⑰："能。"孟尝君

①谖：音 xuān。贫乏：穷困。存：生存，生活。

②属：同"嘱"，告诉。孟尝君：姓田，名文，齐国贵族，封于薛。孟尝君为他的封号。寄食：依附别人生活。

③好（hào）：爱好。

④诺：应答声。

⑤左右：指在孟尝君左右为其办事的人。以：因为。贱：贱视，小看。食（sì）：以食物给别人吃。草具：盛粗糙食物的器皿。

⑥居：经过。有顷：不多时。

⑦铗（jiá）：剑把，这里指剑。

⑧比：比照。

⑨以告：把……告诉某人。

⑩为之驾：给他预备车。车客：有车的门客。

⑪揭：举。过：拜访。

⑫无以为家：没有用来养家的东西。

⑬恶（wù）：厌恶。

⑭食用：衣食日用。乏：缺乏。

⑮记：文告。

⑯习：熟悉。计会：会计。文：孟尝君自称。责：同"债"。

⑰署：签署。

怪之，曰："此谁也？"左右曰："乃歌夫'长铗归来'者也！"孟尝君笑曰："客果有能也，吾负之①，未尝见也。"请而见之，谢曰②："文倦于事，愦于忧，而性懧愚，沉于国家之事，开罪于先生③。先生不羞，乃有意欲为收责于薛乎④？"冯谖曰："愿之。"于是约车治装，载券契而行⑤，辞曰："责毕收，以何市而反⑥？"孟尝君曰："视吾家所寡有者。"

驱而之薛，使吏召诸民当偿者，悉来合券⑦。券遍合赴，矫命，以责赐诸民⑧。因烧其券⑨，民称万岁。

长驱到齐⑩，晨而求见。孟尝君怪其疾也，衣冠而见之⑪，曰："责毕收乎？来何疾也？"曰："收毕矣。""以何市而反？"冯谖曰："君云：'视吾家所寡有者。'臣窃计⑫，君宫中积珍宝，狗马实外厩，美人充下陈⑬；君家所寡有者，以义耳⑭。窃以为君市义⑮。"孟尝君曰："市义奈何？"曰："今君有区区之薛，不拊爱子其民，因而贾利之⑯。臣窃矫君命，以责赐诸民，因烧其券，民称万岁。乃臣所以为君市义也⑰。"孟尝君不说⑱，曰："诺，先生休矣⑲。"

后期年⑳，齐王谓孟尝君曰："寡人不敢以先王之臣为臣㉑！"孟尝君就国于薛㉒，未至百里，民扶老携幼，迎君道中终日㉓。孟尝君顾谓冯谖："先生所为文市义者，乃今日见之！"

①负：对不起。

②谢：道歉。

③倦：疲劳。愦（kuì）：昏乱。懧：同"懦"软弱。沉：沉溺。开罪：得罪。

④不羞：不以为羞耻。乃：却，竟。

⑤约车：准备车。约，具，预备。治装：收拾行李。治，办理，准备。券（quàn），借券。

⑥毕：完，结束。市：买。

⑦之：往，到。悉：全部。合券：核对债券。古时债券写在竹片上，一分为二，债主与债户各执一半，核对时须二者相符。

⑧矫：假托。以责赐诸民：把百姓的债务全部免除。

⑨因：于是。

⑩长驱：一直驱车。

⑪怪：惊诧。疾：快。衣冠：动词，穿戴整齐的意思。

⑫窃计：私下考虑。

⑬积：聚集。实：充满。厩（jiù）：马棚。充：满。陈：堂下。

⑭以：这里意为"只是"。

⑮市义：买了信义。

⑯拊：通"抚"。子其民：以民为子。贾（gǔ）：做买卖。

⑰所以：用来……的方式。

⑱说：同"悦"。

⑲休矣：算了吧，表示不满。

⑳期（jī）：满一年。

㉑这句说"我不敢把先王（齐湣王）的臣子当作我的臣子"，意思是委婉地要求孟尝君辞官就封。

㉒就国：回到自己的封地。

㉓未至：距离。终日：整天。

冯谖曰："狡兔有三窟，仅得免其死耳。今君有一窟，未得高枕而卧也[①]。请为君复凿二窟。"孟尝君予车五十乘，金五百斤。西游于梁[②]，谓惠王曰："齐放其大臣孟尝君于诸侯[③]，先迎之者，富而兵强。"于是梁王虚上位，以故相为上将军[④]，遣使者黄金千斤，车百乘，往聘孟尝君。冯谖先驱，诫孟尝君曰[⑤]："千金，重币也；百乘，显使也，齐其闻之矣[⑥]！"梁使三反，孟尝君固辞不往也[⑦]。

齐王闻之，君臣恐惧，遣太傅赍黄金千斤，文车二驷，服剑一，封书谢孟尝君曰[⑧]："寡人不祥，被于宗庙之祟，沉于谄谀之臣，开罪于君，寡人不足为也。愿君顾先王之宗庙，姑反国统万人乎[⑨]？"冯谖诫孟尝君曰："愿请先王之祭器，立宗庙于薛[⑩]。"庙成，还报孟尝君曰："三窟已就，君姑高枕为乐矣。"

孟尝君为相数十年，无纤介之祸者[⑪]，冯谖之计也。

①高枕：垫高枕头，形容放心。

②梁：魏国国都，今河南开封一带。

③放：放逐，罢免。

④虚：空出。上位：相国之位。故相：原来的国相。

⑤先驱：在前面领路。诫：提醒。

⑥重币：贵重的礼物。显使：显贵的使者。其：语气词，表示揣测。

⑦三反：往返三次。固辞：坚决推辞。

⑧太傅：大臣。赍（jī）：携带。文车：带花纹华丽的车，表示高贵。驷（sì）：一车四马。服剑：佩剑。书：信。谢：道歉。不祥：不吉利。被：覆盖，引申为"遭受"。祟（suì）：祸。沉：沉溺，这里意为"被蒙蔽"。谄谀（chǎn yú）：巴结，逢迎。

⑨不足：不值得。为（wèi）：值得效力。顾：顾及。姑：暂且。反：同"返"，回到。

⑩立宗庙于薛：把先王的宗庙建在薛，以加重薛的地位。

⑪纤介：细微。介，同"芥"，小草。

鲁仲连义不帝秦

【题解】本文选自《战国策·赵策》。文章叙述不在其位的鲁仲连说服辛垣衍放弃"帝秦"之举，刻画了为国谋划、功成不居的义士形象。文章以对话为主，但又神情毕现，在正面描写的同时，以怯战的将军晋鄙、束手无策的国相平原君、以庸人心度君子腹的使臣辛垣衍，反衬了鲁仲连的形象。

秦围赵之邯郸①。魏安釐王使将军晋鄙救赵②。畏秦，止于荡阴不进③。

魏王使客将军辛垣衍间入邯郸④，因平原君谓赵王曰⑤："秦所以急围赵者，前与齐闵王争强为帝⑥，已而复归帝，以齐故。今齐闵王益弱。方今唯秦雄天下，此非必贪邯郸，其意欲求为帝。赵诚发使尊秦昭王为帝，秦必喜，罢兵去。"平原君犹豫未有所决。

此时鲁仲连适游赵⑦，会秦围赵，闻魏将欲令赵尊秦为帝，乃见平原君，曰："事将奈何矣？"平原君曰："胜也何敢言事！百万之众折于外⑧，今又内围邯郸而不去。魏王使客将军辛垣衍令赵帝秦。今其人在是，胜也何敢言事！"鲁连曰："始吾以君为天下之贤公子也，吾乃今然后知君非天下之贤公子也。梁客辛垣衍安在⑨？吾请为君责而归之。"平原君曰："胜请为召而见之于先生。"

①邯郸：赵国都城，在今河北邯郸西南。

②魏安釐（xī）王：名圉，魏昭王之子。

③荡阴：赵魏交界处，在今河南汤阴县境。

④辛垣衍：姓辛垣，名衍，他虽在魏国任将军却非魏国人，所以称客将军。间（jiàn）人：乘围困不紧潜入。

⑤平原君：赵孝成王叔父，名胜，受封平原君，当时为赵相。赵王：赵孝成王，名丹。

⑥齐闵王：名地。（前288），齐闵王称东帝，秦昭王同时称西帝。

⑦鲁仲连：姓鲁，名连，因排行第二，又名仲连，齐国人，一生不仕，却常仗义解难。

⑧百万之众折于外：指赵孝成王六年（前260），秦将白起大破赵兵于长平的战役。据记载，长平之战后秦军坑杀赵国降兵40万人，"百万之众"是夸张的说法。

⑨梁客：指辛垣衍。

平原君遂见辛垣衍，曰："东国有鲁连先生[①]，其人在此，胜请为绍介而见之于将军。"辛垣衍曰："吾闻鲁连先生，齐国之高士也。衍，人臣也，使事有职[②]。吾不愿见鲁连先生也。"平原君曰："胜已泄之矣[③]。"辛垣衍许诺。

鲁连见辛垣衍而无言。辛垣衍曰："吾视居此围城之中者，皆有求于平原君者也。今吾视先生之玉貌[④]，非有求于平原君者，曷为久居此围城之中而不去也[⑤]？"鲁连曰："世以鲍焦无从容而死者[⑥]，皆非也。今众人不知，则为一身[⑦]。彼秦，弃礼义、上首功之国也[⑧]。权使其士，虏使其民[⑨]。彼则肆然而为帝，过而遂正于天下[⑩]，则连有赴东海而死耳，吾不忍为之民也！所为见将军者，欲以助赵也。"辛垣衍曰："先生助之奈何[⑪]？"鲁连曰："吾将使梁及燕助之，齐、楚固助之矣。"辛垣衍曰："燕则吾请以从矣。若乃梁，则吾乃梁人也，先生恶能使梁助之耶？"鲁连曰："梁未睹秦称帝之害故也，使梁睹秦称帝之害，则必助赵矣。"辛垣衍曰："秦称帝之害将奈何？"鲁仲连曰："昔齐威王尝为仁义矣[⑫]，率天下诸侯而朝周。周贫且微，诸侯莫朝[⑬]，而齐独朝之。居岁余，周烈王崩[⑭]。诸侯皆吊，齐后往。周怒，赴于齐曰[⑮]：'天崩地坼，

①东国：指齐国。

②使事有职：因事出使，有职务在身。

③泄：泄漏，此处指告诉了别人。

④玉貌：即容貌，是客气的说法。

⑤曷为：为何，为什么。去：离开。

⑥鲍焦：周朝隐士，因不满政治，以采樵及拾橡实为生，后抱着大树饿死。从容：心胸宽阔。

⑦"今众人"二句：现在的一般人不理解鲍焦，以为他仅是为个人而死。

⑧上：通"尚"，崇尚。首功：斩首之功，按照秦国制度，作战之后按砍得敌人头颅的数量计算功劳。首即头颅。

⑨权：权诈。虏：当作奴隶。

⑩肆然：无所顾忌。过：进一步。正于天下：以政策号令天下。

⑪助之奈何：怎么来帮助它。

⑫齐威王：姓田，名婴齐。

⑬贫且微：贫穷而且衰微。莫朝(cháo)：没有谁朝见。

⑭周烈王：名喜。

⑮周：指周朝新君显王，名扁。赴：通"讣"，报丧。

天子下席[1]。东藩之臣田婴齐后至，则斮之[2]！'威王勃然怒曰：'叱嗟[3]！而母婢也[4]！'卒为天下笑[5]。故生则朝周，死则叱之，诚不忍其求也[6]。彼天子固然，其无足怪[7]。"

辛垣衍曰："先生独未见夫仆乎？十人而从一人者，宁力不胜，智不若邪[8]？畏之也。"鲁仲连曰："然，梁之比于秦，若仆邪？"辛垣衍曰："然。"鲁仲连曰："然则吾将使秦王烹醢梁王[9]！"辛垣衍怏然不说[10]，曰："嘻！亦太甚矣，先生之言也！先生又恶能使秦王烹醢梁王？"鲁仲连曰："固也！待吾言之：昔者鬼侯、鄂侯、文王，纣之三公也。鬼侯有子而好，故入之于纣[11]。纣以为恶[12]，醢鬼侯。鄂侯争之急，辨之疾，故脯鄂侯[13]。文王闻之喟然而叹，故拘之于牖里之库百日[14]，而欲令之死。曷为与人俱称帝王，卒就脯醢之地也？齐闵王将之鲁，夷维子执策而从[15]。谓鲁人曰：'子将何以待吾君？'鲁人曰：'吾将以十太牢待子之君[16]。'夷维子曰：'子安取礼而来待吾君[17]？彼吾君者，天子也。天子巡狩，诸侯避舍，纳筦键，摄衽，抱几，视膳于堂下[18]，天子已食，而听退朝也[19]。'鲁人投其籥[20]，不果纳，不得入于鲁。将之薛，假涂于邹[21]。当是时，邹君死。闵王欲入吊。夷维子谓邹之孤曰[22]：'天子

①坼（chè）：裂开。下席：指离开座位。指周新天子翻翻草席，执行丧礼。

②斮（zhuó）：斩杀。

③叱嗟（chì juē）：怒斥声。

④而：即"尔"，你。

⑤卒：最终。

⑥这几句是说齐威王的举动前朝后叱，不协调。

⑦这两句是说周拥有天子之名，本可以如此对待诸侯。言外之意是秦之强暴恐怕远不止此。

⑧宁：难道。不若：不如。

⑨醢（hǎi）：剁成肉酱。

⑩怏（yàng）然：不高兴的样子。

⑪子：指女儿。好：美。入：进献。

⑫恶：此处指不美。

⑬脯：肉干。

⑭牖（yǒu）里：在今河南汤阴县北。牖，也作"羑"。

⑮夷维子：战国时期齐国人，以邑为姓。夷维，地名，在今山东高密县境。策：马鞭。

⑯太牢：牛、羊、猪各一口。

⑰取：选择。

⑱避舍：避开正殿不住。筦（guǎn）键：钥匙。筦，同"管"。摄衽：提起衣襟。抱几：搬设几案。视膳：督促备膳。

⑲而听退朝也：《史记·鲁仲连邹阳列传》作"乃退而听朝也。"

⑳籥（yuè）：通"钥"，钥匙。

㉑薛：薛国，在今山东滕县境。假涂：借道。邹：邹国，在今山东邹县境。

㉒孤：父亲去世之子称孤。

吊，主人必将倍殡柩[①]，设北面于南方，然后天子南面吊也。’邹之群臣曰：‘必若此，吾将伏剑而死。’故不敢入于邹。邹、鲁之臣，生则不得事养，死则不得饭含[②]，然且欲行天子之礼于邹、鲁之臣，不果纳[③]。今秦万乘之国，梁亦万乘之国，俱据万乘之国，交有称王之名[④]。睹其一战而胜，欲从而帝之，是使三晋之大臣不如邹、鲁之仆妾也[⑤]。且秦无已而帝，则且变易诸侯之大臣[⑥]。彼将夺其所谓不肖，而予其所谓贤；夺其所憎，而予其所爱。彼又将使其子女谗妾为诸侯妃姬[⑦]，处梁之宫，梁王安得晏然而已乎[⑧]？而将军又何以得故宠乎[⑨]？”

于是辛垣衍起再拜，谢曰：“始以先生为庸人，吾乃今日而知先生为天下之士也！吾请去，不敢复言帝秦！”

秦将闻之，为却军五十里[⑩]。适会公子无忌夺晋鄙军以救赵击秦[⑪]，秦军引而去[⑫]。

于是平原君欲封鲁仲连。鲁仲连辞让者三，终不肯受。平原君乃置酒，酒酣，起，前，以千金为鲁连寿[⑬]。鲁连笑曰：“所贵于天下之士者，为人排患、释难、解纷乱而无所取也。即有所取者[⑭]，是商贾之人也。仲连不忍为也。”遂辞平原君而去，终身不复见。

①倍殡柩：把灵柩从北面移换到南面。坐北向南为正位，所以诸侯灵柩停放在北面。天子高于诸侯，吊唁诸侯时须将灵柩移到南面，以便天子面向南。倍，同“背”，相反的一面。殡，停放灵柩。柩，装有尸体的棺材。

②饭含：殡葬礼节，指妆殓时把粮食和珠玉放在死者口中。含，又写作“哈”、“琀”，音 hán。

③不果纳：没被接纳。果：真实，结果。

④交有：互有。

⑤三晋：韩、赵、魏三国都是从春秋时晋国分裂出来的，所以合称为三晋。

⑥无已：不制止（秦国）。后一个“且”字，意为“将”。

⑦谗妾：善于进谗的妾妇。

⑧晏然：安然。

⑨故宠：原有的宠幸。

⑩却：退。

⑪公子无忌：魏国安釐王异母弟，封号为信陵君。他先托魏王爱姬如姬盗取兵符，然后假传君命夺取统领魏国军队的将军晋鄙的军权，领兵去救赵国。

⑫引：退却。

⑬寿：赠送礼品。

⑭即：如果。

《晏子春秋》

《晏子春秋》是春秋时期齐相晏婴言行轶事的汇编。书中有许多结构完整、描写生动的故事，塑造了一个贤良正直的忠臣形象。全书共八卷。

晏子使楚

【题解】本文选自《晏子春秋·内篇》。文章记述了晏子出使楚国，机智应对楚王君臣的羞辱阴谋，用辞令战胜楚王，维护了齐国的尊严。全文以对话为主，语言生动，神情逼肖。

晏子将使楚。楚王闻之，谓左右曰："晏婴，齐之习辞者也①，今方来②，吾欲辱之，何以也③？"左右对曰："为其来也④，臣请缚一人，过王而行。王曰，何为者也⑤？对曰，齐人也。王曰，何坐⑥？曰，坐盗。"

晏子至，楚王赐晏子酒，酒酣⑦，吏二缚一人诣王⑧。王曰："缚者曷为者也⑨？"对曰："齐人也，坐盗。"王视晏子曰："齐人固善盗乎？"晏子避席对曰⑩："婴闻之，橘生淮南则为橘，生于淮北则为枳⑪，叶徒相似，其实味不同⑫。所以然者何？水土异也⑬。今民生长于齐不盗，入楚则盗，得无楚之水土使民善盗耶⑭？"王笑曰："圣人非所与熙也，寡人反取病焉⑮。"

①习辞：很会说话。习，熟练。辞，言词。

②今方来：现在正要来。

③辱之：羞辱他。何以也：用什么办法呢？

④为其来也：当他到来的时候。

⑤何为者：干什么的。

⑥何坐：犯了什么罪。

⑦酒酣：喝酒喝得正高兴的时候。

⑧诣（yì）：到。

⑨曷（hé）：同"何"。

⑩避席：离开座位。这是表示郑重和严肃的意思。席，坐具。

⑪枳（zhǐ）：也叫"枸橘"，果实酸苦。

⑫徒：只，仅仅。其：它们的。实：果实。

⑬所以然者何？水土异也：为什么会这样呢？水土不一样啊。然，这样。

⑭得无：莫非，难道。

⑮圣人非所与熙也：圣人是不能同他开玩笑的。熙，同"嬉"，开玩笑。反取病焉：反而自找没趣了。病：辱。

《论语》

《论语》是记载孔子及其弟子言行的古籍，历来被奉为经典。《论语》主要记言，多为简短问答。语言精炼，文意深远，往往能于简短对话中展示人物形象，且浅近易懂，接近口语，不少警句格言流传至今。

子路曾皙冉有公西华侍坐

【题解】本文选自《论语·先进篇》，是文学意味较浓的一篇。它记述了孔子诱导学生畅谈个人志向及孔子对学生的评价，从中可以看出各自不同的志趣、思想和性格。

子路、曾皙、冉有、公西华侍坐①。

子曰："以吾一日长乎尔，毋吾以也②。居则曰：'不吾知也③。'如或知尔，则何以哉④？"

子路率尔而对曰⑤："千乘之国，摄乎大国之间，加之以师旅，因之以饥馑⑥。由也为之，比及三年，可使有勇，且知方也⑦。"

夫子哂之⑧。

"求，尔何如？"

对曰："方六七十，如五六十，求也为之，比及三年，可使足民⑨。如其礼乐，以俟君子⑩。"

"赤，尔何如？"

对曰："非曰能之，愿学焉。宗庙之事，如会同，端章甫，愿为小相焉⑪。"

"点，尔何如？"

①子路：仲氏，名由，字子路。曾皙：名点，字皙。冉有：名求，字子有。公西华：公西氏，名赤，字子华。四人均为孔子学生。侍坐：陪侍孔子旁。

②长：年长。尔：你们。毋吾以：不要因我而停止（发言）。

③居：平时。不吾知：没有人了解、重用我。

④或：有人。何以：有什么作为。

⑤率尔：轻率匆忙的样子。对：应答，回答。

⑥摄乎：处在……之间。师旅：代指战争。因：加上。饥馑：谷不熟为饥，菜不熟为馑；这里指荒年。

⑦比及：等到。方：指礼义等。

⑧哂（shěn）：微笑。

⑨方：方圆。指国土面积。如：或，或者。足民：老百姓丰衣足食。

⑩如其礼乐：至于礼乐教化。俟：等待。君子：有德行的人。

⑪会同：指诸侯会盟之事。端：礼服。章甫：礼帽。小相：主持赞礼的最低一级官员。

鼓瑟希，铿尔，舍瑟而作[①]。对曰："异乎三子者之撰[②]。"

子曰："何伤乎[③]？亦各言其志也！"

曰："莫春者，春服既成[④]，冠者五六人，童子六七人[⑤]，浴乎沂，风乎舞雩，咏而归[⑥]。"

夫子喟然叹曰："吾与点也[⑦]。"

三子者出，曾皙后[⑧]。曾皙曰："夫三子者之言何如？"

子曰："亦各言其志也已矣[⑨]！"

曰："夫子何哂由也？"

曰："为国以礼，其言不让[⑩]，是故哂之。唯求则非邦也与[⑪]？安见方六七十如五六十而非邦也者？唯赤则非邦也与？宗庙会同，非诸侯而何？赤也为之小，孰能为之大[⑫]？"

①希：声音渐稀。铿尔：乐曲结尾的音。舍：放下。作：站起。

②撰：陈述。指上面三人所说。

③何伤乎：有什么关系呢。

④莫：同"暮"。春服：春天的服装。

⑤冠者：成年人；古时男子 20 岁加冠，表示成年。童子：未冠的少年。

⑥沂（yí）：水名，由鲁南流经江苏入海。舞雩（yú）：地名，在山东曲阜，是古代祭天求雨之处。

⑦喟（kuì）然：长叹的样子。与：赞同。

⑧后：留在后面。

⑨也已矣：语助词，相当于"罢了"。

⑩为国：治国。让：谦逊，谦让。

⑪唯：语气助词，用于句首。非邦：不是国家。

⑫孰：谁。大：大的诸侯国。

语录十则

【题解】《论语》的段落大都短小精悍，甚至是三言两语。其中有的谈修身，有的谈治学，往往言简意赅，给人很深印象。更重要的是，千古流传之下，许多词语已经成为我们日常语言中的成语、警语，甚至日常用语。这里选的十则语录，就是突出的例子。

子曰："学而时习之，不亦说乎[①]？有朋自远方来，不亦乐乎？人不知而不愠，不亦君子乎[②]？"

曾子曰："吾日三省吾身[③]：为人谋而不忠乎？与朋友交而不信乎？传而不习乎[④]？"

①时：按时。习：实行，实践。说：同"悦"。

②愠（yùn）：恼恨。

③曾子：即孔子的学生曾参。省（xǐng）：反思。

④信：诚信。传（chuán）：指老师传授的知识。习：温习。

子曰："吾十有五而志于学，三十而立，四十而不惑，五十而知天命，六十而耳顺，七十而从心所欲，不逾矩[①]。"

子曰："温故而知新[②]，可以为师矣。"

子曰："朝闻道，夕死可矣[③]。"

子曰："君子喻于义，小人喻于利[④]。"

子曰："贤哉，回也[⑤]！一箪食，一瓢饮，在陋巷，人不堪其忧，回也不改其乐[⑥]。贤哉，回也!"

子曰："知者乐水，仁者乐山[⑦]。知者动，仁者静；知者乐，仁者寿。"

子曰："默而识之，学而不厌，诲人不倦，何有于我哉[⑧]？"

子曰："三人行，必有我师焉[⑨]：择其善者而从之，其不善者而改之。"

①志：立志。立：懂得礼义。惑：动摇，迷惑。耳顺：能听得进各种意见。从心所欲：随心所欲。逾矩：超过规矩。

②温：温习。故：旧的东西。

③朝（zhāo）：早晨。闻：听到。道：真正的道理。

④喻：明白，懂得。

⑤回：颜回，孔子的学生。他是孔子最为赞赏的弟子。

⑥箪（dān）：盛饭的容器。饮：水。陋巷：破旧的住处。堪：忍受。

⑦知者：智者。乐水：喜欢水，因为水变动不定。乐山：喜欢山，因为山屹然不动。

⑧默：口中不语。识（zhì）：记住。厌：满足。诲人：教人。何有于我：我能做到哪一项。

⑨焉：于此，在其中。

《墨子》

《墨子》是墨家学派创始人墨翟（dí）及其门人后学所作，论述了墨家的主张，记载了墨家钜子等人的言行。《墨子》不重文采，语言朴素，善用归纳类比来说明事物，逻辑性强，具有独特的风格。

公　输

【题解】本篇记述了墨子批驳公输盘、谴责楚王侵略野心、制止楚国侵略宋国的事迹。文章情节曲折，人物形象鲜明生动，详于记言而略于记事，在记言的关键处插入叙事，交代事件的发展经过，层次井然。

公输盘为楚造云梯之械①，成，将以攻宋。子墨子闻之②，起于齐，行十日十夜而至于郢③，见公输盘。

公输盘曰："夫子何命焉为④？"

子墨子曰："北方有侮臣者，愿藉子杀之⑤。"

公输盘不说⑥。

子墨子曰："请献十金⑦。"

公输盘曰："吾义固不杀人⑧。"

子墨子起，再拜，曰："请说之⑨。吾从北方闻子为梯，将以攻宋。宋何罪之有？荆国有余于地，而不足于民，杀所不足而争所有余，不可谓智⑩；宋无罪而攻之，不可谓仁；知而不争，不可谓忠⑪；争而不得，不可谓强；义不杀少而杀众，不可谓知类⑫。"

公输盘服。

子墨子曰："然，胡不已乎⑬？"

①公输盘（bān）：鲁国人，姓公输，名盘，又称鲁班，善制奇巧器械。云梯：攻城时登城的木梯。

②子墨子：墨子先生。前面的子是夫子的意思。

③郢（yǐng）：楚国都城。

④何命焉为：有何见教。命，命令，教导。

⑤侮臣：欺侮我。藉：同"借"。

⑥说：同"悦"。

⑦请献十金：（我）愿意送你十金。

⑧固：本来，表示坚决的意思。此句说"我依理行事，决不杀人"。

⑨再拜：拜了两次。说：陈说。

⑩荆国：指楚国，古代亦称楚国为荆楚。有余于地：多的是土地。

⑪争（zhèng）：同"诤"，据理力争。

⑫类：即类推，比较同类事物而加以推断。

⑬然：这样，那么。胡：为什么。已：停止。

公输盘曰："不可，吾既已言之王矣[①]。"

子墨子曰："胡不见我于王[②]？"

公输盘曰："诺！"

子墨子见王，曰："今有人于此，舍其文轩，邻有敝舆[③]，而欲窃之；舍其锦绣，邻有短褐[④]，而欲窃之；舍其粱肉，邻有糠糟[⑤]，而欲窃之。此为何若人？"王曰："必为窃疾矣[⑥]。"

子墨子曰："荆之地方五千里，宋之地方五百里，此犹文轩之与敝舆也；荆有云梦，犀兕麋鹿满之，江、汉之鱼鳖鼋鼍[⑦]为天下富，宋所为无雉兔鲋鱼者也[⑧]，此犹粱肉之与糠糟也；荆有长松、文梓、楩、枏、豫章[⑨]，宋无长木，此犹锦绣之与短褐也。臣以王之攻宋也，为与此同类。臣见大王之必伤义而不得。"

王曰："善哉！虽然，公输盘为我为云梯[⑩]，必取宋。"

于是见公输盘[⑪]。子墨子解带为城，以牒为械，公输盘九设攻城之机变，子墨子九距之[⑫]。公输盘之攻械尽，子墨子之守圉有余[⑬]。

公输盘诎[⑭]，而曰："吾知所以距子矣，吾不言。"

子墨子亦曰："吾知子之所以距我，吾不言。"

楚王问其故。子墨子曰："公输子之意，不过欲杀臣。杀臣，宋莫

①既：不久。王：指楚王。

②见（xiàn）：介绍，引见。

③文轩：有花纹华丽的车子。敝舆：破车。

④锦绣：指织锦绣图的华美服装。短褐：粗麻布衣。

⑤粱肉：小米和肉，富贵人家吃的东西。糠糟：谷糠酒糟，指粗劣的饮食。

⑥窃疾：嗜好偷窃的怪毛病。

⑦云梦：楚国大泽，在今湖北，现大部分已淤积为陆地。犀（xī）：犀牛。兕（sì）：一种野兽，似野牛。鼋（yuán）：大鳖。鼍（tuó）：似鳄鱼，又名猪婆龙。

⑧所为：所谓。雉（zhì）：野鸡。鲋（fù）：鲫鱼。

⑨文梓（zǐ）：即梓木。楩（pián）：黄楩木。枏：同"楠"，楠木。豫章：樟木。

⑩为我为云梯：前一个"为"是替、给的意思，后一个"为"是做、造的意思。

⑪见：召见。

⑫带：衣带。牒：木片。九：多次。距：同"拒"。

⑬圉：同"御"。

⑭诎（qū）：通"屈"，穷尽。这里指失败。

能守，乃可攻也[①]。然臣之弟子禽滑厘等三百人[②]，已持臣守圉之器，在宋城上而待楚寇矣[③]。虽杀臣，不能绝也[④]。”

楚王曰：“善哉！吾请无攻宋矣[⑤]。”

①可攻：可以攻陷。

②禽滑（gǔ）厘：战国时魏国人。《史记》载其师事墨子，尽传其学。

③寇：侵犯。

④绝：断，止。

⑤无：毋，不要。

孟　子

孟子（约前370～约前289），战国中期儒家学派代表人物。名轲，字子舆，邹（今山东邹县）人。著有《孟子》。其书从《论语》的语录体发展到了对话体。文章气势磅礴，感情强烈，辞锋犀利，擅长雄辩，善用修辞，富有文彩。

寡人之于国也

【题解】本篇选自《孟子·梁惠王》。文章记载了孟子和梁惠王的一次对话。围绕“民不加多”的问题，孟子以“五十步笑百步”的寓言暗示了梁惠王搞小恩小惠并不能使民加多的道理，阐述了要使民加多，必须施仁政、行王道，从而体现了孟子的政治思想和主张。

梁惠王曰①：“寡人之于国也，尽心焉耳矣②。河内凶，则移其民于河东，移其粟于河内；河东凶亦然③。察邻国之政，无如寡人之用心者④。邻国之民不加少⑤，寡人之民不加多，何也？”

孟子对曰：“王好战，请以战喻⑥。填然鼓之，兵刃既接，弃甲曳兵而走⑦。或百步而后止，或五十步而后止⑧。以五十步笑百步，则何如？”

曰：“不可，直不百步耳⑨，是亦走也。”

曰：“王如知此，则无望民之多于邻国也⑩。不违农时，谷不可胜食也⑪。数罟不入洿池，鱼鳖不可胜食也⑫。斧斤以时入山林，材木不可胜

①梁惠王：战国时魏国国君。姓姬，名䓨。

②焉、耳、矣都是句末助词，重叠使用，加重语气。

③河内凶：河内遇到饥荒。河内，黄河以北的地方。凶，收成不好。河东：黄河以东的地方。

④无如：没有比得上。

⑤加少：更减少。加，更。

⑥喻：比喻、说明。

⑦填然：形容鼓声。鼓之：敲起鼓来。此处的“之”是没有意义的衬字。弃甲曳（yè）兵而走：抛弃铠甲、拖着兵器逃跑。走，跑。

⑧或：有的人。

⑨直：只是、不过。

⑩无：通“毋”，不要。

⑪胜（shēng）：尽。

⑫数（cǔ）罟（gǔ）：密网。洿（wǔ）池：指池塘。

而不受[1]，今为宫室之美为之；乡为身死而不受，今为妻妾之奉为之；乡为身死而不受，今为所识穷乏者得我而为之：是亦不可以已乎[2]？此之谓失其本心[3]。

①乡：同“向”，先前。
②已：止。这里是“停下不做”的意思。
③本心：指羞恶的心。

生于忧患，死于安乐

【题解】本文选自《孟子·告子下》。文章从归纳历史现象入手，认为有大成就、能担当重任的人，都经过艰苦环境的磨炼，从而总结出“生于忧患而死于安乐”的人生规律。文章观点鲜明，举证有力，笔锋矫健，行文酣畅，语言抑扬顿挫，读起来朗朗上口，具有很强的节奏感。

舜发于畎亩之中[1]，傅说举于版筑之间[2]，胶鬲举于鱼盐之中[3]，管夷吾举于士[4]，孙叔敖举于海[5]，百里奚举于市[6]。故天将降大任于斯人也[7]，必先苦其心志，劳其筋骨，饿其体肤，空乏其身，行拂乱其所为，所以动心忍性，曾益其所不能[8]。人恒过，然后能改；困于心，衡于虑，而后作[9]；征于色，发于声，而后喻[10]。入则无法家拂士[11]，出则无敌国外患者，国恒亡。然后知生于忧患而死于安乐也。

①舜：上古帝王。发：发迹。畎（quǎn）：田间小沟。
②傅说（yuè）：殷代国相。举：被举荐。版筑：指筑墙的工作。
③胶鬲（gé）：殷纣王的大臣。
④管夷吾：即管仲，辅助齐桓公成就霸业。士：狱官，此指监牢。
⑤孙叔敖：楚国令尹，曾居于海滨。
⑥百里奚：秦穆公大臣，穆公以五张羊皮换得，举以为相。市：集市。
⑦斯：此。
⑧空（kòng）乏：穷困。拂乱：扰乱。动心：使心振奋。忍性：使性情坚韧。曾：同“增”。
⑨衡：同“横”，阻塞。虑：思路。作：兴起。
⑩征：表现。喻：明白，理解。
⑪入：国内。法家：有法度的大臣。拂（bì）士：辅弼之臣。拂，同“弼”。

齐人有一妻一妾

【题解】本文选自《孟子·离娄下》。故事通过一个骗子的丑恶行为来讽刺追求功名富贵的无耻之徒。文章虽短，却行文有致，描绘细腻，故事完整。

齐人有一妻一妾而处室者[①]，其良人出[②]，则必餍酒肉而后反[③]。其妻问其所与饮食者，则尽富贵也。其妻告其妾曰："良人出，则必餍酒肉而后反；问其与饮食者，尽富贵也。而未尝有显者来。吾将瞰良人之所之也[④]。"蚤起，施从良人之所之[⑤]，遍国中无与立谈者[⑥]。卒之东郭墦间之祭者乞其余[⑦]，不足，又顾而之他[⑧]。此其为餍足之道也。其妻归，告其妾曰："良人者，所仰望而终身者也[⑨]，今若此!"与其妾讪其良人[⑩]，而相泣于中庭。而良人未之知也，施施从外来，骄其妻妾[⑪]。

①齐人：齐国某人。处室：住在屋子里。

②良人：古代妻子对丈夫的称呼。

③餍（yàn）：吃饱喝足。

④瞰（kàn）：窥视，侦察。之：往。

⑤蚤：同"早"。施（yí）：逶迤，斜行。从：跟随。

⑥国中：全城。立谈：打招呼。

⑦卒：最后。之：到。东郭：东门城外。墦（fán）：坟墓。祭者：扫墓的人。其余：剩余的酒食。

⑧顾：回头看。之他：到别处去。

⑨仰望：仰仗，依靠。终身：一辈子。

⑩讪（shàn）：责骂，讥笑。

⑪施施：得意洋洋的样子。骄：炫耀。

列　子

列子，名御寇，春秋战国时郑国人。相传他曾遇仙人，学法术，能御风而行。《列子》原书已散佚，现在流传的本子是后人所辑。

愚公移山

【题解】这则故事表现了古代劳动人民移山填海、改造自然的伟大气魄和坚定信念，热情歌颂了愚公不怕困难的英雄气概和大无畏精神，批评了智叟的守旧与安于现状。文章朴实无华，却情节完整，人物性格鲜明。

太行、王屋二山①，方七百里，高万仞，本在冀州之南，河阳之北②。

北山愚公者，年且九十③，面山而居。惩山北之塞，出入之迂也④，聚室而谋曰⑤：“吾与汝毕力平险，指通豫南，达于汉阴⑥，可乎？”杂然相许⑦。

其妻献疑曰⑧：“以君之力，曾不能损魁父之丘⑨，如太行、王屋何？且焉置土石⑩？”杂曰：“投诸渤海之尾，隐土之北⑪。”遂率子孙荷担者三夫，叩石垦壤，箕畚运于渤海之尾⑫。邻人京城氏之孀妻，有遗男，始龀，跳往助之⑬。寒暑易节，始一反焉⑭。

河曲智叟笑而止之⑮，曰：“甚矣，汝之不惠⑯！以残年余力，曾不能毁山之一毛⑰，其如土石何？”北山愚公长息曰：“汝心之固，固不可

①太行、王屋：山名。太行山在今山西和河北交界处，王屋山在今山西。

②冀州：古九州之一，主要指河北南部。河阳：泛指黄河北岸。

③且：将近。

④惩：苦于。塞：阻塞。迂：绕远道。

⑤聚室：召集全家。

⑥毕力：尽一切力量。指通：即直通。豫南：豫州之南。豫州，古九州之一，今河南境内。汉阴：汉水南面。

⑦杂然：纷纷。许：赞同。

⑧献疑：提出疑问。

⑨曾：还。魁父：小山名。

⑩焉：哪里。置：放。

⑪尾：尾闾，传说是水聚集的地方。隐土：古代传说中地名。

⑫荷：挑。夫：成年男子的通称。叩石：凿石。箕畚（běn)：运土工具。

⑬京城：复姓。孀妻：寡妇。始龀（chèn)：才换牙。

⑭易节：变换季节。反：通“返”。

⑮河曲：地名。叟（sǒu)：老头。

⑯甚：很，非常。惠：通“慧”，聪明。

⑰残年：晚年的岁月。毛：山上草木。

彻，曾不若孀妻弱子[①]。虽我之死，有子存焉；子又生孙，孙又生子；子又有子，子又有孙。子子孙孙，无穷匮也[②]，而山不加增，何苦而不平[③]？”河曲智叟亡以应[④]。

操蛇之神闻之，惧其不已也[⑤]，告之于帝。帝感其诚，命夸娥氏二子负二山，一厝朔东，一厝雍南[⑥]。自此，冀之南，汉之阴，无陇断焉[⑦]。

①固：顽固。彻：通，明白。不若：不及。

②穷匮（kuì）：穷尽。

③何苦：何愁，怕什么。

④亡：通“无”。应：回答。

⑤操蛇之神：传说中的山神。不已：不停止。帝：天帝。

⑥诚：诚意。夸娥氏：古代神话中的大力神。负：背。厝（cuò）：放置。朔东：朔方东部，今山西北部。雍南：雍州以南。雍州，古九州之一，今陕西、甘肃一带。

⑦陇断：高地，这里指阻碍的高山。

孙　武

孙武（生卒年不详），春秋末期著名军事家。齐国人，以兵书见吴王阖闾，被拜为将，使吴国西破强楚，攻入郢都；北威齐、晋，显名诸侯。著有《孙子兵法》十三篇，是我国古代第一部重要的军事著作，对后世具有很大影响。

谋　攻

【题解】本篇选自《孙子兵法》第三篇。主要讲谋划进攻、克敌制胜的原则和方法，对于谋攻的重要性、将帅作用、取胜条件都作了扼要的分析。文中提出的“知彼知己，百战不殆”，实践证明是科学的战争准则。文章朴实无华，逻辑严密，抑扬顿挫，读起来朗朗上口。

孙子曰①：凡用兵之法，全国为上，破国次之；全军为上，破军次之；全旅为上，破旅次之；全卒为上，破卒次之；全伍为上，破伍次之②。是故百战百胜，非善之善者也；不战而屈人之兵，善之善者也③。

故上兵伐谋，其次伐交，其次伐兵，下政攻城④。攻城之法，为不得已。修橹轒辒，具器械⑤，三月而后成；距闉，又三月而后已⑥。将不胜其忿，而蚁附之，杀士卒三分之一，而城不拔者，此攻之灾也⑦。故善用兵者，屈人之兵，而非战也；拔人之城，而非攻也；毁人之国，而非久也⑧。必以全争于天下，故兵不钝，而利可全，此谋攻之法也⑨。

①孙子：即孙武。

②全：保全。破：攻破。军、旅、卒、伍：古代军队编制单位。善之善者：最好的选择。

③屈：使屈服。

④上兵：上等的用兵策略。伐谋：以智谋讨伐。交：联合，联盟。伐兵：击破军队。政：策略。

⑤修：制造。橹：盾牌。轒辒（fén wēn）：攻城用的四轮战车。具：准备。

⑥距闉（yīn）：堆土如山，使与城齐，以攻城或侦察城内敌人的活动。已：止，完毕。

⑦不胜：抑制不住。忿（fèn）：愤怒急躁。蚁附：像蚂蚁一样爬城。拔：攻克，攻取。

⑧久：长久。

⑨钝：通“顿”，挫折，损失。

故用兵之法，十则围之，五则攻之，倍则分之[①]，敌则能战之，少则能逃之，不若则能避之[②]。故小敌之坚，大敌之擒也[③]。

夫将者，国之辅也。辅周则国必强，辅隙则国必弱[④]。

故君之所以患于军者三[⑤]：不知军之不可以进，而谓之进[⑥]，不知军之不可以退，而谓之退：是谓縻军[⑦]。不知三军之事，而同三军之政，则军士惑矣[⑧]。不知三军之权，而同三军之任，则军士疑矣[⑨]。三军既惑且疑，则诸侯之难至矣，是谓乱军引胜[⑩]。

故知胜有五[⑪]：知可以战与不可以战者胜；识众寡之用者胜；上下同欲者胜；以虞待不虞者胜；将能而君不御者胜[⑫]。此五者，知胜之道也。

故曰：知彼知己，百战不殆[⑬]；不知彼而知己，一胜一负；不知彼，不知己，每战必殆。

①十：十倍。五：五倍。倍：一倍。分：分散。

②敌：匹敌，相等。少：少于。不若：比不过。

③坚：顽固，死拼硬打。这两句意思是说，弱小的军队只知死打硬拼，就会被强大的军队擒获。

④辅周：辅佐周密。隙：不周密。

⑤患：危害。

⑥谓：告诉，命令。

⑦是：此，这。谓：叫做。縻（mí）：牵制，扰乱。

⑧三军：古代军队分上、中、下三军。这里统称军队。同：参与，干涉。惑：思想混乱。

⑨权：权变。任：责任，这里作“指挥”解。

⑩难：灾难。乱军：使军队混乱。引胜：即失去胜机。

⑪知胜：预见胜利。

⑫众寡之用：力量对比的情形。虞：有准备。能：有才能。御：驾驭，引申作牵制解。

⑬殆：危险。

庄　子

庄子（前369？～前286?），名周，战国中期著名思想家，道家学派代表人物。宋国蒙（今河南商丘东北）人。家境贫穷，曾为漆园小吏。行为放浪不羁，主张齐万物、一生死。庄子的散文想象丰富，意境雄阔，文笔汪洋恣肆，变化多端，具有浓厚的浪漫主义色彩。

逍遥游

【题解】本文是《庄子》第一篇，主旨在蔑视一切功名利禄，追求一种不受时空限制的超然物外的绝对自由。所谓逍遥游，在庄子看来，是外物与内我合二为一，在无穷的宇宙中自由自在，也就是绝对自由。尤其突出的是，本文以夸张的笔法和丰富的想象表现神奇的景象，语言生动活泼、挥洒自如，使文章充满了浪漫主义色彩。

北冥有鱼，其名为鲲①。鲲之大，不知其几千里也。化而为鸟，其名为鹏②。鹏之背，不知其几千里也。怒而飞，其翼若垂天之云③。是鸟也，海运则将徙于南冥。南冥者，天池也④。《齐谐》者，志怪者也⑤。《谐》之言曰："鹏之徙于南冥也，水击三千里，抟扶摇而上者九万里⑥，去以六月息者也⑦。"野马也，尘埃也，生物之以息相吹也⑧。天之苍苍，其正色邪⑨？其远而无所至极邪⑩？其视下也，亦若是则已矣⑪。且夫水之积也不厚，则其负大舟也无力。覆杯水于坳堂之上，则芥为之舟⑫；置杯焉则胶⑬，水浅而舟大也。风之积也不厚，则其负大翼也

①北冥（míng）：北海。冥同"溟"，本指海的深黑色，这里指大海。鲲（kūn）：大鱼。

②鹏：传说中最大的鸟。

③怒：指鼓动翅膀。垂天：指天边。

④海运：海上飞行。天池：天然形成的大池子。

⑤齐谐：书名。志：记载。

⑥水击：击水，大鹏起飞时翅膀拍击水面。抟（tuán）：盘旋上飞。扶摇：由下而上的狂风。

⑦以：凭借。息：气息，风。

⑧野马：春天山林间游动的水气，蒸腾如奔马，故称。

⑨苍苍：深蓝色。正色：本色。邪：同"耶"。

⑩至：到达。极：尽头。

⑪若是：像这样。则已：而已。

⑫覆：倒。坳（ào）：低洼的地方。芥：小草。

⑬焉：于此。胶：胶着不能动。

无力。故九万里，则风斯在下矣，而后乃今培风[①]；背负青天，而莫之夭阏者[②]，而后乃今将图南。

蜩与鸴鸠笑之曰[③]：“我决起而飞，抢榆枋[④]；时则不至，而控于地而已矣[⑤]。奚以之九万里而南为[⑥]？”适莽苍者，三餐而反，腹犹果然[⑦]；适百里者，宿舂粮[⑧]；适千里者，三月聚粮[⑨]。之二虫又何知[⑩]！小知不及大知，小年不及大年[⑪]。奚以知其然也？朝菌不知晦朔，蟪蛄不知春秋[⑫]，此小年也。楚之南有冥灵者[⑬]，以五百岁为春，五百岁为秋；上古有大椿者，以八千岁为春，八千岁为秋，此大年也。而彭祖乃今以久特闻[⑭]，众人匹之[⑮]，不亦悲乎！

汤之问棘也是已[⑯]：“穷发之北[⑰]有冥海者，天池也。有鱼焉，其广数千里，未有知其修者[⑱]，其名为鲲；有鸟焉，其名为鹏，背若泰山，翼若垂天之云，抟扶摇羊角而上者九万里，绝云气，负青天，然后图南，且适南冥也[⑲]。斥鴳笑之曰[⑳]：‘彼且奚适也[㉑]？我腾跃而上，不过数仞而下，翱翔蓬蒿之间，此亦飞之至也[㉒]。而彼且奚适也？’此小大之辩也[㉓]。

故夫知效一官，行比一乡，德合一君，而徵一国者，其自视也亦若此矣[㉔]。而宋荣子犹然笑之[㉕]。且举世誉之而不加劝，举世非之而不

①斯：于是。而后乃今：然后才开始。培风：即乘风。

②夭阏（è）：阻挡。阏，中止，阻碍。图南：想向南飞。

③蜩（tiáo）：蝉。鸴（xué）鸠：即斑鸠。

④决（xuè）：疾速地。抢（qiāng）：掠过。

⑤则：或，或者。控：落下。

⑥奚以：哪里。之：到……去。

⑦适：到……去。莽苍：指近郊。三餐：一天。果然：饱的样子。

⑧宿舂粮：一夜捣米准备干粮。

⑨聚粮：准备干粮。

⑩之：这。

⑪知：通“智”。不及：赶不上。年：指寿命。

⑫朝菌：一种朝生暮死的菌类植物。晦：阴历每月最后一天。朔：阴历每月初一。蟪蛄：寒蝉。

⑬冥灵：大海中的灵龟。

⑭彭祖：传说中的长寿者，活了八百多岁。

⑮匹：相比。

⑯汤：商汤。棘（jí）：即夏革，商汤以之为师。

⑰穷发：指不毛之地。发，草木。

⑱广：指身宽。修：指身长。

⑲羊角：盘旋而上的旋风。绝：穿过。云气：云层。且：将要。

⑳斥鴳（yàn）：一种小鸟。

㉑彼：指大鹏。奚适：去哪儿。

㉒仞：八尺或七尺为一仞。至：极限。

㉓辩：通“辨”，区别。

㉔效：胜任。比：迎合。合：投合。而：读如“能”，才能。征：信。此：指斥鴳。

㉕宋荣子：先秦思想家，学说接近墨子。犹然：笑的样子。

加沮[①]。定乎内外之分，辩乎荣辱之境，斯已矣。彼其于世，未数数然也[②]。虽然，犹有未树也[③]。夫列子御风而行，泠然善也[④]，旬有五日而后反，彼于致福者，未数数然也。此虽免乎行，犹有所待也。若夫乘天地之正，而御六气之辩，以游无穷者，彼且恶乎待哉[⑤]！故曰：至人无己，神人无功，圣人无名[⑥]。

①加：更。劝：努力。沮：沮丧。

②数数然：急切的样子。

③未树：未能树立，没能达到。

④列子：即列御寇。泠（líng）然：轻妙的样子。

⑤正：真性，指事物的规律。六气：指阴、阳、风、雨、晦、明。辩：通“变”。无穷：时空无穷无尽。

⑥至人：修养最高的人。无功：不求功绩。无名：不求名位。

庖丁解牛

【题解】本文选自《庄子·养生主》。作者本来的意图是通过庖丁解牛时如何保护刀刃，来说明做事必须顺从自然的养生之道。本文以比喻、夸张和烘托等手法，对庖丁解牛的过程进行了生动形象而又细致入微的描绘，文章写得生动传神。

庖丁为文惠君解牛[①]，手之所触，肩之所倚，足之所履，膝之所踦[②]，砉然响然，奏刀騞然，莫不中音[③]，合于《桑林》之舞，乃中《经首》之会[④]。

文惠君曰：“嘻！善哉！技盖至此乎[⑤]？”

庖丁释刀对曰：“臣之所好者，道也，进乎技矣[⑥]。始臣之解牛之时，所见无非牛者[⑦]。三年之后，未尝见全牛也。方今之时，臣以神遇而不以目视，官知止而神欲行[⑧]。依乎天理，批大郤，导大窾，因其固然[⑨]；技经肯綮之未尝，而况大軱

①庖丁：厨师。文惠君：即梁惠王。解：分解，肢解。

②触：接触。倚：依靠。履：踩。踦（yǐ）：用膝盖顶住。

③砉（huā）、騞（huō）：均为象声词。奏：进。中（zhòng）：符合。

④《桑林》、《经首》：均为上古乐曲。会：节奏。

⑤盖：通“盍”，怎么。

⑥进：超过。

⑦无非牛者：不过是牛而已。

⑧遇：接触。官知：感官的知觉。神欲：精神活动。

⑨天理：天然的结构。批：击，砍。郤（xì）：通“隙”。窾（kuǎn）：同“款”，指骨间的空穴。因：顺着。固然：本来的样子。

乎[①]！良庖岁更刀，割也；族庖月更刀，折也[②]。今臣之刀十九年矣，所解数千牛矣，而刀刃若新发于硎[③]。彼节者有间，而刀刃者无厚；以无厚入有间，恢恢乎其于游刃必有余地矣[④]。是以十九年而刀刃若新发于硎。虽然，每至于族，吾见其难为，怵然为戒，视为止，行为迟，动刀甚微。謋然已解[⑤]，如土委地。提刀而立，为之四顾，为之踌躇满志，善刀而藏之[⑥]。"

文惠君曰："善哉！吾闻庖丁之言，得养生焉[⑦]。

①技经：经络。肯：附在骨上的肉。綮（qìng）：筋肉聚集处。軱（gū）：大的骨头。

②族庖：一般的厨师。

③硎（xíng）：磨刀石。

④无厚：没有厚度，形容刃薄而锋利。间：空隙。

⑤族：筋骨交结处。怵（chù）然：害怕的样子，引申为紧张小心。止：停留在某一点。迟：慢。謋（huò）：象声词，骨肉相离的声音。

⑥踌躇满志：志得意满的样子。善：拭，揩。

⑦养生：养生之道。

秋水（节选）

【题解】本文选自《庄子·秋水》。《秋水》全文很长，它通过河伯与海神的互答，来说明宇宙的无穷。本文节选的这部分，通过河水与海水的大小对比，揭示了事物的相对性。作者设想了两个神话人物，加以背景的烘托，使说理形象生动，于深宏浑茫的意境中蕴含有深邃的哲理，读后令人胸襟为之开阔。

秋水时至，百川灌河[①]。泾流之大，两涘渚崖之间，不辩牛马[②]。于是焉河伯欣然自喜，以天下之美为尽在己[③]。顺流而东行，至于北海，东面而视，不见水端[④]。于是焉河伯始旋其面目，望洋向若而叹[⑤]，曰："野语有之曰[⑥]：'闻道百，以为莫己若者'，我之谓也[⑦]。且夫我尝闻少仲尼之闻，而轻伯夷

①时：按时，按季节。河：黄河。

②泾流：河流。涘（sì）：岸。渚（zhǔ）：水中小洲。辩：同"辨"，区分。

③河伯：传说中的黄河神。

④水端：水尽头。

⑤旋：回转，扭转。望洋：又作"望羊"、"望阳"，远视迷茫的样子。若：海若，传说中的海神。

⑥野语：俗语，谚语。

⑦莫己若：莫若己，没有比得上自己的。我之谓：说的就是我。

之义者[①]，始吾弗信。今我睹子之难穷也，吾非至于子之门则殆矣[②]。吾长见笑于大方之家[③]。”

北海若曰：“井蛙不可以语于海者，拘于虚也[④]；夏虫不可以语于冰者，笃于时也[⑤]；曲士不可以语于道者，束于教也[⑥]。今尔出于崖涘，观于大海，乃知尔丑，尔将可语大理矣[⑦]。”

①且夫：况且，再说。少：以……为少。仲尼：孔子的字。闻：见闻，学问。伯夷：因反对武王伐纣而不食周粟、饿死首阳山的义士。

②难穷：难以穷尽。殆：危险。

③见：被。大方之家：明白大道理的人。

④拘：局限。虚：同“墟”，居住的地方。

⑤笃：固，引申为“局限”之意。

⑥曲士：孤陋寡闻的人。道：思想，学说。束：受束缚。

⑦出于涯涘：走出河岸。

荀 子

荀子（前 313? ～前 238?），战国后期思想家，儒家代表人物。名况，又称荀卿，汉宣帝时因避帝讳而改称孙卿。他曾游学于齐，在临淄稷下学宫讲学。后又到楚国，春申君任为兰陵令。春申君死后，他居住在兰陵，从事著作和教育至死。所著《荀子》共三十二篇，多为长篇大论，标志着先秦散文发展的最高阶段。

劝学（节选）

【题解】《劝学》是荀子的代表作，这里节选的是前半部分。作者旁征博引，对为学问题进行了深入的探讨，生动有力地阐明了学习的重要性以及学习的态度、途径和方法。本文以标题概括主旨，中心突出，观点明确，结构严谨，说理缜密，是立论文章的典范之作。

君子曰[①]：学不可以已[②]。青，取之于蓝，而青于蓝[③]；冰，水为之，而寒于水。木直中绳，𫐓以为轮，其曲中规[④]；虽有槁暴，不复挺者，𫐓使之然也[⑤]。故木受绳则直，金就砺则利[⑥]，君子博学而日参省乎己，则知明而行无过矣[⑦]。

故不登高山，不知天之高也；不临深谿[⑧]，不知地之厚也；不闻先王之遗言[⑨]，不知学问之大也。干、越、夷、貉之子，生而同声[⑩]，长而异俗，教使之然也。

吾尝终日而思矣，不如须臾之所学也[⑪]；吾尝跂而望矣[⑫]，不如登高之博见也。登高而招，臂非加长也，而见者远[⑬]；顺风而呼，声非加疾也，而闻者彰[⑭]。假舆马者，非利

①君子：有道德有学问的人。

②已：停止，废弃。

③青：一种深蓝色染料。蓝：蓝草，叶可制染料。

④中（zhòng）：合乎。𫐓（róu）：用火熏木使之弯曲。规：圆规。

⑤槁：枯。暴（pù）：同“曝”，晒。

⑥砺（lì）：磨刀石。

⑦参：同“三”，多次；一说检验。省（xǐng）：反省。知：同“智”。过：过失。

⑧谿（xī）：山谷。

⑨遗言：流传的儒家经典。

⑩干：国名，为吴国所灭，这里指吴国。越：指越国。夷：古代东方少数民族。貉（mò）：古代北方民族。子：婴儿。同声：哭声相同。

⑪须臾：片刻，一会儿。

⑫跂（qì）：踮起脚跟。

⑬招：招手。见者远：很远的人都能看见。

⑭疾：激扬。彰：清晰。

足也，而致千里[①]；假舟楫者，非能水也，而绝江河[②]。君子生非异也，善假于物也[③]。

南方有鸟焉，名曰蒙鸠[④]，以羽为巢，而编之以发，系之苇苕[⑤]。风至苕折，卵破子死。巢非不完也，所系者然也。西方有木焉，名曰射干[⑥]，茎长四寸，生于高山之上，而临百仞之渊[⑦]。木茎非能长也，所立者然也。蓬生麻中，不扶而直；白沙在涅[⑧]，与之俱黑。兰槐之根是为芷，其渐之滫，君子不近，庶人不服[⑨]。其质非不美也，所渐者然也。故君子居必择乡，游必就士，所以防邪僻而近中正也[⑩]。

物类之起，必有所始[⑪]。荣辱之来，必象其德[⑫]。肉腐出虫，鱼枯生蠹[⑬]。怠慢忘身[⑭]，祸灾乃作。强自取柱，柔自取束[⑮]。邪秽在身，怨之所构[⑯]。施薪若一，火就燥也[⑰]；平地若一，水就湿也。草木畴生[⑱]，禽兽群焉，物各从其类也。是故质的张而弓矢至焉，林木茂而斧斤至焉，树成荫而众鸟息焉，醯酸而蜹聚焉[⑲]。故言有招祸也，行有招辱也。君子慎其所立乎[⑳]。

积土成山，风雨兴焉；积水成渊，蛟龙生焉；积善成德，而神明自得[㉑]，圣心备焉。故不积跬步[㉒]，无以至千里；不积小流，无以成江海。骐骥一跃[㉓]，不能十步；驽马十

①利足：脚走得快。假：凭借。

②楫：船桨。能水：善于泅水（游泳）。绝：横渡。

③生：同“性”，指人的资质。物：指外物。

④蒙鸠：即鹪鹩，一种善于筑巢的小鸟。

⑤苇苕（tiáo）：芦苇的嫩条。

⑥射（yè）干：一种草药。

⑦仞：古代七尺或八尺为一仞。

⑧涅（niè）：黑泥。

⑨“兰槐之根”一句是说这种植物苗叫兰槐，根叫芷。渐：浸。滫久（xiǔ）：臭水。服：佩带。

⑩就士：接近士人。中正：正直。

⑪起：兴起。

⑫象：依据。

⑬枯：腐烂。蠹（dù）：蛀虫。

⑭怠慢：言行失检。

⑮柱：同“祝”，断。束：束缚。

⑯构：聚集。

⑰施：摆列。

⑱畴生：丛生。这两句是说，同样摆放的柴，火总是向干处烧。

⑲质的：靶子。醯（xī）：醋。蜹（ruì）：蚊子一类的小昆虫。

⑳立：立身行事。

㉑神明：指高度的智慧。

㉒跬（kuǐ）：古人一举足叫跬，也叫半步，等于今天所谓一步。

㉓骐骥：良马。

驾，功在不舍[①]。锲而舍之，朽木不折[②]；锲而不舍，金石可镂。螾无爪牙之利，筋骨之强，上食埃土，下饮黄泉，用心一也[③]。蟹八跪而二螯[④]，非蛇鳝之穴无可寄托者，用心躁也。是故无冥冥之志者，无昭昭之明[⑤]，无惛惛之事者，无赫赫之功[⑥]。行衢道者不至[⑦]，事两君者不容。目不能两视而明，耳不能两听而聪[⑧]。螣蛇无足而飞，鼫鼠五技而穷[⑨]。《诗》曰：“尸鸠在桑，其子七兮[⑩]。淑人君子，其仪一兮[⑪]。其仪一兮，心如结兮[⑫]。”故君子结于一也[⑬]。

①驽马：劣马。驾：一日的行程。舍：停止。早晨驾马，日暮解下，故称。

②锲（qiè）：雕刻。折：切断。

③螾：同“蚓”，蚯蚓。利：锐利。一：专一。

④跪：脚。螯（áo）：螃蟹的第一对脚，形似钳。

⑤冥冥：这里指专心。昭昭：指智慧豁然贯通。

⑥惛惛（hūn）：默默无闻。赫赫：盛大，明显。

⑦衢道：岔道，指歧路。

⑧聪：听明白。

⑨螣（téng）蛇：传说中会飞的神蛇。鼫（shí）鼠：其形似兔，有飞、爬、游、穴、走五技，但都不是特长，因为不能专心。穷：困窘。

⑩尸鸠：布谷鸟。传说布谷鸟对自己的孩子能平均对待，始终如一。

⑪淑人：心地善良的人。

⑫结：稳定，不易变化。

⑬结于一：集中于一点。

韩　非

韩非（前280?～前233），战国思想家，法家集大成者。韩国人，与李斯俱师荀子。曾多次上书韩王变法图强，都未被采纳。后发愤著书十余万言，深受秦始皇的赏识而入秦，终为李斯谗害下狱而死。韩非的文章论证严密，条理分明，辞锋犀利，风格峭拔，具有强烈的批判精神。

扁鹊见蔡桓公

【题解】本文选自《韩非子·喻老》，通过蔡桓公讳疾忌医、最后病死的故事，生动地说明：人如果总是自以为是，拒纳忠言，必定会得到可悲的下场。文章寓意深刻，人物形象刻画得也很生动。

扁鹊见蔡桓公①，立有间②，扁鹊曰："君有疾在腠理，不治将恐深③。"桓侯曰："寡人无疾④。"扁鹊出，桓侯曰："医之好治不病以为功！"居十日⑤，扁鹊复见，曰："君之疾在肌肤，不治将益深⑥。"桓侯不应。扁鹊出，桓侯又不悦。居十日，扁鹊复见，曰："君之病在肠胃，不治将益深。"桓侯又不应。扁鹊出，桓侯又不悦。居十日，扁鹊望桓侯而还走⑦。桓侯故使人问之⑧。扁鹊曰："疾在腠理，汤熨之所及也⑨；在肌肤，针石之所及也⑩；在肠胃，火齐之所及也⑪；在骨髓，司命之所属，无奈何也⑫。今在骨髓，臣是以无请也⑬。"居五日，桓侯体痛，使人索扁鹊，已逃秦矣。桓侯遂死。

①扁鹊：姓秦，名越人，战国名医。蔡桓公：蔡国国君，下文又称"桓侯"。

②有间：一会儿。

③腠（còu）理：皮肤与肌肉之间的组织。

④寡人：古代诸侯的谦称，意为寡德之人。

⑤居：过了。

⑥肌肤：这里指肌肉。

⑦还走：转身就跑。还，同"旋"，回转身。

⑧故：特意。

⑨汤熨：用药敷。

⑩针石：金属的针和玉石的针，这里指针灸。

⑪火齐（jì）：火齐汤，治肠胃的汤药。

⑫司命：迷信中认为掌管生死命运的神。

⑬无请：不问，意思是无话可说。请，问。

李 斯

李斯（？～前208），战国、秦政治家。楚国上蔡（今河南上蔡）人。曾与韩非一起从荀子学习，学成后入秦为客卿，秦统一天下后为丞相，对旧的典章制度进行了一系列改革。

谏逐客书

【题解】本文是时为客卿的李斯的一个奏章，又名《上秦王书》。此前，韩国派水工郑国入秦，劝秦王修筑一条灌溉渠，以使秦劳民伤财，不能对韩用兵。不久，秦国发觉了这一阴谋，于是秦宗室大臣纷纷建议秦王驱逐外国来秦求官者。李斯也在被逐之列，于是上书劝谏。秦王采纳了李斯建议，取消了逐客令，并恢复了李斯的官职。这篇奏疏善用比喻，气势奔放，文采斐然。

臣闻吏议逐客，窃以为过矣①。

昔缪公求士②，西取由余于戎③，东得百里奚于宛④，迎蹇叔于宋⑤，来丕豹、公孙支于晋⑥。此五子者，不产于秦，而缪公用之，并国二十，遂霸西戎。孝公用商鞅之法⑦，移风易俗，民以殷盛，国以富强，百姓乐用，诸侯亲服，获楚、魏之师，举地千里，至今治强⑧。惠王用张仪之计⑨，拔三川之地，西并巴、蜀，北收上郡，南取汉中，包九夷，制鄢、郢，东据成皋之险，割膏腴之壤，遂散六国之从⑩，使之西面事秦，功施到今⑪。昭王得范雎⑫，废穰侯，逐华阳⑬，强公室，杜私门，蚕食诸侯，使秦成帝业。

①窃：私下。过：错误。

②缪公：即秦穆公。缪，古通“穆”。

③由余：晋人，为秦定计征服了西戎。

④百里奚：楚人，相秦七年，秦国大治。

⑤蹇（jiǎn）叔：岐人，秦穆公用为大夫。

⑥丕豹：晋人，穆公用为大将。公孙支：岐人，穆公收为谋臣。

⑦孝公：即秦孝公。

⑧亲服：听从。举：占领。

⑨惠王：秦孝公之子。

⑩三川：指今河南西北一带。上郡：魏地。汉中：楚地。九夷：楚国境内的少数民族。鄢郢：楚地。成皋：虎牢关。

⑪从：同“纵”，即合纵。事秦：听命秦国。施（yì）：延续。

⑫昭王：即秦昭襄王。范雎：魏国人，为昭襄王相。

⑬穰侯、华阳：秦国外戚，长期专权。

此四君者，皆以客之功。由此观之，客何负于秦哉！向使四君却客而不内，疏士而不用[①]，是使国无富利之实，而秦无强大之名也。

今陛下致昆山之玉，有随、和之宝，垂明月之珠，服太阿之剑，乘纤离之马，建翠凤之旗，树灵鼍之鼓[②]。此数宝者，秦不生一焉，而陛下说之，何也[③]？必秦国之所生然后可，则是夜光之璧不饰朝廷，犀、象之器不为玩好，郑、卫之女不充后宫，而骏良駃騠不实外厩，江南金锡不为用，西蜀丹青不为采[④]。所以饰后宫、充下陈、娱心意、说耳目者[⑤]，必出于秦然后可，则是宛珠之簪、傅玑之珥、阿缟之衣、锦绣之饰不进于前[⑥]，而随俗雅化、佳冶窈窕赵女不立于侧也[⑦]。夫击瓮叩缶，弹筝搏髀，而歌呼呜呜、快耳目者，真秦之声也[⑧]。郑、卫、桑间、韶虞、武象者[⑨]，异国之乐也。今弃击瓮叩缶而就郑、卫，退弹筝而取韶虞，若是者何也？快意当前，适观而已矣[⑩]。今取人则不然。不问可否，不论曲直，非秦者去，为客者逐。然则是所重者，在乎色、乐、珠、玉，而所轻者，在乎人民也。此非所以跨海内、制诸侯之术也。

臣闻地广者粟多，国大者人众，兵强则士勇。是以泰山不让土壤，故能成其大；河海不择细流，故能

①向使：当初假如。却：拒绝。内：同“纳”。疏士：疏远人才。

②昆山：即昆仑山，以产玉著名。随和之宝：指随侯珠与和氏璧，都是古代著名的珠玉。明月之珠：夜间亮如明月的珠宝。太阿：宝剑名。纤离：古骏马名。建：树立。翠凤之旗：用翠鸟的羽毛装饰成凤鸟形状的旗子。灵鼍（tuó）：江中动物，皮可蒙鼓。

③生：出产。说：同“悦”。

④犀象之器：犀牛角和象牙制成的器皿。郑、卫之女：古时认为郑、卫之女善歌舞，这里泛指能歌善舞的美女。充：充满。駃騠（jué tí）：骏马名。丹青：两种颜料。

⑤下陈：堂下。

⑥宛珠：宛地出产的珠子。傅：同“附”。玑：不圆的珠子。珥：耳饰。阿缟：齐国东阿出产的白色丝绸。

⑦随俗雅化：随风气变化而打扮时髦。佳冶：美好艳丽。窕窈：体态妩媚。赵女：古代燕赵多美女，这里泛指他国美女。

⑧瓮、缶：均为陶器，秦人兼用作乐器。搏髀（bì）：拍击大腿，指打拍子。歌呼呜呜：指浑厚豪放的秦声。

⑨郑、卫：指郑、卫两国的乐曲。桑间：卫国濮水之滨的音乐。韶虞：虞舜时的乐曲。武象：周武王时的乐曲。

⑩快意：心情愉快。适观：适合观赏。

就其深；王者不却众庶，故能明其德[①]。是以地无四方，民无异国，四时充美，鬼神降福，此五帝三王之所所以无敌也。今乃弃黔首以资敌国，却宾客以业诸侯[②]，使天下之士退而不敢西向，裹足不入秦，此所谓藉寇兵而赍盗粮者也[③]。

夫物不产于秦，可宝者多；士不产于秦，而愿忠者众。今逐客以资敌国，损民以益仇，内自虚而外树怨于诸侯，求国之无危，不可得也[④]。

①让：拒绝。却：推却。众庶：普通人。明其德：显示他的德行。

②黔首：百姓。资：助。业：成就事业。

③藉：通“借”。赍（jī）：给予，赠送。

④益：帮助。自虚：使自己虚弱。树怨：结仇。

宋 玉

宋玉（生卒年不详），战国时期辞赋家。楚国郢都人，楚国大夫。相传他是屈原的学生，做过侍从之类的官。宋玉主要以辞赋见长，后人常把他与屈原并称。他的作品主要有《九辩》、《招魂》、《风赋》、《高唐赋》、《神女赋》等辞赋之作。作品中多为婉讽谲谏之辞，也常因个人的怀才不遇而有愤世嫉俗的情绪。

风 赋

【题解】这是宋玉的一篇著名的赋。文章以宋玉和楚王的对话，描绘了"大王之风"与"庶人之风"的不同形态、特点，及其给人的感受。想象丰富，辞采缤纷，在出人意表的刻画之中，给人留下悠长的回味。

楚襄王游于兰台之宫，宋玉、景差侍[①]。

有风飒然而至，王乃披襟而当之[②]，曰："快哉此风！寡人所与庶人共者邪？"

宋玉对曰："此独大王之风耳，庶人安得而共之！"

王曰："夫风者，天地之气，溥畅而至[③]，不择贵贱高下而加焉。今子独以为寡人之风，岂有说乎[④]？"

宋玉对曰："臣闻于师，枳句来巢，空穴来风，其所托者然，则风气殊焉[⑤]。"

王曰："夫风，始安生哉？"

宋玉对曰："夫风，生于地，起于青苹之末。侵淫溪谷，盛怒于土囊之口。缘泰山之阿，舞于松柏之下[⑥]，

①楚襄王：一个假设的人物。兰台：楚王行宫。景差：楚国大夫。侍：随从。

②飒（sà）然：风的声音。披襟：敞开衣襟。当：迎着。

③溥（pǔ）：普遍。畅：畅快。

④加：吹。说：说法，理由。

⑤枳句（zhǐ gōu）：枳树上弯曲的地方。来巢：鸟来作窝。风气：风的气势。

⑥青苹：水草。侵淫：逐渐散开。溪谷：山谷。盛怒：形容风势猛烈。土囊：大的山洞。缘：沿着。阿（ē）：山凹。

飘忽淜滂，激飏熛怒。耾耾雷声，回穴错迕，蹷石伐木，梢杀林莽[①]。至其将衰也，被丽披离，冲孔动楗。眴焕灿烂，离散转移[②]。故其清凉雄风，则飘举升降，乘凌高城，入于深宫[③]。邸华叶而振气，徘徊于桂椒之间，翱翔于激水之上，将击芙蓉之精[④]。猎蕙草，离秦蘅，概新夷，被荑杨。回穴冲陵，萧条众芳[⑤]。然后倘佯中庭，北上玉堂，跻于罗帷，经于洞房[⑥]，乃得为大王之风也。故其风中人状，直憯凄惏慄，清凉增欷，清清泠泠，愈病析醒，发明耳目，宁体便人[⑦]。此所谓大王之雄风也。”

王曰：“善哉论事[⑧]！夫庶人之风，岂可闻乎？”

宋玉曰：“夫庶人之风，塕然起于穷巷之间[⑨]，堀堁扬尘，勃郁烦冤，冲孔袭门[⑩]，动沙堁，吹死灰，骇溷浊，扬腐余[⑪]，邪薄入瓮牖，至于室庐[⑫]。故其风中人状，直憞溷郁邑，驱温致湿[⑬]，中心惨怛，生病造热[⑭]，中唇为胗，得目为蔑[⑮]，啖齰嗽获，死生不卒[⑯]。此所谓庶人之雌风也。”

①淜滂（pīng páng）：风撞击东西的声音。熛（biāo）怒：像火一样怒号。耾耾（hóng）：很大的风声。回穴：回旋。错迕（wǔ）：交错。蹷（jué）：摇动。伐木：吹断树木。梢杀：冲击。林莽：草木。

②被丽披离：四面分散的样子。冲孔动楗：冲击小孔、动摇门栓。楗（jiàn）：门栓。眴（xuàn）焕：鲜明的样子。离散转移：四面飘浮。

③乘凌：上升。

④邸：同“抵”。振：散发。精：花。

⑤猎：掠过。蕙草：一种香草。秦蘅：一种香草。概：吹平。新夷：即辛夷。被：披开。荑（tí）杨：初生的杨树。冲陵：冲击山岩。

⑥倘佯（cháng yáng）：徘徊。跻（jī）：上升。洞房：高大的房屋。

⑦中（zhòng）：吹到。直：简直。憯（cǎn）凄：悲痛。惏慄（lín lì）：寒冷。增欷（xī）：抽咽声。泠泠（líng）：清凉。愈病：治好疾病。析醒：解醉醒酒。酲（chéng），酒醉。便人：对人有利。

⑧论事：分析事物。

⑨塕（wěng）然：风突然刮起的样子。

⑩堀（jué）：动。堁（kè）：尘土。郁勃烦冤：形容风回旋的样子。

⑪沙堁：沙土。溷（hùn）浊：肮脏之物。腐余：腐烂的东西。

⑫邪薄：指风从旁边侵入。瓮牖（wèng yǒu）：用瓮口作的窗户。

⑬憞（duì）溷：烦浊的样子。郁邑：愁闷。

⑭中（zhòng）心：进入内心。惨怛（dà）：忧伤。

⑮中唇：碰到嘴唇。胗（zhěn）：唇疮。得目：碰到眼睛。蔑：眼病。

⑯啖（dàn）：吃。齰（zhà）：嚼。嗽：咂。获：同“嚄”，大叫。死生不卒：不死不活。

登徒子好色赋

【题解】《登徒子好色赋》是历来为人传颂的佳篇。作者的原意似为“惩淫”，但其华丽的文辞，虚实相间的章法，却最终成就了一篇对女性美给予充分展示的美文。而其中的“登徒子”、“增之一分则太长，减之一分则太短”又成为汉语言中常见的语汇。

大夫登徒子侍于楚王，短宋玉曰[①]：“玉为人体貌闲丽，口多微辞[②]，又性好色。愿王勿与出入后宫。”

王以登徒子之言问宋玉。玉曰：“体貌闲丽，所受于天也[③]；口多微辞，所学于师也；至于好色，臣无有也。”王曰：“子不好色，亦有说乎？有说则止，无说则退[④]。”

玉曰：“天下之佳人莫若楚国，楚国之丽者莫若臣里，臣里之美者莫若臣东家之子[⑤]。东家之子，增之一分则太长，减之一分则太短；著粉则太白，施朱则太赤[⑥]。眉如翠羽，肌如白雪[⑦]；腰如束素，齿如含贝[⑧]；嫣然一笑，惑阳城，迷下蔡[⑨]。然此女登墙窥臣三年，至今未许也[⑩]。登徒子则不然：其妻蓬头挛耳，龂唇历齿，旁行踽偻，又疥且痔[⑪]，登徒子悦之，使有五子。王熟察之[⑫]，谁为好色者矣。”

是时，秦章华大夫在侧，因进而称曰[⑬]：“今夫宋玉盛称邻之女，以为美色。愚乱之邪臣，自以为守

①登徒子：作者虚构的人名。子：对人的尊称。短：进谗言。

②微辞：巧辞，善于说话。

③闲丽：闲雅秀丽。受于天：生来就有的。

④说：辩解。止：居原职。退：免官。

⑤莫若：比不上。里：乡里，街坊。古代五家为邻，五邻为里。

⑥著（zhuó）：搽。施：用，抹。朱：胭脂之类的化妆品。

⑦翠羽：乌黑色的羽毛。

⑧束素：一束绢帛，形容女子腰细。含贝：口含海贝，形容牙齿洁白。

⑨嫣然：动人的微笑。阳城、下蔡：县名，都是楚国贵族的封邑。

⑩窥：偷看。许：同意，意为接纳。

⑪挛耳：耳朵伸展不开。龂（zhī）唇：豁唇。旁行：走路倾斜。踽偻（jǔ lǚ）：驼背。疥：疮。

⑫熟察：详察。

⑬秦章华大夫：作者虚构的人物。称：称赞。

德，谓不如彼矣[①]。且夫南楚穷巷之妾，焉足为大王言乎[②]？若臣之陋，目所曾睹者，未敢云也。”

王曰：“试为寡人说之。”大夫曰：“唯唯。臣少曾远游，周览九土，足历五都[③]。出咸阳，熙邯郸，从容郑、卫、溱、洧之间[④]。是时，向春之末，迎夏之阳，鸧鹒喈喈，群女出桑[⑤]。此郊之姝，华色含光，体美容冶，不待饰装[⑥]。臣观其丽者，因称诗曰：‘遵大路兮揽子祛[⑦]，赠以芳花辞甚妙。’于是处子怳若有望而不来[⑧]，忽若有来而不见。意密体疏，俯仰异观，含喜微笑，窃视流眄[⑨]。复称诗曰：‘寤春风兮发鲜荣，洁斋俟兮惠音声，赠我如此兮，不如无生[⑩]。’因迁延而辞避[⑪]，盖徒以微辞相感动，精神相依凭。目欲其颜，心顾其义，扬诗守礼，终不过差，故足称也[⑫]。”

于是楚王称善。宋玉遂不退。

①愚乱之邪臣：昏庸邪僻之臣，这是章华大夫的谦称。

②且夫：表示转折，相当于“况且”。南楚：楚国在南方。

③周览：周游观看。九土：九州，此指各国。五都：五方之都。

④熙：游玩。从容：自在地游览。郑卫：国名。溱、洧：郑国二水名。以上均为歌舞娱乐知名之地。

⑤向：接近。鸧鹒（cāng gēng）：黄鹂，也作“仓庚”。喈喈：鸟鸣声。出桑：来到桑林。

⑥姝（shū）：美丽。冶（yě）：打扮艳丽。华色含光：容貌光艳。

⑦遵：沿着。祛（qū）：袖口。

⑧处子：未嫁少女。怳若：仿佛。

⑨意密体疏：感情亲密，却保持着距离。俯仰：举止。异观：（与送花之前）不一样。窃视流眄（miǎn）：偷着看，眼光一掠而过。

⑩寤：睡醒。鲜荣：花朵，比喻少年的容颜焕发。洁斋：清洁斋戒。俟（sì）：等待。惠音：动听的声音。

⑪迁延：犹豫，徘徊。辞避：回避。

⑫依凭：依恋。欲：欣赏。顾：担心。过差：过错。扬诗：诵诗。足称：足可以称道。

贾　谊

贾谊（前 200～前 168），汉初政治家、辞赋家。洛阳（今河南洛阳）人，因曾任长沙王太傅，故后也亦称贾长沙、贾太傅。贾谊著文 58 篇，刘向编为《新书》十卷。他的文学成就，主要是辞赋和政论散文。

过秦论

【题解】《过秦论》有上、中、下三篇，这里选的是上篇。此文极善于层层铺垫，回环对比，具有“横溢不可遏”的逻辑力量和情感力量。

秦孝公据殽函之固，拥雍州之地[①]，君臣固守，以窥周室[②]。有席卷天下，包举宇内，囊括四海之意，并吞八荒之心[③]。当是时也，商君佐之[④]，内立法度，务耕织，修守战之备；外连衡而斗诸侯[⑤]。于是秦人拱手而取西河之外[⑥]。

孝公既没，惠文、武、昭蒙故业，因遗策，南取汉中，西举巴蜀，东割膏腴之地，收要害之郡[⑦]。诸侯恐惧，会盟而谋弱秦。不爱珍器重宝肥饶之地，以致天下之士，合从缔交，相与为一。当此之时，齐有孟尝，赵有平原，楚有春申，魏有信陵[⑧]。此四君者，皆明智而忠信，宽厚而爱人，尊贤而重士。约从离衡，兼韩、魏、燕、赵、宋、卫、中山之众[⑨]。于是六国之士，有宁越、徐尚、苏秦、杜赫之属为之谋，齐明、周最、陈轸、召滑、楼缓、

①秦孝公：秦国国君，他任用商鞅变法，使秦国强大起来。殽（xiáo）函：殽山与函谷关，均在今河南。雍州：古九州之一，在今陕西中部、北部及甘肃一带。

②窥：此处指图谋、暗算。

③席卷：像卷席一样全部卷去。包举：像打包袱一样全部包裹去。囊括：用口袋全部装去。席卷、包举、囊括，都有吞并的意思。八荒：八方极边远的地方。

④商君：即商鞅。

⑤连衡：即“连横”。斗诸侯：使诸侯争斗。

⑥西河之外：指魏在黄河以西的土地。

⑦蒙故业：继承秦孝公的事业。因：遵循。遗策：遗留下来的政策。膏腴：肥沃。要害：地势险要。

⑧孟尝君等四人，有战国四公子之称，皆爱养士。

⑨约从：即合纵。离衡：离散秦国的“连横”。兼：并，联合。

翟景、苏厉、乐毅之徒通其意，吴起、孙膑、带佗、儿良、王廖、田忌、廉颇、赵奢之伦制其兵[①]。尝以十倍之地，百万之众，叩关而攻秦。秦人开关而延敌，九国之师逡逃而不敢进[②]。秦无亡矢遗镞之费[③]，而天下诸侯已困矣。于是从散约败，争割地而赂秦。秦有余力而制其弊，追亡逐北，伏尸百万，流血漂橹，因利乘便，宰割天下，分裂山河，强国请服，弱国入朝[④]。

施及孝文王、庄襄王，享国之日浅，国家无事[⑤]。及至始皇，奋六世之余烈，振长策而御宇内，吞二周而亡诸侯，履至尊而制六合，执敲朴以鞭笞天下[⑥]，威震四海。南取百越之地，以为桂林、象郡，百越之君俛首系颈，委命下吏[⑦]。乃使蒙恬北筑长城而守藩篱，却匈奴七百余里，胡人不敢南下而牧马，士不敢弯弓而报怨[⑧]。

于是废先王之道，焚百家之言，以愚黔首[⑨]。堕名城，杀豪俊，收天下之兵聚之咸阳，销锋镝，铸以为金人十二，以弱天下之民[⑩]。然后践华为城，因河为池[⑪]，据亿丈之城，临不测之渊以为固。良将劲弩，守要害之处；信臣精卒，陈利兵而谁何[⑫]。天下已定，始皇之心，自以为关中之固，金城千里，子孙帝王万世之业也[⑬]。始皇既没，余威振于殊俗[⑭]。

①以上所举皆六国谋臣武将。之属、之徒、之朋，意皆同，即这些人。通其意：互通意见。制其兵：训练、统率军队。

②叩：击，攻打。关：函谷关。延：引进。

③矢：箭。镞：箭头。

④制：掌握、控制。弊：弱点。亡：逃跑。北：败军。橹：盾牌。因利乘便：利用便利的形势。

⑤施（yì）：及，到。享国：君王在位。日浅：时间短。

⑥奋：发扬。六世：指秦孝公等六代秦王。余烈：遗留下来的功业。振：挥动。策：马鞭。御：驾御。宇内：天下。二周：指东周和西周。履至尊：登上帝位。六合：上下四方，指天下。敲朴：打人的刑具。鞭笞：鞭打。

⑦百越：南方少数民族。桂林、象郡：二郡名，均在今广西。俛：同“俯”。俯首：即低头表示服从。委：付与。下吏：下等官吏。

⑧藩篱：篱笆，保卫国家的屏障，这里是指长城。士：指胡人军兵。

⑨黔首：百姓。

⑩堕（huī）：同“隳”，毁坏。镝（dí）：通“镝”，箭镞，代指兵器。

⑪践：踏上，这里指据守。华：华山。河：黄河。

⑫信臣：可靠的将官。谁何：盘查行人。何，同“呵”。

⑬关中：指秦地，今陕西一带。金城：坚固的城池。

⑭殊俗：风俗不同的地区。

然而陈涉，瓮牖绳枢之子，氓隶之人，而迁徙之徒也[①]。才能不及中庸，非有仲尼、墨翟之贤，陶朱、猗顿之富也[②]。蹑足行伍之间，而俛起阡陌之中，率罢弊之卒，将数百之众，转而攻秦[③]。斩木为兵，揭竿为旗，天下云集而响应，赢粮而景从[④]，山东豪俊遂并起而亡秦族矣。

且夫天下非小弱也[⑤]，雍州之地，殽函之固，自若也[⑥]。陈涉之位，非尊于齐、楚、燕、赵、韩、魏、宋、卫、中山之君也；鉏耰棘矜，非铦于钩、戟、长铩也[⑦]；谪戍之众，非抗于九国之师也；深谋远虑，行军用兵之道，非及曩时之士也[⑧]。然而成败异变，功业相反也。试使山东之国与陈涉度长絜大[⑨]，比权量力，则不可同年而语矣。然而秦以区区之地，致万乘之权，序八州而朝同列[⑩]，百有余年矣。然后以六合为家，殽函为宫。一夫作难而七庙堕，身死人手，为天下笑者，何也[⑪]？仁义不施，而攻守之势异也。

①瓮牖绳枢：用瓦盆作窗，用草绳系门轴，形容房屋简陋。氓(méng)：耕田的人。

②中人：平常的人。仲尼、墨翟：孔子、墨子。陶朱、猗顿：都是春秋时的大富翁。

③蹑（niè）：踩。行伍：军队。俛起：进退、生活于。阡陌：田间小路。罢（pí）：通“疲”。

④斩木为兵：砍下树枝作兵器。赢：背负。景从：如影相随。景，通“影”。

⑤小弱：变小变弱。

⑥自若：和从前一样。

⑦鉏：即“锄”字。耰（yōu）：碎土的农具。棘矜（qín）：棘树做的矛柄。铦（xiān）：锋利。铩（shā）：长矛。

⑧曩（nǎng）：从前。

⑨絜（xié）：度量物体的粗细。

⑩万乘（shèng）：指天子。八州：九州中雍州以外的八州。朝同列：使同列来朝拜自己。

⑪一夫：一个人。七庙：指秦孝公至秦始皇七位秦王的宗庙，此处代指江山社稷。身死人手：指秦二世为赵高所杀、子婴为项羽所杀。

论积贮疏[①]

【题解】这篇奏疏在社会危机（重末轻本，贪富悬殊，社会不稳）正在酝酿的西汉初年写成，论点鲜明，论证精密，说理透彻，设问、反问、对比等相间使用，文笔起伏多姿，表达了作者对社会问题的深刻思考，显示了作者敏锐的洞察力。

管子曰："仓廪实而知礼节[②]。"民不足而可治者，自古及今，未之尝闻。古之人曰："一夫不耕，或受之饥；一女不织，或受之寒[③]。"生之有时而用之亡度，则物力必屈[④]。古之治天下，至纤至悉也，故其蓄积足恃[⑤]。今背本而趋末，食者甚众，是天下之大残也[⑥]；淫侈之俗，日日以长，是天下之大贼也。残贼公行，莫之或止[⑦]；大命将泛，莫之振救[⑧]。生之者甚少，而靡之者甚多，天下财产，何得而不蹶[⑨]！汉之为汉，几四十年矣。公私之积，犹可哀痛。失时不雨，民且狼顾[⑩]；岁恶不入，请卖爵子[⑪]。既闻耳矣，安有为天下阽危若是而上不惊者[⑫]？

世之有饥穰，天之行也，禹、汤被之矣[⑬]。即不幸而有方二三千里之旱，国胡以相恤[⑭]？卒然边境有急，数千百里之众，国胡以馈之[⑮]？兵旱相乘，天下大屈，有勇力者聚徒而横击，罢夫羸老易子而咬其骨，政治未毕通也[⑯]。远方之能疑者，并举而争起矣。乃骇而图

①积贮：囤积五谷，以防备水旱兵灾。

②仓廪（lǐnɡ）：粮仓。实：满。

③古之人：亦指管子。或：有人。

④亡度：没有限制。亡，同"无"。屈：缺乏。

⑤纤：细。悉：全面。足恃：足够凭借。

⑥本：根本，指农业。末：这里指农业以外的各行各业。残：害。

⑦淫侈：华美奢侈。贼：害。公行：公开泛滥。莫：没有人。

⑧大命：天命，政权。泛：不稳。振救：拯救。

⑨靡：消耗，浪费。蹶：匮乏，穷尽。

⑩失时：不及时。狼顾：犹豫，惊慌。

⑪岁恶：年成不好。入：收成。爵子：官爵和子女。

⑫阽（diàn）危：临近危险。

⑬饥穰（rǎnɡ）：荒年与丰年。这里偏指荒年。被：遭遇。

⑭方：方圆。胡：怎么。恤：赈济。

⑮卒：同"猝"，突然。馈（kuì）：给，救济。

⑯相乘：相加。聚徒而横击：聚众抢劫。罢：同"疲"。羸（léi）：瘦弱。易子而咬其骨：即交换孩子而食之。政治：统治。毕：完全。通：畅通，清明。

之，岂将有及乎[1]！

夫贮积者，天下之大命也[2]。苟粟多而财有余，何为而不成！以攻则取，以守则固，以战则胜，怀敌附远，何招而不至[3]！今驱民而归之农，皆著于本，使天下各食其力，末技游食之民，转而缘南亩，则蓄积足而人乐其所矣[4]。可以为富安天下，而直为此廪廪也[5]，窃为陛下惜之。

①能疑者：怀有二心的人。并举：群起。骇而图之：惊骇地想法对付他们。有及：来得及。

②大命：这里作命脉、关键解。

③怀敌：安抚敌人。附远：使远方的人归顺。

④著：附着，回归。末技：工商之业。缘：走向。南亩：农田。

⑤直：竟然。廪廪：通“懔懔”，畏惧，担心。

邹　阳

邹阳（？～前129），汉代文学家。齐（今山东东部）人。邹阳为人有智略，慷慨不苟合，有文八篇，所传辞赋，后人以为伪托。

狱中上梁王书

【题解】邹阳做梁孝王宾客时，受羊胜等中伤下狱，在狱中给梁王写了这封信。忠而受谤，信而见疑，邹阳以一腔悲愤，在信中征引前代君臣遇合之事，抒发冤屈之气。全文广譬长喻，不嫌繁复；辨析事理，颇中肯綮。这番说辞最终说动了梁王，邹衍获免。

臣闻“忠无不报，信不见疑①，”臣常以为然，徒虚语耳②。昔荆轲慕燕丹之义，白虹贯日，太子畏之③。卫先生为秦画长平之事，太白食昴，昭王疑之④。夫精诚变天地，而信不谕两主⑤，岂不哀哉！今臣尽忠竭诚，毕议愿知，左右不明，卒从吏讯，为世所疑，是使荆轲、卫先生复起，而燕秦不寤也⑥。愿大王熟察之！

昔玉人献宝，楚王诛之⑦。李斯竭忠，胡亥极刑。是以箕子阳狂，接舆避世，恐遭此患⑧也。愿大王察玉人、李斯之意，而后楚王、胡亥之听⑨，毋使臣为箕子、接舆所笑。臣闻比干剖心，子胥鸱夷⑩，臣始不信，乃今知之。愿大王熟察，少加怜焉。

语曰：“白头如新，倾盖如故⑪。”

①信：信义。见疑：被怀疑。

②虚语：空话。

③这几句是说，荆轲临行前精诚动天，白虹贯日，可燕太子还担心他变卦。

④卫先生：秦国人。长平：地名，秦将白起在此大破赵军。食：遮蔽。昴（mǎo）：星宿名。金星遮昴，说明赵国有战事。

⑤变：感动。谕：明白。

⑥毕议：尽已所思。愿知：希望大王知晓。左右：大王身边的人，婉指大王。从吏讯：被刑吏审问。寤（wù）：醒悟。

⑦玉人：指楚人卞和。

⑧箕子、接舆：均为贤人。阳：同“佯”，假装。

⑨后楚王胡亥之听：先不要像楚王、胡亥那样偏听偏信。

⑩子胥：即伍子胥。鸱夷：革囊。

⑪白头如新：直到老仍然像刚认识一样，形容关系不融洽。倾盖如故：一见面就像老朋友一样。倾盖：停车交谈。

何则？知与不知也。故樊於期逃秦之燕，藉荆轲首以奉丹事①；王奢去齐之魏，临城自刭，以却齐而存魏②。夫王奢、樊於期非新于齐、秦而故于燕、魏也，所以去二国、死两君者，行合于志，慕义无穷也。是以苏秦不信于天下，为燕尾生③。白圭战亡六城，为魏取中山④。何则？诚有以相知也。苏秦相燕，人恶之于燕王，燕王按剑而怒，食以駃騠⑤。白圭显于中山，人恶之于魏文侯，文侯赐以夜光之璧。何则？两主二臣，剖心析肝相信，岂移于浮辞哉⑥！

故女无美恶，入宫见妒；士无贤不肖，入朝见嫉。昔者司马喜膑脚于宋，卒相中山⑦；范雎拉胁折齿于魏，卒为应侯⑧。此二人者，皆信必然之画，捐朋党之私，挟孤独之交，故不能自免于嫉妒之人也⑨。是以申徒狄蹈雍之河，徐衍负石入海，不容于世⑩，义不苟取比周于朝，以移主上之心⑪。故百里奚乞食于路，穆公委之以政⑫；宁戚饭牛车下，桓公任之以国⑬。此二人者，岂素宦于朝，借誉于左右，然后二主用之哉⑭！感于心，合于行，坚如胶漆，昆弟不能离，岂惑于众口哉⑮！

故偏听生奸，独任成乱⑯。昔鲁听季孙之说，逐孔子⑰；宋信子冉之计，囚墨翟⑱。夫以孔墨之辩，不能自免于谗谀，而二国以危。何则？

①樊於（wū）期：秦国将军，被谗而逃往燕国。荆轲刺秦王时，他为报仇而自愿借头给荆轲作见面礼。藉：同“借”。奉：帮助。

②王奢：齐国大臣，逃至魏国，齐借故攻打魏国。王奢自杀。

③为：成为。尾生：传说中极为守信之人。这里指苏秦对燕国忠诚。

④白圭：中山国将军，因丢失城池而国欲杀之，逃至魏国。

⑤恶：进谗言。食（sì）以駃騠（jué tí）：杀駃騠给他吃。駃騠，骏马名。

⑥剖心析肝：真心相待。移：动摇。

⑦司马喜：战国时人，后相中山国。膑脚：古代刑罚，挖去膝盖骨。

⑧范雎：战国魏人，遭迫害而逃往秦国为相。拉：折。胁：肋骨。

⑨画：计。捐：抛弃。孤独之交：很少的朋友。

⑩申徒狄：殷末人，谏纣王不听，自沉于雍州河中。徐衍：周末人，不满现实，负石自沉于海。

⑪苟取：苟且获得。比周：结党。

⑫百里奚：秦穆公大臣。百里奚闻穆公贤明，往而投之。

⑬宁戚：齐桓公大臣。饭：喂养。

⑭素宦：一向为官。

⑮昆弟：兄弟。离：离间，挑拨。

⑯独任：把权力交给一个人。

⑰季孙：鲁国大夫。孔子在鲁国任司寇，齐国担心鲁国强盛，便通过季孙诋毁孔子，逼其离任。

⑱子冉：即子罕，春秋宋国大夫，晚年大权独揽，曾囚禁墨子。

众口铄金，积毁销骨[①]也。秦用戎人由余而霸中国，齐用越人子臧而强威宣[②]。此二国岂系于俗，牵于世，系奇偏之浮辞哉[③]？公听并观，垂明当世[④]。故意合，则吴越为兄弟，由余、子臧是矣[⑤]；不合，则骨肉为仇敌，朱、象、管、蔡是矣[⑥]。今人主诚能用齐、秦之明，后宋、鲁之听，则五霸不足侔，而三王易为也[⑦]。

是以圣王觉寤，捐子之之心，而不悦田常之贤[⑧]，封比干之后，修孕妇之墓，故功业覆于天下。何则？欲善无厌也[⑨]。夫晋文亲其仇，而强霸诸侯[⑩]；齐桓用其仇，而一匡天下[⑪]。何则？慈仁殷勤，诚加于心，不可以虚辞借也。

至夫秦用商鞅之法，东弱韩魏，立强天下，卒车裂之。越用大夫种之谋，禽劲吴而霸中国，遂诛其身[⑫]。是以孙叔敖三去相而不悔，於陵子仲辞三公为人灌园[⑬]。今人主诚能去骄傲之心，怀可报之意，披心腹，见情素，隳肝胆，施德厚，终与之穷达[⑭]。无爱于士，则桀之犬可使吠尧，跖之客可使刺由[⑮]，何况因万乘之权，假圣王之资乎[⑯]！然则荆轲湛七族，要离燔妻子，岂足为大王道哉[⑰]！

臣闻明月之珠，夜光之璧，以暗投人于道，众莫不按剑相眄者[⑱]，何则？无因而至前也。蟠木根柢，轮囷离奇，而为万乘器者，以左右

①铄：熔化。毁：诋毁。销：熔化。

②由余：春秋晋人，逃到西戎后，被秦穆公招纳，助秦成霸业。子臧：春秋越人，被齐国重用。

③牵：制约。系：听信。

④垂：表现。明：英明。

⑤吴越：两国长期处于战争状态。

⑥朱：丹朱，尧之子，因其不肖，尧将他驱逐。象：舜之弟，因妒多次设法害舜。管、蔡：周武王之弟，均掌大权，但相互猜忌。

⑦侔：相等。

⑧捐：丢掉，引申为扼杀。子之：燕王哙的相，因不接受禅位而引起燕国大乱。田常：因有才干而受重用，最终却弑君专权。

⑨封比干之后：武王灭殷后，封比干之子。孕妇：被殷王无故杀害，以观胎儿的女人。

⑩晋文：晋文公。晋文公对以前伤害自己的人既往不咎。

⑪一匡：一举匡扶。

⑫大夫种：越国的大夫文种。他助勾践灭吴，但最终被谗赐死。

⑬孙叔敖：楚国相，三次去职而不悔。於陵子仲：楚国人，楚王闻其贤而欲聘其为相。

⑭披：敞开。情素：心志。隳（huī）肝胆：剖开肝胆。

⑮无爱于士：对士没有什么舍不得的。桀（jié）狗吠尧：与下面“跖（zhí）客刺由”同意，表示士受恩惠，什么事都可以做。由：洁身自好的许由。

⑯因：利用。万乘：指天子。假：借。

⑰湛（chén）：与“沉”同，意为灭亡。要离：战国吴国刺客。燔：烧死。

⑱相眄（miǎn）：左右环视。眄，斜视。

先为之容也[①]。故无因而至前，虽出随珠、和璧，只足结怨而不见德。有人先游，则枯木朽株，树功而不忘[②]。今夫天下布衣穷居之士，身在贫羸，虽蒙尧、舜之术，挟伊、管之辩，怀龙逄、比干之意[③]，而素无根柢之容，虽竭精神，欲忠于当世之君，则人主必袭按剑相眄之迹矣[④]。是使布衣之士不得为枯木朽株之资也。

是以圣王制世御俗，独化于陶钧之上[⑤]，而不牵乎卑乱之语，不夺乎众多之口[⑥]。故秦皇帝任中庶子蒙嘉之言，以信荆轲，而匕首窃发[⑦]；周文猎泾渭，载吕尚而归，以王天下。秦信左右而亡，周用乌集而王[⑧]。何则？以其能越挛拘之语，驰域外之议，独观乎昭旷之道也[⑨]。今人主沉谄谀之辞，牵帷墙之制，使不羁之士与牛骥同皂，此鲍焦所以愤于也[⑩]。

臣闻盛饰入朝者，不以私污义；底厉名号者，不以利伤行[⑪]。故里名胜母，曾子不入；邑号朝歌，墨子回车[⑫]。今欲使天下寥廓之士笼于威重之权，胁于位势之贵，回面污行，以事谄谀之人，而求亲近于左右[⑬]，则士有伏死堀穴岩薮之中耳，安有尽忠信而趋阙下者哉[⑭]！

①蟠木：屈曲之木。根柢：树根。轮囷（qūn）离奇：盘旋错综。万乘器：天子车辆所用的东西。容：雕刻加工。

②随珠：传说中的珍珠。先游：事先为之作准备。

③蒙：胸怀。龙逄：殷纣王的忠臣。

④根柢：这里指来历、背景。开：展示。

⑤治世御俗：治理天下，统管百姓。化：随心所欲地应用。陶钧：制陶的工具，这里指规矩、制度。

⑥夺：改变主意。

⑦中庶子：官名。荆轲通过贿赂中庶子蒙嘉，才见到秦王。

⑧乌集：指偶然遇到的人。

⑨挛拘：拘泥。昭旷：光明正大。

⑩沉：沉溺。帷墙：宫内，指宠臣。皂（zào）：喂牛马的器具，即槽。鲍焦：西周人，怨生不逢时，抱木而死。

⑪污：败坏。底厉：勉励。这里指追求。

⑫里名胜母：名叫“胜母”的里巷。朝歌：殷都的名字，墨子因邑名为朝歌，故回车不入。

⑬寥廓：胸怀宽广。胁：屈服。回面：改变脸色。污行：不好的行为。

⑭伏死：老死。堀（kū）穴岩薮：指山野，隐士隐居的地方。堀：同“窟”。薮：湖泽。趋：奔向。阙下：宫殿的台阶前，代指朝廷。

司马迁

司马迁（约前145～约前87），汉代史学家。字子长，夏阳龙门（今陕西韩城）人。《史记》是我国第一部纪传体通史，同时也是一部优秀的史传文学作品，被鲁迅先生誉为“史家之绝唱，无韵之离骚”。

鸿门宴

【题解】“鸿门宴”是《项羽本纪》中的一个重要场面，也是项羽由盛而衰的一个转折点。本文生动地记述了这一历史过程，从而成功地塑造了刘邦、项羽、樊哙、范增等人物形象。

沛公军霸上[①]，未得与项羽相见。沛公左司马曹无伤使人言于项羽曰[②]：“沛公欲王关中，使子婴为相[③]，珍宝尽有之。”项羽大怒，曰：“旦日飨士卒，为击破沛公军[④]。”当是时，项羽兵四十万，在新丰鸿门[⑤]；沛公兵十万，在霸上。范增说项羽曰[⑥]：“沛公居山东时，贪于财货，好美姬[⑦]。今入关，财物无所取，妇女无所幸[⑧]，此其志不在小。吾令人望其气，皆为龙虎，成五采[⑨]，此天子气也。急击勿失！”

楚左尹项伯者，项羽季父也，素善留侯张良[⑩]。张良是时从沛公，项伯乃夜驰之沛公军[⑪]，私见张良，具告以事，欲呼张良与俱去[⑫]。曰：“毋从俱死也[⑬]。”张良曰：“臣为韩王送沛公[⑭]，沛公今事有急，亡去不义，不可不语[⑮]。”良乃入，具告沛

①沛公：即刘邦。军：驻扎。霸上：地名，今陕西长安县东。

②左司马：官名，执行军法。

③子婴：秦二世胡亥的侄子，被赵高立为秦王，诛灭赵高。后降刘邦。

④旦日：明早。飨（xiǎng）：犒赏。为：将，准备。

⑤新丰鸿门：山坡名，在新丰东十七里，今名项王营。

⑥说（shuì）：劝说。

⑦财货：财物。美姬：美女。

⑧幸：宠幸，亲近。

⑨气：古代人迷信，以为观望人头上的云气，可以推断吉凶祸福。为龙虎：指云气呈龙虎之状。五采：即五彩。

⑩素：平常。善：交好。张良：字子房，刘邦的谋士，后被封为留侯。

⑪之：到。军：军营。具：详细，

⑫去：逃走。

⑬毋从俱死：不可随刘邦一道死。

⑭韩王：韩王成。

⑮亡去：逃走。语（yù）：告知。

公。沛公大惊，曰："为之奈何？"张良曰："谁为大王为此计者？"曰："鲰生说我曰[①]：'距关，毋内诸侯，秦地可尽王也[②]。'故听之。"良曰："料大王士卒足以当项王乎[③]？"沛公默然，曰："固不如也，且为之奈何？"张良曰："请往谓项伯，言沛公不敢背项王也[④]。"沛公曰："君安与项伯有故[⑤]？"张良曰："秦时与臣游，项伯杀人，臣活之[⑥]。今事有急，故幸来告良[⑦]。"沛公曰："孰与君少长[⑧]？"良曰："长于臣。"沛公曰："君为我呼入，吾得兄事之[⑨]。"张良出，要项伯[⑩]。项伯即入见沛公。沛公奉卮酒为寿，约为婚姻[⑪]，曰："吾入关，秋毫不敢有所近，籍吏民，封府库，而待将军[⑫]。所以遣将守关者，备他盗之出入与非常也[⑬]。日夜望将军至，岂敢反乎！愿伯具言臣之不敢倍德也[⑭]。"项伯许诺，谓沛公曰："旦日不可不蚤自来谢项王[⑮]。"沛公曰："诺。"于是项伯复夜去，至军中，具以沛公言报项王。因言曰："沛公不先破关中，公岂敢入乎？今人有大功而击之，不义也，不如因善遇之[⑯]。"项王许诺。

沛公旦日从百余骑来见项王[⑰]，至鸿门，谢曰："臣与将军戮力而攻秦，将军战河北，臣战河南，然不自意能先入关破秦，得复见将军于此[⑱]。今者有小人之言，令将军与臣

①鲰（zōu）生：人名，姓解；一说浅陋无知的小人。

②距：通"拒"，守。内：同"纳"。王（wàng）：称王，意为归己所有。诸侯：指其他率兵攻秦的人。

③料：估计。当：抵挡。

④背：背叛。

⑤安：如何。故：旧交情。

⑥活：救活。

⑦幸：幸亏。

⑧孰与君少长：他和你谁大谁小。

⑨兄事之：以兄长的礼节对待他。事，奉。

⑩要：通"邀"。

⑪卮（zhī）酒：一杯酒。卮，盛酒的器具。为寿：祝身体健康。约：定，结。

⑫秋毫：极小的东西。近：接触，沾染。籍：登记。

⑬备：防备。非常：指意外变故。

⑭臣：自谦之称，即我。伯：指项伯，刘邦这里是对项伯的敬称。具言：详细说明。倍德：忘恩负义。倍，通"背"。

⑮蚤：通"早"。谢：谢罪，道歉。

⑯因：趁此。遇：对待。

⑰从：跟从，这里指有……跟从。骑（jì）：一人骑一马称为一骑。

⑱戮（lù）力：并力，努力。不自意：没料到。

有郤[①]。”项王曰：“此沛公左司马曹无伤言之，不然，籍何以至此。”项王即日因留沛公与饮。项王、项伯东向坐，亚父南向坐。亚父者，范增也[②]。沛公北向坐，张良西向侍。范增数目项王，举所佩玉玦以示之者三，项王默然不应[③]。范增起，出召项庄[④]，谓曰：“君王为人不忍，若入前为寿。寿毕，请以剑舞，因击沛公于坐，杀之。不者，若属皆且为所虏[⑤]。”庄则入为寿。寿毕，曰：“君王与沛公饮，军中无以为乐，请以剑舞。”项王曰：“诺。”项庄拔剑起舞，项伯亦拔剑起舞，常以身翼蔽沛公[⑥]，庄不得击。于是张良至军门，见樊哙[⑦]。樊哙曰：“今日之事何如？”良曰：“甚急！今者项庄拔剑舞，其意常在沛公也。”哙曰：“此迫矣，臣请入，与之同命[⑧]。”哙即带剑拥盾入军门。交戟之卫士欲止不内，樊哙侧其盾以撞，卫士仆地，哙遂入，披帷西向立，瞋目视项王，头发上指，目眦尽裂[⑨]。项王按剑而跽曰[⑩]：“客何为者？”张良曰：“沛公之参乘樊哙者也[⑪]。”项王曰：“壮士！赐之卮酒[⑫]。”则与斗卮酒[⑬]。哙拜谢，起，立而饮之。项王曰：“赐之彘肩[⑭]。”则与一生彘肩。樊哙覆其盾于地，加彘肩上，拔剑切而啖之[⑮]。项王曰：“壮士，能复饮乎？”樊哙曰：“臣死且不避，卮酒安足辞！

①有郤（xì）：有隔阂。郤，通“隙”，嫌隙。

②东向坐：面向东坐。亚父：仅次于父，项羽对范增的尊称。亚：次。

③数（shuò）：屡次。目：用眼光暗示。玦（jué）：玉器名。范增以玦示意项羽要下决心杀刘邦。

④项庄：项羽的堂弟。

⑤不忍：心不狠，心软。若：你。为寿：祝寿。不（fǒu）者：否则。若属：汝辈，你们。

⑥翼蔽：如鸟张开翅膀一样保护。

⑦樊哙（kuài）：沛人，原以屠狗为业，随刘邦起义，屡建战功，封舞阳侯。

⑧迫：紧迫。同命：死在一块儿，拼命。

⑨交戟之卫士：执戟交叉着守卫军门的卫士。止：阻拦。内：通“纳”。披帷：揭开帐篷。瞋（chēn）目：睁大眼睛。上指：直立。眦（zì）：眼眶。

⑩按剑：握着剑。跽（jì）：长跪。挺直上身，双膝着地。这里是一种随时准备起身击刺的姿势。

⑪参乘：即骖乘，坐在车右负责护卫的人。

⑫这里的前一句是对樊哙的称赞，后一句是对左右的吩咐。

⑬斗：这里指大卮，即大杯。

⑭彘肩：猪前腿。

⑮啖（dàn）：吃。

夫秦王有虎狼之心，杀人如不能举，刑人如恐不胜[①]，天下皆叛之。怀王与诸将约曰：'先破秦入咸阳者王之[②]。'今沛公先破秦入咸阳，毫毛不敢有所近，封闭宫室，还军霸上，以待大王来。故遣将守关者，备他盗出入与非常也[③]。劳苦而功高如此，未有封侯之赏，而听细说，欲诛有功之人，此亡秦之续耳，窃为大王不取也[④]。"项王未有以应[⑤]，曰："坐。"樊哙从良坐。坐须臾，沛公起如厕，因招樊哙出。

沛公已出，项王使都尉陈平召沛公[⑥]。沛公曰："今者出，未辞也，为之奈何？"樊哙曰："大行不顾细谨，大礼不辞小让[⑦]。如今人方为刀俎，我为鱼肉，何辞为[⑧]？"于是遂去，乃令张良留谢。良问曰："大王来何操[⑨]？"曰："我持白璧一双，欲献项王；玉斗一双[⑩]，欲与亚父。会其怒[⑪]，不敢献。公为我献之。"张良曰："谨诺。"当是时，项王军在鸿门下，沛公军在霸上，相去四十里。沛公则置车骑，脱身独骑，与樊哙、夏侯婴、靳强、纪信等四人持剑盾步走，从郦山下，道芷阳间行[⑫]。沛公谓张良曰："从此道至吾军，不过二十里耳。度我至军中[⑬]，公乃入。"沛公已去，间至军中，张良入，谢曰[⑭]："沛公不胜桮杓，不能辞[⑮]。谨使臣良奉白璧一双，再拜献大王足下；玉斗一双，再拜奉大

①如不能举：唯恐不能杀尽。如恐不胜：唯恐不能用尽。举、胜，都是尽的意思。

②怀王：名心，战国时楚怀王的孙子。项梁立他为王，也称楚怀王。破秦后项羽封他为"义帝"，后来又把他杀了。

③故：特意。非常：始料未及的事故。

④细说：小人的闲言碎语。亡秦之续：意为重蹈秦朝覆辙。

⑤未有以应：无话可答。

⑥须臾：很短时间。如：往。厕：厕所。陈平：刘邦谋士。当时在项羽军中，第二年归汉，后曾为汉丞相。

⑦这两句是说做大事不必顾虑细微末节，讲大礼不必计较琐屑礼节。谨：谨慎。让：责备。

⑧刀俎：刀和砧板。鱼肉：是说自己一方正处在被宰割的位置。何辞为：还告辞做什么？

⑨操：拿。

⑩玉斗：玉制的盛酒器皿。

⑪会：适逢，正赶上。

⑫置：丢弃。夏侯婴：沛人，从刘邦起义，被封为汝阴侯。靳强：刘邦部属，后被封为汾阳侯。纪信：刘邦部将，为项羽所杀。步走：徒步跑。郦山：即骊山。道：取道。芷阳：秦县名，在今西安东。间（jiàn）行：抄小路走。

⑬度（duó）：估计。

⑭间：空隙，抄小道。谢：道歉。

⑮胜：禁得住。桮：同"杯"。杓：取酒器。

将军足下[①]。"项王曰："沛公安在？"良曰："闻大王有意督过之[②]，脱身独去，已至军矣。"项王则受璧，置之坐上。亚父受玉斗，置之地，拔剑撞而破之，曰："唉！竖子不足与谋[③]。夺项王天下者，必沛公也。吾属今为之虏矣！"沛公至军，立诛杀曹无伤。

①大将军：指范增。

②督：责备。过：过错。

③竖子：骂人的话，犹言"小子"。这里明斥放走刘邦的人如项伯等，暗责项羽不能果断从事。

西门豹治邺

【题解】本篇选自《史记·滑稽列传》附录。文章描写了西门豹不事鬼神、严惩豪强、兴利除害、发展生产的事迹，显示了其足智多谋、精明果断的政治才干。全文语言生动，情节曲折，引人入胜，人物性格十分鲜明。

魏文侯时，西门豹为邺令[①]。豹往到邺，会长老，问之民所疾苦[②]。长老曰[③]："苦为河伯娶妇，以故贫[④]。"豹问其故，对曰："邺三老、廷掾常岁赋敛百姓，收取其钱得数百万，用其二三十万为河伯娶妇，与祝巫共分其余钱持归[⑤]。当其时，巫行视小家女好者，云是当为河伯妇，即聘取[⑥]。洗沐之，为治新缯绮縠衣，闲居斋戒[⑦]。为治斋宫河上，张缇绛帷[⑧]，女居其中。为具牛酒饭食，行十余日[⑨]。共粉饰之，如嫁女床席，令女居其上，浮之河中。始浮，行数十里乃没[⑩]。其人家有好女者，恐大巫祝为河伯取之，以故多持女远逃亡。以故城中益空无人，

①魏文侯：战国初魏国国君，曾任用李悝、吴起等治国，使魏国逐渐强盛。

②邺（yè）：县名，在今河北临漳县西南。

③长老：年高者。

④河伯：河神。以故：因此，所以。

⑤三老：掌管教化的乡官。廷掾（yuàn）：县令的佐吏。岁：年。祝巫：古代迷信职业者。持归：拿回家。

⑥行视：巡察。好：长得好看。云：说。是：这。聘（pìn）取：迎娶。

⑦缯（zēng）：绸子。绮（qǐ）：有花纹的绸子。縠（hú）：有皱纹的轻纱。斋戒：清心净身，以示尊敬。

⑧治斋宫：修筑斋戒用的房子。张：搭建。缇（tí）：黄红色的帛。

⑨具：准备。牛酒：酒肉。牛：泛指牛肉等肉食。行：过了。

⑩没（mò）：沉没。

又困贫，所从来久远矣[①]。民人俗语曰[②]：'即不为河伯娶女，水来漂没[③]，溺其人民'云。"西门豹曰："至为河伯娶妇时，愿三老、巫祝、父老送女河上，幸来告语之，吾亦往送女[④]。"皆曰："诺"。

至其时，西门豹往会之河上。三老、官属、豪长者、里父老皆会，以人民往观之者三二千人[⑤]。其巫，老女子也，已年七十。从弟子女十人所，皆衣缯单衣，立大巫后[⑥]。西门豹曰："呼河伯妇来，视其好丑[⑦]。"即将女出帷中，来至前。豹视之，顾谓三老、巫祝、父老曰[⑧]："是女子不好，烦大巫妪为入报河伯，得更求好女，后日送之[⑨]。"即使吏卒共抱大巫妪投之河中。有顷[⑩]，曰："巫妪何久也？弟子趣之[⑪]！"复以弟子一人投河中。有顷，曰："弟子何久也？复使一人趣之！"复投一弟子河中。凡投三弟子。西门豹曰："巫妪、弟子，是女子也，不能白事，烦三老为入白之[⑫]。"复投三老河中。西门豹簪笔磬折，向河立待良久[⑬]。长老、吏、旁观者皆惊恐。西门豹顾曰："巫妪、三老不来还，奈之何[⑭]？"欲复使廷掾与豪长者一人入趣之。皆叩头，叩头且破，额血流地，色如死灰。西门豹曰："诺。且留待之须臾[⑮]。"须臾，豹曰："廷掾起矣[⑯]。状河伯留客之

①益：更加。所从来：由来。

②民人俗语：民间的迷信说法。

③即：假如。漂没：淹没。

④至：到。幸：希望。告语：告诉，通知。

⑤豪长者：地方上的豪绅。会：聚会。以：以及，还有。

⑥所：大约，左右。十人所：十来个人。

⑦好丑：指长得好看还是长得丑。

⑧顾：回过头。

⑨是：这。大巫妪（yù）：大巫婆。妪，老妇。为入：给进去，指到河里去。报：传话。得：应当。更求：重新找。

⑩有顷：过了一会儿。

⑪趣（cù）：催促。

⑫白：禀报。

⑬簪笔磬折：把笔像簪子一样插在头发上，身体像磬一样弯着，表示认真等待。簪（zān），用来绾住头发的一种首饰。磬（qìng），古代打击乐器，用玉或石做成，悬在架上，形状略如曲尺。良久：很久，长时间。

⑭奈……何：对……怎么办。

⑮且：暂且。须臾：一会儿。

⑯矣：这里及下文"归矣"的"矣"，都表示命令语气，相当于"吧"。

久，若皆罢去归矣[①]。”邺吏民大惊恐，从是以后，不敢复言为河伯娶妇[②]。

西门豹即发民凿十二渠，引河水灌民田，田皆溉[③]。当其时，民治渠少烦苦，不欲也[④]。豹曰：“民可以乐成，不可与虑始[⑤]。今父老子弟虽患苦我，然百岁后，期令父老子孙思我言[⑥]。”至今皆得水利，民人以给足富[⑦]。

①状：推测语，“看样子”。若：你们。

②从是：从此，从这。

③溉：灌注，这里指得到灌溉。

④少烦苦：稍微有些厌烦劳苦。不欲：不想干。

⑤可以：可以。乐成：享受成功。虑始：开创时的谋划。

⑥患苦：怨恨。期令：希望使。

⑦给（jǐ）：富裕，充足。

报任少卿书

【题解】《报任少卿书》是司马迁给朋友任安（字少卿）的一封复信，答复任安希望自己“推贤进士”的建议。全文可分六段。第一段主要说明自己迟迟未能回信的原因；第二段述说自己遭受的奇耻大辱；第三段回顾因为替李陵辩护而获罪的经过；第四段主要阐述作者的荣辱观和生死观，说明受辱不死的原因；第五段说自己已经著成《史记》，可偿前辱之债；最后一段总收全文，描写自己的痛苦和寂寞。

太史公牛马走司马迁[①]，再拜言。

少卿足下：曩者辱赐书[②]，教以慎于接物，推贤进士为务。意气勤勤恳恳，若望仆不相师，而用流俗人之言[③]。仆非敢如此也。仆虽罢驽，亦尝侧闻长者之遗风矣。顾自以为身残处秽，动而见尤，欲益反损，是以独抑郁而与谁语[④]！谚曰：“谁为为之？孰令听之[⑤]？”盖钟子期死，伯牙终身不复鼓琴。何则？士为知己者用，女为说己者容。若仆

①太史公：官名，即太史令，是当时司马迁的任职。牛马走：像牛马一样供人驱使，是自谦之词。

②曩（nǎng）：从前，过去。辱：谦词，承蒙。

③意气：心意。望：怨。师：效法。

④罢（pí）驽：疲弱驽钝，自谦才能低下。侧闻：在一旁听到。遗风：余音。顾：但是。身残处秽：指身遭腐刑，处于耻辱的境地。尤：过错。欲益反损：想做好事反倒搞糟。

⑤谁为（wèi）为之：即为谁为之。孰令听之：即令孰听之。

大质已亏缺矣，虽才怀随、和，行若由、夷，终不可以为荣，适足以见笑而自点耳[①]。书辞宜答，会东从上来，又迫贱事，相见日浅，卒卒无须臾之间得竭至意[②]。今少卿抱不测之罪，涉旬月，迫季冬，仆又薄从上雍，恐卒然不可为讳[③]。是仆终已不得舒愤懑以晓左右，则长逝者魂魄私恨无穷[④]。请略陈固陋。阙然久不报[⑤]，幸勿为过。

仆闻之：修身者，智之符也[⑥]；爱施者，仁之端也；取予者，义之表也；耻辱者，勇之决也；立名者，行之极也。士有此五者，然后可以托于世，而列于君子之林矣。故祸莫憯于欲利，悲莫痛于伤心，行莫丑于辱先，诟莫大于宫刑[⑦]。刑余之人，无所比数，非一世也，所从来远矣。昔卫灵公与雍渠同载，孔子适陈[⑧]；商鞅因景监见，赵良寒心[⑨]；同子参乘，袁丝变色[⑩]：自古而耻之！夫中材之人，事有关于宦竖，莫不伤气，而况于慷慨之士乎？如今朝廷虽乏人，奈何令刀锯之余荐天下豪俊哉！仆赖先人绪业，得待罪辇毂下[⑪]，二十余年矣。所以自惟：上之，不能纳忠效信，有奇策材力之誉，自结明主；次之，又不能拾遗补阙，招贤进能，显岩穴之士；外之，又不能备行伍，攻城野战，有斩将搴旗之功；下之，不能积日累劳，取尊官厚禄，以为宗族

①说：同“悦”。大质：身体。随和：指随侯珠、卞和璧，都是天下至宝。由夷：许由、伯夷，都是品质高尚的典型。自点：自取污辱。

②会：遇上。东从上来：这是指因戾太子举兵，汉武帝自甘泉宫（在长安西）回长安。上：指汉武帝。得竭至意：能够把内心的意思详尽地告诉您。

③不测之罪：后果不堪设想的罪。戾太子举兵时，任安曾接受过他的命令，故有不测之罪。季冬：夏历十二月。汉代法律规定，每年十二月处决犯人。薄：迫，接近。雍：地名，在今陕西凤翔南。不可为讳：不可能避忌（指死）。

④懑：烦闷。晓：告知。左右：指任安。长逝者：死者，指任安。

⑤阙然：文中指时间相隔很久。

⑥符：信物，凭据。

⑦憯（cǎn）：同“惨”，惨痛。诟（gòu）：耻辱。宫刑：亦称腐刑，五刑之一。

⑧比：并列。卫灵公：名允。雍渠：卫灵公的宦官。孔子适陈：指孔子见卫灵公与夫人同车、宦者雍渠参乘，认为不合礼法而离开卫国。

⑨景监：秦孝公宠爱的宦官。赵良：秦国的一个贤人。寒心：这里是警惕、戒惧的意思。

⑩同子：汉文帝时的宦官赵谈。司马迁因避父（司马谈）讳，故改称他为同子。参乘：即陪乘。袁丝：袁盎字丝，文帝时官至太常，以敢于直谏闻名。

⑪宦竖：宦官。竖，奴仆。绪业：未竟的事业，指司马谈未完成的学术和事业。待罪辇毂下：在皇帝身边做官的委婉说法。

交游光宠[①]。四者无一遂，苟合取容，无所短长之效，可见如此矣。向者，仆尝厕下大夫之列，陪奉外廷末议，不以此时引维纲，尽思虑[②]，今已亏形为扫除之隶，在阘茸之中[③]，乃欲仰首伸眉，论列是非，不亦轻朝廷、羞当世之士邪？嗟乎！嗟乎！如仆尚何言哉！尚何言哉！

且事本末未易明也。仆少负不羁之才，长无乡曲之誉[④]，主上幸以先人之故，使得奏薄伎，出入周卫之中。仆以为戴盆何以望天[⑤]，故绝宾客之知，亡室家之业，日夜思竭其不肖之才力，务一心营职，以求亲媚于主上。而事乃有大谬不然者。夫仆与李陵俱居门下，素非能相善也[⑥]，趋舍异路，未尝衔杯酒、接殷勤之余懽[⑦]。然仆观其为人，自守奇士，事亲孝，与士信，临财廉，取与义，分别有让，恭俭下人，常思奋不顾身以徇国家之急。其素所蓄积也，仆以为有国士之风。夫人臣出万死不顾一生之计，赴公家之难，斯以奇矣。今举事一不当，而全躯保妻子之臣随而媒孽其短，仆诚私心痛之[⑧]。且李陵提步卒不满五千，深践戎马之地，足历王庭，垂饵虎口，横挑强胡，仰亿万之师，与单于连战十有余日，所杀过当[⑨]，虏救死扶伤不给。旃裘之君长咸震怖，乃悉征其左右贤王，举引弓之人，一国

①惟：想。上之：最好，首先。效信：贡献自己的诚实之心。自结：取得皇帝的信任。显岩穴之士：使隐居的人才显现出来。备行(háng)伍：参加军队。搴（qiān）旗：拔取敌人的旗帜。交游光宠：指交往广泛，十分荣耀。

②向者：从前。厕：夹杂，参与，谦虚的说法。下大夫：太史令官秩六百石，位为下大夫。外廷：即外朝。末议：无关重要的议论，谦虚的说法即引维纲：援引国家的大法。按照国法办些有用的事情。

③扫除之隶：打扫污秽的仆隶，谦指自己地位低下。阘茸（tà róng)：卑贱，文中指下贱的人。

④负：欠缺。乡曲：乡里。

⑤周卫：宿卫环绕，指宫禁。戴盆何以望天：比喻自己一心营职，无暇他顾。

⑥李陵：字少卿，名将李广的孙子，善骑射，率兵入匈奴，战败投降。俱居门下：都是能出入于宫殿门的官。李陵曾任侍中，司马迁曾任郎中，同属宫廷近卫侍从之职，所以说俱居门下。

⑦衔杯酒：即饮酒。余懽：很少的欢乐。懽，同“欢”。这句是说两人没有什么私交。

⑧媒孽（niè）其短：指把小的过失酿成大罪。媒孽，亦作媒櫱，指构陷酿罪。媒，媒介。櫱，酿酒的曲。

⑨戎马之地：指匈奴居住的地区。仰：向上看，这里指仰攻，向高地进击。过当：指超过汉军部队的人数。

共攻而围之[①]。转斗千里，矢尽道穷，救兵不至，士卒死伤如积。然陵一呼劳军，士无不起，躬自流涕，沬血饮泣，更张空拳、冒白刃，北向争死敌者[②]。陵未没时，使有来报，汉公卿王侯皆奉觞上寿。后数日，陵败书闻，主上为之食不甘味，听朝不怡。大臣忧惧，不知所出。仆窃不自料其卑贱，见主上惨怆怛悼[③]，诚欲效其款款之愚。以为李陵素与士大夫绝甘分少[④]，能得人之死力，虽古之名将，不能过也。身虽陷败，彼观其意，且欲得其当而报于汉。事已无可奈何，其所摧败，功亦足以暴于天下矣[⑤]。仆怀欲陈之，而未有路，适会召问，即以此指推言陵之功[⑥]，欲以广主上之意，塞睚眦之辞。未能尽明，明主不晓，以为仆沮贰师，而为李陵游说，遂下于理[⑦]。拳拳之忠，终不能自列，因为诬上，卒从吏议[⑧]。家贫，货赂不足以自赎[⑨]；交游莫救，左右亲近不为一言。身非木石，独与法吏为伍，深幽囹圄之中，谁可告愬者[⑩]！此真少卿所亲见，仆行事岂不然乎？李陵既生降，颓其家声，而仆又佴之蚕室，重为天下观笑[⑪]。悲夫！悲夫！事未易一二为俗人言也。

仆之先，非有剖符丹书之功，文史星历，近乎卜祝之间[⑫]，固主上所戏弄，倡优所畜，流俗之所轻也。

①不给：供不上，顾不上。旃（zhān）裘之君长：指匈奴的君长。旃裘，同“毡裘”，这里代指匈奴。举引弓之人：发动全部能拉弓射箭的人。

②躬自流涕：战士都受感动，人人流泪。沬（huì）血：血流满面。饮泣：含着眼泪。更张：又拉开。空拳：无箭的强弓。拳，《汉书》作“弮”。

③惨怆怛（dá）悼：极度悲伤。

④款款：忠诚恳切。绝甘分少：好东西不肯先要，仅有一点东西也愿意分人。

⑤暴（pù）：显露。

⑥推言：论述，叙说。

⑦睚眦（yá zì）：怒目而视，引申为小的怨恨，这句意思是堵塞仇人诬陷的言词。沮：诋毁。贰师：贰师将军李广利。理：即掌诉讼刑狱的廷尉，古称理官。

⑧吏议：狱吏所判决的罪名。

⑨货赂：指钱财。自赎：自己出钱赎罪；汉朝法律规定，可以按价出钱赎罪。

⑩囹圄（líng yǔ）：监狱。愬：同“诉”。

⑪颓（tuí）：坠落，败坏。佴（èr）：相次，紧跟着。蚕室：像养蚕所用的密封屋室；受过宫刑的人怕风寒，此以蚕室代表人。

⑫先：先人，即去世的父祖等。剖符：用竹子作为信契（符），剖作两半，皇帝与有关功臣各执其半，上刻有同样的誓言。丹书：即用朱砂把誓词写在铁做成的契券上，放在金属匣子里，保存在石室之中。凡有剖符丹书的功臣，其后人有罪也可赦免。文史星历：指史籍天文历算之学，即指太史令所掌管的事情。卜祝：主司占卜和祭祀的人。

假令仆伏法受诛，若九牛亡一毛，与蝼蚁何以异？而世俗又不与能死节者次比，特以为智穷罪极，不能自免，卒就死耳。何也？素所自树立使然也[①]。人固有一死，或重于泰山，或轻于鸿毛，用之所趋异也。太上不辱先，其次不辱身，其次不辱理色，其次不辱辞令，其次诎体受辱，其次易服受辱[②]，其次关木索、被箠楚受辱，其次剔毛发、婴金铁受辱，其次毁肌肤、断肢体受辱，最下腐刑极矣！传曰[③]："刑不上大夫。"此言士节不可不勉励也。猛虎在深山，百兽震恐，及在槛穽之中，摇尾而求食，积威约之渐也[④]。故士有画地为牢，势不可入，削木为吏，议不可对，定计于鲜也[⑤]。今交手足，受木索，暴肌肤，受榜箠，幽于圜墙之中[⑥]。当此之时，见狱吏则头枪地，视徒隶则心惕息[⑦]。何者？积威约之势也。及以至是，言不辱者，所谓强颜耳，曷足贵乎？且西伯，伯也，拘于羑里[⑧]；李斯，相也，具于五刑；淮阴，王也，受械于陈[⑨]；彭越、张敖[⑩]，南面称孤，系狱抵罪；绛侯诛诸吕，权倾五伯，囚于请室[⑪]；魏其，大将也，衣赭衣，关三木[⑫]；季布为朱家钳奴[⑬]；灌夫受辱于居室[⑭]。此人皆身至王侯将相，声闻邻国，及罪至罔加，不能引决自裁，在尘埃之中。古今一体，安在

①素所自树立：指平素所从事的职业和所处的地位。

②太上：最上，第一位。理色：面子。诎体：指被捆绑。易服：指换上罪人的衣服。关木索、被箠楚：戴上刑具，遭受板杖的拷打。箠，同棰，杖。楚，荆条。婴：缠绕。

③传（zhuàn）：指《礼记》。下文语出《礼记·曲礼上》。

④积威约之渐也：长期的威力制约遂产生作用。

⑤削木为吏，议不可对：削一个木制的狱吏来审罪，也不可去对质。议，审罪。定计于鲜：指事先打算得很明确。

⑥圜（yuán）墙：即监狱。

⑦枪地：即抢地。惕息：恐惧得直喘气。

⑧西伯：周文王封号。第二个"伯"字指方伯。羑（yǒu）里：古城名。

⑨淮阴：淮阴侯韩信，曾封楚王。械：拘束手足的刑具。

⑩彭越：灭楚有功，封梁王。后因人诬告谋反，下狱定罪。张敖：张耳之子，继父立为赵王，因其臣下谋害刘邦而被逮捕下狱。

⑪绛侯：周勃封号。请室：囚禁有罪官吏的监狱。

⑫魏其（jī）：景帝时大将军窦婴，封魏其侯。赭（zhě）衣：囚犯所穿的赤褐色衣服。三木：指加在颈、手、足三处的刑具。

⑬季布：项羽大将，屡困刘邦。项羽败后，刘邦重金悬赏，他被迫髡钳（剃去头发，铁圈束颈）为奴，卖身于鲁国的大侠朱家。

⑭灌夫：汉武帝时将军，因得罪丞相田蚡被拘。

其不辱也？由此言之，勇怯，势也；强弱，形也。审矣，何足怪乎？夫人不能早自裁绳墨之外，以稍陵迟，至于鞭箠之间，乃欲引节[①]，斯不亦远乎！古人所以重施刑于大夫者，殆为此也。夫人情莫不贪生恶死，念父母，顾妻子，至激于义理者不然，乃有所不得已也。今仆不幸，早失父母，无兄弟之亲，独身孤立，少卿视仆于妻子何如哉？且勇者不必死节，怯夫慕义，何处不勉焉？仆虽怯懦欲苟活，亦颇识去就之分矣，何至自沉溺缧绁之辱哉！且夫臧获婢妾犹能引决，况仆之不得已乎！所以隐忍苟活，幽于粪土之中而不辞者，恨私心有所不尽，鄙陋没世而文采不表于后世也[②]。

古者富贵而名摩灭[③]，不可胜记，唯倜傥非常之人称焉。盖文王拘而演《周易》[④]；仲尼厄而作《春秋》[⑤]；屈原放逐，乃赋《离骚》；左丘失明，厥有《国语》[⑥]；孙子膑脚，兵法修列[⑦]；不韦迁蜀，世传《吕览》[⑧]；韩非囚秦，《说难》、《孤愤》[⑨]；《诗》三百篇，大底圣贤发愤之所为作也[⑩]。此人皆意有所郁结，不得通其道，故述往事，思来者[⑪]。乃如左丘无目，孙子断足，终不可用，退而论书策，以舒其愤，思垂空文以自见[⑫]。仆窃不逊，近自托于无能之辞，网罗天下放失旧闻，略考其行事，综其终始，稽其成败兴

①罔加：即受到法令的制裁。引决自裁：即自杀。绳墨：指法律。陵迟：同“陵夷”，衰落。引节：指自杀。

②去就之分：取舍的界限，指舍生就死。缧泄（léi xiè）：指监狱。臧获：古代对奴婢的贱称。没世：终生。表：显现。

③摩灭：同“磨灭”。

④演：推演。相传周文王被纣拘禁于羑里后，推演《易经》的八卦为六十四卦。

⑤厄：困厄，不顺利。

⑥左丘：即左丘明。厥：语气词。此句说左丘明失去视力后著成《国语》。

⑦孙子：指孙膑（bìn），不知其原名。兵法：指《孙膑兵法》。修列：逐条撰写。

⑧不韦：指吕不韦。吕览：即《吕氏春秋》，由吕不韦的门客集体撰写。

⑨韩非：韩国公子，所著《韩非子》受秦王赞赏，秦因此急攻韩国。韩即派韩非出使秦国，至秦后为李斯所害，被囚死于狱中。

⑩大底：即大抵，大致。

⑪通其道：行其道。思来者：指留下著作给后人，以见己志。

⑫乃如：至于。垂：流传。空文：指与实际功业不同的文章。见（xiàn）：表现。

坏之纪[①]，上计轩辕，下至于兹，为十表，本纪十二，书八章，世家三十，列传七十，凡百三十篇。亦欲以究天人之际[②]，通古今之变，成一家之言。草创未就，会遭此祸。惜其不成，是以就极刑而无愠色[③]。仆诚以著此书，藏之名山，传之其人通邑大都[④]，则仆偿前辱之责[⑤]，虽万被戮，岂有悔哉？然此可为智者道，难为俗人言也！

且负下未易居，下流多谤议[⑥]。仆以口语遇遭此祸，重为乡党所戮笑，以污辱先人，亦何面目复上父母之丘墓乎[⑦]？虽累百世，垢弥甚耳！是以肠一日而九回，居则忽忽若有所亡，出则不知其所往。每念斯耻，汗未尝不发背沾衣也！身直为闺阁之臣，宁得自引于深藏岩穴邪[⑧]？故且从俗浮沉，与时俯仰，以通其狂惑。今少卿乃教以推贤进士，无乃与仆私心剌谬乎[⑨]？今虽欲自雕琢，曼辞以自饰，无益[⑩]，于俗不信[⑪]，适足取辱耳。要之，死日然后是非乃定[⑫]。书不能悉意，略陈固陋。

谨再拜。

①放失（yì）：散乱失传。失，通逸。稽：考察。纪：纲纪，此指线索、道理。

②天人之际：从宇宙到人生，从自然到社会。

③极刑：污辱到顶的刑。愠（yùn）：愤恨。

④其人：指能传布己书的人。通邑大都：留传于邑（地方）与大都（都城）。通，流传。

⑤责：债的本字。

⑥负下：在负罪受辱的情况下。未易居：不容易处世。

⑦口语：指为李陵辩护。乡党：泛指乡里。复上父母之丘墓：死后葬在祖宗的墓地里。

⑧直：通“值”。闺阁之臣：指宦官一类的官职。深藏岩穴：指退居归隐。

⑨无乃：岂不。剌（là）谬：违异，完全相反。

⑩雕琢：这里指自我妆饰。曼辞：美丽词句，动听话语。

⑪不信：不能见信于人。

⑫要之：总之。

李 陵

李陵（？～前74），汉代大臣。字少卿，西汉名将李广之孙，汉武帝时任骑都尉。降匈奴后，匈奴单于封其为右校王，并以女妻之。李陵从此留在匈奴族中，直到元平元年（前74年）病逝。

答苏武书

【题解】李陵、苏武同在匈奴时曾多次见面，苏武归汉后亦有书信来往。此篇选自《文选》，为李陵给苏武的回信。文中解释了自己投降的缘由，剖白了自己滞留不归的心境。对老友念念不忘，对汉廷对待自己的不公充满义愤，感情充沛而真实。写来如泣如诉，感人至深。

子卿足下[①]：

勤宣令德，策名清时，荣问休畅[②]，幸甚，幸甚。远托异国[③]，昔人所悲，望风怀想[④]，能不依依！昔者不遗，远辱还答[⑤]，慰诲勤勤，有逾骨肉，陵虽不敏，能不慨然！

自从初降[⑥]，以至今日，身之贫困，独坐愁苦。终日无睹，但见异类；韦鞲毳幕[⑦]，以御风雨；膻肉酪浆[⑧]，以充饥渴；举目言笑，谁与为欢？胡地玄冰[⑨]，边土惨裂，但闻悲风萧条之声。凉秋九月，塞外草衰。夜不能寐，侧耳远听，胡笳互动[⑩]，牧马悲鸣，吟啸成群，边声四起。晨坐听之，不觉泪下。嗟乎，子卿！陵独何心，能不悲哉！

与子别后，益复无聊，上念老母，临年被戮[⑪]；妻子无辜，并为鲸

①子卿：苏武字。足下：古代用以称上级或同辈的敬词。

②令德：美德。令，美。策名：臣子的姓名书写在国君的简策上，这里指做官。荣问：好名声。问，通“闻”。休畅：吉祥顺利。休，美。畅，通。

③异国：此指匈奴。

④风：此处指怀念对象的风采。

⑤辱：承蒙，书信中常用的谦词。

⑥初降：李陵在武帝天汉二年（前99年）深入北方沙漠地区，前战告捷，后因失援被俘，不得已投降匈奴。

⑦韦鞲（gōu）：皮革制的长袖套，用以束衣袖，以便射箭或其他操作。毳（cuì）幕：毛毡制成的帐篷。

⑧膻（shān）肉：带有腥臭气味的羊肉。酪（lào）浆：牲畜的乳浆。

⑨玄冰：黑色的冰。形容冰结得厚实，极言天气寒冷。

⑩胡笳：古代北方民族的管乐器，其音悲凉。此处指胡笳吹奏的音乐。

⑪临年：达到一定的年龄，此处指已至暮年。

鲵[①]；身负国恩，为世所悲。子归受荣，我留受辱，命也何如？身出礼义之乡，而入无知之俗；违弃君亲之恩，长为蛮夷之域，伤已！令先君之嗣[②]，更成戎狄之族，又自悲矣。功大罪小，不蒙明察[③]，孤负陵心区区之意[④]。每一念至，忽然忘生。陵不难刺心以自明[⑤]，刎颈以见志，顾国家于我已矣[⑥]，杀身无益，适足增羞，故每攘臂忍辱[⑦]，辄复苟活。左右之人，见陵如此，以为不入耳之欢，来相劝勉。异方之乐，只令人悲，增忉怛耳[⑧]。

嗟乎，子卿！人之相知，贵相知心。前书仓卒未尽所怀，故复略而言之。昔先帝授陵步卒五千，出征绝域[⑨]，五将失道[⑩]，陵独遇战，而裹万里之粮，帅徒步之师，出天汉之外[⑪]，入强胡之域，以五千之众，对十万之军，策疲乏之兵，当新羁之马[⑫]。然犹斩将搴旗，追奔逐北，灭迹扫尘，斩其枭帅[⑬]，使三军之士视死如归。陵也不才，希当大任[⑭]，意谓此时，功难堪矣[⑮]。

匈奴既败，举国兴师。更练精兵[⑯]，强逾十万，单于临阵[⑰]，亲自合围。客主之形，既不相如[⑱]；步马之势，又甚悬绝[⑲]。疲兵再战，一以当千，然犹扶乘创痛，决命争首[⑳]。死伤积野，余不满百，而皆扶病，不任干戈[㉑]。然陵振臂一呼，创病皆起，举刃指虏，胡马奔走；兵尽矢

①鲸鲵（jīng ní）：鲸鱼雄曰鲸，雌曰鲵。原指凶恶之人，此处借指被牵连诛戮的人。

②先君：对自己已故父亲的尊称。嗣：后代，子孙。

③蒙：受到。明察：指切实公正的了解。

④孤负：亏负，后世多写作“辜负”。区区：小，少，此处作诚恳解。

⑤刺心：自刺心脏，意指自杀。

⑥已矣：表绝望之辞。

⑦攘（ráng）臂：捋起袖口，露出手臂，是准备劳作或搏斗的动作。文中暗用冯妇之典为己开脱。

⑧忉怛（dāo dá）：悲痛。

⑨先帝：已故的皇帝，指汉武帝。绝域：极远的地域，此处指匈奴居住地区。

⑩五将：五员将领，姓名不详。

⑪天汉：武帝年号，文中指汉朝控制的区域。

⑫当：挡，这里指抵御。新羁之马：指野性外脱之马。

⑬搴（qiān）：拔取。奔：逃跑的。北：败。灭迹扫尘：喻肃清残敌。枭（xiāo 消）帅：骁勇的将帅。

⑭希：少，与“稀”通。

⑮难堪：难以相比。

⑯练：同“拣”，挑选。

⑰单（chán）于：匈奴君长的称号。

⑱相如：相比。如，及、比。

⑲悬绝：相差极远。

⑳扶：支持，支撑。乘：凌驾，此处有不顾的意思。决命争首：效命争先。

㉑不任：无力操持。干戈：此处指兵器。

穷，人无尺铁，犹复徒首奋呼[①]，争为先登。当此时也，天地为陵震怒，战士为陵饮血[②]。单于谓陵不可复得，便欲引还[③]，而贼臣教之[④]，遂使复战，故陵不免耳。

昔高皇帝以三十万众，困于平城[⑤]。当此之时，猛将如云，谋臣如雨，然犹七日不食，仅乃得免。况当陵者，岂易为力哉[⑥]？而执事者云云，苟怨陵以不死[⑦]。然陵不死，罪也。子卿视陵，岂偷生之士而惜死之人哉？宁有背君亲、捐妻子，而反为利者乎[⑧]？然陵不死，有所为也。故欲如前书之言，报恩于国主耳[⑨]。诚以虚死不如立节，灭名不如报德也[⑩]。昔范蠡不殉会稽之耻[⑪]，曹沬不死三败之辱[⑫]，卒复勾践之仇，报鲁国之羞。区区之心，窃慕此耳。何图志未立而怨已成，计未从而骨肉受刑。此陵所以仰天椎心而泣血也[⑬]。

足下又云："汉与功臣不薄。"子为汉臣，安得不云尔乎？昔萧、樊囚絷[⑭]，韩、彭菹醢[⑮]，晁错受戮[⑯]，周、魏见辜[⑰]；其余佐命立功之士，贾谊、亚夫之徒，皆信命世之才，抱将相之具，而受小人之谗，并受祸败之辱，卒使怀才受谤，能不得展，彼二子之遐举[⑱]，谁不为之痛心哉！陵先将军，功略盖天地，义勇冠三军，徒失贵臣之意[⑲]，刭身绝域之表。此功臣义士所以负戟而

①徒首：光着头，意指不裹甲衣。

②饮血：犹言饮泣，形容极度悲愤。

③引还：退兵返回。引：后退。

④贼臣：指叛投匈奴的军候管敢。

⑤"昔高皇帝"二句：指汉高祖刘邦在平城（今山西大同市东）被匈奴围困事。

⑥当：如，像。为力：用力，用兵。

⑦执事者：掌权者，此指汉朝廷大臣。苟：但，只。

⑧宁（nìng）：难道，反诘副词。

⑨"故欲"二句：李陵以前给苏武的信有"上报厚恩，下显祖考"之句。

⑩灭名：使名声泯灭。

⑪昔范蠡（lǐ）不殉会（kuài）稽之耻：指吴王夫差在会稽山被勾践围困而以范蠡为人质求和事。

⑫曹沬（mèi）不死三败之辱：指春秋时鲁国人曹沬与齐国作战三战三败之事。

⑬椎（chuí）心、泣血：形容极度悲伤。椎，用椎打击。

⑭萧：萧何，他曾因为请求上林苑（专供皇族畋猎的场所）向老百姓开放而遭囚禁。樊：樊哙，曾因被人诬告与吕后家族结党而被囚拘。

⑮韩：韩信，他因要响应陈狶起兵造反，被吕氏斩首。彭：彭越，他因造反被囚，高祖予以赦免，迁至蜀道，但吕氏仍将他处死，并夷三族。菹醢（zū hǎi）：古代酷刑，剁成肉酱。

⑯晁错，他因建议削各诸侯国封地，吴楚七国诸侯之乱后被杀。

⑰周：周勃，曾被诬告欲造反而下狱。魏：魏其侯窦婴。武帝时，灌夫因与丞相田蚡结仇下狱，婴力图相救，受牵连而被诛。

⑱二子：指贾谊、周亚夫。遐举：原指远行，此处兼指功业。

⑲陵先将军：指李广。贵臣：指卫青。

长叹者也，何谓“不薄”哉？

且足下昔以单车之使，适万乘之虏，遭时不遇，至于伏剑不顾[①]，流离辛苦，几死朔北之野。丁年奉使[②]，皓首而归，老母终堂，生妻去帷[③]，此天下所希闻，古今所未有也。蛮貊之人[④]尚犹嘉子之节，况为天下之主乎？陵谓足下当享茅土之荐，受千乘之赏[⑤]。闻子之归，赐不过二百万，位不过典属国[⑥]，无尺土之封，加子之勤[⑦]。而妨功害能之臣尽为万户侯，亲戚贪佞之类悉为廊庙宰[⑧]。子尚如此，陵复何望哉？

且汉厚诛陵以不死[⑨]，薄赏子以守节，欲使远听之臣望风驰命，此实难矣，所以每顾而不悔者也。陵虽孤恩[⑩]，汉亦负德。昔人有言：“虽忠不烈，视死如归。”陵诚能安[⑪]，而主岂复能眷眷乎？男儿生以不成名，死则葬蛮夷中，谁复能屈身稽颡，还向北阙[⑫]，使刀笔之吏弄其文墨耶[⑬]？愿足下勿复望陵。

嗟乎，子卿，夫复何言[⑭]！相去万里，人绝路殊。生为别世之人，死为异域之鬼。长与足下，生死辞矣。幸谢故人，勉事圣君[⑮]。足下胤子无恙[⑯]，勿以为念。努力自爱。时因北风，复惠德音。李陵顿首[⑰]。

①伏剑：以剑自杀。此句是说，苏武在卫律逼降时，引佩刀自刺的事。

②丁年：成丁的年龄，即成年。

③终堂：死在家里。终，死。去帷：改嫁。去，离开。

④蛮貊（mò）：泛指少数民族，这里指匈奴。

⑤茅土之荐：指赐土地、封诸侯。千乘之赏：也指封诸侯之位。

⑥典属国：官名，掌管民族交往事务。

⑦加：施，这里有奖赏之意。

⑧廊庙：殿四周的廊和太庙，是帝王与大臣议论政事的地方，因此称朝廷为廊庙。廊庙宰，即指朝廷中掌权的人。

⑨厚诛：严重的惩罚。

⑩孤恩：辜负恩情。孤，辜负。

⑪安：安于死，即视死如归之意。

⑫稽颡（sǎng）：叩首，以额触地。颡：额。北阙：原指宫殿北面的门楼，后借指帝王宫禁或朝廷。

⑬刀笔之吏：主办文案的官吏，往往通过文辞左右案情的轻重。

⑭夫（fú）：发语词，无义。

⑮幸：希望。故人：老朋友，此处指任立政、霍光、上官桀等人。圣君：指汉昭帝刘弗陵。

⑯胤（yìn）子：儿子。苏武曾娶匈奴女为妻，生子名通国，苏武归时仍留匈奴，宣帝时才回到汉朝。

⑰顿首：叩头，书信结尾常用作谦辞。

李 固

李固（94～147），东汉文人、官吏。字子坚，东汉汉中南郑（今陕西南郑）人。有文11篇，大都散佚。

遗黄琼书

【题解】这是一封给友人的短信。朝廷征召黄琼进京作官，他托病不进。于是李固写了这封信劝勉他，理由是有为之人应当迎难而上、挺身而出，不应托辞清高、回避责任。黄琼见信后进京，官拜仪郎，后位至司空、太尉。文章既辗转设辞，韵味悠长，又语短意直，自有清拔之气，实开魏晋书简一体先声。

闻已度伊洛，近在万岁亭①，岂即事有渐，将顺王命乎②？

盖君子谓："伯夷隘，柳下惠不恭③。"故传曰："不夷不惠，可否之间④。"盖圣贤居身之所珍也⑤。诚遂欲枕山栖谷，拟迹巢、由，斯则可矣⑥；若当辅政济民，今其时也。自生民以来，善政少而乱俗多，必待尧舜之君，此为志士终无时矣⑦。

常闻语曰："峣峣者易缺，皎皎者易污⑧。"《阳春》之曲，和者必寡⑨。盛名之下，其实难副。近鲁阳樊君⑩，被征初至，朝廷设坛席，待若神明。虽无大异，而言行所守无缺⑪。而毁谤布流，应时折减者，岂非观听望深⑫，声名太盛乎？自顷征聘之士胡元安、薛孟尝、朱仲昭、顾季鸿等，其功业皆无所采，是故

①伊洛：伊水和洛水，在河南洛阳附近。万岁亭：在洛阳附近。

②即事：就事，指出来做官。渐：开端，进展。顺：顺从。

③君子：指孟子。这句话出自《孟子·公孙丑》。隘：固执。不恭：不严肃。

④这句话出自扬雄《法言·渊骞》。

⑤居身：立身处世。所珍：珍视。

⑥诚：确实。枕山栖谷：隐居山林。拟迹：效仿别人的做法。巢由：指巢父和许由，均为隐士。斯：此。

⑦终无时：永远没有机会。

⑧峣峣（yáo）：高峻的样子。缺：折断。污：玷污。

⑨《阳春》：高雅的乐曲。和（hè）：跟着唱。

⑩鲁阳樊君：鲁阳人樊英。

⑪言行所守：言行所遵循的原则。

⑫应时：马上。折减：降低。观听：观其行，听其言。望深：期望很高。

俗论皆言处士纯盗虚声[①]。愿先生弘此远谟，令众人叹服，一雪此言耳[②]！

①自顷：不久前。征聘：受朝廷征召。无所采：没有什么可取的。处士：即隐士。

②弘：发扬光大。谟：谋略，策略。雪：洗刷。

曹 操

曹操（155～220），三国时期杰出的政治家、军事家和文学家。字孟德，沛国谯郡（今安徽亳州）人。汉末讨董卓、战群雄，位丞相；曹丕代汉称帝后，追尊为武帝。曹操雄才大略，文武兼资。其文亦雄浑深健，充分展示了其理想与心志。著作有《曹操集》。

让县自明本志令

【题解】这是篇陈明心志的文告。在文中，曹操一方面借让还封县之机，表白自己无篡汉自立之心以及对汉朝的耿耿忠诚，以反击政敌的责骂；另一方面又表示自己决不慕虚名而受实祸，决不放弃兵权，而使自己和国家蒙受灾难。从中可以看出他政治上的深谋远虑和精明干练。

孤始举孝廉，年少，自以本非岩穴知名之士，恐为海内人之所见凡愚[①]，欲为一郡守，好作政教以建立名誉，使世士明知之。故在济南，始除残去秽，平心选举，违迕诸常侍[②]。以为强豪所忿[③]，恐致家祸，故以病还。

去官之后，年纪尚少，顾视同岁中，年有五十，未名为老，内自图之[④]：从此却去二十年，待天下清，乃与同岁中始举者等耳[⑤]。故以四时归乡里，于谯东五十里筑精舍[⑥]，欲秋夏读书，冬春射猎，求底下之地，欲以泥水自蔽，绝宾客往来之望[⑦]，然不能得如意。

后征为都尉，迁典军校尉[⑧]，意遂更欲为国家讨贼立功，欲望封侯

①孤：古代侯、王的自称谦词。岩穴：山洞，指名士隐居之地。凡愚：平庸愚昧。

②在济南：曹操曾任济南相。违迕（wǔ）：触犯，得罪。常侍：皇帝的侍从近臣，指宦官。

③以为：因而被……。忿：忿恨。

④同岁：指与自己同年被推荐为孝廉的人。未名为老：还不说自己已年老。名，称。内：内心。图：谋划。

⑤却去：往后。始举者：指才举孝廉的人。

⑥四时：四季。谯：今安徽亳州。精舍：聚徒读书、讲学的房舍。

⑦底下：指低下、僻远。以泥水自蔽：借躬耕田园以隐蔽自己。望：念头。

⑧迁：指升职。都尉、校卫均为武官。

作征西将军，然后题墓道曰“汉故征西将军曹侯之墓[①]”，此其志也。而遭值董卓之难，兴举义兵[②]。是时合兵能多得耳，然常自损[③]，不欲多之；所以然者，兵多意盛，与强敌争，倘更为祸始[④]。故汴水之战数千，后还到扬州更募[⑤]，亦复不过三千人。此其本志有限也。

后领兖州[⑥]，破降黄巾三十万众。又袁术僭号于九江，下皆称臣，名门曰建号门，衣被皆为天子之制，两妇预争为皇后[⑦]。志计已定，人有劝术，使遂即帝位，露布天下[⑧]。答言：“曹公尚在，未可也。”后孤讨禽其四将，获其人众，遂使术穷亡解沮[⑨]，发病而死。及至袁绍据河北，兵势强盛。孤自度势，实不敌之[⑩]，但计投死为国，以义灭身，足垂于后。幸而破绍，枭其二子[⑪]。又刘表自以为宗室，包藏奸心，乍前乍却[⑫]，以观世事，据有荆州，孤复定之。遂平天下。身为宰相，人臣之贵已极，意望已过矣[⑬]。

今孤言此，若为自大，欲人言尽，故无讳耳[⑭]。设使国家无有孤[⑮]，不知当几人称帝，几人称王。或者人见孤强盛，又性不信天命之事，恐私心相评，言有不逊之志，妄相忖度，每用耿耿[⑯]。齐桓、晋文所以垂称至今日者，以其兵势广大，犹能奉事周室也[⑰]。《论语》曰：“三分天下有其二，以服事殷，周之

①墓道：墓前的神道，指神道碑。

②兴举义兵：指率军讨伐董卓。

③合兵：纠集兵卒。自损：自己削减、限制。

④意盛：骄傲的意思。倘：可能。更：重新。

⑤更募：重行招募。

⑥领兖（yǎn）州：指曹操作兖州牧。

⑦僭（jiàn）号：盗用皇帝称号。名门：给门取名。衣被：衣冠服饰。两妇：指袁术的两个妻子。

⑧志计：计划。遂：就、即。露布：宣布，公告。

⑨讨禽：讨伐、擒获。禽，通“擒”。穷亡解沮（jǔ）：指崩溃瓦解。

⑩河北：黄河以北。度势：估量时势。敌：匹敌。

⑪计：考虑。投死：效死。枭（xiāo）：斩首而悬之示众。

⑫乍前乍却：忽进忽退。

⑬极：达到顶点。意望已过：已超过原来的意想和愿望。

⑭欲人言尽：要使人无话可说。讳（huì）：隐瞒，避忌。

⑮设使：假如。

⑯私心相评：以主观的臆测来评议。不逊之志：指做皇帝的想法。忖（cǔn）度：猜测。每用耿耿：常常因此内心不安。

⑰齐桓、晋文：指春秋时的齐桓公、晋文公。垂称：垂名。奉事周室：事奉周天子。

德可谓至德矣[①]。”夫能以大事小也。昔乐毅走赵，赵王欲与之图燕[②]，乐毅伏而垂泣，对曰：“臣事昭王，犹事大王；臣若获戾，放在他国，没世然后已，不忍谋赵之徒隶，况燕后嗣乎[③]！”胡亥之杀蒙恬也，恬曰：“自吾先人及至子孙，积信于秦三世矣[④]。今臣将兵三十余万，其势足以背叛，然自知必死而守义者，不敢辱先人之教以忘先王也[⑤]。”孤每读此二人书，未尝不怆然流涕也。孤祖、父以至孤身，皆当亲重之任，可谓见信者矣[⑥]，以及子桓兄弟[⑦]，过于三世矣。孤非徒对诸君说此也[⑧]，常以语妻妾，皆令深知此意。孤谓之言：“顾我万年之后，汝曹皆当出嫁，欲令传道我心[⑨]，使他人皆知之。”孤此言皆肝鬲之要也[⑩]。所以勤勤恳恳叙心腹者，见周公有《金縢》之书以自明[⑪]，恐人不信之故。

然欲孤便尔委捐所典兵众以还执事，归就武平侯国[⑫]，实不可也。何者？诚恐己离兵为人所祸也[⑬]。既为子孙计，又己败则国家倾危，是以不得慕虚名而处实祸，此所不得为也[⑭]。前朝恩封三子为侯，固辞不受，今更欲受之，非欲复以为荣，欲以为外援为万安计[⑮]。

孤闻介推之避晋封，申胥之逃楚赏，未尝不舍书而叹，有以自省

①周：指周文王。

②乐毅走赵：指乐毅被迫出走赵国。图燕：图谋攻打燕国。

③获戾（lì）：得罪。放：放逐。没世：一辈子。已：停止。徒隶：身份低贱的人。

④积信：蒙恬及其祖蒙骜、父蒙武三代均为秦名将，一直受到信任。

⑤将兵：统帅军队。守义：遵守君臣大义。辱：辱没，玷污。

⑥亲重之任：亲近皇帝的要职。见信：受到信任。

⑦子桓：曹丕的字。

⑧徒：仅。

⑨汝曹：你们。传道：传布，传播。

⑩肝鬲（gé）之要：肺腑之言。

⑪勤勤恳恳：至真至诚。金縢（téng）：《尚书》的篇名。縢，封缄。相传周公曾作策书藏于金縢之柜，后人见此方知其忠贞。

⑫便尔：就此。委捐：放弃。典：掌管。执事：主管之人，此处指朝廷。归就：返回。

⑬离兵：放弃军权。

⑭计：着想。此所不得为：这是我所不可能做到的。

⑮更：又。以为外援：以此为外援。万安：万无一失。

也[①]。奉国威灵，仗钺征伐[②]，推弱以克强，处小而禽大[③]，意之所图，动无违事，心之所虑，何向不济[④]？遂荡平天下，不辱主命，可谓天助汉室，非人力也。然封兼四县，食户三万，何德堪之[⑤]！江湖未静，不可让位，至于邑土，可得而辞[⑥]。今上还阳夏、柘、苦三县户二万，但食武平万户，且以分损谤议，少减孤之责也[⑦]。

①介推：介之推。申胥：申包胥。舍：放下。自省（xǐng）：自我反思。

②奉：承仗。威灵：声威。钺（yuè）：大斧；古时天子出征，仗黄钺。

③推：凭。克：战胜。禽：同“擒”。

④动：动作，执行。何向不济：无往不胜。济，成功。

⑤堪：承受。

⑥江湖：指天下。可得而辞：可以辞让。

⑦上还：向朝廷退还。分损：减少。少：同“稍”。

孔融

孔融（153～208），汉末三国时文学家。字文举，鲁国（今山东曲阜）人。建安七子之首。有《孔北海集》。

论盛孝章书

【题解】 这是一封求助信。好友盛孝章被孙策囚禁，孔融写了这封信向曹操求救。信写得恳切流畅，气韵高昂。曹操看信后被打动，但在他施救之时，盛孝章已被杀害。

岁月不居，时节如流[①]。五十之年，忽焉已至。公为始满，融又过二[②]。海内知识，零落殆尽，惟会稽盛孝章尚存[③]。其人困于孙氏，妻孥湮没[④]，单孑独立，孤危愁苦。若使忧能伤人，此子不得永年矣[⑤]。

《春秋传》曰："诸侯有相灭亡者，桓公不能救，则桓公耻之[⑥]。"今孝章实丈夫之雄也，天下谈士，依以扬声[⑦]，而身不免于幽絷，命不期于旦夕[⑧]；是吾祖不当复论损益之友，而朱穆所以绝交也[⑨]。公诚能驰一介之使，加咫尺之书，则孝章可致，友道可弘矣[⑩]。

今之少年，喜谤前辈，或能讥评孝章。孝章要为有天下大名，九牧之人所共称叹[⑪]。燕君市骏马之骨，非欲以骋道里，乃当以招绝足也[⑫]。惟公匡复汉室，宗社将绝，又能正之[⑬]。正之之术，实须得贤。珠

①不居：不停。时节：时光。

②公：对曹操的称呼。始满：刚满五十。过二：指五十又过了两岁。

③海内：天下。零落：死亡。

④困于孙氏：被孙策所困。孥（nú）：儿子。湮（yān）没：死亡。

⑤此子：这个人，指盛孝章。

⑥相灭亡：互相攻打、灭亡，指邢国为狄所灭。

⑦谈士：清议人士，游谈之士。依以扬声：靠着他宣扬自己。

⑧幽絷（zhí）：囚禁。

⑨是：指坐视盛孝章的遭遇而不救，假设之辞。吾祖：指孔子。朱穆：东汉人，他曾因当时人情淡薄，愤而写了一篇《绝交论》。

⑩驰：速派。一介：一个。咫尺之书：短信。致：招来。

⑪要为：确实是。九牧：原意是九州的长官，这里代九州，指全中国。

⑫燕君：燕昭王。市骏马之骨：指昭王用千金买下千里马的骨头。骋道里：跑远路。绝足：快马。

⑬宗社：指汉朝天下。绝：倾覆。

玉无胫而自至者，以人好之也，况贤者之有足乎[①]！昭王筑台以尊郭隗，隗虽小才，而逢大遇，竟能发明主之至心[②]，故乐毅自魏往，剧辛自赵往，邹衍自齐往[③]。向使郭隗倒悬而王不解，临溺而王不拯[④]，则士亦将高翔远引，莫有北首燕路者矣[⑤]。

凡所称引，自公所知[⑥]；而复有云者，欲公崇笃斯义。因表不悉[⑦]。

①无胫：无腿。胫，足。

②大遇：隆重的待遇。至心：诚心。

③乐毅：魏人，投奔燕国，被拜为上将军。剧辛：赵人，奔燕后，率兵屡破齐军。邹衍：齐人，是燕昭王的师傅。

④向使：假使。倒悬：形容非常困苦。

⑤北首：朝北方。

⑥称引：援引陈述的（古人言论和史实）。自：本来。

⑦崇笃：重视。斯义：这个道理。

魏晋南北朝编

曹　丕

曹丕（187～226），曹魏政治家、文学家。字子桓，曹操次子，沛国谯郡（今安徽亳州）人。他对诗歌、辞赋、散文均有所成就。其散文语言清新畅达，平实凝练。有辑本《魏文帝集》。

典论·论文[①]

【题解】《典论·论文》是我国现存最早的一篇专门讨论文学的文章。它概要评价了建安七子的形式及特点，反映了建安时期的文学风尚，讨论了文学的批评态度、作家与作品的关系、各类文体的特征及文学的功用等问题。它把文章写作当作“经国之大业，不朽之盛事”则标志着鲁迅所说的“文学的自觉时代”的到来。

文人相轻，自古而然。傅毅之于班固[②]，伯仲之间耳，而固小之，与弟超书曰[③]：“武仲以能属文为兰台令史，下笔不能自休[④]。”夫人善于自见，而文非一体，鲜能备善[⑤]，是以各以所长，相轻所短。里语曰：家有弊帚，享之千金[⑥]。斯不自见之患也[⑦]。

今之文人，鲁国孔融文举[⑧]、广陵陈琳孔璋、山阳王粲仲宣、北海徐幹伟长、陈留阮瑀元瑜、汝南应玚德琏、东平刘桢公幹。斯七子者，于学无所遗，于辞无所假，咸以自骋骥騄于千里，仰齐足而并驰[⑨]。以此相服，亦良难矣[⑩]。盖君子审己以度人，故能免于斯累[⑪]。而作《论文》。

王粲长于辞赋，徐幹时有齐气[⑫]，然粲之匹也。如粲之《初征》、

①典论：魏文帝曹丕所写的一部学术性论著，共 20 篇，今仅存《自叙》和《论文》两篇。

②傅毅：东汉文学家。班固：东汉文学家、史学家。

③超：班超。

④武仲：傅毅字武仲。自休：自我控制。

⑤体：指体裁、样式。鲜：很少。备善：兼善。

⑥弊帚：破扫帚。享：当。

⑦斯：这。患：毛病。

⑧孔融：字文举，汉献帝时为北海相。以下六人同此，皆名、字并举。这七个人就是有名的“建安七子”。

⑨咸：都。骋：驰骋。骥騄（lù）：骏马。仰：凭借。齐足：并足。

⑩良：确实。

⑪斯：这种。累：毛病。

⑫齐气：齐地之舒缓之气。

《登楼》、《槐赋》、《征思》[1]，幹之《玄猿》、《漏卮》、《团扇》、《桔赋》[2]，虽张、蔡不过也[3]。然于他文，未能称是。琳、瑀之章表书记[4]，今之隽也。应玚和而不壮[5]。刘桢壮而不密[6]。孔融体气高妙，有过人者[7]；然不能持论，理不胜辞，以至乎杂以嘲戏；及其所善，扬、班俦也[8]。

常人贵远贱近，向声背实[9]，又患闇于自见，谓己为贤。夫文本同而末异[10]，盖奏议宜雅，书论宜理，铭诔尚实，诗赋欲丽[11]。此四科不同，故能之者偏也，唯通才能备其体。

文以气为主，气之清浊有体，不可力强而致[12]。譬诸音乐，曲度虽均，节奏同检[13]，至于引气不齐，巧拙有素，虽在父兄，不能以移子弟[14]。

盖文章，经国之大业，不朽之盛事。年寿有时而尽，荣乐止乎其身，二者必至之常期[15]，未若文章之无穷。是以古之作者，寄身于翰墨，见意于篇籍[16]，不假良史之辞，不托飞驰之势[17]，而声名自传于后。故西伯幽而演《易》[18]，周旦显而制《礼》[19]，不以隐约而弗务，不以康乐而加思[20]。夫然，则古人贱尺璧而重寸阴，惧乎时之过已。而人多不强力，贫贱则慑于饥寒，富贵则流于逸乐，遂营目前之务，而遗千载之功[21]。日月逝于上，体貌衰于下，忽然与万物迁化，斯志士之大痛也。融等已逝，唯幹著论[22]，成一家言。

①粲：王粲。以下几篇为赋作之名，《征思》已佚，其余尚存。

②幹：徐幹。徐幹现存赋八篇，文中提及的《漏卮》、《桔赋》两篇已佚。

③张、蔡：指东汉辞赋家张衡、蔡邕。过：超越。

④琳、瑀：陈琳和阮瑀。章表：臣子呈送天子的奏章等。书记：指一般的书信、公文。

⑤和：气势舒缓。壮：雄壮。

⑥壮：骨气雄健。密：细密。

⑦体气：指文章的整体气韵。

⑧理：文章思想主旨。辞：文辞。所善：写得好的文章。扬、班：扬雄和班固。俦（chóu）：匹敌。

⑨向声背实：追求虚名而不顾实际。

⑩本：根本，指文章的基本原理。末：末梢，指各种文体的特点。

⑪雅：典雅。理：条理。实：朴实。丽：华丽。

⑫气：气质。清：清逸。浊：重浊。体：分别。强：勉强。致：达到。

⑬譬：比如。诸：之于。曲度：曲律。均：相同。同检：同一法度。

⑭素：指自然本性。移：传授。

⑮二者：指年寿与荣乐。常期：一定的期限。

⑯翰墨：指文章。见（xiàn）意：表现意趣、思想。

⑰托：依靠。飞驰之势：指地位显赫的权势。

⑱西伯：指周文王。幽：囚禁。

⑲周旦：周公旦。显：显达。

⑳隐约：失意。弗务：指不去从事著述活动。康乐：安逸享乐。加思：指改变从事著述的想法。

㉑强力：努力。流：放纵。营：经管。务：事务。遗：遗弃。

㉒著论：指徐幹所著《中论》二十篇。

曹 植

曹植（192～232），汉魏时期文学家。字子建，曹操第三子，曹丕同母弟，沛国谯（今安徽亳州）人。封陈王，死后谥“思”，世称陈思王。工诗擅文，散文尤以辞赋见长。著有《曹子建集》。

与杨德祖书

【题解】这是作者给杨修（字德祖）的谈论文章的书信。文章集中表明了作者对文学价值及文学批评的意见。他以文章为小道的说法与曹丕在《典论·论文》中的主张大不相同，鲁迅先生认为“大概是违心之论”，由于他在政治上不得意便说文章无用。作为一篇散文则是优美之作，文中夹用骈偶、节奏顿挫，语言清新明快，读后如饮甘露。

植白①：数日不见，思子为劳，想同之也②。

仆少小好为文章③，迄至于今二十有五年矣。然今世作者，可略而言也。昔仲宣独步于汉南④，孔璋鹰扬于河朔⑤，伟长擅名于青土⑥，公幹振藻于海隅⑦，德琏发迹于大魏⑧，足下高视于上京⑨。当此之时，人人自谓握灵蛇之珠，家家自谓抱荆山之玉⑩。吾王于是设天网以该之，顿八纮以掩之⑪，今悉集兹国矣。然此数子，犹复不能飞骞绝迹⑫，一举千里也。以孔璋之才，不闲于辞赋，而多自谓能与司马长卿同风⑬，譬画虎不成反为狗者也。前有书嘲之，反作论盛道仆赞其文。夫钟期不失听，于今称之⑭。吾亦不

①白：陈述。

②想：料想。同之：与我相同。

③仆：我。

④仲宣：王粲，字仲宣。独步：成绩超群之意。汉南：汉水之南。

⑤孔璋：陈琳，字孔璋。鹰扬：比喻像鹰一样杰出。河朔：今河北一带。

⑥伟长：徐幹，字伟长。青土：青州。

⑦公幹：刘桢，字公幹。振藻：扬发辞藻。海隅：指刘桢所居近海。

⑧德琏：应玚，字德琏。大魏：指魏之都城许昌。

⑨高视：众中杰出。上京：京城。

⑩灵蛇之珠、荆山之玉：指隋侯珠与和氏璧，代指拥有杰出才华。

⑪吾王：指曹操。该：同“赅”。八纮（hóng）：八方极远之地。掩：搜求。

⑫飞骞（xiān）：高飞。

⑬闲：同“娴”，熟练。司马长卿：司马相如，字长卿。同风：同一风调。

⑭钟期：钟子期，俞伯牙的知音。

能妄叹者，畏后世之嗤余也。

世人之著述，不能无病。仆常好人讥弹其文，有不善者，应时改定[①]。昔丁敬礼常作小文，使仆润饰之，仆自以才不过若人[②]，辞不为也。敬礼谓仆："卿何所疑难？文之佳恶，吾自得之，后世谁相知定吾文者耶[③]？"吾常叹此达言[④]，以为美谈。昔尼父之文辞，与人通流[⑤]，至于制《春秋》，游、夏之徒乃不能措一辞[⑥]。过此而言不病者[⑦]，吾未之见也。

盖有南威之容，乃可以论其淑媛[⑧]；有龙泉之利，乃可以议其断割[⑨]。刘季绪才不能逮于作者，而好诋诃文章，掎摭利病[⑩]。昔田巴毁五帝、罪三王、呰五霸于稷下，一旦而服千人[⑪]，鲁连一说，使终身杜口[⑫]。刘生之辩[⑬]，未若田氏，今之仲连，求之不难，可无叹息乎？人各有好尚：兰茝荪蕙之芳[⑭]，众人之所好，而海畔有逐臭之夫；《咸池》、《六茎》之发，众人所共乐，而墨翟有非之之论[⑮]，岂可同哉？

今往仆少小所著辞赋一通相与[⑯]。夫街谈巷说，必有可采；击辕之歌，有应风雅[⑰]；匹夫之思[⑱]，未易轻弃也。辞赋小道，固未足以揄扬大义、彰示来世也[⑲]。昔扬子云先朝执戟之臣耳，犹称"壮夫不为也"[⑳]。吾虽德薄，位为蕃侯，犹庶

①好：喜欢。讥弹：批评。应时：随时。改定：修改、完善。

②丁敬礼：曹植之友。若人：这个人，指一般人。

③定吾文者：修改过我的文章的人。

④达言：通达的话。

⑤尼父：孔子，字仲尼。通流：同流。

⑥制：修。游、夏：孔子的学生子游、子夏。措一辞：增减一个字。

⑦过此：超过这个（指《春秋》）。不病：无毛病。

⑧南威：春秋时晋国美女。淑媛：美女。

⑨龙泉：指宝剑。断割：切割。

⑩刘季绪：刘表之子。逮：达到。诋诃（hē）：诋毁。掎摭（jǐ zhí）：挑剔。

⑪田巴：战国时齐国的辩士。罪：责难。呰（zī）：诋毁。稷下：战国时齐都临淄（今山东淄博）的讲学之地。一旦：一早晨。

⑫鲁连：鲁仲连。杜口：闭口。

⑬刘生：指刘季绪。辩：辩难之才。

⑭兰茝（chǎi）荪（sūn）蕙：兰，茝，荪，蕙，均为香草。

⑮咸池：黄帝乐曲名。六茎：颛顼乐曲名。发：指演奏。墨翟：即墨子，其书有《非乐篇》。

⑯往：寄送去。一通：一份。

⑰击辕之歌：指民歌。应：符合。

⑱匹夫：指下层百姓。

⑲固：当然。揄扬：宣扬。彰示：昭示。

⑳扬子云：扬雄，字子云。壮夫不为：扬雄对辞赋的批评之语。

几戮力上国[①]，流惠下民，建永世之业，流金石之功，岂徒以翰墨为勋绩，辞赋为君子哉？若吾志未果，吾道不行，则将采庶官之实录，辩时俗之得失，定仁义之衷[②]，成一家之言。虽未能藏之于名山，将以传之于同好。非要之皓首[③]，岂今日之论乎？其言之不惭，恃惠子之知我也[④]。

明早相迎，书不尽怀。曹植白。

①蕃侯：指藩王。庶几：希望。戮（lù）力：尽心尽力。

②果：实现。庶官：百官。实录：据实记录的文字。衷：中，即标准。

③要：相约，指缔结。皓首：白头。指至深之情。

④惭：羞愧。惠子：惠施。庄子曾以惠子为知己，这里以惠子喻杨修。

洛神赋 并序

【题解】此赋写作者在洛水之滨与美丽的洛神相遇、相爱，但因人神相隔，无从结合，终于含恨分离；寄寓了对君王的忠贞之情，以及忧谗畏祸、怀才被黜、赍志而返的彷徨苦闷。全赋文辞华美，塑造了一个娇媚动人而气质高雅、飘忽无踪的女神形象，千百年来一直深受人们的喜爱。

黄初三年，余朝京师，还济洛川[①]。古人有言："斯水之神，名曰宓妃[②]。"感宋玉对楚王神女之事[③]，遂作斯赋。其辞曰：

余从京域，言归东藩[④]。背伊阙，越轘辕，经通谷，陵景山[⑤]。日既西倾，车殆马烦[⑥]。尔乃税驾乎蘅皋，秣驷乎芝田[⑦]。容与乎阳林，流眄乎洛川[⑧]。于是精移神骇，忽焉思散。俯则未察，仰以殊观。睹一丽人，于岩之畔。乃援御者而告之曰[⑨]："尔有觌于彼者乎？彼何人斯？若此之艳也[⑩]！"御者对曰："臣闻河洛之神，名

①黄初：魏文帝曹丕年号。朝：朝觐。还：回来。济：渡。洛川：洛水。

②宓（fú）妃：指洛水女神。

③对楚王神女之事：指宋玉辞赋所写的楚王梦见神女的故事。

④东藩：东方自己的藩国。

⑤四句中伊阙、轘辕、通谷、景山，均自洛阳东归所经山名。背：离开。

⑥殆：危险。烦：疲乏。

⑦尔乃：于是就。税驾：停车。蘅皋：长满杜蘅的河岸。秣驷：喂马。芝田：指野草繁盛之地。

⑧容与：从容安闲的样子。流眄：放眼四处观望。

⑨援：扯，拉。御者：车夫。

⑩觌（dí）：看见。斯：语尾助词。

曰宓妃。然则君王所见，无乃是乎[①]？其状若何？臣愿闻之。”

余告之曰：“其形也，翩若惊鸿，婉若游龙，荣曜秋菊，华茂春松。仿佛兮若轻云之蔽月，飘飖兮若流风之迴雪。远而望之，皎若太阳升朝霞；迫而察之，灼若芙蕖出渌波[②]。秾纤得衷，修短合度[③]，肩若削成，腰如束素[④]。延颈秀项，皓质呈露[⑤]。芳泽无加，铅华弗御[⑥]。云髻峨峨，修眉联娟[⑦]。丹唇外朗，皓齿内鲜。明眸善睐，靥辅承权[⑧]。瑰姿艳逸[⑨]，仪静体闲。柔情绰态，媚于语言。奇服旷世，骨像应图[⑩]。披罗衣之璀粲兮，珥瑶碧之华琚[⑪]。戴金翠之首饰，缀明珠以耀躯。践远游之文履，曳雾绡之轻裾[⑫]。微幽兰之芳蔼兮[⑬]，步踟蹰于山隅。于是忽焉纵体，以遨以嬉[⑭]。左倚采旄，右荫桂旗[⑮]。攘皓腕于神浒兮，采湍濑之玄芝[⑯]。”

余情悦其淑美兮，心振荡而不怡。无良媒以接欢兮，托微波而通辞。愿诚素之先达兮，解玉佩以要之[⑰]。嗟佳人之信修兮，羌习礼而明诗[⑱]。抗琼珶以和予兮，指潜渊而为期[⑲]。执眷眷之款实兮，惧斯灵之我欺[⑳]。感交甫之弃言兮，怅犹豫而狐疑[㉑]。收和颜而静志兮，申礼防以自持。

于是洛灵感焉，徙倚彷徨[㉒]。神光离合，乍阴乍阳[㉓]。竦轻躯以鹤立，若将飞而未翔[㉔]。践椒途之郁

①君王：指曹植。无乃：莫非就是。

②迫：接近。灼：鲜明繁盛的样子。渌（lù）波：清澈的水波。

③秾纤：胖瘦。衷：同“中”。修短：高矮。合度：恰到好处。

④束素：束白色细绢。

⑤延颈秀项：长长的脖子。皓质：洁白的肌肤。

⑥芳泽：香脂。弗御：不用。

⑦峨峨：高耸。联娟：微曲的样子。

⑧善睐（lài）：顾盼多姿。靥（yè）辅：酒窝和面颊。承权：接着面颊骨。权，同“颧”。

⑨艳逸：美艳而高雅脱俗。

⑩应图：合于画中人。

⑪珥（ěr）：耳环，此作佩戴讲。瑶碧：美玉。华琚：雕饰有花纹的玉佩。

⑫践：穿。远游：鞋名。文履：绣花纹的鞋子。曳（yè）：拖。裾：裙摆。

⑬微：隐避。芳蔼：芳香，香气。

⑭纵体；飞耸身体。以遨以嬉：一边漫步，一边游戏。

⑮采旄：彩旗。桂旗：桂木杆的旗。

⑯攘：捋衣袖。神浒：神所游的水边。湍濑：急流。玄芝：黑色灵芝。

⑰诚素：真情。素，通“愫”，情愫。先要：同“邀”，定约。

⑱信修：确实美好。羌：无义。

⑲抗：举起。琼、珶（tí）：都是美玉。和予：答应我。潜渊：深渊。

⑳款实：诚实。斯灵：此神，指洛神。

㉑交甫：指郑交甫。郑交甫在汉水边遇见二神女，赠玉佩给他，但顷刻间神女和玉佩都不见了。

㉒洛灵：洛神。徙倚彷徨：低首徘徊。

㉓神光离合：身影变幻不定。

㉔竦：通“耸”，耸起。

烈，步蘅薄而流芳[①]。超长吟以永慕兮，声哀厉而弥长[②]。尔乃众灵杂遝，命俦啸侣[③]。或戏清流，或翔神渚。或采明珠，或拾翠羽。从南湘之二妃，携汉滨之游女[④]。叹匏瓜之无匹兮，咏牵牛之独处[⑤]。扬轻袿之猗靡兮，翳修袖以延伫[⑥]。体迅飞凫，飘忽若神[⑦]。凌波微步，罗袜生尘。动无常则，若危若安。进止难期，若往若还。转眄流精，光润玉颜[⑧]。含辞未吐，气若幽兰。华容婀娜[⑨]，令我忘餐。

于是屏翳收风，川后静波[⑩]，冯夷鸣鼓，女娲清歌[⑪]。腾文鱼以警乘，鸣玉鸾以偕逝[⑫]。六龙俨其齐首，载云车之容裔[⑬]；鲸鲵踊而夹毂，水禽翔而为卫[⑭]。于是越北沚，过南冈，纡素领，回清阳[⑮]。动朱唇以徐言，陈交接之大纲。恨人神之道殊兮，怨盛年之莫当[⑯]。抗罗袂以掩涕兮，泪流襟之浪浪[⑰]。悼良会之永绝兮，哀一逝而异乡。无微情以效爱兮，献江南之明珰[⑱]。虽潜处于太阴，长寄心于君王[⑲]。忽不悟其所舍，怅神霄而蔽光[⑳]。

于是背下陵高，足往神留[㉑]。遗情想象，顾望怀愁。冀灵体之复形，御轻舟而上溯[㉒]。浮长川而忘返，思绵绵而增慕[㉓]。夜耿耿而不寐，霑繁霜而至曙[㉔]。命仆夫而就驾，吾将归乎东路[㉕]。揽騑辔以抗策，怅盘桓而不能去[㉖]。

①椒途：花椒路。蘅薄：杜蘅丛。
②超：惆怅。弥长：更长，深长。
③杂遝（tà）：众多的样子。命俦啸侣：呼朋唤友。
④南湘之二妃：指湘水女神娥皇、女英。游女：指汉水女神。
⑤匏（páo）瓜：天鸡星，用来比喻没有配偶。牵牛：牵牛星。
⑥袿（guī）：女子的上衣。猗靡：随风飘忽的样子。翳（yì）：遮掩。
⑦凫（fú）：野鸭。
⑧转眄：四周顾盼。流精：目光神采奕奕。
⑨华：同“花”。
⑩屏翳：神话中的风神。川后：传说中的水神。
⑪冯夷：传说中的河伯。
⑫文鱼：鳐鱼。警乘：保卫车乘。偕逝：同往。
⑬俨（yǎn）：矜持庄重的样子。容裔：悠然安闲地行进。
⑭鲸鲵：鲸类动物。夹毂（gǔ）：夹护着车。
⑮沚（zhǐ）：水中小洲。纡（yū）：回转。素领：白皙的脖子。
⑯莫当：未能如愿以偿。
⑰袂（mèi）：衣袖。浪浪：滚滚。
⑱效爱：示爱。珰（dāng）：耳珠。
⑲太阴：洛神所居。君王：曹植自指。
⑳不悟：看不见。所舍：所在的地方。霄，暗冥。
㉑背下陵高：离开低地登上高处。
㉒灵体：洛神的形体。复形：再现。
㉓增慕：加深思慕之情。
㉔耿耿：心神不安。霑：沾湿。
㉕仆夫：车夫。东路：返回封地之路。
㉖騑（fēi）：车辕两边的马。抗策：举起马鞭。

诸葛亮

诸葛亮（181～234），三国时期政治家、军事家。字孔明，琅琊阳都（今山东沂水南）人。其散文情意真挚，周密畅达。著有《诸葛亮集》。

出师表[①]

【题解】本文又名《前出师表》。文章针对刘禅平庸的弱点，鼓励他奋发图强、广开言路、严明赏罚、亲贤远佞、修明内政，重兴汉室。同时表白自己的忠心和所作作为，一字一句，都可见作者的一片苦心。文章感情深挚，出自肺腑。刘勰在《文心雕龙》中评其“志尽而文畅”。

臣亮言：先帝创业未半而中道崩殂[②]。今天下三分，益州疲敝，此诚危急存亡之秋也[③]。然侍卫之臣不懈于内，忠志之士忘身于外者，盖追先帝之殊遇[④]，欲报之于陛下也。诚宜开张圣听，以光先帝遗德，恢弘志士之气[⑤]；不宜妄自菲薄，引喻失义，以塞忠谏之路也[⑥]。

宫中府中，俱为一体，陟罚臧否，不宜异同[⑦]。若有作奸犯科及为忠善者，宜付有司论其刑赏，以昭陛下平明之治[⑧]，不宜偏私，使内外异法也。侍中、侍郎郭攸之、费祎、董允等，此皆良实，志虑忠纯，是以先帝简拔以遗陛下[⑨]。愚以为宫中之事，事无大小，悉以咨之，然后施行，必能裨补阙漏，有所广益[⑩]。将军向宠，性行淑均，晓畅军事，试用于昔日，先帝称之曰“能”，是

①表：臣子向主上奏事的公文。

②先帝：指刘备。中道：半道。崩殂（cú）：天子死亡称“崩”，又叫“殂”。

③益州：蜀汉的疆域。疲敝：指国力贫弱。秋：时，时候。

④追：追怀。殊遇：特殊的待遇。

⑤诚：确实。宜：应该。开张圣听：扩大圣明的听闻。恢弘：振奋。

⑥引喻：指说话。失义：不合大义。

⑦宫中：内廷。府中：朝廷。陟（zhì）：晋升。臧（zāng）：赞美。否（pǐ）：责备。异同：偏指“异”。

⑧作奸犯科：营私舞弊，违法乱纪。平明：公平和严明。

⑨良实：贤良、诚实之士。志虑忠纯：志向思虑、忠诚纯正。简拔：选拔。遗（wèi）：留给、赠予。

⑩咨：征询。裨（bì）补阙漏：弥补过失和不足。广益：更多的收益。

以众议举宠为督[①]。愚以为营中之事，悉以咨之，必能使行陈和睦[②]，优劣得所也。亲贤臣，远小人，此先汉所以兴隆也；亲小人，远贤臣，此后汉所以倾颓也[③]。先帝在时，每与臣论此事，未尝不叹息痛恨于桓、灵也。侍中、尚书、长史、参军[④]，此悉贞良死节之臣也[⑤]，愿陛下亲之信之，则汉室之隆，可计日而待也。

臣本布衣，躬耕于南阳，苟全性命于乱世，不求闻达于诸侯[⑥]。先帝不以臣卑鄙，猥自枉屈，三顾臣于草庐之中，咨臣以当世之事，由是感激，遂许先帝以驱驰[⑦]。后值倾覆，受任于败军之际，奉命于危难之间，尔来二十有一年矣[⑧]。先帝知臣谨慎，故临崩寄臣以大事也[⑨]。受命以来，夙夜忧叹，恐付托不效，以伤先帝之明[⑩]。故五月渡泸，深入不毛[⑪]。今南方已定，兵甲已足，当奖帅三军，北定中原[⑫]，庶竭驽钝，攘除奸凶，兴复汉室，还于旧都[⑬]。此臣之所以报先帝，而忠陛下之职分也。

至于斟酌损益[⑭]，进尽忠言，则攸之、祎、允之任也。愿陛下托臣以讨贼兴复之效[⑮]；不效，则治臣之罪，以告先帝之灵。若无兴德之言，则责攸之、祎、允之慢，以彰其咎[⑯]。陛下亦宜自谋，以咨诹善道，察纳雅言[⑰]，深追先帝遗诏，臣不胜

①性行淑均：性情和善，品德公正。行（xìng）：品行。晓畅：通晓。督：即中部督，禁卫军的统帅。

②行（háng）陈：军队的行列，指军队。陈（zhèn），同“阵”。

③先汉：西汉。后汉：东汉。

④桓、灵：东汉桓帝刘志、灵帝刘宏。此处尚书、长史、参军分别指陈震、蒋琬。

⑤贞良：坚贞可靠。死节：以死殉节。

⑥躬耕：亲自耕种，借指隐居山林。苟全：苟且保全。闻：取得声誉。达：获得高官。

⑦卑鄙：指出身微贱。猥：同“委”，委曲。自：亲自。枉屈：屈就。驱驰：奔走效劳。

⑧值：遇到。倾覆：兵败。尔来：自那以来。

⑨临崩寄臣以大事：指刘备病危托付诸葛亮辅佐刘禅之事。

⑩夙（sù）：早。效：有效果。明：英明。

⑪五月渡泸：指南征。泸，泸水，金沙江的一部分。不毛：指今缅甸境内的八莫一带。

⑫中原：指当时曹魏占领的中原地区。

⑬庶：或可。驽钝：能力不高。驽（nú）：劣马。钝（dùn），刀刃不锋利。攘（rǎng）：排除。还于旧都：指把蜀汉国迁都回东汉旧都洛阳。

⑭斟酌损益：衡量政务得失，决定取舍增减。

⑮效：任务，功效。

⑯兴德：发扬德行。慢：怠慢，疏忽。彰：明，揭示。咎（jiù）：过失。

⑰自谋：自己认真考虑。咨诹（zōu）：征询。察：分析。纳：采纳。雅言：正确的意见。

受恩感激[①]。今当远离，临表涕零，不知所言[②]。

①不胜（shēng）受恩感激：受恩不尽，感激也不尽。

②不知所言：不知自己都说了什么，指前面的话未必考虑得当。

后出师表

【题解】诸葛亮一心想着北伐，但却遭到非议。他坚持己见，出师伐魏。临行前，诸葛亮向刘禅呈表，阐明非北伐不可的六条理由，进而表明自己坚决为实现兴复汉室大业“鞠躬尽力，死而后已”的忠心。

先帝虑汉、贼不两立[①]，王业不偏安，故托臣以讨贼也。以先帝之明，量臣之才，固知臣伐贼，才弱敌强也；然不伐贼，王业亦亡，惟坐而待亡，孰与伐之[②]！是故托臣而弗疑也。

臣受命之日，寝不安席，食不甘味。思惟北征，宜先入南。故五月渡泸，深入不毛，并日而食[③]。臣非不自惜也，顾王业不可偏安于蜀都[④]，故冒危难以奉先帝之遗意，而议者谓为非计[⑤]。今贼适疲于西[⑥]，又务于东[⑦]，兵法乘劳，此进趋之时也。谨陈其事如左：

高帝明并日月，谋臣渊深，然涉险被创[⑧]，危然后安。今陛下未及高帝，谋臣不如良、平[⑨]，而欲以长策取胜[⑩]，坐定天下，此臣之未解一也[⑪]。

刘繇、王朗[⑫]，各据州郡，论安言计，动引圣人，群疑满腹，众难

①汉：蜀汉。贼：对占据中原的曹氏魏国的侮称。

②孰与：谓两者比较，应取何者。

③泸：水名。并日：两天合作一天。

④蜀都：蜀汉都城成都。

⑤议者：发表不同意见的人。

⑥贼适疲于西：蜀汉建兴六年（228年）春天，诸葛亮率军进攻祁山（在今甘肃礼县境），附近南安、天水、安定三郡反叛魏国，响应蜀汉。

⑦务于东：蜀汉建兴六年秋天，吴国将领在石亭大败魏国将领曹休，魏国不得不集中兵力对付东南的吴国，关中因此空虚。

⑧高帝：汉高祖刘邦。被创：受伤。

⑨良：张良。平：陈平。

⑩长计：长期相持的打算。

⑪未解：不能理解。一说“解”读（xiè），通“懈”，懈怠的意思。

⑫刘繇（yóu）：字正礼，东汉末年扬州刺史，后被孙策击败。王朗：字景兴，东汉末会稽郡太守，也被孙策击败。

塞胸，今岁不战，明年不征，使孙策坐大，遂并江东[①]。此臣之未解二也。

曹操智计殊绝于人[②]，其用兵也，仿佛孙、吴[③]，然困于南阳，险于乌巢，危于祁连，逼于黎阳，几败北山，殆死潼关[④]，然后伪定一时尔[⑤]。况臣才弱，而欲以不危而定之，此臣之未解三也。

曹操五攻昌霸不下[⑥]，四越巢湖不成[⑦]。任用李服，而李服图之[⑧]；委任夏侯，而夏侯败亡[⑨]。先帝每称操为能，犹有此失。况臣驽下，何能必胜？此臣之未解四也。

自臣到汉中，中间期年耳，然丧赵云、阳群、马玉、阎芝、丁立、白寿、刘郃、邓铜等及曲长、屯将七十余人[⑩]，突将无前賨、叟、青羌、散骑、武骑一千余人[⑪]。此皆数十年之内所纠合四方之精锐，非一州之所有。若复数年，则损三分之二也，当何以图敌[⑫]？此臣之未解五也。

今民穷兵疲，而事不可息。事不可息，则住与行劳费正等。而不及早图之，欲以一州之地与贼持久。此臣之未解六也。

夫难平者[⑬]，事也。昔先帝败军于楚[⑭]，当此时，曹操拊手[⑮]，谓天下已定。然后先帝东连吴、越[⑯]，西取巴、蜀[⑰]，举兵北征，夏侯授首。此操之失计而汉事将成也。然后吴

①孙策：字伯符，东汉末年率军先后吞并刘繇、王朗，割据江东，为其弟孙权建立吴国打下基础。江东：泛指长江中下游地区。

②殊绝：极度超出的意思。

③孙、吴：即孙武、吴起。

④“困于南阳”数句：均指曹操失利之事。

⑤伪：诸葛亮自以为蜀汉为继承东汉的正统皇朝，指斥曹魏为篡逆的伪政权。定：指统一北方。

⑥昌霸：又称昌豨（xī），东汉末年任东海太守。建安四年（199 年），昌霸归附刘备，曹操多次派兵攻打，未能取胜。

⑦四越巢湖：巢湖为曹魏与孙吴交界地区，曹操多次派兵渡巢湖进攻孙吴，均未得逞。

⑧李服：一作王服，因参与谋杀曹操罪被杀。

⑨夏侯：夏侯渊，曹操手下大将，镇守汉中，后被黄忠斩于定军山。

⑩赵云、阳群等都是蜀中名将。曲长、屯将是部曲中的将领。

⑪突将、无前：蜀军中的冲锋将士。賨（cóng）、叟、青、羌：蜀军中的少数民族部队。散骑、武骑：都是骑兵的名号。

⑫复：又，再过。图：对付。

⑬夫：发语词。平：同“评”，评断。

⑭败军于楚：指建安十三年（208），曹操大军南下，刘备在当阳长阪被击溃之事。当阳属古楚地，故云。

⑮拊（fǔ）手：拍手。

⑯本句指刘备遣诸葛亮去江东连和，孙刘联军在赤壁大破曹军。

⑰本句指建安十六年（211）刘备势力进入刘璋占据的益州，后来攻下成都，取得巴蜀地区。

更违盟，关羽毁败[①]，秭归蹉跌[②]，曹丕称帝。凡事如是，难可逆料[③]。臣鞠躬尽力[④]，死而后已。至于成败利钝，非臣之明所能逆睹也[⑤]。

①关羽毁败：指吴军用吕蒙计谋偷袭荆州，擒杀关羽父子。

②秭归蹉跌：指刘备报关羽仇亲自领兵伐吴，在秭归被吴将陆逊所败。蹉跌，失坠，比喻失败。

③逆料：预见，预测。

④鞠躬尽力：指为国事用尽全力。一作"鞠躬尽瘁"。

⑤利钝：喻顺利或困难。睹：亦即"逆见"，预料。

陈 寿

陈寿（233～297），魏晋时期史学家。字承祚，巴西安汉（今四川南充）人。著有《三国志》。

隆中对[①]

【题解】 本文节选自《三国志·蜀志·诸葛亮传》，叙写的是诸葛亮未出山之前与流亡在荆州的刘备的一次谈话。文章先写诸葛亮自比管仲、乐毅的抱负，徐庶向刘备的推荐；接着正面叙写诸葛亮对天下大势的精辟分析，暗示天下之分的前景；最后又作点染，写出刘备对诸葛亮的无比信任和器重。

亮躬耕陇亩，好为《梁父吟》[②]。身长八尺，每自比于管仲、乐毅，时人莫之许也[③]。惟博陵崔州平、颍川徐庶元直与亮友善，谓为信然[④]。

时先主屯新野[⑤]。徐庶见先主，先主器之[⑥]，谓先主曰："诸葛孔明者，卧龙也，将军岂愿见之乎[⑦]？"先主曰："君与俱来。"庶曰："此人可就见，不可屈致也，将军宜枉驾顾之[⑧]。"

由是先主遂诣亮，凡三往，乃见[⑨]。因屏人曰[⑩]："汉室倾颓，奸臣窃命，主上蒙尘[⑪]。孤不度德量力，欲信大义于天下[⑫]；而智术浅短，遂用猖蹶[⑬]，至于今日。然志犹未已，君谓计将安出？"

亮答曰："自董卓已来，豪杰并起，跨州连郡者不可胜数[⑭]。曹操比

①隆中：山名，在今湖北襄阳西。

②亮：诸葛亮。陇亩：田地。为：指吟咏。《梁父吟》：古曲名，其调悲慨。

③管仲、乐（yuè）毅：春秋战国时著名将相。莫之许：没有人相信他。

④博陵、颍川：均为地名，在河北、河南。徐庶：字元直。信然：的确如此。

⑤先主：指刘备。屯：驻兵。新野：今河南新野县。

⑥器：器重。

⑦岂：能否之意。

⑧就见：前去拜访。致：来。枉：屈尊。驾：车马。顾：拜访。

⑨诣（yì）：去、到。凡：共。乃：才。

⑩因：于是。屏（bǐng）人：让左右侍从回避开。

⑪奸臣窃命：指董卓、曹操先后挟天子以令诸侯。主上蒙尘：皇帝遭难。

⑫孤：古代王侯的自谦用语。度（duó）：估量。信：同"伸"。

⑬遂：终。用：因。猖蹶：指受挫。

⑭跨州连郡者：指割据一方的军阀。

于袁绍，则名微而众寡。然操遂能克绍，以弱为强者，非惟天时，抑亦人谋也。今操已拥百万之众，挟天子以令诸侯，此诚不可与争锋[1]。孙权据有江东，已历三世，国险而民附，贤能为之用，此可以为援而不可图也[2]。荆州北据汉、沔，利尽南海，东连吴、会，西通巴、蜀[3]，此用武之国，而其主不能守，此殆天所以资将军[4]，将军岂有意乎？益州险塞，沃野千里，天府之土，高祖因之以成帝业[5]。刘璋暗弱，张鲁在北，民殷国富而不知存恤[6]，智能之士思得明君。将军既帝室之胄，信义著于四海，总揽英雄[7]，思贤如渴，若跨有荆、益，保其岩阻，西和诸戎，南抚夷越[8]，外结好孙权，内修政理[9]，天下有变，则命一上将将荆州之军以向宛、洛，将军身率益州之众以出秦川[10]，百姓孰敢不箪食壶浆以迎将军者乎[11]？诚如是，则霸业可成，汉室可兴矣。"

先主曰："善！"于是与亮情好日密。

关羽、张飞等不悦。先主解之曰："孤之有孔明，犹鱼之有水也。愿诸君勿复言！"羽、飞乃止。

①挟（xié）：挟制。争锋：争胜。

②以为援：把东吴做为外援。

③荆州：包括今湖南、湖北一带。汉、沔（miǎn）：汉水、沔水。南海：泛指南方近海的地方。吴、会（guì）：吴郡和会稽郡的合称。巴、蜀：巴郡和蜀郡的合称。

④用武之国：兵家相争之地。其主：指当时荆州牧刘表。殆：大概。

⑤益州：包括今四川大部分、云南东部、陕西南部地区。高祖：汉高祖刘邦。

⑥刘璋：当时的益州牧。暗弱：昏庸无能。张鲁："五斗米道"的领袖，当时拥兵于汉中，与刘璋有矛盾。殷：多、蕃盛。存恤：爱惜、安抚。

⑦胄（zhòu）：后代。总揽：广泛地延揽收罗。

⑧保其岩阻：守住两州的险要。和：联合。抚：安抚。

⑨修：治理。政理：政治。

⑩上将：大将。将（jiàng）：率领。宛、洛：指中原一带。身：亲自。秦川：关中。

⑪箪（dān）食（sì）壶浆：用筐盛着干饭、用壶盛着酒。

嵇　康

嵇康（223～262），南北朝时期思想家。字叔夜，谯郡（今安徽宿迁）人。“竹林七贤”之一。擅文能诗，尤其是散文，见解精辟新颖，笔锋犀利。

与山巨源绝交书[①]

【题解】山涛曾与嵇康、吕安等人为友，他投靠了司马氏集团后，又荐举嵇康出来做官。嵇康写了这封信，痛骂山涛不该纠缠自己出来做官，并提出与其绝交。书信在娓娓叙说中，时而引经据典，比况现实；时而嬉笑怒骂，冷嘲热讽；时而婉转譬喻，旁敲侧击。全篇文笔生动泼辣，妙语连珠，形象突出，意味深厚，刘勰称之为“志高而文伟”。

康白[②]：足下昔称吾于颍川，吾尝谓之知言[③]。然经怪此意尚未熟悉于足下，何从便得之也[④]？前年从河东还，显宗、阿都说足下议以吾自代[⑤]；事虽不行，知足下故不知之[⑥]。足下傍通[⑦]，多可而少怪；吾直性狭中，多所不堪，偶与足下相知耳[⑧]。间闻足下迁，惕然不喜[⑨]；恐足下羞庖人独割，引尸祝以自助，手荐鸾刀，漫之膻腥[⑩]。故具为足下陈其可否[⑪]。

吾昔读书，得并介之人，或谓无之[⑫]，今乃信其真有耳。性有所不堪，真不可强。今空语同知有达人，无所不堪，外不殊俗，而内不失正，与一世同其波流，而悔吝不生耳[⑬]。老子、庄周，吾之师也，亲居贱职；

①山巨源：山涛字巨源。“竹林七贤”之一，四十岁后出仕，依附司马氏。

②白：禀告，旧时书信用语。

③颍川：指山涛叔父山嵚，曾任颍川太守，这里以官职相称。

④经：常常。意：心想。

⑤河东：地名，在今山西永济一带。显宗、阿都：即公孙崇、吕安，均为嵇康的朋友。

⑥故：原来。

⑦傍通：善于随机应变。

⑧直性狭中：性格耿直，心地狭窄。

⑨间：最近。惕然：忧惧的样子。

⑩庖人：厨师。尸祝：祭师。荐：献。鸾刀：柄上饰有铃的刀。漫：沾污。

⑪具：同“俱”，全部地。

⑫并介之人：既兼善天下又耿介孤直的人。

⑬悔吝：悔恨。

柳下惠、东方朔，达人也，安乎卑位，吾岂敢短之哉[①]！又仲尼兼爱，不羞执鞭[②]；子文无欲卿相，而三登令尹，是乃君子思济物之意也[③]。所谓达则兼善而不渝，穷则自得而无闷[④]。以此观之，故尧舜之君世，许由之岩栖，子房之佐汉，接舆之行歌，其揆一也[⑤]。仰瞻数君，可谓能遂其志者也[⑥]。故君子百行，殊途而同致[⑦]，循性而动，各附所安。故有处朝廷而不出，入山林而不反之论。且延陵高子臧之风[⑧]，长卿慕相如之节[⑨]，志气所托，不可夺也。

吾每读尚子平、台孝威传[⑩]，慨然慕之，想其为人。少加孤露，母兄见骄[⑪]，不涉经学，性复疏懒，筋驽肉缓[⑫]，头面常一月十五日不洗，不大闷痒，不能沐也[⑬]。每常小便而忍不起，令胞中略转[⑭]，乃起耳。又纵逸来久，情意傲散[⑮]，简与礼相背，懒与慢相成，而为侪类见宽，不攻其过[⑯]。又读《庄》、《老》，重增其放[⑰]。故使荣进之心日颓，任实之情转笃[⑱]。此犹禽鹿，少见驯育，则服从教制[⑲]；长而见羁，则狂顾顿缨[⑳]，赴蹈汤火；虽饰以金镳，飨以嘉肴[㉑]，愈思长林，而志在丰草也。

阮嗣宗口不论人过[㉒]，吾每师之，而未能及。至性过人，与物无伤，唯饮酒过差耳[㉓]！至为礼法之士所绳，疾之如仇，幸赖大将军保持

①短之：批评他们的短处。
②仲尼：孔子。执鞭：替人赶车。
③子文：又称令尹子文，春秋时楚成王的令尹。济物：救济世人。
④渝：改变。穷：仕途闭塞。
⑤君世：君临天下，做帝王。许由：尧时隐士。岩栖：隐居山林。子房：张良，字子房。接舆：楚国隐士。揆（kuí）：原则，道理。
⑥遂：顺从。
⑦行（háng）：行业。
⑧延陵：春秋时吴国公子，姓延陵，名季札。子臧：曹国公子。此二人皆未接受君位。高：羡慕。
⑨长卿：司马相如的字。相如：即蔺相如，长卿因仰慕他，改名相如。
⑩尚子平：东汉人，弃官回家，以打柴为业。台孝威：东汉人，隐居武安山，以采药为业。
⑪加：遭遇。孤露：父死，无人庇护。见骄：被宠爱。
⑫筋驽肉缓：筋骨迟钝，肌肉松弛。
⑬能（nài）：愿。
⑭胞：这里指膀胱。
⑮来久：已久。傲散：孤傲散漫。
⑯简：简略。侪（chái）类：同辈。见：被。攻：指责。
⑰放：狂放。
⑱荣进：做官求荣。颓：减弱。任实：放任本性。笃：厚，强。
⑲禽鹿：捉来的鹿。禽，同“擒”。少（shào）：幼小。教制：管教制约。
⑳顿缨：挣脱绳索。
㉑镳（biāo）：笼头。
㉒阮嗣宗：阮籍，字嗣宗。
㉓至性：天性纯真。过差：过份。

之耳[①]。吾不如嗣宗之贤，而有慢驰之阙，又不识人情，暗于机宜[②]；无万石之慎，而有好尽之累[③]。久与事接，疵衅日兴，虽欲无患，其可得乎[④]？

又人伦有礼，朝廷有法，自惟至熟[⑤]，有必不堪者七，甚不可者二。卧喜晚起，而当关呼之不置[⑥]，一不堪也。抱琴行吟，弋钓草野，而吏卒守之，不得妄动，二不堪也。危坐一时，痹不得摇，性复多虱，把搔无已，而当裹以章服，揖拜上官[⑦]，三不堪也。素不便书，又不喜作书，而人间多事，堆案盈机，不相酬答，则犯教伤义[⑧]，欲自勉强，则不能久，四不堪也。不喜吊丧，而人道以此为重，己为未见恕者所怨，至欲见中伤者，虽瞿然自责，然性不可化，欲降心顺俗，则诡故不情，亦终不能获无咎无誉[⑨]如此，五不堪也。不喜俗人，而当与之共事，或宾客盈坐，鸣声聒耳，嚣尘臭处，千变百伎[⑩]，在人目前，六不堪也。心不耐烦，而官事鞅掌，机务缠其心，世故烦其虑[⑪]，七不堪也。又每非汤、武而薄周、孔，在人间不止此事，会显世教所不容[⑫]，此甚不可一也。刚肠疾恶，轻肆直言，遇事便发，此甚不可二也。以促中小心之性[⑬]，统此九患，不有外难，当有内病，宁可久处人间邪？

①绳：拘系。大将军：指司马昭。
②阙：同“缺”，过错。暗：不了解。
③万石：指汉代石奋父子五人，以谨慎而均获二千石高官，合俸万石。尽：尽情直言。累：毛病。
④疵衅：事端。其：岂。
⑤人伦：指各种社会关系。惟：思考。熟：精详。
⑥当关：看门人。不置：不放过。
⑦危坐：端坐。性：指身体。章服：礼服，官服。
⑧素：平常。不便：不善长。书：书信。机：同“几”，案。犯教伤义：违反礼教，不通人情。
⑨人道：世俗人情。己为：自己的行为。未见恕者：不见有宽恕的人。中伤：攻击加害。瞿（jù）然：惊恐的样子。化：改变。降：抑制。诡：违反。故：指本性。不精：不合常情。无咎无誉：无荣无辱。
⑩聒（guō）耳：声杂乱耳。嚣尘：喧杂多尘。百伎：各种手段。
⑪鞅掌：事务繁忙。机务：官府要事。世故：世俗人情。
⑫每：经常。非：非难。汤武：商汤和周武王。薄：轻视。周孔：周公和孔子。会：将。显：显然。世教：礼教。
⑬促中：心胸狭隘。

又闻道士遗言，饵术、黄精[①]，令人久寿，意甚信之；游山泽，观鱼鸟，心甚乐之。一行作吏[②]，此事便废，安能舍其所乐，而从其所惧哉！

夫人之相知，贵识其天性，因而济之[③]。禹不逼伯成子高[④]，全其节也。仲尼不假盖于子夏[⑤]，护其短也。近诸葛孔明不逼元直以入蜀[⑥]，华子鱼不强幼安以卿相[⑦]，此可谓能相终始，真相知也。足下见直木必不可以为轮，曲者不可以为桷[⑧]，盖不欲枉其天才，令得其所也。故四民有业，各以得志为乐，唯达者为能通之，此足下度内耳[⑨]。不可自见好章甫，强越人以文冕也[⑩]；己嗜臭腐，养鹓雏以死鼠也[⑪]。吾顷学养生之术，方外荣华、去滋味，游心于寂寞，以无为为贵[⑫]。纵无九患，尚不顾足下所好者[⑬]。又有心闷疾，顷转增笃，私意自试，不能堪其所不乐[⑭]。自卜已审，若道尽途穷则已耳。足下无事冤之，令转于沟壑也[⑮]。

吾新失母兄之欢[⑯]，意常凄切。女年十三，男年八岁，未及成人，况复多病，顾此悢悢[⑰]，如何可言！今但愿守陋巷，教养子孙，时与亲旧叙阔，陈说平生[⑱]。浊酒一杯，弹琴一曲，志愿毕矣。足下若嬲之不置，不过欲为官得人，以益时用耳[⑲]。足下旧知吾潦倒粗疏，不切事

①饵：服食。术、黄精：药名，传说久服可以延年。

②一行：一去。

③济：扶助。

④伯成子高：传说尧时为诸侯。尧传位于舜，舜传位于禹，伯成子高辞去诸侯，禹没强迫他出来做官。

⑤盖：雨伞。孔子因子夏吝啬，不向他借伞，以免他为难。

⑥诸葛孔明：即诸葛亮。元直：即徐庶，他先辅佐刘备，后曹操俘其母以要挟，徐庶只得转而投奔曹操，诸葛亮没劝刘备强留他。

⑦华子鱼：华歆字子鱼，魏文帝时拜相。幼安：管宁字幼安。华歆向魏文帝推荐管宁，管宁坚辞不受，华歆也不勉强。

⑧轮：车轮。桷（jué）：方形的椽子。

⑨通：了解，理解。度内：识度之内，应该知道。

⑩章甫：礼帽。文冕：饰有文彩的华冠。

⑪鹓（yuān）雏：凤类的鸟，

⑫顷：近来。外：排斥。

⑬不顾：不屑一顾。

⑭笃：病情沉重。自试：盘算。堪：忍受。

⑮卜：占卜。已：止。事：做。冤：委屈。转于沟壑：流离而死。

⑯失母兄之欢：指母兄死去。

⑰悢悢（liàng）：悲伤。

⑱叙阔：叙离别之情。陈说：闲谈。

⑲嬲（niǎo）：纠缠。时用：当世所用。

情，自惟亦皆不如今日之贤能也[①]。若以俗人皆喜荣华，独能离之[②]，以此为快，此最近之，可得言耳。然使长才广度，无所不淹，而能不营[③]，乃可贵耳。若吾多病困，欲离事自全，以保余年，此真所乏耳[④]，岂可见黄门而称贞哉[⑤]！若趣欲共登王涂，期于相致，共为欢益[⑥]，一旦迫之，必发狂疾。自非重怨[⑦]，不至此也。

野人有快炙背而美芹子者，欲献之至尊，虽有区区之意，亦已疏矣[⑧]。愿足下勿似之。其意如此，既以解足下，并以为别[⑨]。嵇康白。

①切：近乎。贤能：贤能之人。

②离：放弃。

③长才：大才。广度：度量大。淹：贯通。营：谋求。

④真：天性。

⑤黄门：宦官。贞：守贞洁。

⑥趣（cù）：急。王涂：即“王途”，仕途。相致：招致。欢益：欢乐。

⑦自非：若不是。

⑧炙：烤。芹子：芹菜。至尊：君王。区区：诚意。疏：不合实际。

⑨解：使了解。别：绝交。

向 秀

向秀（227～277），魏晋之际文学家，“竹林七贤”之一。字子期，怀县（今河南武陟一带）。他的作品只有《思旧赋》和《难嵇叔夜养生论》存世。

思旧赋 并序

【题解】这是一篇抒写怀念旧友之情的短赋。作者对嵇康、吕安的遭遇寄予了深切的同情，但在当时的政治局势下，他不得不写得含蓄、短小。

余与嵇康、吕安居止接近[①]，其人并有不羁之才[②]。然嵇志远而疏，吕心旷而放，其后各以事见法[③]。嵇博综技艺[④]，于丝竹特妙，临当就命[⑤]，顾视日影，索琴而弹之。余逝将西迈，经其旧庐[⑥]。于时日薄虞渊[⑦]，寒冰凄然。邻人有吹笛者，发声寥亮。追思曩昔游宴之好，感音而欢，故作赋云：

将命谪于远京兮，遂旋反而北徂[⑧]。济黄河以泛舟兮，经山阳之旧居。瞻旷野之萧条兮，息余驾乎城隅[⑨]。践二子之遗迹兮[⑩]，历穷巷之空庐。

叹《黍离》之愍周兮，悲《麦秀》于殷墟[⑪]。惟古昔以怀今兮[⑫]，心徘徊以踌躇。栋宇存而弗毁兮，形神逝其焉如[⑬]？

①嵇、吕均为三国时魏人，因被诬为司马昭杀害。居止：居住。

②不羁：不可羁绊，指超群出众。

③疏：指世俗事务疏略。心旷而放：心胸开朗，外表放逸。见法：被法办。

④博综技艺：能从事多种技艺。

⑤临当：临刑。就命：终命。

⑥逝：语助词。西迈：往西方去。

⑦虞渊：又称“虞泉”，传说中的日落之处。薄：迫近。

⑧将命：奉命。谪，用“适”，往。京：指洛阳。旋反：返回来。北徂（cú）：向北去。

⑨二子：指嵇康、吕安。

⑩《黍离》：《诗经》中的一篇，主题为悲悯周之衰亡。

⑪愍（mǐn）：同“悯”。《麦秀》：也叫《麦秀歌》，感伤殷朝故都宫室毁坏的诗歌。

⑫惟：思。

⑬形神逝其焉如：形体和精神到哪里去了呢？

昔李斯之受罪兮，叹黄犬而长吟[①]；悼嵇生之永辞兮[②]，顾日影而弹琴。托运遇于领会兮，寄余命于寸阴[③]。

听鸣笛之慷慨兮，妙声绝而复寻[④]。停驾言其将迈兮，遂援翰而写心[⑤]。

①李斯临刑前对其子说："吾欲与若复牵黄犬俱出上蔡东门逐狡兔，岂可得乎？"

②嵇生：即嵇康。

③托运遇于领会：把命运寄托在偶然遭遇上。领会：偶然相会。余命：残余的生命。

④妙声：指往日嵇康的琴声。寻：继续。

⑤停驾：停车。言、其：语助词，无义。将迈：将要走了。援翰：拿笔。

李　密

李密（224～287），汉晋之间文人。字令伯，犍为武阳（今四川彭山）人。长于经学训诂，也曾聚徒讲学。

陈情表

【题解】这是李密写给晋武帝司马炎的表章，请求朝廷允许自己留在家乡供养祖母尽享天年。李密辞不赴命是为保全名节，但一味顽抗，得到的只能是杀戮，因此，文中采取铺叙手法，尽情渲染了祖孙相依为命的关系和自己进退两难的苦衷，情透理足。文章凄恻婉转，情文并茂，扣人心弦，连司马炎看了也很受感动，说“士之有名，不虚然哉”。

臣密言①：臣以险衅，夙遭闵凶②。生孩六月，慈父见背；行年四岁，舅夺母志③。祖母刘，愍臣孤弱，躬亲抚养④。臣少多疾病，九岁不行⑤，零丁孤苦，至于成立。既无伯叔，终鲜兄弟。门衰祚薄，晚有儿息⑥。外无期功强近之亲，内无应门五尺之僮⑦。茕茕孑立，形影相吊⑧。而刘夙婴疾病，常在床蓐⑨，臣侍汤药，未曾废离。

逮奉圣朝，沐浴清化⑩。前太守臣逵，察臣孝廉；后刺史臣荣，举臣秀才⑪。臣以供养无主，辞不赴命。诏书特下，拜臣郎中；寻蒙国恩，除臣洗马⑫。猥以微贱，当侍东宫，非臣陨首所能上报⑬。臣具以表闻，辞不就职。诏书切峻，责臣逋慢；郡县逼迫，催臣上道；州司临门，急于星

①言：禀告。

②险衅：命不好。夙：指幼年时。闵（mǐn）：同“悯”，忧患。

③行年：长到。夺：强行改变。志：此指寡妇守节之志。

④愍（mǐn）：怜惜。躬亲：亲自。

⑤不行：不会走路。

⑥门衰：家门衰微。祚（zuò）薄：福分浅薄。息：子，后代。

⑦期（jī）功：指五服之内的亲戚。强（qiǎng）近：勉强有些亲戚关系。应门：照看门户、接待客人。

⑧茕茕（qióng）孑（jié）立：孤孤单单。相吊：互相安慰。

⑨婴：缠绕。蓐（rù）：草席。

⑩逮：及至。圣朝：指晋朝。

⑪以上四句是说地方官察举自己做官。逵、荣为地方官的名。

⑫以上四句是说朝廷任命自己做官。除：授职。洗马：即太子洗马。

⑬猥：自谦的词。当：充当。

火[①]。臣欲奉诏奔驰，则刘病日笃[②]；欲苟顺私情，则告诉不许[③]。臣之进退，实为狼狈。

伏惟圣朝以孝治天下[④]，凡在故老，犹蒙矜育[⑤]，况臣孤苦，特为尤甚。且臣少仕伪朝，历职郎署，本图宦达，不矜名节[⑥]。今臣亡国贱俘，至微至陋，过蒙拔擢，宠命优渥[⑦]，岂敢盘桓，有所希冀？但以刘日薄西山，气息奄奄，人命危浅，朝不虑夕[⑧]。臣无祖母，无以至今日[⑨]；祖母无臣，无以终余年。母孙二人，更相为命，是以区区不能废远[⑩]。

臣密今年四十有四，祖母刘今年九十有六。是臣尽节于陛下之日长，报养刘之日短也。乌鸟私情，愿乞终养[⑪]。

臣之辛苦，非独蜀之人士及二州牧伯所见明知[⑫]，皇天后土，实所共鉴。愿陛下矜愍愚诚，听臣微志[⑬]。庶刘侥幸，保卒余年，臣生当陨首，死当结草[⑭]。

臣不胜犬马怖惧之情，谨拜表以闻[⑮]。

①六句说朝廷及地方官催促自己尽快出来做官。逋（bū）：逃避。

②日笃（dǔ）：一天比一天加重。

③不许：得不到允许。

④伏惟：俯伏于地思考，旧时下对上表示恭敬用语。

⑤故老：故旧、遗老。矜育：怜惜，供养。

⑥伪朝：指蜀汉政权。历职：历任。郎署：官名，尚书郎。宦达：做官显贵。矜：顾惜。

⑦陋：卑贱。拔擢（zhuó）：提拔。宠命优渥：优宠任命，恩泽优厚。

⑧薄：迫近。奄奄：气息微弱。危浅：危险，不久长。虑：预料。

⑨无以：无法，不能。

⑩更相：互相。为命：维持生命。区区：诚恳的样子。

⑪乌鸟私情：相传小乌鸦长大能喂养老乌鸦，此用以比喻孝亲。终养：送终养老。

⑫辛苦：苦衷。牧伯：即刺史。

⑬矜愍：怜悯。答应，允许。

⑭庶：希望。卒：度过。结草：报答。

⑮犬马怖惧：臣下谦卑语。拜表：上奏章。

陶渊明

陶渊明（365～427），晋代文学家。又名潜，字元亮，一说字渊明，卒后友朋私谥“靖节”，浔阳柴桑（今江西九江）人。他以诗歌名世，辞赋、散文也很好，大都是历来传诵的名篇。著有《陶渊明集》。

归去来兮辞 并序

【题解】本篇是陶渊明辞官（彭泽令）归家之初所写。文中叙述了辞官归田途中的解脱、喜悦之情和隐居田园的生活乐趣及感受。全文文气平和，境界幽远，形象生动，语言清新自然，音调铿锵婉转。欧阳修甚至说：“晋无文章，惟陶渊明《归去来兮辞》而已。”

余家贫，耕植不足以自给。幼稚盈室，瓶无储粟；生生所资，未见其术。亲故多劝余为长吏，脱然有怀，求之靡途[①]。会有四方之事，诸侯以惠爱为德；家叔以余贫穷，遂见用于小邑[②]。于时风波未静，心惮远役[③]。彭泽去家百里，公田之利，足以为酒，故便求之[④]。及少日，眷然有归欤之情[⑤]。何则？质性自然，非矫厉所得[⑥]；饥冻虽切，违己交病。尝从人事，皆口腹自役[⑦]。于是怅然慷慨，深愧平生之志。犹望一稔，当敛裳宵逝[⑧]。寻程氏妹丧于武昌，情在骏奔，自免去职[⑨]。仲秋至冬，在官八十余日。因事顺心，命篇曰《归去来兮》。乙巳岁十一月也。

①长吏：指俸禄较高的下层官员。脱然：轻快的样子。怀：想法。靡途：没有门路。

②会有：恰逢。四方之事：出使之事。家叔：指陶夔，时任太常卿。见：被。邑：县。

③风波未静：战争没有平息。惮（dàn）：害怕。远役：去远处任职。

④彭泽：县名。去：距离。公田之利：俸田的收益。为酒：酿酒。求之：求做彭泽令。

⑤眷然：思念的样子。归欤之情：辞官归隐的情愫。欤，无义。

⑥质性：本性。矫厉：造作勉强。

⑦从人事：出仕做官。口腹自役：为养家糊口而役使自己。

⑧一稔：谷物收获一次，此指公田收获一次。稔（rèn），谷物成熟。敛裳：收拾行装。宵逝：星夜离去。

⑨程氏妹：嫁到姓程人家的妹妹。骏奔：比喻急迫。

归去来兮，田园将芜，胡不归[①]！既自以心为形役，奚惆怅而独悲[②]！悟已往之不谏，知来者之可追[③]，实迷途其未远，觉今是而昨非。舟遥遥以轻飏[④]，风飘飘而吹衣。问征夫以前路，恨晨光之熹微[⑤]。

乃瞻衡宇，载欣载奔[⑥]。僮仆欢迎，稚子候门。三径就荒[⑦]，松菊犹存。携幼入室，有酒盈樽。引壶觞以自酌，眄庭柯以怡颜。倚南窗以寄傲，审容膝之易安[⑧]。园日涉以成趣[⑨]，门虽设而常关。策扶老以流憩，时矫首而遐观[⑩]。云无心以出岫[⑪]，鸟倦飞而知还。景翳翳以将入[⑫]，抚孤松而盘桓。

归去来兮，请息交以绝游。世与我而相违，复驾言兮焉求[⑬]！悦亲戚之情话，乐琴书以消忧。农人告余以春及，将有事于西畴[⑭]。或命巾车，或棹孤舟[⑮]。既窈窕以寻壑[⑯]，亦崎岖而经丘。木欣欣以向荣，泉涓涓而始流。善万物之得时，感吾生之行休[⑰]。

已矣乎！寓形宇内复几时[⑱]，曷不委心任去留[⑲]？胡为遑遑欲何之？富贵非吾愿，帝乡不可期[⑳]。怀良辰以孤往，或植杖而耘耔。登东皋以舒啸[㉑]，临清流而赋诗。聊乘化以归尽[㉒]，乐夫天命复奚疑！

①来、兮：均语助词。胡：为什么。

②心为形役：心神被形体所役使，指不想做官而被迫出仕。奚：为何。

③谏：止，此指挽回。追：补救。

④飏（yáng）：飞扬，形容船行驶的轻快。

⑤征夫：行人。熹（xī）微：天色微明。熹，同“熙”，光明。

⑥瞻：望见。衡宇：以横木为门的简陋房屋。载：且、又的意思。

⑦三径：指隐士所居的地方。就：接近。

⑧引：取。觞（shāng）：酒杯。眄（miǎn）：斜视。庭柯：庭院中的树枝。容膝：仅能容膝的住处。易安：容易令人安乐。

⑨日涉：天天散步。涉，涉足。

⑩策：拄着。扶老：手杖。流：周游。矫首：举头。遐观：向远处眺望。

⑪岫（xiù）：岩穴，这里指山峰。

⑫景：同“影”，日光。翳翳（yì）：阴暗貌。

⑬驾言：驾车出游。言，语助词。焉求：获求什么。

⑭及：到。畴：田地。

⑮巾车：有帷幕的车。棹（zhào）：船桨，这里指划船。

⑯窈窕：深远的样子。

⑰善：喜。得时：逢时。行休：将要死亡。

⑱寓形宇内：活在世上。

⑲曷：通“何”。委心：随心。

⑳帝乡：此处指仙境。期：希望。

㉑东皋：东边山岗。舒啸：舒气长啸。

㉒乘化：顺随自然变化。归尽：归于生命的尽头，即死亡。

五柳先生传

【题解】 本文是陶渊明托名五柳先生而写的自传体文章，先写五柳先生的高趣，继而对其赞叹。文章写得极平淡自然，看似随意之笔，却是传神之处。《古文观止》编者赞其“萧洒澹逸，一片神行之文”。

先生不知何许人也，亦不详其姓字。宅边有五柳树，因以为号焉[①]。闲静少言，不慕荣利。好读书，不求甚解，每有会意，便欣然忘食。性嗜酒，家贫不能常得。亲旧知其如此，或置酒而招之[②]。造饮辄尽，期在必醉[③]，既醉而退，曾不吝情去留[④]。环堵萧然，不蔽风日，短褐穿结，箪瓢屡空，晏如也[⑤]。常著文章自娱，颇示己志[⑥]。忘怀得失，以此自终。

赞曰[⑦]：黔娄之妻有言[⑧]：“不戚戚于贫贱，不汲汲于富贵[⑨]。”其言兹若人之俦乎[⑩]？衔觞赋诗，以乐其志。无怀氏之民欤？葛天氏之民欤[⑪]？

①何许：何处。号：别号。

②置：办。招：相邀。

③造：至、到。辄：就。期：希望。

④曾不：一点也不。吝情：挂心。

⑤环堵：四壁，指房屋。短褐（hè）：粗布短衣。穿结：指衣服破烂。穿，磨穿。结，补缀连结。箪瓢屡空：指经常缺少饮食。晏如：安乐自在的样子。

⑥颇示己志：很能表达自己的志趣。

⑦赞：史传体文章最后对所叙人物的评论。

⑧黔娄：春秋时鲁国人，清贫自守，不愿出仕。

⑨戚戚：忧愁的样子。汲汲：急迫的样子。

⑩兹：这个。若人：此人，即五柳先生。俦：同类。

⑪无怀氏、葛天氏：均为传说中的远古帝王。

桃花源记

【题解】本文是《桃花源诗》前面的小记。文章假借一个渔人的奇遇，虚构了一个没有压迫和剥削、人人自得其乐的世外桃源，表现了作者对安居乐业的太平盛世的理想追求。文章叙事首尾完整，情节曲折新奇；写景多用白描手法渲染，充满了诗情画意。

晋太元中，武陵人捕鱼为业①。缘溪行②，忘路之远近。忽逢桃花林，夹岸数百步，中无杂树，芳草鲜美，落英缤纷③。渔人甚异之④，复前行，欲穷其林⑤。

林尽水源⑥，便得一山。山有小口，仿佛若有光。便舍船从口入。初极狭，才通人。复行数十步，豁然开朗。土地平旷，屋舍俨然，有良田、美池、桑竹之属⑦，阡陌交通⑧，鸡犬相闻。其中往来种作，男女衣著，悉如外人⑨。黄发垂髫，并怡然自乐⑩。

见渔人，乃大惊，问所从来，具答之⑪。便要还家⑫，设酒杀鸡作食。村中闻有此人，咸来问讯⑬。自云先世避秦时乱，率妻子邑人，来此绝境⑭，不复出焉，遂与外人间隔。问今是何世，乃不知有汉，无论魏晋。此人一一为具言所闻⑮，皆叹惋。余人各复延至其家⑯，皆出酒食。停数日，辞去。此中人语云："不足为外人道也。"

既出，得其船，便扶向路，处

①太元：东晋孝武帝的年号。武陵：郡名，治所在今湖南常德。

②缘：沿。

③落英：飘落的桃花。

④异之：感到很奇怪。

⑤复：又。穷：尽。

⑥林尽水源：桃花林的尽处便是溪水的源头。

⑦俨（yǎn）然：整齐的样子。属：类。

⑧阡陌：田间的小路，南北叫阡，东西叫陌。交通：交叉相通。

⑨种作：耕种劳作。悉：都。外人：桃花源外的人。

⑩黄发：指老人。垂髫（tiáo）：指儿童。怡（yí）然：愉快的样子。

⑪所从来：从何而来。具：同"俱"，详尽。

⑫要（yāo）：同"邀"，邀请。

⑬咸：都。问讯：打听。

⑭妻子：妻与子女们。邑人：乡人。绝境：与外界隔绝的地方。

⑮此人：指渔人。为具言：向桃花源中人详细说出外间的情形。

⑯复：又。延：请。

处志之[①]。及郡下，诣太守，说如此[②]。太守即遣人随其往，寻向所志，遂迷[③]不复得路。

南阳刘子骥，高尚士也，闻之，欣然规往。未果，寻病终[④]。后遂无问津者[⑤]。

①扶：沿着。向：原先。志：作标记。

②郡下：郡城，指武陵城。诣（yì）：前往、拜见。说如此：告诉这些情况。

③所志：所作记号。遂：竟。

④南阳：郡名。刘子骥：晋代隐士，喜游山水。高尚士：志趣高洁的人。规往：计划前去。未果：没有实现。寻：不久。

⑤问津：问路，指探访桃花源。

王羲之

王羲之（321～379），晋代书法家。字逸少，琅玡（今属山东）人。曾为右军将军，后人称为王右军。其散文多写自然山水之胜，风格疏朗简淡，韵味隽永。著有《王右军集》。

兰亭集序

【题解】本文记叙的是暮春在兰亭举行的一次文人雅聚。当时王羲之和谢安、孙绰等42位名士集于山阴兰亭修禊，临流饮酒赋诗。作者以清新朴素的语言，叙写了山水嬉游之乐，展现出了一幅春禊郊游的画卷。

永和九年，岁在癸丑。暮春之初，会于会稽山阴之兰亭，修禊事也①。群贤毕至，少长咸集。此地有崇山峻岭，茂林修竹，又有清流激湍，映带左右②，引以为流觞曲水，列坐其次③，虽无丝竹管弦之盛，一觞一咏，亦足以畅叙幽情。是日也，天朗气清，惠风和畅④。仰观宇宙之大，俯察品类之盛，所以游目骋怀，足以极视听之娱，信可乐也⑤。

夫人之相与，俯仰一世⑥，或取诸怀抱，晤言一室之内⑦；或因寄所托，放浪形骸之外⑧。虽取舍万殊，静躁不同⑨，当其欣于所遇，暂得于己，快然自足，曾不知老之将至⑩。及其所之既倦⑪，情随事迁，感慨系之矣！向之所欣，俯仰之间，已为陈迹，犹不能不以之兴怀，况修短随化，终期于尽⑫！古人云："死生

①暮春之初：具体指上巳日，即阴历三月初三。会（guì）稽：郡名，郡治在山阴（今浙江绍兴）。兰亭：在今绍兴东南兰渚山麓、兰溪江畔。禊（xì）：古代春季到水边洗濯以清除不祥的一种礼俗。

②修：长。激湍（tuān）：流势急猛的水。映带：景物互相衬托。

③流觞（shāng）：亦称流杯，古代一种饮酒赋诗的习尚。

④惠风：和煦的风。

⑤信：真、诚。

⑥相与：互相交往。俯仰：抵头、抬头之间，形容时间短暂。

⑦或：有的。诸：之于。怀抱：思想抱负。晤言：对面谈话。

⑧所托：指所喜好的东西。

⑨取舍万殊：指人们的生活方式、爱好兴趣千差万别。静躁：性情的安静和急躁。

⑩曾：竟、简直。

⑪所之：所追求的东西。

⑫修短：人寿的长短。随化：听凭造化。终期于尽：终归要走到尽头。

亦大矣[①]”，岂不痛哉！

每览昔人兴感之由，若合一契，未尝不临文嗟悼，不能喻之于怀[②]。固知一死生为虚诞，齐彭殇为妄作[③]。后之视今，亦犹今之视昔，悲夫！故列叙时人，录其所述。虽世殊事异，所以兴怀，其致一也[④]。后之览者，亦将有感于斯文[⑤]。

①“死生亦大矣”：语出《庄子·德充符》，是庄子假托孔子说的。

②契：本指符契，此指人同此心、心同此理。喻之于怀：说出心中的感悟。

③一死生、齐彭殇：庄子《齐物论》中的观点。一，视为等同。彭，彭祖，传说他活了八百岁。殇(shāng)，幼年而死。

④致：结果。一：相同。

⑤斯文：此文。

刘　勰

刘勰（465～520），南朝梁文学理论家。字彦和，祖籍山东莒县（今山东莒县），后寄居京口（今江苏镇江）。他三十多岁时写成《文心雕龙》，建立起了完整、严密的文学理论体系，是我国古代文学理论的经典著作。

情　采

【题解】本篇是《文心雕龙》的第31篇。针对当时为文造情的文学现实，文章主要论述了情感内容与文采的辩证关系："采"决定于"情"，"情"又离不开"采"，只有"情""采"相得益彰的作品才是真正的好作品。围绕二者的关系，文章还论述了"为文而造情"和"为情而造文"两种不同的创作路线，及"文不灭质，博不溺心"的文学批评标准。

圣贤书辞，总称"文章"，非采而何①？夫水性虚而沦漪结，木体实而花萼振，文附质也②。虎豹无文，则鞟同犬羊③；犀兕有皮，而色资丹漆，质待文也④。若乃综述性灵，敷写器象⑤，镂心鸟迹之中，织辞鱼网之上⑥，其为彪炳，缛采名矣⑦。故立文之道，其理有三：一曰形文，五色是也⑧；二曰声文，五音是也⑨；三曰情文，五性是也⑩。五色杂而成黼黻⑪，五音比而成韶夏⑫，五情发而为辞章，神理之数也⑬。

《孝经》垂典，丧言不文⑭，故知君子常言未尝质也。老子疾伪，故称"美言不信"，而五千精妙，则非弃美矣⑮。庄周云"辩雕万物"，

①书辞：著作。采：文采。

②沦漪：波纹。萼（è）：花萼。振：开放。质：指思想内容。

③文：通"纹"。鞟（kuò）：去毛的皮革。

④犀兕（xī sì）：似牛的野兽。

⑤若乃：至于。器象：即物象。

⑥镂心：表现思想感情。鸟迹：文字。鱼网：代指纸。

⑦彪炳：光彩鲜明。缛采：文采丰富。

⑧立文：构成文采。形文：表形态（指形象性）的文采。

⑨声文：表声音的文采。

⑩情文：表感情的文章。五性：指喜、怒、欲、惧、忧。

⑪黼黻（fǔ fú）：古代礼服上的花纹。

⑫比（bì）：配合。韶夏：均古乐曲名。

⑬神理：自然之道。数：规律。

⑭丧言不文：居丧期间说话不加文采。

⑮五千：指《老子》书。

谓藻饰也[①]。韩非云“艳乎辩说”，谓绮丽也[②]。绮丽以艳说，藻饰以辩雕，文辞之变，于斯极矣。研味《孝》、《老》，则知文质附乎性情[③]；详览《庄》、《韩》，则见华实过乎淫侈[④]。若择源于泾渭之流，按辔于邪正之路，亦可以驭文采矣[⑤]。夫铅黛所以饰容，而盼倩生于淑姿[⑥]；文采所以饰言，而辩丽本于情性[⑦]。故情者文之经，辞者理之纬[⑧]；经正而后纬成，理定而后辞畅：此立文之本源也。

昔诗人什篇，为情而造文[⑨]；辞人赋颂，为文而造情[⑩]。何以明其然？盖风雅之兴[⑪]，志思蓄愤[⑫]，而吟咏情性，以讽其上，此为情而造文也；诸子之徒，心非郁陶，苟驰夸饰，鬻声钓世[⑬]，此为文而造情也。故为情者要约而写真，为文者淫丽而烦滥[⑭]。而后之作者，采滥忽真，远弃风雅，近师辞赋，故体情之制日疏，逐文之篇愈盛[⑮]。故有志深轩冕，而泛咏皋壤[⑯]；心缠几务，而虚述人外[⑰]。真宰弗存，翩其反矣[⑱]。夫桃李不言而成蹊，有实存也；男子树兰而不芳，无其情也[⑲]。夫以草木之微，依情待实；况乎文章，述志为本，言与志反，文岂足征[⑳]？

是以联辞结采，将欲明经，采滥辞诡，则心理愈翳[㉑]。固知翠纶桂

①辩雕万物：用巧妙言词描绘万物。
②艳乎辩说：用艳丽的言词进行辩说。
③附乎性情：受制于作家的性情。
④淫侈：过分。
⑤择源：从源头上分清。按辔（pèi）：骑马缓行的样子。
⑥盼倩：动人眼波。淑姿：善美仪姿。
⑦辩丽：巧妙华丽的言辩。
⑧文、辞：文词。理：指作品的内容。
⑨诗人：指《诗经》的作者们。什篇：又叫篇什。
⑩辞人：泛指铺陈辞藻的辞赋家。
⑪风雅：代指《诗经》。兴：产生。
⑫志思蓄愤：情志中充满愤懑。
⑬诸子之徒：指上文所说的“辞人”。郁陶：忧思郁结的样子。鬻（yù）声钓世：欺骗世人而求得声誉。
⑭为情者：指表情之文。要约：扼要简约。为文者：指为创作而创作的文章。
⑮体情：表现真情实感。制：作品。日疏：一天天减少。逐文：片面追求华丽辞藻。
⑯轩冕：借指高官厚禄。皋壤：指山野隐居之地。
⑰几务：即机务，机密的军政大事。
⑱真宰：这里指内心的真情。翩：“偏”的假借字。
⑲“男子”句：比喻情意虚假不实的文章，便没有动人的力量。
⑳言与志反：即口是心非。
㉑翳（yì）：隐蔽。

饵，反所以失鱼[1]。“言隐荣华”，殆谓此也[2]。是以衣锦褧衣，恶文太章[3]；《贲》象穷白，贵乎反本[4]。夫能设模以位理，拟地以置心[5]，心定而后结音，理正而后摛藻[6]，使文不灭质，博不溺心[7]，正采耀乎朱蓝，间色屏于红紫[8]。乃可谓雕琢其章，彬彬君子矣[9]。

赞曰[10]：言以文远，诚哉斯验[11]。心术既形，英华乃赡[12]。吴锦好渝，舜英徒艳[13]。繁采寡情，味之必厌[14]。

①翠纶：用翡翠鸟毛制成的钓鱼线。桂饵：丹桂做的鱼饵。

②言隐荣华：言辞的意义被繁茂华丽的文采所掩盖。殆：大概。

③衣（yì）锦：穿着锦绣衣服。褧（jiǒng）衣：麻制罩衣。章：鲜明。

④《贲》（bì）：指《周易》的贲卦。象：卦象象辞。穷白：探究到最终归为白色。

⑤设模：建立合理的规范。位、置：都作安排、安置讲。理、心：都指思想感情。拟地：拟定合适的地方。

⑥结音：调协声律，此指组成篇章。摛（chī）藻：铺陈辞藻。

⑦博：指辞采繁盛。溺心：淹没情理内容。

⑧正采：正色。间色：杂色。这里的红紫即红色、紫色，属间色。屏：弃。

⑨章：此指文章。彬彬：文质相宜。君子：这里指作家。

⑩赞：文体的一种，此处概括全篇大意。

⑪言以文远：文章要依靠文采才能传之久远。

⑫心术：指思想内容和创作技巧。形：表现。英华：指华美的文词。赡：充裕，丰富。

⑬吴锦：江苏苏州一带产制的锦绣。好渝：容易变色。渝，变化。舜英：朝开暮落的木槿花。徒艳：白白地艳丽。

⑭繁采寡情：指文章只有繁茂华美的文采而缺乏真情实感。

孔稚珪

孔稚珪（447～501），南朝齐文学家。字德璋，会稽山阴（今浙江绍兴）人。为人旷达，性耽山水，不乐世务。文章甚好，宋时曾与江淹对掌辞笔，尤以骈体讽刺文《北山移文》著称于世。

北山移文[①]

【题解】此文假借北山山神之意，写此文声讨假隐士周颙（yóng），不许他再来北山。文章借周颙对当时许多士大夫表面退隐山林、清高自芳而内心趋名嗜利的肮脏灵魂给予了无情的揭露，戳穿了他们以隐居作为出仕手段的真正目的，表现了作者对假隐士的深恶痛绝。文章采用拟人化手法，增强了讽刺性。

钟山之英，草堂之灵[②]。驰烟驿路，勒移山庭[③]。

夫以耿介拔俗之标，潇洒出尘之想，度白雪以方洁，干青云而直上[④]，吾方知之矣。若其亭亭物表，皎皎霞外，芥千金而不盼[⑤]，屣万乘其如脱[⑥]，闻凤鸣于洛浦，值薪歌于延濑[⑦]，固亦有焉。岂期终始参差，苍黄反复。泪翟子之悲，恸朱公之哭[⑧]。乍回迹以心染，或先贞而后黩[⑨]，何其谬哉！呜呼！尚生不存[⑩]，仲氏既往[⑪]，山阿寂寥，千载谁赏[⑫]？

世有周子[⑬]，俊俗之士[⑭]，既文既博，亦玄亦史。然而学遁东鲁，习隐南郭[⑮]，窃吹草堂，滥巾北岳；诱我松桂，欺我云壑。虽假容于江

①北山：又名钟山，即今紫金山。移文：一种宣告式文体。

②英：山神。草堂：指周颙隐居的草堂寺。

③勒：刻。庭：堂阶前，这里指山前。

④度（dúo）：衡量。方：比。

⑤芥千金：视千金如草芥。盼：顾。

⑥屣（xǐ）：草鞋。万乘（shèng）：借指帝位。

⑦延濑（lài）：长河。

⑧参差（cēn cī）：不一致。

⑨回迹：指隐居。黩（dú）：变得污浊。

⑩尚生：东汉初年隐士。

⑪仲氏：指仲长统，家居不仕。

⑫阿：山的隐曲处。

⑬周子：指周颙。

⑭俊俗之士：才智超过世俗中人。

⑮学遁东鲁：学习颜阖的隐居不仕。习隐南郭：学习南郭子綦隐己而坐、超然物外。

皋，乃缨情于好爵。其始至也，将欲排巢父，拉许由，傲百氏[①]，蔑王侯，风情张日，霜气横秋[②]。或叹幽人长往，或怨王孙不游[③]。谈空空于释部，核玄玄于道流[④]。务光何足比，涓子不能俦[⑤]。及其鸣驺入谷，鹤书赴陇[⑥]，形弛魄散，志变神动。尔乃眉轩席次，袂耸筵上[⑦]，焚芰制而裂荷衣，抗尘容而生俗状[⑧]。风云凄其带愤，石泉咽而下怆，望林峦而有失，顾草木而如丧[⑨]。

至其纽金章，绾墨绶[⑩]；跨属城之雄，冠百里之首；张英风于海甸，驰妙誉于浙右。道帙长殡，法筵久埋[⑪]；敲扑喧嚣犯其虑，牒诉倥偬装其怀[⑫]。琴歌既断，酒赋无续；常绸缪于结课，每纷纶于折狱[⑬]。笼张、赵于往图，架卓、鲁于前录[⑭]。希踪三辅豪，驰声九州牧。使其高霞孤映，明月独举，青松落荫，白云谁侣[⑮]？磵户摧绝无与归，石径荒凉徒延伫。至于还飙入幕，写雾出楹[⑯]，蕙帐空兮夜鹤怨，山人去兮晓猿惊[⑰]。昔闻投簪逸海岸，今见解兰缚尘缨[⑱]。

于是南岳献嘲，北陇腾笑，列壑争讥，攒峰竦诮。慨游子之我欺，悲无人以赴吊。故其林惭无尽，涧愧不歇，秋桂遣风，春萝罢月[⑲]。骋西山之逸议，驰东皋之素谒[⑳]。今又促装下邑，浪拽上京[㉑]，虽情投于魏

①傲：傲视。百氏：诸子百家。

②张（zhàng）：遮挡。

③幽人：隐士。王孙：泛指贵族子弟。

④释部：佛经。道流：道家人物。

⑤务光：夏商之际的隐士。涓子：古时齐国高士。俦（chóu）：匹敌。

⑥鸣驺（zōu）：随从的骑卒。鹤书赴陇：皇帝征召的诏书送到钟山山中。

⑦尔乃：这就。轩：扬起。席次：座中。

⑧芰（jì）制、荷衣：用荷叶或荷花制的服饰。

⑨以上四句说风云、石泉、林峦、草木都因周颙走向世俗而悲愤失望。

⑩纽：佩带。金章：铜印。绾（wǎn）：系。墨绶：挂印用的黑色丝带。

⑪道帙（zhì）：道家的书。殡：被埋葬。法筵：讲佛法的坐席。

⑫喧嚣：即“喧嚣”。牒诉：公文及诉讼。倥偬：事多，繁忙。

⑬绸缪（móu）：纠缠。结课：考核官员政绩功过，以定升降。

⑭张、赵：指西汉时的张敞和赵广汉，二人都是当时知名的能吏。架：通“驾”，超越。卓、鲁：指东汉时的卓茂和与鲁恭；两人都做过县令，颇有政绩。

⑮希踪：仰慕（前贤）踪迹。三辅豪、九州牧：泛指地方官。

⑯还飙（xuán biāo）：旋风。写：同泻。

⑰蕙帐：用蕙草做的帐子。

⑱投簪：指弃官归隐。逸：隐遁。解兰：指放弃隐居。尘缨：官服。

⑲游子：指周颙。吊：慰问。

⑳西山：伯夷、叔齐隐居地。东皋：泛指隐居之地。

㉑下邑：古时对国都而言，县称下邑。浪拽（yì）：划船。

阙，或假步于山扃[①]。岂可使芳杜厚颜，薜荔蒙耻，碧岭再辱，丹崖重滓[②]，尘游躅于蕙路，污渌池以洗耳[③]。宜扃岫幌，掩云关[④]，敛轻雾，藏鸣湍，截来辕于谷口，杜妄辔于郊端[⑤]。于是丛条瞋胆，叠颖怒魄[⑥]，或飞柯以折轮，乍低枝而扫迹[⑦]。请回俗士驾，为君谢逋客[⑧]。

①魏阙：指朝廷。魏，同“巍”。山扃（jiōng）：山门。

②芳杜、薜（bì）荔：均为香草。滓（zǐ）：污秽。

③尘：作“污染”讲。游躅（zhú）：隐者的足迹。渌（lù）：水清。

④扃：关上。岫（xiù）：山穴。云关：云雾封锁的山道。

⑤来辕：指周颙乘坐的车。妄辔：不该来而擅自来的车马。

⑥瞋胆：肝胆都被气坏了。瞋（chēn），同“嗔”，发怒。叠颖：重重叠叠的草叶。怒魄：魂魄发怒。

⑦飞柯：扬起树枝。

⑧俗士驾：俗士的车驾，指周颙车驾。逋客：逃亡之客。

谢 庄

谢庄（421～466），南朝宋文学家。字希逸，陈郡阳夏（今河南太康）人。擅长诗赋，才思敏捷，当时就颇有文名。一生作品甚多，大多散佚。今存有明人辑录的《谢光禄集》。

月 赋

【题解】 这是谢庄最有特色的赋作，赋在叙说有关月的典故和描写月夜清幽素洁的优美境界的基础上，表现了自己的离别伤情、迟暮之感和对君王的讽谏意旨。全赋基调凄清，生动传神，情景交融，构思精巧，文气酣畅，语言清丽，句式整齐，格调飘逸潇洒，抒情状物别致，是一篇难得的佳作。

陈王初丧应、刘①，端忧多暇。绿苔生阁，芳尘凝榭。悄焉疚怀，不怡中夜②。乃清兰路，肃桂苑，腾吹寒山，弭盖秋阪③。临濬壑而怨遥，登崇岫而伤远④。于时斜汉左界，北陆南躔⑤，白露暖空，素月流天。沉吟齐章，殷勤陈篇⑥。抽毫进牍，以命仲宣⑦。

仲宣跪而称曰：臣东鄙幽介，长自丘樊，昧道懵学，孤奉明恩⑧。臣闻沉潜既义，高明既经⑨，日以阳德，月以阴灵。擅扶光于东沼，嗣若英于西冥⑩；引玄兔于帝台，集素娥于后庭⑪。朒朓警阙，朏魄示冲⑫。顺辰通烛，从星泽风。增华台室，扬采轩宫⑬。委照而吴业昌，沦精而汉道融⑭。

①陈王：即陈思王曹植。应、刘：指应玚和刘桢，二人属建安七子。

②悄焉：忧愁貌。疚怀：心里痛苦。

③弭（mǐ）：停止。

④濬（jùn）：深。岫（xiù）：山岩。

⑤斜汉：横斜的银河。北陆：亦星名。躔（chán）：太阳运行的方位。

⑥齐章、陈篇：均指《诗经·齐风》中的篇章

⑦仲宣：建安七子之首王粲的字。

⑧懵（méng）学：无知。孤奉：辜负。

⑨沉潜：指地。高明：指天。

⑩擅：通“禅”，让位。扶光：指太阳。东沼：指汤谷。若英：若木的花。

⑪玄兔：玉兔，代指月。帝台：天庭。素娥：指嫦娥。

⑫朒（nǜ）：上弦月。朓（tiǎo）：下弦月。警阙：月的朒朓失度。朏（fěi）：新月发出的微弱月光。魄：成形的初月。冲：谦虚。

⑬台室、轩宫：均为星宿名。

⑭吴业：吴国基业。汉道：汉家大道。

若夫气霁地表，云敛天末，洞庭始波，木叶微脱。菊散芳于山椒，雁流哀于江濑[①]。升清质之悠悠，降澄辉之蔼蔼[②]，列宿掩缛，长河韬映[③]，柔祇雪凝，圆灵水镜[④]，连观霜缟，周除冰净[⑤]。君王乃厌晨欢，乐宵宴[⑥]，收妙舞，弛清县[⑦]，去烛房，即月殿，芳酒登，鸣琴荐[⑧]。

若乃凉夜自凄，风篁成韵[⑨]，亲懿莫从，羁孤递进[⑩]。聆皋禽之夕闻，听朔管之秋引[⑪]。于是丝桐练响，音容选和[⑫]，徘徊《房露》，惆怅《阳阿》[⑬]。声林虚籁，沦池灭波[⑭]。情纡轸其何托，愬皓月而长歌[⑮]。歌曰："美人迈兮音尘阙[⑯]，隔千里兮共明月。临风叹兮将焉歇，川路长兮不可越。"歌响未终，余景就毕，满堂变容，回遑若失。又称歌曰："月既没兮露欲晞，岁方晏兮无与归[⑰]。佳期可以还，微霜沾人衣"。

陈王曰：善。乃命执事，献寿羞璧[⑱]，敬佩玉音[⑲]，复之无斁[⑳]。

①山椒：山顶。江濑：江边。
②降：照射。澄辉：指月光。
③列宿：群星。缛：这里指群星纷繁的光辉。长河：银河。韬：隐藏。
④柔祇（qí）：指大地。圆灵：指天。
⑤观（guàn）：楼台宫观。霜缟（gǎo）：霜一样洁白的素娟。周除：周围的殿阶。
⑥厌晨欢：厌倦天明后的欢娱。
⑦弛：废弛。清县：清妙的音乐。县：通"悬"，悬挂着的钟磬一类乐器。
⑧芳酒登：呈上美酒。鸣琴荐：献奏音乐。
⑨风篁：秋风吹过竹林。
⑩亲懿：亲朋至友。羁孤：孤客。羁，同"羁"，寄居在外。
⑪皋禽：鹤。朔管：北方的管乐器。秋引：秋天悲凉的曲调。
⑫丝桐：指琴。练：同"拣"。音容：乐曲的基调、风格。
⑬《房露》、《阳阿》：均是古曲名。
⑭虚籁：没有声响。沦池：波纹荡动的水池。
⑮纡（yū）轸（zhěn）：郁结悲痛。愬（sù）：向着。
⑯迈：行，去。阙：同"缺"。
⑰晞（xī）：干。晏：晚，迟。
⑱寿：古代以财物赐赠人叫"寿"。羞：进献。
⑲佩：带，此处作记住解。
⑳斁（yì）：厌烦。

鲍　照

鲍照（413？～470），南朝宋文学家。字明远，本居上党（今山西长治一带），后移居东海（今江苏涟水）。他是继陶渊明之后南朝刘宋文坛最有成就的文学家，是汉魏六朝中能够继承汉乐府传统和建安风骨的不可多得的作家。著有《鲍参军集》。

芜城赋

【题解】此赋是作者有感于广陵的兴衰变化而作的。作品通过对广陵形胜、其昔日繁华景象和今日荒废气象的渲染夸张，控诉了战争对社会的破坏，概括了封建社会历史的沧桑变化，抒发了作者对今昔兴亡、人事无常的感慨。

沵迆平原，南驰苍梧、涨海，北走紫塞、雁门，柂以漕渠，轴以昆岗[①]。重江复关之隩[②]，四会五达之庄。当昔全盛之时，车挂轊，人驾肩，廛闬扑地[③]，歌吹沸天，孳货盐田，铲利铜山，才力雄富，士马精妍。故能侈秦法，佚周令[④]，划崇墉，刳浚洫[⑤]，图修世以休命。是以板筑雉堞之殷，井干烽橹之勤[⑥]，格高五岳，袤广三坟，崪若断岸，矗似长云[⑦]。制磁石以御冲，糊赪壤以飞文，观基扃之固护，将万祀而一君[⑧]。出入三代，五百余载，竟瓜剖而豆分。

泽葵依井，荒葛罥涂[⑨]。坛罗虺蜮，阶斗麕鼯[⑩]。木魅山鬼，野鼠城狐，风嗥雨啸，昏见晨趋[⑪]。饥鹰砺

①沵迆（mǐ yǐ）：相连渐平之貌。柂（tuó）：同“柁”，拖引。苍梧、紫塞、雁门、漕渠、昆岗：均为地名。

②重（chóng）：众多。隩（ào）：深曲之处。

③轊（wèi）：车轴的末端。廛（chán）：居民区。闬（hàn）：里门。

④侈：超越。佚（yì）：同“轶”，超过。

⑤划：建造。崇墉（yōng）：高峻的城墙。刳（kū）：挖。浚洫（jùn xù）：深水沟。

⑥雉堞（dié）：城墙。井干：脚手架。

⑦三坟：即“三分”。崪（zú）：高峻陡峭。

⑧赪（chēng）：红色。扃（jiōng）：门闩。万祀：万年。

⑨泽葵：莓苔。罥（juàn）：挂绕。

⑩虺（huǐ）蜮（yù）：毒蛇短狐。麕（jūn）鼯（wú）：鼠类动物。

⑪嗥（háo）：吼叫。见：同“现”。

吻，寒鸱吓雏[①]。伏虣藏虎[②]，乳血飡肤[③]。崩榛塞路，峥嵘古馗[④]。白杨早落，塞草前衰。棱棱霜气，蔌蔌风威[⑤]。孤蓬自振，惊砂坐飞[⑥]。灌莽杳而无际，丛薄纷其相依[⑦]。通池既已夷，峻隅又已颓[⑧]。直视千里外，惟见起黄埃。凝思寂听，心伤已摧[⑨]。

若夫藻扃黼帐[⑩]，歌堂舞阁之基；璇渊碧树，弋林钓渚之馆[⑪]，吴蔡齐秦之声，鱼龙爵马之玩[⑫]，皆熏歇烬灭，光沉响绝。东都妙姬，南国丽人，蕙心纨质，玉貌绛唇[⑬]，莫不埋魂幽石，委骨穷尘[⑭]。岂忆同舆之愉乐，离宫之苦辛哉[⑮]？

天道如何，吞恨者多[⑯]。抽琴命操[⑰]，为芜城之歌。歌曰："边风急兮城上寒，井径灭兮丘陇残。千龄兮万代，共尽兮何言[⑱]。"

①砺吻：磨嘴。鸱（chī）：鹞鹰。

②虣（bào）：古"暴"字，白虎。

③飡（sūn）肤：即吃肉。

④崩榛：摧折的树木。馗（kuí）：同"逵"。

⑤棱棱：寒气锐劲的样子。蔌蔌（sù）：形容风声疾劲。

⑥坐飞：无缘无故而飞。

⑦灌莽：丛生的草木。丛薄：草木丛杂处。

⑧通池：护城河。夷：平。峻隅：高峻的城角楼。颓：倒塌。

⑨摧：极度悲伤。

⑩藻扃：彩绘的门户。黼（fǔ）：半白半黑的花纹。

⑪璇（xuán）渊：玉池。弋林：射猎的山林。钓渚：垂钓的水洲。

⑫吴蔡齐秦之声：泛指各地的音乐。爵：同"雀"。

⑬蕙心纨质：心芳如蕙，质美如绢。

⑭委骨：弃骨。

⑮同舆：指后妃与皇帝同车。

⑯吞恨：抱恨，饮恨。

⑰抽琴：取琴。命操：谱曲。

⑱共尽：人与万物都同归于尽。

江 淹

江淹（444～505），南朝齐梁文学家。字文通，济阳考城（今河南兰考）人。著作甚丰，曾自撰为前后集，已散佚，今存有明翻宋本《江文通集》，存诗百余首，赋近40篇。

别 赋

【题解】《别赋》是江淹的代表作之一。作品通过对富贵者、刺客、从军者、远赴异国者、夫妇、求仙学道者、恋人等七种不同类型人物离情别绪的描写，生动形象地刻画了他们各自的心理状态和不同特色，集中表现了“黯然销魂者，唯别而已”的主旨，曲折反映了南北朝连年战争、社会动荡的时代踪影。

黯然销魂者，唯别而已矣！况秦、吴兮绝国[①]，复燕、宋兮千里。或春苔兮始生，乍秋风兮暂起。是以行子肠断，百感凄恻。风萧萧而异响，云漫漫而奇色。舟凝滞于水滨，车逶迟于山侧[②]。棹容与而讵前，马寒鸣而不息[③]。掩金觞而谁御，横玉柱而沾轼[④]。居人愁卧，怳若有亡[⑤]。日下壁而沉彩，月上轩而飞光[⑥]。见红兰之受露，望青楸之离霜[⑦]。巡层楹而空掩，抚锦幕而虚凉[⑧]。知离梦之踯躅，意别魂之飞扬[⑨]。

故别虽一绪，事乃万族[⑩]。

至若龙马银鞍，朱轩绣轴，帐饮东都，送客金谷[⑪]。琴羽张兮箫鼓陈，燕、赵歌兮伤美人[⑫]。珠与玉兮艳暮秋，罗与绮兮娇上春。惊驷马

①绝国：相距极远交通隔绝之地。

②凝滞：停止不前。逶（wēi）迟：行进缓慢的样子。

③棹（zhào）：船桨，代指船。讵（jù）：岂，哪里。

④金觞：金酒杯。御：饮用。玉柱：指代琴瑟。沾轼：泪水浸湿车前的横木。

⑤居人：即闺中思妇。怳（huǎng）：失意的样子。

⑥日下壁：太阳落下西墙。月上轩：月亮升上栏杆。

⑦受露：点缀着露珠。楸（qiū）：楸树。离：同“罹”，遭受。

⑧层楹（yíng）：高大的厅柱，借代房屋。

⑨踯躅（zhí zhú）：徘徊不前的样子。

⑩一绪：同样的情绪。族：类。

⑪帐饮东都：在东都门外设帐饯别。

⑫琴羽：琴曲中的羽声。燕赵歌：燕、赵二地的美人唱歌相和。

之仰秣，耸渊鱼之赤鳞[①]。造分手而衔涕[②]，感寂寞而伤神。

乃有剑客惭恩，少年报士[③]，韩国赵厕，吴宫燕市。割慈忍爱，离邦去里[④]，沥泣共诀，抆血相视[⑤]。驱征马而不顾，见行尘之时起。方衔感于一剑，非买价于泉里。金石震而色变，骨肉悲而心死。

或乃边郡未和，负羽从军[⑥]。辽水无极，雁山参云[⑦]。闺中风暖，陌上草薰。日出天而曜景，露下地而腾文[⑧]。镜朱尘之照烂，袭青气之烟煴[⑨]，攀桃李兮不忍别，送爱子兮沾罗裙[⑩]。

至如一赴绝国，讵相见期[⑪]？视乔木兮故里，决北梁兮永辞[⑫]。左右兮魂动，亲宾兮泪滋。可班荆兮赠恨，惟樽酒兮叙悲[⑬]。值秋雁兮飞日，当白露兮下时[⑭]。怨复怨兮远山曲，去复去兮长河湄[⑮]。

又若君居淄右，妾家河阳[⑯]，同琼佩之晨照，共金炉之夕香[⑰]。君结绶兮千里，惜瑶草之徒芳[⑱]。惭幽闺之琴瑟，晦高台之流黄[⑲]。春宫闷此青苔色，秋帐含此明月光[⑳]，夏簟清兮昼不暮，冬釭凝兮夜何长[㉑]！织锦曲兮泣已尽，回文诗兮影独伤[㉒]。

傥有华阴上士，服食还山[㉓]。术既妙而犹学，道已寂而未传[㉔]。守丹灶而不顾，炼金鼎而方坚。驾鹤上汉，骖鸾腾天[㉕]。暂游万里，少别千

①仰秣（mò）：昂头吃草。耸：通“悚”，惊动。赤鳞：红色的鳞。
②造：到。衔涕：含泪。
③惭恩：因未能报恩而惭愧。报士：报答别人知遇之恩的侠士。
④慈：双亲。爱：指妻子儿女。
⑤沥泣：洒泪。抆（wěn）：擦拭。
⑥负羽：带箭。
⑦辽水：即辽河。无极：没有边际。雁门：指雁门山。参云：高入云霄。
⑧景：日光。腾文：露珠闪着光彩。
⑨镜：作“照”解。朱尘：指大地。照烂：明丽灿烂。袭：披上，笼罩。青气：春天之气。烟煴（yīn yūn），同“氤氲”。
⑩攀桃李：攀折桃李枝条送给行人。
⑪讵相见期：岂有相见重逢的日期。
⑫决：通“诀”，死别。北梁：北面的桥梁，古习用来送别的地方。
⑬班荆：即“班荆道故”，铺开荆条，席地而坐，倾诉离恨。
⑭飞日：南飞之日。
⑮远山曲：远山挡住视线的曲折处。长河湄：长河岸边。
⑯君居淄右：丈夫家在山东淄川。河阳：黄河的北面。
⑰琼珮：美玉的佩饰。夕香：晚上用的熏香。
⑱结绶：出仕。瑶草：香草，少妇自比。
⑲流黄：黄绢，此指帷幕。
⑳春宫：春闺。閟（bì）：关闭。
㉑簟（diàn）：竹席。昼不暮：指夏天白日长，怨天老不黑。釭（gāng）凝：灯光凝滞不亮。
㉒二句用苏惠织锦回文诗典。
㉓傥（tǎng）：或。上士：修行得道的人。
㉔道已寂：道术修养达到很高境界。
㉕驾鹤：意指成仙升天。汉：天河。骖鸾（cān luán）：乘鸾鸟。

年[①]。惟世间兮重别，谢主人兮依然[②]。

下有芍药之诗，佳人之歌[③]，桑中卫女，上宫陈娥[④]。春草碧色，春水渌波[⑤]，送君南浦，伤如之何[⑥]！至乃秋露如珠，秋月如珪[⑦]，明月白露，光阴往来。与子之别，思心徘徊。

是以别方不定，别理千名[⑧]，有别必怨，有怨必盈，使人意夺神骇，心折骨惊。虽渊、云之墨妙[⑨]，严、乐之笔精[⑩]，金闺之诸彦，兰台之群英[⑪]，赋有凌云之称，辩有雕龙之声[⑫]，谁能摹暂离之状，写永诀之情者乎！

①这两句是说仙界的时间、空间和凡界不同。

②“谢主人”句：指求道者一旦成仙升天，仍不免要辞别世人而依恋不舍。

③芍药之诗、佳人之歌：均指咏男女相爱的情歌。

④桑中卫女：指约会于桑中的卫国女子。陈娥：陈国美女，此泛指少女。桑中、上宫：均为男女幽会之处。

⑤渌（lù）波：清波。

⑥南浦：送别之处。

⑦珪（guī）：比喻秋月的洁白。

⑧别方不定：离别的种类不一样。方，种类。

⑨渊、云：指西汉辞赋家王褒（字子渊）、（字子云）。墨妙：文笔精妙。

⑩严、乐：指西汉武帝时的严安和徐乐。笔精：笔法精深。

⑪金闺：指汉代宫中的金马门。诸彦：才学出众的文士。兰台：汉代宫中藏书及讨论学术的地方。

⑫此句是说写赋有司马相如那样的称誉。

丘 迟

丘迟（464～508），南朝文人，字希范，吴兴乌程（今浙江湖州）人。齐、梁间以文才闻名于当世。

与陈伯之书

【题解】这是一封非常著名的劝降信，史载陈伯子见信后即倒戈投降，可见影响极大。书信用当时流行的骈体文写成，文辞优美，典故精当。其中陈说利害，晓之以理；又描绘家国美景动之以情，极尽文辞之能事。

迟顿首陈将军足下[①]：无恙，幸甚，幸甚[②]！将军勇冠三军，才为世出，弃燕雀之小志，慕鸿鹄以高翔。昔因机变化，遭遇明主，立功立事，开国称孤，朱轮华毂，拥旄万里[③]，何其壮也！如何一旦为奔亡之虏，闻鸣镝而股战[④]，对穹庐以屈膝，又何劣邪！

寻君去就之际，非有他故，直以不能内审诸己[⑤]，外受流言，沉迷猖獗，以至于此。圣朝赦罪责功，弃瑕录用，推赤心于天下，安反侧于万物[⑥]。将军之所知，不假仆一二谈也[⑦]。朱鲔涉血于友于，张绣剚刃于爱子[⑧]，汉主不以为疑，魏君待之若旧。况将军无昔人之罪，而勋重于当世。夫迷途知反，往哲是与；不远而复，先典攸高[⑨]。主上屈法申恩，吞舟是漏[⑩]。将军松柏不翦[⑪]，亲戚安居，高台未倾，爱妾尚在，

①顿首：叩拜。陈将军：即陈伯之，南朝齐人。

②恙（yàng）：疾病，此句为书信问候语。

③因机：顺应形势。明主：指梁武帝萧衍。孤：古时王侯自称。朱轮华毂（gǔ）：装饰华丽的车子。拥旄（máo）：古代将军持节统制一方。

④鸣镝（dí）：响箭。股战：大腿发抖。

⑤寻：考察。直：只不过。

⑥责：求，要求。反侧：疑惧不安。

⑦不假：不用，不消。仆：第一人称谦称。一二谈：一一叙说。

⑧朱鲔（wěi）：汉末绿林军将领，曾参与杀刘秀胞兄，后投降刘秀。友于：兄弟。张绣：汉末军阀，降后反悔，袭击曹操并杀其长子和侄儿，两年后又投降曹操，被封列侯。剚（zì）：用刀刺。

⑨往哲：以前圣哲。先典：古代典籍。是与、攸高：均推崇之意。

⑩主上：指梁武帝。吞舟是漏：能吞下船的大鱼也被漏掉，喻法网宽疏。

⑪松柏不翦：祖宅未被破坏。

悠悠尔心，亦何可言？

今功臣名将，雁行有序；佩紫怀黄，赞帷幄之谋；乘轺建节，奉疆场之任，并刑马作誓，传之子孙[①]。将军独靦颜借命，驱驰毡裘之长，宁不哀哉[②]！夫以慕容超之强，身送东市；姚泓之盛，面缚西都[③]。故知霜露所均，不育异类；姬汉旧邦，无取杂种[④]。北虏僭盗中原，多历年所[⑤]，恶积祸盈，理至焦烂。况伪孽昏狡，自相夷戮；部落携离，酋豪猜贰[⑥]。方当系颈蛮邸，悬首藁街[⑦]。而将军鱼游于沸鼎之中，燕巢于飞幕之上，不亦惑乎！

暮春三月，江南草长，杂花生树，群莺乱飞。见故国之旗鼓，感平生于畴日，抚弦登陴，岂不怆悢[⑧]！所以廉公之思赵将，吴子之泣西河[⑨]，人之情也。将军独无情哉！想早励良规，自求多福。

当今皇帝盛明，天下安乐，白环西献，楛矢东来[⑩]。夜郎、滇池，解辫请职；朝鲜昌海，蹶角受化[⑪]。唯北狄野心，崛强沙塞之间，欲延岁月之命耳[⑫]！中军临川殿下，明德茂亲，总兹戎重；吊民洛汭，伐罪秦中[⑬]。若遂不改，方思仆言；聊布往怀，君其详之[⑭]。丘迟顿首。

①紫、黄：指紫色绶带和金印。赞：协助。轺（yáo）：古代使臣所乘两匹马拉的轻车。节：符节。刑马作誓：杀马饮血盟誓。

②靦（miǎn）颜：强颜。毡裘之长（zhǎng）：游牧部落首领，此指北魏皇帝。

③慕容超：南燕君主，为刘裕所杀。东市：泛指刑场。姚泓：后秦君主，亦为刘裕所杀。面缚：缚手于背，面部向前。西都：指长安。

④均：分布。姬汉：汉族。

⑤僭（jiàn）盗：窃据。年所：多年。

⑥伪孽：指北魏宣武帝元恪。酋豪：指北魏皇族。猜贰：因猜疑而有二心。

⑦系颈：投降时以绳系颈请罪。蛮邸（dǐ）：接待边地首领、使臣的宾馆。藁（gǎo）街：汉朝京城长安街名。

⑧故国：梁朝。畴日：昔日。陴（pí）：城墙上的矮墙。怆悢（liàng）：悲伤。

⑨廉公：指廉颇。吴子：吴起。二句说：人都愿为故国出力。

⑩白环：玉圈。楛（hù）矢：楛木制成的箭。二句说政治清明，天神、外族来献宝。

⑪夜郎、滇池、昌海：均指边地小国。请职：请求封给官职。蹶角：叩头。昌海、蒲昌海：即今罗布泊。

⑫北狄：指北魏。

⑬中军：中军将军，即统帅。茂亲：皇室至亲。总兹：持此，掌握着。洛汭（ruì）：洛水入黄河处。秦中：指关中。

⑭遂：仍旧。布：陈述。详：好好考虑。

吴 均

吴均（469～520），南朝文人。字叔庠，吴兴故彰（今浙江安吉）人。其文多为短小的信札，以描写山水景物见长。

与宋元思书[①]

【题解】本文是原信的节录。这节文字生动形象地描绘了富春江自富阳到桐庐一段风光，是六朝山水小品的优秀之作。许梿《六朝文絜》评云："扫除浮艳，淡然无尘。"

风烟俱净，天山共色。从流飘荡[②]，任意东西。自富阳至桐庐[③]，一百许里，奇山异水，天下独绝。水皆缥碧[④]，千丈见底；游鱼细石，直视无碍。急湍甚箭，猛浪若奔。夹岸高山，皆生寒树，负势竞上，互相轩邈[⑤]，争高直指，千百成峰。泉水激石，泠泠作响[⑥]。好鸟相鸣，嘤嘤成韵[⑦]。蝉则千啭不穷[⑧]，猿则百叫无绝。鸢飞戾天者，望峰息心[⑨]；经纶世务者，窥谷忘反[⑩]。横柯上蔽，在昼犹昏[⑪]；疏条交映，有时见日。

①宋元思：一本作"朱元思"。

②从流：随着江流。

③富阳、桐庐：均在今浙江。

④缥（piǎo）碧：淡青色。

⑤寒树：使人感到寒意的树。负势竞上：山峰依傍着山势争相向上伸展。轩邈（miǎo）：争比高下。

⑥泠泠（líng）：形容水声清越。

⑦嘤嘤（yīng）：形容鸟鸣声。

⑧千啭：指长久不断地叫。

⑨鸢飞戾天：鸢飞冲天，这里喻指有大志或有野心的人。鸢（yuān），像鹰的猛禽。戾（lì），到。息心：平息追名逐利的念头。

⑩经纶世务者：专心治理社会事务的人。经纶，筹划、治理。反：同"返"。

⑪柯：树枝。昏：黄昏、傍晚。

陶弘景

陶弘景（456～536），南朝文人、隐士，道教学者。字通明，自号华阳隐居。丹阳秣陵（今江苏南京）人。梁武帝时国有大事，均向隐居的陶弘景咨问，人号“山中宰相”。

答谢中书书[①]

【题解】此文是一封给朋友的书信。南朝盛行以书信写山川景物，本篇叙写的江南山水正是当时文人们所欣赏的。文中以平实自然的笔触写出了清丽幽美的山水风光。用词不多，却能描绘真切，使人有如临其境之感。

山川之美，古来共谈。高峰入云，清流见底。两岸石壁，五色交辉。青林翠竹，四时俱备。晓雾将歇[②]，猿鸟乱鸣；夕日欲颓，沉鳞竞跃[③]。实是欲界之仙都[④]。自康乐以来，未复有能与其奇者[⑤]。

①谢中书：作者友人，好学，善属文。
②歇：尽。
③颓：落下。沉鳞：潜游在水中的鱼。
④欲界：佛教的三界之一，这里指人间。仙都：仙人居住的地方。
⑤康乐：谢灵运。与：指投身其中。

郦道元

郦道元（？～527），北朝旅行家。字善长，范阳（今河北涿州）人。著有《水经注》，叙述山川风物，描绘生动，文笔优美，对后代游记文学影响很大。

三　峡

【题解】此为《水经注》“江水”部分的一节，写长江上游四川、湖北两省之间的瞿塘峡、巫峡和西陵峡。作者按江水奔流方向，描写三峡壮丽景色，娓娓而谈，有声有色，极富诗意。故刘熙载赞道：“郦道元叙山水，峻洁层深。”

自三峡七百里中，两岸连山，略无阙处[①]。重岩迭嶂，隐天蔽日，自非亭午夜分，不见曦月[②]。

至于夏水襄陵，沿溯阻绝[③]。或王命急宣，有时朝发白帝，暮到江陵，其间千二百里，虽乘奔御风，不以疾也[④]。

春冬之时，则素湍绿潭，回清倒影[⑤]。绝巘多生怪柏，悬泉瀑布，飞漱其间。清荣峻茂，良多趣味[⑥]。

每至晴初霜旦，林寒涧肃，常有高猿长啸，属引凄异，空谷传响，哀转久绝[⑦]。故渔者歌曰：“巴东三峡巫峡长，猿鸣三声泪沾裳[⑧]。”

……

江水又东，迳狼尾滩而历人滩[⑨]。袁山松曰：“二滩相去二里。人滩水至峻峭，南岸有青石，夏没

①略无阙处：简直没有空缺中断的地方。

②自非：若非。亭午：正午。夜分：半夜。曦（xī）月：日月。

③夏水：夏季的江水。襄陵：漫上丘陵。襄，上。沿：顺流而下。溯：逆流而上。

④白帝：城名，在今四川奉节县东白帝山上。江陵：今湖北江陵县。不以疾：没有这样快。

⑤回清：清波回旋。

⑥绝巘（yǎn）：极高的山峦。飞漱：飞流冲刷。良：甚，实在。

⑦霜旦：下霜后的早晨。属（zhǔ）引：连续不断。凄异：凄清怪异。

⑧巴东：郡名，治所在今四川奉节县东。泛指长江三峡地区。

⑨东：向东流。迳：流过。历：经过。

冬出[①]。其石嵚崟，数十步中悉作人面形，或大或小，其分明者须发皆具，因名曰人滩也[②]。"

江水又东，径黄牛山下，有滩名曰黄牛滩[③]。南岸重岭迭起，最外高崖间有石，色如人负刀牵牛，人黑牛黄，成就分明[④]。既人迹所绝，莫得究焉[⑤]。此岩既高，加以江湍纡回，虽途径信宿，犹望见此物[⑥]。故行者[⑦]谣曰："朝发黄牛，暮宿黄牛，三朝三暮，黄牛如故[⑧]。"言水路纡深，回望如一矣[⑨]。

江水又东，径西陵峡。《宜都记》曰[⑩]："自黄牛滩东入西陵界至峡口百许里，山水纡曲，而两岸高山重嶂，非日中夜半，不见日月。绝壁或千许丈，其石彩色形容，多所像类[⑪]。林木高茂，略尽冬春[⑫]。猿鸣至清，山谷传响，泠泠不绝[⑬]。"所谓三峡，此其一也。山僧言：常闻峡中水疾，书记及口传悉以临惧相戒，曾无称有山水之美也[⑭]。及余来践跻此境[⑮]，既至欣然，始信耳闻之不如亲见矣。其迭嶂秀峰，奇构异形，固难以辞叙[⑯]。林木萧森，离离蔚蔚，乃在霞气之表[⑰]。仰瞻俯映，弥习弥佳，流连信宿，不觉忘返[⑱]。目所履历，未尝有也[⑲]。既自欣得此奇观，山水有灵，亦当惊知己于千古矣。

①袁山松：东晋时人，曾任吴郡太守，著《后汉书》百篇。相去：相距。夏没：夏天淹没。

②嵚崟（qīn yín）：高峻的样子。悉：都。分明：指石上纹路清晰。

③径：直到。

④最外高崖：最外一层高崖。色：既指颜色，也指形状。成就：造成的情况，指形状、色彩。

⑤究：考察。既：既然。

⑥信宿：再宿为信，即两夜。犹：还。

⑦行者：途经此地的人，即包括陆地行人，尤指乘船者。

⑧如故：依旧。

⑨如一：没有变化。

⑩《宜都记》：晋人袁山松的《宜都山川记》。

⑪彩色形容：指颜色、形状。像类：类似某种东西的形状。

⑫略尽：历尽。

⑬至清：极为清。泠泠（líng）：本形容水声清越，此形容猿鸣之清。

⑭书记：书本记载。临惧：登临让人恐惧。戒：提醒，告诫。曾无：不曾。称：提及。

⑮践跻（jī）：登临。

⑯嶂（è）：山崖。

⑰离离蔚蔚：繁荣茂盛。

⑱弥习弥佳：越熟悉越好看。

⑲目所履历：指此前亲眼所见。

庾 信

庾信（513～581），南朝梁文学家。字子山，小字兰成，南阳新野（今河南新野）人。他是南北朝诗文创作成就最高的作家。有《庾子山集》传世。

哀江南赋序[①]

【题解】本篇是庾信晚年有名的长赋《哀江南赋》的序文。这篇序文主要交代了赋写作的背景、主旨和原因，概略回顾了自己在丧乱中的遭遇，表现了对故国败亡的哀叹，与赋文密切配合，抒发了作者深沉的故国哀思。

粤以戊辰之年，建亥之月[②]，大盗移国，金陵瓦解[③]。余乃窜身荒谷[④]，公私涂炭。华阳奔命，有去无归[⑤]。中兴道销，穷于甲戌[⑥]。三日哭于都亭，三年囚于别馆，天道周星，物极不反。傅燮之但悲身世，无处求生[⑦]；袁安之每念王室，自然流涕[⑧]。昔桓君山之志事，杜元凯之平生，并有著书，咸能自序[⑨]。潘岳之文采，始述家风[⑩]；陆机之辞赋，先陈世德[⑪]。信年始二毛[⑫]，即逢丧乱，藐是流离，至于暮齿。燕歌远别，悲不自胜[⑬]；楚老相逢，泣将何及[⑭]。畏南山之雨，忽践秦庭[⑮]；让东海之滨，遂餐周粟。下亭漂泊，高桥羁旅[⑯]。楚歌非取乐之方，鲁酒无忘忧之用。追为此赋，聊以记言。不无危苦之辞，唯以悲哀为主。

①哀江南：取自《楚辞·招魂》中的“魂兮归来哀江南”句。

②粤：发语辞。戊辰之年：梁武帝太清二年（548）。建亥之月：夏历十月。

③大盗：指侯景。移国：篡国。

④窜：逃避。荒谷：指江陵。

⑤华阳：地名，此处借指西魏。

⑥中兴：指梁元帝平侯景乱后，梁亡而复兴。甲戌：即梁元帝承圣三年。是年梁亡，元帝被杀。

⑦傅燮：这里用傅燮来比喻自己的遭遇可悲可叹，无处求生。

⑧袁安：以袁安自比，表明自己常为梁的灭亡而悲叹。

⑨桓君山：桓谭，东汉初年人。杜元凯：杜预，西晋人。

⑩家风：指潘岳作有《家风诗》。

⑪辞赋：陆机曾作赋歌颂祖先功德。

⑫二毛：黑白两色头发相间，指半老。

⑬燕歌：指《燕歌行》。

⑭楚老：指吊慰龚胜的楚国老父。

⑮秦庭：借喻魏都长安。

⑯“下亭”二句：写他乡漂泊的艰苦。

日暮途远，人间何世！将军一去，大树飘零[①]；壮士不还，寒风萧瑟[②]。荆璧睨柱，受连城而见欺[③]；载书横阶，捧珠盘而不定[④]。钟仪君子，入就南冠之囚[⑤]；季孙行人，留守西河之馆[⑥]。申包胥之顿地，碎之以首[⑦]；蔡威公之泪尽，加之以血[⑧]。钓台移柳，非玉关之可望[⑨]；华亭鹤唳，岂河桥之可闻[⑩]！

孙策以天下为三分，众才一旅[⑪]；项籍用江东之子弟，人唯八千[⑫]。遂乃分裂山河，宰割天下。岂有百万义师，一朝卷甲[⑬]，芟夷斩伐[⑭]，如草木焉！江淮无涯岸之阻，亭壁无藩篱之固。头会箕敛者，合纵缔交；锄耰棘矜者，因利乘便[⑮]。将非江表王气[⑯]，终于三百年乎？是知并吞六合，不免轵道之灾[⑰]；混一车书，无救平阳之祸[⑱]。呜呼！山岳崩颓，既履危亡之运；春秋迭代，必有去故之悲。天意人事，可以凄怆伤心者矣！况复舟楫路穷，星汉非乘槎可上[⑲]；风飚道阻，蓬莱无可到之期。穷者欲达其言，劳者须歌其事。陆士衡闻而抚掌，是所甘心；张平子见而陋之，固其宜矣[⑳]！

①将军：东汉大树将军冯异，此借指庾信自己。

②壮士：指行刺秦王的荆轲。

③荆璧：和氏璧。睨：斜视。

④载书：盟书。珠盘：诸侯盟誓时所用的器具。

⑤钟仪：春秋时楚国人，虽被囚于晋国，但仍戴楚冠、奏南音。

⑥季孙：指季孙如意，春秋时鲁国大夫。

⑦申包胥：楚国大夫，他到秦求救兵，在秦庭痛哭了七天七夜，秦哀公才表示愿出兵相助。

⑧蔡威公：春秋时人，他知道自己国家将亡，闭门泣哭三日三夜，泪尽而继之以血。

⑨钓台：在武昌，此指江南。玉关：玉门关。

⑩唳（lì）：鸣叫。

⑪一旅：五百人。

⑫项籍：即项羽。

⑬卷甲：收起甲兵，形容军队溃败。

⑭芟（shān）夷斩伐：比喻侯景叛军杀人如割草伐木。

⑮会、敛：抽税。耰（yōu）：碎土用的农具。棘：戟。矜：矛柄。

⑯将非：恐怕是。江表：江南，此指梁都建邺。

⑰轵道之灾：指刘邦入关秦子婴素车白马奉皇帝玉玺符节在轵道旁投降事。

⑱混一车书：此处指西晋统一全国。平阳之祸：指晋怀帝、愍帝先后在平阳被杀事。

⑲星汉：天河。槎（chá）：筏子。

⑳士衡：陆机的字。平子：张衡的字。这几句的意思是说自己写的这篇《哀江南赋》，即使被人讥笑，也是心甘情愿的。

颜之推

颜之推（529？～591），北朝学者。字介，祖籍琅琊临沂（今山东临沂），生于江宁（今江苏江宁县）。著有《颜氏家训》，被誉为历代家训之冠。

涉　务

【题解】 本文选自《颜氏家训·涉务篇》。“涉务”的意思是要注重接触及致力于实际事务，反对夸夸其谈。作者正是以此教导子弟，并批评世风、规劝世人的。本文文风平实流畅，说理叙事、融合无间，推心置腹，娓娓如话家常，恳切动人。

夫君子之处世，贵能有益于物耳，不徒高谈虚论，左琴右书，以费人君禄位也[①]。

国之用材，大较不过六事[②]：一则朝廷之臣，取其鉴达治体，经纶博雅[③]；二则文史之臣，取其著述宪章[④]，不忘前古；三则军旅之臣，取其断决有谋，强干习事[⑤]；四则藩屏之臣，取其明练风俗[⑥]，清白爱民；五则使命之臣，取其识变从宜[⑦]，不辱君命；六则兴造之臣，取其程功节费，开略有术[⑧]。此则皆勤学守行者所能办也[⑨]。人性有长短，岂责具美于六涂哉[⑩]！但当皆晓指趣[⑪]，能守一职，便无愧耳。

吾见世中文学之士，品藻古今，若指诸掌[⑫]，及有试用，多无所堪[⑬]。居承平之世，不知有丧乱之祸；处庙堂之下[⑭]，不知有战阵之急；

①物：指一切外物。人君禄位：君主赏赐给的俸禄和官位。
②大较：大概。事：指职务。
③鉴达：明察通达。治体：治国之本。经纶：政治上的筹划。博雅：品学兼备。
④宪章：指朝廷的诏令及史书。
⑤强干：精明干练。习事：熟悉军事。
⑥藩屏之臣：指地方官。藩屏，喻指地方护卫中央。明练：熟悉。
⑦识变从宜：见机处理。
⑧兴造之臣：指主管工程营造的官员。程：考核。开：开创。略：谋划。
⑨守行：行为严谨。
⑩人性：这里指人的资质。责：要求。具：同“俱”，全。涂：通“途”，方面。
⑪指趣：同“旨趣”，宗旨、要义。
⑫世中：社会上。文学之士：指能作诗文的知识分子。若指诸掌：像指手掌中的东西一样容易。
⑬无所堪：没有什么能承担的。
⑭庙堂：指朝廷。

保俸禄之资，不知有耕稼之苦；肆吏民之上，不知有劳役之勤：故难以应世经务也①。

晋朝南渡，优借士族②，故江南冠带有才干者，擢为令、仆以下，尚书郎、中书舍人已上③，典掌机要④。其余文义之士，多迂诞浮华，不涉世务，纤微过失，又惜行捶楚，所以处于清名⑤，盖护其短也。至于台阁令史、主书，监帅诸王签省，并晓习吏用，济办时须⑥。纵有小人之态，皆可鞭杖肃督，故多见委使，盖用其长也⑦。人每不自量，举世怨梁武帝父子爱小人而疏士大夫，此亦眼不能见其睫耳⑧。

梁世士大夫皆尚褒衣博带⑨，大冠高履，出则车舆，入则扶侍。郊郭之内⑩，无乘马者。周弘正为宣城王所爱，给一果下马，常服御之，举朝以为放达⑪。至乃尚书郎乘马，则纠劾之⑫。及侯景之乱，肤脆骨柔，不堪行步，体羸气弱，不耐寒暑，坐死仓猝者，往往而然⑬。

古人欲知稼穑之艰难，斯盖贵谷务本之道也⑭。夫食为民天，民非食不生矣。三日不粒，父子不能相存⑮。耕种之，薅锄之，刈获之，载积之，打拂之，簸扬之，凡几涉手而入仓廪，安可轻农事而贵末业哉⑯！江南朝士因晋中兴而渡江，本为羁旅⑰，至今八九世，未有力田，

①应世经务：应付社会，处理事务。

②晋朝南渡：指西晋灭亡，晋元帝渡江，在江南建国。优借：优待。借：通"藉"，宽待。

③擢（zhuó）：提拔。令：尚书令、中书令。仆：尚书仆射（yè）。尚书郎：尚书省的属官。中书舍人：中书省属官。已上：以上。

④典掌：掌管。机要：机密要事。

⑤文义之士：指闲散的文职官员。迂诞：言语不合事理。惜行捶楚：舍不得对他们鞭打、刑罚。

⑥台阁：指枢府。令史、主书：均是主管文书的官。监帅诸王签省：指各藩王配备的典签帅。晓习：通晓。吏用：官吏的职务。济办时须：按时办好朝廷交办的事。

⑦肃督：严厉督促。多见委使：多被委任。用其长：用他的长处。

⑧眼不能见其睫：没有自知之明。

⑨褒（bāo）：宽大。

⑩郊郭：郊野和外城。

⑪周弘正：梁陈之际的清谈家。宣城王：梁简文帝萧纲的封号。果下马：一种辽东出产的矮马。服御：骑乘。放达：意为不检束。

⑫纠劾（hé）：弹劾、揭发。

⑬往往：到处。然：这样。

⑭稼穑（sè）：指农事。斯：此。贵谷：重农。务本：致力于农业。

⑮粒：指吃粮。相存：互相保全。

⑯薅（hāo）：同"薅"，除杂草。刈（yì）：收割。打拂：指脱粒。簸（bǒ）扬：扬去糠皮尘土。涉手：经手。廪（lǐn）：粮仓。末业：指工商业。

⑰羁旅：寄居。

悉资俸禄而食耳[①]。假令有者，皆信僮仆为之，未尝目观起一拨土，耘一株苗，不知几月当下，几月当收，安识世间余务乎[②]？故治官则不了，营家则不办[③]，皆优闲之过也。

①力田：致力于种田。资：依靠。

②信：听凭。一拨（bá）土：一耦耕起来的土。下：下种。余务：其他事务。

③不了：做不好。营家：理家。不办：治不好。

唐宋编

魏 徵

魏徵（580～643），唐代大臣。字玄成，魏州曲城（今河北巨鹿）人，后迁居相州内黄（今河南内黄县）。曾参与周、隋各史的编纂，有《魏郑公诗集》、《魏郑公文集》传世。唐吴兢所撰《贞观政要》中记载了他的许多言论。

谏太宗十思疏

【题解】本文选自《贞观政要》，《旧唐书》本传也有记载。唐太宗即位后，国泰民安，面对着升平之世，唐太宗骄怠之意时常流露。魏徵上奏这篇疏文，规劝太宗居安思危，戒奢以俭，积德行义，善始善终。文章气势酣畅，跌宕起伏，语气恳切，说理透彻，堪称历代臣子谏书的楷模。

臣闻求木之长者①，必固其根本；欲流之远者，必浚其泉源②；思国之安者，必积其德义。源不深而望流之远，根不固而求木之长，德不厚而思国之安，臣虽下愚，知其不可，而况于明哲乎③！人君当神器之重④，居域中之大，不念居安思危，戒奢以俭，斯亦伐根以求木茂，塞源而欲流长也。

凡昔元首，承天景命⑤，善始者实繁，克终者盖寡⑥。岂取之易、守之难乎？盖在殷忧必竭诚以待下⑦，既得志则纵情以傲物；竭诚则吴越为一体，傲物则骨肉为行路⑧。虽董之以严刑，振之以威怒，终苟免而不怀仁⑨，貌恭而不心服。怨不在大，可畏惟人⑩；载舟覆舟，所宜深慎。

①长：高大。

②浚（jùn）：疏通。

③下愚：愚笨的人，作者自谦之语。

④人君：君主。当：主持，掌握。神器：古人称帝王之位为神器。

⑤凡昔：所有。元首：君主。承天景命：承担上天赋予的使命。景，大。

⑥克终：能够完成（使命）。克，能。

⑦殷忧：忧患深重之时。殷，深。

⑧纵情：放纵自己的欲望。傲物：看不起别人。吴越：战国时的吴国和越国，两国互相仇视、长期敌对。行路：路人。

⑨董：督促。苟免：侥幸免于责罚。怀仁：归服于（皇帝的）仁德。怀，归向。

⑩可畏惟人：可怕的在于引起公愤。

诚能见可欲则思知足以自戒[1]，将有作则思知止以安人[2]，念高危则思谦冲而自牧[3]，惧满盈则思江海下百川[4]，乐盘游则思三驱以为度[5]，忧懈怠则思慎始而敬终，虑壅蔽则思虚心以纳下[6]，惧谗邪则思正身以黜恶[7]，恩所加则思无因喜以谬赏，罚所及则思无因怒而滥刑[8]：总此十思，弘兹九德[9]，简能而任之[10]，择善而从之。则智者尽其谋，勇者竭其力，仁者播其惠，信者效其忠[11]。文武并用，垂拱而治[12]。何必劳神苦思，代百司之职役哉[13]！

①可欲：自己想要的东西。自戒：警戒自己。

②有作：有所作为，指兴建宫室、征伐游猎之事。

③谦冲：谦虚。自牧：培养自己的德行。

④满盈：自满而招致失败。江海下百川：江海处百川之下。

⑤盘游：游乐忘返，这里特指打猎。三驱：三面合围，网开一面。

⑥壅（yōng）蔽：堵塞，蒙蔽。纳下：采纳下属的意见。

⑦谗邪：爱说别人坏话的小人。黜（chù）恶：斥退邪恶之人。

⑧滥刑：滥用刑罚。

⑨弘：弘扬。九德：君子的九种德行。

⑩简：选拔。能：贤能之人。

⑪信者：忠诚的人。

⑫垂拱：垂衣敛手，比喻不用操劳。

⑬百司：百官。职役：职务，工作。

王　勃

王勃（649～675），初唐诗人。字子安，绛州龙门（今山西稷山）人。王勃才气天纵，名噪一时，与杨炯、卢照邻、骆宾王齐名，时称“四杰”。有《王子安集》。

滕王阁序

【题解】本文又名《滕王阁诗序》。文章由洪州的地势、人才，写到盛大的宴会，由壮阔的景致写到人生的际遇，最后抒发了自己的抱负和怀才不遇的心情。虽是应酬之文，却写得内容充实，感情浓郁。

南昌故郡，洪都新府①。星分翼、轸，地接衡、庐②。襟三江而带五湖，控蛮荆而引瓯越③。物华天宝，龙光射牛斗之墟④；人杰地灵，徐孺下陈蕃之榻⑤。雄州雾列，俊彩星驰⑥。台隍枕夷夏之交，宾主尽东南之美⑦。都督阎公之雅望，棨戟遥临⑧；宇文新州之懿范，襜帷暂驻⑨。十旬休假，胜友如云，千里逢迎，高朋满座。腾蛟起凤，孟学士之词宗；紫电清霜，王将军之武库。家君作宰，路出名区⑩，童子何知，躬逢胜饯⑪。

时维九月，序属三秋。潦水尽而寒潭清，烟光凝而暮山紫⑫。俨骖騑于上路，访风景于崇阿⑬。临帝子之长洲，得仙人之旧馆⑭。层峦耸翠，上出重霄；飞阁流丹，下临无地。鹤汀凫渚，穷岛屿之萦回⑮。桂

①故郡：汉朝的豫章郡。新府：唐初改豫章郡为洪州。

②星分翼轸（zhěn）：对应天上翼、轸的分野。衡庐：衡山与庐山。

③蛮荆：湖南湖北一带。瓯越：浙江地区。

④“物华”二句：说人间有宝物，天上就会出现光华。龙光：剑气。墟：地区。

⑤徐孺下陈蕃之榻：形容东汉豫章人徐孺子人品高洁，受到太守陈蕃的敬重。

⑥雾列、星驰：形容很多。

⑦台隍：城池。夷夏之交：古代楚地与扬州地区的交界。

⑧雅望：好名声。棨（qǐ）戟：仪仗。

⑨宇文新州：姓宇文的新州刺史。懿（yí）范：美好风范。襜（zhān）帷：遮车的帷幔。

⑩路出：路过。名区：著名的地方。

⑪童子：作者自称。饯：宴。

⑫潦水：蓄积的雨水。

⑬骖騑（cān fēi）：驾车的马。

⑭长洲：指滕王阁所在的江洲。

⑮鹤汀凫渚：鹤和野鸭栖息的地方。

殿兰宫，列岗峦之体势。披绣闼，俯雕甍[①]，山原旷其盈视，川泽盱其骇瞩[②]。闾阎扑地，钟鸣鼎食之家[③]；舸舰弥津，青雀黄龙之轴[④]。虹销雨霁，彩彻云衢[⑤]。落霞与孤鹜齐飞，秋水共长天一色。渔舟唱晚，响穷彭蠡之滨[⑥]；雁阵惊寒，声断衡阳之浦[⑦]。

遥襟俯畅，逸兴遄飞[⑧]。爽籁发而清风生，纤歌凝而白云遏[⑨]。睢园绿竹，气凌彭泽之樽[⑩]；邺水朱华，光照临川之笔[⑪]。四美具，二难并[⑫]。穷睇眄于中天，极娱游于暇日[⑬]。天高地迥，觉宇宙之无穷；兴尽悲来，识盈虚之有数[⑭]。望长安于日下，指吴会于云间[⑮]。地势极而南溟深，天柱高而北辰远[⑯]。关山难越，谁悲失路之人？萍水相逢，尽是他乡之客。怀帝阍而不见，奉宣室以何年[⑰]？

嗟乎！时运不齐，命途多舛[⑱]。冯唐易老，李广难封。屈贾谊于长沙，非无圣主；窜梁鸿于海曲，岂乏明时[⑲]？所赖君子安贫，达人知命。老当益壮，宁移白首之心？穷且益坚，不坠青云之志。酌贪泉而觉爽，处涸辙以犹欢[⑳]。北海虽赊，扶摇可接[㉑]；东隅已逝，桑榆非晚[㉒]。孟尝高洁，空怀报国之情[㉓]；阮籍猖狂，岂效穷途之哭[㉔]？

勃，三尺微命，一介书生[㉕]，无

①披：开。绣闼（tà）：精美的门。雕甍（méng）：雕刻精美的屋脊。
②盈视：极目所见。盱（xū）：张目望。骇瞩：惊讶于所见之物。
③闾阎扑地：形容到处都是房屋。
④舸舰：泛指各种船舶。轴（zhú）：通“舳”，船。
⑤彩：阳光。
⑥彭蠡（lí）：鄱阳湖的古名。
⑦衡阳之浦：衡山水泽。
⑧遥襟俯畅：宽阔的胸怀因登高远眺而舒畅。遄（chuán）飞：高涨。
⑨爽籁：排箫的声音。纤歌：悠扬的歌声。凝：形容歌声缭绕。
⑩睢（suī）园：代指当日之滕王阁宴会。彭泽之樽：陶潜的酒杯。
⑪邺水朱华：曹魏时代的建安文士。临川之笔：南朝宋谢灵运的文笔。
⑫四美：良辰、美景、赏心、乐事。二难：贤主、嘉宾。
⑬睇眄（dì miǎn）：看。
⑭盈虚：成败。
⑮日下：京城。云间：吴地的古称。
⑯地势极：地势向东南倾斜。南溟：南海。北辰：北极星，暗指皇帝。
⑰帝阍（hūn）：君王的宫门人，引申为朝廷。奉宣室：侍奉君王。
⑱齐：好。舛（chuǎn）：不顺利。
⑲窜：使……出逃。梁鸿：东汉章帝时人，曾作《五噫歌》讽刺朝政。
⑳涸辙：干涸的车辙，比喻困窘。
㉑北海：《庄子·逍遥游》中的“北冥”。赊（shē）：遥远。扶摇：上行的风，鲲鹏就是乘此飞到北溟。
㉒东隅：日出之处。桑榆：日落之处。
㉓孟尝：东汉人，曾任合浦太守。
㉔阮籍：晋朝诗人，生性放任。
㉕三尺：小儿，作者自称。命：身份。

路请缨，等终军之弱冠[①]；有怀投笔，慕宗悫之长风[②]。舍簪笏于百龄，奉晨昏于万里[③]。非谢家之宝树，接孟氏之芳邻[④]。他日趋庭，叨陪鲤对[⑤]；今晨捧袂，喜托龙门[⑥]。杨意不逢，抚凌云而自惜[⑦]；钟期既遇，奏流水以何惭[⑧]？

鸣呼！胜地不常，盛筵难再。兰亭已矣，梓泽丘墟[⑨]。临别赠言，幸承恩于伟饯[⑩]；登高作赋，是所望于群公。敢竭鄙诚，恭疏短引[⑪]，一言均赋，四韵俱成[⑫]。请洒潘江，各倾陆海云尔[⑬]。

①终军：汉武帝时人，受命赴南越和亲。

②宗悫（què）之长风：南朝宋时，叔父问少年宗悫的志向，他答道："愿乘长风破万里浪。"

③簪笏（zān hù）：官员的冠簪、手版，代指官职。晨昏：即晨昏定省。

④谢家之宝树：比喻良家子弟。孟氏之芳邻：比喻在场的嘉宾。

⑤叨陪鲤对：像孔子之子孔鲤一样聆听教诲。

⑥捧袂（mèi）：举起双袖，这是进见之礼。托龙门：即登龙门。

⑦杨意：杨得意。汉武帝时人，是他向汉武帝推荐了司马相如。

⑧钟期：钟子期。

⑨梓泽：晋朝石崇的花园金谷园。

⑩承恩：承蒙阎公的恩惠（让我写这篇文章）。

⑪恭疏：恭敬地写。短引：短序。

⑫均赋：大家都作诗。

⑬潘江陆海：像潘岳、陆机那样的文才。云尔：语气助词。

骆宾王

骆宾王（约 640～约 684），唐初文学家。婺州义乌（今浙江义乌）人。据说七岁即能作诗，与王勃、杨炯、卢照邻并称“四杰”。有《骆临海集》。

为徐敬业讨武曌檄

【题解】檄是一种古代文体，多用来表示晓喻或谴责之意。骆宾王的这篇檄文以强烈的感情色彩和慷慨激昂的语气，声讨了武则天的种种罪恶（其中不乏夸大和揣测），显示其罪不容诛，同时极其夸张地渲染了起兵讨伐的声势，最后对所有观望者晓之以大义、动之以刑赏，号召他们加入讨武的阵营。全文一气贯注，遒劲逼人，语调铿锵，抑扬顿挫，是历代檄文中之上品。据说连武则天听后也为之动容。

伪临朝武氏者，性非和顺，地实寒微①。昔充太宗下陈，曾以更衣入侍②。洎乎晚节，秽乱春宫③。潜隐先帝之私，阴图后房之嬖④。入门见嫉，蛾眉不肯让人；掩袖工谗，狐媚偏能惑主⑤。践元后于翚翟，陷吾君于聚麀⑥。加以虺蜴为心，豺狼成性⑦；近狎邪僻，残害忠良；杀姊屠兄，弑君鸩母⑧。人神之所同嫉，天地之所不容。犹复包藏祸心，窥窃神器。君之爱子，幽之于别宫⑨；贼之宗盟，委之以重任。呜呼！霍子孟之不作，朱虚侯之已亡⑩。燕啄皇孙，知汉祚之将尽⑪；龙漦帝后，识夏庭之遽衰⑫。

敬业皇唐旧臣，公侯冢子⑬，奉

①伪：不合法。
②下陈：下等人。
③洎（jì）：到。晚节：指后来。
④先帝之私：曾为太宗才人的情况。后房之嬖：高宗的宠爱。
⑤工谗：擅长进谗言。
⑥践元后：登上皇后的宝位。翚翟（huī dí）：指皇后的衣服。聚（yōu）麀：多头牡鹿共有一头牝鹿。
⑦虺蜴（huǐ yì）：毒蛇和蜥蜴。
⑧弑君：或疑高宗之死与武后有关系。鸩（zhèn）母：指杀王皇后事。
⑨君之爱子：指高宗所立太子李显。
⑩霍子孟：西汉霍光，曾受命辅佐幼主。朱虚侯：汉高祖孙刘章封朱虚侯，曾平定诸吕之乱。
⑪燕啄皇孙：指汉成帝后赵飞燕尽杀宫中皇子之事。祚（zuò）：帝位。
⑫龙漦（lí）帝后：指踩上龙涎的宫女所生的褒姒毁灭了周朝。遽：迅速。
⑬冢子：嫡系继承人。

先君之成业，荷本朝之厚恩。宋微子之兴悲，良有以也[①]；袁君山之流涕，岂徒然哉[②]！是用气愤风云，志安社稷[③]。因天下之失望，顺宇内之推心，爰举义旗，以清妖孽[④]。南连百越，北尽三河[⑤]；铁骑成群，玉轴相接；海陵红粟，仓储之积靡穷[⑥]；江浦黄旗，匡复之功何远[⑦]？班声动而北风起，剑气冲而南斗平[⑧]；喑呜则山岳崩颓，叱咤则风云变色[⑨]。以此制敌，何敌不摧？以此图功，何功不克？

公等或居汉地，或叶周亲[⑩]，或膺重寄于话言，或受顾命于宣室[⑪]。言犹在耳，忠岂忘心。一抔之土未干，六尺之孤何托[⑫]？倘能转祸为福，送往事居[⑬]，共立勤王之勋，无废大君之命[⑭]，凡诸爵赏，同指山河[⑮]。若其眷恋穷城，徘徊歧路，坐昧先几之兆，必贻后至之诛[⑯]。请看今日之域中，竟是谁家之天下！

①宋微子之兴悲：殷纣王的庶兄微子路过殷朝旧都时，百感交集。有以：有道理。

②袁君山之流涕：东汉袁安（字君山）谈及国事呜咽流泪。徒然：偶然。

③是用：因此。气愤风云：豪情冲天。

④爰（yuán）：于是。妖孽：指武后。

⑤三河：河东、河内、河南。

⑥海陵：海陵仓。红粟：指粮食。靡：不。

⑦黄旗：天子的仪仗。匡复：恢复。

⑧班声：马声。南斗：星宿名，代指南方地区。

⑨喑（yīn）呜：悲咽。叱咤：怒吼。

⑩公等：泛指在朝及各地方官员。汉地、周亲：均代指唐朝。

⑪膺（yīng）重寄：肩负重任。宣室：朝廷的正殿。

⑫抔（póu）：捧。六尺之孤：指中宗李显。

⑬送往：送别高宗。事居：侍奉中宗。

⑭无废大君之命：不使高宗的遗嘱落空。

⑮凡诸：所有。同指山河：山河可以作证。

⑯坐昧：白白地失去。

王 维

王维（701～761），唐代诗人、画家。字摩诘，太原祁（今山西祁县）人。有《王右丞集》。

山中与裴秀才迪书

【题解】王维在蓝田辋川有别墅，风景优美，常与朋友裴迪等人留连赋咏。本文是王维给裴迪的一封邀请信，先写自己独游辋川的所见所感，再邀他在春和景明之日，同游辋川。文章描写山中景物，语言平易自然，描绘传神。

近腊月下，景气和畅，故山殊可过①。足下方温经，猥不敢相烦②。辄便往山中，憩感配寺，与山僧饭讫而去③。

北涉玄灞，清月映郭④。夜登华子岗，辋水沦涟，与月上下⑤。寒山远火，明灭林外。深巷寒犬，吠声如豹。村墟夜舂，复与疏钟相间⑥。此时独坐，僮仆静默，多思曩昔携手赋诗，步仄径⑦，临清流也。

当待春中，草木蔓发，春山可望⑧，轻鲦出水，白鸥矫翼⑨，露湿青皋，麦陇朝雊⑩；斯之不远，傥能从我游乎⑪？非子天机清妙者⑫，岂能以此不急之务相邀？然是中有深趣矣！无忽⑬。因驮黄柏人往，不一⑭。

山中人王维白。

①腊月下：阴历十二月末。景气：景物气候。故山：旧居之山，即辋川。殊：很。可：适宜。过：游赏。

②温经：温习经书。猥：发语词，无义。

③辄：就。憩（qì）：休息。讫：完。

④玄灞：即长安东南的灞水。玄：黑色。郭：此指城郭。

⑤华子冈：辋川风景地之一。与月上下：指水中月影随水波浮动。

⑥舂（chōng）：捣米。疏钟：寺院里稀疏的钟声。相间：相互交替。

⑦曩（nǎng）昔：往日。仄径：狭窄的小路。

⑧蔓发：形容草木生长茂盛。

⑨轻鲦（tiáo）：轻盈的白鲦鱼。矫翼：展开翅膀。

⑩青皋（gāo）：长满青草的河岸。朝雊（gòu）：清晨鸟的鸣叫。

⑪斯：春游的日子。傥：同“倘”，这里有询问的意思。

⑫天机清妙：天性清远超妙，不同凡俗。

⑬无忽：不要忘记。

⑭黄柏：一种药材。

李 白

李白（701～762），唐代诗人。字太白，祖籍陇西（今甘肃秦安），后迁寓蜀郡昌明（今四川绵阳）的青莲乡，故后人亦称其为“青莲居士”。李白的文章虽然传世不多，但也写得笔力恣肆，语调轩昂。

与韩荆州书

【题解】 这是一封自荐信。李白在信中赞扬了韩朝宗的道德文章，希望能得到赏识与推荐。虽是一篇干谒求人的文章，却无一丝寒酸乞怜的意味，纵横开合，抑仰自如，展示诗人那睥睨天下、宏图在握的自许和豪情。

白闻天下谈士相聚而言曰[①]：“生不用封万户侯，但愿一识韩荆州[②]。”何令人之景慕一至于此[③]！岂不以有周公之风，躬吐握之事[④]，使海内豪俊，奔走而归之，一登龙门，则声价十倍！所以龙蟠凤逸之士，皆欲收名定价于君侯[⑤]。君侯不以富贵而骄之，寒贱而忽之[⑥]，则三千宾中有毛遂，使白得颖脱而出，即其人焉[⑦]。

白陇西布衣，流落楚汉[⑧]。十五好剑术，遍干诸侯[⑨]；三十成文章，历抵卿相[⑩]。虽长不满七尺，而心雄万夫。皆王公大人，许与气义[⑪]。此畴曩心迹，安敢不尽于君侯哉[⑫]！

君侯制作侔神明[⑬]，德行动天地，笔参造化，学究天人。幸愿开张心颜，不以长揖见拒[⑭]。必若接之以高宴，纵之以清谈[⑮]，请日试万

①白：李白自称。
②韩荆州：指韩朝宗。他曾任荆州长史，故有此称。
③一至于此：竟然到这种程度。
④周公之风：周公礼贤下士的风范。
⑤龙蟠凤逸：指英雄豪杰的蛰伏等待。收名定价：得到名誉和评价。君侯：此指韩朝宗。
⑥骄之：重视。忽之：轻视，疏慢。
⑦“三千宾中有毛遂”：此处用毛遂脱颖而出之典，李白自比毛遂。
⑧陇西：即今甘肃。楚汉：指襄阳。
⑨遍干：四处拜访。诸侯：各地长官。
⑩历抵：逐个求见。卿相：朝中官员。
⑪许与气义：赞许我的气概和精神。
⑫畴曩（chóu nǎng）：从前。“安敢”句：怎敢不全部告诉您呢？
⑬制作：政绩。侔（móu）：相符。
⑭幸愿：希望。开张：展开。长揖：宾主相见的礼节，不如叩拜之礼那么谦卑。见拒：拒绝我。
⑮清谈：这里指纵情的畅谈。

言，倚马可待。今天下以君侯为文章之司命，人物之权衡[①]，一经品题，便作佳士。而今君侯何惜阶前盈尺之地，不使白扬眉吐气、激昂青云耶[②]！

昔王子师为豫州[③]，未下车即辟荀慈明，既下车又辟孔文举[④]。山涛作冀州，甄拔三十余人[⑤]，或为侍中、尚书，先代所美。而君侯亦一荐严协律，入为秘书郎[⑥]，中间崔宗之、房习祖、黎昕、许莹之徒，或以才名见知，或以清白见赏。白每观其衔恩抚躬[⑦]，忠义奋发。以此感激[⑧]，知君侯推赤心于诸贤之腹中，所以不归他人，而愿委身国士[⑨]。傥急难有用，敢效微躯[⑩]。

且人非尧舜，谁能尽善？白谟猷筹划，安能自矜[⑪]？至于制作，积成卷轴，则欲尘秽视听[⑫]，恐雕虫小技，不合大人。若赐观刍荛，请给纸墨，兼之书人[⑬]。然后退扫闲轩，缮写呈上[⑭]。庶青萍、结绿，长价于薛、卞之门[⑮]。幸推下流，大开奖饰[⑯]。惟君侯图之[⑰]！

①司命：指主官文运的文昌星。

②激昂青云：比喻飞黄腾达。

③王子师：东汉王允，汉灵帝时曾拜豫州刺史。

④辟：征召，任用。荀慈明：东汉人荀爽，以通晓经术闻名一时。孔文举：东汉人孔融，才学过人。

⑤山涛：晋人，任冀州刺史时，搜访贤人，考察才能，先后任用三十多人。

⑥严协律：即唐人严武，字季鹰。协律，掌管音乐的官。入：入朝。

⑦衔恩抚躬：形容严武等人感恩戴德的样子。抚躬，手按自己的胸口。

⑧感激：感发激动，鼓舞。

⑨国士：国中的贤士，这里指韩朝宗。

⑩傥（tǎng）：同“倘”。急难（nàn）：紧迫之际。效：效力。

⑪谟猷（mó yóu）：筹划。这两句是说自己并不擅长计谋筹划。

⑫制作：文章诗赋。卷轴：代指著作。尘秽视听：污染耳目。

⑬刍荛（chú ráo）：代指自己的文章。书人：抄录文章的人。

⑭闲轩：空的小房子。缮写：抄写。

⑮庶：或许。青萍：良剑。结绿：美玉。长价：抬高身价。薛卞：薛烛与卞和，分别是春秋时识剑、辨玉之人。

⑯幸推下流：幸而推举到我。下流，谦称。

⑰惟：希望。图之：考虑。

春夜宴桃李园序

【题解】这是一篇赋体的序文。文章为春夜桃李园的宴集而作，但却没有叙写宴集的缘起、人物，也没有描摹景物，而是以酣畅淋漓的气势，抒发了作者身处良辰、面对美景时欢乐的心情。文章语调轻快，落笔恣肆，读来朗朗上口。明代画家仇英曾据此创作《春夜宴桃李园图》。

夫天地者，万物之逆旅[①]；光阴者，百代之过客。而浮生若梦，为欢几何？古人秉烛夜游，良有以也[②]。况阳春召我以烟景，大块假我以文章[③]。会桃李之芳园，序天伦之乐事[④]。群季俊秀，皆为惠连[⑤]，吾人咏歌，独惭康乐[⑥]。幽赏未已，高谈转清[⑦]。开琼筵以坐花，飞羽觞而醉月[⑧]。不有佳作，何伸雅怀[⑨]？如诗不成，罚依金谷酒数[⑩]。

①逆旅：客站，旅店。

②秉烛夜游：为珍惜时光点着蜡烛彻夜游玩。良有以也：很有道理。

③烟景：特指春天的美景。文章：交织的锦绣，此处亦指美景。

④会：相会。序：同“叙”。

⑤群季：各位兄弟。惠连：即谢惠连，十岁能作诗文。

⑥吾人：犹言“我”。惭：意为比不上。康乐：即谢灵运。

⑦幽赏：静静观赏。清：清远高雅。

⑧琼筵：丰盛的宴会。坐花：伴着鲜花。羽觞（shāng）：鸟形的酒杯。

⑨不有：没有。伸怀：抒发情怀。

⑩金谷酒数：用石崇典，指三斗。

李 华

李华（约715～774），唐代散文家。字遐叔，赵州赞皇（今河北赞皇）人。以文学名重天宝年间，与萧颖士等人致力于文风改革，反对文坛上六朝以来华而不实的倾向，是唐代古文运动的先驱之一。

吊古战场文

【题解】此文名为吊古，实则伤今，通过对过去战争的否定，批评了唐朝穷兵黩武的政策。文章从阴森恐怖的古战场景象，写到历史上频繁无尽的战争；从战争惊心动魄的场面写到士兵们绝望悲凉的心情；最后，以感情充沛的议论，表达了作者为士兵不平、为百姓鸣冤的非战观点。

浩浩乎平沙无垠，敻不见人[①]，河水萦带，群山纠纷[②]。黯兮惨悴，风悲日曛[③]。蓬断草枯，凛若霜晨。鸟飞不下，兽铤亡群[④]。亭长告余曰[⑤]：“此古战场也。常覆三军，往往鬼哭，天阴则闻。”伤心哉！秦欤？汉欤？

将近代欤？吾闻夫齐、魏徭戍，荆、韩召募[⑥]。万里奔走，连年暴露[⑦]。沙草晨牧，河冰夜渡；地阔天长，不知归路；寄身锋刃，腷臆谁诉[⑧]？秦汉而还，多事四夷；中州耗斁，无世无之[⑨]。古称戎夏，不抗王师[⑩]；文教失宣，武臣用奇[⑪]；奇兵有异于仁义，王道迂阔而莫为。呜呼噫嘻！

吾想夫北风振漠，胡兵伺便[⑫]；主将骄敌，期门受战[⑬]；野竖旄旗，

①敻（xiòng）：辽远。
②萦带：萦绕如带。纠纷：交错。
③黯（àn）：暗淡。曛（xūn）：日光昏暗。
④铤（tǐng）：疾走貌。亡群：失散。
⑤亭长：管理地方治安的小吏。
⑥齐、魏、荆、韩：均战国时国名。徭：劳役。戍：守边。
⑦暴（pù）露：无所遮蔽。
⑧腷（bì）臆：郁结在心中的怨愤。
⑨事四夷：用财物安抚少数民族。耗斁（dù）：财力匮乏。
⑩戎夏：中原和四境的少数民族。不抗王师：不敢抵抗君王的军队。
⑪文教：教化。失宣：得不到推广。奇：谋略计策。
⑫振漠：在沙漠吹动。伺便：窥伺、寻找机会。
⑬期门：军营之门。受战：迎战。

川回组练[1]；法重心骇，威尊命贱；利镞穿骨，惊沙入面[2]；主客相搏，山川震眩[3]；声析江河，势崩雷电[4]。至若穷阴凝闭，凛冽海隅[5]；积雪没胫，坚冰在须；鸷鸟休巢，征马踟蹰[6]；缯纩无温，堕指裂肤[7]。当此苦寒，天假强胡[8]；凭陵杀气，以相剪屠[9]；径截辎重，横攻士卒；都尉新降，将军覆没；尸填巨港之岸，血满长城之窟[10]。无贵无贱，同为枯骨。可胜言哉[11]！鼓衰兮力尽，矢竭兮弦绝；白刃交兮宝刀断，两军蹙兮生死决[12]。降矣哉？终身夷狄。战矣哉？骨暴沙砾[13]。鸟无声兮山寂寂，夜正长兮风淅淅[14]；魂魄结兮天沉沉，鬼神聚兮云幂幂[15]。日光寒兮草短，月色苦兮霜白。伤心惨目，有如是耶？

吾闻之，牧用赵卒，大破林胡，开地千里，遁逃匈奴[16]。汉倾天下，财殚力痡，任人而已，其在多乎[17]？周逐猃狁，北至太原，既城朔方，全师而还[18]；饮至策勋，和乐且闲，穆穆棣棣，君臣之间[19]。秦起长城，竟海为关，荼毒生灵，万里朱殷[20]。汉击匈奴，虽得阴山，枕骸遍野，功不补患[21]。

苍苍蒸民，谁无父母？提携捧负，畏其不寿[22]。谁无兄弟，如足如手；谁无夫妇，如宾如友。生也何恩？杀之何咎[23]？其存其没，家莫闻知。人或有言，将信将疑。悁悁心

①旄（máo）旗：牦牛尾装饰的旗子。组练：铠甲和战袍，代指士兵。

②镞（zú）：箭头。入面：扑面。

③震眩：战鼓震耳，兵器眩目。

④析江河：使江河分流。

⑤穷阴凝闭：阴云密布。凛冽：严寒。

⑥鸷鸟：凶猛的鸟。踟蹰（chí chú）：犹豫不前。

⑦缯纩（zēng kuàng）：丝织品和棉絮。

⑧天假强胡：老天给强悍的胡人提供方便。

⑨凭陵杀气：凭借着严冬的天气。

⑩都尉：指汉武帝时都尉李陵。将军：指汉武帝时贰师将军李广利。

⑪胜言：尽言。

⑫蹙（cù）：接近。

⑬降矣哉：如果投降。下句“战矣哉”句法相同。

⑭淅淅：萧瑟凄凉。

⑮幂幂（mì）：阴惨。

⑯牧：战国时赵国良将李牧。林胡：当时的少数民族。

⑰倾：用尽。殚（dān）：尽。痡（pū）：疲劳。任人而已：关键在于任用良将。

⑱猃狁（xiǎn yǔn）：周时的少数民族。周宣王时，猃狁入侵，尹吉甫率兵将其逐到太原以北。城：筑城。朔方：指今山西大同一带。

⑲策勋：登记功劳。闲：熟悉。穆穆：仪态庄重。棣棣：娴雅大方。

⑳竟：直到。荼（tú）毒：残害。

㉑枕骸：尸骨堆积。

㉒苍苍蒸民：天生百姓。提携捧负：指父母对孩子的百般呵护。

㉓生也何恩：（天生百姓，）帝王有何恩惠。杀之何咎：死于战场的人究竟有什么罪。

目，寝寐见之。布奠倾觞，哭望天涯[①]。天地为愁，草木凄悲。吊祭不至，精魂何依？必有凶年，人其流离[②]。呜呼噫嘻！时耶？命耶？从古如斯，为之奈何？守在四夷[③]。

①悁悁（juān）：忧愁。布奠倾觞：指用酒食祭奠。哭望天涯：指遥望天涯而哭祭。

②凶年：荒年。

③守在四夷：四夷为帝王守土。

元　结

元结（719～772），唐代诗人。字次山，自号浪士。河南府（今河南洛阳）人。散文创作格调高远，一扫排偶绮靡之习。有《元次山集》。

右溪记

【题解】右溪本为无名小溪，元结为之经营（筑亭），并为之命名。本文就是记载右溪风景及命名经过的。文章语言精练，刻画生动，已有柳宗元山水小品的意味。

道州城西百余步，有小溪，南流数十步，合营溪①。水抵两岸②，悉皆怪石，欹嵌盘屈③，不可名状。清流触石，洄悬激注④。佳木异竹，垂阴相荫⑤。

此溪若在山野，则宜逸民退士之所游处⑥；在人间，则可为都邑之胜境、静者之林亭⑦。而置州已来⑧，无人赏爱。徘徊溪上，为之怅然。

乃疏凿芜秽⑨，俾为亭宇⑩，植松与桂，兼之香草，以裨形胜⑪。为溪在州右，遂命之曰右溪。刻铭石上，彰示来者。

①合：汇合。营溪：即营水。
②抵：触，流经。
③欹嵌盘屈：形容岸边怪石的样子。欹（qī）：倾斜。嵌，陷入。
④洄悬激注：形容水流湍急的样子。
⑤垂阴：树木投在地上的阴影。荫：遮蔽。
⑥逸民退士：隐居遁世的人。游处：游玩居处。
⑦人间：城市，与“山野”相对。都邑：城市。静者：爱好清净的人。
⑧置州：建立州府。已来：以来。
⑨芜秽：残枝败叶，荒草杂物。
⑩俾为亭宇：在溪边建起亭子。俾，使。
⑪裨：补助。形胜：美好的风景。

陆　贽

陆贽（754～805），唐代大臣。字敬舆，苏州嘉兴（浙江嘉兴）人。陆贽虽不以文章名世，但后人对他的奏议论谏之文十分推崇。

奉天请罢琼林大盈二库状

【题解】这是陆贽上奏唐德宗的建议书。当时，德宗因叛乱而出逃奉天，诏令各路兵马讨伐叛将。各地贡献的财物，集中在德宗行宫的两厢，取名为“琼林”、“大盈”。陆贽认为，时势艰危，将士们正在苦战，若天子私蓄财物，恐会引起士兵怨言，丧失斗志，于是上表请求废除两库。表上，德宗接受了他的意见。

臣闻“作法于凉，其弊犹贪；作法于贪，弊将安救①？”示人以义，其患犹私；示人以私，患必难弭②。故圣人之立教也，贱货而尊让，远利而尚廉③。天子不问有无，诸侯不言多少④，百乘之室，不畜聚敛之臣。夫岂皆能忘其欲贿之心哉⑤？诚惧贿之生人心而开祸端，伤风教而乱邦家耳。是以务鸠敛而厚其帑椟之积者，匹夫之富也⑥；务散发而收其兆庶之心者，天子之富也⑦。天子所作，与天同方⑧：生之长之，而不恃其为；成之收之，而不私其有；付物以道，混然忘情⑨。取之不为贪，散之不为费。以言乎体则博大，以言乎术则精微⑩。亦何必挠废公方，崇聚私货⑪，降至尊而代有司之守，辱万乘以效匹夫之藏⑫，亏法失

①凉：微薄，意思是使百姓负担微薄。安救：如何制止。

②弭（mǐ）：息，止。

③立教：建立教化。贱货：不重财物。尊让：崇尚礼让。

④不问有无：不过问财物的有无。下句的“多少”亦指财物。

⑤百乘之室：指大夫。畜（xù）：养。欲贿之心：希求财物的心。

⑥鸠敛：聚敛。厚：增加。帑（tǎng）：收藏钱财的库房。椟（dú）：收藏珍宝的匣子。

⑦兆庶：万民，百姓。

⑧作：行为。同方：方法一致。

⑨付物以道：按照规律对待事物。

⑩体：本质。术：手段。精微：细致。

⑪挠废：改变。公方：公家的惯例。崇聚：聚积。

⑫有司之守：具体官吏的职责。

人，诱奸聚怨？以斯制事，岂不过哉[①]！

今之琼林、大盈，自古悉无其制。传诸耆旧之说，皆云创自开元[②]。贵臣贪权，饰巧求媚[③]，乃言："郡邑贡赋所用，盍各区分；税赋当委之有司，以给经用；贡献宜归乎天子，以奉私求[④]。"玄宗悦之，新是二库[⑤]。荡心侈欲，萌柢于兹[⑥]。迨乎失邦，终以饵寇[⑦]。《记》曰："货悖而入，必悖而出。"岂非其明效欤[⑧]！

陛下嗣位之初，务遵理道[⑨]，敦行约俭，斥远贪饕[⑩]，虽内库旧藏，未归太府[⑪]，而诸方曲献，不入禁闱[⑫]。清风肃然，海内丕变[⑬]。议者咸谓汉文却马、晋武焚裘之事，复见于当今。近以寇逆乱常，銮舆外幸[⑭]，既属忧危之运，宜增儆励之诚[⑮]。臣昨奉使军营，出由行殿，忽观右廊之下，榜列二库之名[⑯]，惧然若惊，不识所以[⑰]。何则？天衢尚梗，师旅方殷[⑱]，疮痛呻吟之声，噢咻未息[⑲]，忠勤战守之效，赏赉未行[⑳]。而诸道贡珍，遽私别库[㉑]，万目所视，孰能忍怀，窃揣军情，或生觖望[㉒]。试询候馆之吏，兼采道路之言[㉓]，果如所虞，积憾已甚[㉔]。或忿形谤讟，或丑肆讴谣[㉕]，颇含思乱之情，亦有悔忠之意。是知甿俗昏鄙，识昧高卑[㉖]，不可以尊极临，而

①亏：损害。诱奸：引诱人做坏事。聚怨：招致怨恨。制事：办事。

②耆（qí）旧：老年人。

③贵臣：玄宗时御史大夫王鉷，他创"百宝大盈库"，供玄宗挥霍赏赐。

④盍（hé）：何不。经用：日常开支。

⑤新：新创。是：这。

⑥萌柢（dǐ）于兹：由此生根发芽。

⑦迨（dài）：等到。饵寇：招来贼寇。

⑧记：《礼记》。悖（bèi）：不合理。

⑨理道：治国之道。

⑩敦行：切实施行。斥远：排斥、疏远。饕（tāo）：贪财的人。

⑪内库：皇宫内的库房。太府：国库。

⑫曲献：私人奉献。禁闱：皇宫。唐德宗曾屡次下诏禁止各地私献。

⑬海内丕变：天下风气大变。丕，大。

⑭銮舆：皇帝的车驾，代指皇帝。幸：巡幸，这里代指出奔奉天。

⑮属（zhǔ）：值，碰上。儆（jǐng）励：警惕，奋勉。

⑯出由行殿：自行宫外出。榜：题名。

⑰惧（jù）然：惊讶的样子。

⑱天衢尚梗：国家正处战乱之际。师旅：军队，代指战争。殷：频繁。

⑲疮痛呻吟之声：指战士、百姓的痛苦呻吟。噢咻（yǔ xǔ）：抚慰病痛。

⑳效：功劳。赏赉（lài）：赏赐。

㉑诸道：各地。遽：就。别库：国库之外的地方。

㉒觖望：怨恨。觖（jué），不满。

㉓候馆之吏：地方长官。道路之言：代指民间流言。

㉔虞：担心。积憾：积怨。甚：深。

㉕忿形：怒形于色。谤讟（dú）：诽谤。丑肆讴谣：用歌谣任意丑化诋毁。

㉖甿俗：百姓。甿，同"氓"。识昧高卑：不懂得尊卑高下。

可以诚义感①。

顷者六师初降，百物无储②，外扞凶徒，内防危堞③，昼夜不息，迨将五旬④，冻馁交侵，死伤相枕，毕命同力，竟夷大艰⑤。良以陛下不厚其身，不私其欲⑥，绝甘以同卒伍，辍食以啖功劳⑦。无猛制而人不携，怀所感也⑧；无厚赏而人不怨，悉所无也⑨。今者攻围已解，衣食已丰，而谣讟方兴，军情稍阻⑩。岂不勇夫恒性，嗜货矜功⑪，其患难既与之同忧，而好乐不与之同利，苟异恬默，能无怨咨⑫！此理之常，固不足怪。《记》曰："财散则民聚，财聚则民散。"岂非其殷鉴欤！众怒难任，蓄怨终泄，其患岂徒人散而已⑬，亦将虑有构奸鼓乱，干纪而强取者焉⑭。

夫国家作事，以公共为心者，人必乐而从之；以私奉为心者，人必咈而叛之⑮。故燕昭筑金室，天下称其贤⑯；殷纣作玉杯，百代传其恶：盖为人与为己殊也。周文之囿百里，时患其尚小⑰；齐宣之囿四十里，时病其太大⑱：盖同利与专利异也。为人上者，当辨察兹理，洒濯其心⑲，奉三无私，以壹有众⑳。人或不率，于是用刑㉑。然则宣其利而禁其私，天子所恃以理天下之具也㉒。舍此不务，而壅利行私，欲人无贪，不可得已㉓。今兹二库，珍币所归，不领度支，是行私也㉔。不给经费，非宣利

①尊极：天子的尊威。临：对待。

②顷者：近来。六师：此处代指皇帝。降：光临，婉指德宗出逃奉天。

③扞（hàn）：抵御。危堞（dié）：危急的城池。

④迨将：将近。

⑤毕命：拼死。竟：最终。

⑥良：实在是。厚：享受。私：偏私。

⑦绝甘：不吃美食。辍（chuò）：停止。啖（dàn）：给别人吃。

⑧猛制：严刑峻法。携：叛离。

⑨所无：皇上没有东西（用以赏赐）。

⑩谣讟：带有怨言的歌谣。阻：沮丧，低落。

⑪勇夫：军人。嗜货：贪图钱财。矜功：夸耀功劳。

⑫恬默：心安言少。咨：叹息。

⑬任：担当。患：危害。

⑭构奸：出现阴谋。干纪：破坏法纪。

⑮私奉：个人享受。咈（fú）：违背。

⑯燕昭筑金台：指燕昭王筑台置黄金千两招纳贤士。

⑰周文之囿（yòu）：传说周文王的园林方圆70里。时患其小：当时的人嫌它太小。

⑱病：嫌。

⑲人上：君主。洒濯：洗涤，净化。

⑳三无私：天无私覆，地无私载，日月无私照。壹：统一。有众：万民。

㉑率：遵循，服从。

㉒宣：疏通。恃：倚仗。具：手段。

㉓壅（yōng）利：使财物都积聚在个人手里。

㉔不领度支：不受度支的管辖。度支，掌管财物的官员。

也[①]。物情离怨，不亦宜乎[②]！

智者因危而建安，明者矫失而成德[③]。以陛下天姿英圣，傥加之见善必迁[④]，是将化蓄怨为衔恩，反过差为至当[⑤]。促殄遗孽，永垂鸿名[⑥]，易如转规，指顾可致[⑦]。然事有未可知者，但在陛下行与否耳。能则安，否则危；能则成德，否则失道。此乃必定之理也，愿陛下慎之惜之！

陛下诚能近想重围殷忧，追戒平居之专欲[⑧]，器用取给，不在过丰；衣食所安，必以分下[⑨]，凡在二库货贿，尽令出赐有功[⑩]，坦然布怀，与众同欲[⑪]。是后纳贡，必归有司，每获珍华，先给军赏[⑫]；瓌异纤丽，一无上供[⑬]。推赤心于其腹中，降殊恩于其望外[⑭]。将卒慕陛下必信之赏，人思建功[⑮]；兆庶悦陛下改过之诚，孰不归德[⑯]！如此，则乱必靖，贼必平，徐驾六龙，旋复都邑[⑰]，兴行坠典，整缉棼纲[⑱]。乘舆有旧仪，郡国有恒赋[⑲]，天子之贵，岂当忧贫？是乃散其小储，而成其大储也；损其小宝，而固其大宝也[⑳]。举一事而众美具，行之又何疑焉。吝少失多，廉贾不处，溺近迷远，中人所非[㉑]，况乎大圣应机，固当不俟终日[㉒]。不胜管窥愿效之至，谨陈冒以闻[㉓]。谨奏。

①不给经费：不当作国家经费使用。

②物情：人心。离怨：怨恨离散。

③建安：确立安定。矫失：改正错误。

④天姿：天性。傥（tǎng）：同“倘”，如果。迁：改变，指去恶从善。

⑤衔恩：感恩戴德。过差：过失。

⑥殄（tiǎn）：灭。遗孽：指残余的叛军。

⑦转规：旋转圆形的东西，形容非常容易。指顾：形容时间很短。

⑧殷忧：忧伤。追戒：防止。平居：平时。专欲：专擅贪婪。

⑨取给（jǐ）：所需财物。

⑩货贿：财物。出赐：拿出来赏给。

⑪布怀：表明心态。

⑫珍华：珍贵的东西。

⑬瓌（guī）异纤丽：珍奇难得的东西。一无上供：全都不给皇帝。

⑭推赤心于腹中：喻以诚待人。殊恩：不同寻常的恩典。

⑮必信之赏：一定能兑现的赏赐。

⑯归德：归顺，拥戴。

⑰六龙：指皇帝车驾。都邑：首都。

⑱兴行：重新施行。坠典：被废弛的法令。棼（fén）纲：纷乱的法纪。

⑲乘舆：皇帝的车驾，此处代指皇帝。恒赋：固定额度的赋税。

⑳小宝：指财物。大宝：指帝位。

㉑吝（lìn）少失多：因小失大。廉贾：聪明的商人。溺近迷远：因眼前之利而看不见将来。

㉒不俟终日：一天也不耽搁。

㉓管窥：比喻见识狭小，自谦之辞。陈冒以闻：冒昧陈说，让皇帝知道。

韩　愈

韩愈（768～824），唐代思想家、文学家。字退之，邓州南阳（今河南南阳）人。他成功地倡导并实践了唐代的古文运动。他的文章才力雄浑，刚健恣肆，奥衍闳深，大气磅礴，是中国散文史上的一个里程碑。

原　毁

【题解】这是一篇探讨毁谤的文章，以古之君子与今之君子对照，谈责己、待人问题，实际上涉及较为普遍的人情。文中所揭出的现象，今天读来仍会使人觉得芒刺在背；所讲道理，今天仍有深刻的启迪意义。

古之君子，其责己也重以周，其待人也轻以约[①]。重以周，故不怠[②]；轻以约，故人乐为善。闻古之人有舜者，其为人也，仁义人也[③]。求其所以为舜者，责于己曰：“彼，人也，予，人也；彼能是，而我乃不能是[④]！”早夜以思，去其不如舜者，就其如舜者[⑤]。闻古之人有周公者，其为人也，多才与艺人也[⑥]；求其所以为周公者，责于己曰：“彼，人也，予，人也；彼能是，而我乃不能是！”早夜以思，去其不如周公者，就其如周公者。舜，大圣人也，后世无及焉[⑦]；周公，大圣人也，后世无及焉；是人也，乃曰[⑧]：“不如舜，不如周公，吾之病也[⑨]。”是不亦责于己者重以周乎[⑩]！其于人也[⑪]，曰：“彼人也，能有是，是足为良人矣[⑫]；能善是，是足为艺人

①责己：需求自己。重以周：严格而又全面。轻以约：宽容而又很简少。以上二句出自《论语·卫灵公》：“躬自厚而薄责于人。”

②不怠：指不懈怠地进行道德修养。

③舜：传说中远古时代的君王。仁义人：符合儒家仁义道德规范的人。

④彼：指舜。语出《孟子·滕文公上》：“颜渊曰：‘舜何人也？予何人也？有为者，亦若是。’”

⑤早夜：早晚。就：追求。

⑥周公：周文王子，周武王弟。武王死后，成王年幼继位，由周公摄政。多才与艺人：多才多艺的人。

⑦无及：没有能赶得上的。

⑧是人也，乃曰：这个人（古之君子），却说。

⑨吾之病也：是我的缺点。病，毛病，缺点。

⑩是不亦：这不就是……

⑪其于人也：他（古之君子）对待别人。于，对于，对待。

⑫这几句里，前一个“是”指优点，后一人“是”指有这样的优点。

矣。”取其一不责其二，即其新不究其旧①，恐恐然惟惧其人之不得为善之利②。一善易修也，一艺易能也。其于人也，乃曰：“能有是，是亦足矣。”曰：“能善是，是亦足矣。”是不亦待于人者轻以约乎！

今之君子则不然，其责人也详，其待己也廉③。详，故人难于为善；廉，故自取也少④。己未有善，曰：“我善是，是亦足矣。”己未有能，曰：“我能是，是亦足矣。”外以欺于人，内以欺于心，未少有得而止矣，是不亦待于己者已廉乎⑤！其于人也，曰：“彼虽能是，其人不足称也⑥；彼虽善是，其用不足称也⑦。”举其一不计其十，究其旧不图其新⑧，恐恐然惟惧其人之有闻也⑨。是不亦责于人者已详乎！夫是谓不以众人待其身，而以圣人望于人⑩，吾未见其尊己也⑪。

虽然，为是者有本有原，怠与忌之谓也⑫。怠者不能修，而忌者畏人修⑬。吾常试之矣。尝试语于众曰：“某良士，某良士。”其应者，必其人之与也⑭；不然，则其所疏远，不与同其利者也⑮；不然，则其畏也⑯。不若是，强者必怒于言，懦者必怒于色矣⑰。又尝语于众曰：“某非良士，某非良士。”其不应者，必其人之与也；不然，则其所疏远不与同其利者也；不然，则其畏也。不若是，强者必说于言，懦者必说

①即其新不究其旧：只就现在看而不追究过去。即，就……看。

②恐恐然：小心谨慎的样子。不得为善之利：得不到做善事的利益。

③详：详尽，全面。廉：少。

④自取也少：对自己需求得少，因而自己得到的也少。

⑤未少有得而止矣：还没有多少收获就停止了。已廉：太少。已，太，甚。

⑥其人不足称也：这个人没什么值得称道的。

⑦用：这里指本领、本能。

⑧究其旧不图其新：追究他过去的错，不考虑他现在的表现。图，考虑。

⑨闻（wèn）：声望，名誉。

⑩这两句的意思是：这就叫做不按对一般人的需求对待自己，而按圣人的标准需求别人。待，对待，要求。望，希望，期望。

⑪尊己：爱重自己。

⑫为是者：这样做的人。怠与忌：懒惰和嫉妒。

⑬修：学习，上进。

⑭应者：响应、附和的人。与：党与，朋友。

⑮不然：不是“其人之与”那样的人。不与同其利者：没有利害关系的人。

⑯则其畏也：就是惧怕某人的人。

⑰不若是：不是以上三种关系。强者：强硬的人。懦者：懦弱的人。

于色矣[①]。是故事修而谤兴，德高而毁来[②]。呜呼！士之处此世，而望名誉之光，道德之行，难已[③]！

将有作于上者，得吾说而存之，其国家可几而理欤[④]！

①说：同“悦”。

②事修：事情办得好。

③光：光大，彰显。已：同“矣”。

④将有作于上者：居上位而希望有所作为的人。可几而理：差不多可以治理好了。几，庶几，差不多。理，治理，平定。

师　说

【题解】这是一篇论述从师之道的议论文。韩愈针对当时不重视从师学习的现象，提出了“学者必有师”的观点，并论述了“师之所存”的必要性。文中许多论点在今天看来也是很有价值的。

古之学者必有师。师者，所以传道、受业、解惑也[①]。人非生而知之者，孰能无惑？惑而不从师，其为惑也，终不解矣[②]。生乎吾前，其闻道也，固先乎吾，吾从而师之[③]；生乎吾后，其闻道也，亦先乎吾，吾从而师之。吾师道也，夫庸知其年之先后生于吾乎[④]？是故无贵无贱，无长无少，道之所存，师之所存也[⑤]。

嗟乎！师道之不传也久矣[⑥]，欲人之无惑也难矣。古之圣人，其出人也远矣，犹且从师而问焉[⑦]；今之众人，其下圣人也亦远矣，而耻学于师[⑧]。是故圣益圣，愚益愚[⑨]。圣人之所以为圣，愚人之所以为愚，其皆出于此乎？爱其子，择师而教之；于其身也，则耻师焉，惑矣[⑩]。彼童子之师，授之书而习其句读者，

①学者：求学的人。传道：传授道理。受业：教授学业。解惑：解决疑难。

②其为惑也：那些疑难问题。

③生乎吾前：出生在我前面的人。闻道：掌握真理。固：本来。从而师之：跟随他，拜他为师。

④吾师道也：我学习的是道理。庸知：哪管。

⑤道之所存：道理所在的地方，即谁掌握了道理。师之所存：谁就是我的老师。

⑥师道：从师的风气。

⑦出人：超过一般人。犹且：尚且。

⑧众人：普通人。下圣人：不如圣人。

⑨圣益圣：圣人更加圣明。愚益愚：愚人更加愚蠢。

⑩于其身：对于自己。惑：奇怪。

非吾所谓传其道解其惑者也[1]。句读之不知，惑之不解，或师焉，或不焉，小学而大遗，吾未见其明也[2]。巫医乐师百工之人，不耻相师[3]。士大夫之族，曰师曰弟子云者，则群聚而笑之[4]。问之，则曰："彼与彼年相若也，道相似也。位卑则足羞，官盛则近谀[5]。"呜呼！师道之不复，可知矣[6]。巫医乐师百工之人，君子不齿，今其智乃反不能及，其可怪也欤[7]！

圣人无常师[8]。孔子师郯子、苌弘、师襄、老聃。郯子之徒，其贤不及孔子[9]。孔子曰："三人行，则必有我师。"是故弟子不必不如师，师不必贤于弟子，闻道有先后，术业有专攻[10]，如是而已。

李氏子蟠，年十七，好古文，六艺经传皆通习之[11]，不拘于时，学于余。余嘉其能行古道，作《师说》以贻之[12]。

①童子之师：给儿童上课的老师。授之书：教授书上的知识。句读（dòu）：古文的辞气休止或停顿。

②或师焉，或不（fǒu）焉：不懂句读知道求师，遇到问题却不肯求教。小学而大遗：小问题知道学习，大问题反而放过不管。

③巫医：巫师和医师。百工：各种手艺人。相师：互相学习。

④之族：那一类人。群聚而笑：聚在一起嘲笑。

⑤年相若：年纪差不多。道相似：水平差不多。位卑则足羞，官盛则近谀：以地位低的人为师，不免羞耻；以地位高的人为师，则有阿谀的嫌疑。

⑥不复：难以再现。

⑦欤（yú）：表示感叹的语气。

⑧常师：固定的老师。

⑨郯（tán）子：春秋时郯国的国君。苌（cháng）弘：周敬王时的大夫。师襄：春秋时鲁国的乐官。老聃（dān）：即老子。

⑩业术：学业。专攻：专门的研究。

⑪传（zhuàn）：解释经典的著作。

⑫不拘于时：不受时俗的束缚。学于余：向我拜师求学。嘉：赞赏。古道：古人的好习惯。贻（yí）：赠予。

进学解

【题解】本文作于韩愈被贬为国子博士时。文中虚拟了国子先生与学生的对话，说明了进德修业的道理，并抒发了自己不受重用的牢骚。本文在形式上模仿了汉朝的赋体，字里行间可以感受到东方朔的《答客难》和扬雄《解嘲》的影响。

国子先生晨入太学，招诸生立馆下[1]，诲之曰："业精于勤荒于嬉，

①国子先生：国子学的老师。太学：即国子学。馆：教室。

行成于思毁于随[①]。方今圣贤相逢，治具毕张[②]。拔去凶邪，登崇畯良[③]。占小善者率以录，名一艺者无不庸[④]。爬罗剔抉，刮垢磨光。盖有幸而获选，孰云多而不扬？诸生业患不能精，无患有司之不明；行患不能成，无患有司之不公。”

言未既，有笑于列者曰[⑤]：“先生欺余哉！弟子事先生，于兹有年矣。先生口不绝吟于六艺之文，手不停披于百家之编[⑥]；纪事者必提其要，纂言者必钩其玄[⑦]；贪多务得，细大不捐；焚膏油以继晷，恒兀兀以穷年[⑧]。先生之业，可谓勤矣。觝排异端，攘斥佛老[⑨]；补苴罅漏，张皇幽眇[⑩]；寻坠绪之茫茫，独旁搜而远绍[⑪]；障百川而东之，回狂澜于既倒[⑫]。先生之于儒，可谓有劳矣。沉浸醲郁，含英咀华[⑬]。作为文章，其书满家。上规姚姒，浑浑无涯[⑭]，周诰殷盘，佶屈聱牙[⑮]，《春秋》谨严，《左氏》浮夸[⑯]，《易》奇而法，《诗》正而葩[⑰]，下逮《庄》《骚》，太史所录，子云相如[⑱]，同工异曲。先生之于文，可谓闳其中而肆其外矣[⑲]。少始知学，勇于敢为；长通于方，左右具宜[⑳]。先生之于为人，可谓成矣。然而公不见信于人，私不见助于友。跋前踬后，动辄得咎[㉑]。暂为御史，遂窜南夷。三年博士，冗不见治[㉒]。命与仇谋，取败几时[㉓]。冬暖而儿号寒，年丰而妻啼饥。头童

①嬉（xī）：游乐。思：慎重。

②圣贤相逢：圣君和贤臣同时出现。治具：法令。毕张：完全建立。

③登崇：提拔。畯（jùn）良：有才能的和善良的人。畯，同“俊”。

④占小善：有一点优点。率：全都。名：有。庸：使用。

⑤既：完。列：行列。

⑥六艺：六经。披：翻阅。

⑦纂（zuǎn）言者：记录言论的书。勾其玄：探求精妙。

⑧晷（guǐ）：日影，代指白天。恒：长期。兀兀：勤劳的样子。

⑨觝（dǐ）排、攘斥：反对、排斥。

⑩补苴（jū）：修补。罅（xià）漏：漏洞。张皇：发扬光大。幽眇：精深微妙之处。

⑪坠绪：将要失传的儒学。绍：继承。

⑫障：堵截。之：流。回：挽转。

⑬醲郁：比喻深邃博大的古典著作。含英咀（jǔ）华：欣赏体会精华。

⑭规：取法。姚姒（sì）：指《尚书》中的《虞书》和《夏书》。

⑮周诰：《尚书》中的《周书》。殷盘：《尚书》中的《盘庚》。佶（jié）屈聱（áo）牙：形容文字简古。

⑯左氏：即《左传》。浮夸：指记事详细，文字铺张。

⑰奇而法：奇妙而不失规律。正而葩：内容雅正，文彩华美。

⑱庄：《庄子》。骚：《离骚》。太史所录：指司马迁的《史记》。子云：扬雄。相如：司马相如。

⑲闳（hóng）其中：内容博大。肆其外：形式多样。肆，奔放。

⑳长通于方：长大后通晓了为人之道。

㉑跋前踬（zhì）后：进退两难。

㉒冗（rǒng）：闲散。治：治事的才能。

㉓命与仇谋：命运在与仇敌打交道。

齿豁，竟死何裨[①]？不知虑此，反教人为？”

先生曰：“吁！子来前[②]！夫大木为宊，细木为桷，欂栌侏儒，椳闑扂楔，各得其宜[③]，施以成室者，匠氏之工也。玉札丹砂，赤箭青芝，牛溲马勃，败鼓之皮[④]，俱收并蓄，待用无遗者，医师之良也。登明选公，杂进巧拙[⑤]，纡余为妍，卓荦为杰[⑥]，校短量长，惟器是适者，宰相之方也[⑦]。昔者孟轲好辩，孔道以明，辙环天下，卒老于行[⑧]；荀卿守正，大论是弘，逃谗于楚，废死兰陵。是二儒者，吐辞为经，举足为法，绝类离伦，优入圣域，其遇于世何如也[⑨]？今先生学虽勤而不由其统，言虽多而不要其中[⑩]，文虽奇而不济于用，行虽修而不显于众[⑪]。犹且月费俸钱，岁靡廪粟[⑫]；子不知耕，妇不知织；乘马从徒，安坐而食[⑬]；踵常途之役役，窥陈编以盗窃[⑭]。然而圣主不加诛，宰臣不见斥，非其幸欤[⑮]？动而得谤，名亦随之，投闲置散，乃分之宜[⑯]。若夫商财贿之有亡，计班资之崇庳[⑰]，忘己量之所称，指前人之瑕疵[⑱]，是所谓诘匠氏之不以杙为楹，而訾医师以昌阳引年，欲进其豨苓也[⑲]。”

①竟死何裨：就是死了又有何帮助。

②吁：(xū)：叹词。子来前：你过来。

③宊（máng）：梁。桷（jué）：椽。欂（bó）：壁柱。栌（lú）：斗拱。侏儒：梁上的短木。椳（wēi）：门枢。闑（niè）：门中部的短柱。扂（diàn）：门栓。楔（xiè）：门框两边木柱。

④玉札、丹砂、赤箭、青芝：均为草药。牛溲：牛尿。马勃：草菌。败鼓之皮：敲破的鼓皮。

⑤登：提拔。杂进：同时使用。

⑥纡（yū）余：从容舒缓。卓荦（luò）：豪放慷慨。

⑦校（jiào）短量（liáng）长：比较特点。惟器是适：根据特点安排合适的工作。

⑧辙环天下：周游列国。老于行：在周游途中衰老。

⑨经：经典。优入圣域：可以升华到圣人的境界。

⑩不由（yóu）其统：不属于正统的范围。不要其中：不得要领。

⑪修：检点。

⑫靡（mí）：浪费。廪粟：朝廷分发的禄米。

⑬从徒：跟随的仆人。

⑭踵（zhǒng）：跟随。盗窃：剽窃。

⑮诛：责备。兹非其幸欤：这不是很幸运了吗？

⑯投闲置散：安放在闲散的位置。分：本分。

⑰商：计较。财贿：俸禄。亡（wú）：同“无”。班资：地位。崇庳：高低。庳，同“卑”。

⑱己量：自己的能力。称（chèng）：适合。

⑲诘：责怪。以杙（yì）为楹：拿小木桩作柱子。訾（zǐ）：讥笑。昌阳：草药名。引年：延年益寿。豨（xī）苓：草药名。

杂说之四

【题解】这篇短论因为所论为千里马，故亦名《马说》。作者由伯乐相马的寓言引申出一个常见却被人忽视的观点：千里马常有，而伯乐不常有。作者以此立论，尽情抒发了胸中的不平之气，也道出了无数怀才不遇者的千古之恨。文章虽然短小，但却写得曲折畅达，真情毕现，给人一种酣畅淋漓的痛快之感。

世有伯乐，然后有千里马①。千里马常有，而伯乐不常有。故虽有名马，只辱于奴隶人之手②，骈死于槽枥之间，不以千里称也③。

马之千里者，一食或尽粟一石，食马者不知其能千里而食也④。是马也，虽有千里之能，食不饱，力不足，才美不外现，且欲与常马等不可得，安求其能千里也⑤？

策之不以其道，食之不能尽其材，鸣之而不能通其意⑥，执策而临之曰："天下无马。"呜呼！其真无马耶？其真不知马也⑦？

①伯乐：春秋时秦国人，名孙阳，以善于相马出名。

②名马：有名的好马。辱：受屈辱。奴隶人：地位低贱的人，这里指无知的养马者。

③骈死：与普通的马一同老死。骈(pián)：并列。槽枥：马棚。不以千里称：不被人当作千里马。

④一食：一顿。或：有时。食（sì）：通"饲"。

⑤是马也：这匹千里马。才美不外现：才能无法表现出来。欲与常马等：想和普通的马一样表现。

⑥策之：驱赶。以其道：按照对待千里马的特殊方法。尽其材：满足它的特殊需要。通其意：了解它的意思。

⑦执策：手持马鞭。临之：面对着千里马。其：语气词，表示诘问。

送董邵南序

【题解】 董邵南因没有考上进士，准备到藩镇割据的河北去谋求出路。韩愈反对藩镇割据，也不赞成董邵南去那里，于是写下了这篇序文。文章委婉含蓄，欲言又止，沉郁往复，词约意丰。清人刘大櫆评曰："退之以雄奇胜，独此篇及《送王含序》深微屈曲，读之觉高情远韵，可望不可及。"

燕赵古称多感慨悲歌之士[①]。董生举进士，连不得志于有司[②]。怀抱利器，郁郁适兹土[③]。吾知其必有合也[④]。董生勉乎哉！

夫以子之不遇时，苟慕义强仁者[⑤]，皆爱惜焉。矧燕赵之士，出乎其性者哉[⑥]？然吾尝闻风俗与化移易，吾恶知其今不异于古所云邪[⑦]？聊以吾子之行卜之也[⑧]。董生勉乎哉！

吾因子有所感矣。为我吊望诸君之墓[⑨]，而观于其市，复有昔时屠狗者乎[⑩]？为我谢曰[⑪]："明天子在上，可以出而仕矣！"

①燕赵：春秋时的燕国、赵国。这里代指河北。感慨悲歌之士：指慷慨激昂的豪侠之士。

②不得志：没有考取。有司：考官。

③利器：比喻杰出才能。适：去。兹土：那个地方指河北。

④有合：能遇到意气相投的人。

⑤苟：如果。慕义强（qiǎng）仁：仰慕正义，力行仁道。

⑥矧（shěn）：况且。性：天性。

⑦化：教化。移易：改变。恶（wū）：同"乌"，哪里。

⑧聊：姑且。卜：推测。

⑨吊：凭吊。望诸君：指战国名将乐毅，其墓在河北邯郸。

⑩屠狗者：指高渐离，代指那些怀才不遇的人。

⑪谢：告诉，致意。

送李愿归盘谷序

【题解】 本文是韩愈为李愿送行而作，文中借李愿之口描绘出建功立业的丈夫、自得其乐的隐士和委曲求生的俗人三种不同的生活境界，对李愿的归隐表示赞赏，从而婉转传达了作者愤世嫉俗的情怀。章法上别出心裁，跌宕起伏，文中精华全借李愿之口写出，更见其屈曲盘旋、委婉不尽之意。

太行之阳有盘谷[①]。盘谷之间，泉甘而土肥，草林丛茂，居民鲜少[②]。或曰："谓其环两山之间，故曰盘[③]。"或曰："是谷也，宅幽而势阻，隐者之所盘旋[④]。"友人李愿居之。

愿之言曰："人之称大丈夫者，我知之矣：利泽施于人，名声昭于时[⑤]。坐于庙朝，进退百官，而佐天子出令[⑥]。其在外，则树旗旄，罗弓矢，武夫前呵，从者塞途[⑦]，供给之人，各执其物，夹道而疾驰[⑧]。喜有赏，怒有刑。才俊满前，道古今而誉盛德，入耳而不烦[⑨]。曲眉丰颊，清声而便体，秀外而惠中[⑩]。飘轻裾，翳长袖，粉白黛绿者，列屋而闲居[⑪]，妒宠而负恃，争妍而取怜[⑫]。大丈夫之遇知于天子，用力于当世者之所为也[⑬]。吾非恶此而逃，是有命焉，不可幸而致也。

"穷居而野处，升高而望远[⑭]，坐茂树以终日，濯清泉以自洁[⑮]。采于山，美可茹；钓于水，鲜可食[⑯]，起居无时，惟适之安[⑰]。与其有誉于前，孰若无毁于其后；与其有乐于

①太行：即太行山。阳：山之南。盘谷：地名，在今河南济源。

②丛茂：繁密茂盛。鲜少：稀少。

③环：围绕。

④宅幽：地势幽深。势阻：山势险峻。盘旋（yì）：流连居处。旋，延续。

⑤利泽：（给予百姓的）利益恩泽。昭：显赫。

⑥庙朝：朝廷。进退：指挥。

⑦旄（máo）：旗帜的一种。罗：排列。前呵：指吆喝开道。

⑧供给之人：指各种随从、侍者。

⑨才俊：人材。满前：充满左右。

⑩曲眉丰颊：形容颜貌俊美。丰，丰满。清声：声音清朗。便体：身体轻盈。

⑪裾（jū）：衣襟或裙角。翳（yì）：通"曳"，拖着，引申为舞动。粉白黛绿：以粉搽脸，以黛画眉。

⑫负恃：有所凭借的资本。取怜：谋取欢爱。

⑬遇知：受到赏识。用力：施展才能。

⑭穷居：隐仕不出，语出《孟子·尽心上》。野处：居住在乡间。

⑮茂树：大树。濯（zhuó）：洗涤。

⑯美可茹：鲜美的山珍可以食用。茹，吃。鲜：鱼虾一类水产。

⑰惟适之安：只求舒适安逸。

身，孰若无忧于其心。车服不维，刀锯不加[①]；理乱不知，黜陟不闻[②]。大丈夫不遇于时者之所为也，我则行之。

“伺候于公卿之门，奔走于形势之途[③]，足将进而趑趄，口将言而嗫嚅[④]，处秽污而不羞，触刑辟而诛戮[⑤]，侥幸于万一，老死而后止者，其于为人贤不肖何如也[⑥]？”

昌黎韩愈闻其言而壮之，与之酒而为之歌曰[⑦]：“盘之中，维子之宫[⑧]；盘之土，可以稼；盘之泉，可濯可沿[⑨]；盘之阻，谁争子所[⑩]？窈而深，廓其有容[⑪]；缭而曲，如往而复[⑫]。嗟盘之乐兮，乐且无央[⑬]；虎豹远迹兮，蛟龙遁藏；鬼神守护兮，呵禁不祥[⑭]。饮且食兮寿而康，无不足兮奚所望[⑮]？膏吾车兮秣吾马，从子于盘兮，终吾生以徜徉[⑯]”。

①车服：指做官的待遇。维：系，意为享用。刀锯：指刑罚。

②理乱：治乱。黜陟（chù zhì）：降职调任。

③伺候：等待。形势：权贵。

④趑趄（zī jū）：犹豫不前。嗫嚅（niè rú）：欲言又止。

⑤秽污：喻丑恶的事物。刑辟：刑法。辟，法律。

⑥不肖：不贤。

⑦壮：推崇，赞许。

⑧维：是。宫：家。

⑨沿：顺着漫步。

⑩阻：险阻。谁争子所：谁与你真所居，意为无人打搅。

⑪窈（yǎo）：深远曲折。廓（kuò）：空阔。有容：有足够的空间。

⑫缭：屈曲盘绕。如往而复：形容婉转曲折。

⑬无央：无穷无尽。央，尽。

⑭呵禁：喝止。

⑮奚：何。所望：希望。

⑯膏：给车轴上油。秣（mò）：喂牲口。徜徉（cháng yáng）：自由漫步。

祭十二郎文

【题解】唐德宗贞元十九年，在京城任监察御使的韩愈突然接到侄子十二郎病故的消息，百感交集，情难自禁，写下了这篇情深意切的祭文。文章历数家事，追今忆往，在不尽的悲苦中传达出满腹伤痛和一往深情。曾国藩评价说：“述哀之文，究以用韵为宜，韩公如神龙万变，无所不可。”可谓是推崇备至了。

年月日，季父愈闻汝丧之七日[①]，乃能衔哀致诚，使建中远具时

①年月日：祭文日期写作时暂空，到祭灵时现填。季父：叔父。

羞之奠[①]，告汝十二郎之灵：

呜呼！吾少孤，及长[②]，不省所怙，惟兄嫂是依[③]。中年，兄殁南方[④]，吾与汝俱幼，从嫂归葬河阳[⑤]；既又与汝就食江南，零丁孤苦，未尝一日相离也[⑥]。吾上有三兄，皆不幸早世，承先人后者[⑦]，在孙惟汝，在子惟吾，两世一身，形单影只[⑧]。嫂常抚汝指吾而言曰："韩氏两世，惟此而已！"汝时尤小[⑨]，当不复记忆；吾时虽能记忆，亦未知其言之悲也。

吾年十九，始来京城。其后四年，而归省汝[⑩]。又四年，吾往河阳省坟墓，遇汝从嫂丧来葬[⑪]。又二年，吾佐董丞相于汴州[⑫]，汝来省吾，止一岁，请归取其孥[⑬]。明年，丞相薨，吾去汴州，汝不果来[⑭]。是年，吾佐戎徐州，使取汝者始行，吾又罢去[⑮]，汝又不果来。吾念汝从于东，东亦客也，不可以久[⑯]；图久远者，莫如西归，将成家而致汝[⑰]，呜呼，孰谓汝遽去吾而殁乎[⑱]！吾与汝俱少年，以为虽暂相别，终当久相与处[⑲]，故舍汝而旅食京师，以求斗斛之禄[⑳]，诚知其如此，虽万乘之公相，吾不以一日辍汝而就也[㉑]！

去年，孟东野往[㉒]，吾书与汝曰："吾年未四十，而视茫茫，而发苍苍，而齿牙动摇[㉓]。念诸父与诸兄，皆康强而早世，如吾之衰者，

①建中：人名。时羞：应时菜肴。奠：祭礼。

②少孤：从小丧父。及长：长大后。

③省（xǐng）：知道。怙（hù）：依靠。惟兄嫂是依：只有依靠兄嫂。

④中年：指兄韩会卒年，去世时的年龄。殁（mò）：死。

⑤河阳：今河南孟县。韩氏祖墓在此。

⑥就食：外出谋生。江南：指宣州。中原动乱时韩家避乱宣州。

⑦早世：过早去世。承先人后者：能够承续家族血脉的晚辈。

⑧两世一身：两代都只剩一人。

⑨汝时尤小：你当时更小。

⑩省（xǐng）：探望。

⑪从嫂丧来葬：陪送大嫂的灵柩归葬河阳。

⑫董丞相：董晋。汴州：今河南开封。当时韩愈任董晋的观察推官。

⑬止：只。孥（nú）：妻子，家属。

⑭薨（hōng）：去世。

⑮佐戎：协助军务。

⑯从于东：跟着我到东方（指汴州、徐州）。韩愈是邓州南阳人，徐、汴在南阳之东。客：客居他乡。

⑰西归：指回老家邓州。成家致汝：安家接你。

⑱孰谓：谁料到。遽（jù）：突然。

⑲少年：年纪不大。

⑳旅食：在外谋生。斗斛（hú）之禄：很少的俸禄。

㉑万乘之公相：比喻高官厚禄。辍（chuò）：中途离开。

㉒孟东野：孟郊，字东野。往：指孟郊出任溧阳县尉。

㉓视茫茫：视线模糊。发苍苍：头发花白。

其能久存乎[①]？吾不可去，汝不肯来。恐旦暮死，而汝抱无涯之戚也[②]。”孰谓少者殁而长者存，强者夭而病者全乎[③]！呜呼！其信然耶？其梦耶？其传之非其真耶[④]？信也，吾兄之盛德而夭其嗣乎？汝之纯明而不克蒙其泽乎[⑤]？少者强者而夭殁，长者衰者而存全乎？未可以为信也。梦也，传之非其真也，东野之书，耿兰之报，何为而在吾侧也[⑥]？呜呼，其信然矣！吾兄之盛德夭其嗣矣！汝之纯明宜业其家者，不克蒙其泽矣[⑦]！所谓天者诚难测，而神者诚难明矣[⑧]！所谓理者不可推，而寿者不可知矣[⑨]！虽然，吾自今年来，苍苍者或化而为白矣，动摇者或脱而落矣，毛血日益衰，志气日益微，几何不从汝而死也[⑩]？死而有知，其几何离；其无知，悲不几时，而不悲者无穷期矣[⑪]！汝之子始十岁，吾之子始五岁，少而强者不可保，如此孩提者，又可冀其成立耶[⑫]？呜呼哀哉！呜呼哀哉！

汝去年书云：“比得软脚病，往往而剧[⑬]。”吾曰：“是疾也，江南之人，常常有之[⑭]。”未始以为忧也[⑮]。呜呼，其竟以此而殒其生乎？抑别有疾而至斯乎[⑯]？汝之书，六月十七日也。东野云，汝殁以六月二日，耿兰之报无月日。盖东野之使者，不知问家人以月日；如耿兰之报，不知当言月日。东野与吾书，乃问

①诸父：指父辈。康强：健康强壮。其能：岂能。

②旦暮：很短时间内。无涯之戚：无穷的伤悲。

③少者：指十二郎。下文“强者”亦同。长者：指韩愈自己。下文“病者”亦同。

④信然：真是这样。传之非其真：传来的消息是假的。

⑤盛德：崇高的德行。夭其嗣：他的后代不能长寿。纯明：纯朴聪明。克：能够。蒙其泽：承受他的恩惠。

⑥东野之书：当指孟郊写信告诉韩愈关于十二郎病逝的消息。耿兰：韩愈的家人。

⑦宜：应当。业其家：继承他的家业。

⑧天者诚难测：天意真是难以测度。神者诚难明：神意真是难以理解。

⑨推：推测。寿：长寿。

⑩苍苍者：指花白的头发。动摇者：指活动了的牙齿。毛血：指人的毛发与气血。志气：精神。微：衰微。几何：不久。

⑪其几何离：相别不会太久。不悲者：不悲伤的日子，指死后。

⑫始：刚刚。冀：希望。成立：长大成人。

⑬比（bì）：近来。剧：加重。

⑭是疾：这种疾病。

⑮未始：未曾。

⑯殒其生：送掉性命。抑：或。至斯：到这种地步，指死亡。

使者，使者妄称以应之耳[①]。其然乎，其不然乎[②]？

今吾使建中祭汝，吊汝之孤与汝之乳母[③]。彼有食可守以待终丧，则待终丧而取以来[④]，如不能守以终丧，则遂取以来[⑤]。其余奴婢，并令守汝丧。吾力能改葬，终葬汝于先人之兆，然后惟其所愿[⑥]。呜呼！汝病吾不知时，汝殁吾不知日，生不能相养以共居，殁不得抚汝以尽哀[⑦]，殓不凭其棺，窆不临其穴[⑧]。吾行负神明而使汝夭，不孝不慈[⑨]，而不得与汝相养以生、相守以死，一在天之涯，一在地之角，生而影不与吾形相依，死而魂不与吾相接，吾实为之，其又何尤[⑩]！彼苍者天，曷其有极[⑪]！

自今以往，吾其无意于人世矣，当求数顷之田于伊、颍之上，以待余年[⑫]：教吾子与汝子，幸其成；长吾女与汝女，待其嫁[⑬]。如此而已。呜呼！言有穷而情不可终，汝其知也耶，其不知也耶？呜呼哀哉，尚飨[⑭]！

①妄称：随便说。以应：作为答复。

②其然乎：是这样吗？

③吊：慰问。孤：失去父亲的孩子。

④彼：他们。有食：意为能维持生活。守：守丧。古制，父死守丧三年。终丧：守丧期满。取以来：接到我这里。

⑤遂：随即，马上。

⑥力能改葬：只要有能力为你迁葬。十二郎此时当葬在宣州。兆：坟地。惟其所愿：听凭他们的意愿。其指上面所指的奴婢。

⑦尽哀：表达哀思。

⑧殓（liàn）：尸体入棺。凭：靠近。窆（biǎn）：下葬。

⑨行负神明：行为对不起神明。不孝：对不起父母。不慈：对不起晚辈。

⑩形相依：指生活在一起。梦相接：指在梦中相见。何尤：怪谁。

⑪彼苍者天：那个苍茫的上天。曷其有极：什么时候才算是完。这两句都出自《诗经》。

⑫人世：指官场仕途。伊颍：伊水和颍水，在河南境内。以待余年：度过余生。

⑬幸：希望。成：成才。长：抚养。

⑭终：尽。尚飨：祭文的结束语，意思是希望死者来享用祭品。

柳宗元

柳宗元（773～819），唐代文学家。字子厚，河东（今山西永济）人，世称“柳河东”。他和韩愈并称“韩柳”，是唐代古文运动的杰出代表。其散文创作丰富多样，其中讽刺寓言和山水游记最具特色。史称柳文“精裁密致，灿若珠贝”（《旧唐书》本传）。著有《柳河东集》。

捕蛇者说

【题解】本文是柳宗元任永州（今湖南零陵）司马时所作。通过蒋氏一家宁可死于毒蛇也不愿死于苛政的事件，揭露了当时官府的横征暴敛给百姓带来的苦难。文章“前后起伏抑扬，含无限悲惨凄婉之态”（吴楚材语）。

永州之野产异蛇，黑质而白章①，触草木，尽死，以啮人，无御之者②。然得而腊之以为饵，可以已大风、挛踠、瘘、疠，去死肌，杀三虫③。其始，太医以王命聚之，岁赋其二④。募有能捕之者，当其租入⑤。永之人争奔走焉⑥。

有蒋氏者，专其利三世矣⑦。问之，则曰：“吾祖死于是，吾父死于是。今吾嗣为之十二年，几死者数矣⑧。”言之，貌若甚戚者⑨。

余悲之，且曰：“若毒之乎⑩？余将告于莅事者，更若役，复若赋⑪，则何如？”

蒋氏大戚，汪然出涕曰⑫：“君将哀而生之乎⑬？则吾斯役之不幸，未若复吾赋不幸之甚也⑭。向吾不为

①黑质：黑色的肤色。章：花纹。

②啮（niè）：咬。御：治疗。

③腊（xī）：风干。饵：药饵。已：治疗。大风：麻疯病。挛踠（luán wǎn）：手脚不能伸展的病。瘘（lòu）：肿脖子。疠（lì）：恶疮。死肌：腐烂的肌肉。三虫：三种寄生虫。历来说法不一。

④王命：皇帝的命令。聚：征集。岁赋其二：每年征收两次。

⑤募：招募。当其租入：抵应交的租税。

⑥奔走：忙着去做。

⑦专其利：享受捕蛇抵税的好处。

⑧数（shuò）：多次。

⑨貌若甚戚者：脸上表情很痛苦。

⑩若：你。毒：怨恨。

⑪莅（lì）事者：地方官。

⑫汪然：热泪盈眶的样子。

⑬哀而生之：同情并让我活下去。

⑭斯役：（捕蛇）这项工作。甚：厉害。

斯役，则久已病矣[①]。自吾氏三世居是乡，积于今六十岁矣，而乡邻之生日蹙[②]。殚其地之出，竭其庐之入，号呼而转徙，饥渴而顿踣，触风雨，犯寒暑，呼嘘毒疠，往往而死者相藉也[③]。曩与吾祖居者，今其室十无一焉[④]；与吾父居者，今其室十无二三焉；与吾居十二年者，今其室十无四五焉。非死则徙尔，而吾以捕蛇独存。悍吏之来吾乡，叫嚣乎东西，隳突乎南北，哗然而骇者，虽鸡狗不得宁焉[⑤]。吾恂恂而起，视其缶，而吾蛇尚存，则弛然而卧[⑥]。谨食之，时而献焉[⑦]。退而甘食其土之有，以尽吾齿[⑧]。盖一岁之犯死者二焉[⑨]，其余则熙熙而乐。岂若吾乡邻之旦旦有是哉[⑩]！今虽死乎此，比吾乡邻之死则已后矣，又安敢毒耶?"

余闻而愈悲。孔子曰："苛政猛于虎也[⑪]。"吾尝疑乎是。今以蒋氏观之，犹信[⑫]。呜呼！孰知赋敛之毒，有甚是蛇者乎[⑬]！故为之说，以俟夫观人风者得焉[⑭]。

①向：假使。病：困苦不堪。

②积于今：迄今。日蹙：越来越困难。蹙（cù）：窘迫。

③殚（dān）：尽。庐：全家。号呼：哭喊。转徙：到处迁居。顿踣（bó）：摔倒。触：顶着。犯：冒着。呼嘘：呼吸。毒疠：疫气。相藉（jiè）：互相压着。

④曩（nǎng）：从前。其室：他们的家。

⑤悍吏：凶暴的官吏。隳突：乱喊乱闯。隳（huī）：喧闹。哗然而骇者：喧哗而吓人的架势。

⑥恂恂（xún）：小心翼翼。缶（fǒu）：瓦罐。弛然：放心的样子。

⑦食（sì）：通"饲"，喂养。时而献焉：到时候交上去。

⑧退：（交蛇）回来。甘食：很有滋味地品尝。其土之有：自己田里所产的东西。以尽吾齿：以此渡过我的岁月。

⑨犯死者：冒着死亡的危险。

⑩旦旦：天天。

⑪这句话出自《礼记·檀弓》。

⑫疑乎是：怀疑这句话。犹信：可以相信。

⑬赋敛：官府向百姓搜刮的钱粮。

⑭为之说：写下这篇文章。俟：留给。观人风：视察民情。

送薛存义序

【题解】本文一名《送薛存义之任》，作于永州。作者在文中提出了"吏为民之佣"的进步观点。这种观点不仅发扬了自孟子以来"民贵君轻"的民本主义思想，而且以更强烈的关怀态度，对官民关系作出了崭新的界定。

河东薛存义将行[①]，柳子载肉于俎，崇酒于觞[②]，追而送之江浒，饮食之[③]。

且告曰：凡吏于土者，若知其职乎[④]？盖民之役，非以役民而已也[⑤]。凡民之食于土者，出其十一佣乎吏，使司平于我也[⑥]。今我受其直，怠其事者，天下皆然[⑦]。岂唯怠之，又从而盗之[⑧]。向使佣一夫于家，受若直，怠若事，又盗若货器，则必甚怒而黜罚之矣[⑨]。以今天下多类此，而民莫敢肆其怒与黜罚[⑩]，何哉？势不同也。势不同而理同，如吾民何[⑪]！有达于理者，得不恐而畏乎[⑫]？

存义假令零陵二年矣[⑬]。早作而夜思，勤力而劳心，讼者平，赋者均，老弱无怀诈暴憎[⑭]。其为不虚取直也的矣，其知恐而畏也审矣[⑮]。

吾贱且辱，不得与考绩幽明之说[⑯]。于其往也，故赏以酒肉而重之以辞[⑰]。

①河东：即今山西永济。薛存义是柳宗元的同乡。

②柳子：作者自称。俎（zǔ）：盛肉的器具。崇：装满。觞（shāng）：盛酒的器具。

③江浒：江边。饮食（yìn sì）：作动词，喝、吃。

④吏于土：在地方做官。若：你。

⑤民之役：人民的仆役。役民：役使人民。

⑥食于土者：依靠土地生活。十一：十分之一。佣乎吏：雇用官吏。司平于我：给人民办事。我，以百姓的口吻自称。

⑦我：此处指官吏。直：通"值"，指俸禄。怠：轻慢。

⑧岂唯：哪里只是。盗：指贪污勒索。

⑨向使：假如。货器：财物。黜（chù）：罢免，驱逐。

⑩以：而。肆：表露。

⑪势：形势，指官民关系。如吾民何：应该怎样对待百姓呢。

⑫达于理：明白事理。得不：能不。

⑬假令：代理县令。假，代。

⑭怀诈：内怀欺诈。暴憎：表现憎恨。

⑮虚取直：白拿俸禄。的：确实。审：确实。

⑯贱：官位低。辱：被贬黜。与：参与。考绩幽明：考核官吏的贤能与否。说：意见。

⑰于其往：在薛存义临行之际。重（chóng）：加上。辞：指本文。

三戒 并序

【题解】本文是一组寓言，题为“三戒”，意谓其中包含着对人世的三点警诫。三个小故事写得短小精悍，饶有兴味。文末冷隽的一句议论，既点出文章主旨，又表现出作者鄙视的态度。

吾恒恶世之人不知推己之本，而乘物以逞①，或依势以干非其类，出技以怒强，窃时以肆暴，然卒殆于祸②。有客谈麋、驴、鼠三物，似其事，作《三戒》。

临江之麋

临江之人畋得麋麑，畜之③。入门，群犬垂涎，扬尾皆来。其人怒，怛之④。自是日抱就犬，习视之，使勿动，稍使与之戏⑤。积久，犬皆如人意⑥。麑稍大，忘己之麋也，以为犬良我友，抵触偃仆，益狎⑦。犬畏主人，与之俯仰甚善，然时啖其舌⑧。

三年，麋出门，见外犬在道甚众，走欲与为戏⑨。外犬见而喜且怒，共杀食之，狼藉道上⑩。麋至死不悟。

黔之驴

黔无驴，有好事者船载以入⑪。至则无可用，放之山下。虎见之，庞然大物也，以为神，蔽林间窥之⑫，稍出近之，慭慭然，莫相知⑬。

①恒恶（wù）：一向反感。推：推究。本：本质。乘物：依靠外物。逞：卖弄，逞强。

②干非其类：向不是同类的人求欢讨好。出技：拿出自己的手段。怒强：激怒强者。卒：最终。殆：及，到。

③临江：地名，今江西清江县。畋（tián）：打猎。麋麑（mí ní）：小鹿。畜：养。

④垂涎：流口水。扬尾：摇着尾巴。怛（dá）：吓唬。

⑤就犬：接近狗。习视之：经常给狗看，让它们习惯。稍：渐渐。戏：嬉戏，玩耍。

⑥积久：时间一长。

⑦忘己之麋：忘记自己是麋鹿。良：真是。抵触：相互碰撞。偃仆：翻滚。偃（yǎn），倒下。益狎：越来越亲热。

⑧俯仰：这里指相处。啖（dàn）：此处意为伸出。

⑨外犬：野外的狗。走：上前。为戏：嬉戏。

⑩狼藉：（尸骨）散乱的样子。

⑪黔：贵州。好事者：多事的人。船载以入：用船运进来。

⑫庞然：很大的样子。蔽：躲。

⑬稍出近之：渐渐出来接近驴。慭慭（yìn）然：小心谨慎的样子。

他日，驴一鸣，虎大骇，远遁，以为且噬己也，甚恐[①]。然往来视之，觉无异能者[②]。益习其声，又近出前后，终不敢搏[③]。稍近，益狎，荡倚冲冒。驴不胜怒，蹄之[④]。虎因喜，计之曰："技止此耳[⑤]！"因跳踉大㘎，断其喉，尽其肉，乃去[⑥]。

噫！形之庞也类有德，声之宏也类有能[⑦]。向不出其技，虎虽猛，疑畏，卒不敢取[⑧]。今若是焉，悲夫！

永某氏之鼠

永有某氏者，畏日，拘忌异甚[⑨]。以为己生岁直子，鼠，子神也，因爱鼠，不畜猫犬，禁僮勿击鼠[⑩]。仓廪庖厨悉以恣鼠[⑪]，不问。由是鼠相告，皆来某氏，饱食而无祸[⑫]。某氏室无完器，椸无完衣，饮食大率鼠之余也[⑬]。昼累累与人兼行，夜则窃啮斗暴，其声万状[⑭]，不可以寝。终不厌。

数岁，某氏徙居他州。后人来居，鼠为态如故[⑮]。其人曰："是阴类恶物也，盗暴尤甚，且何以至是乎哉[⑯]？"假五六猫，阖门，撤瓦，灌穴，购僮罗捕之[⑰]。杀鼠如丘，弃之隐处，臭数月乃已[⑱]。

呜呼！彼以其饱食无祸为可恒也哉[⑲]？

①他日：一天。且：将。噬（shì）：咬。

②往来：来回。异能：特殊本领。

③益习：越来越习惯。近出：接近。

④荡倚：接近碰撞。不胜（shēng）：不堪。蹄之：用蹄子踢。

⑤因：因而。计：思量。止此：不过如此。

⑥跳踉（láng）：跳跃。㘎（hǎn）：吼叫。

⑦类有德：好像有德行。类有能：好像有本事。

⑧向：如果。出：显示。卒：终究。

⑨永有某氏者：永州有个人。畏日：害怕每日禁忌。拘忌：遵守禁忌。异甚：非常严格。

⑩生岁：出身的年份。直子：正逢鼠年。子神：（鼠）子年的神物。

⑪仓廪：仓房。廪（lǐn），米仓。庖厨：厨房。恣鼠：任由老鼠咬食。

⑫皆来某氏：都来到这个人家里。

⑬椸（yí）：衣架。大率：大都。鼠之余：老鼠咬剩下的。

⑭累累：一个接一个。兼行：同行。窃啮（niè）：暗地咬坏。斗暴：打闹。

⑮后人：后来的人。为态：行为表现。

⑯阴类：古人认为蛇、鼠之类洞居动物为阴类。盗暴：盗窃破坏。

⑰假：借。阖：关。撤瓦：掀开屋顶上的瓦（以防老鼠作穴）。灌穴：往鼠洞灌水。购：奖励。罗捕：四面围捕。

⑱杀鼠如丘：死鼠堆积如山。隐处：无人之处。已：消散。

⑲可恒：永远不变。

始得西山宴游记

【题解】本篇是《永州八记》的第一篇。文中记述了发现西山和在西山宴饮的过程，构思绝妙，撰语绝工，寄兴旷远，状物精准，文势跌宕起伏，飘忽莫定。沈德潜评论道：此文“从始得著意，人皆知之；苍劲秀削，一归元化；人巧既尽，浑然天之矣”。

自余为僇人，居是州，恒惴栗①。其隙也，则施施而行，漫漫而游②。日与其徒上高山，入深林，穷回溪③；幽泉怪石，无远不到。到则披草而坐，倾壶而醉，醉则更相枕以卧④。卧而梦，意有所极，梦亦同趣⑤。觉而起，起而归。以为凡是州之山水有异态者，皆我有也，而未始知西山之怪特⑥。

今年九月二十八日，因坐法华西亭，望西山，始指异之⑦。遂命仆人过湘江，缘染溪，斫榛莽，焚茅茷，穷山之高而止⑧。攀援而登，箕踞而遨，则凡数州之土壤，皆在衽席之下⑨。其高下之势，岈然洼然，若垤若穴，尺寸千里，攒蹙累积，莫得遁隐⑩。萦青缭白，外与天际，四望如一⑪。然后知是山之特立，不与培塿为类⑫。悠悠乎与颢气俱，而莫得其涯；洋洋乎与造物者游，而不知其所穷⑬。

引觞满酌，颓然就醉，不知日之入⑭。苍然暮色，自远而至。至无所见，而犹不欲归⑮。心凝形释，与

①僇（lù）人：遭受刑辱的罪人，这里指受到贬斥。是州：指永州。惴栗：忧惧不安。

②隙：闲暇。施施（yí）：慢步徐行。

③其徒：同伴。穷：尽。回溪：曲折的溪流。

④披草：分开草丛。

⑤意有所极：脑子里能想到的。同趣：同样的内容。

⑥皆我有：我都到过。怪特：奇特。

⑦法华西亭：法华寺西边的亭子。指：用手指着。异之：觉得奇怪。

⑧缘：沿着。染溪：即冉溪，在零陵西南。斫（zhuó）：砍。榛（zhēn）莽：丛生的草木。茅茷（fá）：茅草。穷山之高：登到山顶。

⑨箕踞：两腿伸开，坐在地上。遨：眺望四周。土壤：土地。衽（rèn）席：坐席。

⑩岈（xiā）：深。垤（dié）：小土堆。尺寸千里：眼前的尺寸之地实际上相距千里。攒蹙（cuán cù）：聚集。累积：收拢。遁隐：掩藏。

⑪萦青缭白：青山白水萦绕相伴。际：连结。

⑫特立：挺立。培塿（pǒu lǒu）：小土丘。

⑬颢（hào）气：清新盛大之气。造物者：创造万物的大自然。

⑭引：拿。觞（shāng）：酒杯。满酌：斟满。日之入：日落。

⑮至无所见：到什么也看不见。

万化冥合[①]。然后知吾向之未始游，游于是乎始[②]。故为之文以志。是岁元和四年也。

①心凝形释：形神俱忘。万化：万物。冥合：融合。

②向：以前。于是乎始：从游西山开始。

钴鉧潭西小丘记

【题解】本篇是《永州八记》之三。本文在描绘自然景物的同时，抒发了自己身世沦落的感慨。结构上颇具匠心，前半部分写小丘形胜，后半部分写弃掷之叹，转折自然。而且写景状物之际，分明看到作者的影子，文字间气韵清劲，感情深切。

得西山后八日，寻山口西北道二百步，又得钴鉧潭[①]。西二十五步，当湍而浚者为鱼梁[②]，梁之上有丘焉，生竹树。其石之突怒偃蹇，负土而出，争为奇状者，殆不可数[③]：其嵚然相累而下者，若牛马之饮于溪[④]；其冲然角列而上者，若熊罴之登于山[⑤]。

丘之小不能一亩，可以笼而有之[⑥]。问其主，曰："唐氏之弃地，货而不售[⑦]。"问其价，曰："止四百。"余怜而售之[⑧]。李深源、元克己时同游，皆大喜，出自意外。即更取器用，铲刈秽草，伐去恶木，烈火而焚之[⑨]。嘉木立，美竹露，奇石显。由其中以望，则山之高，云之浮，溪之流，鸟兽之遨游，举熙熙然回巧献技，以效兹丘之下[⑩]。枕席而卧，则清泠之状与目谋，瀯瀯之声与耳谋，悠然而虚者与神谋，

①寻：沿着。道：走。钴鉧：熨斗；因潭形似熨斗，故名。

②当：面对。湍（tuān）：急流。浚（jùn）：深。鱼梁：用来截流捕鱼的石坝。

③突怒偃蹇（yǎn jiǎn）：形容山石的耸峙。负土：背土，指石上有土。殆：几乎。

④嵚（qīn）然：倾斜的样子。相累：重叠拥挤。

⑤冲然：突起向上的样子。角列：争先排列。罴（pí）：熊的一种。

⑥不能：不足。

⑦弃地：废弃的地方。货：卖售。不售：没有人买。

⑧怜而售之：欣赏并买下它。

⑨更：轮换。器用：工具。刈（yì）：割。秽草：杂草。恶木：生长不好的树木。烈：把火烧得很旺。

⑩举：全都。熙熙然：欢乐的样子。回巧献技：呈献出各种本领和技艺。效：表现。兹丘：这座小丘。

渊然而静者与心谋[①]。不匝旬而得异地者二，虽古好事之士，或未能至焉[②]。

噫！以兹丘之胜，致之沣、镐、鄠、杜[③]，则贵游之士争买者[④]，日增千金而愈不可得。今弃是州也，农夫渔父过而陋之，价四百，连岁不能售[⑤]。而我与深源、克己独喜得之，是其果有遭乎[⑥]？书于石，所以贺兹丘之遭也。

①枕席：指垫枕铺席。清泠（líng）：形容水的清凉。与目谋：映入眼帘。潆潆（yíng）：水流的回旋声。与耳谋：传入耳中。悠然而虚：悠远而虚空。渊然而静：深邃而宁静。

②匝：周，满。异地：景致奇特之处。未能至焉：没有这样的收获。

③胜：胜景。致之：把它放在。沣（fēng）、镐（hào）、鄠（hù）、杜（杜曲）：均为长安附近地名。

④贵游之士：喜好游玩的贵族子弟。

⑤陋：轻视。连岁：多年。

⑥其：难道。遭：遭际，遇合。

小石潭记

【题解】本文是《永州八记》的第四篇。与前面两篇不同的是，本文纯粹写景，未置议论；但在写景之中，自然流露出情绪，仍与前文一脉相承。本篇为历来选家所重，它集中体现了柳宗元山水游记中那种穷微尽妙、镌刻造化的笔力和词旨精妙、语意神远的文才。

从小丘西行百二十步，隔篁竹，闻水声，如鸣佩环，心乐之[①]。伐竹取道，下见小潭，水尤清洌。全石以为底，近岸，卷石底以出，为坻，为屿，为嵁，为岩[②]。青树翠蔓，蒙络摇缀，参差披拂[③]。

潭中鱼可百许头，皆若空游无所依[④]。日光下澈，影布石上，佁然不动[⑤]；俶尔远逝，往来翕忽，似与游者相乐[⑥]。

潭西南而望，斗折蛇行，明灭可见[⑦]。其岸势犬牙差互，不可知其源[⑧]。

①篁（huáng）竹：成片的竹林。

②全石：整块的大石。卷石底而出：形容岸边的石块与潭底连为一体。坻（chí）：水中高地。屿（yǔ）：小岛。嵁（kān）：不平的岩石。

③蒙络摇缀：遮掩缠绕，摇动下垂。

④可：大约。空游：游在空中。极写潭水之清。

⑤澈：通“彻”，穿过。布：映在。佁（yǐ）然：呆呆的样子。

⑥俶（chù）尔：忽然。翕（xī）忽：疾速的样子。

⑦斗折蛇行：形容溪水蜿蜒曲折。

⑧犬牙差（cī）互：高低交错。

坐潭上，四面竹树环合，寂寥无人，凄神寒骨，悄怆幽邃[①]。以其境过清，不可久居[②]，乃记之而去。

同游者：吴武陵，龚古，余弟宗玄；隶而从者，崔氏二小生[③]：曰恕己，曰奉壹。

①凄神寒骨：神情凄冷，寒气透骨。悄怆：寂静得令人感伤。幽邃：幽深。

②过清：过于清寂。居：停留。

③隶而从：作为随从同行的。小生：年轻人。

白居易

白居易（772～846），唐代诗人。字乐天，祖籍太原，后迁居下邽（今陕西渭南）。他的散文写得清雅精巧，流畅明丽。著有《白香山集》。

庐山草堂记

【题解】白居易被贬为江州（州治在今江西九江）司马，闲来无事，便流连山水。他钟情于庐山的清幽风景、奇峰古寺，于是在此营造草堂，准备将来在此养老。本文便是草堂落成之际写下的。文章首先描写草堂的建筑及室内的陈设，然后描写了草堂周围的景色，最后抒发了对人生无常的感慨和乐天安命的情绪。

匡庐奇秀，甲天下山[①]。山北峰曰香炉峰，北寺曰遗爱寺[②]，介峰寺间，其境胜绝，又甲庐山[③]。元和十一年秋，太原人白乐天见而爱之，若远行客过故乡，恋恋不能去，因面峰胁寺，作为草堂[④]。

明年春，草堂成。三间两柱，二室四牖，广袤丰杀，一称心力[⑤]。洞北户，来阴风，防徂暑也[⑥]。敞南甍，纳阳日，虞祁寒也[⑦]。木，斫而已，不加丹[⑧]；墙，圬而已，不加白[⑨]。碱阶用石，幂窗用纸，竹帘苧帏，率称是焉[⑩]。堂中设木榻四，素屏二，漆琴一张，儒道佛书，各三两卷。

乐天既来为主，仰观山，俯听泉，傍睨竹树云石，自辰及酉，应接不暇[⑪]。俄而物诱气随，外适内

①匡庐：庐山的总称。

②遗爱寺：即东林寺。

③介：位于。胜绝：非常美丽。

④面峰胁寺：面对香炉峰，紧靠遗爱寺。作为：建造。

⑤牖（yǒu）：窗户。广袤（mào）丰杀：长短宽窄。一称心力：完全符合自己的设想。

⑥洞北户：打开北面的门。户：门。阴风：北风。徂（cú）暑：酷暑。

⑦甍（méng）：屋梁。阳日：太阳光。祁寒：严寒。祁（qí）：大。

⑧斫（zhuó）：削皮修整。丹：红色的油漆。

⑨圬（wū）：用泥涂抹墙壁。

⑩碱（qì）：台阶。幂（mì）：覆盖。苧（zhù）纬：麻布做的帐子。率称是焉：都与此相称。

⑪为主：作草堂的主人。睨（nì）：斜视。自辰及酉：从早到晚。

和[①]。一宿体宁，再宿心恬，三宿后颓然嗒然，不知其然而然[②]。

自问其故。答曰：是居也，前有平地，轮广十丈；中有平台，半平地；台南有方池，倍平台[③]。环池多山竹野卉，池中生白莲白鱼。又南抵石涧，夹涧有古松老杉，大仅十人围，高不知几百尺[④]。修柯戛云，低枝拂潭，如幢竖，如盖张，如龙蛇走[⑤]。松下多灌丛，萝茑叶蔓，骈织承翳[⑥]，日月光不到地，盛夏风气如八九月时。下铺白石，为出入道。堂北五步，据层崖积石，嵌空垤块[⑦]，杂木异草盖覆其上。绿荫蒙蒙，朱实离离[⑧]，不识其名，四时一色。又有飞泉植茗，就以烹燀，好事者见，可以永日[⑨]。堂东有瀑布，水悬三尺，泻阶隅，落石渠，昏晓如练色，夜中如环佩琴筑声[⑩]。堂西倚北崖右趾，以剖竹架空，引崖上泉，脉分线悬，自檐注砌，累累如贯珠，霏微如雨露，滴沥飘洒，随风远去[⑪]。其四傍耳目杖屦可及者，春有锦绣谷花，夏有石门涧云，秋有虎溪月，冬有炉峰雪[⑫]。阴晴显晦，昏旦含吐，千变万状，不可殚纪觇缕而言[⑬]，故云甲庐山者。噫！凡人丰一屋，华一箦，而起居其间，尚不免有骄稳之态[⑭]，今我为是物主，物至致知[⑮]，各以类至，又安得不外适内和，体宁心恬哉！昔永、远、宗、雷辈十八人，同入此山，老死不反，去我千载，我知

①物诱：景物吸引。气随：心神相随。

②颓然嗒（tà）然：无拘无束、身心俱泰的境界。不知其然而然：一切随心所欲，顺其自然。

③轮广：方圆。半平地：一半是平地。倍平台：比平台大一倍。

④夹涧：山涧两边。仅（jìn）：将近。

⑤修柯：高大的树枝。戛（jiá）：击打。幢（chuáng）：织物围成的圆柱状。盖：伞。如龙蛇走：形容树枝屈曲的样子。

⑥茑（niǎo）：寄生草本植物。骈织承翳：形容植物枝叶交织的样子。

⑦据：靠着。嵌空：有孔的大石。垤（dié）块：大土块。

⑧蒙蒙：密布的样子。离离：众多。

⑨植茗：种植茶叶。就以烹燀：就着飞泉烹茶。燀（chǎn），炊。永日：终日。

⑩昏晓：黄昏和拂晓。琴筑：弦乐器。

⑪脉分线悬：指泉水在竹管的引导下像血脉一样错综分布，像线一样滴落下来。注砌：滴落在石阶上。霏微：细微的水点。

⑫锦绣谷：绵绣峰下的山谷。石门涧：庐山马耳峰下有一中空巨石，俗称“石门”。其前有涧，故名。虎溪：在东林寺下。炉峰：香炉峰。

⑬显晦：明暗。含吐：指云烟聚散。殚（dān）纪：逐一记录。觇（luó）缕：详细叙述。

⑭丰一屋：有一间宽敞的房屋。华一箦：有一领漂亮的席子。箦（zé），席子。骄稳：即骄傲。

⑮是物：指庐山草堂。物至：指各种美好的景物尽现眼前。致知：推究万物之礼。

其心以是哉[①]！

矧予自思，从幼迨老[②]，若白屋，若朱门[③]，凡所止虽一日二日，辄覆篑土为台，聚拳石为山，环斗水为池，其喜山水病癖如此[④]。一旦蹇剥，来佐江郡[⑤]，郡守以优容而抚我，庐山以灵胜待我[⑥]，是天与我时，地与我所，卒获所好，又何以求焉[⑦]！尚以冗员所羁，余累未尽，或往或来，未遑宁处[⑧]。待予异时弟妹婚嫁毕，司马岁秩满，出处行止，得以自遂[⑨]，则必左手引妻子，右手抱琴书，终老于斯，以成就我平生之志。清泉白石，实闻此言[⑩]！

时三月二十七日，始居新堂；四月九日，与河南元集虚，范阳张允中，南阳张深之，东西二林长老凑公、朗满、晦坚等凡二十有二人，具斋施茶果以落之[⑪]。因为草堂记。

①永、远、宗、雷辈十八人：东晋僧人慧远在庐山建东林寺后，与慧永、宗炳、雷次宗等人结社念佛，号十八贤。去我：距我。以是哉：就是因为这一点。

②矧（shěn）：况且。迨：及。

③白屋：穷苦人家的房舍。朱门：富贵人家的住宅。

④篑（kuì）土：一筐土。拳石：拳头大小的石块。斗水：一斗水。病癖：很深的嗜好。

⑤蹇（jiǎn）剥：遭遇不好的命运。来佐江郡：来江州作司马。

⑥优容：宽容优待。灵胜：奇异的景致。

⑦卒获：最终得到。

⑧冗员：闲散的官职。余累：各种公务的拖累。未遑：没有时间。遑，闲暇。

⑨异时：以后。秩满：任职期满。出处（chǔ）：出仕或隐退。自遂：按自己的意愿。

⑩实闻此言：意为“可以作证”。

⑪东西二林：东林寺和西林寺。具斋：准备斋饭。落之：庆祝草堂的落成。

冷泉亭记

【题解】本文是白居易在杭州刺史任上所作。文章虽是为冷泉亭而作，但略写了亭的位置、体貌，而把重点放在登亭观景时的种种感受，情随景生，境与意谐，从另一个角度展现了冷泉亭的独特魅力。全篇构思精巧，落笔轻灵，虽然是一篇景物小记，却写得别具匠心，风神俊爽。

东南山水，余杭郡为最；就郡言，灵隐寺为尤；由寺观，冷泉亭为甲[①]。亭在山下水中央，寺西南隅[②]。高不倍寻，广不累丈，而撮奇得要，地搜胜概，物无遁形[③]。

春之日，我爱其草熏熏，木欣欣，可以导和纳粹，畅人血气[④]。夏之夜，我爱其泉渟渟，风泠泠，可以蠲烦析酲，起人心情[⑤]。山树为盖，岩石为屏，云从栋生，水与阶平。坐而玩之者，可濯足于床下；卧而狎之者，可垂钓于枕上[⑥]。矧又潺湲洁沏，粹冷柔滑。若俗士，若道人，眼耳之尘，心舌之垢，不待盥涤，见辄除去[⑦]。潜利阴益，可胜言哉[⑧]！斯所以最余杭而甲灵隐也。

杭自郡抵四封，丛山复湖，易为形胜[⑨]。先是领郡者，有相里君造虚白亭，有韩仆射皋作候仙亭，有裴庶子棠棣作观风亭，有卢给事元辅作见山亭，及右司郎中河南元萸最后作此亭[⑩]。于是五亭相望，如指之列[⑪]，可谓佳境殚矣，能事毕矣。后来者虽有敏心巧目，无所加焉。故吾继之，述而不作[⑫]。

长庆三年八月十三日记。

①余杭郡：杭州。

②水：指石门涧。寺：灵隐寺。

③不倍寻：不超过两寻。一寻相当于八尺。累丈：两丈。地搜胜概：地势上包罗了各种美好特征。物无遁形：各种景致表露无遗。

④熏熏：花草的芳香。导和纳粹：疏导心中的和气，吸收自然的精华。

⑤渟渟（tíng）：泉水轻缓的流动。泠泠（líng）：清凉的样子。蠲（juān）：免除。析酲：解酒。酲（chéng），醉酒。起：愉悦。

⑥云从栋生：云雾仿佛从屋顶升起。濯（zhuó）：洗。床：可侧卧的坐榻。玩、狎：均指戏水。

⑦潺湲（chán yuán）：水流缓缓的样子。洁沏（qiè）：清彻的泉水。粹冷柔滑：形容泉水的清凉洁净。盥（guàn）涤：洗去。

⑧潜利阴益：无形的好处。可胜（shēng）言哉：哪里能说完啊。

⑨四封：四郊。

⑩领郡：担任余杭郡长官。相里：复姓。仆射（yè）：尚书省长官。庶子：官职名。给事：即给事中，官职名。元萸（xù）：人名。以上韩、卢、元均曾担任杭州刺史。

⑪如指之列：像五指并列。

⑫继之：继任杭州刺史。述而不作：只写文章，不再新建亭子。

刘禹锡

刘禹锡（772～842），唐代文学家。字梦得，洛阳人。因曾任太子宾客，世称刘宾客。著有《刘梦得文集》。

陋室铭

【题解】这篇短文写于作者被贬谪时期。作者把自己艰苦的生活环境描绘成清静脱俗、逸豫高雅的世界，从而寄寓了他志存高远、不肯随波逐流的思想感情。文章韵散结合，通篇押韵，句式整饬而富于变化，营造出抑扬顿挫的富于音乐性的节奏感，读起来琅琅上口。

山不在高，有仙则名；水不在深，有龙则灵。斯是陋室，惟吾德馨[①]。苔痕上阶绿，草色入帘青。谈笑有鸿儒，往来无白丁。可以调素琴、阅金经[②]。无丝竹之乱耳，无案牍之劳形[③]。南阳诸葛庐，西蜀子云亭[④]，孔子曰：何陋之有[⑤]。

①斯：这。陋室：简陋的居室。馨（xīn）：香。这里指品德优秀。

②调（tiáo）：演奏。素琴：没有装饰的琴。金经：道教的书籍。

③丝竹：代指浮华的音乐。案牍：官场公文。

④南阳诸葛庐：指诸葛亮隐居南阳的草屋。西蜀子云亭：指扬雄（字子云）在成都西南名为“草玄亭”的住所。

⑤何陋之有：语出《论语·子罕》。

杜 牧

杜牧（803～853），唐代诗人。字牧之，京兆万年（今陕西长安县）人。他以咏史诗名世。著有《樊川集》。

阿房宫赋

【题解】 唐敬宗宝历年间，敬宗大造宫室，穷奢极欲，杜牧有感而发，写下了这篇文章。文章前半部分铺写阿房宫的壮丽繁盛及始皇的骄奢生活，后半部分则论述了秦朝覆亡的根源在于不爱其民，从而点明了以古鉴今的主旨。全文虽称赋体，但气势飞动，句法错综，笔意流转，一气呵成。

六王毕，四海一，蜀山兀，阿房出①。覆压三百余里，隔离天日②。骊山北构而西折，直走咸阳③。二川溶溶，流入宫墙④。五步一楼，十步一阁，廊腰缦回，檐牙高啄⑤。各抱地势，勾心斗角⑥。盘盘焉，囷囷焉，蜂房水涡，矗不知其几千万落⑦。长桥卧波，未云何龙？复道行空，不霁何虹⑧？高低冥迷，不知西东。歌台暖响，春光融融⑨。舞殿冷袖，风雨凄凄⑩。一日之内，一宫之间，而气候不齐。

妃嫔媵嫱，王子皇孙，辞楼下殿，辇来于秦，朝歌夜弦，为秦宫人⑪。明星荧荧，开妆镜也；绿云扰扰，梳晓鬟也；渭流涨腻，弃脂水也；烟斜雾横，焚椒兰也⑫；雷霆乍惊，宫车过也；辘辘远听，杳不知其所之也⑬。一肌一容，尽态极妍，

①六王：战国后期齐、楚、燕、韩、赵、魏六国之王。兀：光秃。

②覆压：掩盖。隔离：遮蔽。

③骊山北构而西折：阿房宫从骊山北边建起，弯转向西。走：通向。

④二川：渭水和樊川。

⑤廊腰：回廊。檐牙：突起的屋檐。

⑥各抱地势：指各个建筑因地势而起。勾心斗角：杂然交错。

⑦盘盘焉：盘结的样子。囷（qūn）囷焉：曲折的样子。蜂房水涡：形容建筑像蜂巢一样交错，像漩涡一样旋转。落：座，所。

⑧复道：在空中架起的走道。

⑨歌台暖响：台上歌声充满暖意。

⑩舞殿冷袖：殿中舞女的长袖仿佛带来凉意。

⑪妃嫔媵（yìng）嫱：六国的宫妃。辇（niǎn）来：乘车来到。

⑫椒、兰：两种芳香植物。

⑬辘辘远听：车声越来越远。杳（yǎo）：无声无息。

缦立远视，而望幸焉[①]。有不得见者，三十六年[②]。燕赵之收藏，韩魏之经营，齐楚之精英，几世几年，取掠其人，倚叠如山，一旦不能有，输来其间[③]。鼎铛玉石，金块珠砾，弃掷逦迤[④]，秦人视之，亦不甚惜。

嗟呼！一人之心，千万人之心也[⑤]。秦爱纷奢，人亦念其家。奈何取之尽锱铢，弃之如泥沙[⑥]？使负栋之柱，多于南亩之农夫[⑦]；架梁之椽，多于机上之工女[⑧]；钉头磷磷，多于在庾之粟粒[⑨]；瓦缝参差，多于周身之帛缕[⑩]；直栏横槛，多于九土之城郭[⑪]；管弦呕哑，多于市人之言语[⑫]。使天下之人，不敢言而敢怒，独夫之心，日益骄固[⑬]。戍卒叫，函谷举[⑭]，楚人一炬，可怜焦土[⑮]。

呜呼！灭六国者，六国也，非秦也；族秦者，秦也，非天下也[⑯]。嗟夫！使六国各爱其人，则足以拒秦；秦复爱六国之人，则递三世可至万世而为君[⑰]，谁得而族灭也？秦人不暇自哀，而后人哀之；后人哀之而不鉴之，亦使后人而复哀后人也！

①缦立：久久伫立。
②三十六年：秦始皇在位的总年数。
③取掠：掠夺。其人：他们（指六国）的人民。倚叠：积累。
④鼎铛玉石：把宝鼎看作铁锅，把美玉当成石头。铛（chēng），锅。块：土块。砾（lì）：石子。逦迤（lǐ yǐ）：连接不断。比喻到处都是。
⑤一人之心，千万人之心：即“人同此心”。
⑥锱铢（zī zhū）：比喻细微。
⑦负栋之柱：承担栋梁的柱子。南亩：农田。
⑧架梁之椽（chuán）：架在梁上的椽子。
⑨磷磷：形容建筑上众多的钉子。庾（yǔ）：仓库。
⑩参差（cēncī）：错综交织。帛缕：丝织品的经纬。
⑪槛（jiàn）：栏杆。九土：全国。
⑫呕哑：乐器发出的声音。
⑬独夫：无道之君。这里指秦始皇。骄固：骄傲顽固。
⑭戍卒叫：陈涉、吴广起义。函谷：关名。举：攻占。
⑮楚人一炬：指项羽焚烧秦国宫殿。
⑯族：灭族。这里是亡国之义。
⑰递：传。

孙　樵

孙樵（生卒年不详），唐代散文家。字可之，又字隐之。关东（函谷关以东）人。孙樵的古文在晚唐颇有名气，人称为“昌黎先生嫡传”。有《孙樵集》传世。

书褒城驿壁

【题解】这是一篇有寓言意味的文章，作者通过曾显赫一时的褒城驿的兴衰，借用老农之口，分析了唐末政治败坏、国家衰落的原因。文章体制严谨，论述绵密，文气贯注，具有很强的说服力。

褒城驿号天下第一①。及得寓目，视其沼，则浅混而茅②；视其舟，则离败而胶③。庭除甚芜，堂庑甚残④。乌睹其所谓宏丽者⑤。

讯于驿吏⑥，则曰：“忠穆公尝牧梁州⑦，以褒城控二节度治所，龙节虎旗，驰驿奔轺⑧，以去以来，毂交蹄劘⑨，由是崇侈其驿，以示雄大，盖当时视他驿为壮⑩。且一岁宾至者不下数百辈，苟夕得其庇，饥得其饱，皆暮至朝去，宁有顾惜心耶。至如棹舟，则必折篙破舷碎鹢而后止⑪；渔钓，则必枯泉汩泥尽鱼而后止⑫。至有饲马于轩，宿隼于堂，凡所以污败室庐，糜毁器用⑬。官小者，其下虽气猛，可制；官大者，其下益暴横，难禁。由是日益破碎，不与曩类⑭。某曹八九辈，虽以供馈之隙⑮，一二力治之，其能补

①褒城驿：唐代褒城的驿站，在今陕西褒城东南。

②寓目：亲眼看到。浅混：水浅且混浊。茅：长满茅草。

③离败而胶：船板破裂，船身搁浅。

④除：台阶。庑：回廊。

⑤乌睹：哪里能看到。

⑥讯：问。驿吏：主管驿站的官吏。

⑦忠穆公：唐德宗时山南西道节度史严遵，谥忠穆。这一地区相当于古梁州，故称牧梁州。

⑧龙节：刻有龙纹的符节。驰驿：奔驰的驿马。奔轺（yáo）：飞跑的车子。

⑨毂（gǔ）交：车辆交错。蹄劘（mó）：马蹄相碰。

⑩崇侈：扩大。

⑪棹（zhào）舟：划船，鹢（yì）：画有鹢鸟图案的船头。

⑫枯泉：放干泉水。汩（gǔ）泥：搅起泥浆。

⑬污败：弄脏弄坏。糜毁：损坏。

⑭曩（nǎng）：从前。类：相同。

⑮某曹：我们。供馈（kuì）：供应。

数十百人残暴乎？”

语未既，有老甿笑于旁[①]，且曰：“举今州县皆驿也[②]。吾闻开元中，天下富蓄，号为理平[③]。踵千里者不裹粮，长子孙不知兵[④]。今者天下无金革之声，而户口日益破[⑤]；疆埸无侵削之虞，而垦田日益寡，生民日益困，财力日益竭。其何故哉？凡与天子共治天下者，刺史县令而已，以其耳目接于民，而政令速于行也[⑥]。今朝廷命官，既已轻任刺史县令，而又促数于更易[⑦]。且刺史县令，远者三岁一更，近者一二岁再更[⑧]，故州县之政，苟有不利于民，可以出意革去其甚者[⑨]，在刺史则曰：‘明日我即去，何用如此！’在县令亦曰：‘明日我即去，何用如此！’当愁醉醲，当饥饱鲜；囊帛椟金，笑与秩终[⑩]。”

呜呼！州县真驿耶？矧更代之隙，黠吏因缘恣为奸欺以卖州县者乎[⑪]？如此而欲望生民不困，财力不竭，户口不破，垦田不寡，难哉！予既揖退老甿，条其言[⑫]，书于褒城驿屋壁。

①甿（máng）：农民。

②举：所有。

③开元：唐玄宗年号。富蓄：富裕、繁荣。理平：治理，太平。

④踵：脚跟，这里作“走”。裹粮：携带干粮。长（zhǎng）：养育。兵：兵器，代指战争。

⑤金革：军中的锣鼓。亦指战争。破：少。

⑥耳目接与民：与百姓接触较多。政令速于行：国家政令能较快得到执行。

⑦命：委派。促数：时间短，次数多。更易：调换。

⑧一更：一换。再更：两换。苟：即使。出意：想办法。

⑨以上四句说只知饮食醉饱、食污财货，无忧无虑地完成任期。醲(nóng)，美酒。

⑩囊和椟都做动辞用。秩，为官的任期。

⑪矧：况且。黠（xiá）吏：狡猾的小吏。因缘：利用机会。恣为：任意做。卖州县：指损害公家利益以利自己。

⑫条其言：整理他的议论。

罗 隐

罗隐（833～909），唐代文学家。字昭谏，曾自号“江东生”，杭州新城（今浙江富阳）人。著有小品文集《谗书》。

英雄之言

【题解】 本文选自《谗书》。文章借刘邦和项羽的“英雄之言”，揭露封建社会的野心家们假借“救彼涂炭”阴谋窃取政权、窃国盗民的丑恶嘴脸，辛辣地讽刺那些觊觎帝位者欲盖弥彰的自私和虚伪，并警告他们谎言是不能长久骗人的。文章笔法犀利，语言峭劲。

物之所以有韬晦者，防乎盗也。故人亦然。

夫盗亦人也，冠履焉，衣服焉[①]。其所以异者，退逊之心、正廉之节，不常其性耳[②]。视玉帛而取之者，则曰牵于寒饿[③]；视家国而取之者，则曰救彼涂炭[④]。牵于寒饿者，无得而言矣[⑤]；救彼涂炭者，则宜以百姓心为心。而西刘则曰：“居宜如是[⑥]！”楚籍则曰：“可取而代[⑦]！”意彼未必无退逊之心、正廉之节。盖以视其靡曼骄崇，然后生其谋也[⑧]。

为英雄者犹若是，况常人乎？是以峻宇逸游，不为人所窥者，鲜矣[⑨]。

①冠履：帽、鞋。这里作动词，指戴帽穿鞋。下文“衣服焉”同此用法。

②退逊：退让，谦逊。正廉：廉洁正直。不常其性：不能保持这些品德。

③牵于寒饿：受饥寒的拖累。牵：牵扯。

④救彼涂炭：救民于痛苦。

⑤无得而言：没有什么可说。

⑥西刘：指汉高祖刘邦。居宜如是：应该像这样。刘邦年轻时见秦始皇出巡的仪仗，曾感叹道：大丈夫就应像这样。

⑦楚籍：指楚霸王项羽。可取而代：即取而代之。秦始皇游会稽时，项羽望着他说：我应取代这个人。

⑧意彼：我想他们。骄崇：骄傲狂妄。生其谋：产生想法。

⑨峻宇：华美的屋室。

皮日休

皮日休（834？～883），唐代文学家。字逸少，后改为袭美，襄阳（今属湖北）人。因隐居鹿门山，自号鹿门子。他的文章观点鲜明，笔触辛辣，论述雄辩。著有《皮子文薮》。

原　谤

【题解】本文题为《原谤》，其实并不是在探究诽谤，而是以“尧舜大圣也，民且谤之”为铺垫，为百姓诅咒帝王、推翻昏君的行为作出辩护，从而鲜明地表现了作者对现实的批判态度。

天之利下民，其仁至矣[①]。未有美于味而民不知者，便于用而民不由者，厚于生而民不求者[②]。然而，暑雨亦怨之，祁寒亦怨之[③]，己不善而祸及亦怨之，己不俭而贫及亦怨之[④]。是民事天，其不仁至矣[⑤]。天尚如此，况于君乎？况于鬼神乎？是其怨訾恨讟，蓰倍于天矣[⑥]。有帝天下，君一国者，可不慎欤[⑦]？故尧有不慈之毁[⑧]，舜有不孝之谤[⑨]。殊不知尧慈被天下而不在于子，舜孝及万世而不在于父[⑩]。

呜呼！尧、舜，大圣也，民且谤之；后之王天下有不为尧、舜之行者，则民扼其吭，捽其首，辱而逐之，折而族之，不为甚矣[⑪]。

①利下民：给百姓谋利。

②由：使用。厚于生：丰衣足食。

③祁寒：严寒。

④及：遇以，碰上。

⑤民事天：百姓对上天。

⑥怨訾：怨责。訾（zǐ），诋毁。恨讟：仇怨。讟（dú），诽谤。蓰（xǐ）：五倍。

⑦帝天下：称帝于天下。君一国：做一国的君王。

⑧不慈之毁：尧因自己的儿子丹朱无德，故把天下传给了舜，所以有人说尧为父不慈。毁：批评。

⑨不孝之谤：舜因为得不到父亲的喜爱，所以无论他怎样努力，还是有人说他为子不孝。

⑩被及：普及，波及。万世：成为后代万世的楷模。

⑪吭（háng）：咽喉。捽（zuó）：揪。折：推翻。族：灭族。不为甚：不算过份。

陆龟蒙

陆龟蒙（？～881），唐代文学家。字鲁望，姑苏（今江苏苏州）人。诗文在生前就很有名气，与皮日休并称“皮陆”。但作品多有散佚，现有《笠泽丛书》和《松陵集》传世。

白鸥诗序

【题解】 本文是一篇借物咏怀的小品，出自《全唐诗》。作者以鸥鸟身遭排斥、无栖身之所为喻，影射自己困顿窘迫、穷困潦倒的境遇，从而进一步批判了封建制度对许多怀才不遇者的扼杀和窒息。

乐安任君尝为泾尉，居吴城中①。地才数亩，而不佩俗物②。有池，池中有岛屿。池之南、西、北边合三亭，修篁嘉木，掩隐隈隩，处其一，不见其二也③。

君好奇乐异，喜文学名理之士④，所得皆清散凝莹。袭美知而偕诣⑤。既坐，有白鸥翩然驯于砌下，因请浮而玩之⑥。主人曰：“池中之族老矣，每以豪健据有⑦。鸥之始浮，辄逐而害之，今畏不敢入⑧。”

吁！昔人之心蓄机事，犹或舞而不下，况害之哉⑨？且羽族丽于水者多矣，独鸥为闲暇，其致不高哉⑩？一旦水有鲸鲵之患，陆有狐狸之忧⑪，俦侣不得命啸，尘埃不得澡刷⑫，虽蒙人之流赏，亦天地之穷鸟也⑬。

①乐安任君：籍贯乐安的任君，虚构的人物。“泾尉”、“吴城”亦为虚构。

②不佩俗物：指任君住处没有俗气的陈设。

③合：共计。篁（huánɡ）：竹子。隈隩（wēi yù）：山水弯曲处。

④如奇乐异：喜欢新奇之物。文学名理：写文章或善谈论。

⑤所得：所结交的人。清散凝莹：比喻清雅淡泊的品性。袭美：皮日休字。偕诣：一同来到。

⑥驯：顺服。砌：台阶。浮而玩之：让鸥鸟到池中游水玩耍。

⑦每：总是。以豪健据有：以自己的强悍霸占水池。

⑧始浮：一下水。辄：就。

⑨“昔人”两句：典见《列子·黄帝》。机事：欺诈之事。

⑩丽：依附。闲暇：悠闲从容，意为独往独来。致：品格，情操。

⑪鲸鲵：即鲸，雄曰鲸，雌曰鲵。

⑫俦侣：伙伴。命啸：呼唤。

⑬蒙：受到。流赏：欣赏。穷鸟：困顿窘迫、无处栖身的鸟。

王禹偁

王禹偁（954～1001），宋代文学家。字元之，济州巨野（今山东巨野）人。王禹偁是北宋初期文坛上著名的人物之一，其作品风格朴实自然，内容切近生活。著有《小畜集》和《小畜外集》。

黄冈竹楼记

【题解】本文是王禹偁贬为黄州刺史时所作。文章从用竹建屋谈起，中间写登楼远眺的种种景致和主人公萧散闲静的襟怀，最后借对小楼命运的关切引发出对自己未来的感慨。文章寓情于景，文字清丽流畅，生动活泼。

黄冈之地多竹，大者如椽[①]。竹工破之，刳去其节，用代陶瓦[②]。比屋皆然，以其价廉而工省也[③]。

子城西北隅，雉堞圮毁，榛莽荒秽[④]，因作小楼二间，与月波楼通[⑤]。远吞山光，平挹江濑[⑥]，幽阒辽夐，不可具状[⑦]。夏宜急雨，有瀑布声；冬宜密雪，有碎玉声。宜鼓琴，琴调和畅[⑧]；宜咏诗，诗韵清绝[⑨]；宜围棋，子声丁丁然；宜投壶，矢声铮铮然[⑩]。皆竹楼之所助也。

公退之暇，披鹤氅，戴华阳巾[⑪]，手执《周易》一卷，焚香默坐，消遣世虑[⑫]。江山之外，第见风帆沙岛、烟云竹树而已[⑬]。待其酒力醒，茶烟歇，送夕阳，迎素月，亦谪居之胜概也[⑭]。

彼齐云、落星，高则高矣，井

①黄冈：今属湖北。椽（chuán）：承受屋瓦的木条。

②刳（kū）：刮掉，挖空。

③比屋：每一间房屋。

④子城：主城墙外的小城。雉堞：城上的矮墙。圮（pǐ）毁：倒塌毁坏。榛莽：丛生的草木。

⑤月波楼：在黄州城西北角。

⑥挹（yì）：汲取。濑（lài）：沙滩上的流水。

⑦幽阒（qù）：清幽静寂。辽夐（xiòng）：遥远。具状：完全描写出来。

⑧鼓琴：弹琴。

⑨清绝：非常清幽。

⑩丁丁（zhēng）：棋子落在棋盘上的声音。

⑪鹤氅：鸟羽做成的披风。华阳巾：道士戴的帽子。

⑫消遣：消除，排遣。

⑬第：只。

⑭谪居：贬谪之处。胜概：美景。

干、丽谯[1]，华则华矣。止于贮妓女，藏歌舞，非骚人之事，吾所不取。

吾闻竹工云："竹之为瓦仅十稔，若重覆之，得二十稔[2]。"噫！吾以至道乙未岁，自翰林出滁上，丙申移广陵，丁酉又入西掖，戊戌岁除日，有齐安之命，己亥闰三月到郡[3]。四年之间，奔走不暇，未知明年又在何处，岂惧竹楼之易朽乎！幸后之人与我同志，嗣而葺之，庶斯楼之不朽也[4]！

咸平二年八月十五日记。

①齐云、落星、井干、丽谯：均楼名。

②稔（rěn）：年。重覆：盖两层。

③至道：宋太宗年号。出滁州：王禹偁获罪由翰林学士贬为滁州刺史。出：离京赴外地。移广陵：由滁州调往扬州。西掖：中书省。岁除日：除夕。齐安之命：贬往黄州的命令。黄冈在宋属黄州齐安郡。

④幸：希望。同志：志趣相同。嗣：承继。葺（qì）：修。

范仲淹

范仲淹（989～1052），宋代文学家。字希文，苏州吴县（今属江苏）人。卒谥“文正”。在文学上，范仲淹涉猎不多，但也独具特色。有《范文正公集》行世。

岳阳楼记

【题解】本文是范仲淹应好友滕子京为重修岳阳楼而写的序文。文章想象登临岳阳楼的观感，写景抒情，表达了作者坦荡的襟怀和忠君忧民的思想。全文辞采浏亮，写景华丽，运用赋体手法，字里行间充满韵律。

庆历四年春，滕子京谪守巴陵郡①。越明年②，政通人和，百废具兴。乃重修岳阳楼，增其旧制，刻唐贤今人诗赋于其上③。属予作文以记之④。

予观夫巴陵胜状，在洞庭一湖。衔远山，吞长江，浩浩汤汤，横无际涯⑤，朝晖夕阴，气象万千⑥。此则岳阳楼之大观也。前人之述备矣⑦。然则北通巫峡，南极潇湘，迁客骚人，多会于此⑧，览物之情，得无异乎⑨？

若夫霪雨霏霏，连月不开⑩，阴风怒号，浊浪排空，日星隐耀，山岳潜形⑪；商旅不行，樯倾楫摧⑫；薄暮冥冥，虎啸猿啼⑬。登斯楼也，则有去国怀乡，忧谗畏讥，满目萧然，感极而悲者矣⑭。

至若春和景明，波澜不惊⑮，上

①滕子京：字宗谅，作者友人。巴陵郡：代指岳州。

②越：到。明年：第二年。

③旧制：旧有规模。唐贤：唐代诗人。

④属：同“嘱”。

⑤衔：连接。吞：包容。浩浩汤汤（shāng）：水势盛大。际涯：边际。

⑥朝晖夕阴：早上阳光灿烂，傍晚阴云密布。

⑦备：详尽。

⑧迁客：被贬谪的官员。

⑨览物：观赏风景。得无异乎：能没有区别吗。

⑩霪雨：连绵的阴雨。

⑪隐耀：掩藏了光芒。潜：隐蔽。

⑫樯（qiáng）：船桅。楫（jí）：桨。

⑬薄暮：傍晚。

⑭去国：离开国都。萧然：萧条寂寥的样子。

⑮春和景明：春风和暖，阳光明媚。

下天光，一碧万顷；沙鸥翔集，锦鳞游泳[1]，岸芷汀兰，郁郁青青[2]。而或长烟一空，皓月千里[3]，浮光跃金，静影沉璧[4]；渔歌互答，此乐何极[5]！登斯楼也，则有心旷神怡，宠辱偕忘，把酒临风，其喜洋洋者矣[6]。

嗟夫！予尝求古仁人之心，或异二者之为[7]，何哉？不以物喜，不以己悲[8]；居庙堂之高则忧其民，处江湖之远则忧其君[9]。是进亦忧，退亦忧[10]。然则何时而乐耶？其必曰先天下之忧而忧，后天下之乐而乐乎！噫！微斯人，吾谁与归[11]！

时六年九月十五日。

①沙鸥：鸟名。翔集：或飞或集。锦鳞：鱼的美称。

②芷（zhǐ）：一种香草。汀：水中小洲。

③长烟：弥漫空中的雾气。一空：完全消失。皓（hào）月：明月。

④浮光跃金：水面上阳光闪烁，像金光耀眼。静影沉璧：静静的月影映在湖水中，像沉在水中的璧玉。

⑤互答：互相应和。何极：无穷无尽。

⑥宠辱：荣耀和屈辱。

⑦求：探求。或异二者之为：也许与以上两种感情不同。

⑧不以物喜：不因外物变化而高兴。不以己悲：不因个人沉浮而悲伤。

⑨庙堂：指朝廷。江湖：朝廷之外的地方。

⑩进：进仕，做官。退：退处，不做官。

⑪微：无，没有。斯人：这样的人。吾谁与归：我同谁一道呢？归，归依。

欧阳修

欧阳修（1007～1072），宋代文学家。字永叔，庐陵（今江西吉安）人。卒谥“文忠”，世称欧阳文忠公。他是北宋文坛的领袖人物，在经学、史学、金石学各方面都很有建树。他的散文继承韩、柳传统，形成了自己的艺术风格，对宋代散文的发展与繁荣起到了表率作用。

秋声赋

【题解】此文是欧阳修致力编修《新唐书》期间所作的一篇叹天地之盛衰、感人生之荣枯的抒情小赋。文章以生动的笔触，把无形秋声写得形色宛转，情态百出。接着，笔锋一转，作者由此联想到人生，抒发了一种客观但不无消沉、深刻而带有孤独的思想感情。文章起伏跌宕，错落有致；文辞精妙，情溢言表。

欧阳子方夜读书，闻有声自西南来者，悚然而听之①，曰：“异哉！”初淅沥以萧飒，忽奔腾而砰湃②，如波涛夜惊，风雨骤至。其触于物也，𫓩𫓩铮铮，金铁皆鸣③；又如赴敌之兵，衔枚疾走④，不闻号令，但闻人马之行声。予谓童子：“此何声也？汝出视之。”童子曰：“星月皎洁，明河在天⑤，四无人声，声在树间。”

予曰：“噫嘻，悲哉！此秋声也，胡为乎来哉⑥！盖夫秋之为状也，其色惨淡，烟霏云敛⑦；其容清明，天高日晶⑧；其气栗冽，砭人肌骨⑨；其意萧条，山川寂寥⑩。故其为声也，凄凄切切，呼号愤发⑪。丰

①欧阳子：作者自称。悚（sǒng）然：惊恐不安的样子。

②淅沥（xī lì）：雨声。萧飒：风声。砰湃（pēng pài）：波涛汹涌声。

③𫓩𫓩（cōng）铮铮：金属撞击声。

④衔枚：古代为保持行军肃静，常令士兵口中含着枚（小棍）。

⑤明河：即银河。

⑥噫嘻：感叹词。胡为：为什么。

⑦惨淡：阴暗无色。烟霏云敛：烟气弥漫，云雾聚集。

⑧容：形象。晶：明亮。

⑨栗冽（lì liè）：寒冷。砭（biān）：古代用来治病的石针，这里是刺的意思。

⑩以上二句指万木凋谢。

⑪愤发：发怒，形容秋风劲急。

草绿缛而争茂，佳木葱茏而可悦[①]。草拂之而色变，木遭之而叶脱[②]。其所以摧败零落者，乃其一气之余烈[③]。

"夫秋，刑官也，于时为阴[④]；又兵象也，于行用金[⑤]。是谓天地之义气，常以肃杀而为心[⑥]。天之于物，春生秋实[⑦]，故其在乐也，商声主西方之音，夷则为七月之律[⑧]。商，伤也，物既老而悲伤；夷，戮也，物过盛而当杀。

"嗟乎！草木无情，有时飘零。人为动物，惟物之灵[⑨]，百忧感其心，万事劳其形，有动乎中，必摇其精[⑩]。而况思其力之所不及，忧其智之所不能！宜其渥然丹者为槁木[⑪]，黟然黑者为星星[⑫]。奈何以非金石之质，欲与草木而争荣？念谁为之戕贼，亦何恨乎秋声[⑬]？"

童子莫对，垂头而睡。但闻四壁虫声唧唧，如助予之叹息[⑭]。

①缛（rù）：繁茂。

②拂之：被秋风吹拂。下句"遭之"亦是此意。

③一气：指秋气。余烈：余威。

④刑官：周朝设官，以天地四时为名，秋官掌管刑法和诉讼。于时为阴：古人以阴阳配合四时，春夏为阳，秋冬为阴。

⑤兵象：战争的征象。古代征伐，多在秋天。于行用金：古人以五行对应于四季，秋天属金。

⑥天地之义气：语见《礼记·乡饮酒义》。肃杀：严厉摧残。

⑦春生秋实：春天生长，秋天结果。

⑧其在乐也：对应于音乐。商声主西方之音：古代以宫、商、角、徵、羽五声对应四时，商属秋。夷则：古代十二乐律之一。

⑨惟物之灵：万物中最有灵性的。

⑩"有动"二句：是说心有所感，必然会影响其精神。

⑪渥（wò）然丹者：红润的容貌，指年轻人。槁木：枯木，这里形容衰老。

⑫黟（yī）：黑色，这里形容黑发。星星：形容须发花白。

⑬念：思考。戕（qiāng）贼：残害。

⑭唧唧：虫鸣声。助：陪伴。

朋党论

【题解】宋仁宗庆历年间范仲淹、韩琦等人因为力主改革，得罪了一些人，被诬为结党营私。作为谏官的欧阳修愤而上书，代为辩诬，撰写了《朋党论》。作者在文中，结合历史经验，纵论了“君子之朋”与“小人之党”的本质区别，从兴亡治乱的高度阐发了其中蕴含的深刻意义。通篇反复曲畅，婉切真挚，辩析透辟，错落有致，是论说文中的佳构。

臣闻朋党之说，自古有之，惟幸人君辨其君子、小人而已[①]。

大凡君子与君子以同道为朋，小人与小人以同利为朋，此自然之理也[②]。然臣谓小人无朋，惟君子则有之，其故何哉？小人所好者利禄也，所贪者货财也。当其同利之时，暂相党引以为朋者，伪也[③]。及其见利而争先，或利尽而交疏，则反相贼害[④]，虽其兄弟亲戚不能相保。故臣谓小人无朋，其暂为朋者，伪也。君子则不然。所守者道义，所行者忠信，所惜者名节。以之修身，则同道而相益；以之事国，则同心而共济[⑤]，终始如一。此君子之朋也。故为人君者，但当退小人之伪朋，用君子之真朋[⑥]，则天下治矣。

尧之时，小人共工、驩兜等四人为一朋[⑦]，君子八元、八恺十六人为一朋[⑧]。舜佐尧，退四凶小人之朋，而进元、恺君子之朋，尧之天下大治。及舜自为天子，而皋、夔、稷、契等二十二人并列于朝[⑨]，更相

①幸：希望。人君：皇上。

②大凡：大概，大致。同道为朋：以共同的理想作为交友的准则。同利为朋：以追求利益作为交友的标准。

③相党：互相勾结，结成一伙。

④贼害：伤害，残害。

⑤相益：互相帮助。共济：共图事功，为国贡献。

⑥退：斥退。用：进用。

⑦尧：传说中的帝王，儒家所推崇的圣君之一。共工、驩兜：传说中的凶恶之徒。

⑧八元八恺：指传说中上古的16个有德才的人。《左传》文公十八年：“昔高阳氏有才子八人：苍舒、隤敳、梼戭、大临、尨降、庭坚、仲容、叔达，齐圣广渊，明允笃诚，天下之民谓之八凯。高辛氏有才子八人：伯奋、仲堪、叔献、季仲、伯虎、仲熊、叔豹、季貍、忠肃共懿，宣慈惠和，天下之民谓之八元。”元，善良。恺，忠诚。

⑨皋夔（kuí）稷（jì）契：都是传说中舜的贤臣，分别掌管刑法、音乐、农业和教育。

称美，更相推让[①]，凡二十二人为一朋，而舜皆用之，天下亦大治。《书》曰："纣有臣亿万，惟亿万心；周有臣三千，惟一心[②]。"纣之时，亿万人各异心，可谓不为朋矣，然纣以亡国。周武王之臣三千人为一大朋，而周用以兴。后汉献帝时，尽取天下名士囚禁之，目为党人[③]。及黄巾贼起，汉室大乱，后方悔悟，尽解党人而释之，然已无救矣[④]。唐之晚年，渐起朋党之论[⑤]。及昭宗时，尽杀朝之名士，咸投之黄河，曰："此辈清流，可投浊流。"而唐遂亡矣[⑥]。

夫前世之主，能使人人异心不为朋，莫如纣；能禁绝善人为朋，莫如汉献帝；能诛戮清流之朋，莫如唐昭宗之世。然皆乱亡其国。更相称美推让而不自疑，莫如舜之二十二臣，舜亦不疑而皆用之。然而后世不诮舜为二十二人朋党所欺[⑦]，而称舜为聪明之圣者，以能辨君子与小人也[⑧]。周武之世，举其国之臣三千人共为一朋，自古为朋之多且大莫如周，然周用此以兴者，善人虽多而不厌也。

嗟呼！治乱兴亡之迹，为人君者可以鉴矣[⑨]！

①更相：互相。推让：谦让。事见《史记·五帝本纪》：派禹治水，"禹拜稽首，让于稷、契与皋陶"，任益任虞，"益拜稽首，让于诸臣朱虎、熊罴"，任伯夷掌秩宗，"伯夷让夔、龙"等。

②"书曰"五句：语出《尚书·泰誓》，原文为"纣有臣亿万维亿万心，予有臣三千惟一心"。这是周武王伐纣时在孟津发表的誓词。

③"后汉献帝"三句：汉桓帝、灵帝时宦官专权，李膺、范滂等人被当作党人而杀害，各州郡"死、徙、废、禁者六七百人"，史称"党锢之祸"。此处误为汉献帝事。

④黄巾贼：指公元 184 年张角领导的黄巾起义。已无救矣：黄巾起义被镇压不久，东汉亦亡。

⑤"唐之晚年"两句：唐穆宗至宣宗年间，以李德裕和以牛僧儒为首的两党互相倾轧，势不两立，形成持续四十年的"牛李党争"。

⑥"及昭宗时"六句：唐哀帝天祐二年（905），权臣朱全忠在白马驿诱杀朝廷降职的宰相裴枢等三十余人，"投尸于河。初，李振屡举进士，竟不中第，故深疾缙绅之士，言于全忠曰：'此辈常自谓清流，宜投之黄河，使为浊流！'全忠笑而从之。"（《资治通鉴》唐纪八十一）两年以后，朱全忠篡夺帝位，唐朝遂亡。昭宗应为昭宣帝之误。

⑦诮（qiào）：责备。

⑧聪明：耳聪目明，喻天资超凡，能力很强。以：因为。

⑨迹：事迹，史实。鉴：戒鉴。

醉翁亭记

【题解】这篇游记作于被贬之时，欧阳修在文中描绘了醉翁亭四周的景致风光，借以抒发了自己寄兴山水、以遣愁怀的情绪。本文结构谨严，前后呼应；描写生动，意境优美；语言精粹，音调润朗。

环滁皆山也[①]。其西南诸峰，林壑尤美[②]。望之蔚然而深秀者，琅邪也[③]。山行六七里，渐闻水声潺潺，而泻出于两峰之间者，酿泉也[④]。峰回路转，有亭翼然临于泉上者[⑤]，醉翁亭也。作亭者谁？山之僧智仙也。名之者谁？太守自谓也[⑥]。太守与客来饮于此，饮少辄醉[⑦]，而年又最高，故自号曰醉翁也。醉翁之意不在酒，在乎山水之间也。山水之乐，得之心而寓之酒也[⑧]。

若夫日出而林霏开，云归而岩穴暝[⑨]，晦明变化者，山间之朝暮也[⑩]。野芳发而幽香，佳木秀而繁阴，风霜高洁，水落而石出者，山间之四时也[⑪]。朝而往，暮而归，四时之景不同，而乐亦无穷也。

至于负者歌于途，行者休于树，前者呼，后者应，伛偻提携[⑫]，往来而不绝者，滁人游也。临溪而渔，溪深而鱼肥；酿泉为酒，泉香而酒洌[⑬]。山肴野蔌，杂然而前陈者[⑭]，太守宴也。宴酣之乐，非丝非竹[⑮]。射者中，弈者胜[⑯]，觥筹交错，起坐而喧哗者[⑰]，众宾欢也。苍颜白发，

①环滁皆山也：滁县四周都是山。

②林壑：林木山谷。壑（hè），深沟。

③蔚然：树木茂盛的样子。深秀：幽深秀丽。琅邪（láng yá）：山名，在滁县西南。相传东晋元帝为琅邪王时曾居此山，故得名。

④酿泉：泉水名，又名醴泉。

⑤翼然：指亭子四角翘起，像鸟翅一样。

⑥太守：这里代指自己。

⑦饮少辄醉：酒量很小，每每喝醉。

⑧“山水之乐”二句：意思是欣赏山水的乐趣，是心领神会的，喝酒只是一种寄托方式。寓：寄托。

⑨林霏：林中雾气。霏（fēi），云气。归：聚拢。暝（míng）：昏暗。

⑩晦明变化：或明或暗，变化不一。

⑪“野芳发”五句：写山中四时的景色。

⑫负者：挑担或背物的人。伛偻（yǔ lǚ）：腰弯背曲的样子，指老年人。提携：搀着手，指小孩。

⑬洌（liè）：清澈。

⑭山肴（yáo）：山中野味。蔌（sù）：野菜。杂然：纷纷。

⑮非丝非竹：意思是有泉水之声相伴，用不着乐器的演奏。

⑯射：投壶，古代宴会间的一种游戏。弈（yì）：下棋。

⑰觥（gōng）筹交错：酒杯和酒筹交互错杂。觥，盛酒的器具。筹，计算饮酒数量的筹码。起坐：或起或坐。

颓然乎其中者[①]，太守醉也。

已而夕阳在山，人影散乱，太守归而宾客从也。树林阴翳[②]，鸣声上下，游人去禽鸟乐也。然而禽鸟知山林之乐，而不知人之乐；人知从太守游而乐，而不知太守之乐其乐也[③]。醉能同其乐，醒能述以文者，太守也。太守谓谁？庐陵欧阳修也[④]。

①颓（tuí）然：这里指醉醺醺的样子。

②阴翳（yì）：树荫遮盖。翳，遮盖。

③太守之乐其乐也：太守因为他们的快乐而感到快乐。

④述以文：用文章记述这些事。

丰乐亭记

【**题解**】本文写作稍后于《醉翁亭记》。在这篇文章中，欧阳修抚今追昔，感慨万千：这块曾是干戈蔽日的用武之地，如今已变成百姓乐生送死、休养生息的乐土。整篇文字跌宕起伏，气韵雍容，兴象超远，较之《醉翁亭记》更多出含而不露的魅力。

修既治滁之明年，夏，始饮滁水而甘[①]。问诸滁人，得于州南百步之近。其上则丰山耸然而特立，下则幽谷窈然而深藏，中有清泉滃然而仰出[②]。俯仰左右，顾而乐之[③]，于是疏泉凿石，辟地以为亭，而与滁人往游其间。

滁于五代干戈之际，用武之地也[④]。昔太祖皇帝尝以周师破李景兵十五万于清流山下，生擒其将皇甫晖、姚凤于滁东门之外，遂以平滁[⑤]。修尝考其山川、按其图记，升高以望清流之关，欲求晖、凤就擒之所，而故老皆无在者[⑥]。盖天下之平久矣。自唐失其政，海内分裂，

①这两句是说作者任职滁州的第二年，在发现醴泉之后又得新泉。此文即为泉上之亭而作。

②特立：独立。窈（yǎo）然：幽深的样子。滃（wēng）然：水沸涌翻腾的样子。仰出：由地下向上涌出。

③俯仰左右：意思是环顾上下左右的环境。顾：看着。

④干戈之际：战争时期。

⑤“昔太祖”三句：是说宋太祖赵匡胤在后周任殿前都虞侯时击败南唐兵、攻克滁州事。李景：南唐中主，原名璟，避周庙讳而改为景。

⑥图记：指地理图书。清流之关：清流关在滁县西北清流山，宋时曾在此建清流县。故老：年高且见识多的人。

豪杰并起而争，所在为敌国者[①]，何可胜数？及宋受天命，圣人出而四海一[②]。向之凭恃险阻，铲削消磨[③]，百年之间，漠然徒见山高而水清。欲问其事，而遗老尽矣[④]。

今滁介于江淮之间，舟车商贾、四方宾客之所不至[⑤]。民生不见外事，而安于畎亩衣食，以乐生送死[⑥]。而孰知上之功德，休养生息，涵煦于百年之深也[⑦]。

修之来此，乐其地僻而事简，又爱其俗之安闲[⑧]。既得斯泉于山谷之间，乃日与滁人仰而望山，俯而听泉，掇幽芳而荫乔木，风霜冰雪，刻露清秀，四时之景无不可爱[⑨]。又幸其民乐其岁物之丰成，而喜与予游也。因为本其山川，道其风俗之美，使民知所以安此丰年之乐者，幸生无事之时也[⑩]。夫宣上恩德，以与民共乐，刺史之事也。遂书以名其亭焉。

庆历丙戌六月日，右正言知制诰知滁州军州事欧阳修记[⑪]。

①失其政：政治混乱。所在为敌国：到处都割据称王。所在，处处。

②宋受天命：宋朝承受上天赋予的使命。圣人：指宋太祖赵匡胤。四海一：全国统一。

③向之：以前。凭险恃阻：指那些凭借险阻割据一方的人。铲削消磨：有的被诛杀，有的已老死。

④漠然：广阔无际。遗老：经历世变的老人。

⑤介：处在，位于。

⑥畎亩：田地。畎（quǎn），田间小沟。

⑦上：皇帝。涵煦：滋润化育。煦（xù），温暖。

⑧事简：公务简单。

⑨掇（duō）：拾取。荫：遮荫。刻露：形容秋冬之际水落石出，草枯石现。

⑩无事之时：太平之世。

⑪右正言知制诰知滁州军州事：欧阳修当时的官衔全称。

祭石曼卿文

【题解】这是一篇事过多年而写的祭文（当时撰有墓表），所以文中没有过多描述石曼卿的行状，而是开门见山，直抒胸臆，渲泄了思念故友的伤感和对万物生息的慨叹，其中不仅包含了对不公正社会现实的批判，也寄托了个人历经宦海的沧桑之感。全文情感真挚，语言沉痛；通篇用韵，读来朗朗上口。

维治平四年七月日，具官欧阳修，谨遣尚书都省令史李敭至于太清[①]，以清酌庶羞之奠，致祭于亡友曼卿之墓下，而吊之以文[②]。曰：

呜呼曼卿！生而为英，死而为灵[③]。其同乎万物生死而复归于无物者，暂聚之形，不与万物共尽，而卓然其不朽者，后世之名[④]。此自古圣贤莫不皆然，而著在简册者，昭如日星[⑤]。

呜呼曼卿！吾不见子久矣，犹能仿佛子之平生。其轩昂磊落、突兀峥嵘而埋藏于地下者[⑥]，意其不化为朽壤，而为金玉之精[⑦]。不然，生长松之千尺，产灵芝而九茎。奈何荒烟野蔓，荆棘纵横，风凄露下，走磷飞萤？但见牧童樵叟，歌吟而上下，与夫惊禽骇兽，悲鸣踯躅而咿嘤[⑧]。今固如此，更千秋而万岁兮，安知其不穴藏狐貉与鼯鼪[⑨]？此自古圣贤亦皆然兮，独不见夫累累乎旷野与荒城[⑩]！

呜呼曼卿！盛衰之理，吾固知

①具官：唐宋以后，公文函牍或其他应酬文字上常把应写明的官爵品级简写为“具官”。太清：河南永城县太清乡，石曼卿墓葬于此。

②以清酌庶羞之奠：用清酒肴馔的祭品。吊：祭奠死者。

③英：杰出的人物。灵：神灵。

④“其同乎万物”四句：意为石曼卿的躯体虽与万物消散而归返于自然，但他的名声却卓然不朽，流传后世。

⑤简册：史书。昭：明亮。

⑥轩昂：高峻、壮伟。磊落：襟怀坦荡。突兀峥嵘：豪放不羁。这都是形容石曼卿生前豪放洒脱的性格。

⑦朽壤：腐土。

⑧“奈何荒野野蔓”八句：想象中石曼卿墓地荒凉破败的景象。踯躅（zhí zhú），徘徊不前的样子。走磷，飘动的磷火。咿嘤：鸟兽的啼叫声。

⑨安知其不穴藏狐貉与鼯鼪：怎知它不会成为鼠类的巢穴呢？貉（hé），小兽，昼伏夜出。鼯鼪（wú shēng），鼠类，这里指黄鼬。

⑩“此自古”二句：意思是身后的凄凉衰败，古往今来的圣贤也难免如此。荒域：荒坟。

其如此，而感念畴昔，悲凉凄怆[①]，不觉临风而陨涕者[②]，有愧乎太上之忘情[③]。尚飨[④]！

①畴昔：往日。

②临风：迎风。陨（yǔn）涕：流泪。

③太上之忘情：圣人无喜怒哀乐之情的境界。太上，这里指道家所说的“圣人”。

④尚飨：祭文的结语，意为请死者享用祭品。飨（xiǎng），食品。

苏　洵

苏洵（1009～1066），宋代散文家，唐宋八大家之一。字明允，眉州眉山（今四川眉山）人。苏洵文章周婉曲折，风神流畅，颇得战国纵横家遗韵。著有《嘉祐集》。

六国论

【题解】本文选自苏洵的《权书》。文章以六国灭亡的原因在于赂秦为主题，层层剖析，反复论证，充分而周详地揭示了赂秦的弊端，使文章的主旨得到淋漓尽致的展开。最后联系实际，点出了作此文的深刻动机——以古鉴今，警醒世人。

六国破灭，非兵不利，战不善，弊在赂秦①。赂秦而力亏，破灭之道也②。或曰："六国互丧，率赂秦耶③？"曰："不赂者以赂者丧，盖失强援，不能独完④。故曰弊在赂秦也。"

秦以攻取之外，小则获邑，大则得城⑤。较秦之所得与战胜而得者，其实百倍⑥；诸侯之所亡与战败而亡者，其实亦百倍⑦。则秦之所大欲，诸侯之所大患，固不在战矣。思厥先祖父，暴霜露，斩荆棘，以有尺寸之地⑧。子孙视之不甚惜，举以予人，如弃草芥⑨。今日割五城，明日割十城，然后得一夕安寝。起视四境，而秦兵又至矣。然则诸侯之地有限，暴秦之欲无厌，奉之弥繁，侵之愈急⑩。故不战而强弱胜负

①六国：战国时的齐、楚、燕、韩、赵、魏。兵：武器。赂秦：把钱财或土地割让给秦国。语出贾谊《过秦论》。

②力亏：国力衰弱。破灭：灭亡。

③互丧：相继灭亡。率：都是。

④独完：独自保全。

⑤攻取之外：除了战争夺取的土地。邑：市镇。

⑥秦之所得：六国送给秦国的土地。战胜而得：靠战争夺取的土地。

⑦诸侯之所亡：各国因赂秦而失去的土地。战败而亡：各国因战败而丧失的土地。

⑧思：发语词，无义。厥：其，指六国。暴（pù）：冒着。

⑨举以予人：拿来送给别人。草芥：比喻轻微的东西。

⑩厌：满足。奉：奉送。弥：越，更加。

已判矣，至于颠覆，理固宜然①。古人云："以地事秦，犹抱薪救火，薪不尽，火不灭。"此言得之②。

齐人未尝赂秦，终继五国迁灭，何哉？与嬴而不助五国也③。五国既丧，齐亦不矣免。燕赵之君，始有远略，能守其土，义不赂秦④。是故燕虽小国而后亡，斯用兵之效也。至丹以荆卿为计，始速祸焉⑤。赵尝五战于秦，二败而三胜。后秦击赵者再，李牧连却之⑥。洎牧以谗诛，邯郸为郡，惜其用武而不终也⑦。且燕赵处秦革灭殆尽之际，可谓智力孤危，战败而亡，诚不得已⑧。向使三国各爱其地，齐人勿附于秦，刺客不行，良将犹在⑨，则胜负之数，存亡之理，常与秦相较，或未易量⑩。

呜呼！以赂秦之地，封天下之谋臣，以事秦之心，礼天下之奇才，并力西向，则吾恐秦人食之不得下咽也⑪。悲夫！有如此之势，而为秦人积威之所劫⑫，日削月割，以趋于亡。为国者勿使为积威之所劫哉⑬！

夫六国与秦皆诸侯，其势弱于秦，而犹有可以不赂而胜之之势。苟以天下之大，而从六国破亡之故事，是又在六国下矣⑭。

①判：分辨清楚。颠覆：灭亡。理固宜然：理所应该的。

②古人云：以下的话是战国苏代对魏安厘王所说。语出《史记·魏世家》。薪：柴。得之：有道理。

③迁灭：亡国。与嬴：与秦国交好。嬴，秦王的姓，代指秦国。

④远略：长远的打算。义：坚持原则。

⑤丹以荆卿为计：指燕太子丹派荆轲刺秦王。为计，作为策略。速：招。

⑥再：两次。李牧：赵国良将。却之：击退秦兵。

⑦洎（jì）：到了。牧以谗诛：秦人设计诬称李牧谋反，被赵王所杀。谗，谗言。邯郸：赵国首都。为郡：成为秦国的属地。李牧被杀后，秦兵很快进攻，俘获赵王。

⑧革灭殆尽：差不多全部灭亡。革灭，灭亡。孤危：无援危险。诚不得已：实在没有办法。

⑨向使：假使。三国：韩、魏、楚。附：投靠。刺客：荆轲。良将：李牧。

⑩数：命运。相较：相抗衡。量：判定。

⑪礼：敬重。西向：对付秦国。秦位于陕西，地处六国之西。

⑫积威：积累的威势。劫：胁迫。

⑬为国者：治理国家的人。无使：不要让自己。

⑭从：重蹈。故事：前例，旧事。在六国之下：不如六国。

送石昌言使北引

【题解】石昌言作为特使北上祝贺契丹国母寿辰，苏洵写了这篇序文为他送行。因苏洵父名序，为避家讳，改称为“引”。文章通过对与石昌言多年交往的回顾，指出他定能不辱使命；同时通过事例揭露契丹的虚张声势，鼓励他不必畏惧。结语引孟子之言，画龙点睛，神气毕现。

昌言举进士时①，吾始数岁，未学也②。忆与群儿戏先府君侧，昌言从旁取枣栗啖我③，家居相近，又以亲戚故，甚狎④。昌言举进士，日有名。吾后渐长，亦稍知读书，学句读、属对、声律，未成而废⑤。昌言闻吾废学，虽不言，察其意，甚恨⑥。后十余年，昌言及第第四人，守官四方，不相闻⑦。吾日以壮大，乃能感悔，摧折复学⑧。又数年，游京师，见昌言长安，相与劳苦，如平生欢⑨。出文十数首，昌言甚喜称善。吾晚学无师，虽日为文，中甚自惭⑩；及闻昌言说，乃颇自喜。

今十余年，又来京师，而昌言官两制，乃为天子出使万里外强悍不屈之虏⑪，建大旆，从骑数百，送车千乘，出都门，意气慨然⑫。自思为儿时，见昌言先府君旁，安知其至此？富贵不足怪，吾于昌言独有感也⑬：丈夫生不为将，得为使，折冲口舌之间，足矣⑭。

往年彭任从富公使还，为我言曰⑮：“既出境，宿驿亭。闻介马数

①昌言：即石昌言，名扬休，作者友人。进士时：指宋真宗祥符年间。

②未学：尚未开始学习。

③先府君：即先父，指苏洵父亲苏序。啖（dàn）：吃。

④亲戚：苏洵的姐姐嫁给了石昌言的弟弟。狎：亲近。

⑤稍：渐。句读（dòu）：断句。属对：对仗。声律：讲平仄。属对、声律是做诗的基本功。未成而废：苏洵小时不肯学习。废，荒废。

⑥察：观察。恨：遗憾。

⑦及第第四人：以第四名的身份考中进士。守官四方：在各地任职。

⑧壮大：长大。感悔：受到触动而悔改。摧折：犹言发誓。

⑨劳苦：慰问。平生欢：老朋友。

⑩中：内心。

⑪官两制：身兼两职。当时石昌言以刑部员外郎知制诰。强悍不屈之虏：指契丹。

⑫大旆（pèi）：大旗。从骑（jì）：骑马的随从。意气：神情。慨然：慷慨振奋。

⑬不足怪：这里是“不用提”的意思。独有感：另有别的感慨。

⑭使：使节。折冲：制敌。口舌之间：指通过言辞。

⑮彭任：蜀人，曾跟从富弼出使契丹。富公：即富弼。为：对。

万骑驰过，剑槊相摩，终夜有声，从者怛然失色[①]。及明，视道上马迹，尚心掉不自禁[②]。”凡虏所以夸耀中国者，多类此也。中国之人不测也，故或至于震惧而失辞，以为夷狄笑[③]。呜呼！何其不思之甚也！昔者奉春君使冒顿[④]，壮士健马皆匿不见，是以有平城之役。今之匈奴，吾知其无能为也[⑤]。

孟子曰：“说大人，则藐之[⑥]。”况于夷狄？请以为赠。

①介马：带甲的马。槊（sù）：一种兵器。相摩：相撞击。怛（dá）：惊。

②心掉：心中震动。自禁：控制自己。

③不测：不了解。失辞：说不出话。夷狄：代指契丹人。

④奉春君：西汉刘敬，号奉春君，曾受刘邦之命出使匈奴。冒顿（mò dú）：汉时匈奴君主之号。

⑤无能为：不会有什么作为。

⑥说（shuì）：游说。藐之：轻视他。语出《孟子·尽心下》。

周敦颐

周敦颐（1017～1073），宋代理学家。原名敦实，字茂叔，因避宋英宗赵曙旧讳，改名敦颐，道州营道（今湖南道县）人。周敦颐是宋朝理学的开山之祖，著有《太极图说》、《通书》等理学著作。有《周子全书》行世。

爱莲说

【题解】本文将菊、莲、牡丹三种花卉作一对比，象征性地写出了三种不同的品格，从而歌颂了莲花所代表的清高傲世、洁身自好的情操，同时也传达了作者孤芳自赏、不肯苟随时俗的思想感情。

水陆草木之花，可爱者甚蕃①。晋陶渊明独爱菊；自李唐来，世人甚爱牡丹②；予独爱莲之出淤泥而不染，濯清涟而不妖③，中通外直，不蔓不枝④，香远益清，亭亭净植，可远观而不可亵玩焉⑤。

予谓菊，花之隐逸者也⑥；牡丹，花之富贵者也⑦；莲，花之君子者也⑧。噫！菊之爱，陶后鲜有闻⑨；莲之爱，同予者何人⑩？牡丹之爱，宜乎众矣⑪！

①蕃：多。

②李唐：唐朝皇帝姓李，故称。爱牡丹：唐朝人酷爱牡丹。

③不染：不被污泥沾染。濯（zhuó）：洗。不妖：妖艳。

④中通外直：莲花茎中空挺直。不蔓（wàn）不枝：没有一点分枝。

⑤香远益清：花香飘得越远越清幽。净植：洁净地直立。亵玩：随便摆弄。亵（xiè），不庄重。

⑥花之隐逸者：菊花开在秋天，与春节之花不同仿佛隐士，故称。

⑦花之富贵者：牡丹花大色艳，有富贵花之称。

⑧君子：君子为儒家推崇的高尚人格，内容广泛。

⑨鲜有闻：很少听说。

⑩同予者何人：与我相同的人是谁？

⑪宜乎众矣：当然是很多的了。

司马光

司马光（1019～1086），宋代史学家。字君实，陕州夏县（今山西夏县）涑水乡人，世称涑水先生。他主编的《资治通鉴》是我国历史上第一部编年体史书，是一部史学与文学价值都很高的巨著。此外，尚著有《温国文正司马公文集》。

训俭示康

【题解】这是司马光写给儿子司马康的一篇家训。作者在文中阐述了俭朴与奢华的利害，议论精到，举例翔实，表现了一个史学家的见识与眼光。全文看似信手所书，但却脉络清楚，观点鲜明，其中许多观点在今天看来仍有借鉴意义。

吾本寒家，世以清白相承①。吾性不喜华靡，自为乳儿，长者加以金银华美之服，辄羞赧弃去之②。二十忝科名，闻喜宴独不戴花③。同年曰："君赐不可违也。"乃簪一花④。平生衣取蔽寒，食取充腹，亦不敢服垢弊以矫俗干名，但顺吾性而已⑤。

众人皆以奢靡为荣，吾心独以俭素为美。人皆嗤吾固陋，吾不以为病⑥，应之曰："孔子称'与其不逊也宁固⑦'。又曰：'以约失之者鲜矣⑧'。又曰：'士志于道，而耻恶衣恶食者，未足与议也⑨'。"古人以俭为美德，今人乃以俭相诟病，嘻，异哉⑩！

近岁风俗，尤为侈靡⑪，走卒类

①清白：指清白的家风。

②华靡：生活豪华奢侈。自为乳儿：从婴儿时起。羞赧（nǎn）：害羞。

③忝（tiǎn）科名：名列进士的科名。忝闻喜宴：皇帝为新科进士所赐之宴。戴花：宋制，赴闻喜宴的新科进士皆赐簪花。

④同年：同榜登科的人。

⑤充腹：吃饱。垢弊：肮脏破烂的衣服。矫俗干名：故意与世俗相背以求沽名钓誉。

⑥俭素：节俭朴素。固陋：顽固鄙陋。病：缺点。

⑦此句语出《论语·述而》。

⑧此句语出《论语·里仁》。

⑨此句语出《论语·里仁》。志于道：有志于追求道。

⑩诟病：讥议，批评。异：奇怪。

⑪近岁：指宋神宗元丰年间。

士服，农夫蹑丝履①。吾记天圣中，先公为群牧判官②，客至，未尝不置酒，或三行五行，多不过七行③。酒酤于市，果止于梨、栗、枣、柿之类，肴止于脯、醢、菜羹，器用瓷、漆④。当时士大夫家皆然，人不相非也。会数而礼勤，物薄而情厚⑤。近日士大夫家，酒非内法，果、肴非远方珍异，食非多品，器皿非满案，不敢会宾友⑥，常数月营聚，然后敢发书⑦。苟或不然，人争非之，以为鄙吝。故不随俗靡者盖鲜矣⑧。嗟乎！风俗颓弊如是，居位者虽不能禁，忍助之乎⑨！

又闻昔李文靖公为相⑩，治居第于封丘门内，厅事前仅容旋马⑪。或言其太隘，公笑曰："居第当传子孙，此为宰相厅事诚隘，为太祝、奉礼厅事已宽矣⑫。"参政鲁公为谏官⑬，真宗遣使急召之，得于酒家，既入，问其所来，以实对。上曰："卿为清望官⑭，奈何饮于酒肆？"对曰："臣家贫，客至无器皿、肴、果，故就酒家觞之⑮。"上以无隐，益重之⑯。张文节为相，自奉养如为河阳掌书记时⑰，所亲或规之曰："公今受俸不少，而自奉若此，公虽自信清约，外人颇有公孙布被之讥⑱。公宜少从众。"公叹曰："吾今日之俸，虽举家锦衣玉食，何患不能？顾人之常情，由俭入奢易，由奢入俭难。吾今日之俸岂能常有，

①走卒：当差的。蹑（niè）：穿。

②天圣：宋仁宗年号。先公：司马光的父亲司马池。群牧判官：群牧司判官，官职名。

③置酒：摆酒席。行：行酒，主人为客人斟酒。

④酤（gū）：买酒。脯（fǔ）：干肉。醢（hǎi）：肉酱。羹（gēng）：汤。瓷漆：瓷器和漆具。

⑤会：聚会。数（shuò）：多次。礼勤：礼意殷勤。物薄：食物简单。

⑥内法：宫内酿酒之法。远方珍异：来自远方的奇珍异果。品：种类。皿（mǐn）：盘、盆之类器具。

⑦营聚：张罗。发书：发出请柬。

⑧苟或：如果有人。鄙吝：小气。随俗靡：跟风随俗。靡，倾倒。

⑨颓弊：败坏。居位者：有权势的人。忍：忍心。

⑩李文靖公：李沆，宋真宗时任宰相，卒谥"文靖"。

⑪治：修建。封丘门：汴京城门之一。厅事：办公或接待宾客的厅堂。旋马：马转身，形容狭小。

⑫诚：确实。隘（ài）：狭窄。太祝、奉礼：太常寺的两个官职，主管祭祀，常由功臣子孙担任。

⑬参政鲁公：鲁宗道，宋真宗时为右正言，仁宗时拜参知政事。谏官：右正言为谏官。

⑭清望官：名声清正的官员。

⑮就：借着。觞之：请人喝酒。

⑯无隐：坦言，不隐瞒。益：更加。

⑰张文节：张知白，宋仁宗时官至宰相，谥"文节"。自奉养：自己的生活享受。掌书记：官名。

⑱规：劝。受俸：俸禄收入。清约：清廉节约。公孙布被：汉代公孙弘在武帝时任丞相，封平津侯，但他盖布被，很少吃肉，时人认为是故意作伪。

身岂能常存？一旦异于今日，家人习奢已久，不能顿俭，必致失所[①]。岂若吾居位、去位、身在、身亡，常如一日乎[②]？”呜呼！大贤之深谋远虑[③]，岂庸人所及哉！

御孙曰：“俭，德之共也；侈，恶之大也[④]。”共，同也，言有德者皆由俭来也。夫俭则寡欲。君子寡欲，则不役于物，可以直道而行[⑤]；小人寡欲，则能谨身节用，远罪丰家[⑥]。故曰：“俭，德之共也。”侈则多欲。君子多欲则贪慕富贵，枉道速祸[⑦]；小人多欲则多求妄用，败家丧身[⑧]；是以居官必贿，居乡必盗。故曰：“侈，恶之大也。”

昔正考父馇粥以口，孟僖子知其后必有达人[⑨]。季文子相三君，妾不衣帛，马不食粟，君子以为忠[⑩]。管仲镂簋朱纮，山节藻棁，孔子鄙其小器[⑪]。公叔文子享卫灵公，史鳝知其及祸，及戍，果以富得罪出亡[⑫]。何曾日食万钱，至孙以骄溢倾家[⑬]。石崇以奢靡夸人，卒以此死东市[⑭]。近世寇莱公豪侈冠一时，然以功业大，人莫之非，子孙习其家风，今多穷困[⑮]。其余以俭立名，以侈自败者多矣，不可遍数[⑯]，聊举数人以训汝。汝非徒身当服行[⑰]，当以训汝子孙，使知前辈之风俗云。

①顿：马上。失所：饥寒无靠。

②“岂若”句：是说不论我做官与否、人在与否，家里生活始终如一，保持不变。

③大贤：指上述李、鲁、张等人。

④语出《左传·庄公二十四年》。御孙，春秋时鲁国大夫。

⑤不役于物：不受外物的牵扯、制约。直道而行：行正直之道。

⑥谨身节用：约束自己，节约用度。远罪丰家：避免犯罪，丰裕家室。

⑦枉道：不按正道行事。速祸：招致祸患。速，招。

⑧多求：多方搜求。妄用：浪费。

⑨正考父：春秋时宋国的上卿，孔子的祖先。馇（zhān）：稠粥。孟僖子：春秋时鲁国大夫。

⑩季文子：春秋时鲁国大夫季孙行父，曾在宣公、成公、襄公三朝执政。以为忠：认为他忠于王室。

⑪管仲：春秋时齐国之相。簋（guǐ）：古代盛食物的器具。纮（hóng）：帽带。山节：刻有山形的斗拱。藻棁（zhuó）：在梁柱上绘画。小器：气量狭小。

⑫公叔文子：春秋时卫国大夫公叔发。享：宴请。史鳝：卫国大夫。及祸：遭到灾祸。戍：公叔文子的儿子公孙戍。得罪：惹上罪名。出亡：逃亡别国。

⑬何曾：晋代人，曾官至太尉。

⑭石崇：晋代。东市：刑场。

⑮寇莱公：寇准。宋真宗时任宰相，封莱国公。冠：领先。习：习染。

⑯立名：树立名声。

⑰非徒：不仅。服行：实行。

李愬雪夜入蔡州

【题解】本篇是《资治通鉴》中的一段，描写李愬夜袭蔡州的过程。司马光在历史著作中运用带有感情色彩的笔调不着痕迹地描绘了两军人物，褒贬鲜明。全文叙事完整，描写生动，简洁刻画之中体现出丰满的人物形象，既见史家之长，又有文学特色。

李愬谋袭蔡州①。每得降卒，必亲引问委曲②，由是贼中险易远近虚实尽知之。李祐言于李愬曰："蔡之精兵皆在洄曲及四境拒守③，守州城者皆羸老之卒④。可以乘虚直抵其城。"愬然之。

命李祐、李忠义帅突将三千为前驱⑤，自将三千人为中军，命李进诚将三千人殿其后⑥。行六十里，夜至张柴村，尽杀其戍卒，据其栅⑦。命士少休，食干糒，整羁靮⑧。留五百人镇之，以断洄曲及诸道桥梁。复夜引兵出门，诸将请所之⑨，愬曰："入蔡州，取吴元济。"诸将皆失色。

时大风雪，旌旗裂，人马冻死者相望。天阴黑，自张柴村以东道路皆官军所未尝行⑩，人人自以为必死，然畏愬，莫敢违。夜半，雪愈甚。行七十里，至州城。近城有鹅鸭池，愬令击之以混军声⑪。四鼓⑫，愬至城下，无一人知者。李祐、李忠义钁其城为坎以先登⑬，壮士从之。守门卒方熟寐，尽杀之，

①愬：音 sù。蔡州：今河南汝南。自唐代宗大历十四年（779）李希烈自任淮西节度使后，一直为军阀割据。

②引：招来。委曲：底细，详情。

③李祐：原为淮西骑将。被李愬俘虏后，感其精诚，愿效力官军，李愬任命他为六院兵马使。洄曲：地名，在蔡州西北。四境：蔡州四周。

④州城：蔡州城。羸（léi）：瘦弱。

⑤李忠义：原名李宪，为淮西将吴秀琳部下，投降后，李愬为其改名李忠义。帅：同"率"。突将：李愬招募了三千敢死队，号称"突将"。前驱：先锋。

⑥李进诚：唐州刺史。殿：在最后。

⑦张柴村：在蔡州西。据：占领。栅（zhà）：营寨。

⑧干糒（bèi）：干粮。羁（jī）：马笼头。靮（dí）：马缰。

⑨请所之：请示部队前进的方向。

⑩未尝行：没有走过。

⑪鹅鸭池：鹅鸭栖息的池塘。混：掩盖。军声：部队前进的脚步声。

⑫四鼓：即四更天。

⑬钁（jué）：用镬头挖。坎：坑。

而留击柝者，使击柝如故，遂开门纳众①。及里城，亦然，城中皆不之觉。

鸡鸣，雪止，愬入居元济外宅②。或告元济曰："官军至矣！"元济尚寝，笑曰："俘囚为盗耳，晓当尽戮之③。"又有告者曰："城陷矣！"元济曰："此必洄曲子弟就吾求寒衣也④。"起，听于廷，闻愬军号令，应者近万人，始惧，帅左右登牙城拒战⑤。愬遣李进诚攻牙城，毁其外门，得甲库，取器械⑥。烧其南门，民争负薪刍助之⑦，城上矢如猬毛。晡时，门坏，元济于城上请罪，进诚梯而下之⑧。愬以槛车送吴元济诣京师⑨。

①熟寐：熟睡。击柝（tuò）：打更。柝，打更用的梆子。纳众：让李愬大军进城。

②鸡鸣：五更天。居：占据。外宅：牙城之外的外衙。

③俘囚：俘虏。晓：天亮。戮（lù）：杀。

④子弟：当时各镇军阀都将自己的部队称作"子弟兵"。就吾：来我这里。

⑤廷：同"庭"，院子。牙城：卫护节度使的内城。

⑥甲库：兵器仓库。

⑦薪刍（chú）：柴草。

⑧晡（bū）：申时，相当于下午三至五点。梯而下之：用梯子接下来。

⑨槛车：囚车。诣：到。京师：京城。

曾 巩

曾巩（1019～1083），宋代散文家。字子固，建昌南丰（今江西南丰）人。曾巩很早便以文章著名，其文章雍容沉着，平易深厚，雄浑郁勃之气，往往见著笔端，是“唐宋八大家”中以含蓄厚重风格见长的作家。有《南丰类稿》传世。

寄欧阳舍人书

【题解】曾巩写信请当时任知制诰的欧阳修为其祖父曾致尧作墓志铭，收到欧阳修的文章后写了此信答谢。本文主旨是要表示对欧阳修的感谢，但却不涉虚泛套语。文章由碑铭之价值、难写突出对撰写者道德文章的要求，最后落到欧阳修及其所撰之文，环环相扣，既使所表达的谢意真切厚重，也使文章显得波澜起伏、摇曳多姿。

巩顿首载拜舍人先生①：去秋人还，蒙赐书及所撰先大父墓碑铭②，反复观诵，感与惭并③。

夫铭志之著于世，义近于史，而亦有与史异者④。盖史之于善恶无所不书，而铭者，盖古之人有功德、材行、志义之美者，惧后世之不知，则必铭而见之，或纳于庙，或存于墓，一也⑤。苟其人之恶，则于铭乎何有⑥？此其所以与史异也。其辞之作，所以使死者无有所憾，生者得致其严⑦。而善人喜于见传，则勇于自立；恶人无有所纪，则以愧而惧⑧。至于通材达识，义烈节士，嘉言善状，皆见于篇，则足为后法⑨。警劝之道，非近乎史，其将安近⑩？

①顿首：叩头。载拜：即“再拜”。

②去秋：去年秋天。人还：派去的人回来。先大父：故去的祖父。墓碑铭：即墓志铭。

③观诵：阅读朗诵。感与惭并：又感激又惭愧。并，兼。

④铭志：统指墓志铭和碑文。义：意义，作用。

⑤铭：刻。见（xiàn）：彰显。纳于庙：安置在家庙。一：同样，相同。

⑥于铭乎何有：有什么需要铭刻。

⑦其辞：铭志之辞。致其严：表达他的尊敬。严，敬重。

⑧自立：培养自己的德行。

⑨通材：有多方面材能的人。达识：见识通达的人。义烈：忠义之人。节士：讲气节之人。嘉言：美好的言辞。善状：好的行为。法：榜样、准则。

⑩安近：与什么相似。

及世之衰，人之子孙者，一欲褒扬其亲而不本乎理[①]。故虽恶人，皆务勒铭以夸后世[②]。立言者，既莫之拒而不为，又以其子孙之所请也，书其恶焉，则人情之所不得，于是乎铭始不实[③]。后之作铭者当观其人。苟托之非人，则书之非公与是，则不足以行世而传后[④]。故千百年来，公卿大夫至于里巷之士莫不有铭，而传者盖少[⑤]，其故非他，托之非人，书之非公与是故也。

然则孰为其人，而能尽公与是欤[⑥]？非畜道德而能文章者无以为也[⑦]。盖有道德者之于恶人则不受而铭之，于众人则能辨焉[⑧]。而人之行，有情善而迹非，有意奸而外淑[⑨]，有善恶相悬而不可以实指[⑩]，有实大于名，有名侈于实[⑪]。犹之用人，非畜道德者，恶能辨之不惑，议之不徇[⑫]？不惑不徇，则公且是矣。而其辞之不工，则世犹不传，于是又在其文章兼胜焉[⑬]。故曰非畜道德而能文章者无以为也。岂非然哉[⑭]？

然畜道德而能文章者，虽或并世而有，亦或数十年或一二百年而有之[⑮]。其传之难如此，其遇之难又如此[⑯]。若先生之道德文章，固所谓数百年而有者也[⑰]。先祖之言行卓卓，幸遇而得铭其公与是，其传世行后无疑也[⑱]。而世之学者，每观传记所书古人之事，至其所可感，则

①世之衰：世道衰落，这里主要指社会风气。一：一味，只管。本：依据。

②务：力求。勒：刻。夸：炫耀。

③立言者：指作铭文的人。莫之拒：莫拒之。不得：不合乎，有失于。不实：不真实。

④其人：作铭文的人。非人：不适当的人。公与是：公正与真实。行世：流传到社会上。传后：传到后世。

⑤里巷之士：乡里和街巷的普通人。盖：大概。

⑥孰为其人：谁是这样的人。其人，指作铭文的。尽：完全。

⑦畜：同“蓄”，怀有。无以为：无法做到。

⑧不受：不接受委托。辨：分辨。

⑨情、意：均指内心。迹：表现。外：外表。淑：善，好。

⑩相悬：悬殊。不可以实指：难以切实指出。

⑪侈：超过。

⑫恶（wū）能：怎么能。惑：疑惑。徇：有失公正。

⑬工：工整，精致。兼胜：都优秀，指道德和文章都好。

⑭岂非然哉：难道不是这样吗？

⑮并世：同时代。

⑯传：承传，继承。遇：碰到。

⑰固：真。

⑱先祖：指曾巩祖父。卓卓：高尚不凡。行后：流传后世。

往往衋然不知涕之流落也[①]，况其子孙也哉？况巩也哉？其追晞祖德而思所以传之之由，则知先生推一赐于巩而及其三世。其感与报，宜若何而图之[②]？

抑又思若巩之浅薄滞拙而先生进之[③]，先祖之屯蹶否塞以死而先生显之[④]，则世之魁闳豪杰不世出之士，其谁不愿进于门[⑤]？潜遁幽抑之士，其谁不有望于世[⑥]？善谁不为？而恶谁不愧以惧？为人之父祖者，孰不欲教其子孙？为人之子孙者，孰不欲宠荣其父祖[⑦]？此数美者，一归于先生。

既拜赐之辱，且敢进其所以然[⑧]。所论世族之次，敢不承教而加详焉[⑨]？

愧甚。不宣。巩再拜[⑩]。

①衋（xì）然：激动。涕：泪。

②追晞（xī）：追思。晞：望。由：原因。推：给。一赐：指欧阳修写的墓铭。宜若何而图之：应该想什么样的办法。图，谋划。

③滞拙：指才能低下。进：提携。

④屯蹶（zhūn jué）：坎坷不顺。否塞（pǐ sè）：境遇困难。显：彰显。

⑤魁闳：俊伟杰出。闳（hóng）：大。不世出：世所罕见。

⑥潜遁：隐逸。幽抑：被埋没。有望于世：有望得到社会的重视。

⑦宠荣：光显。

⑧拜：接受。赐之辱：谦语，指欧阳修赐铭。

⑨承教：接受命令。加详：认真审核。

⑩不宣：犹言“书不尽意”，书信结尾的套语。

墨池记

【题解】本文是曾巩应临川州学教授王某之请而作。文章以临川地方为王羲之学书之墨池的传说为缘由，从王羲之勤学苦练而推及所有道德学问，鼓励学者专心致志，努力上进。全篇文字纡缓绵长，一唱三叹，宛转流畅，饶有兴味。

临川之城东，有地隐然而高[①]，以临于溪，曰新城。新城之上，有池洼然而方以长，曰王羲之之墨池者，荀伯子《临川记》云也[②]。羲之尝慕张芝，临池学书，池水尽黑，此为其故迹，岂信然邪[③]？方羲之之

①临川：今属江西。隐然：突起的样子。

②洼然：低深之貌。墨池：洗笔砚的水池。荀伯子：南朝宋时人。《临川记》今已不传。

③张芝：东汉时书法家，善草书，号“草圣”。信然：真的。

不可强以仕[①]，而尝极东方，出沧海，以娱其意于山水之间[②]，岂有徜徉肆恣，而又尝自休于此耶[③]？羲之之书晚乃善[④]，则其所能，盖亦以精力自致者，非天成也[⑤]。然后世未有能及者，岂其学不如彼耶[⑥]？则学固岂可以少哉！况欲深造道德耶[⑦]？

墨池之上，今为州学舍[⑧]。教授王君盛恐其不章也，书"晋王右军墨池"之六字于楹间以揭之[⑨]，又告于巩曰："愿有记。"推王君之心，岂爱人之善，虽一能不以废，而因以及乎其迹耶[⑩]？其亦欲推其事以勉其学者耶[⑪]？夫人之有一能，而使后人尚之如此[⑫]，况仁人庄士之遗风余思，被于来世者何如哉[⑬]。

庆历八年九月十二日，曾巩记。

①不可强以仕：不愿意作官。王羲之在任会稽内史时，以不愿屈居王述之下而称病离职。

②极：穷尽。王羲之辞官后，遍游附近诸郡，并泛舟出海。娱其意：使自己娱悦。

③徜徉：徘徊。肆恣：任意，放纵。休：休息，停止。

④晚乃善：据史载，王羲之早年书艺平平，晚年才表现出众。

⑤以精力自致：靠自己的努力实现的。天成：天赋所成。

⑥学：学习的功夫。

⑦深造：达到很高的造诣。

⑧州学舍：州学的校舍。

⑨章：显著。揭：显示。

⑩废：埋没。及乎其迹：连他的遗迹也受到推崇。

⑪其：莫非。推：推崇。

⑫尚：尊敬，指后人对墨池的推重。

⑬仁人庄士：有德行的庄重之士。遗风余思：流传下来的作风和美德。被：影响。

王安石

王安石（1021～1086），宋代政治家、文学家。字介甫，号半山，临川（今江西临川）人。曾两度为相，推行变法。他的散文拗折峭劲，笔力雄健，结构严谨，说理透彻，在唐宋八大家中以逼人气势和尖锐深刻见长。著有《临川先生集》。

答司马谏议书

【题解】王安石变法遭到守旧派人士的激烈反对，时任谏议大夫的旧党代表司马光写了《与王介甫书》，从四个方面批判了新法及改革思路，王安石便写了这封复信。在信中，王安石概括而绝然地反击了司马光的批评，语气强悍，笔法劲折，充分显示了作者傲岸倔强、自用慷慨的性格，逐层辩驳之中给人一种酣畅淋漓、不容置疑的气势。

某启：昨日蒙教①，窃以为与君实游处相好之日久，而议事每不合，所操之术多异故也②。虽欲强聒，终必不蒙见察，故略上报，不复一一自辩③。重念蒙君实视遇厚，于反复不宜卤莽，故今具道所以，冀君实或见恕也④。

盖儒者所重，尤在于名实⑤。名实已明，而天下之理得矣。今君实所以见教者，以为侵官、生事、征利、拒谏，以致天下怨谤也⑥。某则以谓⑦：受命于人主，议法度而修之于朝廷，以授之于有司，不为侵官；举先王之政，以兴利除弊，不为生事⑧；为天下理财，不为征利；辟邪说，难壬人，不为拒谏⑨。至于怨诽

①某启：即“安石启”。蒙教：承蒙赐教，指接到来信。

②君实：司马光的字。游处：交往。操：采用。术：做法，方法。

③强聒（guō）：硬要说给对方听。不蒙见察：不能得到你的理解。上报：回信。不复：不再。

④重（chóng）念：又想到。视遇：看待。厚：重视。

⑤名：名称。实：实际，事实。

⑥侵官：谓增设新官，侵犯原有官吏的职权。生事：惹事生非，指朝野到处除旧布新，纷扰混乱。征利：与民争利，指王安石新法中的理财方法。拒谏：听不进意见。

⑦以谓：以为，认为。

⑧举：倡导，施行。

⑨辟：除去，抨击。难（nàn）：驳斥。壬（rén）人：善于狡辩的人。

之多，则固前知其如此也[①]。

人习于苟且非一日，士大夫多以不恤国事、同俗自媚于众为善[②]，上乃欲变此，而某不量敌之众寡，欲出力助上以抗之，则众何为而不汹汹然[③]？盘庚之迁，胥怨者民也，非特朝廷士大夫而已[④]。盘庚不为怨者[⑤]故改其度，盖度义而后动，是而不见可悔故也[⑥]。

如君实责我以在位久，未能助上大有为，以膏泽斯民，则某知罪矣[⑦]；如曰今日当一切不事事，守前所为而已，则非某之所敢知[⑧]。无由会晤，不任区区向往之至[⑨]。

①怨诽：抱怨，批评。固前知：事先本已料到。

②恤：忧，顾。同俗自媚于众：附合世俗观点，讨好众人。

③上：指皇帝。不量：不考虑。汹汹然：大吵大闹的样子。

④“盘庚之迁”三句：说盘庚将都城从奄迁到殷，贵族和百姓都反对。胥（xū）：互相。特：仅仅。

⑤罪：怪罪，惩罚。

⑥度义：考虑好行动的合理性。

⑦大有为：做出大的成绩。膏泽斯民：给人民带来益处。

⑧不事事：什么事都不该做。非某之所敢知：不是我敢领教的。

⑨不任：不胜。区区向往之至：心里非常仰慕。书信套语。

伤仲永

【题解】本文通过方仲永天资聪慧而终因不学泯然众人的事例，阐述了必须重视学习、重视后天教育的道理。全篇立论确凿，笔意曲折，语言简洁，论证有力，字里行间有一种不容置疑的断然口气。

金溪民方仲永，世隶耕[①]。仲永生五年，未尝识书具，忽啼求之。父异焉，借旁近与之，即书诗四句，并自为其名[②]。其诗以养父母、收族为意，传一乡秀才观之[③]。自是指物作诗立就，其文理皆有可观者[④]。邑人奇之，稍稍宾客其父，或以钱币乞之[⑤]。父利其然也，日扳仲永环谒于邑人，不使学[⑥]。

予闻之也久。明道中，从先人

①金溪：在今江西临川。世：世代。隶耕：佃农，给地主种地。

②书诗：写出诗。自为其名：给自己取了名字。

③以养父母、收族为意：（诗的）主旨是奉养父母、团结宗族。

④指物作诗：指定题目令其咏作。

⑤稍稍：渐渐。宾客：按宾客的礼节招待。乞（qì）：给予。

⑥利其然：以为这样可以获利。扳（pān）：牵引，带着。

还家，于舅家见之，十二三矣[①]。令作诗，不能称前时之闻[②]。又七年，还自扬州，复到舅家，问焉。曰："泯然众人矣[③]！"

王子曰：仲永之通悟，受之天也[④]。其受之天也，贤于材人远矣[⑤]。卒之为众人，则其受于人者不至也[⑥]。彼其受之天也，如此其贤也，不受之人，且为众人[⑦]。今夫不受之天，固众人，又不受之人，得为众人而已邪[⑧]？

①明道：宋仁宗年号。

②称（chèn）：相符。

③还自扬州：从扬州回老家临川。泯然：完全消失（指方仲永的天资）。众人：指普通人。

④通悟：聪明，通晓颖悟。

⑤贤：优。材人：后天培养的人材。

⑥受于人者：人工的培养教育。

⑦"彼其"四句：像方仲永这样天赋如此之高的人，由于没有后天的教育，尚且变成普通人。

⑧固众人：当然是普通人。得为众人而已邪：还能成为普通人吗？

游褒禅山记

【题解】本文属游记，大略记述了游褒禅山的过程和观感。比较特别的是，作者没有在描摹景物、借景抒怀，而是以游山所见，引发议论，表达了作者对人生、对世事的基本态度，即：不盲从、不轻信；认准目标，坚定不移。

褒禅山亦谓之华山[①]。唐浮图慧褒始舍于其址，而卒葬之[②]，以故其后名之曰"褒禅"。今所谓慧空禅院者，褒之庐冢也[③]。距其院东五里，所谓华山洞者，以其乃华山之阳名之也[④]。距洞百余步，有碑仆道，其文漫灭[⑤]，独其为文犹可识，曰"花山"。今言"华"如"华实"之"华"者，盖音谬也。

其下平旷，有泉侧出，而记游者甚众[⑥]，所谓"前洞"也。由山以上五六里，有穴窈然，入之甚寒[⑦]，问其深，则其好游者不能穷也[⑧]，谓

①褒禅山：在今安徽含山县。

②浮图：梵语，塔，这里指"僧人"。慧褒始舍于其址：据载，慧褒在含山县北山脚下选址定居。舍，筑庐定居。卒：最终。

③禅院：寺院。庐冢：庐舍和坟墓。冢（zhǒng），墓。

④阳：山的南面。

⑤仆：倒下。漫灭：磨损，模糊。

⑥其下：指山洞下面。记游者：丰游览并作题记（把姓名或文字题在附近山石上）的人。

⑦窈（yǎo）然：幽暗深邃。

⑧好（hào）游者：喜欢游历的人。穷：穷尽。

之后洞。予与四人拥火以入，入之愈深，其进愈难，而其见愈奇[①]。有怠而欲出者[②]，曰："不出，火且尽[③]。"遂与之俱出。盖予所至，比好游者尚不能十一，然视其左右[④]，来而记之者已少。盖其又深，则其至又加少矣。方是时，予之力尚足以入，火尚足以明也。既其出，则或咎其欲出者，而予亦悔其随之，而不得极乎游之乐也[⑤]。

于是予有叹焉：古人之观于天地、山川、草木、虫鱼、鸟兽，往往有得，以其求思之深而无不在也[⑥]。夫夷以近[⑦]，则游者众；险以远，则至者少。而世之奇伟瑰怪、非常之观，常在于险远，而人之所罕至焉[⑧]，故非有志者不能至也。有志矣，不随以止也[⑨]，然力不足者，亦不能至也。有志与力，而又不随以怠，至于幽暗昏惑，而无物以相之[⑩]，亦不能至也。然力足以至焉，于人为可讥，而在己为有悔[⑪]。尽吾志也而不能至者，可以无悔矣[⑫]，其孰能讥之乎？此予之所得也[⑬]。

予于仆碑，又以悲夫古书之不存，后世之谬其传而莫能名者，何可胜道也哉[⑭]！此所以学者不可以不深思而慎取之也[⑮]。

四人者[⑯]：庐陵萧君圭君玉，长乐王回深父，余弟安国平父、安上纯父[⑰]。至和元年七月某甲子，临川王某记[⑱]。

①拥火：指手持火把。见愈奇：见到的景观越发奇异。

②怠：松懈，懒于继续前进。

③且：将要。

④尚不能十一：还不到十分之一。左右：指两侧石壁。

⑤既其出：既出，出了山洞。其，语气词，无义。或：有人。咎：责怪，埋怨。悔其随之：后悔自己跟着别人出来。极：尽情享受。乎：助词，无义。

⑥有得：心有所得，有收获。求思之深：考虑深入。求思，考虑。无不在：考虑全面广泛。

⑦夷以近：平坦而近。

⑧奇伟：壮丽。瑰怪：美丽奇异。非常之观：不同寻常的景观。常：往往。罕（hǎn）：稀少。

⑨随以止：附合别人而停止。

⑩相（xiàng）：帮助。

⑪于人为可讥：在别人看来是可以讥笑的。在己为有悔：对自己来说则是会后悔的。

⑫尽吾志：尽到了自己的志愿。可以：因此能够。

⑬予之所得：我的体会、心得。

⑭谬其传：以讹传讹。莫能名：不能正确认识。名，识其本名。何可胜道：难以尽数，说不完。

⑮慎取：慎重选择。

⑯四人者：指一同游览的人。

⑰庐陵：今江西吉安。萧君圭：字君玉。长乐：今福建长乐。王回：字深父。安国、安上：均为王安石之弟。

⑱至和元年：公元 1054 年。

读孟尝君传

【题解】这是一篇关于孟尝君的翻案文章。作者一反历代称颂孟尝君的观点，否定了“孟尝君能得士”的说法。全文不满百字，却一波三折，跌宕多姿，语气峭拔，字字有力。

世皆称孟尝君能得士，士以故归之[①]，而卒赖其力以脱于虎豹之秦[②]。嗟乎！孟尝君特鸡鸣狗盗之雄耳，岂足以言得士[③]？不然，擅齐之强，得一士焉，宜可以南面而制秦[④]，尚何取鸡鸣狗盗之力哉？鸡鸣狗盗之出其门，此士之所以不至也[⑤]。

①得士：招纳贤才。归：投靠。
②这句是说孟尝君在门客的帮助下逃离秦国。
③特：只不过。雄：首领。
④擅齐之强：依靠齐国的强大力量。擅，独掌。士：此处指真正的士，而非鸡鸣狗盗之徒。南面而制秦：意为使秦国称臣。
⑤此士之所以不至：这恰恰是贤士不到孟尝君门下的原因。

祭欧阳文忠公文

【题解】这是身居相位的王安石为欧阳修写的祭文。文章集中概括了欧阳修坎坷而不凡的一生，高度赞扬了他的文章道德和才识襟怀，表现了作者的无限景仰和缅怀。全篇文字瑰丽，气势酣畅，句式错综，音韵铿锵，被誉为“欧阳公祭文，当以此为第一”（茅坤语）。

夫事有人力之可致，犹不可期[①]，况乎天理之溟漠，又安可得而推[②]？惟公生有闻于当时，死有传于后世[③]，苟能如此足矣，而亦又何悲？

如公器质之深厚，智识之高远，而辅以学术之精微[④]，故充于文章，见于议论，豪健俊伟，怪巧瑰琦[⑤]。其积于中者，浩如江河之停蓄[⑥]；其发于外者，烂如日星之光辉[⑦]。其清

①致：做到。期：必定，期望。
②天理：天道。溟漠：幽深广远。推：推想，捉摸。
③闻：声望，名声。传：流传。
④器质：器局、资质。智识：智慧，才识。精微：精粹深邃。
⑤充：充满。见（xiàn）：表现。瑰琦（guī qí）：美好，奇特。
⑥积于中：蕴蓄在胸中。停蓄：汇聚。
⑦发于外：表现在文章议论中。烂：光彩四射。

音幽韵，凄如飘风急雨之骤至[①]；其雄辞闳辩，快如轻车骏马之奔驰[②]。世之学者，无问乎识与不识，而读其文，则其人可知[③]。

呜呼！自公仕宦四十年，上下往复[④]，感世路之崎岖，虽屯邅困踬，窜斥流离[⑤]，而终不可掩者，以其公议之是非[⑥]。即压复起，遂显于世[⑦]，果敢之气，刚正之节，至晚而不衰。

方仁宗皇帝临朝之末年，顾念后事，谓如公者，可寄以社稷之安危[⑧]。及夫发谋决策，从容指顾，立定大计，谓千载而一时[⑨]。功名成就，不居而去[⑩]，其出处进退，又庶乎英魄灵气，不随异物腐散，而长在乎箕山之侧与颍水之湄[⑪]。然天下之无贤不肖，且犹为涕泣而歔欷[⑫]，而况朝士大夫，平昔从游，又予心之所向慕而瞻依[⑬]。

呜呼！盛衰兴废之理自古如此，而临风想望不能忘情者，念公之不可复见，而其谁与归[⑭]？

①飘风：疾风。

②闳辩：雄阔的议论。闳（hóng），宏大。

③识：认识（欧阳修）。其人可知：知道他的为人。

④仕宦：作官。上下：升迁、降职。住复：外贬、回朝。

⑤世路：人生道路。屯邅（zhān）：遭遇困难。困踬：事情不顺利。踬（zhì），绊倒。窜斥：贬逐。

⑥掩：掩盖。公议之是非：公论。

⑦压：压抑，指欧阳修多次被贬外放。显：显达。

⑧临朝之末年：在位的最后几年。后事：指皇嗣问题。社稷之安危：欧阳修在仁宗去世前两年奏请仁宗立其侄赵曙为皇子。

⑨这四句指欧阳修与韩琦请太后下诏迎皇子赵曙继位，避免了国家的混乱。指顾：指挥。千载而一时：在一瞬之间定下千年大业。

⑩不居而去：欧阳修不以功自居，主动要求退休，前后上书五次。

⑪异物：尸体。箕、颍：指许由隐居、洗耳之地。欧阳修晚年退居颍州，故用此典。湄：水边。

⑫歔欷（xū xī）：抽泣。

⑬平昔：过去。从游：交游往来。向慕而瞻依：仰慕，崇敬。

⑭其谁与归：和谁引为同志。

苏　轼

苏轼（1037～1101），宋代文学家、书画家。字子瞻，号东坡居士，四川眉山人。苏轼具有多方面的才能。在散文方面，作为“唐宋八大家”之一，他不仅创作数量很大，而且以气势纵横、舒卷自如、变化多姿，畅达明快形成了自己独特的风格。史称其文“其体浑涵光芒，雄视百代，有文章以来，盖亦鲜矣”（《宋史·本传》）。

前赤壁赋

【题解】本文是苏轼因“乌台诗案”被贬黄州第三年写下的。苏轼在文章里即景抒情，借题发挥，从历史的变迁、宇宙的盈虚，联想到人生的荣辱得失，从而表达了一种齐生死、等荣辱、随遇而安的超脱思想。文章虽用赋体，但承转灵活，摇曳多姿，语言流畅，音节自然，如行云流水，无不尽意。

壬戌之秋，七月既望，苏子与客泛舟游于赤壁之下[①]。清风徐来，水波不兴。举酒属客，诵《明月》之诗，歌“窈窕”之章[②]。少焉，月出于东山之上，徘徊于斗牛之间[③]。白露横江，水光接天。纵一苇之所如，凌万顷之茫然[④]。浩浩乎如冯虚御风，而不知其所止[⑤]；飘飘乎如遗世独立，羽化而登仙。

于是饮酒乐甚，扣舷而歌之。歌曰：“桂棹兮兰桨，击空明兮溯流光[⑥]。渺渺兮余怀，望美人兮天一方[⑦]。”客有吹洞箫者，依歌而和之[⑧]。其声呜呜然，如怨如慕[⑨]，如泣如诉，余音袅袅，不绝如缕，舞幽壑之潜蛟，泣孤舟之嫠妇[⑩]。

①壬戌：宋神宗元丰五年。既望：农历十六日。既，过。望，十五日。

②属（zhǔ）：劝，请。明月之诗、窈窕之章：指《诗经·陈风·月出》。

③少焉：不一会。斗牛：斗星和牛星。

④一苇：指小船。如：去，往。凌：凌驾。万顷：指宽阔的江面。

⑤冯（píng）虚：凌空。冯，同“凭”，依仗。御：驾。

⑥桂棹（zhào）兰桨：泛指华美的船。空明：指倒映着月光的清澈江水。流光：江面上浮动的月光。

⑦渺渺：辽远。余怀：我的心。

⑧依：随着。和（hè）：同声相应。

⑨怨、慕：爱恨。

⑩嫠（lí）妇：寡妇。

苏子愀然[①]，正襟危坐而问客曰："何为其然也[②]？"

客曰："'月明星稀，乌鹊南飞'，此非曹孟德之诗乎[③]？西望夏口，东望武昌，山川相缪，郁乎苍苍，此非孟德之困于周郎者乎[④]？方其破荆州，下江陵，顺流而东也，舳舻千里，旌旗蔽空，酾酒临江，横槊赋诗，固一世之雄也[⑤]，而今安在哉？况吾与子渔樵于江渚之上，侣鱼虾而友麋鹿，驾一叶之扁舟，举匏樽以相属[⑥]，寄蜉蝣于天地，渺沧海之一粟[⑦]。哀吾生之须臾，羡长江之无穷，挟飞仙以遨游，抱明月而长终[⑧]。知不可乎骤得，托遗响于悲风[⑨]。"

苏子曰："客亦知夫水与月乎？逝者如斯，而未尝往也；盈虚者如彼，而卒莫消长也[⑩]。盖将自其变者而观之，则天地曾不能以一瞬[⑪]，自其不变者而观之，则物与我皆无尽也，而又何羡乎？且夫天地之间，物各有主，苟非吾之所有，虽一毫而莫取。惟江上之清风，与山间之明月，耳得之而为声，目遇之而成色[⑫]，取之无禁，用之不竭，是造物者之无尽藏也，而吾与子之所共适[⑬]。"

客喜而笑，洗盏更酌[⑭]。肴核既尽，杯盘狼藉[⑮]。相与枕藉乎舟中，不知东方之既白[⑯]。

①愀（qiǎo）然：忧愁的样子。
②何为其然：为什么（曲调）如此（悲凉）。
③乌鹊：喜鹊。孟德：曹操的字。
④夏口：城名。武昌：即今湖北鄂城。缪（liáo）：同"缭"，缭绕。郁乎：草木茂盛。周郎：周瑜。
⑤其：指曹操。舳舻（zhú lú）：大船。蔽空：遮住天空。酾（shī）：饮酒。横槊（shuò）赋诗：舞着长矛吟诗。固：当然。
⑥渔樵：打鱼砍柴。江渚：江边。扁（piān）舟：小船。匏樽：酒具。匏（páo），一种葫芦。属：劝。
⑦"寄蜉蝣"二句：是说人生短暂、生命渺小。蜉蝣，一种寿命很短的水生昆虫，朝生暮死。
⑧挟：带着，伴着。长终：永远。
⑨骤得：轻易得到。遗响：余音，这里指箫声。
⑩盈虚者：指月亮。消长：减少或增加。
⑪自其变者：从变化的角度。曾不能以一瞬：一瞬间的停顿都没有。
⑫得之：听到。遇之：看到。
⑬无禁：不受约束。无尽藏（zàng）：即佛家所谓"无尽藏海"，指无穷无尽的东西。适：享受。
⑭盏：杯盏。更酌：换酒。
⑮肴核：菜肴和果品。狼藉：凌乱。
⑯相与：彼此。枕藉：互相靠着。藉（jiè），垫着。既白：天已放亮。

后赤壁赋

【题解】《赤壁赋》作于初秋，此文写在初冬。与《赤壁赋》不同，本文没有说理或谈玄的内容，只是记述了初冬之夜游赤壁江岸的过程、景致。全篇虽然没有刻意借景抒情，但字里行间充盈冬意，从中不难窥出作者当时的心情。

是岁十月之望，步自雪堂，将归于临皋[①]。二客从予，过黄泥之坂[②]。霜露既降，木叶尽脱，人影在地。仰见明月，顾而乐之，行歌相答[③]。已而叹曰："有客无酒，有酒无肴，月白风清，如此良夜何[④]！"客曰："今者薄暮，举网得鱼，巨口细鳞，状如松江之鲈，顾安所得酒乎[⑤]？"归而谋诸妇。妇曰："我有斗酒，藏之久矣，以待子不时之需[⑥]。"

于是携酒与鱼，复游于赤壁之下。江流有声，断岸千尺[⑦]，山高月小，水落石出。曾日月之几何，而江山不可复识矣[⑧]！予乃摄衣而上，履巉岩，披蒙茸，踞虎豹，登虬龙，攀栖鹘之危巢，俯冯夷之幽宫[⑨]。盖二客不能从焉。划然长啸[⑩]，草木震动，山鸣谷应，风起水涌。予亦悄然而悲，肃然而恐，凛乎其不可留也[⑪]。反而登舟，放乎中流，听其所止而休焉[⑫]。时夜将半，四顾寂寥。适有孤鹤，横江东来，翅如车轮，玄裳缟衣；戛然长鸣，掠予舟而西也[⑬]。

①是岁：这一年，承《赤壁赋》而言。雪堂：苏轼此时在黄州的新居。临皋：亭名。苏轼曾在此住过。

②从：跟随。黄泥之坂：即黄泥坂，黄冈东面的山坡。

③顾：看着。行歌互答：边走边唱，互相应答。

④如此良夜何：意谓怎么渡过这样一个良宵呢？

⑤顾：这里作"但是"。安所：哪里，何处。

⑥谋诸妇：和妻子商量。不时之需：意外的需要。

⑦断岸：绝壁。

⑧曾：才，刚。日月之几何：过了几天，指景物变化太大。

⑨摄：牵曳。履：鞋，这里指攀登。披：分开。蒙茸：杂乱的丛草。踞：蹲。虎豹：指形似虎豹的山石。虬（qiú）龙：指枝杈弯曲的树木。栖鹘（hú）：睡在树上的鹘鸟。冯（píng）夷：水神。

⑩划然：像刀破物的声音。

⑪悄然：悄悄地。肃然：因恐惧而收敛。凛乎：害怕的样子。

⑫反：同"返"。放：放纵（指船）。听其所止：任凭船漂到什么地方。

⑬适：恰巧。横江：横穿大江。玄裳缟衣：指鹤羽毛是白色的、尾巴是黑色的。戛（jiá）然：形容声音悠长。

须臾客去，予亦就睡[①]。梦一道士，羽衣蹁跹[②]，过临皋之下，揖予而言曰："赤壁之游乐乎?"问其姓名，俛而不答[③]。"呜呼噫嘻！我知之矣！畴昔之夜[④]，飞鸣而过我者，非子也耶?"道士顾笑，予亦惊寤[⑤]。开户视之，不见其处[⑥]。

①须臾：不久。就：入。

②羽衣：指道士的服装。蹁跹：轻快跳跃的样子。揖：拱手施礼。

③俛：同"俯"。

④畴昔之夜：昨天晚上。

⑤寤（wù）：醒。

⑥户：门。不见其处：不知到他在哪里。

石钟山记

【题解】石钟山位于今江西湖口鄱阳湖东岸，作者在途经湖口时写下了此文。文章从探询"石钟山"命名之由入笔，谈及古人对此的若干解释，又通过亲自探访得出了自己的观点，从而引发出"事不目见耳闻，而臆断其有无，可乎?"的议论。

《水经》云："彭蠡之口有石钟山焉[①]。"郦元以为下临深潭，微风鼓浪，水石相搏，声如洪钟[②]。是说也，人常疑之[③]。今以钟磬置水中，虽大风浪不能鸣也，而况石乎[④]？至唐李渤始访其遗踪，得双石于潭上，扣而聆之，南声函胡，北音清越[⑤]，枹止响腾，余韵徐歇。自以为得之矣[⑥]。然是说也，余尤疑之。石之铿然有声者，所在皆是也，而此独以钟名，何哉[⑦]？

元丰七年六月丁丑，余自齐安舟行适临汝，而长子迈将赴饶之德兴尉，送之至湖口，因得观所谓石钟者[⑧]。寺僧使小童持斧，于乱石间择其一二扣之，硿硿然，余固笑而不信也[⑨]。至其夜月明，独与迈乘小

①《水经》：古代地理书，原书已佚，现存版本是北魏郦道元的注本，名为《水经注》。以下引文是今本中所没有的。彭蠡：湖名，即鄱阳湖。

②郦元：即郦道元。相搏：相撞击。

③是说：这种说法。人：后人。

④磬（qìng）：古代乐器。鸣：发出声响。

⑤李渤：唐朝人，曾作《辨石钟山记》。遗踪：指石钟山的所在地。聆（líng）：听。函胡：声音厚重而含糊。

⑥枹（fú）：鼓槌。腾：响。

⑦铿（kēng）然：敲击金石声。

⑧丁丑：初九。齐安：黄州。适：往。临汝：汝州临汝郡。赴饶之德兴尉：到饶州德兴作县尉。得观：有机会看到。

⑨扣：敲击。硿硿（kōng）然：石头落下的响声。固：连词，相当于"因而"。

舟至绝壁下。大石侧立千尺，如猛兽奇鬼，森然欲搏人[①]，而山上栖鹘，闻人声亦惊起，磔磔云霄间[②]。又有若老人欬且笑于山谷中者，或曰："此鹳鹤也[③]。"余方心动欲还，而大声发于水上，噌吰如钟鼓不绝[④]。舟人大恐。徐而察之，则山下皆石穴罅，不知其深浅，微波入焉，涵澹澎湃而为此也[⑤]。舟回至两山间，将入港口，有大石当中流，可坐百人，空中而多窍，与风水相吞吐，有窾坎镗鞳之声，与向之噌吰者相应，如乐作焉[⑥]。因笑谓迈曰："汝识之乎？噌吰者，周景王之无射也[⑦]；窾坎镗鞳者，魏庄子之歌钟也[⑧]。古之人不余欺也[⑨]！"

事不目见耳闻而臆断其有无，可乎？郦元之所见闻殆与余同，而言之不详[⑩]；士大夫终不肯以小舟夜泊绝壁之下，故莫能知；而渔工水师虽知而不能言，此世所以不传也[⑪]。而陋者乃以斧斤考击而求之，自以为得其实[⑫]。余是以记之，盖叹郦元之简，而笑李渤之陋也。

①森然：阴森可怕的样子。搏人：向人扑来。

②磔磔（zhé）：形容鹘的鸣叫声。

③欬（kài）：咳嗽。鹳（guàn）鹤：一种水鸟。

④心动：心惊。噌吰（chēng hóng）：形容宏亮而沉重的钟声。

⑤穴罅（xià）：洞穴和裂缝。涵澹：水波动荡的样子。为此：形成声响。

⑥两山：即上钟山与下钟山。窍：窟窿。吞吐：指风与水进出石洞。窾坎（kuǎn kǎn）镗鞳（táng tà）：象声词。乐作：音乐演奏。

⑦识（zhì）：记得。周景王：东周帝王。无射（yì）：周景王铸造的大钟。

⑧魏庄子：春秋晋国大夫魏绛，"庄子"是他的谥号。歌钟：编钟。

⑨不余欺：不骗我。

⑩殆：大致。

⑪水师：划船的人。

⑫陋者：浅薄的人。考：敲打。

记承天寺夜游

【题解】在被贬黄州时期，苏轼每隔一两天都要到寺中焚香默坐，深自省察。这篇短文写的就是夜游佛寺。文中表现了一种超凡脱俗、摒弃一切尘累的淡泊、宁静的情怀，清远之趣跃然纸上。

元丰六年十月十二日，夜，解衣欲睡，月色入户，欣然起行[①]。念无与乐者，遂至承天寺，寻张怀民[②]。怀民亦未寝，相与步于中庭[③]。

庭下如积水空明，水中藻荇交横[④]，盖竹柏影也。何夜无月？何处无竹柏？但少闲人如吾两人耳[⑤]。

①欣然：高兴的样子。起行：起床散步。

②念：想。与乐：共同赏乐。承天寺：寺名，在黄州。张怀民：即张梦得，也是被贬黄州的官员。

③相与：相伴，共同。步：漫步。中庭：庭院。

④空明：比喻清澈透明。藻荇：水草。荇（xìng）：水草的一种。

⑤闲人：指无事可做，但能领略风景的豁达之人。

超然台记

【题解】超然台在密州北城上。苏轼以此为题，记述了他在密州的生活，从而抒发了他“游物于外”、“燕处超然”的观点和淡泊自适的生活态度。文章由议论入手，层次严谨，结构绵密，议论雄辩，文气流畅。

凡物皆有可观[①]。苟有可观，皆有可乐，非必怪奇伟丽者也。餔糟啜醨，皆可以醉[②]，果蔬草木，皆可以饱。推此类也，吾安往而不乐[③]？

夫所谓求福而辞祸者，以福可喜而祸可悲也[④]。人之所欲无穷，而物之可以足吾欲者有尽[⑤]。美恶之辨战于中，而去取之择交乎前[⑥]，则可乐者常少，而可悲者常多，是谓求祸而辞福。夫求祸而辞福，岂人之

①可观：值得欣赏的地方。

②餔（bǔ）：食，吃。糟：酒糟。啜（chuò）：饮。醨（lí）：薄酒。

③推此类也：即“以此类推”。安往：去哪里，意为“不论干什么”。

④辞祸：避祸。

⑤所欲：欲望。有尽：有限。

⑥战：斗争。中：内心。去取之择：取舍的选择。交：错杂。

情也哉？物有以盖之矣。彼游于物之内，而不游于物之外[①]。物非有大小也，自其内而观之，未有不高且大者也。彼挟其高大以临我，则我常眩乱反复，如隙中之观斗，又乌知胜负之所在[②]？是以美恶横生而忧乐出焉，可不大哀乎[③]！

予自钱塘移守胶西，释舟楫之安而服车马之劳[④]，去雕墙之美而庇采椽之居[⑤]，背湖山之观而适桑麻之野[⑥]。始至之日，岁比不登，盗贼满野，狱讼充斥[⑦]，而斋厨索然，日食杞菊[⑧]，人固疑予之不乐也。处之期年而貌加丰，发之白者日以反黑[⑨]。予既乐其风俗之淳，而其吏民亦安予之拙也[⑩]，于是治其园圃，洁其庭宇，伐安丘、高密之木，以修补破败，为苟完之计[⑪]。

而园之北，因城以为台者旧矣，稍葺而新之，时相与登览，放意肆志焉[⑫]。南望马耳、常山，出没隐见，若近若远，庶几有隐君子乎[⑬]？而其东则卢山，秦人卢敖之所从遁也[⑭]。西望穆陵，隐然如城郭，师尚父、齐桓公之遗烈犹有存者[⑮]。北俯潍水，慨然太息，思淮阴之功，而吊其不终[⑯]。台高而安，深而明，夏凉而冬温[⑰]。雨雪之朝，风月之夕，予未尝不在，客未尝不从。撷园蔬，取池鱼，酿秫酒，瀹脱粟而食之。曰：乐哉游乎[⑱]？

①盖：掩盖。游：沉溺，处于。

②眩乱：迷惑，看不清。隙：缝。

③横生：妄生，不断发生。

④钱塘：代指杭州。移：调任。守：作太守。胶西：代指密州。释：放弃。服：从事。

⑤采椽：以栎木为椽的屋子，言其简朴。语出《韩非子·五蠹》。

⑥湖山之观（guàn）：山水掩映的庙宇。适：往。

⑦岁比：连年。比（bì），频。登：收获。狱讼：官司。

⑧斋厨：厨房。索然：空荡无物。杞菊：枸杞和菊花，其嫩芽可吃。

⑨期（jī）年：一年后。丰：胖。日：逐日。反：返。

⑩拙：意为清静无为，不扰民。

⑪安丘：县名，在潍县南。高密：县名，在胶县西北。破败：指破旧的房屋。苟完：随便安生。

⑫因：紧靠。葺（qì）：修整。放意肆志：放纵情思，毫无顾忌。

⑬马耳、常山：均山名。隐见（xiàn）：隐约可见。隐君子：隐逸的君子。

⑭卢敖：曾为秦始皇求仙，后隐居卢山。所从遁：隐居的地方。

⑮穆陵：关名。隐然：庄重的样子。尚父：吕尚，辅佐周武王有功，尊为尚父。遗烈：前人的业绩。

⑯潍水：河名。淮阴之功：指淮阴侯韩信在潍水击破楚将龙且二十万大兵。吊：伤悼。不终：不得善终。

⑰安：安稳。明：敞亮。温：暖。

⑱撷（xié）：采摘。秫（shú）：黏高粱。瀹（yuè）：煮。脱粟：脱壳的谷子。

方是时，予弟子由适在济南[①]，闻而赋之，且名其台曰“超然”。以见予之无所往而不乐者，盖游于物之外也[②]。

①方：当。适：恰。济南：今山东历城县。

②无所往而不乐：没有到什么地方不高兴的，即所往皆乐。游于物之外：指不被外物局限。

潮州韩文公庙碑

【题解】这是苏轼为韩愈（谥文，又称韩文公）写的碑文。苏轼一改“平生不为行状碑传”的习惯而写下这篇碑文，除了服膺于韩愈在文学领域的巨大贡献，更重要的则是感佩于他刚直不苟、凛然难犯的正气和以天下道义为己任的胸襟气度。正因为如此，这篇碑文才写得激昂慷慨、气势磅礴，成为碑志中的精品。文章通篇丰词丽句，气焰光彩，蹈厉飞扬，神彩跌宕。

匹夫而为百世师，一言而为天下法[①]，是皆有以参天地之化，关盛衰之运[②]。其生也有自来，其逝也有所为[③]。故申、吕自岳降，傅说为列星，古今所传，不可诬也[④]。孟子曰：“我善养吾浩然之气。”是气也，寓于寻常之中，而塞乎天地之间。卒然遇之，则王公失其贵，晋、楚失其富，良、平失其智，贲、育失其勇，仪、秦失其辩[⑤]。是孰使之然哉？其必有不依形而立，不恃力而行，不待生而存，不随死而亡者矣。故在天为星辰，在地为河岳；幽则为鬼神，而明则复人为。此理之常，无足怪者。

自东汉以来，道丧文弊，异端并起[⑥]，历唐贞观、开元之盛，辅以

①匹夫：普通人。百世师：历代之师。天下法：天下人都要遵循的法则。

②参天地之化：和天地共同化育万物。关：关系。

③生有也自来：与生俱来，天生。逝：去。为：作为。

④申吕：申伯和吕侯。周宣王时的贤人，据说他们出生时，有山岳降神的先兆。傅说（yuè）：殷高宗的大臣，传说死后升天，成为星辰。诬：欺骗。

⑤卒（cù）然：突然。卒，同“猝”。晋楚：战国时晋、楚两国。良平：西汉刘邦的重要谋臣张良、陈平。贲（bēn）育：传说中的勇士孟贲、夏育。仪、秦：战国时两位著名辩士张仪、苏秦。

⑥道丧：指儒家思想沦落不振。文弊：文气衰败。异端：正统学说以外的观念，这里指佛老之学。

房、杜、姚、宋不能救[①]。独韩文公起布衣，谈笑而麾之，天下靡然从公，复归于正，盖三百年于此矣[②]。文起八代之衰，而道济天下之溺[③]，忠犯人主之怒，而勇夺三军之帅[④]。此岂非参天地、关盛衰、浩然而独存者乎？

盖尝论天人之辩，以谓人无所不至，唯天不容伪[⑤]；智可以欺王公，不可以欺豚鱼[⑥]；力可以得天下，不可以得匹夫匹妇之心[⑦]。故公之精诚，能开衡山之云，而不能回宪宗之惑[⑧]；能驯鳄鱼之暴，而不能弭皇甫镈、李逢吉之谤[⑨]；能信于南海之民、庙食百世[⑩]，而不能使其身一日安于朝廷之上。盖公之所能者天也，其所不能者人也。

始潮人未知学，公命进士赵德为之师。自是潮之士皆笃于文行，延及齐民，至于今，号称易治[⑪]。信乎孔子之言："君子学道则爱人，小人学道则易使也[⑫]。"潮人之事公也，饮食必祭，水旱疾疫，凡有求必祷焉[⑬]。而庙在刺史公堂之后，民出入为艰。前太守欲请诸朝，作新庙，不果[⑭]。元祐五年，朝散郎王君涤来守是邦，凡所以养士治民者，一以公为师[⑮]。民既悦服，则出令曰："愿新公庙者听！"民讙趋之[⑯]。卜地于州城之南七里，期年而庙成[⑰]。

或曰："公去国万里，而谪于

①贞观：唐太宗年号。开元：唐玄宗年号。房：房玄龄。杜：杜如晦。姚：姚崇。宋：宋璟。四人分别是太宗和玄宗时宰相。救：改变。

②布衣：平民。麾（huī）之：击退（浮艳文风）。靡然：像风吹草木一样闻风响应。正：正统，指古文传统。

③起：重振。八代：东汉、魏、晋、宋、齐、梁、陈、隋。道：儒家之道。济：拯救。溺：陷落。

④忠犯人主之怒：指韩愈上表切谏唐宪宗迎佛骨入京而引得宪宗大怒之事。勇夺三军之帅：指韩愈独闯叛军使王庭凑归顺朝廷事。

⑤天人之辨：天与人的区别。天不容伪：不能瞒过上天。

⑥豚（tún）：小猪。

⑦匹夫匹妇：普通的男女。

⑧回宪宗之惑：不能改变宪宗的迷惑，宪宗终迎佛骨并贬韩愈。

⑨驯鳄鱼之暴：指韩愈到潮州后写《祭鳄鱼文》投入水中，为当地解除了鳄鱼之患。弭（mǐ）：消除。皇甫镈：唐宪宗时宰相。李逢吉：唐穆宗时宰相。

⑩信：取得信任。南海：指潮州。庙食：受到后人立庙祭祀的礼遇。

⑪笃（dǔ）：专心致志。文行：文章与德行。齐民：平民。

⑫孔子之言：出自《论语·阳货》。

⑬事公：指供奉韩愈之庙。

⑭请诸朝：向朝廷请示。

⑮朝散郎：官名。是邦：潮州。一：完全。

⑯新：重建。听：听其自便。讙（huān）：同“欢”。趋：参加。

⑰卜地：选择地址。期年：一年以后。

潮，不能一岁而归[①]。没而有知，其不眷恋于潮也审矣[②]。”轼曰：“不然。公之神在天下者，如水之在地中，无所往而不在也。而潮人独信之深、思之至，焄蒿凄怆，若或见之[③]。譬如凿井得泉，而曰水专在是，岂理也哉！

元丰七年，诏封公昌黎伯，故榜曰：昌黎伯韩文公之庙[④]。潮人请书其事于石，因作诗之遗之，使歌以祀公[⑤]。其辞曰：

公昔骑龙白云乡，手抉云汉分天章，天孙为织云锦裳[⑥]。飘然乘风来帝旁，下与浊世扫秕糠[⑦]。西游咸池略扶桑，草木衣被昭回光[⑧]。追逐李、杜参翱翔，汗流籍、湜走且僵，灭没倒影不能望[⑨]。作书诋佛讥君王，要观南海窥衡湘，历舜九嶷吊英、皇。祝融先驱海若藏，约束蛟鳄如驱羊[⑩]。钧天无人帝悲伤，讴吟下招遣巫阳。犦牲鸡卜羞我觞，於粲荔丹与蕉黄。公不少留我涕滂，翩然被发下大荒[⑪]。

①去国：离开朝廷。不能：不到。韩愈在潮州不到一年后即调任袁州刺史。

②没（mò）：去世。眷恋：留恋（指把庙建在潮州）。审：肯定。

③焄蒿（xūn hāo）：原指祭品的气味，代指祭祀。焄：同“熏”。若或：好象。

④伯：封爵的一等。榜：木匾，这里作动词。

⑤遗（wèi）：赠送。歌：歌唱。祀：祭祀。

⑥白云乡：即帝乡、仙乡。这句是说韩愈是天上仙人。天章：星云的文彩。天孙：即织女。

⑦秕糠：比喻邪门歪道。

⑧咸池：太阳沐浴之地。略：行，到。扶桑：神树名。衣被：加惠。昭回：光辉普照。这两句说韩愈的追求和道德文章。

⑨李、杜：李白、杜甫。籍、湜：张籍、皇甫湜。两句说韩愈与李杜并驾，籍、湜差很远、赶不上。

⑩以上五句说韩愈谏迎佛骨、被贬潮州、祭二妃、祭海神及祭鳄鱼之事。英、皇，即娥皇、女英。祝融、海若，均为海神。

⑪“钧天”六句：写为韩愈招魂、迎神、送神等。钧天，天的中枢。巫阳，神巫名。犦（bào）牲，牦牛。鸡卜，一种占卜方式。羞我觞，指献酒。於，叹词。荔、蕉，荔枝、香蕉。被发，散发。被，同“披”。

苏 辙

苏辙（1039～1112），宋代散文家。字子由，号栾城，眉山（今四川眉山）人，苏轼之弟。其文与其父苏洵、其兄苏轼并称“三苏”，文风“汪洋淡泊，深沉温粹，似其为人”（明人刘大谟语）。有《栾城集》、《龙川志略》传世。

上枢密韩太尉书

【题解】 苏辙的这篇文章，是一封自荐信，希望能得到韩琦的接见。但文章平和稳重，雍容不迫，疏宕从容，充分显示了与作者年龄（19岁）不太相称的醇厚深沉。

太尉执事①：辙生好为文，思之至深，以为文者气之所形②，然文不可以学而能，气可以养而致③。孟子曰：“我善养吾浩然之气④。”今观其文章，宽厚宏博，充乎天地之间，称其气之小大⑤。太史公行天下，周览四海名山大川⑥，与燕、赵间豪俊交游，故其文疏荡，颇有奇气⑦。此二子者，岂尝执笔学为如此之文哉？其气充乎其中而溢乎其貌，动乎其言而见乎其文，而不自知也⑧。

辙生十有九年矣。其居家所与游者，不过其邻里乡党之人⑨；所见不过数百里之间，无高山大野可登览以自广⑩。百氏之书，虽无所不读，然皆古人之陈迹⑪，不足以激发其志气。恐遂汩没，故决然舍去⑫，求天下奇闻壮观，以知天地之广大。

①太尉：宋朝的枢密使执掌兵权，与汉朝太尉相似，故称。韩琦当时以检校太傅的身份充枢密使。执事：指左右服役的人。

②气之所形：是作者气质、精神的外在表现。形，显现。

③不可以学而能：不可能靠练习、摹仿写好。能，善，好。养而致：通过修养获得。

④语出《孟子·公孙丑上》。

⑤充：洋溢，充满。称（chèn）：相称，符合。

⑥太史公：司马迁。周览：遍游。

⑦燕赵：指战国时的燕国和赵国。疏荡：洒脱奔放。奇气：脱俗的气质。

⑧溢乎其貌：洋溢在他的言谈举止、眉宇嘴角之间。见（xiàn）：显现。

⑨与游：交往。乡党：乡亲。

⑩登览：攀登观赏。自广：开阔自己的心胸。

⑪百氏：诸子百家。

⑫汩（gǔ）没：埋没。决然：断然。

过秦、汉之故都，恣观终南、嵩、华之高[①]，北顾黄河之奔流，慨然想见古之豪杰。至京师，仰观天子宫阙之壮，与仓廪、府库、城池、苑囿之富且大也[②]，而后知天下之巨丽。见翰林欧阳公，听其议论之宏辩，观其容貌之秀伟，与其门人贤士大夫游[③]，而后知天下之文章聚乎此也。太尉以才略冠天下，天下之所恃以无忧，四夷之所惮以不敢发[④]，入则周公、召公，出则方叔、召虎[⑤]。而辙也未之见焉。

且夫人之学也，不志其大，虽多而何为[⑥]？辙之来也，于山见终南、嵩、华之高，于水见黄河之大且深，于人见欧阳公，而犹以为未见太尉也。故愿得观贤人之光耀，闻一言以自壮[⑦]，然后可以尽天下之大观而无憾者矣。

辙年少，未能通习吏事[⑧]。向之来，非有取于斗升之禄[⑨]。偶然得之，非其所乐[⑩]。然幸得赐归待选[⑪]，使得优游数年之间，将以益治其文，且学为政[⑫]。太尉苟以为可教而辱教之[⑬]，又幸矣！

①秦汉之故都：秦都咸阳，汉都长安。终南、嵩、华：均为山名。

②京师：指北宋首都开封。仓廪（lǐn）：粮仓。苑囿（yòu）：园林。

③欧阳公：指欧阳修。宏辩：宏廓雄辩。秀伟：清秀魁伟。门人：指当时聚集在欧阳修周围的梅尧臣、苏舜钦、曾巩等人。

④才略：才能谋略。恃：倚仗。宋仁宗时，韩琦领兵防御西夏入侵，取得很大成功。四夷：各地的少数民族。发：作乱为患。

⑤入：入朝。周公、召公：周武王、周成王大臣，政绩突出。出：到边疆。方叔、召虎：周宣王时的大臣，曾为国平乱。

⑥不志其大：不立大志。何为：有什么用。

⑦光耀：丰彩。自壮：抬高自己身价，谦语。

⑧通习：通晓。吏事：为官之事。

⑨有取：想获得。斗升之禄：微薄的俸禄。

⑩非其所乐：苏辙进士后被列下等，授商州军推官，他辞不就职。

⑪赐归待选：准许回家，等待朝廷的重新委任。

⑫优游：从容闲暇。益：更。治：研习，磨炼。学为政：学习从政的技巧。

⑬苟：如果。辱教：不以教导我而耻辱。谦语。

武昌九曲亭记

【题解】九曲亭在武昌西鄂城县九曲岭，是三国时东吴孙权的遗址。苏轼在黄州时曾予重修。本文以苏轼发现并重修九曲亭的经过为线索，阐发了一种“天下之乐无穷，而以适意为悦”的生活态度。全篇语言平淡冲和，境界恬然自适。

子瞻迁于齐安，庐于江上①。齐安无名山，而江之南武昌诸山②，陂陁蔓延，涧谷深密③，中有浮图精舍，西曰西山，东曰寒溪④，依山临壑，隐蔽松枥，萧然绝俗，车马之迹不至⑤。每风止日出，江水伏息，子瞻杖策载酒，乘渔舟乱流而南⑥。山中有二三子，好客而喜游，闻子瞻至，幅巾迎笑⑦，相携徜徉而上，穷山之深，力极而息⑧，扫叶席草，酌酒相劳，意适忘反⑨，往往留宿于山上。以此居齐安三年，不知其久也。

然将适西山，行于松柏之间，羊肠九曲而获少平⑩，游者至此必息。倚怪石，荫茂木⑪，俯视大江，仰瞻陵阜，旁瞩溪谷⑫，风云变化，林麓向背，皆效于左右⑬。有废亭焉，其遗址甚狭，不足以席众客⑭。其旁古木数十，其大皆百围千尺，不可加以斤斧⑮。子瞻每至其下，辄睥睨终日⑯。一旦大风雷雨，拔去其一，斥其所据，亭得以广⑰。子瞻与客入山视之，笑曰：“兹欲以成吾亭

①迁：贬谪。齐安：郡名，即黄州。庐：寓居。

②武昌诸山：指樊山，在武昌郡南。

③陂陁（pō tuó）：险峻的山峦。

④浮图精舍：指僧寺。西山：西山寺，在武昌县西。寒溪：寒溪寺，又名资圣寺，在樊山下寒溪畔。

⑤临壑：面临深谷。隐蔽松枥：隐蔽在松树和枥树之间。

⑥伏息：形容水波平静。杖策：扶着拐仗。策，手杖。乱流：横渡。

⑦二三子：几个人。幅巾：以幅巾裹头，说明不拘形迹。

⑧徜徉（cháng yáng）：自由游玩。穷山之深：向山的深处走去。力极：筋疲力尽。

⑨席草：坐在草地上。相劳：相互慰劳。

⑩适：往。少平：一块稍微平坦之地。

⑪荫：遮蔽。茂木：茂盛的树木。

⑫陵阜：山峰。瞩：注视。

⑬林麓：山林。效：呈观。

⑭废亭：指九曲亭遗址。席：坐。

⑮斤斧：砍树的工具。

⑯睥睨（pī nì）：斜视的样子。

⑰一旦：一天。斥：开拓。所据：（树）所占的地方。广：扩大。

耶[①]？”遂相与营之。亭成而西山之胜始具[②]，子瞻于是最乐。

昔余少年，从子瞻游。有山可登，有水可浮，子瞻未始不褰裳先之[③]。有不得至，为之怅然移日[④]。至其翩然独往，逍遥泉石之上，撷林卉，拾涧实[⑤]，酌水而饮之，见者以为仙也。盖天下之乐无穷，而以适意为悦。方其得意，万物无以易之[⑥]，及其既厌，未有不洒然自笑者也[⑦]。譬之饮食，杂陈于前，要之一饱，而同委于臭腐[⑧]，夫孰知得失之所在？惟其无愧于中，无责于外，而姑寓焉[⑨]。此子瞻之所以有乐于是也。

①兹欲以成吾亭：这是老天想帮助我整修九曲亭。

②胜：美景。具：完备。

③浮：泛舟水上。未始：总是。褰（qiān）：提起。裳：下衣。

④移日：整天。

⑤撷（xié）：摘取。林卉：林中花朵。涧实：落在山涧的果实。

⑥无以易也：没有什么可以代替的。

⑦厌：满足。洒（xiǎn）然：吃惊的样子。

⑧要之：都是。委于臭腐：意谓吃下去的东西都将变成废物。

⑨中：内心。外：别人。姑寓：姑且把自己的感情寄托在此。

黄州快哉亭记

【题解】这是苏辙为当时贬官在黄州的张梦得所写的记文。文章从亭名“快哉”落笔，写登亭远眺的景致，说明“快哉”命名之由来，然后联想当年宋玉和楚王所畅论的“披襟当风”的故事，阐述人生在世如何面对挫折的问题。文章融叙事、抒情、议论于一体，文势起伏跌宕，变化横生。

江出西陵，始得平地，其流奔放肆大[①]，南合沅、湘，北合汉沔，其势益张[②]。至于赤壁之下，波流浸灌，与海相若[③]。清河张君梦得，谪居齐安[④]，即其庐之西南为亭，以览观江流之胜[⑤]，而余兄子瞻名之曰“快哉”。

盖亭之所见，南北百里，东西

①西陵：西陵峡，长江三峡的之一。肆大：无所阻挡而流势浩大。

②沅、湘：沅水、湘江。汉沔（miǎn）：汉水。益张：更加开阔。

③赤壁：指黄州赤鼻矶。浸灌：形容水势盛大。

④清河：郡名，在今河北。张梦得：字怀民，与苏轼同时谪官黄州。

⑤即：靠近。胜：美景。

一舍，涛澜汹涌，风云开阖[①]；昼则舟楫出没于其前，夜则鱼龙悲啸于其下[②]，变化倏忽，动心骇目[③]，不可久视。今乃得玩之几席之上，举目而足[④]。西望武昌诸山，冈陵起伏，草木行列，烟消日出，渔夫、樵父之舍，皆可指数[⑤]，此其所以为“快哉”者也。

至于长州之滨，故城之墟[⑥]，曹孟德、孙仲谋之所睥睨，周瑜、陆逊之所骋骛[⑦]，其流风遗迹，亦足以称快世俗[⑧]。

昔楚襄王从宋玉、景差于兰台之宫[⑨]，有风飒然至者，王披襟当之，曰[⑩]：“快哉此风！寡人所与庶人共者耶？”宋玉曰：“此独大王之雄风耳，庶人安得共之！”玉之言盖有讽焉[⑪]。夫风无雄雌之异，而人有遇不遇之变[⑫]。楚王之所以为乐，与庶人之所以为忧，此则人之变也，而风何与焉[⑬]？

士生于世，使其中不自得，将何往而非病[⑭]？使其中坦然，不以物伤性，将何适而非快[⑮]？今张君不以谪为患，窃会计之余功，而自放山水之间，此其中宜有以过人者[⑯]。将蓬户瓮牖，无所不快[⑰]，而况乎濯长江之清流，揖西山之白云，穷耳目之胜以自适也哉[⑱]！不然，连山绝壑，长林古木，振之以清风，照之以明月，此皆骚人思士之所以悲伤

①一舍：三十里。

②鱼龙悲啸：形容水声。

③倏（shū）忽：迅急。

④玩：观赏。几席：案桌。举目而足：抬眼就能看个够。

⑤指数：清晰可见，一一可数。

⑥长洲：指江边长条形的沙洲。故城：唐以前的旧城。墟：遗址。

⑦曹孟德：曹操。孙仲谋：孙权。睥睨：傲视。此处曾是魏吴大战之地，故云。骋骛（chěng wù）：纵横奔驰，引申为所向皆胜。

⑧称快世俗：令世人称赞。

⑨楚襄王：战国时楚国国君。宋玉、景差：楚国的两位辞赋家。兰台：楚王的行宫，在今湖北钟祥。

⑩飒然：风声。披襟：敞开衣襟。当：迎着。

⑪玉之言：句出自宋玉《风赋》。讽：讽喻，劝说。

⑫雄雌之异：宋玉在《风赋》中将风分出雄雌之别。遇不遇之变：幸运和不幸运的差别。遇，受到帝王公侯的赏识。

⑬人之变：当事人地位的差别。何与：有什么关系。

⑭中不自得：心中郁闷。何往而非病：不论到哪里都不愉快。

⑮以物伤性：因为外界事物而影响心情。

⑯窃：忙里偷闲。会计：指张梦得的工作。余功：闲暇。自放：放纵自己。过人：与凡人不同。

⑰将：即使。蓬户瓮牖（yǒu）：以蓬草为门、瓮罐作窗的房屋。

⑱濯：洗涤。揖：揽。穷：极尽。

憔悴而不能胜者，乌睹其为快也哉[①]！元丰六年十一月朔日赵郡苏辙记[②]。

①骚人思士：忧伤的文人或不得志的士大夫。

②朔日：阴历的每月初一。赵郡：指苏氏祖先的郡望赵郡栾城（今河北藁城）。

李格非

李格非（生卒年不详），宋代文人。字文叔，济南人。李清照之父。李格非留意经学，著有《礼记说》等文，可惜多已不传。《洛阳名园记》是他最具影响的作品。

书洛阳名园记后

【题解】《洛阳名园记》记录了北宋盛时洛阳城中的著名园林19处，本文是全篇的后序，阐述了写《名园记》的目的，这就是：从洛阳名园的兴废，看政治的盛衰以及天下的治乱。其中因小见大，感慨良多，见解精辟，文辞精炼。

洛阳处天下之中，挟殽、渑之阻，当秦、陇之襟喉，而赵、魏之走集[①]，盖四方必争之地也。天下当无事则已，有事则洛阳必先受兵[②]。予故尝曰："洛阳之盛衰，天下治乱之候也[③]。"

唐贞观、开元之间，公卿贵戚开馆列第于东都者，号千有余邸[④]。及其乱离，继以五季之酷[⑤]，其池塘竹树，兵车蹂蹴，废而为丘墟[⑥]；高亭大榭，烟火焚燎，化而为灰烬[⑦]，与唐共灭而俱亡，无余处矣。予故尝曰："园圃之兴废，洛阳盛衰之候也[⑧]。"

且天下之治乱，候于洛阳之盛衰而知；洛阳之盛衰，候于园圃之废兴而得[⑨]。则《名园记》之作，予岂徒然哉[⑩]？

呜呼！公卿大夫方进于朝，放

①殽（xiáo）：殽山，在河南境内。渑（miǎn）：渑池，亦在河南。阻：险阻。当：正对着。秦陇：今陕西、甘肃一带。襟喉：比喻险要而关键的地方。赵魏：战国时的赵魏两国，即今河南、山西一带。走集：边防要地。

②受兵：遭到战争。

③候：征兆，标志。

④贞观：唐太宗年号。开元：唐玄宗年号。这两个时期是唐朝国力最强的阶段。开馆列第：建筑馆舍和府第。

⑤乱离：动乱忧患。五季之酷：五代残酷的战争。

⑥蹂蹴：蹂躏，践踏。丘墟：废墟。

⑦大榭：高大的楼台。

⑧园圃：园林。

⑨候于：从……可以看出。

⑩徒然：没有意义。

乎一己之私，自为之，而忘天下之治忽[①]，欲退享此乐，得乎[②]？唐之末路是矣[③]。

①进于朝：入朝作官。放乎一己之私意：放纵自己的私欲。自为：为所欲为。治忽：治理或纷乱。

②此乐：指园林之乐。得乎：能够做到吗？

③唐之末路是矣：唐朝灭亡就是一个例子。

李清照

李清照（1084～1155?），宋代女词人。济南人，号易安居士。她以词擅长，兼工诗文、书画，通晓音律。其散文仅存五篇，但文笔简洁，叙述条贯，充分显示出一个女性作家的敏感、细腻。

金石录后序

【题解】《金石录》是李清照丈夫赵明诚有关金石集录和考订的专著，但尚未杀青，他即因病去世。后经李清照整理，最后订稿。在整个金石研究史上有着特殊地位。本文即为《金石录》所作后序，叙述了该书编纂的由来，详细记述了赵明诚和李清照所藏书画的聚散过程，表达了作者睹物思人的悲怆心情。文字曲折周详，叙事细致生动，抒情真切感人。

右《金石录》三十卷者何？赵侯德父所著书也①。取上自三代，下迄五季②，钟、鼎、甗、鬲、盘、匜、尊、敦之款识③，丰碑、大碣、显人、晦士之事迹，凡见于金石刻者二千卷④，皆是正讹谬，去取褒贬，上足以合圣人之道，下足以订史氏之失者，皆载之，可谓多矣⑤。

呜呼！自王播、元载之祸，书画与胡椒无异⑥；长舆、元凯之病，钱癖与传癖何殊⑦？名虽不同，其惑一也。

余建中辛巳，始归赵氏⑧。时先君作礼部员外郎，丞相作吏部侍郎，侯年二十一，在太学作学生⑨。赵、李族寒，素贫俭，每朔望谒告出，质衣取半千钱⑩，步入相国寺，市碑

①赵侯德父：指赵明诚，德父是其字，因其曾为官，故称“侯”。

②三代：夏、商、周。五季：即五代。

③甗（yǎn）：古代炊具。鬲（lì）：与鼎相似的器具，足为空心。匜（yí）：古代洗沐器具。尊：古代酒器。敦（duì）：古代食器。款识（zhì）：刻在器物上的文字。

④丰碑：大碑。碣（jié）：圆形的碑。

⑤讹谬（é miù）：错误。合：映证。

⑥王播：当为“王涯”，唐文宗时宰相，酷爱字画。元载：唐代宗时宰相，家中藏胡椒八百多石。

⑦长舆：晋人和峤字长舆，非常吝啬，人讥其有“钱癖”。元凯：晋人杜预字元凯，著有《春秋左传集解》，自称有“左传癖”。殊：不同。

⑧建中辛巳：宋徽宗建中靖国元年。

⑨先君：指作者已故的父亲李格非。丞相：指赵明诚之父赵挺之。

⑩谒告：谒见后告假。

文、果实归，相对展玩咀嚼，自谓葛天氏之民也[①]。后二年，出仕宦，便有饭蔬衣练，穷遐方绝域，尽天下古文奇字之志[②]。日就月将，渐益堆积[③]。丞相居政府，亲旧或在馆阁[④]，多有亡诗逸史、鲁壁汲冢所未见之书[⑤]，遂尽力传写，浸觉有味，不能自已[⑥]。后或见古今名人书画，一代奇器，亦复脱衣市易[⑦]。尝记崇宁间，有人持徐熙《牡丹图》[⑧]，求钱二十万。当时虽贵家子弟，求二十万钱，岂易得耶？留信宿，计无所出而还之，夫妇相向惋怅者数日[⑨]。

后屏居乡里十年，仰取俯拾，衣食有余[⑩]。连守两郡，竭其俸入以事铅椠[⑪]。每获一书，即同共勘校、整集、签题[⑫]。得书、画、彝、鼎，亦摩玩舒卷，指摘疵病，夜尽一烛为率[⑬]。故能纸札精致，字画完整，冠诸收书家[⑭]。余性偶强记，每饭罢，坐归来堂，烹茶，指堆积书史，言某事在某书某卷第几叶第几行，以中否角胜负，为饮茶先后。中即举杯大笑，至茶倾覆怀中，反不得饮而起。甘心终老是乡矣[⑮]！故虽处忧患困穷而志不屈。

收书既成，归来堂起书库大橱，簿甲乙，置书册[⑯]。如要讲读，即请钥上簿，关出卷帙[⑰]。或少损污，必惩责揩完涂改，不复向时之坦夷也[⑱]。

①碑文：墓碑拓本。葛天氏：传说中的远古帝王，其时百姓无忧无虑。

②出仕宦：出来作官。饭蔬衣练（shū）：即省吃俭用。遐方绝域：边远偏僻的地方。古文：秦以前的文字。

③日就月将：日积月累。渐益堆积：积累得越来越多。

④政府：中书省，赵挺之曾任中书侍郎。馆阁：皇家藏书的地方。

⑤亡诗：《诗经》所未载的古诗。逸史：散佚的史书。鲁壁：汉武帝时，鲁恭王从孔子住宅的墙壁中发现了大量蝌蚪文字的经典。汲冢：晋武帝时，汲郡人从魏襄王墓中发掘出几十车竹简，世称《汲冢书》。

⑥传写：抄录。浸：渐渐。

⑦脱衣市易：典当了衣服去交换。

⑧崇宁：宋徽宗年号。徐熙：南唐画家。

⑨信宿：两夜。惋怅：惋惜遗憾。

⑩屏居：退隐。仰取俯拾：意为生活节俭。

⑪连守两郡：赵明诚后连续在莱州和淄州任太守。俸入：俸禄收入。铅椠：书籍。椠（qiàn），书版。

⑫勘校（kān jiào）：比较不同版本，校定文字错误。整集：收拾整齐。签题：在封面上题写书名。

⑬彝：酒器的总称。舒卷：把书画打开、卷起。率：标准。

⑭纸札：指书籍的纸张。冠：领先。

⑮终老是乡：终身过这样的生活。

⑯归来堂：赵明诚在青州宅中的室名。簿：登记。甲乙：次序。

⑰请钥：索取钥匙。上簿：登记。关出：取出。

⑱完：干净。坦夷：坦然。

是欲求适意而反取憀慄[①]。余性不耐，始谋食去重肉，衣去重采[②]，首无明珠翡翠之饰，室无涂金刺绣之具。遇书史百家，字不刓缺，本不讹谬者，辄市之，储作副本[③]。自来家传《周易》、《左氏传》，故两家者流，文字最备[④]。于是几案罗列，枕席枕藉，意会心谋，目往神授[⑤]，乐在声色狗马之上。

至靖康丙午岁，侯守淄川[⑥]，闻金寇犯京师。四顾茫然，盈箱溢箧[⑦]，且恋恋，且怅怅，知其必不为己物矣！建炎丁未春三月，奔太夫人丧南来[⑧]，既长物不能尽载，乃先去书之重大印本者，又去画之多幅者，又去古器之无款识者；后又去书之监本者[⑨]，画之平常者，器之重大者。凡屡减去，尚载书十五车。至东海，连舻渡淮[⑩]，又渡江，至建康。青州故第，尚锁书册什物，用屋十余间，期明年春再具舟载之[⑪]。十二月，金人陷青州，凡所谓十余屋者，已皆为煨烬矣[⑫]。

建炎戊申秋九月，侯起复，知建康府[⑬]。己酉春三月罢，具舟上芜湖，入姑孰，将卜居赣水上[⑭]。夏五月，至池阳，被旨知湖州，过阙上殿，遂驻家池阳，独赴召[⑮]。六月十三日，始负担舍舟，坐岸上，葛衣岸巾，精神如虎，目光烂烂射人，望舟中告别[⑯]。余意甚恶[⑰]，呼曰："如传闻城中缓急，奈何？"戟手遥

①憀慄（liáo lì）：心情紧张，顾虑重重。

②不耐：不愿受拘束。重（chóng）肉：很多肉。重采：花色复杂。

③刓（wǎn）缺：缺少，脱漏。刓，削。

④自来：本来。两家者流：《易》、《左传》两类图书。备：齐全。

⑤意会心谋，目往神授：指全身心地沉浸在读书的乐趣之中。

⑥靖康丙午：宋钦宗靖康元年（1126）。这年金兵攻陷汴京，掳走徽、钦二帝。当时赵明诚任淄川知州。

⑦盈箱溢箧（qiè）：形容字画文物很多，装满了箱柜。箧，箱子。

⑧建炎丁未：宋高宗建炎元年（1127）。奔太夫人丧：指赵明诚的母亲在建康去世。

⑨监本：国子监印的书，也称“官本”，因印刷量较大，故价值较低。

⑩东海：东海郡（今江苏东海县）。连舻：用多只渡船。

⑪期：本想，准备。具舟：准备船只。

⑫煨（wēi）烬：灰烬。

⑬建炎戊申：建炎二年。起复：服丧未满而起用。

⑭己酉：建炎三年。姑孰：溪名，在今安徽当涂。卜居：选择住所。赣水：赣江。

⑮池阳：池阳郡，在今安徽贵池。被旨：接到皇帝之旨。过阙上殿：入朝见皇帝。

⑯负担舍舟：挑着行李离船。岸巾：戴着头巾露出额头，比喻无拘束的样子。烂烂射人：形容目光明亮有神。

⑰意甚恶：心绪不宁，感觉不祥。

应曰："从众。必不得已，先弃辎重，次衣被，次书册卷轴，次古器。独所谓宗器者，可自负抱，与身俱存亡，勿忘之[①]。"遂驰马去。途中奔驰，冒大暑，感疾。至行在，病痁[②]。七月末，书报卧病。余惊怛，念侯性素急，奈何病痁？或热，必服寒药，疾可忧[③]。遂解舟下，一日夜行三百里。比至，果大服柴胡、黄芩药，疟且痢，病危在膏肓[④]。余悲泣，仓皇不忍问后事。八月十八日，遂不起，取笔作诗，绝笔而终，殊无分香卖履之意[⑤]。

葬毕，余无所之。朝廷已分遣六宫，又传江当禁渡[⑥]。时犹有书二万卷，金石刻二千卷，器皿茵褥可待百客，他长物称是[⑦]。余又大病，仅存喘息。事势日迫，念侯有妹婿任兵部侍郎，从卫在洪州，遂遣二故吏先部送行李往投之[⑧]。冬十二月，金寇陷洪州，遂尽委弃[⑨]。所谓连舻渡江之书，又散为云烟矣。独余少轻小卷轴、书帖，写本李、杜、韩、柳集，《世说》、《盐铁论》，汉、唐石刻副本数十轴，三代鼎鼐十数事[⑩]，南唐写本书数箧，偶病中把玩、搬在卧内者，岿然独存。

上江既不可往，又虏势叵测[⑪]，有弟迒，任敕局删定官，遂往倚之[⑫]。到台，守已遁[⑬]。之剡，出睦，又弃衣被；走黄岩，雇舟入海，

①戟手：用手指着。遥应：远远地回答。宗器：古代帝王在宗庙中行礼的器物，如钟、鼎。负抱：随手携带。

②感疾：染上疾病。痁（diàn）：有热无寒的疟疾。

③书报：写信告知。怛（dá）：悲痛。寒药：寒性的药。

④比（bì）：等到。柴胡黄芩（qín）：都是性寒之药。膏肓（huāng）：药力无法达到的地方。

⑤殊：一点，完全。分香卖履：指安排家事的遗嘱。

⑥分遣：疏散。禁渡：不许过江。

⑦茵褥：床褥。可待百客：可供上百客人使用。称是：数量不相上下。

⑧从卫：随从护卫。当时宋高宋命万余部队护从隆祐太后前往洪州。部送：护送。

⑨委弃：丢失。

⑩写本：手抄本。鼐（nài）：大鼎。事：件。

⑪上江：长江上游。当时金兵已占据长江上游。虏势：敌情。

⑫弟迒：李清照弟李迒，当时随高宗在台州。

⑬台：指台州，今浙江临海。守已遁：守臣弃城、逃跑。

奔行朝[①]。时驻跸章安，从御舟海道之温，又之越[②]。庚戌十二月，放散百官，遂之衢[③]。绍兴辛亥春三月，复赴越。壬子，又赴杭[④]。

先侯疾亟时，有张飞卿学士携玉壶过视侯，便携去，其实珉也[⑤]。不知何人传道，遂妄言有颁金之语，或传亦有密论列者[⑥]。余大惶怖，不敢言，遂尽将家中所有铜器等物，欲赴外廷投进[⑦]。到越，已移幸四明[⑧]。不敢留家中，并写本书寄剡。后官军收叛卒，取去，闻尽入故李将军家。所谓岿然独存者，无虑十去五六矣[⑨]。惟有书、画、砚、墨可五七簏，更不忍置他所，常在卧榻下，手自开阖[⑩]。在会稽，卜居土民钟氏舍。忽一夕，穴壁负五簏去[⑪]。余悲恸不已，重立赏收赎[⑫]。后二日，邻人钟复皓出十八轴求赏，故知其盗不远矣。万计求之，其余遂不可出。今知尽为吴说运使贱价得之。所谓岿然独存者，乃十去其七八。所有一二残零不成部帙书册，三数种平平书帖，犹复爱惜如护头目，何愚也耶[⑬]！

今日忽阅此书，如见故人。因忆侯在东莱静治堂，装卷初就，芸签缥带，束十卷作一帙[⑭]。每日晚吏散，辄校勘二卷，跋题一卷[⑮]。此二千卷，有题跋者五百二卷耳。今手泽如新，而墓木已拱[⑯]，悲夫！

昔萧绎江陵陷没，不惜国亡而

①剡（shàn）：剡县今浙江嵊县。睦：睦州，今浙江建德。黄岩：今浙江黄岩。行朝：即行在。

②跸（bì）：帝王出行的车驾。章安：今浙江临海东南。温：温州。越：越州，今浙江绍兴。

③庚戌：建炎四年。放散：遣散。衢（qú）：衢州。

④绍兴辛亥：绍兴元年。壬子：绍兴二年。

⑤疾亟：病危。过：路过。珉（mín）：类似玉的石头。

⑥颁金之语：赵明诚把玉壶送给金人的传言。颁，赐，赠。论列：议论并列举罪状。

⑦外廷：皇帝在外地听政之所。投进：进献。

⑧移幸：指皇帝转移。四明：今浙江宁波。

⑨无虑：大概。

⑩可：大约。簏（lù）：竹箱。手自开阖：比喻亲手经管。

⑪会稽：在今浙江绍兴。土民：当地居民。穴壁：穿透墙壁。

⑫重立赏：立下重赏。

⑬不成部帙：不成套的。帙，包书的套子。头目：头和眼睛。

⑭东莱：莱州东莱郡，今山东掖县。静治堂：赵明诚在莱州作郡守的书斋名。芸签：书签。缥带：浅青色的书带。

⑮跋题：在书籍、字画前面写的文字叫“题”，写在后面的叫“跋”。

⑯手泽：墨迹。

毁裂书画[①]；杨广江都倾覆，不悲身死而复取图书[②]。岂人性之所著，死生不能忘之欤[③]？或者天意以余菲薄，不足以享此尤物耶？抑亦死者有知，犹斤斤爱惜，不肯留在人间耶[④]？何得之艰而失之易也！

呜呼！余自少陆机作赋之二年，至过蘧瑗知非之两岁[⑤]，三十四年之间，忧患得失，何其多也！然有有必有无，有聚必有散，乃理之常。人亡弓，人得之，又胡足道[⑥]！所以区区记其终始者，亦欲为后世好古博雅者之戒云[⑦]。

绍兴二年玄黓岁壮月朔甲寅，易安室题[⑧]。

①萧绎：南朝梁元帝，酷爱藏书，藏书近十万卷。江陵：今湖北江陵。

②杨广：隋炀帝，平时爱书，多有收藏。传说隋炀帝托梦斥问负责监运其书籍的唐朝官员，结果第二天运书船遇大风，书均沉水中，炀帝又托梦说“我已得书”。江都：今江苏扬州。

③著（zhuó）：附着，执着。

④死者：指赵明诚。斤斤：非常在意。

⑤少陆机作赋之二年：指 18 岁。相传陆机 20 岁作《文赋》。过蘧瑗知非之两岁：指 50 岁。蘧瑗（qú yuàn），字伯玉，相传他五十而知四十九之非。

⑥人亡弓人得之：有人丢了弓，就有人拾到弓。

⑦区区：这里作“愚拙”、“平庸”解。

⑧玄黓岁：太岁在壬叫玄黓。绍兴二年干支是壬子，故云。壮月：八月。朔甲寅：八月初一。易安室：李清照的书斋名。

晁补之

晁补之（1053～1110），宋代词人。字无咎，济州巨野（今山东巨野）人。与黄庭坚，秦观、张耒并称“苏门四学士”。有《鸡肋集》和《晁无咎词》传世。

新城游北山记

【题解】新城，在宋属杭州路，在今浙江桐庐县境内。本文是描写作者登新城北山的行纪。文章笔墨精工，意境幽邃，其凄冷之处，颇得柳宗元游记的神韵。尤其是文章以回忆的方式展开，削刻清逸之余，又添出几许恍惚。也许作者无心，但读罢全文，却给人一种宛若隔世的幽异感觉。

去新城之北三十里，山渐深，草木泉石渐幽。初犹骑行石齿间①，旁皆大松，曲者如盖，直者如幢，立者如人，卧者如虬②。松下草间有泉，沮洳伏见；堕石井，锵然而鸣③。松间藤数十尺，蜿蜒如大蚖④。其上有鸟，黑如鸲鹆，赤冠长喙，俯而啄，磔然有声⑤。稍西，一峰高绝，有蹊介然，仅可步⑥。系马石嘴，相扶携而上。篁篠仰不见日，如四五里，乃闻鸡声⑦。有僧布袍蹑履来迎，与之语，愕而顾，如麋鹿不可接⑧。顶有屋数十间，曲折依崖壁为栏楯，如蜗鼠缭绕乃得出，门牖相值⑨。既坐，山风飒然而至，堂殿铃铎皆鸣⑩。二三子相顾而惊，不知身之在何境也。且莫，皆宿⑪。

于时九月，天高露清，山空月

①石齿：山路上纵横的乱石。

②幢（chuáng）：圆伞状的仪仗。虬（qiú）：有角的小龙。

③沮洳（jùrù）：潮湿，这里指少许泉水。伏见（xiàn）：时隐时现。锵（qiāng）然：敲击金石的声音。

④蚖（wān）：毒蛇。

⑤鸲鹆（qúyù）：即八哥。喙（huì）：嘴。磔（zhé）然：鸟啄木的声音。

⑥蹊：小路。介然：界限分明。语出《孟子·尽心下》。仅可步：只能步行。

⑦石嘴：突出的石角。篁篠（huángtiáo）：竹林。如：大约。

⑧蹑（niè）：踩，穿。愕：同“愕”，惊讶的样子。接：接近，交际。

⑨栏楯（shǔn）：栏杆。纵者为栏，横者为楯。如蜗鼠缭绕乃得出：形容山路曲折。牖（yǒu）：窗。值：对着。

⑩飒然：风声。铎（duó）：大铃。

⑪且：将要。莫：即“暮”。

明，仰视星斗皆光大，如适在人上[①]。窗间竹数十竿相磨戛，声切切不已[②]。竹间梅棕，森然如鬼魅离立突鬓之状[③]。二三子又相顾魄动而不得寐。迟明，皆去[④]。

既还家数日，犹恍惚若有遇，因追记之[⑤]。后不复到，然往往想见其事也。

①光大：又亮又大。适：恰。

②磨戛（jiá）：互相碰击。切切：急促。

③梅棕：梅树和棕榈树。森然：阴森的样子。鬼魅：鬼怪。离立：并立。突鬓：鬓发张开。

④魄动：心惊。迟（zhì）：到，及。

⑤遇：看见。追忆：回忆。

陆 游

陆游（1125～1210），宋代文学家。字务观，号放翁，越州山阴（今浙江绍兴）人。陆游诗、词、文成就均高。他的文章语言精炼，笔意含蓄，有较高造诣，虽不足以为名家，但后人认为其成就不在苏洵、苏辙之下。著有《渭南文集》、《老学庵笔记》等。

入蜀记二则

【题解】《入蜀记》是陆游对赴任夔州通判沿途所见山川景致、风土人情的记载。本文所选的两篇，前篇描绘巴东县的江山画卷，后篇记述神女峰纤丽奇峭的景色和动人的传说。全文笔调清秀，刻画生动，“不异丹青图画，读之跃然”（明人何宇度语）。

二十一日

舟中望石门关，仅通一人行，天下至险也[①]。晚泊巴东县，江山雄丽，大胜秭归[②]。但井邑极于萧条，邑中才百余户[③]，自令廨而下，皆茅茨，了无片瓦[④]。权县事秭归尉、右迪功郎王康年，尉兼主簿、右迪功郎杜德先来，皆蜀人也[⑤]。

谒寇莱公祠堂[⑥]。登秋风亭，下临江山。是日重阴，微雪，天气飂飘[⑦]；复观亭名，使人怅然，始有流落天涯之叹。遂登双柏堂、白云亭，堂下旧有莱公所植柏，今已槁死[⑧]。然南山重复[⑨]，秀丽可爱，白云亭则天下幽奇绝境，群山环拥，层出间见[⑩]，古木森然，往往二三百年物；栏外双瀑，泻石涧中，跳珠溅玉，冷

①石门关：在四川奉节东，两山相夹如门，故名。至：极，最。

②巴东县、秭归：今均属湖北。

③井邑：井市，街道。极于：极为。

④令廨：县衙。茅茨：草屋。茨（cí），以茅草盖的屋。了无：一点也没有。

⑤权：代理。县事：官名，即县知事。迪功郎：官衔，从九品。冠之以“右”，说明是非科场出身；否则，冠之以“左”。主簿：掌管财物的官吏。

⑥谒（yè）：拜见。寇莱公：寇准，宋真宗时为宰相，封莱国公，曾任巴东知县。

⑦重（chóng）阴：阴云密布。飂（liáo）飘：寒冷多风。

⑧双柏堂：据说寇准在巴东时，曾亲手种下两棵柏树，当地人称之为“莱公柏”。槁（gǎo）：干枯。

⑨重复：指山峰重叠。

⑩绝境：绝佳胜境。间见（jiàn）：不时显现。

入人骨。其下是为慈溪，奔流与江会[①]。

余自吴入楚，行五千余里，过十五州，亭榭之胜，无如白云者，而止在县廨厅事之后[②]。巴东了无一事，为令者，可以寝饭于亭中，其乐无涯[③]。而阙令动辄二三年，无肯补者，何哉[④]？

二十三日

过巫山凝真观，谒妙用真人祠[⑤]。真人，即世所谓巫山神女也。祠正对巫山，峰峦上入霄汉，山脚直插江中。议者谓太华、衡、庐，皆无此奇[⑥]。然十二峰者不可悉见[⑦]，所见八九峰，惟神女峰最为纤丽奇峭，宜为仙真所托[⑧]。祝史云[⑨]："每八月十五夜月明时，有丝竹之音，往来峰顶，山猿皆鸣，达旦方渐止。"庙后山半，有石坛平旷[⑩]。传云："夏禹见神女，授符书于此[⑪]。"坛上观十二峰，宛如屏障。是日，天宇晴霁，四顾无纤翳[⑫]，惟神女峰上有白云数片，如鸾鹤翔舞，裴徊久之不散，亦可异也[⑬]。祠旧有乌数百，送迎客舟。自唐夔州刺史李贻诗已云"群乌幸胙余"矣[⑭]。近乾道元年[⑮]，忽不至。今绝无一乌，不知其故。泊清水洞，洞极深，后门自山后出，但黮闇，水流其中，鲜能入者[⑯]。岁旱祈雨颇应[⑰]。

①慈溪：水名，在县东山涧中。

②自吴入楚：从浙江（古属吴地）来湖北（古属楚国）。亭榭：亭台楼阁。厅事：办公大堂。

③为令者：作县令的人。寝饭：吃住。

④阙令：县令之职空阙。无肯补：无人愿来任职。

⑤凝真：观名。妙用真人：即巫山神女。

⑥议者：议论的人。太华：西岳华山。衡：南岳衡山。庐：庐山。

⑦十二峰：巫山的12座有名的山峰：望霞、翠屏、朝云、松峦、集仙、聚鹤、净坛、上升、起云、飞凤、登龙、圣泉。

⑧神女峰：即望霞峰，在十二峰中最高。仙真：神女。

⑨祝史：祠中的司祝人员。

⑩山半：半山腰。石坛：石头筑成的高台。

⑪传：指《神女传》。符书：即符箓，指道家所传的秘密文书和符号。

⑫天宇：天空。纤翳：一丝云彩。翳（yì）：遮盖。

⑬鸾鹤：鸾与鹤，相传是仙人乘坐的仙鸟。裴徊：即徘徊。

⑭乌：乌鸦。李贻：当作李贻孙。幸：庆幸，希望。胙：祭奠用过的肉食。

⑮乾道：宋孝宗年号。

⑯黮闇（dǎ nàn）：黑暗。

⑰岁旱：旱年。应：灵验。

权知巫山县、左文林郎冉徽之，尉、右迪功郎文庶几来[①]。

①文林郎：从八品的官衔。

跋李庄简公家书

【题解】这篇跋文是陆游为李光家书所写的题记。但文章全不谈书，而是撷取一两个片断，着意刻画了主人公的思想情操和人格魅力。寥寥数笔，神情酷肖，声口宛然，深得太史公笔法。

李丈参政罢政归乡里时，某年二十矣[①]。时时来访先君，剧谈终日[②]。每言秦氏，必曰“咸阳”[③]，愤切慷慨，形于辞色[④]。

一日，平旦来，共饭[⑤]，谓先君曰：“闻赵相过岭[⑥]，悲忧出涕。仆不然，谪命下，青鞋布袜行矣，岂能作儿女态耶[⑦]？”方言此时，目如炬，声如钟，其英伟刚毅之气，使人兴起[⑧]。

后四十年，偶读公家书，虽徙海表，气不少衰[⑨]，丁宁训戒之语，皆足垂范百世[⑩]。犹想见其道“青鞋布袜”时也。

淳熙戊申，五月己未，笠泽陆某书[⑪]。

①丈：对长辈的尊称。李丈即李光，谥“简庄”。某：作者自称。

②先君：陆游父陆宰。剧谈：畅谈。

③秦氏：指秦桧。咸阳：秦朝国都，李光以此代指秦桧。

④愤切：悲愤痛心。辞色：脸色言辞。

⑤平旦：清晨。共饭：一同进餐。

⑥赵相：赵鼎，高宗时曾两度为相，因得罪秦桧，被贬岭南，后绝食而死。岭：揭阳岭，赵鼎在此与子弟分别。

⑦仆：李光自称。青鞋布袜：指平民服装。说此话时，李光还没有接到谪命。

⑧方：正。兴起：感奋、激动。

⑨徙：谪迁。海表：琼州。

⑩丁宁：即“叮咛”，嘱咐。

⑪笠泽：江苏松江的别称。陆氏自唐代世居于此，故陆游以此为郡望。

范成大

范成大（1126～1193），宋代诗人。字致能，号石湖居士，吴县（今属江苏）人。范成大素有文名，尤善于诗，是南宋四大诗家之一。著有《石湖集》、《吴船录》、《揽辔录》等书。

峨眉山行纪

【题解】本文选自《吴船录》，该书是范成大由四川制置使任上奉召回临安沿途所记日记。本文详细记述了游历峨眉的过程，以清丽的笔触，描绘了峨眉的壮丽景观和奇特见闻，读后给人一种亲切如画、令人神往的感觉。

乙未，大霁[①]。……过新店、八十四盘、娑罗平[②]。娑罗者，其木叶如海桐，又似杨梅，花红白色，春夏间开，惟此山有之[③]。初登山半即见之，至此满山皆是。大抵大峨之上，凡草木禽虫悉非世间所有[④]。昔固传闻，今亲验之。余来以季夏，数日前雪大降，木叶犹有雪渍斓斑之迹[⑤]。草木之异，有如八仙而深紫，有如牵牛而大数倍，有如蓼而浅青[⑥]。闻春时异花尤多，但是时山寒，人鲜能识之[⑦]。草叶之异者，亦不可胜数。山高多风，木不能长，枝悉下垂[⑧]。古苔如乱发鬖鬖挂木上，垂至地，长数丈[⑨]。又有塔松，状似杉而叶圆细，亦不能高，重重偃蹇如浮图[⑩]，至山顶尤多。又断无鸟雀，盖山高，飞不能上[⑪]。

①乙未：淳熙四年（1177）六月二十七日。霁（jì）：放晴。

②新店、八十四盘、娑（suō）罗平：峨眉山脚的三个地名。

③娑罗、海桐、杨梅：均为树名。

④大峨：峨眉山分大峨、中峨、小峨三山。悉：全部。

⑤季夏：夏季最后一个月，即六月。渍（zì）：浸润。斓斑：点点斑迹。

⑥八仙：也叫绣球花，花淡紫色。蓼（liǎo）：草木植物，花呈白色或浅红色。

⑦识：意为看到。

⑧枝悉下垂：树木都枝桠朝下。

⑨鬖鬖（sān）：毛发下垂的样子。

⑩偃蹇（yǎn jiǎn）：宛转屈曲。浮图：佛塔。

⑪断无：绝对没有。

自娑罗平过思佛亭、软草平、洗脚溪，遂极峰顶光相寺[①]，亦板屋数十间，无人居，中间有普贤小殿[②]。以卯初登山，至此已申后[③]。初衣暑绤，渐高渐寒，到八十四盘则骤寒[④]。比及山顶，亟挟纩两重，又加毳衲驼茸之裘，尽衣笥中所藏[⑤]，系重巾，蹑毡靴，犹凛慄不自持，则炽炭拥炉危坐[⑥]。山顶有泉，煮米不成饭，但碎如砂粒。万古冰雪之汁，不能熟物，余前知之[⑦]。自山下携水一缶来，财自足也[⑧]。

移顷，冒寒登天仙桥，至光明岩，炷香[⑨]。小殿上木皮盖之，王瞻叔参政尝易以瓦，为雪霜所薄，一年辄碎[⑩]。后复以木皮易之，翻可支二三年[⑪]。人云："佛现悉以午[⑫]。"今已申后，不若归舍，明日复来。逡巡，忽云出岩下傍谷中，即雷洞山也[⑬]。云行勃勃如队仗，既当岩则少驻[⑭]。云头现大圆光，杂色之晕数重[⑮]。倚立相对，中有水墨影若仙圣跨象者[⑯]。一碗茶顷，光没，而其傍复现一光如前，有顷亦没[⑰]。云中复有金光两道，横射岩腹，人亦谓之"小现"[⑱]。日暮，云物皆散，四山寂然。乙夜灯出，岩下遍满，弥望以千百计[⑲]。夜寒甚，不可久立。

丙申，复登岩眺望，岩后岷山万重[⑳]，少北则瓦屋山，在雅州[㉑]，少南则大瓦屋，近南诏，形状宛然

①思佛亭、软草平、洗脚溪：峨眉山上的三个地名。极：到达。光相寺：旧名光普殿，俗称"金顶"。

②板屋：用木板代瓦建成的屋。后改用铜瓦，被称作"铜瓦殿"。普贤：佛教四大菩萨之一，峨眉山是其道场。

③卯初：清晨五时。申后：下午五时。

④暑绤（xì）：夏天的衣服。

⑤比：到。亟：赶快。挟（xié）：持，穿。纩（kuàng）：丝棉。毳（cuì）：鸟毛。衲（nà）：宽大的袍子。驼茸：细的骆驼毛。衣笥（sì）：衣箱。笥，方形的竹箱。

⑥重（chóng）巾：两层头巾。蹑（niè）：穿。懔慄：冷得发抖。

⑦不能熟物：煮不熟食品。

⑧缶（fǒu）：陶罐。财：通"才"。

⑨移顷：不久。天仙桥、光明岩：两个地名。炷香：烧香。

⑩木皮：树皮。易：换。薄：侵蚀。

⑪翻：反而。支：经，耐。

⑫佛现：指峨眉山特有的景观"佛光"。

⑬逡（qūn）巡：徘徊，犹豫。傍：靠近。雷洞山：雷洞坪。

⑭云行：云气翻滚。勃勃：旺盛的样子。队仗：仪仗。少驻：稍停。

⑮晕：光圈。

⑯倚立相对：人和圆光相对。仙圣跨象：普贤造像为身骑大象。

⑰顷：时间。没（mò）：消失。

⑱岩腹：山腰。小现：零散出现的佛光。

⑲乙夜：二更时分。灯：峨眉山中所谓的"神灯"，即无云之夜山林中的点点萤火。弥望：满眼，一眼望去。

⑳丙申：二十八日。

㉑少北：稍微往北。瓦屋山：岷山的支脉。雅州：今四川雅安。

瓦屋一间也[①]。小瓦屋亦有光相，谓之"辟支佛现"[②]。此诸山之后，即西域雪山，崔嵬刻削，凡数十百峰[③]。初日照之，雪色洞明，如烂银晃耀曙光中[④]。此雪自古至今未尝消也。山绵延入天竺诸蕃，相去不知几千里，望之但如在几案间[⑤]。瑰奇胜绝之观，真冠平生矣[⑥]。

复诣岩殿致祷，俄氛雾四起，混然一白[⑦]。僧云："银色世界也。"有顷，大雨倾注，氛雾辟易[⑧]。僧云："洗岩雨也，佛将大现。"兜罗绵云覆布岩下，纷郁而上[⑨]，将至岩数丈，辄止，云平如玉地[⑩]。时雨点有余飞，俯视岩腹，有大圆光偃卧平云之上[⑪]，外晕三重，每重有青、黄、红、绿之色。光之正中，虚明凝湛[⑫]，观者各自见其形现于虚明之处，毫厘无隐，一如对镜，举手动足，影皆随形，而不见傍人。僧云："摄身光也[⑬]。"此光既没，前山风起云驰。风云之间，复出大圆相光，横亘数山，尽诸异色，合集成采，峰峦草木，皆鲜妍绚蒨，不可正视[⑭]。云雾既散，而此光独明，人谓之"清现[⑮]。"凡佛光欲现，必先布云，所谓"兜罗绵世界"。光相依云而出；其不依云，则谓之"清现"，极难得。食顷，光渐移，过山而西。左顾雷洞山上，复出一光，如前而差小[⑯]。须臾，亦飞行过山外，至平

①大瓦屋：山峰名。南诏：古国名，在今云南大理一带。

②光相：佛光。辟支佛：没有师承、独自悟道的佛。

③崔嵬（wéi）：高大。刻削：陡峭。

④烂银：光亮的银子。晃耀：闪耀。

⑤天竺：印度。诸蕃：各国。几案：案头桌前。形容很近。

⑥瑰奇胜绝：珍奇美妙。冠平生：超过平生所见。

⑦岩殿：指光明岩上的小殿。致祷：祷告。俄：很短时间。氛雾：雾气。混（hún）然：茫茫无边。

⑧辟易：退却，散开。

⑨兜罗绵：兜罗树子中的絮状物，形如柳絮。兜罗是梵语的音译。复布：布满。纷郁：旺盛的样子。

⑩将至岩数丈：距岩还有数丈。云平如玉地：形容云海平坦，像玉石的地面。

⑪余飞：残余的点滴。偃卧：平躺。

⑫虚明：空虚而明亮。凝湛：稳定而清澄。湛（zhàn），清。

⑬毫厘无隐：一点都不差。摄：摄取。

⑭尽诸异色：呈现出各种颜色。合集：聚合。鲜妍：鲜艳美丽。绚蒨（qiàn）：绚烂鲜艳。

⑮清现：佛光中难得一见的景致，指云气全无、只有一个光环高悬在青山翠岭之间。

⑯差：稍微。

野间转徙，得得与岩正相值[1]，色状俱变，遂为金桥，大略如吴江垂虹，而两圯各有紫云捧之[2]。凡自午至未，云物净尽，谓之“收岩”，独金桥现至酉后始没[3]。

①转徙：转移。得得：恰恰。相值：相遇。

②吴江垂虹：吴江上的垂虹桥。吴江即吴淞江。垂虹桥在吴江县，因桥上有亭名“垂虹亭”，故桥称“垂虹桥”。圯（yí）：指桥的两头。捧：围绕。

③午：11～13 时。未：13～15 时。酉：13～17 时。

朱　熹

朱熹（1130～1200），宋代理学家。字元晦，号晦翁，祖籍徽州婺源（今江西婺源），生于福建。朱熹是宋明理学的代表人物，在中国思想史上占有重要地位，同时亦工诗文。有《朱文公文集》、《朱子语类》行世。

送郭拱辰序[①]

【题解】 这是朱熹送画家友人的一篇序文。一如其他诗文，此文也是以小见大，从画家的写真生发出一大段议论来。但文章又不滞不板，其巧妙的构思和变化的行文，给人文气轻灵的感觉。

世之传神写照者，能稍得其形似，已得称为良工[②]。今郭君拱辰叔瞻，乃能并与其精神意趣而尽得之，斯亦奇矣[③]。

予顷见友人林择之、游诚之，称其为人，而招之不至[④]。今岁惠然来自昭武[⑤]，里中士夫数人，欲观其能[⑥]，或一写而肖，或稍稍损益，卒无不似[⑦]，而风神气韵，妙得其天致，有可笑者[⑧]。为予作大小二像，宛然麋鹿之姿、林野之性[⑨]，持以示人，计虽相闻而不相识者，亦有以知其为予也[⑩]。

然予方将东游雁荡，窥龙湫，登玉霄以望蓬莱[⑪]；西历麻源，经玉笥，据祝融之绝顶，以临洞庭风涛之壮[⑫]；北出九江，上庐阜，入虎溪，访陶翁之遗迹，然后归而思自休

①郭拱辰：字叔瞻，三山人，擅长绘画，曾与朱熹、楼钥等人交游。

②传神写照：此处代指绘画。良工：技艺高超者，这里指好的画家。

③精神：指神态。意趣：指情趣。

④顷：不久前。林择之：名林用中，朱熹门人。游诚之：名游九言，师从张栻。招：请。

⑤惠然："惠然肯来"的省语，欢迎客人到来的敬辞。昭武：即邵武军，在今福建邵武西。

⑥里中：乡里。其能：他的本领。

⑦一写：一挥而就。肖：像。

⑧天致：天生的神气、态度。

⑨麋鹿之姿、林野之性：比喻山野中人的形象性情。

⑩计：估计。有以：有办法。

⑪龙湫：雁荡山中的著名瀑布。玉霄：山名，在浙江台州。

⑫麻源：地名，在今江西建昌。玉笥：山名，在湖南湘阴。据：登。祝融：南岳衡山的最高峰。

焉[①]。彼当有隐君子者，世人所不得见，而予幸将见之，欲图其形以归[②]。而郭君以岁晚思亲，不能久从予游矣[③]。予于是有遗恨焉。因其告行，书以为赠[④]。

淳熙元年九月庚子晦翁书。

①九江：今江西九江。庐阜：庐山。虎溪：庐山名胜。陶翁：陶渊明。自休：自得闲逸。

②彼：那些地方。隐君子：隐逸的君子。幸：有幸。图其形：为他们画像。

③岁晚：时近年末。久从予游：长时间跟我游玩。

④告行：告别，辞行。

陆九渊

陆九渊（1139～1192），宋代理学家。字子静，抚州金溪（今属江西）人。自号象山翁，人称象山先生。卒谥“文安”。有《象山集》传世。

送宜黄何尉序

【题解】陆九渊的明友何坦任宜黄县尉时，为维护县民利益与县令发生冲突，向上申诉，居然与县令被同罢免。离任之前，陆九渊给他写下这篇序文。文章从何坦的离任原因讲起，通过何坦与县令的多方面对比，以民心向背证明何坦的去职正是他人格上的胜利和光荣，同时又以历史上的众多贤人被斥安慰何坦的不幸，最后勉励何坦坚守素志，修身养学。

民甚宜其尉，甚不宜其令；吏甚宜其令，甚不宜其尉，是令、尉之贤否不难知也[①]。尉以是不善于其令，令以是不善于其尉，是令、尉之曲直不难知也[②]。东阳何君坦尉宜黄，与其令臧氏子不相善，其贤否曲直，盖不难知者[③]。夫二人之争，至于有司，有司不置白黑于其间，遂以俱罢[④]。县之士民，谓臧之罪不止于罢，而幸其去；谓何之过不至于罢，而惜其去[⑤]。臧贪而富，且自知得罪于民，式遄其归矣[⑥]。何廉而贫，无以振其行李，县之士民，哀其穷而为之裹囊以饯之[⑦]，思其贤而为之歌诗以送之，何之归亦荣矣[⑧]。

比干剖心，恶来知政[⑨]；子胥鸱夷，宰嚭谋国[⑩]。爵刑舛施，德业倒植，若此者，班班见于书传[⑪]。今有

①宜：此指赞赏、拥戴。尉：县的副长官。吏：下级僚属。否（pǐ）：坏。

②不善于：不满意。曲直：是非。

③东阳：郡名，在今浙江金华，是何坦的郡望。宜黄：县名，今属江西。臧氏子：县令姓臧，称其“臧氏子”含有否定之意。

④有司：有关部门。罢：免职。

⑤幸：庆幸。惜：惋惜。

⑥式遄（chuán）：迅速。式：语助词。

⑦振：置办。裹：充实。囊：行装。饯：用酒食送行。

⑧歌诗：吟诵诗歌。荣：荣耀。

⑨比干：商纣王的叔父。恶来：商纣王的宠臣。知政：掌握大权。

⑩子胥：伍子胥。鸱夷：皮袋。伍子胥死后，尸体被装在皮袋投入江中。宰嚭（pǐ）：吴国太宰伯嚭。谋国：主持国政。

⑪爵刑：赏罚。舛（chuǎn）施：滥用。德业：德行和功业。班班：清晰，明显。书传：历史。

司所以处臧何之贤否曲直者，虽未当乎人心，然揆之舛施倒植之事，岂不远哉[①]？况其民心士论，有以慰荐扶持如此其盛者乎[②]？何君尚何憾？

鲁士师如柳下惠，楚令尹如子文，其平狱治理之善，当不可胜纪[③]。三黜三已之间，其为曲直多矣[④]，而《语》、《孟》所称，独在于遗逸不怨，厄穷不悯，仕无喜色，已无愠色[⑤]。况今天子重明丽正，光辉日新[⑥]。大臣如德星御阴辅阳，以却氛祲[⑦]。下邑一尉，悉力卫其民以迕墨令，适用吏文，与令俱罢，是岂终遗逸厄穷而已者乎[⑧]？何君尚何憾！

虽然，何君誉处若此其盛者，臧氏子实为之也[⑨]。何君之志，何君之学，遽可如是而已乎[⑩]？何君是举亦勇矣！试率是勇以志乎道，进乎学，必居广居，立正位，行大道[⑪]，使富贵不能淫，贫贱不能移，威武不能屈，此吾所望于何君者[⑫]。不然，何君固无憾，吾将有憾于何君矣！

①处：对待。当（dàng）：符合。揆（kuí）：比较。

②慰荐：慰藉。扶持：帮助，鼓励。

③士师：古代掌刑狱的官。柳下惠：鲁国大夫。令尹：楚国官职，相当于宰相。子文：楚国大夫，曾任令尹。平狱：审理案件。

④三黜三已：柳下惠和令尹子文都曾三次被罢官免职。其为曲直：其中不公平的地方。

⑤《语》、《孟》：《论语》、《孟子》。称：称赞。遗逸：被遗弃。厄穷：困顿潦倒。悯：忧伤。愠（yùn）：怒。

⑥重明丽正：光明不绝，合乎正道。

⑦德星：指景星、岁星。御阴辅阳：居官辅政。氛祲（jìn）：邪气。

⑧迕（wǔ），违背。墨令：贪赃枉法的县令。适用：碰巧援用。吏文：管理官吏的条文。终遗逸厄穷：永不录用。

⑨誉处：意为声誉，名望。实为：实际造成。

⑩遽（jù）：岂，难道。

⑪率：按照、发扬。志：追求。进：努力。广居：喻仁。正位：喻礼。大道：喻义。

⑫所望于何君者：对何君的期望。

文天祥

文天祥（1236～1283），宋代大臣，抗敌英雄。字宋瑞，又字履善，号文山，吉州庐陵（今江西吉安）人。有诗文集《文山先生全集》传世。

指南录后序

【题解】本文是文天祥为其诗集《指南录》写的序文，因诗集前有一篇《自序》，故此称《指南录后序》。《指南录》收录了文天祥从赴阙勤王到南下福州这一时期的诗作，本文则是以散文形式集中概括这一段艰难岁月的经历。全文始终洋溢着诗人强烈的爱国激情和坚贞不屈、百折不挠的气节。文字精炼，句式多变，节奏起伏，音律铿锵，字里行间涌动着不可遏制的激情和悲壮沉痛的情怀。

德祐二年正月十九日，予除右丞相，兼枢密使，都督诸路军马[①]。时北兵已迫修门外，战、守、迁皆不及施[②]。缙绅、大夫、士萃于左丞相府，莫知计所出[③]。会使辙交驰，北邀当国者相见[④]。众谓予一行为可以纾祸[⑤]。国事至此，予不得爱身，意北亦尚可以口舌动也[⑥]。初，奉使往来，无留北者[⑦]。予更欲一觇北，归而求救国之策，于是辞相印不拜[⑧]。翌日，以资政殿学士行。

初至北营，抗辞慷慨，上下颇惊动，北亦未敢遽轻吾国[⑨]。不幸吕师孟构恶于前，贾余庆献谄于后[⑩]，予羁縻不得还，国事遂不可收拾[⑪]。予自度不得脱，则直前诟虏帅失信，数吕师孟叔侄为逆[⑫]。但欲求死，不

①德祐：宋恭帝年号。除：任命。都督：统帅。路：当时的行政单位。

②北兵：元军。修门：国都之门。

③缙绅：官员。萃（cuì）：聚集。左丞相府：当时左丞相为吴坚。

④会：当时。使辙：使者的车辙。当国者：执政的人。

⑤纾（shū）祸：免除灾难。

⑥意：以为。以口舌动：用言语打动。

⑦初：当初。留北：被元军扣留。

⑧觇（chān）：观察。不拜：不就任。

⑨抗辞：不屈的言辞。遽（jù）：立刻。

⑩吕师孟：当时任宋兵部侍郎。构恶：指向元军纳币求和。贾余庆：当时任临安知府。献谄：指逢迎卖国，令天下各州降元。

⑪羁縻（jī mí）：软禁。

⑫度（duó）：估计。诟（gòu）：骂。虏帅：指统军的元丞相伯颜。数：（shǔ）：责备。

复顾利害。北虽貌敬，实则愤怒。二贵酋名曰馆伴，夜则以兵围所寓舍，而予不得归矣①。

未几，贾余庆等以祈请使诣北②。北驱予并往，而不在使者之目③。予分当引决，然而隐忍以行④。昔人云："将以有为也⑤。"

至京口，得间，奔真州⑥。即具以北虚实告东西二阃，约以连兵大举⑦。中兴机会，庶几在此。留二日，维扬帅下逐客之令⑧。不得已，变姓名，诡踪迹，草行露宿，日与北骑相出没于长淮间⑨。穷饿无聊，追购又急⑩；天高地迥，号呼靡及。已而得舟，避渚洲，出北海，然后渡扬子江，入苏州洋，展转四明、天台，以至于永嘉⑪。

呜呼！予之及于死者，不知其几矣⑫！诋大酋当死；骂逆贼当死；与贵酋处二十日，争曲直，屡当死⑬；去京口，挟匕首以备不测，几自刭死⑭；经北舰十余里，为巡船所物色，几从鱼腹死⑮；真州逐之城门外，几徬徨死；如扬州，过瓜洲扬子桥，竟使遇哨，无不死⑯；扬州城下，进退不由，殆例送死⑰；坐桂公塘土围中，骑数千过其门，几落贼手死⑱；贾家庄几为巡徼所陵迫死⑲；夜趋高邮，迷失道，几陷死；质明，避哨竹林中，逻者数十骑，几无所逃死⑳；至高邮，制府檄下，

①贵酋：元军贵族，指万户蒙古岱和宣抚索多。馆伴：陪同。

②祈请使：祈请投降的使节。诣(yì)：到达。

③并往：一同北上。贾余庆密告伯颜，唆使元人把文天祥送到沙漠拘留。目：名单。

④分当(fèn)：理当。引决：自杀。

⑤昔人：指唐朝名将南霁云。将以有为也：准备有所作为。

⑥京口：今江苏镇江。间(jàn)：空隙。真州：今江苏仪征。

⑦东西二阃(kǔn)：淮东、淮西两个制置使。举：起事。

⑧维扬帅：淮东制置使李庭芝。逐客之令：指李庭芝听信谣言要杀文天祥。

⑨出没：行路或隐藏。长淮间：指淮东路(今江苏中部江北地区)。

⑩无聊：无所依靠。追购：追捕。

⑪北海：指黄海。苏州洋：上海附近的海。四明：浙江宁波。天台：今浙江天台。永嘉：今浙江温州。

⑫及于死：到达死亡边缘。

⑬诋(dǐ)：骂。大酋：指元军统帅。

⑭去：离开。刭(jǐng)：刎颈。

⑮北舰：元军的战船。物色：搜寻。从鱼腹：指投江。

⑯竟使：假使。

⑰殆：几乎。例：等于。

⑱桂公塘：在今扬州城附近。

⑲贾家庄：在杨州以北。巡徼(jiào)：巡逻的哨兵。

⑳质明：天刚亮。逻者：巡逻的人。

几以捕系死[①]；行城子河，出入乱尸中，舟与哨相后先，几邂逅死[②]；至海陵，如高沙，常恐无辜死[③]；道海安、如皋，凡三百里，北与寇往来其间，无日而非可死[④]；至通州，几以不纳死[⑤]；以小舟涉鲸波，出无可奈何，而死固付之度外矣。呜呼！死生，昼夜事也[⑥]。死而死矣，而境界危恶，层见错出，非人世所堪。痛定思痛，痛何如哉！

予在患难中，间以诗记所遭。今存其本不忍废，道中手自抄录[⑦]；使北营，留北关外，为一卷[⑧]；发北关外，历吴门、毗陵，渡瓜洲，复还京口，为一卷[⑨]；脱京口，趋真州、扬州、高邮、泰州、通州，为一卷[⑩]；自海道至永嘉，来三山，为一卷[⑪]。将藏之于家，使来者读之，悲予志焉[⑫]。

呜呼！予之生也幸，而幸生也何所为[⑬]？求乎为臣，主辱、臣死有余僇[⑭]；所求乎为子，以父母之遗体，行殆而死，有余责[⑮]。将请罪于君，君不许；请罪于母，母不许；请罪于先人之墓。生无以救国难，死犹为厉鬼以击贼，义也。赖天之灵，宗庙之福，修我戈矛，从王于师，以为前驱，雪九庙之耻，复高祖之业[⑯]，所谓“誓不与贼俱生”，所谓“鞠躬尽瘁，死而后已”，亦义也[⑰]。嗟夫！若予者，将无往而不得死所矣。向也，使予委骨于草莽，

①制府：指李庭芝的制置使府。檄（xí）：追捕公文。捕系：逮捕。
②城子河：在今高邮西南。
③海陵：今江苏泰州。如：到。高沙：在高邮西南。无辜：无罪，引申为白白的。
④道：经过。海安：今江苏海安。如皋：今江苏如皋。寇：土匪。
⑤通州：今江苏南通。不纳：不被接纳。
⑥昼夜事：很平常的事。层见错出：层出不穷，不断出现。人世所堪：常人所能忍受。
⑦间：有时。所遭：经历。本：诗稿。手自：亲手。
⑧北关：元兵进逼临安时，屯兵在城北关外的高亭山。
⑨吴门：苏州的别称。毗（pí）陵：常州。
⑩脱：逃出。趋：往，到。
⑪三山：福州的别称。
⑫来者：以后的人。悲予志：为我的顽强意志悲悼。
⑬幸生：侥幸活下来。何所为：有什么用。
⑭主辱臣死：君王受辱，臣子应以死报之。僇（lù）：侮辱，指自己未能为君王而死。
⑮父母之遗体：指自己的身体。行殆：冒着危险。古人认为身体是父母给的，不能受到侮辱或伤害。
⑯修：整治，准备。前驱：先锋。九庙：列位先皇的宗庙。高祖：宋朝开国皇帝赵匡胤。
⑰誓不与贼俱生：唐代裴度语。元年十二月，朝廷将讨淮、蔡叛军，宰相裴度对宪宗说：“臣誓不与此贼俱生。”见《资治通鉴》。鞠躬尽瘁，死而后已：语出诸葛亮《出师表》。

予虽浩然无所愧怍，然微以自文于君亲，君亲其谓予何[①]？诚不自意，返吾衣冠，重见日月，使旦夕得正丘首[②]，复何憾哉！复何憾哉！

是年夏五，改元景炎[③]，庐陵文天祥自序其诗，名曰《指南录》。

①向：昔日。委骨于草莽：死在路上。愧怍（zuò）：惭愧。微：无。自文：（没有功劳）来修饰自己。君亲：皇上和父母。谓予何：会怎样说我呢。

②不自意：没有想到。衣冠：礼仪之区，指宋朝统治区。正丘首：死在故土。

③夏五：夏五月。景炎：宋主赵昺的年号。

元明清编

元好问

元好问（1190～1257），金元之际文学家。字裕之，号遗山，秀容（今山西忻县）人。著有《元遗山集》、《中州集》、《壬辰杂编》等。

送秦中诸人引

【题解】 引，是唐以后出现的一种由序发展而来的文体，也称“赠序”，主要用于赠人以言。本文通过对关中风土人物、山川名胜的赞美以及对自己与秦中诸人的昔日游乐生活的追忆，批判了当时那些追逐名利的人，表现了自己淡泊名利、不与世俗同流的思想情趣。

关中风土完厚[①]，人质直而尚义[②]，风声习气，歌谣慷慨，且有秦、汉之旧[③]。至于山川之胜，游观之富，天下莫与为比。故有四方之志者，多乐居焉。

予年二十许时，侍先人官略阳[④]，以秋试留长安中八九月[⑤]。时纨绮气未除[⑥]，沉涵酒间[⑦]，知有游观之美而不暇也[⑧]。

长大来，与秦人游益多，知秦中事益熟，每闻谈周汉都邑[⑨]，及蓝田、鄠、杜间风物[⑩]，则喜色津津然动于颜间[⑪]。

二三君多秦人[⑫]，与余游，道相合而意相得也。常约近南山寻一牛田[⑬]，营五亩之宅，如举子结夏课时[⑭]，聚书深读，时时酿酒为具，从宾客游，伸眉高谈，脱屣世事[⑮]，览山川之胜概，考前世之遗迹，庶几

①关中：函谷关以西的地方，指陕西，即文题中的“秦中”。风土完厚：指气候条件好，土地肥沃。

②质直：淳朴正直。尚义：重义气。

③旧：指风俗、习俗。

④略阳：县名，即陇城县（今甘肃秦安境内）。

⑤秋试：即科举考试中的“乡试”，因为在秋天举行，故称。

⑥纨绮气：富贵人家子弟的习气。

⑦沉涵：沉溺。

⑧暇：闲暇。

⑨周汉都邑：周代及汉代的京城。

⑩蓝田：今陕西蓝田。鄠（hù）：今陕西户县。杜：杜陵，今陕西西安市东南。

⑪津津然：高兴的样子。

⑫二三君：文题中所提及的“诸人”。

⑬南山：终南山，在陕西西安市南。

⑭夏课：指科考落第的举子在发榜后仍居京城，作文章复习，因时值夏季，故称。

⑮脱屣（xǐ）：脱掉鞋子。

不负古人者。然予以家在嵩前，署途千里[①]，不若二三君之便于归也。清秋扬鞭，先我就道，矫首西望，长吁青云[②]。

今夫世俗惬意事，如美食大官，高赀华屋[③]，皆众人所必争，而造物者之所甚靳[④]，有不可得者。若夫闲居之乐，澹乎其无味，漠乎其无所得，盖自放于方之外者之所贪[⑤]，人何所争，而造物者亦何靳耶？行矣诸君，明年春风，待我于辋川之上矣[⑥]。

①嵩：指嵩山，在今河南登封。署途：计算路途。

②就道：上路。矫首：抬头。

③赀（zī）：资财、钱财。

④靳（jìn）：吝惜、吝啬。

⑤自放：放逸自己。方之外：世俗之外。

⑥辋川：水名，在陕西蓝田县南。

刘 因

刘因（1249～1293），元初学者、文学家。原名骃，字梦骥，后改名因，字梦吉，号静修，又号樵庵。容城（今河北容城）人。著有《静修文集》、《四库精要》等。

辋川图记

【题解】《辋川图》是唐代著名诗人、画家王维的作品。本文是刘因观《辋川图》后所作。文章首先简单描述了王维《辋川图》在画史上的地位以及画面的基本情况，然后由画及人，批评王维在安史之乱中接受伪职、后来又以名臣自居的行为，歌颂了因抗敌而英勇献身的颜真卿。文章运用对比手法，议论犀利精当，推理清晰严密，语言简洁明快。

是图，唐、宋、金源诸画谱皆有[①]，评识者谓惟李伯时《山庄》可以比之[②]，盖维平生得意画也[③]。癸酉之春[④]，予得观之。唐史暨维集之所谓竹馆、柳浪等皆可考[⑤]，其一人与之对谈，或泛舟者，疑裴迪也[⑥]。江山雄胜，草木润秀，使人徘徊，抚卷而忘掩，浩然有结庐终焉之想[⑦]，而不知秦之非吾土也[⑧]。物之移人，观者如是，而彼方以是自嬉者，固宜疲精极思而不知其劳也[⑨]。

呜呼！古人之于艺也，适意玩情而已矣[⑩]。若画，则非如书计、乐舞之可为修己治人之资，则又所不暇而不屑为者[⑪]。魏晋以来，虽或为之，然而如阎立本者，已知所以自耻矣[⑫]。维以清才位通显，而天下复

①金源：金国源起的地方，后用以指金国。

②李伯时：名公麟，宋代著名画家，画有《龙眠山庄图》。

③维：即王维。

④癸酉：元世祖至元十年（1273）。

⑤唐史：新、旧《唐书》。维集：王维作品集《王右丞集》。竹馆、柳浪：均为王维辋川别业中的景物。

⑥裴迪：唐代诗人，关中人，曾与王维等隐居终南山。

⑦结庐：意为隐居。

⑧秦：指今陕西。

⑨移：改变，影响。自嬉：自得其乐。疲精极思：用尽心思。

⑩适意玩情：意思是不沉溺于其中。

⑪书计：文字书法与筹划计算。修己：提高自己修养。

⑫阎立本：唐朝初年著名画家。知耻：阎立本曾告诫他的孩子说：“勿习此末技。”（末技指绘画）

以高人目之[①]，彼方偃然以前身画师自居，其人品已不足道。然使其移绘一水一石一草一木之精致，而思所以文其身，则亦不至于陷贼而不死，苟免而不耻，其紊乱错逆如是之甚也[②]！岂其自负者固止于此，而不知世有大节，将处己于名臣乎？斯亦不足议者。予特以当时朝廷之所以享盛名，而豪贵之所以虚左而迎[③]，亲王之所以师友而待者，则能诗能画、背主事贼之维辈也。如颜太师之守孤城，倡大义[④]，忠诚盖一世，遗烈振万古，则不知其作何状，其时事可知矣。

后世论者喜言文章以气为主，又喜言境因人胜，故朱子谓维诗虽清雅[⑤]，亦萎弱少气骨。程子谓绿野堂宜为后人所存[⑥]，若王维庄虽取而有之可也。呜呼！人之大节一亏[⑦]，百事涂地，凡可以为百世之甘棠者[⑧]，而人皆得以刍狗之[⑨]。彼将以文艺高逸自名者，亦当以此自反也。予以他日之经行，或有可以按之以考。夫俯仰间已有古今之异者，欲如韩文公《画记》，以谱其次第之大概而未暇[⑩]，姑书此于后。庶几士大夫不以此自负，而亦不复重此，而向之所谓豪贵王公，或亦有所感而知所趋向焉。三月望日记[⑪]。

①清：清正廉洁。通显：显赫。高人：品德高洁于流俗之上的人。

②偃然：骄傲自得的样子。移绘：描绘。苟免：为免于灾难而苟且偷安。错逆：指接受伪职。

③虚左：空出左边的位置。古时候以左为尊，虚左就是表示恭敬的意思。

④颜太师：颜真卿，唐朝著名书法家。安禄山反叛时，他起兵抵抗，后官至太子太师，封鲁郡公，后来李希烈叛乱，他被派去劝降，不幸被杀。

⑤朱子：朱熹，字元晦，号晦庵，宋代著名理学家。

⑥程子：程颐，字正叔，人称伊川先生，宋代著名理学家。绿野堂：唐朝裴度的别墅，旧址在今河南洛阳。

⑦大节：指对国家与皇帝的忠诚气节。亏：损害。

⑧甘棠：宝贵的东西。《诗经·召南·甘棠》中说，召伯巡行南园，曾在甘棠树下休息，后人思其德，不忍伤此树。

⑨刍狗：轻贱无用的东西。古时祭祀结草成狗，用于祭祀，用完后即扔去。

⑩韩文公：韩愈，字退之，唐代著名文学家，谥号为“文”，所以称为“韩文公”，他曾作有《画记》一文。

⑪望日：农历每月十五。

吴 澄

吴澄（1249～1333），元代学者。字幼清，号草庐。崇仁（今江西崇仁）人。有《吴文正公集》。

送何太虚北游序

【题解】本文是吴澄为何太虚北游一事作的赠序。文章从古今对“游”的两种态度的描述写起，指出游历是扩充见闻、增长学问的重要途径，批评了那些为利而游者的可耻目的和卑劣行径，肯定何太虚为道之游，勉励并祝愿他北游成功。

士可以游乎[①]？“不出户，知天下”，何以游为哉！士可以不游乎？男子生而射六矢[②]，示有志乎上下四方也，而何可以不游也？

夫子，上智也[③]，适周而问礼[④]，在齐而闻韶[⑤]，自卫复归于鲁，而后雅、颂各得其所也[⑥]。夫子而不周、不齐、不卫也，则犹有未问之礼，未闻之韶，未得所之雅、颂也。上智且然，而况其下者乎？士何可以不游也！

然则彼谓不出户而能知者，非欤？曰：彼老氏意也[⑦]。老氏之学，治身心而外天下国家者也[⑧]。人之一身一心，天地万物咸备，彼谓吾求之一身一心有余也，而无事乎他求也[⑨]。是固老氏之学也。而吾圣人之学不如是[⑩]。圣人生而知也，然其所知者，降衷秉彝之善而已[⑪]。若夫山

①“不出户，知天下”：不用出门，就可以知道天下的事。见《老子》第四十七章。

②射六矢：向天地四方射六箭，意思是志在四方。

③夫子：指孔子。上智：上等智力。

④适：往。问礼：向老子问周礼。事见《史记·孔子世家》。

⑤韶：相传为虞舜时的音乐。《论语·述而》载孔子在齐闻韶，“三月不知肉味”。

⑥雅、颂：《诗经》中的两大部分。

⑦老氏：即老子。

⑧治身心：修养自己的精神道德。外：当作外务。

⑨咸备：全都具备。无事：不用。

⑩圣人之学：孔子之学。

⑪降衷：施善。彝：常理。

川风土、民情世故、名物度数[①]、前言往行[②]，非博其闻见于外，虽上智亦何能悉知也。故寡闻寡见，不免孤陋之讥。取友者，一乡未足，而之一国；一国未足，而之天下；犹以天下为未足，而尚友古之人焉。陶渊明所以欲寻圣贤遗迹于中都也[③]。然则士何可以不游也？

而后之游者，或异乎是[④]。方其出而游于上国也[⑤]，奔趋乎爵禄之府，伺候乎权势之门，摇尾而乞怜，胁肩而取媚[⑥]，以侥幸于寸进。及其既得之，而游于四方也，岂有意于行吾志哉！岂有意于称吾职哉！苟可以夺攘其人[⑦]，盈厌吾欲[⑧]，囊橐既充[⑨]，则阳阳而去尔[⑩]。是故昔之游者为道[⑪]，后之游者为利。游则同，而所以游者不同。

余于何弟太虚之游，恶得无言乎哉[⑫]！太虚以颖敏之资[⑬]，刻厉之学，善书工诗，缀文研经，修于己，不求知于人，三十余年矣。口未尝谈爵禄，目未尝睹权势，一旦而忽有万里之游，此人之所怪而余独知其心也。世之士，操笔仅记姓名，则曰："吾能书[⑭]！"属辞稍协声韵[⑮]，则曰："吾能诗！"言语布置，粗如往时所谓举子业[⑯]，则曰："吾能文！"阖门称雄[⑰]，矜己自大，醯瓮之鸡[⑱]，坎井之蛙，盖不知瓮外之天、井外之海为何如，挟其所已能，自谓足以终吾身、没吾世而无憾。

①名物度数：器物和制度。

②前言：前人的言论。往行：前人的行为。

③中都：中州，即洛阳一带。陶渊明《赠羊长史》诗有"圣贤留余迹，事事在中都"之句。

④或：有的人。是：这样。

⑤上国：国都。

⑥胁肩：耸肩，指谄媚的样子。

⑦攘：窃取。

⑧盈厌吾欲：满足自己的欲望。

⑨囊橐：口袋。橐（tuó），无底的口袋，用以将一头扎起。

⑩阳阳：同"扬扬"，自得的样子。

⑪昔：以前，古人。

⑫恶（wū）得：怎么能。

⑬颖敏：聪敏。

⑭书：写。

⑮属辞：指写诗。

⑯举子业：为应科举考试而进行的学习。

⑰阖（hé）门：关起门。

⑱醯瓮（xīwèng）之鸡：醯鸡，浮在酒醋上的一种小虫。孔子在问礼老子之后对颜回说："丘之于道也，其犹醯鸡与？微夫子之发吾覆也，吾不知天地之大全也。"（见《庄子·田子方》）

夫如是又焉用游！太虚肯如是哉？书必钟、王[①]，诗必陶、韦[②]，文不柳、韩、班、马不止也[③]。且方窥闯圣人之经[④]，如天如海，而莫可涯[⑤]，讵敢以平日所见所闻自多乎[⑥]？此太虚今日之所以游也。

是行也，交从日以广，历涉日以熟，识日长而志日起[⑦]。迹圣贤之迹而心其心[⑧]，必知士之为士，殆不止于研经缀文工诗善书也。闻见将愈多而愈寡，愈有余而愈不足[⑨]，则天地万物之皆备于我者，真可以不出户而知。是知也，非老氏之知也。如是而游，光前绝后之游矣，余将于是乎观[⑩]。

澄所逮事之祖母[⑪]，太虚之从祖姑也[⑫]，胡谓余为兄，余谓之为弟云。

①钟：钟繇，三国时的书法家。王：王羲之，东晋时的书法家。

②陶：陶渊明，东晋诗人。韦：韦应物，唐代诗人。

③柳：柳宗元。韩：韩愈。两人为唐代文学家。班：班固。马：司马迁。两人为汉代史学家。

④窥：窥测。闯：闯入。

⑤莫可涯：不能看到边际。

⑥讵（jù）：难道。自多：自以为是。

⑦交从：交游。历涉：经历、涉猎。

⑧迹圣贤之迹：追踪圣贤的行迹。心其心：用心体味圣贤的心志。

⑨这两句是说知道得越多就越能觉出自己的不足。

⑩光：光大。于是：在这方面。

⑪逮事：赶得上侍奉。

⑫从祖姑：祖父的堂姐妹。

李孝光

李孝光（1285～1350），元代文学家。初名同祖，字季和，后改名孝光，号五峰。乐清（今浙江乐清市）人。其记游之文颇具特色。著有《五峰集》。

大龙湫记

【题解】 本文是李孝光的雁荡山游记《雁山十论》中的一篇，描绘的是雁荡山大龙湫瀑布的奇特壮丽景观。文章选取作者两次游历大龙湫的经历来写，展现了大龙湫瀑布变幻万千的奇特景观，反映了作者的独特心境。全文形似松散，而实则严谨，浑然一体。

大德七年秋八月[①]，予尝从老先生来观大龙湫[②]。苦雨积日夜[③]，是日大风起西北，始见日出。湫水方大，入谷未到五里余，闻大声转出谷中[④]，从者心掉[⑤]。望见西北立石，作人俯势，又如大楹[⑥]。行过二百步，乃见更作两股相倚立。更进百数步，又如树大屏风。而其颠谽谺[⑦]，犹蟹两螯[⑧]，时一动摇，行者兀兀不可入[⑨]。转缘南山趾稍北，回视如树圭[⑩]。又折而入东崦[⑪]，则仰见大水从天上堕地，不挂著四壁，或盘桓久不下，忽迸落如震霆[⑫]。东岩趾有诺讵那庵[⑬]，相去五六步，山风横射，水飞著人。走入庵避，余沫进入屋，犹如暴雨至。水下捣大潭[⑭]，轰然万人鼓也[⑮]。人相持语[⑯]，但见口张，不闻作声，则相顾

①大德七年：即1303年。大德是元成宗的年号。

②老先生：即文末所说的南山公。南山公名泰不华，蒙古人，好学能诗文，官至礼部尚书。大龙湫：在雁荡山西谷，是闻名于世的大瀑布。

③苦：苦恼。

④转：震动。

⑤心掉：心惊胆颤。

⑥楹（yíng）：大柱子。

⑦谽谺（hān xiā）：谷中空旷的样子。

⑧螯（áo）：蟹钳。

⑨兀兀：心情紧张不安的样子。

⑩树圭：立着的圭。圭，古时帝王所执的玉，上圆下方。

⑪东崦（yān）：东山。

⑫震霆：很大的雷声。

⑬诺讵那庵：即罗汉庵。诺讵那为佛教十六尊者之一。

⑭捣：冲击，撞击。

⑮万人鼓：指声音巨大。

⑯相持语：彼此拉着对方的手讲话。

大笑。先生曰："壮哉！吾行天下，未见如此瀑布也。"是后，予一岁或一至，至，常以九月。十月，则皆水缩[①]，不能如向所见。

今年冬又大旱，客入，到庵外石矼上[②]，渐闻有水声。乃缘石矼下[③]，出乱石间，始见瀑布垂，渤渤如苍烟[④]，乍小乍大，鸣渐壮急。水落潭上洼石，石被激射，反红如丹砂[⑤]，石间无秋毫土气[⑥]，产木宜瘠[⑦]，反碧滑如翠羽凫毛[⑧]。潭中有斑鱼二十余头，闻转石声，洋洋远去[⑨]，闲暇回缓，如避世士然[⑩]。家僮方置大瓶石旁，仰接瀑水，水忽舞向人，又益壮一倍，不可复得瓶，乃解衣脱帽著石上，相持扼掔[⑪]，欲争取之，因大呼笑。西南石壁上，黄猿数十，闻声皆自惊扰，挽崖端偃木牵连下[⑫]，窥人而啼。纵观久之，行出瑞鹿院前[⑬]——今为瑞鹿寺。日已入，苍林积叶，前行，人迷不得路，独见明月，宛宛如故人[⑭]。

老先生谓南山公也。

①水缩：水小。
②石矼（gāng）：石桥。
③缘：沿着。
④渤渤：水汽升起的样子。
⑤反红：反照出红光。
⑥土气：泥土气息。
⑦瘠（jí）：瘦。
⑧翠羽凫毛：翠鸟和野鸭的羽毛。
⑨洋洋：舒缓自得的样子。
⑩回缓：徘徊徐行。避世士：隐士。
⑪扼掔（qiān）：同"扼腕"，用手握腕。
⑫偃木：横卧的树木。
⑬瑞鹿院：雁荡山中的一座寺院。
⑭宛宛：依依的意思。

宋 濂

宋濂（1310～1381），元末明初文学家。字景濂，号潜溪，浦江（今浙江义乌）人。他是明初文章大家，朝廷有关祭祀、朝会、诏谕、封赐的文章大多由他执笔写成。他的散文从容简洁，富于变化。有《宋文宪公全集》。

桃花涧修禊诗序

【题解】元朝至正年间，宋濂的朋友郑彦真约集一些朋友到浙江浦江城东的桃花涧修禊作诗。本文是宋濂为修禊诗写的一篇序言。文章论述了此次集会的由来，详细描述了桃花涧泉石之胜，众人游春行乐赋诗之盛，最后交待了自己受命作序的事。

浦江县东行二十六里，有峰耸然而葱蒨者，玄麓山也[①]。山之西，桃花涧在焉。至正丙申三月上巳[②]，郑君彦真将修禊事于涧滨[③]，且穷泉石之胜。

前一夕，宿诸贤士大夫[④]。厥明日，既出，相帅向北行，以壶觞随[⑤]。约二里所[⑥]，始得涧流，遂沿涧而入。水蚀道几尽，肩不得比，先后累累如鱼贯[⑦]。又三里所，夹岸皆桃花，山寒，花开迟，及是始繁。傍多髯松，入天如青云。忽见鲜葩点湿翠间，焰焰欲然，可玩[⑧]。又三十步，诡石人立[⑨]，高可十尺余，面正平，可坐而箫，曰凤箫台。下有小泓，泓上石坛广寻丈[⑩]，可钓。闻大雪下时，四围皆琼树、瑶林[⑪]，益

①葱蒨（qiàn）：青绿而茂密。玄麓山：浦江的旅游胜地。

②至正丙申：元惠宗至正十六年（1356）。上巳：指上巳节，一般在农历三月初三。

③郑君彦真：郑铉，字彦真，元末明初人。修禊：古代一种临水去除不祥的活动。

④宿：指招待住宿。

⑤厥：其，指“前一夕”。相帅：结队。觞（shāng）：古时喝酒用的器具。

⑥所：表约数，左右。

⑦肩不得比：即不得并肩而行。累累：指一个接一个的样子。

⑧葩（pā）：花。焰焰：火烧的样子。然：即“燃”。玩：欣赏。

⑨诡石：奇异的石头。

⑩泓：深而广的水。寻：古代的计量单位，八尺为一寻。

⑪琼树、瑶林：洁白如玉的树林。

清绝，曰钓雪矶。西垂苍壁，俯瞰台、矶间，女萝与陵苕轇轕，赤纷绿骇[①]，曰翠霞屏。又六七步，奇石怒出[②]，下临小洼，泉冽甚，宜饮鹤[③]，曰饮鹤川。自川导水为蛇行势，前出石坛下，锵锵作环佩鸣[④]。客有善琴者，不乐泉声之独清，鼓琴与之争。琴声和泉声相和，绝可听[⑤]。又五六步，水左右屈盘，始南逝[⑥]，曰五折泉。又四十步，从山趾斗折入涧底[⑦]，水汇为潭。潭左列石为坐，如半月。其上危岩墙峙[⑧]，飞泉中泻，遇石角激之，泉怒，跃起一二尺，细沫散潭中，点点成晕[⑨]，真若飞泉之骤至，仰见青天镜净，始悟为泉，曰飞雨洞。洞旁皆山，峭石冠其巅，辽夐幽邃[⑩]，宜仙人居，曰蕊珠岩。遥望见之，病登陟之劳[⑪]，无往者。

还至石潭上，各敷鞇席[⑫]，夹水而坐。呼童拾断樵，取壶中酒温之，实髹觞中[⑬]。觞有舟，随波沉浮，雁行下[⑭]。稍前，有中断者，有属联者，方次第取饮[⑮]。其时轻飙东来，觞盘旋不进，甚至逆流而上，若相献酬状[⑯]。

酒三行，年最高者命列觚翰[⑰]，人皆赋诗二首，即有不成，罚酒三巨觥[⑱]。众欣然如约，或闭目潜思；或拄颊上视霄汉[⑲]；或与连席者耳语不休；或运笔如风雨，且书且歌；可按纸伏崖石下，欲写复止；或句

①女萝：松萝。陵苕（tiáo）：即凌霄，藤本植物。轇轕（jiāo gé）：纠缠在一起。赤纷绿骇：红红绿绿，颜色深重。

②怒：形容气势强盛。

③冽：寒，冷。饮（yìn）：使喝。

④蛇行势：弯弯曲曲的形势。锵锵（qiāng）：清脆的声音。环佩：佩在胸前的玉饰。

⑤善琴：擅长弹琴。和（hè）：唱和。绝可听：极好听。

⑥南逝：向南流去。

⑦山趾：山脚。斗折：曲折。

⑧危：高。峙（zhì）：立，直立。

⑨晕：圈，水波纹。

⑩冠（guàn）：戴帽子，这里指蒙着。辽夐（xiòng）幽邃：深远。

⑪病：担心，怕。登陟（zhì）：攀登。

⑫敷：铺。鞇（yīn）：垫子。

⑬实：装满。髹（xiū）觞：盛酒的漆器。

⑭舟：指酒杯中的托盘。雁行（háng）下：像雁阵一样顺流而下。

⑮属（zhǔ）：接连。

⑯轻飙（biāo）：轻风。献酬：主客相互敬酒。

⑰觚（gū）翰：纸笔。觚，古时用来写字的木简。翰，毛笔。

⑱觥（gōng）：古代的一种酒器。

⑲拄颊：托腮。霄汉：天空。

有未当，搔首蹙额向人[①]；或口吻作秋虫吟；或群聚兰坡，夺觚争先；或持卷授邻坐者观，曲肱看云而卧[②]，皆一一可画。已而诗尽成，杯行无算[③]。迨罢归，日已在青松下。

又明日，郑君以兹行良欢，集所赋诗而属濂以序[④]。濂按《韩诗内传》[⑤]：三月上巳，桃花水下之时，郑之旧俗，于溱、洧两水之上，招魂续魄，执兰草以祓除不祥[⑥]。今去之二千载，虽时异地殊，而桃花流水，则今犹在也。其远裔能合贤士大夫以修禊事，岂或遗风尚有未泯者哉[⑦]？虽然，无以自为也。为吾党者，当追浴沂之风徽，法舞雩之咏叹[⑧]，庶几情与境适，乐与道俱矣，而无愧于孔氏之徒；无愧于孔氏之徒，然后无愧于七尺之身区矣，可不勖哉[⑨]！濂既为序其游历之胜，而复申以规箴如此[⑩]。他若晋人兰亭之集，多尚清虚，亦无取焉[⑪]。

①蹙（cù）额：皱眉。

②曲肱（gōng）：弯曲胳臂。

③杯行：沿座行酒。无算：不能计算。

④良欢：很快乐。属（zhǔ）：通“嘱”。

⑤《韩诗内传》：西汉韩婴为《诗经》作解，作《内传》四卷，《外传》四卷。

⑥郑：春秋时的国名，都城在今河南新郑。溱（zhēn）、洧（wěi）：溱水和洧水，在郑国境内。祓（fú）：古代为了除灾求福而举行的一种活动。

⑦远裔（yì）：指古人。岂或：难道、也许是。

⑧追：学习。浴沂（yí）：在沂水中沐浴。风徽：风化美德。舞雩（yú）：在舞雩上吹风乘凉。雩，指祭天求雨的祭坛。

⑨庶几：将近、几乎。适：谐调。勖（xù）：勉励。

⑩规箴（zhēn）：劝戒。

⑪清虚：清静虚无的思想。

送东阳马生序

【题解】 这是作者写给同乡后学马生（字君则）的一篇赠序。文章叙述了自己年轻时求学的种种困难，借书和抄书的辛苦，从师和求教的不易，但依靠一个“勤”字而终于学有所成；同时指出，太学生学习条件优越，求学极为方便，只要专心向学，虚心求教，持之以恒，定能有所收获。

余幼时即嗜学[①]。家贫无从致书以观[②]，每假借于藏书之家，手自笔

①嗜学：好学，喜欢读书。

②无从致书以观：无法买到书来看。

录，计日以还[①]。天大寒，砚冰坚，手指不可屈伸，弗之怠[②]。录毕，走送之，不敢稍逾约[③]。以是人多以书假余，余因得遍观群书[④]。

既加冠[⑤]，益慕圣贤之道。又患无硕师、名人与游[⑥]，尝趋百里外，从乡之先达执经叩问[⑦]。先达德隆望尊，门人弟子填其室，未尝稍降辞色[⑧]。余立侍左右，援疑质理，俯身倾耳以请；或遇其叱咄，色愈恭，礼愈至，不敢出一言以复[⑨]；俟其忻悦[⑩]，则又请焉。故余虽愚，卒获有所闻。

当余之从师也，负箧曳屣[⑪]，行深山巨谷中。穷冬烈风，大雪深数尺，足肤皲裂而不知[⑫]。至舍，四支僵劲不能动[⑬]。媵人持汤沃灌，以衾拥覆，久而乃和[⑭]。寓逆旅主人，日再食，无鲜肥滋味之享[⑮]。同舍生皆被绮绣，戴朱缨宝饰之帽，腰白玉之环，左佩刀，右备容臭，烨然若神人[⑯]。余则缊袍敝衣处其间[⑰]，略无慕艳意，以中有足乐者，不知口体之奉不若人也[⑱]。盖余之勤且艰若此。今虽耄老，未有所成，犹幸预君子之列[⑲]，而承天子之宠光，缀公卿之后[⑳]，日侍坐，备顾问，四海亦谬称其氏名[㉑]，况才之过于余者乎？

今诸生学于太学，县官日有廪稍之供，父母岁有裘葛之遗[㉒]，无冻馁之患矣；坐大厦之下而诵诗书，无

①假借：即借。计日：照约定的时间。

②怠：懒惰。

③走：跑。逾约：超过约定的时间。

④以是：因此。

⑤加冠：即20岁，或谓成年。

⑥硕师：学问渊博的老师。与游：相互交往。

⑦乡：同乡。先达：有学问的前辈。

⑧德隆望尊：德高望重。填其室：形容满屋是人。稍降辞色：言辞、态度稍微和缓。

⑨援疑质理：提出疑难问题，询问其中的道理。叱咄（chì duō）：斥责。色：表情。至：周到。

⑩俟（sì）：等到。忻悦：高兴。

⑪负箧（qiè）：背着装有书的小箱子。曳屣（yè xǐ）：拖着鞋。

⑫穷冬：严冬。皲（jūn）裂：皮肤寒冷干燥而裂开。

⑬四支：即四肢。僵劲：僵硬。

⑭媵（yìng）人：指婢女。汤：热水。沃灌：冲洗。衾（qīn）：被子。

⑮寓逆旅主人：住在旅店。日再食：一日两餐。鲜肥：鲜鱼肥肉。

⑯被：同“披”，穿。绮绣：锦缎。腰：腰间挂着。容臭（xiù）：香囊。烨（yè）然：光彩、光亮的样子。

⑰缊（yùn）袍敝衣：旧棉袍。

⑱略：一点。慕艳：羡慕。口体之奉：吃穿方面的享受。

⑲耄（mào）老：年老。幸：侥幸。预：参与。

⑳以上两句是说在朝中做了官。宠光，厚遇。缀，此指跟随。

㉑谬称：不恰当地称赞。

㉒县官：这里指朝廷或皇帝。廪稍之供：供给粮食。裘葛：指冬夏衣服。遗（wèi）：给予。

奔走之劳矣；有司业、博士为之师[①]，未有问而不告、求而不得者也。凡所宜有之书，皆集于此，不必若余之手录、假诸人而后见也。其业有不精、德有不成者，非天质之卑[②]，则心不若余之专耳，岂他人之过哉！

东阳马生君则，在太学已二年，流辈甚称其贤[③]。余朝京师[④]，生以乡人子谒余，撰长书以为贽[⑤]，辞甚畅达；与之论辩，言和而色夷[⑥]。自谓少时用心于学甚劳，是可谓善学者矣。其将归见其亲也，余故道为学之难以告之。谓余勉乡人以学者，余之志也；诋我夸际遇之盛而骄乡人者[⑦]，岂知余者哉！

①司业、博士：都是太学的官员和老师。

②天质：天资。

③流辈：侪辈，同学。

④朝京师：到京都朝见皇帝。

⑤乡人子：同乡人的后代。长书：长信。贽：古时初次拜见尊长所献礼物。

⑥论辩：谈论分析。夷：平和。

⑦诋：攻击。际遇：机缘、遭遇。骄乡人：在同乡面前夸耀。

刘　基

刘基（1311～1375），元末明初著名政治家、军事家、文学家。字伯温，青田（今浙江文成）人。刘基通经世之学，尤精天文与兵法，诗文也都很有名。其散文风格古朴，文笔犀利，寓意深远，有不少优秀的讽刺作品。著作有《郁离子》等。

卖柑者言

【题解】本文通过作者和卖柑者之间的对话，有力地抨击了那些坐高堂、骑大马而饱食终日的文官武将们，尖锐地揭露了他们“金玉其外、败絮其中”的腐朽本质，从而揭示了元末社会的黑暗、腐朽。

杭有卖果者，善藏柑，涉寒暑不溃①。出之烨然，玉质而金色②。置于市，贾十倍，人争鬻之③。予贸得其一④。剖之，如有烟扑口鼻。视其中，则干若败絮⑤。予怪而问之曰：“若所市于人者⑥，将以实笾豆⑦，奉祭祀，供宾客乎？将炫外以惑愚瞽也⑧？甚矣哉，为欺也！”

卖者笑曰：“吾业是有年矣⑨。吾赖是以食吾躯。吾售之，人取之，未尝有言，而独不足子所乎⑩？世之为欺者不寡矣，而独我也乎？吾子未之思也⑪。

“今夫佩虎符、坐皋比者，洸洸乎干城之具也⑫，果能授孙吴之略耶⑬？峨大冠、拖长绅者，昂昂乎庙堂之器也⑭，果能建伊皋之业耶⑮？盗起而不知御，民困而不知救，吏

①杭：杭州。溃：腐烂。

②烨（yè）然：光亮的样子。

③贾：同“价”。鬻（yù）：买。

④贸：交易，这里是买的意思。

⑤败絮：破棉絮。

⑥若：你。市：卖。

⑦笾（biān）豆：古时祭祀或宴会时盛果品和肉类的食器。

⑧愚瞽（gǔ）：愚人和瞎子。

⑨业是：从事这项职业。

⑩足：满足。子所乎：你所需要的。

⑪吾子：尊称对方，犹言“我的先生”。

⑫佩虎符、坐皋比者：喻指将军。皋比（gāo pí），虎皮。洸洸（guāng）：威武勇敢的样子。干城之具：保卫国家的人才。

⑬孙吴：孙武、吴起。

⑭峨大冠、拖长绅者：喻指士大夫。庙堂之器：朝廷重臣。

⑮伊皋：伊尹、皋陶，上古能臣。

奸而不知禁，法斁而不知理[①]，坐縻廪粟而不知耻[②]。观其坐高堂、骑大马，醉醇醲而饫肥鲜者[③]，孰不巍巍乎可畏、赫赫乎可象也[④]？又何往而不金玉其外、败絮其中也哉！今子是之不察，而以察吾柑！”

予默然无以应。退而思其言，类东方生滑稽之流[⑤]。岂其愤世嫉邪者耶？而托于柑以讽耶[⑥]？

①斁（dù）：败坏。理：治理。

②坐縻（mí）廪食：白白浪费国家粮食。縻，当作靡。

③醇醲（chún nóng）：味道浓厚的酒。肥鲜：指山珍海味。

④巍巍：高大的样子。赫赫：显赫的样子。象：模仿、学习。

⑤类：像。东方生：东方朔。滑稽：幽默。愤世：不满现实。

⑥嫉邪：痛恨邪恶。托：假借。

苦斋记

【题解】本文是刘基为友人章溢的书斋所作的记。文章从苦斋所属写起，介绍苦斋的环境及生长于其间的草木鱼虫，描述苦斋生活中的乐趣，阐明了苦乐相倚伏的道理，表现了苦斋主人的远大志向。全文写景状物紧扣一个“苦”字来写，“苦”字贯穿全文，所选材料看似松散，实则严密地集中在“苦”字之下。文章叙议结合，语言朴实，意味深远，情趣盎然。

苦斋者，章溢先生隐居之室也[①]。室十有二楹，覆之以茆，在匡山之巅[②]。匡山在处之龙泉县西南二百里，剑溪之水出焉[③]。山四面峭壁拔起，岩崿皆苍石，岸外而臼中[④]。其下惟白云，其上多北风。风从北来者，大率不能甘而善苦，故植物中之[⑤]，其味皆苦，而物性之苦者亦乐生焉。

于是鲜支、黄檗、苦楝、侧柏之木，黄连、苦杕、亭历、苦参、钩夭之草，地黄、游冬、葴、芑之菜，槠、栎、草斗之实，楛竹之笋，莫不族布而罗生焉[⑥]。野蜂巢其间，

①章溢：字三益，龙泉（今浙江龙泉）人，元末隐居匡山，后与刘基等受朱元璋之聘，官至御史中丞。

②楹：柱子，房一间称一楹。茆：同“茅”，茅草。

③处：处州府，治所在今浙江丽水。剑溪：匡山下的一条小河。

④崿（è）：山崖。臼（jiù）中：中间低。

⑤中（zhòng）：受到影响。

⑥鲜支：即栀子。杕：读（dì）。葴（wēi）：苦葴。芑（qǐ）：一种苦菜。槠（zhū）、栎（lì）：均为乔木。草斗：栎树的果实。楛竹之笋：即苦竹笋。

采花髓作蜜，味亦苦，山中方言谓之黄杜，初食颇苦难，久则弥觉其甘，能已积热[①]，除烦渴之疾。其槚荼亦苦于常荼[②]，其泄水皆啮石出[③]，其源沸沸汩汩[④]，泋滵曲折[⑤]，注入大谷。其中多斑文小鱼，状如吹沙[⑥]，味苦而微辛，食之可以清酒[⑦]。

山去人稍远，惟先生乐游，而从者多艰其昏晨之往来，故遂择其窊而室焉[⑧]。携童儿数人，启陨箨以艺粟菽[⑨]，茹啖其草木之荑实[⑩]。间则蹑屐登崖[⑪]，倚修木而啸[⑫]，或降而临清泠[⑬]。樵歌出林，则拊石而和之[⑭]。人莫知其乐也。

先生之言曰："乐与苦，相为倚伏者也，人知乐之为乐，而不知苦之为乐，人知乐其乐，而不知苦生于乐，则乐与苦相去能几何哉！今夫膏粱之子[⑮]，燕坐于华堂之上[⑯]，口不尝荼蓼之味[⑰]，身不历农亩之劳，寝必重褥[⑱]，食必珍美，出入必舆隶[⑲]，是人之所谓乐也，一旦运穷福艾[⑳]，颠沛生于不测，而不知醉醇饫肥之肠[㉑]，不可以实疏粝[㉒]；籍柔覆温之躯[㉓]，不可以御蓬藋[㉔]，虽欲效野夫贱隶，跼跳窜伏[㉕]，偷性命于榛莽而不可得[㉖]，庸非昔日之乐，为今日之苦也耶？故孟子曰：'天之将降大任于是人也，必先苦其心志，劳其筋骨，饿其体肤。'赵子曰：'良药苦口利于病，忠言逆耳利于

①已：消除，治愈。

②槚（jiǎ）荼：槚树产的荼。槚，一种茶树。荼，同"茶"。

③啮石：冲刷石缝。

④沸沸：水向上翻腾。汩汩（gǔ gǔ）：水流乱而急。

⑤泋滵（jié mì）：水势很急的样子。

⑥吹沙：一种鱼的名称，口大，常张开吹沙，因此称吹沙。

⑦清酒：醒酒。

⑧窊（wā）：地势低下的地方。

⑨陨箨（tuò）：脱落的笋壳。粟：谷子。菽（shū）：豆类。

⑩茹啖（rúdàn）：吃。荑（tí）：草木初生的嫩叶。

⑪蹑屐（nièjì）：踩着木底鞋。

⑫修木：高大的树。

⑬降：指走下（水边）。清泠（líng）：清凉的溪水。

⑭拊（fǔ）：拍打。

⑮膏粱之子：富贵人家的子弟。

⑯燕坐：安闲地坐着。华堂：华丽的屋舍。

⑰荼（tú）：一样苦菜。蓼（liǎo）：一年生草本植物，茎叶味苦。

⑱重（chóng）：双层。

⑲舆隶：车马、仆役。

⑳穷：穷尽。艾：停止，完结。

㉑醇：醇酒，美酒。饫（yù）：饱食。

㉒疏粝（lì）：粗劣的饭食。

㉓籍：通"藉"，垫。覆：盖。

㉔御：使用，穿。蓬藋（diào）：指粗劣的衣物。

㉕跼跳窜伏：形容随意、无拘无束的生活。跼（jú）：局促。

㉖榛：一种小树。莽：茂密的草。

行。'彼之苦，吾之乐；而彼之乐，吾之苦也。吾闻井以甘竭[1]，李以苦存[2]，夫差以酣酒亡[3]，而勾践以尝胆兴[4]，无亦犹是也夫?"

刘子闻而悟之[5]，名其室曰苦斋，作《苦斋记》。

①甘：甜。竭：干枯。
②李以苦存：李子果因为是苦的而没人去摘。
③夫差：春秋时吴国君，因沉溺酒色而被勾践所杀。
④勾践：春秋时越国君。因败于夫差而卧薪尝胆，以图复仇，后终灭吴。
⑤刘子：刘基自称。

高 启

高启（1336～1374），元末明初诗人。字季迪，号槎轩，因元末避兵乱居吴淞江畔的青丘，又自号青丘子。长州（今江苏苏州）人。与杨基、张羽、徐贲合称“吴中四杰”。其散文峻洁雄健，长于叙事，也有一定的成就。著有《高太史大全集》。

书博鸡者事

【题解】本文记叙了一个下层市民打抱不平，向当地的土豪展开斗争的故事。文章既反映了元末统治的黑暗腐朽、元末社会的动荡，也表现了人民的抗争精神。其中博鸡者的侠义性格塑造得比较鲜明。下层市民作为正面人物和故事主要人物出现在正统文人的笔下，这是比较早的一篇。

博鸡者袁人，素无赖[①]，不事产业，日抱鸡呼少年博市中[②]，任气好斗，诸为里侠者皆下之[③]。

元至正间[④]，袁有守多惠政[⑤]，民甚爱之。部使者臧，新贵，将按郡至袁[⑥]。守自负年德，易之[⑦]，闻其至，笑曰：“臧氏之子也[⑧]。”或以告臧[⑨]，臧怒，欲中守法[⑩]。会袁有豪民尝受守杖，知使者意嗛守，即诬守纳己赇[⑪]。使者遂逮守，胁服夺其官。袁人大愤，然未有以报也。

一日，博鸡者遨于市[⑫]。众知有为，因让之曰[⑬]：“若素名勇，徒能凌藉贫孱者耳[⑭]。彼豪民恃其资，诬去贤使君，袁人失父母。若诚丈夫，不能为使君一奋臂耶？”博鸡者曰：“诺！”即入闾左呼子弟素健者，得

①袁：指元朝的袁州路，在今江西宜春一带。素：向来。

②事：从事，做。产业：生计。

③为里侠者：在乡里充当好汉的。下：居于（博鸡者）之下，佩服。

④至正：元顺帝年号（1341～1368）。

⑤守：长官。惠政：有利于百姓的政绩。

⑥部使者臧：指江西湖东道肃政廉访司姓臧的。按郡：巡视州郡地方。

⑦易：轻视，看不起。

⑧臧氏之子：用典，指起不了多大作用的人。

⑨或：有人。

⑩欲中（zhòng）守法：想加法律到袁守身上。中，合乎，套中。

⑪嗛（xiān）：怀恨。赇（qiú）：贿赂。

⑫遨（áo）：游逛。

⑬有为：有办法、能力。让：责备。

⑭名勇：号称武勇。藉（jí）：践踏，欺凌。孱（chán）：软弱。

数十人，遮豪民于道[1]。豪民方华衣乘马，从群奴而驰[2]。博鸡者直前捽下提殴之[3]。奴惊，各亡去。乃褫豪民衣自衣，复自策其马[4]，麾众拥豪民马前，反接，徇诸市[5]。使自呼曰："为民诬太守者视此[6]！"一步一呼，不呼则杖其背，尽创[7]。豪民子闻难，鸠宗族僮奴百许人，欲要篡以归[8]。博鸡者遂谓曰："若欲死而父，即前斗；否则阖门善俟[9]，吾行市毕即归若父，无恙也。"豪民子惧遂杖杀其父，不敢动，稍敛众以去[10]。袁人相聚从观，欢动一城。郡录事骇之，驰白府[11]。府佐快其所为，阴纵之[12]，不问。日暮，至豪民第门，捽使跪，数之曰[13]："若为民不自谨，冒使君，杖汝，法也。敢用是为怨望[14]！又投间蔑污使君，使罢[15]，汝罪宜死。今姑贷汝[16]，后不善自改，且复妄言，我当焚汝庐，戕汝家矣[17]！"豪民气尽，以额叩地，谢不敢[18]。乃释之。

博鸡者因告众曰："是足以报使君未耶？"众曰："若所为诚快，然使君冤未白[19]，犹无益也。"博鸡者曰："然。"即连楮为巨幅，广二丈，大书一"屈"字，以两竿夹揭之，走诉行御史台[20]。台臣弗为理[21]。乃与其徒日张"屈"字游金陵市中。台臣惭，追受其牒，为复守官而黜臧使者[22]。

①闾左：此指贫民居住地。遮：阻住。
②从群奴：跟着一群奴仆。
③捽（zuó）：揪。提殴：摔打。
④褫（chǐ）：脱去，夺去。策：此处指骑。
⑤反接：反绑双手。徇诸市：让他在市场上游街示众。
⑥视此：照此办理。
⑦尽创：都是伤痕。
⑧难（nàn）：祸患。鸠：聚集，纠集。要篡：拦路抢夺。要（yāo），同"腰"。
⑨阖（hé）：关闭。善俟（sì）：好好等待。
⑩敛：收聚。
⑪郡录事：管理户口的官。白：报告。
⑫府佐：府总管。快：高兴。阴：暗地里。
⑬数（shǔ）：数落，责备。
⑭敢用是为怨望：竟敢因此而怀恨。
⑮投间（jiàn）：趁机。使罢：使使君被罢职。
⑯贷：饶恕。
⑰庐：房屋。戕（qiāng）：杀。
⑱气尽：气焰灭尽。
⑲快：痛快。白：昭雪。
⑳楮（chǔ）：纸的代称。揭：高举。行御史台：派驻外地的御史台。
㉑台臣：御史台官员。理：受理。
㉒牒：状子。复：恢复。黜（chù）：贬黜。

方是时，博鸡者以义闻东南[①]。

高子曰：余在史馆[②]，闻翰林天台陶先生言博鸡者之事。观袁守虽得民，然自喜轻上，其祸非外至也。臧使者枉用三尺，以仇一言之憾，固贼戾之士哉[③]！第为上者不能察，使匹夫攘袂群起以伸其愤[④]；识者固知元政紊弛，而变兴自下之渐矣[⑤]。

①闻：闻名，有名望。

②史馆：官署名，掌监修国史之事。

③枉用三尺：乱用法律。仇：应对，偿报。贼戾：凶残。

④第：但。攘袂：捋起袖子。

⑤紊弛：紊乱松弛。变兴：变革。

方孝孺

方孝孺（1375～1402），明代理学家、散文家。字希直，一字希古，人称正学先生，宁海（今属浙江）人。有《逊志斋集》。

吴　士

【题解】本文通过对吴士兴衰的描述，批判、讽刺了那些夸夸其谈的人。文章在刻画人物和材料组织上都能抓住人物的特点来进行，着墨不多，但人们神情毕现。

吴士好夸言，自高其能，谓举世莫及①。尤善谈兵，谈必推孙吴②。

遇元季乱，张士诚称王姑苏，与国朝争雄③。兵未决④。士谒士诚曰⑤："吾观今天下形势莫便于姑苏，粟帛莫富于姑苏⑥，甲兵莫利于姑苏，然而不霸者，将劣也⑦。今大王之将，皆任贱丈夫⑧，战而不知兵，此鼠斗耳⑨。王果能将吾，中原可得，于胜小敌何有⑩！"士诚以为然，俾为将，听自募兵⑪，戒司粟吏勿与较赢缩⑫。

士尝游钱塘，与无赖懦人交⑬。遂募兵于钱塘，无赖士皆起从之。得官者数十人，月靡粟万计。⑭日相与讲击刺坐作之法，暇则斩牲、具酒燕饮⑮其所募士。实未尝能将兵也。

李曹公破钱塘⑯，士及麾下，遁去不敢少格⑰。搜得，缚至辕门诛之。垂死犹曰："吾善孙吴法。"

①高：抬高。

②孙吴：即孙武、吴起。

③元季：元末。张士诚姑苏称王：张士诚，泰州白驹场人，盐贩出身。元末占据江浙，称吴王。后为朱元璋所败，自缢死。姑苏：今苏州。国朝：即明朝。

④兵未决：战争还没有决出胜负。

⑤谒：拜见。

⑥粟帛：粮食布帛等财物。甲兵：泛指甲胄和兵器。

⑦将劣：将领的本事太差。

⑧贱丈夫：没有本事的人。

⑨鼠斗：老鼠互相打架。

⑩将吾：以我为将。何有：有什么难的。

⑪俾：使。听：任其自便。

⑫司粟吏：管粮草的官。赢缩：财物的多少。意为保证粮草的供应。

⑬懦人：胆量小的人。

⑭靡：消耗，耗费。

⑮坐作：坐与起，古代练兵科目之一。斩牲：杀牛宰羊。燕：同"宴"。

⑯李曹公：李文忠，封曹国公。

⑰麾（huī）下：部下。少：稍许。格：搏斗。

王守仁

王守仁（1472～1528），明代思想家、文学家。字伯安，世称阳明先生。余姚（今属浙江）人。他是心学的代表人物，在我国思想史上具有重要影响。其文不依傍古人，自抒胸臆，俊爽畅达。有《王文成公全书》。

瘗旅文

【题解】本文是一篇祭文，作于王守仁贬居贵州龙场驿期间。文中记叙三个陌生人客死异乡，作者不但掩埋了他们的尸体，而且为他们写了这样一篇感情真挚动人的祭文。中原吏人客死异乡的悲惨遭遇引发了作者的深切同情，更激起他“同是天涯沦落人”的心理共鸣，其中亦体现出作者远离父母乡国、沉痛悲愤的心情。

维正德四年秋月三日①，有吏目云自京来者②，不知其名氏，携一子一仆，将之任，过龙场③，投宿土苗家④。予从篱落间望见之，阴雨昏黑，欲就问讯北来事，不果⑤。明早，遣人觇之⑥，已行矣。

薄午⑦，有人自蜈蚣坡来，云：“一老人死坡下，傍两人哭之哀。”予曰：“此必吏目死矣，伤哉！”薄暮⑧，复有人来，云：“坡下死者二人，傍一人坐哭。”询其状，则其子又死矣。明早，复有人来，云：“见坡下积尸三焉。”则其仆又死矣。呜呼伤哉！

念其暴骨无主⑨，将二童子持畚、锸往瘗之⑩。二童子有难色然。

①正德四年：1509年。正德是明武宗年号。

②吏目：官名，明时在知州之下设吏目，掌出纳文书等事。

③龙场：龙场驿。在今贵州修文县境内。当时王阳明因事被贬到此地。他在此地建了书院，并悟道。

④土苗：当地苗族居民。

⑤果：成功。

⑥觇（chān）：观测，窥视。

⑦薄午：将近中午。

⑧薄暮：将近天黑。

⑨暴：通“曝”（pù），晒。

⑩将：带领。畚（běn）：畚箕。锸（chā）：铁锹。瘗（yì）：埋葬。

予曰："嘻！吾与尔犹彼也。"二童闵然涕下[①]，请往。就其傍山麓为三坎[②]，埋之。又以只鸡、饭三盂，嗟吁涕泗而告之，曰：

呜呼伤哉！繄何人[③]，繄何人！吾龙场驿丞余姚王守仁也。吾与尔皆中土之产[④]。吾不知尔郡邑，尔乌为乎来为兹山之鬼乎[⑤]？古者重去其乡，游宦不逾千里[⑥]。吾以窜逐而来此，宜也，尔亦何辜乎[⑦]？闻尔官吏目耳，俸不能五斗，尔率妻子躬耕可有也[⑧]。乌为乎以五斗而易尔七尺之躯[⑨]？又不足，而益以尔子与仆乎[⑩]？呜呼伤哉！

尔诚恋兹五斗而来[⑪]，则宜欣然就道，乌为乎吾昨望见尔容，蹙然盖不任其忧者[⑫]？夫冲冒雾露，扳援崖壁，行万峰之顶，饥渴劳顿，筋骨疲惫，而又瘴疠侵其外[⑬]，忧郁攻其中，其能以无死乎？吾固知尔之必死，然不谓若是其速，又不谓尔子尔仆亦遽尔奄忽也[⑭]。皆尔自取，谓之何哉！吾念尔三骨之无依而来瘗尔，乃使吾有无穷之怆也[⑮]。呜呼伤哉！

纵不尔瘗，幽崖之狐成群，阴壑之虺如车轮[⑯]，亦必能葬尔于腹，不致久暴尔。尔既已无知，然吾何能为心乎[⑰]？自吾去父母乡国而来此，三年矣，历瘴毒而苟能自全，以吾未尝一日之戚戚也[⑱]。今悲伤若此，是吾为尔者重，而自为者轻也。吾不宜复为尔悲矣。

①闵然：哀怜的样子。涕下：垂泪。

②坎：坑，穴。

③繄（yī）：是。

④中土：中原一带。产：生。

⑤乌为乎：为什么。兹：这。

⑥去：离开。这句是说古人安重迁。游宦：到外地作官。

⑦窜逐：斥逐，流放。宜也：是应该的。何辜：有何罪过。

⑧俸：俸禄。五斗：五斗米，指县令的薪水。可有：意思是说你带着妻儿种田也可以收获五斗米。

⑨易：交换。

⑩益：增加。

⑪诚：如果。

⑫蹙（cù）然：愁苦的样子。盖：表示推测语气。

⑬瘴（zhàng）：瘴气，热带山林中的湿热空气。疠（lì）：瘟疫。

⑭固知：本来知道。不谓：没想到。奄忽：死亡。

⑮怆（chuàng）：悲伤。

⑯虺（huǐ）：毒蛇。

⑰何能为心：心里怎么能安宁，怎么能不动心呢。

⑱戚戚：悲哀。

吾为尔歌，尔听之。歌曰：连峰际天兮[①]，飞鸟不通。游子怀乡兮，莫知西东。莫知西东兮，维天则同。异域殊方兮，环海之中。达观随寓兮，奚必予宫[②]。魂兮魂兮，无悲以恫[③]！

又歌以慰之曰：与尔皆乡土之离兮，蛮之人言语不相知兮。性命不可期[④]，吾苟死于兹兮，率尔子仆，来从予兮。吾与尔遨以嬉兮，骖紫彪而乘文螭兮[⑤]，登望故乡而嘘唏兮[⑥]。吾苟获生归兮，尔子尔仆，尚尔随兮，无以无侣悲兮[⑦]！道旁之冢累累兮[⑧]，多中土之流离兮，相与呼啸而徘徊兮。餐风饮露[⑨]，无尔饥兮。朝友麋鹿，暮猿与栖兮。尔安尔居兮，无为厉于兹墟兮[⑩]！

①际：接近，到。

②随寓：随所居而寓，到了什么地方就住在那里。奚必：何必。宫：指房屋。

③恫（tōng）：痛。

④期：预定。

⑤骖（cān）：驾驭。彪：小老虎。文螭：彩色的龙。螭（chī），古代传说中一种没有角的龙。

⑥嘘唏（xū xī）：哽咽，抽噎。

⑦尚尔随：这句是说假如我活着离开这里，你的儿子和仆人也还伴随着你，不必因没有伴侣而悲伤。

⑧累累：多。

⑨餐：吸。

⑩厉：厉鬼。墟：山丘。

唐顺之

唐顺之（1507～1560），明代散文家。字应德，一字义修，也称荆川先生。武进（今江苏常州）人。唐顺之为明代唐宋派代表作家，为文主张“直抒胸臆，信手写出”，“便是宇宙间一样绝好文字”，其文取法唐宋，有的文章波澜壮阔，与唐宋之文颇为相似。著有《荆川集》。

答茅鹿门知县二

【题解】这是作者给茅坤的一封信，阐述了自己的文学主张。作者在文章中认为，文章要有“精神命脉骨髓”，也就是要有“真精神与千古不可磨灭之见”，这是文章的“本色”。要达到这样的“本色”，作家必须做到“洗涤心源，独立物表，具今古只眼”。

熟观鹿门之文[①]，及鹿门与人论文之书，门庭路径，与鄙意殊有契合；虽中间小小异同，异日当自融释，不待喋喋也[②]。

至如鹿门所疑于我本是欲工文字之人，而不语人以求工文字者，此则有说[③]。鹿门所见于吾者，殆故吾也[④]，而未尝见夫槁形灰心之吾乎[⑤]？吾岂欺鹿门者哉！其不语人以求工文字者，非谓一切抹杀，以文字绝不足为也，盖谓学者先务[⑥]，有源委本末之别耳[⑦]。文莫犹人，躬行未得，此一段公案[⑧]，姑不敢论[⑨]，只就文章家论之。虽其绳墨布置[⑩]，奇正转折[⑪]，自有专门师法，至于中一段精神命脉骨髓[⑫]，则非洗涤心源[⑬]，独立物表[⑭]，具今古只眼者[⑮]，

①鹿门：即茅坤。
②喋喋（diédié）：形容说话多。
③有说：有必要说明。
④故我：当年的旧我。
⑤槁形灰心之吾：忘掉了旧躯体的新我。意谓自己的思想观念已发生了变化，与以前不同。
⑥先务：最紧要的事务。
⑦源委本末：主要的和次要的。
⑧公案：有纠纷的事。
⑨姑：暂且。
⑩绳墨：规矩，准则。
⑪奇正：异常和正常。
⑫精神命脉骨髓：指文章是根本的东西。
⑬洗涤心源：把心底的陈旧观念洗净。
⑭独立物表：即独立于物表之外，不受事物外表的影响、限制。
⑮具今古只眼：具有和今天、古代一般的人所不同的认识、见解。

不足以与此[①]。今有两人，其一人心地超然[②]，所谓具千古只眼人也，即使未尝操纸笔呻吟，学为文章，但直据胸臆，信手写出，如写家书，虽或疏卤[③]，然绝无烟火酸馅习气[④]，便是宇宙间一样绝好文字。其一人犹然尘中人也，虽其专专学为文章[⑤]，其于所谓绳墨布置，则尽是矣，然番来覆去，不过是这几句婆子舌头语，索其所谓真精神与千古不可磨灭之见，绝无有也，则文虽工而不免为下格[⑥]。此文章本色也。即如以诗为谕，陶彭泽未尝较声律，雕句文[⑦]，但信手写出，便是宇宙间第一等好诗。何则？其本色高也。自有诗以来，其较声律，雕句文，用心最苦而立说最严者，无如沈约[⑧]，苦却一生精力，使人读其诗，只见其捆缚龌龊，满卷累牍[⑨]，竟不曾道出一两句好话。何则？其本色卑也[⑩]。本色卑，文不能工也，而况非其本色者哉？

且夫两汉而下，文之不如古者，岂其谓绳墨转折之精之不尽如哉？秦、汉以前，儒家者有儒家本色，至如老、庄家有老、庄本色，纵横家有纵横本色，名家、墨家、阴阳家皆有本色，虽其为术也驳[⑪]，而莫不皆有一段千古不可磨灭之见。是以老家必不肯剿儒家之说[⑫]，纵横家必不肯借墨家之谈，各自其本色而

①不足以与此：不能说具有精神命脉骨髓。

②超然：心地远离世俗。

③疏卤：粗疏愚钝。

④烟火酸馅习气：指文章的迂腐气或寒酸气。

⑤专专：非常专心。后一个“专”字加重语气。

⑥下格：下等。

⑦谕：例子。陶彭泽：即陶渊明。陶渊明曾为彭泽县令。较声律：追求声律。雕文句：雕琢文句。

⑧沈约：南朝梁时著名文学家，为诗提出著名的“四声八病”，对格律诗的形成做出很大贡献。但仅留意形式，忽视思想内容，助长了形式主义之风。

⑨龌龊（wò chuò）：局促。满卷累牍：全部文章。

⑩卑：卑下，低下。

⑪驳：本指马毛色不纯，这里指杂乱。

⑫老家：指老庄一派学者。剿（chāo）：套用窃取别人的观点、言论。

鸣之为言[①]。其所言者，其本色也。是以精光注焉，而其言遂不泯于世[②]。唐、宋而下，文人莫不语性命[③]，谈治道，满纸炫然[④]，一切自托于儒家，然非其涵养畜聚之素[⑤]，非真有一段千古不可磨灭之见，而影响剿说，盖头窃尾[⑥]，如贫人借富人之衣，庄农作大贾之饰，极力装做，丑态尽露，是以精光枵焉，而其言遂不久湮废[⑦]。然则秦、汉而上，虽其老、墨、名、法、杂家之说，而犹传，今诸子之书是也。唐、宋而下，虽其一切语性命谈治道之说，而亦不传，欧阳永叔所见唐四库书目百不存一焉者是也[⑧]。后之文人，欲以立言为不朽计者，可以知所用心矣。

然则吾之不语人以求工文字者，乃其语人以求工文字者也，鹿门其可以信我矣。虽然，吾槁形而灰心焉久矣，而又敢与知文乎[⑨]？今复纵言至此，吾过矣[⑩]，吾过矣。此后鹿门更见我之文，其谓我之求工于文者耶，非求工于文者耶？鹿门当自知我矣，一笑。鹿门东归后，正欲待使节西上时得一面晤，倾倒十年衷曲[⑪]，乃乘夜过此，不已急乎？仆三年积下二十余篇文字债，许诺在前，不可负约，欲待秋冬间病体稍苏，一切涂抹[⑫]，更不敢计较工拙，只是了债。此后便得烧却毛颖，碎

①鸣：发表。

②精光：指真精神和真见解。泯：消失。

③性命：中国古代哲学家研究人，物之性及其相互关系的学问。如有的认为人、物之性都是天生的，人性是天命或天理在人身上的体现；有的认为人生性命皆“初禀自然之气”（《论衡·初禀》）。

④炫然：光彩夺目。

⑤涵养畜聚之素：很深的修养和研究。

⑥盖头窃尾：意为抄袭别人的观点而略加修改，便把它当作自己的东西。

⑦枵（xiāo）：中空的树根，意为空虚。湮废：湮没，废除。

⑧欧阳永叔所见唐四库书目百不存一：欧阳修于《新唐书·艺文志序》中谈到，唐及唐前的书到北宋初年，经史子集四库有书名而无书的已占十之五六。永叔，欧阳修字。

⑨敢与知文：敢于参与谈论作文章的道理。

⑩过：过分。

⑪倾倒：倾诉。衷曲：衷肠。

⑫苏：恢复，好转。一切：这里有“权且”的意思。涂抹：胡乱写。

却端溪，兀然作一不识字人矣[1]。而鹿门之文方将日进，而与古人为徒未艾也[2]。异日吾倘得而观之，老耄尚能识其用意处否耶[3]？并附一笑。

①毛颖：即毛笔。端溪：指砚台，广东高要端溪所产砚台为砚中上品。兀然：浑然无知的样子。

②未艾：未止。艾，止。

③老耄：年老。耄（mào），古人七十以上称耄。

宗　臣

宗臣（1525～1560），明代文学家。字子相，号方域山人。扬州兴化（今江苏兴化）人。宗臣诗文主张复古，“文必秦汉，诗必盛唐”，与李攀龙、王世贞等合称“后七子”。著有《宗子相集》。

报刘一丈书

【题解】本文是针对刘一丈来信中称赞自己时有“上下相孚”而写的回信。作者在文章中对官场中所谓“相孚”的内幕和本质进行了深刻的揭露，并描绘了那些利欲熏心的人奴颜婢膝博取上司好感的丑态，揭示了上司居官倨傲的伪善嘴脸；同时，也表现了作者自己不与世俗同流合污的高尚品质。

数千里外，得长者时赐一书，以慰长想[①]，即亦甚幸矣，何至更辱馈遗[②]？则不才益将何以报焉[③]？

书中情意甚殷，即长者之不忘老父，知老父之念长者深也[④]。至以“上下相孚，才德称位”语不才[⑤]，则不才有深感焉。夫才德不称，固自知之矣，至于不孚之病，则尤不才为甚。

且今之所谓孚者何哉？日夕策马，候权者之门，门者故不入[⑥]，则甘言媚词作妇人状，袖金以私之[⑦]。即门者持刺入[⑧]，而主者又不即出见，立厩中仆马之间，恶气袭衣袖，即饥寒毒热不可忍，不去也。抵暮，则前所受赠金者出，报客曰：“相公倦，谢客矣，客请明日来[⑨]。”即明日，又不敢不来。夜披衣坐，闻鸡

①长（zhǎng）者：即刘一丈。长（cháng）想：长久的思念。

②辱：谦逊的说法，说对方这样对自己是屈辱了对方。馈遗（wèi）：赠送礼物。

③不才：谦称。

④这两句是说，就您对我父亲念念不忘来看，也可以知道我父亲思念您的深切了。刘丈一和作者的父亲有几十年的交情。

⑤上下相孚，才德称（chèn）位：此为刘一丈信中之言，意思是上下级相互信任，才德跟自己的地位相称。孚，为人所信服。

⑥日夕：早晚。门者：守门的下人。故：故意。

⑦袖金：藏在袖子里的钱。私之：偷偷送给他。

⑧刺：名帖，名片。

⑨相公：指宰相。谢：谢绝。

鸣即起，盥栉，走马抵门[①]。门者怒曰："为谁？"则曰："昨日之客来。"则又怒曰："何客之勤也！岂有相公此时出见客乎？"客心耻之[②]，强忍而与言曰："亡奈何矣，姑容我入[③]。"门者又得所赠金，则起而入之。又立向所立厩中。幸主者出，南面召见，则惊走匍匐阶下[④]。主者曰："进。"则再拜，故迟不起，起则上所上寿金[⑤]。主者故不受，则固请；主者故固不受，则又固请，然后命吏纳之[⑥]。则又再拜，又故迟不起，起则五六揖始出。出揖门者曰："官人幸顾我，他日来，幸勿阻我也[⑦]。"门者答揖。大喜，奔出。马上遇所交识，即扬鞭语曰："适自相公家来，相公厚我，厚我[⑧]！"且虚言状[⑨]。即所交识亦心畏相公厚之矣。相公又稍稍语人曰："某也贤[⑩]，某也贤。"闻者亦心计交赞之[⑪]。此世所谓上下相孚也。长者谓仆能之乎[⑫]？

前所谓权门者，自岁时伏腊一刺之外[⑬]，即经年不往也。间道经其门[⑭]，则亦掩耳闭目，跃马疾走过之，若有所追逐者。斯则仆之褊衷[⑮]。以此常不见悦于长吏，仆则愈益不顾也。每大言曰："人生有命，吾惟守分尔矣。"长者闻此，得无厌其为迂乎[⑯]？

乡园多故，不能不动客子之愁[⑰]。

①盥栉（guàn zhì）：洗脸梳头。走马：骑马快跑。

②心耻之：心里觉得耻辱。

③亡奈何矣：没办法啊。亡，同"无"。姑：姑且。

④南面：本用于国君见臣下，这里用来表示主人的威势。惊走：惊惧慌忙地跑。

⑤再拜：拜了又拜。故：与下文的几个均是"故意"的意思。上寿金：古代凡是以金帛赠人都叫寿。

⑥固：坚持。吏：属下的小吏。内：同"纳"。

⑦官人：称呼作大官的人，意思与"相公"相近。幸：幸而。下一个幸是"希望"的意思。顾：关照。

⑧厚我：很看重我，待我很好。

⑨虚言状：虚构了一番厚待的情状来说。

⑩某：指客。

⑪闻者：听到这句话的人。心计：心里盘算。赞：称赞。

⑫仆：自称。

⑬权门者：权贵。岁时：过年。伏腊：伏日腊日。

⑭间：间或。

⑮褊（biǎn）：狭隘。

⑯迂：迂腐。

⑰多故：指人们的生活多变故。客子之愁：思乡之情。

至于长者之抱才而困[①]，则又令我怆然有感。天之与先生者甚厚，亡论长者不欲轻弃之[②]，即天意亦不欲长者之轻弃之也，幸宁心哉[③]！

①抱才而困：即怀才不遇。
②亡论：且不说。
③宁心：心情平静，安心。

归有光

归有光（1506～1571），明代散文家。字熙甫，号震川。昆山（今江苏昆山）人。归有光是明朝“唐宋派”代表人物，其文受司马迁和欧阳修的影响，但又有自己的特色。有《震川先生集》。

项脊轩志

【题解】这是作者为自己的书斋“项脊轩”而写的志，分正文和补记两部分。文章先后记叙了旧居项脊轩的变化和发生在其中的几件生活小事，既写出了亲人对自己的关怀，又抒发了作者怀念亲人的深厚感情。文章所记虽是日常琐事，但以一阁而记三代人的遗迹，睹物思人，笔墨极清淡而感情极深挚，具有一种诗一般的意境。

项脊轩，旧南阁子也①。室仅方丈，可容一人居②。百年老屋，尘泥渗漉，雨泽下注③；每移案，顾视无可置者④。又北向不能得日，日过午已昏⑤。余稍为修葺，使不上漏⑥。前辟四窗，垣墙周庭，以当南日，日影反照，室始洞然⑦。又杂植兰桂竹木于庭，旧时栏楯，亦遂增胜⑧。借书满架，偃仰啸歌，冥然兀坐，万籁有声⑨，而庭阶寂寂，小鸟时来啄食，人至不去。三五之夜，明月半墙，桂影斑驳，风移影动，珊珊可爱⑩。然予居于此，多可喜，亦多可悲。

先是，庭中通南北为一⑪。迨诸父异爨，内外多置小门墙，往往而是⑫。东犬西吠，客逾庖而宴⑬，鸡

①旧南阁子：原来的南阁子。

②方丈：面积一丈见方。

③渗漉：慢慢渗漏。漉（lù），渗。雨泽：雨水。下注：往下流。

④案：长桌。无可置者：没有可放的地方。

⑤北向：向北，朝北。昏：昏暗。

⑥修葺（qì）：修补。不上漏：上面不漏水下来。

⑦垣墙周庭，以当南日：在庭院周围砌墙，用来挡着南边射来的日光。洞然：明亮的样子。

⑧栏楯（shǔn）：栏杆。胜：光彩。

⑨偃仰啸歌：时起时坐，大声吟唱。冥然兀坐：静静地端坐。

⑩三五之夜：十五之夜。斑驳：色彩错杂。珊珊（shān）：慢慢移动。

⑪这两句说以前院子是南北相通的。

⑫迨（dài）：等到。异爨：分家。爨（cuàn），烧火做饭。往往而是：到处都是。

⑬逾：越过，经过。庖（páo）：厨房。

栖于厅。庭中始为篱，已为墙，凡再变矣。家有老妪，尝居于此[①]。妪，先大母婢也，乳二世[②]。先妣抚之甚厚[③]。室西连于中闺，先妣尝一至[④]。妪每谓予曰："某所，而母立于兹[⑤]。"妪又曰："汝姊在吾怀，呱呱而泣[⑥]，娘以指扣门扉，曰：'儿寒乎？欲食乎？'吾从板外相为应答。"语未毕，余泣，妪亦泣。

余自束发[⑦]，读书轩中。一日，大母过余曰[⑧]："吾儿，久不见若影，何竟日默默在此，大类女郎也[⑨]？"比去，以手阖门[⑩]，自语曰："吾家读书久不效，儿之成，则可待乎[⑪]？"顷之，持一象笏至[⑫]，曰："此吾祖太常公宣德间执此以朝，他日汝当用之。"瞻顾遗迹，如在昨日，令人长号不自禁[⑬]。

轩东故尝为厨。人往，从轩前过。余扃牖而居[⑭]，久之，能以足音辨人。

轩凡四遭火，得不焚，殆有神护者。

项脊生曰[⑮]："蜀清守丹穴，利甲天下，其后秦皇帝筑女怀清台[⑯]。刘玄德与曹操争天下，诸葛孔明起陇中[⑰]。方二人之昧昧于一隅也[⑱]，世何足以知之？余区区处败屋中，方扬眉瞬目[⑲]，谓有奇景，人知之者，其谓与坎井之蛙何异[⑳]？"

余既为此志[㉑]，后五年，吾妻来

①老妪（yù）：老婆婆。

②先大母：已去世的祖母。乳二世：指作了两代人的乳母。

③先妣（bǐ）：已去世的母亲。抚：待。

④中闺：妇女居住的内室。尝：曾。

⑤每：不止一次地。某所，而母立于兹：某个地方，你母亲站在这儿。而，同"尔"。

⑥呱呱（gū）：小孩的哭声。

⑦束发：绾起头发，意指孩提时代。

⑧过余：到我这里。

⑨若：你。大类：很像。

⑩比去：等到离去。阖（hé）：关闭。

⑪不效：没成效。可待：可以期待。

⑫象笏：亦称象简、手版，古时大臣朝见皇帝时手拿此物。

⑬瞻顾：看，回忆。遗迹：旧日的事物。长号：大哭。

⑭扃牖（jiōng yǒu），关着窗。

⑮项脊生：作者自称。

⑯此三句典出《史记·货殖列传》，意为蜀地一叫清的妇女，其丈夫经营朱砂矿获得巨利，丈夫死后，她能维持产业，秦始皇为表彰她，筑一座"女怀清台"。

⑰刘玄德：即刘备。诸葛孔明：即诸葛亮。陇中：即隆中。

⑱昧昧：暗、不明亮，这里是尚未出名之意。隅：角落。

⑲区区：渺小的样子。扬眉瞬目：高兴的样子。

⑳其谓：要说。坎井之蛙：浅井之蛙，喻目光短浅而又自高自大的人。

㉑志：即以上的文章，为正文部分，以下为补记部分。

归[①]。时至轩中，从余问古事，或凭几学书[②]。吾妻归宁，述诸小妹语曰[③]："闻姊家有阁子，且何谓阁子也[④]？"

其后六年，吾妻死，室坏不修。其后二年，余久卧病无聊，乃使人复葺南阁子，其制稍异于前[⑤]。然自后余多在外，不常居。

庭有枇杷树，吾妻死之年所手植也，今已亭亭如盖矣[⑥]。

①来归：嫁过来。归，古时女子出嫁叫"归"。

②时：时常。从余：向我。几：矮小的书案。学书：学写字。

③归宁：出嫁的女子回娘家。述：（回来后）转述。

④且：还有，那么。

⑤制：规制，形制。

⑥手植：亲手种植。亭亭：直立的样子。盖：伞。

寒花葬志

【题解】本文为婢女而写，表达了对婢女的悼念和对亡妻的深切怀念。文章虽仅一百多字，但却表现出归有光散文艺术上的独特魅力。

婢，魏孺人媵也[①]。嘉靖丁酉五月四日死，葬虚丘[②]。事我而不卒[③]，命也夫！

婢初媵时，年十岁，垂双鬟，曳深绿布裳[④]。一日，天寒，爇火煮荸荠熟，婢削之盈瓯[⑤]。余入自外，取食之，婢持去不与，魏孺人笑之。孺人每令婢倚几旁饭，即饭，目眶冉冉动[⑥]，孺人又指余以为笑。

回思是时，奄忽便已十年[⑦]。吁！可悲也已！

①婢：即本文主人公寒花。魏孺人：归有光之妻。明时七品以下职官的妻子封为孺人。媵（yìng）：随嫁的婢女。

②嘉靖丁酉：嘉靖十六年（1537）。虚丘：大土丘。

③事：侍奉。卒：完毕，结束，这里是到底的意思。

④曳（yè）：拉，拖。

⑤爇（ruò）：烧。盈：满。瓯（ōu）：盛物的小盆。

⑥冉冉：逐渐，慢慢地。

⑦是时：那个时候。奄忽：忽然，快。

沧浪亭记

【题解】沧浪亭为北宋诗人苏舜钦所建，明代僧人文瑛重修，改名大云庵。本文正是作者应文瑛之请而作的记。归有光此记不写风景，只记沧浪亭的变迁。随后指出，吴地名人名事均已"澌然而俱尽"，惟有沧浪亭却被僧人钦重；表明能够"垂名于千载之后"的，不是盛极一时的官馆园囿，而是正直的品德和精美的诗文。

浮图文瑛[①]，居大云庵，环水，即苏子美沧浪亭之地也[②]。亟求余作《沧浪亭记》，曰："昔子美之记，记亭之胜也。请子记吾所以为亭者。"

余曰：昔吴越有国时[③]，广陵王镇吴中，治南园于子城之西南[④]，其外戚孙承佑亦治园于其偏[⑤]。迨淮南纳土[⑥]，此园不废。苏子美始建沧浪亭，最后禅者居之。此沧浪亭为大云庵也。有庵以来二百年。文瑛寻古遗事，复子美之构于荒残灭没之余[⑦]，此大云庵为沧浪亭也。夫古今之变，朝市改易[⑧]。尝登姑苏之台，望五湖之渺茫，群山之苍翠，太伯、虞仲之所建[⑨]，阖闾、夫差之所争[⑩]，子胥、种、蠡之所经营[⑪]，今皆无有矣。庵与亭何为者哉？虽然，钱镠因乱攘窃[⑫]，保有吴越，国富兵强，垂及四世。诸子、姻戚乘时奢僭[⑬]，宫馆园囿，极一时之盛。而子美之亭，乃为释子所钦重如此[⑭]。可以见士之欲垂名于千载，不与澌然而俱尽者[⑮]，则有在矣！

文瑛读书喜诗，与吾徒游，呼之为沧浪僧云。

①浮图：本指佛塔，此处代指僧人。
②苏子美：即苏舜钦，字子美。
③吴越：五代十国时期占据今浙江、江苏南部和福建一隅的政权。
④广陵王：吴越开国君主钱镠之子钱元璙（liáo），受封广陵郡王。吴中：苏州府的旧称。子城：附属于大城的小城。
⑤孙承佑：吴越国将校，其姊被吴越王钱俶（chù）封为妃。
⑥淮南：吴越国土大部分原属唐朝淮南道，故称淮南。纳土：指北宋太平兴国三年（978年）钱俶献所据十三州之地归宋之事。
⑦构：规模结构，即建筑。
⑧朝（cháo）市：朝廷、街市。
⑨太伯、虞仲：周朝的始祖太王古公亶父的长子和次子，他们曾避居江南，是吴国的开创者。
⑩阖（hé）闾、夫差：皆为春秋时期吴王，为亲父子。
⑪子胥：即伍子胥，吴国大夫。种：文种，越国大夫。蠡：范蠡，越国大夫。
⑫钱镠（liú）：吴越国开国君主。攘（ráng）：夺取。
⑬僭（jiàn）：超越名位。
⑭释子：佛祖释迦牟尼的弟子，即僧人。
⑮澌（sī）：冰块融化。

茅　坤

茅坤（1512～1601），明代散文家。字顺甫，号鹿门，归安（今浙江吴兴）人。编有《唐宋八大家文钞》，旗帜鲜明地推崇八家之文。但自身根底稍薄，为文有摹拟的痕迹。著有《茅鹿门先生文集》。

唐宋八大家文钞总序

【题解】本文是茅坤为其所编之书作的序。文中，茅坤非常鲜明地表露了自己的观点：写文章不能离开孔子六艺之旨，古文之所以为古文，首先在于它能够发明儒家之道。六艺垂绝，文章即衰；六艺之旨得到重视，文章即盛。全文主旨鲜明，思路清晰，结构严谨，语言简朴。

孔子之系《易》[①]，曰："其旨远，其辞文。"斯固所以教天下后世为文者之至也。然而及门之士[②]，颜渊、子贡以下[③]，并齐、鲁间之秀杰也[④]，或云，身通六艺者七十余人，文学之科，并不得与，而所属者仅子游、子夏两人焉[⑤]。何哉？盖天生贤哲，各有独禀[⑥]，譬则泉之温，火之寒，石之结绿，金之指南。人于其间，以独禀之气，而又必为之专一，以致其至，伶伦之于音[⑦]，裨灶之于占[⑧]，养由基之于射[⑨]，造父之于御[⑩]，扁鹊之于医[⑪]，僚之于丸[⑫]，秋之于弈[⑬]，彼皆以天纵之智[⑭]，加之以专一之学，而独得其解，斯固以之擅当时而名后世，而非他所得而相雄者。

孔子没而游、夏辈各以其学授

①系：指孔子为《周易》作"系辞"。

②及门之士：指孔子门下优秀的弟子。及门：到门下亲聆教诲。

③颜渊：名回，字子渊。子贡：端木氏，名赐。两人均为孔子学生。

④并：都是，一并。秀杰：杰出人材。

⑤子游：春秋时吴国人，言氏，名偃。子夏：春秋时晋国人，卜氏，名商。两人均为孔子学生。

⑥独禀：独特禀性。

⑦伶伦：传说是黄帝时作律的人。音：音律。

⑧裨灶：春秋时晋人，精于占卜。

⑨养由基：春秋时楚国大夫，以善射闻名。

⑩造父：周穆王时人，善御。御：御马驾车。

⑪扁鹊：传说黄帝时的名医。

⑫僚：弄丸人的名字。

⑬秋：善弈之人，亦称弈秋。弈：下棋。

⑭天纵：天所赋予。智：聪明。

之诸侯之国，已而散逸不传。而秦人燔经坑学士[①]，而六艺之旨几辍矣[②]。汉兴，招亡经，求学士，而晁错、贾谊、董仲舒、司马迁、刘向、扬雄、班固辈，始乃稍稍出[③]，而西京之文，号为尔雅[④]。崔、蔡以下，非不矫然龙骧也[⑤]，然六艺之旨渐流失。魏、晋、宋、齐、梁、陈、隋、唐之间，文日以靡，气日以弱，强弩之末，且不及鲁缟矣，而况于穿札乎[⑥]？

昌黎韩愈，首出而振之，柳柳州又从而和之[⑦]，于是始知非六经不以读，非先秦两汉之书不以观。其所著书、论、序、记、碑、铭、颂、辩诸什，故多所独开门户，然大较并寻六艺之遗略，相上下而羽翼之者[⑧]。贞元以后，唐且中坠，沿及五代，兵戈之际，天下寥寥矣[⑨]。宋兴百年，文运天启，于是欧阳公修[⑩]，从隋州故家覆瓿中，偶得韩愈书，手读而好之[⑪]，而天下之士，始知通经博古为高，而一时文人学士，彬彬然附离而起[⑫]，苏氏父子兄弟，及曾巩、王安石之徒，其间材旨小大，音响缓亟，虽属不同，而要之于孔子所删六艺之遗，则共为家习而户眇之者也[⑬]。

由今观之，譬则世之走骎袅骐骥于千里之间[⑭]，而中及二百里三百里而辍者有之矣，谓涂之蓟而辕之

①燔经坑学士：即焚书坑儒。燔(fán)，焚烧。

②六艺：指儒学的《诗》、《书》、《礼》、《易》、《乐》、《春秋》。辍：废止。

③亡经：散失的经典。“晁错”等七人：都是西汉著名的文学家。稍稍：渐渐。

④崔：崔瑗，字子玉，东汉书法家。蔡：蔡邕，字伯喈，东汉文学家。西京：指汉都长安，代指西汉。尔雅：典雅，醇正。

⑤龙骧：喻气概威武。

⑥靡：华美。鲁缟：很薄的丝织品。札：作箭靶的木片。

⑦振：发动，此处指扭转六朝的靡弱文风。柳柳州：柳宗元。和：响应。

⑧大较：大抵。寻：寻索。遗略：遗漏。羽翼：辅佐。

⑨贞元：唐德宗年号（785～805）。中坠：衰落。兵戈：战争。寥寥：指人文稀少。

⑩欧阳公修：欧阳修。

⑪故家：故居。瓿（bù）：小瓮。手读：手捧而读。

⑫通经：学习儒家经典。博古：博览古书。彬彬：文雅的样子。附离：依附。

⑬苏氏父子兄弟：即苏洵、苏轼、苏辙。音响缓亟：呼吁的程度。眇(miǎo)：仔细看。

⑭譬：打比方。骎袅（yǎo niǎo）、骐骥：均指骏马。

粤则非也[①]，世之操觚者，往往谓文章与时相高下，而唐以后且薄不足为[②]。噫！抑不知文特以道相盛衰，时非所论也。其间工不工，则又系乎斯人者之禀，与其专一之致否何如耳？如所云，则必太羹玄酒之尚，茅茨土簋之陈[③]，而三代而下，明堂玉带，云罍牺樽之设，皆骈枝也已[④]！孔子之所谓“其旨远”，即不诡于道也；“其辞文”，即道之灿然，若象纬者之曲而布也[⑤]。斯固庖牺以来人文不易之统也，而岂世之云乎哉[⑥]！

我明弘治、正德间[⑦]，李梦阳崛起北地，豪隽辐凑[⑧]，已振诗声，复揭文轨，而曰，吾《左》、吾《史》与《汉》矣[⑨]，已而又曰，吾黄初、建安矣[⑩]。以予观之，特所谓词林之雄耳，其于古六艺之遗，岂不湛淫涤滥，而互相剽裂已乎[⑪]！

予于是手掇韩公愈、柳公宗元、欧阳公修、苏公洵、轼、辙、曾公巩、王公安石之文，而稍为批评之，以为操觚者之券，题之曰《八大家文钞》。家各有引，条疏如左。嗟乎！之八君子者，不敢遽谓尽得古六艺之旨，而予所批评，亦不敢自以得八君子者之深，要之大义所揭，指次点缀，或于道不相戾已[⑫]。谨书之以质世之知我者[⑬]。

①辍（chuò）：停。涂：同“途”。之：去。蓟：古地名，在今北京城西南角。辕：代指车。粤：广东一带。

②操觚（gū）：拿木简写文章。薄不足为：浅薄得不值一读。

③太羹：不知五味之羹。玄酒：水。茅茨：茅草屋。土簋（guǐ）：土制的盛黍稷的器具。

④云罍（léi）：上刻云纹的酒具。牺樽：上刻凤凰之形的酒器。骈枝：大拇指与第二指相合为一称骈拇，大拇指傍枝生一指为枝指。比喻多余的东西。

⑤诡：欺骗。象纬：象数谶纬之学。

⑥庖（fú）牺：即伏羲，传说中上古帝王。不易之统：不可改变的正统。

⑦弘治：明孝宗年号（1488～1506）。正德：明武宗年号（1506～1522）。

⑧李梦阳：字献吉，号空同子，明“前七子”之首。北地：北方。豪隽：文坛上的著名人物。辐凑：聚集。

⑨《左》：指《左传》。《史》：指司马迁的《史记》。《汉》：指班固的《汉书》。

⑩黄初：魏文帝年号（220～226）。建安：汉献帝年号（196～220）。

⑪湛淫：泛滥。涤滥：放荡。剽裂：窃，割裂。

⑫戾（lì）：违背。

⑬质：问。

李　贽

李贽（1527～1602），明代思想家、文学家。原名林载贽，后改姓李，名贽，号卓吾。泉州晋江（今福建晋江）人。为文主张“童心说”，即强调“真心”。其文往往脱口而出，直道心中事，不假雕饰，富于创新，具有较高的思想性和艺术性。著有《焚书》、《藏书》等。

题孔子像于芝佛院

【题解】在古代社会，孔子被当作圣人来崇拜。本文对这一现象作了深刻的剖析，指出人们把孔子当成圣人来对待是一种盲目的崇拜，而造成这种现象的原因是人们不敢有自己的独立思考。这种观点的提出在当时具有石破天惊之力量。

人皆以孔子为大圣，吾亦以为大圣；皆以老、佛为异端[①]，吾亦以为异端。人人非真知大圣与异端也，以所闻于父师之教者熟也[②]；父师非真知大圣与异端也，以所闻于儒先之教者熟也[③]；儒先亦非真知大圣与异端也，以孔子有是言也。其曰“圣则吾不能[④]”，是居谦也[⑤]。其曰“攻乎异端[⑥]”，是必为老与佛也。

儒先亿度而言之[⑦]，父师沿袭而诵之[⑧]，小子矇聋而听之[⑨]。万口一词，不可破也[⑩]；千年一律，不自知也。不曰“徒诵其言[⑪]”，而曰“已知其人[⑫]”；不曰“强不知以为知[⑬]”，而曰“知之为知之[⑭]”。至今日，虽有目，无所用矣！

①老：即道家学说。佛：即佛教。异端：与正统不合。
②以：因为。熟：熟悉，知道。
③儒先：儒学的先辈。
④圣则吾不能：我还不能当圣人。这是孔子所说之话。
⑤居谦：表示谦虚。
⑥攻乎异端：研究异端学说。这也是孔子的一句话。
⑦亿度：臆测，推测。
⑧诵：诵说。
⑨矇聋：昏乱模糊。
⑩破：破除，改变。
⑪徒诵其言：只是背诵他的话。
⑫已知其人：已经知道他这个人。
⑬强不知以为知：不懂硬要装懂。
⑭知之为知之：知道就是知道。这是孔子说过的话。

余何人也，敢谓有目？亦从众耳[①]。既从众而圣之[②]，亦众而事之[③]，是故吾从众事孔子于芝佛之院。

①从众：追随众人。

②圣之：把他当圣人。

③事：供奉、侍奉。

袁宏道

袁宏道（1568～1610），清代散文家。字中郎，号石公。明朝公安（今属湖北）人。为文主张“独抒性灵，不拘格套”。在袁氏兄弟三人（袁宗道、袁宏道、袁中道）中成就最高。著有《袁中郎全集》。

满井游记

【题解】这篇游记描写了北京郊区初春的景色。作者从水光、山色、柳条、麦田几个方面来描绘满井风光。作者笔下的自然界欣欣向荣，生机勃勃，而这又与作者久蛰之后复与大自然接触的愉快心情结合在一起，达到了情景交融。

燕地寒[1]，花朝节后[2]，余寒犹厉。冻风时作[3]，作则飞沙走砾，局促一室之内[4]，欲出不得。每冒风驰行，未百步辄返。

廿二日，天稍和，偕数友出东直，至满井[5]。高柳夹堤，土膏微润[6]，一望空阔，若脱笼之鹄[7]。于时冰皮始解[8]，波色乍明，鳞浪层层，清澈见底，晶晶然如镜之新开而冷光之乍出于匣也[9]。山峦为晴雪所洗，娟然如拭[10]，鲜妍明媚，如倩女之靧面而髻鬟之始掠也[11]。柳条将舒未舒，柔梢披风[12]。麦田浅鬣寸许[13]。游人虽未盛，泉而茗者[14]，罍而歌者[15]，红装而蹇者[16]，亦时时有。风力虽尚劲，然徒步则汗出浃背。凡曝沙之鸟、呷浪之鳞[17]，悠然自得，毛羽鳞鬣之间[18]，皆有喜气。

①燕（yān）：指北京一带。
②花朝（zhāo）节：农历二月十二。
③冻风：冷风。时：经常。
④局促：拘束。
⑤廿（niàn）二日：二十二日。东直：东直门。
⑥土膏：肥沃的土地。
⑦若脱笼之鹄（hú）：好像出笼的鸟。
⑧冰皮：水面的一层薄冰。
⑨新开：新打开。匣：指镜匣。
⑩娟然：姿态美好的样子。
⑪倩（qiàn）女：美丽的女子。靧（huì）面：洗脸。
⑫披风：在风中散开。
⑬浅鬣（liè）：比喻麦苗不高。鬣，兽类颈上的长毛。
⑭泉而茗者：打泉水煮茶的人。
⑮罍（léi）而歌者：拿着酒杯唱歌的人。
⑯红装而蹇（jiǎn）者：艳装骑驴的妇女。
⑰曝（pù）：晒。呷浪：吸水。
⑱毛羽鳞鬣：鸟的羽毛和鱼的鳞鳍。

始知郊田之外，未始无春，而城居者未之知也。

夫能不以游堕事，而潇然于山石草木之间者，惟此官也[①]。而此地适与余近，余之游将自此始，恶能无纪[②]？己亥之二月也[③]。

①堕（huī）：通“隳”，荒废。此官：作者当时学官，职务清闲。

②恶（wū）能无纪：哪能没有记游的文章。恶，安，哪。

③己亥：即万历二十七年（1599）。

虎丘记

【题解】本文是一篇游记散文，但作者并不是像一般的游记文那样去写，而是重在写社会风俗。文章重点描写的是中秋月夜虎丘的山色和游人的欢歌笑语，突出表现游人玩乐时聚饮斗歌的场面。

虎丘去城可七八里[①]。其山无高岩邃壑，独以近城故，箫鼓楼船，无日无之。凡月之夜、花之晨、雪之夕，游人往来，纷错如织，而中秋为尤胜。

每至是日，倾城阖户[②]，连臂而至[③]。衣冠士女，下迨蔀屋[④]，莫不靓妆丽服，重茵累席[⑤]，置酒交衢间[⑥]，从千人石上至山门[⑦]，栉比如鳞[⑧]。檀板丘积，樽罍云泻[⑨]，远而望之，如雁落平沙，霞铺江上，雷辊电霍[⑩]，无得而状。

布席之初，唱者千百，声若聚蚊，不可辨视。分曹部署[⑪]，竞以歌喉相斗；雅俗既陈，妍媸自别[⑫]。未几而摇手顿足者，得数十人而已。已而明月浮空，石光如练，一切瓦釜[⑬]，寂然停声，属而和者，才三四

①虎丘：山名，在今江苏苏州。相传春秋时吴王阖闾葬于此，三日而虎踞其上，故称虎丘。

②倾城阖户：意谓全城关门闭户。

③连臂：手拉手，肩并肩。

④蔀（pǒu）屋：原指贫民人家昏暗的房屋，此借指贫民。

⑤茵：坐垫。

⑥交衢：交通大道，大路。

⑦千人石：一块大盘石，在虎丘山半，传说是梁时高僧竺道生讲佛法之处。

⑧栉比如鳞：喻人多。

⑨樽罍（léi）：装酒的器具。

⑩雷辊（gǔn）电霍：雷鸣电闪。

⑪分曹：分队，分批。

⑫妍媸（chī）：好坏。

⑬瓦釜：指粗俗的歌调。

辈。一箫，一寸管，一人缓板而歌，竹肉相发[①]，清声亮彻，听者魂销。比至夜深，月影横斜，荇藻凌乱[②]，则箫板亦不复用；一夫登场，四座屏息，音若细发，响彻云际。每度一字，几尽一刻，飞鸟为之徘徊，壮士听而下泪矣。

剑泉深不可测[③]，飞岩如削。千顷云得天池诸山作案[④]，峦壑竞秀，最可觞客[⑤]。但过午则日光射人，不堪久坐耳。文昌阁亦佳，晚树尤可观。面北为平远堂旧址，空旷无际，仅虞山一点在望[⑥]。堂废已久，余与江进之谋所以复之[⑦]，欲祠韦苏州、白乐天诸公于其中[⑧]；而病寻作，余既乞归，恐进之之兴亦阑矣[⑨]。山川兴废，信有时哉。

吏吴两载[⑩]，登虎丘者六。最后与江进之、方子公同登，迟月生公石上[⑪]。歌者闻令来，皆避匿去。余因谓进之曰："甚矣，乌纱之横[⑫]，皂隶之俗哉[⑬]！他日去官，有不听曲此石上者，如月[⑭]！"今余幸得解官称吴客矣。虎丘之月，不知尚识余言否耶[⑮]？

①竹肉：箫管与歌喉。
②荇（xìng）藻：水草，这里指月下的树影。
③剑泉：又名剑池，在千人石下，相传是秦始皇用剑劈开的。
④千顷云：山名，在虎丘山上。天池：山名，在苏州阊门外三十里。
⑤觞：原指酒器，这里是饮酒的意思。觞客，即以酒待客。
⑥虞山：在江苏常熟西北。
⑦江进之：名盈科，字进之，湖南桃源人，万历年间进士，曾任长洲（今苏州）县令。谋所以复之：谋划如何修复它。
⑧祠：奉祀。韦苏州、白乐天：即唐代诗人韦应物、白居易，两人均曾做过苏州刺史。
⑨病寻作：不久得了病。乞归：上书请求辞官回故里。阑：残尽，将尽。
⑩吏吴：在吴县（苏州）做官。
⑪迟月生公石上：坐在生公石上等待月亮出来。迟，等候。生公石，即生公讲坛，在千人石北面。
⑫乌纱：即乌纱帽，唐朝时定为官服，后世即以代指官吏。横（hèng）：强横。
⑬皂隶：衙门中的差役。
⑭如月：以月为证。
⑮识（zhì）：记住。

魏学洢

魏学洢（1596～1625），明末文人。字子敬，嘉善（今浙江嘉善）人。一生未仕，好学，工于文。有《茅檐集》。

核舟记

【题解】本文记述核舟（用桃核雕刻的船）。文章非常细致地描绘了核舟的情形，从其外形，到船上的三个主要人物和两个舟子的神情形态，以至船背所刻的字、章，都作了全面的描述。全篇记事，条理清晰，层次分明；语言平易精炼，富于表现力。

明有奇巧人曰王叔远①，能以径寸之木，为宫室、器皿、人物②，以至鸟兽、木石，罔不因势象形③，各具情态。尝贻余核舟一，盖大苏泛赤壁云④。

舟首尾长约八分有奇，高可二黍许⑤。中轩敞者为舱，箬篷覆之⑥。旁开小窗，左右各四，共八扇。启窗而观，雕栏相望焉⑦。闭之，则右刻“山高月小，水落石出”，左刻“清风徐来，水波不兴⑧”。石青糁之⑨。

船头坐三人：中峨冠而多髯者为东坡，佛印居右，鲁直居左⑩。苏、黄共阅一手卷⑪，东坡右手执卷端，左手抚鲁直背；鲁直左手执卷末，右手指卷，如有所语⑫。东坡现右足，鲁直现左足，各微侧，其两膝相比者⑬，各隐卷底衣褶中。佛印

①奇巧：特殊的技艺。

②径寸：直径一寸。为：指雕刻。

③罔（wǎng）：无。

④贻（yí）：赠给。大苏：即苏轼。苏轼与其弟苏辙，人们分别称为大苏、小苏。泛赤壁：坐船游赤壁。苏轼曾两次游赤壁。

⑤奇（jī）：零数。可：大约。黍：一种粮食作物。

⑥轩敞：高起开敞。箬（ruò）篷：竹叶做的船篷。

⑦相望：左右相对。

⑧这里刻的两句话，前者出自《后赤壁赋》，后者出自《前赤壁赋》。

⑨糁（sǎn）：涂抹。

⑩佛印：了元和尚，与苏轼交好。鲁直：宋代著名文学家黄庭坚，字鲁直，“苏门四学士”之一。

⑪手卷：横幅书卷。

⑫如有所语：好像在说什么。

⑬比：接近，靠近。

绝类弥勒[①]，袒胸露乳，矫首昂视，神情与苏、黄不属[②]，卧右膝，诎右臂支船[③]，而竖其左膝，左臂挂念珠倚之，珠可历历数也[④]。

舟尾横卧一楫，楫左右舟子各一人[⑤]：居右者椎髻仰面，左手倚一衡木[⑥]，右手攀右趾，若啸呼状；居左者右手执蒲葵扇，左手抚炉，炉上有壶，其人视端容寂，若听茶声然[⑦]。

其船背稍夷[⑧]，则题名其上，文曰："天启壬戌秋日[⑨]，虞山王毅叔远甫刻。"细若蚊足，钩画了了，其色墨[⑩]。又用篆章一，文曰"初平山人"，其色丹。

通计一舟，为人五；为窗八；为箬篷、为楫、为炉、为壶、为手卷、为念珠，各一；对联、题名并篆文，为字共三十有四；而计其长，曾不盈寸[⑪]。盖简桃核修狭者为之[⑫]。

魏子详瞩既毕，诧曰[⑬]："嘻！技亦灵怪矣哉[⑭]！庄列所载，称惊犹鬼神者良多[⑮]，然谁有游削于不寸之质，而须麋了然者[⑯]？假有人焉，举我言以复于我，亦必疑其诳。乃今亲睹之[⑰]。繇斯以观，棘刺之端，未必不可为母猴也[⑱]。嘻！技亦灵怪矣哉！"

①绝类：很像。

②不属（zhǔ）：不相关连，指不同。

③卧：指平放着。诎（qū）：弯曲。

④可历历数（shǔ）：可以一个一个清楚地数出来。

⑤楫（jí）：船桨。舟子：驾船的人。

⑥衡：同"横"。

⑦端视：正视。容寂：神色平静。若……然：像……的样子。

⑧船背：船篷的上面。夷：平。

⑨天启壬戌：天启二年（1622）。

⑩了了：清晰。墨：黑。

⑪曾（zēng）不盈寸：还不满一寸。曾，尚，还。盈，满。

⑫简：挑选。修而狭：长而窄。

⑬魏子：作者自称。详瞩（zhǔ）：仔细观察。诧（chà）：惊呀。

⑭灵怪：指技艺如鬼斧神工。

⑮庄列：庄子与列子。称惊犹鬼神：说惊讶得认为是鬼神所为。

⑯不过：不满一寸。须麋：胡须眉毛。麋（méi），通"眉"。瞭然：清楚。

⑰假：假使。复于我：重述给我。诳（kuáng）：哄骗。乃：却。

⑱繇（yóu）：同"由"。棘刺之端，未必不可为母猴：据《韩非子》，有人在燕王面前夸口，他可以在棘刺的尖上刻出一只母猴。

钟　惺

钟惺（1574～1625），明代文学家。字伯敬，号退谷，别号退庵，又称止公居士、晚知居士，临终受戒，法名断残。祖籍江西永丰，迁于竟陵（今湖北天门）。钟惺是明代竟陵派主要作家。有《隐秀轩文集》。

浣花溪记

【题解】浣花溪又称百花潭，在成都西部，唐朝大诗人杜甫曾卜居于此，并在溪畔建有草堂。本文是钟惺游览成都浣花溪杜工部祠后写的一篇游记。文章以简洁清秀的笔调写出了浣花溪所经的自然风景、名胜古迹，之后又大发感想，对诗人杜甫在穷愁奔走中犹能择胜境而居的安详胸怀表示赞赏。

出成都南门，左为万里桥[①]，西折纤秀长曲，所见如连环、如玦、如带、如规、如钩，色如鉴、如琅玕[②]、如绿沉瓜[③]，窈然深碧、潆回城下者[④]，皆浣花溪委也[⑤]。然必至草堂[⑥]，而后浣花有专名，则以少陵浣花居在焉耳[⑦]。

行三四里为青羊宫[⑧]，溪时远时近，竹柏苍然[⑨]，隔岸阴森者尽溪，平望如荠[⑩]，水木清华，神肤洞达[⑪]。自宫以西，流汇而桥者三，相距各不半里。舁夫云通灌县[⑫]，或所云"江从灌口来"是也[⑬]。

人家住溪左，则溪蔽不时见，稍断则复见溪，如是者数处，缚柴编竹，颇有次第。桥尽，一亭树道左，署曰"缘江路"。过此则武侯祠[⑭]，

①万里桥：在四川成都市南。

②琅玕（láng gān）：美石名，诗人多以青琅玕来比竹。

③绿沉瓜：一种瓜，呈深绿色。

④潆（yíng）回：水流回旋的样子。

⑤委：江河下游。

⑥草堂：上元元年（760）春，杜甫在成都浣花溪畔盖了所草堂。

⑦少陵：指杜甫，他在诗中自称"少陵野老"。

⑧青羊宫：道观名，在浣花溪附近，相传老子乘青羊到过这里。

⑨苍然：幽深碧绿的样子。

⑩荠（jì）：一种野菜。

⑪神肤洞达：指清新舒爽，通达肌肤。

⑫舁夫：轿夫。舁（yú），抬。

⑬江从灌口来：这是杜甫《野望固过常少仙》一诗中的句子。江，指锦江。

⑭武侯祠：即诸葛亮祠。

祠前跨溪为板桥一，覆以水槛，乃睹“浣花溪”题榜。过桥，一小洲横斜插水间如梭，溪周之[①]，非桥不通，置亭其上，题曰“百花潭水”。由此亭还度桥，过梵安寺[②]，始为杜工部祠[③]。像颇清古，不必求肖，想当尔尔。石刻像一，附以本传，何仁仲别驾署华阳时所为也[④]。碑皆不堪读。

钟子曰：杜老二居，浣花清远，东屯险奥[⑤]，各不相袭。严公不死[⑥]，浣溪可老，患难之于朋友大矣哉！然天遣此翁增夔门一段奇耳[⑦]。穷愁奔走，犹能择胜，胸中暇整[⑧]，可以应世，如孔子微服主司城贞子时也[⑨]。

时万历辛亥十月十七日[⑩]，出城欲雨，顷之霁。使客游者，多由监司郡邑招饮，冠盖稠浊，磬折喧溢，迫暮趣归[⑪]。是日清晨，偶然独往。楚人钟惺记。

①周：环绕。

②梵安寺：在成都市南，与杜甫草堂相连，又叫草堂寺。

③杜工部祠：宋时吕大防重建杜甫草堂，画杜甫像，立祠纪念。

④何仁仲：万历时为夔州通判。别驾：即通判。署：代理或暂任。

⑤东屯：夔州东瀼溪，因东汉时公孙述在此屯田，故称。唐代宗永泰元年（765），严武卒，次年秋后杜甫迁居东屯。

⑥严公：即严武，官剑南节度使，与杜甫友善，曾予以接济。

⑦夔门：夔门峡。

⑧暇整：安详，心情不烦乱。

⑨孔子微服主司城贞子时：孔子游于诸侯，屡屡受挫，到郑国时，被人讥如“丧家之狗”。

⑩万历辛亥：明神宗三十九年（1611）。

⑪监司：监察州郡之官。郡邑：指地方官。稠浊：多而繁乱。磬折：弯腰敬礼的情状。迫：接近。趣（cù）：同“促，急速”。

谭元春

谭元春（1568～1637），明代文学家，竟陵派代表作家。字友夏，号鹄湾，又号寒河。竟陵（今湖北天门）人。其小品文为世所称道。著有《谭友夏合集》。

再游乌龙潭记

【题解】 乌龙潭位于南京城内，幽僻而人迹罕至。谭元春居住南京期间，曾与友人三游乌龙潭，并写下三篇游记，本文即其中的第二篇。文章写暴雨中的乌龙潭，从感觉、视觉、听觉以及幻觉等多种角度细致地描绘了风雨雷电之中的乌龙潭，突出了乌龙潭与平时所不同的独特韵味，表现了乌龙潭的壮美奇观。全文描写细腻生动，有声有色。

潭宜澄[①]，林映潭者宜静，筏宜稳，亭阁宜朗[②]，七夕宜星河[③]，七夕之夜宾客宜幽适无累，然造物者岂以予为此拘拘者乎[④]！

茅子越中人[⑤]，家童善篙楫，至中流，风妒之[⑥]，不得至河荡。旋近钓矶[⑦]，系筏垂柳下，雨霏霏湿幔[⑧]，犹无上岸意。已而雨注下，客七人，姬六人，各持盖立幔中[⑨]，湿透衣表，风雨一时至，潭不能主。姬惶恐求上[⑩]，罗袜无所惜，客乃移席新轩[⑪]。坐未定，雨飞自林端，盘旋不去，声落水上，不尽入潭，而如与潭击。雷忽震，姬人皆掩耳欲匿至深处[⑫]。电与雷相后先，电尤奇幻，光煜煜入水中[⑬]，深入丈尺，而吸其波光以上于雨，作金银珠贝影，

①澄：清澈，明净。

②朗：敞亮。

③七夕：农历七月初七，传为牛郎织女相合的日子。星河：天河。

④造物者：指大自然。拘拘：限制。

⑤茅子：茅元仪，字止生，归安（今浙江湖州）人，茅坤之孙。越中：这里指浙江。

⑥妒：意思是风吹阻挡。

⑦旋：不久。钓矶：钓鱼石。

⑧幔：船篷。

⑨盖：伞，雨具。

⑩求上：请求上岸。

⑪轩：有窗的小屋。

⑫匿：躲起来。深处：指更为隐蔽的地方。

⑬煜（yù）煜：明亮的样子。

良久乃已[①]。潭龙窟宅之，内危疑未释[②]。是时风物倏忽，耳不及于谈笑，视不及于阴森[③]；咫尺相乱，而客之有致者反以为极畅[④]。乃张灯行酒，稍敌风雨雷电之气[⑤]。忽一姬昏黑来赴，始知苍茫历乱，已尽为潭所有[⑥]，亦或即为潭所生。而问之女郎来路，曰“不尽然[⑦]”，不亦异乎？

招客者为洞庭吴子凝甫，而冒子伯麟、许子无念、宋子献孺、洪子仲韦及予与止生为六客，合凝甫而七。

①吸其波光以上于雨：闪电似乎吸起了波光加到了雨上。已：停止。

②这两句是说潭中似有龙窟，人们的疑惧未能释怀。

③倏（shū）忽：一瞬间。“耳不及、视不及”二句：是说声音震响、明灭倏变，眼耳都有些不好使了。

④咫尺相乱：形容雷电在身边喧闹。有致：有兴致。极畅：十分畅快。

⑤行酒：斟酒而饮。敌：抵挡。

⑥尽为潭所有：意为风雨雷电只发生在乌龙潭上。

⑦不尽然：不都是这样。

王思任

王思任（1574～1646），明末文学家。字季重，号遂东，山阴（今浙江绍兴）人。为文直抒胸臆，清新自然，亦庄亦谐，颇似其人。著有《王季重十种》。

剡　溪

【题解】此文写剡溪，由剡溪清幽迷人的自然景色，联想到晋时王子猷雪夜自山阴乘舟至剡县访戴逵，未进门即因兴尽而返回的故事，在写景思古中，蕴含讽喻之意，自然成趣。文章既清新诙谐，又联想丰富，妙趣横生，寓讽世之意于诙谐谑浪之中，写景、状物、抒情融为一体。

浮曹娥江上，铁面横波[①]，终不快意。将至三界址[②]，江色狎人[③]，渔火村灯，与白月相下上，沙明山静，犬吠声若豹，不自知身在板桐也[④]。

昧爽[⑤]，过清风岭，是溪江交代处[⑥]，不及一唁贞魂[⑦]。山高岸束，斐绿叠丹，摇舟听鸟，杳小清绝，每奏一音，则千峦喈答[⑧]。秋冬之际，想更难为怀，不识吾家子猷何故兴尽[⑨]？雪溪无妨子猷，然大不堪戴，文人薄行，往往借他人爽厉心脾[⑩]，岂其可？

过画图山，是一兰苕盆景[⑪]。自此万壑相招赴海，如群诸侯敲玉鸣裾[⑫]。逼折久之，始得豁眼一放地步[⑬]。山城崖立，晚市人稀，水口有壮台作砥柱。力脱帻往登，凉

①浮：飘浮，此指行船。铁面横波：指水势汹涌险恶。

②三界：集市名，为上虞、会稽、嵊三县之界。

③狎：亲近。

④板桐：指船。

⑤昧爽：黎明，拂晓。

⑥清风岭：在嵊县北灵芝乡。交代处：指剡溪与曹娥江交汇处。

⑦唁：凭吊。贞魂：指曹娥。

⑧喈（mòu）：应答。

⑨子猷：即王徽之。因姓王，故有“吾家”之说。

⑩爽：开朗。厉：磨练。

⑪画图山：在嵊县东北。苕（tiáo）：即紫葳，又叫凌霄花。

⑫敲玉鸣裾：古时候尊贵之人衣裾上佩有玉，走时相碰而发出有节奏的声音，此指水声。

⑬逼折：指船在水中往来飘浮。豁眼一放：眼界大开。

风大饱[1]。

城南百丈桥翼然虹饮[2]，溪逗其下，电流雷语。移舟桥尾，向月碛枕嗽取酣，而舟子以为何不傍彼岸，方喃喃怪事我也。

①壮台：即文星台，据《嵊县志》："文星台，在拱明门外……为剡县砥柱。"帻（zé）：头巾。

②百丈桥：即嵊县南门桥。翼然：像翅膀一样。虹饮：指桥的两端沉入水中，好像长虹吸水。

徐弘祖

徐弘祖（1586～1641），明代旅行家、地理学家。字振之，号霞客，又号霞逸；清朝时因避乾隆皇帝弘历名讳，改写为宏祖。江阴（今江苏江阴）人。曾漫游各地，搜访奇山异水，并将游历经过一一记叙，编为《徐霞客游记》。

游黄山日记

【题解】本文是徐弘祖游黄山的记实。文章叙述了自己攀登游览天都、莲花二主峰的经过，具体生动地描绘了天都、莲花二主峰千岩竞秀、松涛云海的动人景色，细腻地刻画了黄山多松柏、多怪石、多云烟弥漫的特色。

戊午九月初三日[①]。出白岳榔梅庵[②]，至桃源桥。从小桥右下，陡甚，即旧向黄山路也[③]。七十里，宿江村[④]。

初四日。十五里至汤口[⑤]，五里至汤寺[⑥]，浴于汤池[⑦]。扶杖望朱砂庵而登[⑧]，十里上黄泥岗，向时云里诸峰[⑨]，渐渐透出，亦渐渐落吾杖底。转入石门[⑩]，越天都之胁而下[⑪]，则天都、莲花二顶[⑫]，俱秀出天半。路旁一歧东上[⑬]，乃昔所未至者，遂前趋直上，几达天都侧。复北上，行石罅中，石峰片片夹起，路宛转石间，塞者凿之，陡者级之[⑭]，断者架木通之，悬者植梯接之。下瞰峭壑阴森，枫松相间，五色纷披，灿若图绣[⑮]。因念黄山当生

①戊午：明万历四十六年（1618）。

②白岳：山名，在黄山西南。

③旧：原来。万历四十四年（1616），作者曾游黄山。

④宿：住。江村：镇名，在黄山东北。

⑤汤口：在黄山脚下，为登黄山必经之地。

⑥汤寺：即祥符寺，因近汤泉，所以俗称汤寺。

⑦汤池：即汤泉。

⑧朱砂庵：又叫慈光寺，在朱砂峰下。

⑨向时：原来。

⑩石门：石门峰。

⑪胁：旁边，侧面。

⑫天都、莲花：天都峰、莲花峰，并称黄山两大峰。

⑬歧：岔路。

⑭罅（xià）：山缝。级：砌石级。

⑮峭壑：险峻的山谷。纷披：错杂。

平奇览，而有奇若此，前未一探，兹游快且愧矣。时夫仆俱阻险行后[①]，余亦停弗上。乃一路奇景，不觉引余独往。

既登峰头，一庵翼然，为文殊院[②]，亦余昔年欲登未登者。左天都，右莲花，背倚玉屏风[③]，两峰秀色，俱可手揽。四顾奇峰错列，众壑纵横，真黄山绝胜处。非再至，焉知其奇若此？遇游僧澄源至，兴甚勇[④]。时已过午，奴辈适至[⑤]，立庵前指点两峰，庵僧谓："天都虽近而无路，莲花可登而路遥，只宜近盼天都[⑥]，明日登莲顶。"余不从，决意游天都。挟澄源、奴子，仍下峡路[⑦]，至天都侧，从流石蛇行而上，攀草牵棘，石块丛起则历块[⑧]，石崖侧削则援崖，每至手足无可着处，澄源必先登垂接[⑨]。每念上既如此，下何以堪[⑩]？终亦不顾，历险数次，遂达峰顶。惟一石顶，壁起犹数十丈[⑪]，澄源寻视其侧，得级，挟予以登[⑫]。万峰无不下伏，独莲花与抗耳[⑬]。

时浓雾半作半止，每一阵至，则对面不见，眺莲花诸峰，多在雾中。独上天都，予至其前，则雾徙于后[⑭]；予越其右[⑮]，则雾出于左。其松犹有曲挺纵横者，柏虽大干如臂，无不平贴石上，如苔藓然[⑯]。山高风巨，雾气去来无定，下盼诸峰，

①仆：随从。

②文殊院：在天都与莲花二峰之间的一座寺庙。

③玉屏风：即玉屏峰。

④游僧：游方之僧。兴甚勇：兴致非常高。

⑤奴辈：奴仆，随从。

⑥庵僧：指文殊院的僧人。盼：望。

⑦挟：此处意为扶持。

⑧历：经过，这里指踩或抓。援：拉，拽。

⑨先登垂接：先登上去，然后垂下手来拉后面的人。

⑩每念：每每想到。何以堪：怎么能受得了。

⑪壁起：如壁耸起。

⑫级：台阶。

⑬抗：抗衡。

⑭徙（xǐ）：迁移。

⑮越：经过，到。

⑯这几句说松树有挺立者、有横曲者，而柏树则均贴地而生，像苔藓一样。如……然：像……的样子。

时出为碧峤，时没为银海[①]。再眺山下，则日光晶晶，别一区宇也[②]。日渐暮，遂前其足，手向后据地，坐而下至险绝处，澄源并肩手相接。度险下至山坳，暝色已合[③]，复从峡度栈以上，止文殊院。

初五日。平明[④]，从天都峰坳中北下二里，石壁岈然[⑤]，其下莲花洞[⑥]，正与前坑石笋对峙[⑦]，一坞幽然[⑧]。别澄源，下山至前歧路侧，向莲花峰而趋。一路沿危壁西行，凡再降升，将下百步云梯，有路可直跻莲花峰[⑨]，既陟而磴绝[⑩]，疑而复下。隔峰一僧高呼曰："此正莲花道也!"乃从石坡侧度石隙，径小而峻，峰顶皆巨石鼎峙，中空如室[⑪]，从其中叠级直上，级穷洞转，屈曲奇诡，如下上楼阁中，忘其峻出天表也[⑫]。一里，得茅庐，倚石罅中[⑬]，徘徊欲升，则前呼道之僧至矣。僧号凌虚，结茅于此者，遂与把臂陟顶[⑭]。顶上一石，悬隔二丈，僧取绨以度[⑮]。其颠廓然，四望空碧，即天都亦俯首矣。盖是峰居黄山之中，独出诸峰上，四面岩壁环耸，遇朝阳霁色，鲜映层发，令人狂叫欲舞。久之，返茅庵，凌虚出粥相饷[⑯]。啜一盂，乃下[⑰]。至歧路侧，过大悲顶，上天门[⑱]，三里，至炼丹台[⑲]。循台嘴而下，观玉屏风、三海门诸峰[⑳]，悉从深坞中壁立起。其丹台一冈中垂，颇无奇峻，惟瞰

①碧峤（jiào）：喻满山松柏，青翠蔚然。峤：山高而尖。银海：指云雾弥漫似大海波涛。

②别一区宇：另一番景象。

③度：经过。暝：天黑。

④平明：天亮。

⑤岈（yā）然：山谷深空的样子。

⑥莲花洞：在莲花峰下。

⑦石笋：石笋峰。

⑧坞（wù）：四面高中间低的山地。

⑨跻（jī）：登。

⑩陟（zhì）：登，上。

⑪鼎峙：像鼎一样三足而立。室：房间。

⑫天表：天上。

⑬倚：傍着。石罅（xià）：大石缝。

⑭把臂：挽臂。

⑮绨：同"梯"，绳梯。

⑯相饷：招待。

⑰啜（chuò）：吃。

⑱大悲顶：山峰名。上天门：在天都峰下。

⑲炼丹台：在炼丹峰上。相传黄帝曾在此炼丹。

⑳三海门：山峰名，在石门峰与炼丹峰之间。

翠微之背[①]，坞中峰峦错耸，上下周映，非此不尽瞻眺之奇耳。还过平天矼，下后海[②]，入智空庵，别焉。三里，下狮子林，趋石笋矼[③]，至向年所登尖峰上，倚松而坐，瞰坞中峰石回攒，藻缋满眼[④]，始觉匡庐、石门[⑤]，或具一体，或缺一面[⑥]，不若此之闳博富丽也。久之，上接引崖，下眺坞中，阴阴觉有异。复至冈上尖峰侧，践流石，援棘草，随坑而下，愈下愈深，诸峰自相掩蔽，不能一目尽也。日暮，返狮子林。

初六日。别霞光[⑦]，从山坑向丞相原[⑧]。下七里，至白沙岭[⑨]，霞光复至。因余欲观牌楼石，恐白沙庵无指者，追来为导[⑩]。遂同上岭，指岭右隔坡，有石丛立，下分上并，即牌楼石也。余欲逾坑溯涧，直造其下[⑪]。僧谓：棘迷路绝，必不能行。若从坑直下丞相原，不必复上此岭；若欲从仙灯而往[⑫]，不若即由此岭东向。”余从之，循岭脊行[⑬]。岭横亘天都、莲花之北，狭甚，旁不容足，南北皆崇峰夹映[⑭]。岭尽北下，仰瞻右峰罗汉石，圆头秃顶，俨然二僧也。下至坑中，逾涧以上。共四里，登仙灯洞。洞南向，正对天都之阴[⑮]，僧架阁连板于外，而内犹穹然[⑯]，天趣未尽刊也[⑰]。复南下三里，过丞相原，山间一夹地耳。其庵颇整，四顾无奇，竟不入[⑱]。复南向循山腰行，五里，渐下。涧中

①翠微：峰名，在清潭峰北。

②平天矼：在炼丹峰。后海：后海峰。

③狮子林：在炼丹峰左边。石笋矼：在始信峰上。

④回攒：曲折簇聚。藻缋：即藻绘，如画的景色。

⑤匡庐：江西庐山。石门：浙江青田石门山。

⑥一体：指具备黄山的某一体。缺一面：缺少黄山的某一方面。

⑦霞光：僧人名。

⑧丞相原：在石门峰与钵盂峰之间。传说宋理宗丞相程元凤曾在此读书，故名。

⑨白沙岭：在皮篷岭与丞相原之间。

⑩牌楼石：天牌石，俗称“仙人榜”。白沙庵：在白沙岭下。指：指引，指路。为导：做向导。

⑪造：到。

⑫仙灯：仙灯洞，在钵盂峰下。

⑬循：沿着。

⑭崇峰：高峰。夹映：相对而立。

⑮阴：北面。

⑯穹然：大而且深。

⑰天趣：天然之致。刊：削除。

⑱整：整齐，这里也有平淡无奇的意思。竟：最终。

泉声沸然，从石涧九级下泻，每级一下，有潭渊碧，所谓九龙潭也[①]。黄山无悬流飞瀑，惟此耳。又下五里，过苦竹滩[②]，转循太平县[③]，向东北行。

①九龙潭：在丞相原附近。

②苦竹滩：苦竹溪，在九龙潭下。

③太平县：今安徽太平县。

张 溥

张溥（1602～1641），明末文学家。字天如。太仓（今属江苏）人。其文内容充实，风格朴质，长于议论。著有《七录斋集》，编辑《汉魏六朝百三名家集》。

五人墓碑记

【题解】本文记叙了颜佩韦等五位义士“激于义而死”的原因和经过，歌颂了苏州市民不畏强暴、不怕牺牲，敢于向恶势力斗争的英雄事迹，批判了甘心附逆的官僚士大夫的卑劣行径，并由此生发开去，阐述了生死价值问题。

五人者，盖当蓼洲周公之被逮[①]，激于义而死焉者也。至于今，郡之贤士大夫请于当道[②]，即除魏阉废祠之址以葬之[③]，且立石于其墓之门，以旌其所为[④]。呜呼！亦盛矣哉！

夫五人之死，去今之墓而葬焉，其为时止十有一月耳。夫十有一月之中，凡富贵之子、慷慨得志之徒，其疾病而死，死而湮没不足道者，亦已众矣[⑤]。况草野之无闻者欤！独五人之皦皦[⑥]，何也？

予犹记周公之被逮，在丁卯三月之望[⑦]。吾社之行为士先者，为之声义，敛赀财以送其行[⑧]，哭声震动天地。缇骑按剑而前，问：“谁为哀者？”众不能堪，抶而仆之[⑨]。是时以大中丞抚吴者，为魏之私人，周

①蓼（liǎo）洲周公：即周顺昌，字景文，号蓼洲。明熹宗时任吏部员外郎，因得罪魏忠贤，被捕，死于狱中。

②郡：指苏州。当道：当权的人。

③除：整理。魏阉（yān）废祠：魏忠贤当权时，各地无耻的官吏为其建生祠（给活人修的祠堂），魏忠贤死后，其生祠即废。阉，宦官。

④旌（jīng），表扬。

⑤有：又。湮（yān）没：磨灭。已：甚，太。

⑥皦皦（jiǎo）：光明显耀。

⑦丁卯：即天启七年（1627）。三月之望：农历三月十五。望，即每月十五。

⑧吾：指复社。为之声义：为其声张正义。赀（zī）财：钱财。

⑨缇绮：朝廷派出去捕人的穿红衣服的马队。缇（tí），橘红色。抶（zhì）：击。

公之逮所由使也[①]。吴之民方痛心焉，于是趁其厉声以呵，则噪而相逐，中丞匿于溷藩以免[②]。既而以吴民之乱，请于朝，按诛五人，曰颜佩韦、杨念如、马杰、沈杨、周文元，即今之傫然在墓者也[③]。

然五人之当刑也，意气扬扬，呼中丞之名而詈之[④]，谈笑以死。断头置城上，颜色不少变。有贤士大夫，发五十金，买五人之脰而函之[⑤]，卒与尸合，故今之墓中，全乎为五人也。

嗟夫！大阉之乱，缙绅而能不易其志者[⑥]，四海之大，有几人欤？而五人生于编伍之间，素不闻《诗》《书》之训，激昂大义，蹈死不顾，亦曷故哉[⑦]？且矫诏纷出，钩党之捕[⑧]，遍于天下，卒以吾郡之发愤一击，不敢复有株治[⑨]，大阉亦逡巡畏义，非常之谋，难于猝发[⑩]，待圣人之出，而投缳道路[⑪]，不可谓非五人之力也。

由是观之，则今之高爵显位，一旦抵罪[⑫]，或脱身以逃，不能容于远近，而又有剪发杜门、佯狂不知所之者[⑬]，其辱人贱行，视五人之死，轻重固何如哉[⑭]？是以蓼洲周公，忠义暴于朝廷，赠谥美显，荣于身后[⑮]；而五人亦得以加其土封，列其姓名于大堤之上[⑯]。凡四方之士，无有不过而拜且泣者，斯固百

①以大中丞抚吴者：即江苏巡抚毛一鹭。魏之私人：魏忠贤的党羽。所由使：由他主使。

②溷（hùn）：厕所。藩：篱、墙。

③请于朝：向朝廷请示。按：察究。傫（lěi）然：聚集的样子。

④当刑：临刑。詈（lì）：骂。

⑤脰（dòu）：本指颈项，这里指头。函：用木匣装起来。

⑥缙绅：做官的人。易其志：指变节效忠魏阉。

⑦编伍：指民间，古时编制户口，以五家为“伍”。蹈死：踏上死地。曷：同“何”。

⑧钩党之捕：搜捕有牵连的人。

⑨株治：株连治罪。

⑩逡（qūn）巡：有所顾虑。非常之谋：指魏忠贤妄图篡位窃国的阴谋。猝：突然，及时。

⑪圣人之出：指明毅宗（崇祯）即位。投缳（huán）道路：崇祯皇帝即位后即贬魏忠贤去凤阳守皇陵，魏忠贤行至河北阜城时畏罪自杀。

⑫高爵显位：指那些阿附魏忠贤而获得高官显位的人。抵罪：罪恶受以惩罚。

⑬剪发杜门：出家为僧或闭门不出。佯狂：假装疯了。

⑭辱人贱行：可耻的人格和卑贱的行为。固：实在。

⑮暴（pù）：显露。赠谥：指崇祯帝赠给周顺昌“忠介”的谥号。美显：美好而荣耀。

⑯加其土封：重新安葬，修建一座大坟。大堤之上：因坟在河堤之畔，故称。

世之遇也[①]。不然，令五人者，保其首领，以老于户牖之下[②]，则尽其天年，人皆得以隶使之[③]，安能屈豪杰之流，扼腕墓道，发其志士之悲哉？故予与同社诸君子，哀斯墓之徒有其石也，而为之记，亦以明死生之大，匹夫之有重于社稷也[④]。

贤士大夫者，冏卿因之吴公[⑤]，太史文起文公[⑥]，孟长姚公也[⑦]。

①斯固百世之遇：这实在是百年难得的际遇。

②令：假使。首领：指头颅。户牖（yǒu）：门和窗，此指居家。

③尽其天年：安然度过终生。隶使之：当仆役来使唤。

④生死之大：生死与人的价值关系重大。匹夫之有重于社稷：匹夫关系到国家的兴衰。

⑤冏（jiǒng）卿因之吴公：即吴默，字因之。冏卿，太仆卿。

⑥太史文起文公：即文震孟，字文起。太史，翰林院职员的通称，文任翰林院修撰。

⑦孟长姚公：即姚希孟，字孟长。

夏完淳

夏完淳（1631～1647），明末文学家。原名复，字存古。松江华亭（今上海松江）人。因抗清被捕，不屈而死，所著诗文具有慷慨激昂的风格，有《夏完淳集》。

狱中上母书

【题解】这篇文章是夏完淳在南京狱中临刑前写给母亲的诀别信，既充满了国破家亡的悲愤，又表现出视死如归的英雄气概。而文中所提到的一些家事，都归结到爱国复仇的大义上，虽为诀别书，却没有一点儿英雄气短、儿女情长的伤感，全篇洋溢着乐观主义的精神和至死不渝的战斗意志。

不孝完淳今日死矣，以身殉父，不得以身报母矣。痛自严君见背，两易春秋①。冤酷日深②，艰辛历尽。本图复见天日，以报大仇，恤死荣生，告成黄土③。奈天不佑我，钟虐先朝④。一旅才兴，便成齑粉⑤。去年之举，淳已自分必死⑥，谁知不死，死于今日也！斤斤延此二年之命，菽水之养无一日焉⑦。致慈君托迹于空门，生母寄生于别姓⑧，一门漂泊，生不得相依，死不得相问。淳今日又溘然先从九京⑨，不孝之罪，上通于天。

呜呼！双慈在堂，下有妹女，门祚衰薄，终鲜兄弟⑩。淳一死不足惜，哀哀八口，何以为生？虽然，已矣。淳之身，父之所遗；淳之身，君之所用。为父为君，死亦何负于

①严君：指父亲。夏完淳之父夏允彝于1945年抗清失败后投河自尽。两易春秋：两年过去了。

②冤酷：仇恨与惨痛。

③恤（xù）：意为告慰、安慰。成：事情成功。黄土：代指祖先。

④钟虐：灾祸集中。钟，聚集。虐，灾难。

⑤一旅：义军。齑（jī）粉：粉末。意指失败。

⑥举：行动。分（fèn）：料想。

⑦斤斤：指时间短少。菽水：豆和水。这两句说两年中无一日供养侍奉母亲。

⑧慈君：指母亲。托迹：安身。空门：佛门。生母：夏完淳的生母陆氏，为夏允彝的侧室。别姓：别人家。

⑨溘（kè）然：忽然，很快。九京：指地下。

⑩门祚：家运。鲜：少。

双慈？但慈君推干就湿[①]，教礼习诗，十五年如一日；嫡母慈惠，千古所难。大恩未酬，令人痛绝。慈君托之义融女兄，生母托之昭南女弟[②]。

淳死之后，新妇遗腹得雄[③]，便以为家门之幸；如其不然，万勿置后[④]。会稽大望，至今而零极矣[⑤]；节义文章[⑥]，如我父子者几人哉？立一不肖后如西铭先生，为人所诟笑，何如不立之为愈耶[⑦]？呜呼！大造茫茫[⑧]，总归无后，有一日中兴再造，则庙食千秋，岂止麦饭豚蹄，不为馁鬼而已哉[⑨]？若有妄言立后者，淳且与先文忠在冥冥诛殛顽嚚[⑩]，决不肯舍！

兵戈天地[⑪]，淳死后，乱且未有定期。双慈善保玉体，无以淳为念。二十年后，淳且与先文忠为北塞之举矣[⑫]。勿悲，勿悲！相托之言，慎勿相负。武功甥将来大器，家事尽以委之[⑬]。寒食盂兰，一杯清酒，一盏寒灯，不至作若敖之鬼[⑭]，则吾愿毕矣。新妇结缡二年[⑮]，贤孝素著，武功甥好为我善待之。亦武功渭阳情也[⑯]。

语无伦次，将死言善。痛哉痛哉！人生孰无死，贵得死所耳。父得为忠臣，子得为孝子，含笑归太虚[⑰]，了我分内事。大道本无生，视身若敝屣[⑱]。但为气所激，缘悟天人理[⑲]。恶梦十七年，报仇在来世。神游天地间，可以无愧矣。

①推干就湿：推给孩子干的，自己拉过湿的。比喻父母抚育子女的劳苦。

②义融女兄：指作者之姐夏淑吉。昭南女弟：指作者之妹夏惠吉。

③新妇：指作者之妻钱秦篆。雄：指男孩。

④置后：立后嗣，即把别人的儿子过继为自己的儿子。

⑤大望：有声望的大族。零：衰败。

⑥节义文章：品德和学问。

⑦不肖：品行不好。西铭先生：即张溥，号西铭。愈：好。

⑧大造：天地。

⑨中兴再造：指恢复明朝天下。庙食：在庙中享受祭食。麦饭豚蹄：祭奠死者的食品。豚蹄，猪蹄。馁鬼：饿鬼。

⑩先文忠：作者之父夏允彝死后谥文忠。殛（jí）：杀死。顽嚚（yín）：愚蠢而顽固的人。

⑪兵戈天地：到处都在打仗。

⑫北塞之举：出师北伐。

⑬武功甥：作者的外甥侯檠，字武功。大器：大才。委：托付。

⑭寒食、盂兰：寒食在清明前一两天，盂兰指七月十五盂兰盆会，都是祭祀的节日。若敖之鬼：没有后代的饿鬼。

⑮结缡：指女子出嫁。缡（lí），古代妇女的佩巾。

⑯渭阳情：甥舅间的情谊。

⑰太虚：天上。

⑱敝屣（xǐ）：破鞋子。

⑲气：精神。缘：因。天人理：天意人事的道理。《诗经·秦风》的篇名，相传是晋文公重耳的外甥送其甥归国时所作。

张　岱

张岱（1597～1679），明代文学家。一名维城，初字宗子，后字石公；号陶庵，又号蝶庵。山阴（今浙江绍兴）人。其文各体兼备，尤其长于人物传记。有《琅嬛文集》、《陶庵梦忆》、《西湖梦寻》、《石匮书》等。

西湖七月半

【题解】这是一篇游记，作者描绘了杭州人七月十五夜游西湖的盛况，通过对各种类型游客的看月情态的描写，表现了对显贵达官、名娃闺秀以及附庸风雅的无赖子弟的嘲讽，对市井百姓凑热闹的俗气的鄙夷，同时也表现了士大夫自命清高、赏玩美景的悠闲意趣和超尘脱俗的情致。

西湖七月半[①]，一无可看，止可看看七月半之人。看七月半之人，以五类看之。其一楼船箫鼓，峨冠盛筵，灯火优傒[②]，声光相乱，名为看月而实不见月者，看之。其一亦船亦楼，名娃闺秀，携及童娈[③]，笑啼杂之，还坐露台[④]，左右盼望，身在月下而实不看月者，看之。其一亦船亦声歌，名妓闲僧[⑤]，浅斟低唱，弱管轻丝，竹肉相发[⑥]，亦在月下，亦看月而欲人看其看月者，看之。其一不舟不车，不衫不帻[⑦]，酒醉饭饱，呼群三五，跻入人丛，昭庆断桥[⑧]，嚣呼嘈杂[⑨]，装假醉，唱无腔曲，月亦看，看月者亦看，不看月者亦看，而实无一看者，看之。其一小船轻幌[⑩]，净几暖炉，茶铛旋煮，素瓷静递[⑪]，好友佳人，邀月同

①七月半：农历七月十五日，俗称中元节，亦叫鬼节。

②优傒（xī）：歌妓和仆役。

③名娃：名门的美女。闺秀：原指有才德的女子，后指代小姐。童娈（luán）：即娈童，漂亮的男童。

④还：通“环”。露台：指船的前部的平台。

⑤名妓闲僧：指两类陪同游玩的人。

⑥竹肉相发：箫管与歌声相伴。竹，指竹制的管乐器。肉，指歌喉。

⑦衫：长衫。帻（zé）：头巾。

⑧呼群三五：叫三五个人来结成一群。跻（jī）：此处指挤入。昭庆：即昭庆寺，在西湖东北隅岸上。断桥：原名宝祐桥，唐时称断桥，在西湖白堤上。

⑨嚣（xiāo）呼：大喊大叫。

⑩轻幌（huǎng）：细薄的帷幔。

⑪茶铛（chēng）：煮茶的锅。铛：一种铁锅。素瓷：白静的瓷器。

坐，或匿影树下，或逃嚣里湖[1]，看月而人不见其看月之态，亦不作意看月者[2]，看之。

杭人游湖，巳出酉归[3]，避月如仇。是夕好名，逐队争出，多犒门军酒钱[4]，轿夫擎燎，列俟岸上[5]。一入舟，速舟子急放断桥[6]，赶入胜会。以故二鼓以前，人声鼓吹，如沸如撼，如魇如呓，如聋如哑[7]，大船小船一齐凑岸，一无所见，止见篙击篙、舟触舟、肩摩肩、面看面而已。少刻兴尽，官府席散，皂隶喝道去[8]。轿夫叫船上人，怖以关门[9]，灯笼火把如列星，一一簇拥而去。岸上人亦逐队赶门[10]，渐稀渐薄，顷刻散尽矣。吾辈始舣舟近岸[11]。断桥石磴始凉，席其上，呼客纵饮。此时月如镜新磨，山复整妆，湖复颒面[12]，向之浅斟低唱者出，匿影树下者亦出，吾辈往通声气[13]，拉与同坐。韵友来[14]，名妓至，杯箸安，竹肉发。月色苍凉，东方将白，客方散去。吾辈纵舟，酣睡于十里荷花之中，香气拍人，清梦甚惬[15]。

①匿（nì）影：藏身。逃嚣：避开喧哗。里湖：在苏堤西部，孤山北边。

②作意：着意，用心。

③巳出酉归、避月如仇：两句是说杭人游湖均在白天。巳，上午 9～11 时；酉，下午 5～7 时。

④犒（kào）：犒劳，慰问。门军：守门军士。因到西湖须经过城门，故有此说。

⑤擎（qíng）燎（liào）：举着火把。俟（sì）：等待。

⑥速舟子：催促船夫。

⑦鼓吹：指音乐。如沸如撼：像翻腾又像摇动的声音。如魇（yǎn）如呓（yì）：好像梦中惊叫和说梦话。魇，作恶梦而惊叫。呓，说梦话。如聋如哑：像聋子一样大声叫嚷，像哑巴一样说话不清楚。三句均形容嘈杂。

⑧皂隶：旧时衙门里的差役。喝道：旧时官员出行，前面引路的差役喝令行人让道，以示威风。

⑨怖：恐吓。

⑩赶门：赶在城门关闭前回到城里。

⑪舣（yǐ）舟：停船靠岸。

⑫颒面（huì）：洗脸。

⑬通声气：彼此打招呼。

⑭韵友：高雅的朋友。

⑮惬（qiè）：心意满足。

湖心亭看雪[①]

【题解】本文写西湖雪景之佳，使用“一痕”、“一点”、“一芥”、“两三粒”四个譬喻，形象地描绘了雪雾之中西湖上的长堤、亭阁、小舟、游人。全文篇幅短小，语言精炼，清新活泼，形象生动，富于诗情画意。

崇祯五年十二月[②]，余住西湖。大雪三日，湖中人鸟声俱绝。是日更定矣[③]，余拏一小舟[④]，拥毳衣炉火[⑤]，独往湖心亭看雪。雾凇沆砀[⑥]，天与云、与山、与水，上下一白。湖上影子，惟长堤一痕，湖心亭一点，与余舟一芥[⑦]，舟中人两三粒而已。到亭上，有两人铺毡对坐。一童子烧酒，炉正沸。见余大喜，曰：“湖中焉得更有此人！”拉余同饮。余强饮三大白而别[⑧]。问其姓氏，是金陵人，客此。及下船，舟子喃喃曰：“莫说相公痴，更有痴似相公者。”

①湖心亭在西湖之中，据说是宋代疏浚西湖时，以湖泥堆成小山，后于山上建成亭阁，叫湖心亭。这是观赏西湖风景的好地方。

②崇祯五年：即公元1632年。

③更定：指晚上七时之后。

④拏（ná）：牵引，意指驾舟。

⑤毳（cuì）衣：皮衣。毳，鸟兽的细毛。

⑥雾凇：寒天冷时雾凝聚在树枝叶上形成白色松散的冰晶。沆砀（hàng dàng）：广大无边。

⑦芥（jiè）：小草，比喻舟之小。

⑧大白：大酒杯。

柳敬亭说书

【题解】本文主要是记叙柳敬亭说书的情景，刻画其高超的艺术才能。文章先叙述柳敬亭的外貌形状，然后以自己的亲身经历来描述其说书的情景，描写细腻生动，把柳敬亭说书的高超艺术活灵活现地描绘出来，使人有一种身临其境的感觉。文章运用白描手法，虚实结合。语言生动活泼，极富于表现力。

南京柳麻子[①]，黧黑，满面疤瘤[②]，悠悠忽忽，土木形骸[③]。善说书。一日说书一回，定价一两。十日前先送书帕下定，常不得空[④]。南京一时有两行情人[⑤]，王月生[⑥]、柳麻子是也。

余听其说景阳岗武松打虎白文，与本传大异[⑦]。其描写刻画，微入毫发，然又找截干净[⑧]，并不唠叨，哱夬声如巨钟[⑨]。说至筋节处[⑩]，叱咤叫喊，汹汹崩屋。武松到店沽酒，店内无人，蓦地一吼，店中空缸空甓[⑪]，皆瓮瓮有声。闲中著色[⑫]，细微至此。主人必屏息静坐，倾耳听之，彼方掉舌[⑬]；稍见下人呫哔耳语[⑭]，听者欠伸有倦色，辄不言，故不得强。每至丙夜[⑮]，拭桌剪灯，素瓷静递，款款言之，其疾徐轻重，吞吐抑扬，入情入理，入筋入骨，摘世上说书之耳，而使之谛听，不怕其不齰舌死也[⑯]。

柳麻子貌奇丑，然其口角波俏[⑰]，眼目流利，衣服恬静，直与王月生同其婉娈[⑱]，故其行情正等。

①柳麻子：即柳敬亭，本姓曹，名遇春，号敬亭，江苏泰州人，15岁时因得罪地方官吏而逃至盱眙，改姓柳，以说书为生，人称柳麻子。

②黧（lí）黑：脸色黄黑。瘤（lěi）：小疙瘩。

③土木形骸：喻不加修饰。

④书帕：请柬和定金。下定：预定节目。不得空：没有空闲。

⑤行情人：受欢迎的人。

⑥王月生：当时南京名妓。

⑦白文：大书。说书分大书和小书两种，大书全是白文，不唱；小书则说唱兼有，更重唱。本传：即《水浒传》。

⑧微入毫发：指细腻。找：补充。截：剪裁。

⑨哱夬（bō guài）：大声吆喝。

⑩筋节处：关键处。

⑪甓（pì）：砖。

⑫闲中：不太引人注意的地方。

⑬掉舌：开口。

⑭呫哔（chè bì）：形容耳语。

⑮丙夜：半夜。

⑯齰（zé）舌：咬舌，即自杀。

⑰波俏：指流利生动。

⑱婉娈：美好。

李　渔

李渔（1611～1680），清代文学家。字笠鸿，一字谪凡，号笠翁，别署笠道人、随庵主人、新亭樵客、湖上笠翁。浙江兰溪人，出生于江苏如皋，长期生活在杭州、金陵等地。他的作品给人以一种新鲜、活泼的感觉。著有《笠翁十种曲》、《十二楼》、《闲情偶记》等。

芙　蕖

【题解】 本文的主要内容是说明芙蕖的可人之处。作者从芙蕖的可目、可鼻、可口以及败叶可备经年裹物之用等优点，逐一说明了芙蕖之用极大，自己极爱芙蕖，视其为四命之最。文章将记叙与说明相结合，将荷由荷钱到荷叶衰败与荷之可目、可鼻、可口、可用四种功用相结合，构思巧妙新颖，与众不同。

芙蕖与草本诸花似觉稍异[①]，然有根无树，一岁一生，其性同也。谱云[②]：“产于水者曰草芙蓉，产于陆者曰旱莲。”则谓非草本不得矣[③]。予夏季倚此为命者[④]，非故效颦于茂叔而袭成说于前人也[⑤]。以芙蕖之可人，其事不一而足，请备述之[⑥]。

群葩当令时[⑦]，只在花开之数日，前此后此皆属过而不问之秋矣[⑧]。芙蕖则不然，自荷钱出水之日[⑨]，便为点缀绿波。及其茎叶既生，则又日高日上，日上日妍[⑩]。有风既作飘摇之态，无风亦呈袅娜之姿，是我于花之未开，先享无穷逸致矣[⑪]。迨至菡萏成花[⑫]，娇姿欲滴，后先相继，自夏徂秋[⑬]，此则在

①芙蕖（qú）：又叫荷花、莲花、（水）芙蓉。

②谱：明王象晋有《群芳谱》，但无所引之文，不明是指何书。

③此句对第一句而言，谓不能说芙蕖不是草本。

④倚此为命：靠此才能活下去。

⑤效颦：即东施效颦。茂叔：宋周敦颐，字茂叔，曾作《爱莲说》。

⑥请：请容我。备：全面地，都。

⑦葩（pā）：花。当令：正当时令。

⑧秋：时期。过而不问：无人过问。

⑨荷钱：初生的小荷叶。

⑩上：向上。妍：容色姣好。

⑪袅娜（niǎo nuó）：形容柔软细长的样子。逸致：舒适的意境。

⑫迨（dài）：及，到。菡萏（hàn dàn）：荷花的花苞。

⑬徂（cú）：到。

花为分内之事，在人为应得之资者也[①]。及花之既谢，亦可告无罪于主人矣[②]，乃复蒂下生蓬，蓬中结实，亭亭独立，犹似未开之花，与翠叶并擎[③]，不至白露为霜而能事不已[④]。此皆言其可目者也[⑤]。

可鼻，则有荷叶之清香，荷花之异馥[⑥]，避暑而暑为之退，纳凉而凉逐之生。

至其可人之口者，则莲实与藕皆并列盘餐而互芬齿颊者也[⑦]。

只有霜中败叶，零落难堪，似成弃物矣；乃摘而藏之，又备经年裹物之用[⑧]。

是芙蕖也者[⑨]，无一时一刻不适耳目之观，无一物一丝不备家常之用者也。有五谷之实而不有其名，兼百花之长而各去其短，种植之利有大于此者乎？

予四命之中[⑩]，此命为最。无如酷好一生，竟不得半亩方塘为安身立命之地[⑪]。仅凿斗大一池，植数茎以塞责[⑫]，又时病其漏[⑬]，望天乞水以救之，殆所谓不善养生而草菅其命者哉[⑭]。

①分（fèn）内之事：指这些是花应该有的。资：资财，这里指享受。

②既：已经。告无罪：表白自己无罪。

③擎（qíng）：向上举，此指耸立于水上。

④白露为霜：指出霜。这是《诗经·秦风·蒹葭》里的句子。能事：能做之事。

⑤可目：可人眼目，即看着好。下文的“可鼻”指闻着香。

⑥馥（fù）：香气。

⑦互芬齿颊（jiá）：使人的牙齿和嘴边都感到芬芳。芬，这里作动词用。

⑧经年：一年，指第二年。

⑨是芙蕖也者：这样看来，芙蕖这东西。

⑩四命：据李渔自己所说，春之水仙、兰花，夏之莲，秋之秋海棠，冬之蜡梅，是其四命。事见《闲情偶记·种植部·水仙》。

⑪无如：无奈。酷好（hào）：非常喜爱。

⑫斗大：形容小。塞责：敷衍过去。

⑬病其漏：苦于水池之水向地下渗。病……，以……为苦。

⑭殆：大概。草菅其命：把它的命看作野草一样随意处理。菅（jiān），草名。

顾炎武

顾炎武（1613～1682），明末清初思想家、文学家。原名绛，字忠清。明亡后，改名炎武，字宁人，号亭林，别号蒋山庸。昆山（今江苏昆山）人。主张“文须有益于天下”，其文则不事雕琢，纯朴感人。著有《日知录》、《天下郡国利病书》、《亭林诗文集》等。

复庵记

【题解】本文记叙了复庵建立的经过及其主人的志向。作者通对复庵的建立及其主人心态的描绘，表现了范养民的遗民心事，亦表现出作者念念不忘明室、渴望恢复的心情。全文内容充实，行文流畅，感情真挚强烈。

旧中涓范君养民[①]，以崇祯十七年夏[②]，自京师徒步入华山为黄冠[③]。数年，始克结庐于西峰之左，名曰复庵。华下之贤士大夫多与之游，环山之人皆信而礼之[④]。而范君固非方士者流也[⑤]。幼而读书，好《楚辞》，诸子及经史多所涉猎。为东宫伴读[⑥]。方李自成之挟东宫二王以出也[⑦]，范君知其必且西奔，于是弃其家走之关中，将尽厥职焉[⑧]。乃东宫不知所之，而范君为黄冠矣。

太华之山，悬崖之巅，有松可荫，有地可蔬，有泉可汲，不税于官，不隶于宫观之籍[⑨]。华下之人或助之材，以创是庵而居之。有屋三楹[⑩]，东向以迎日出。

余尝一宿其庵。开户而望，大河之东，雷首之山苍然突兀[⑪]，伯夷

①中涓：内侍太监。

②崇祯十七年：公元1644年。

③黄冠：原指道士的装束，这里借指道士。

④礼：尊敬。

⑤方士：方术之士，古代自称能访仙炼丹、长生不老的人。

⑥涉猎：泛泛地接触和了解。东宫：借指太子。

⑦李自成之挟东宫二王以出：1644年5月，李自成撤离北京时，将太子朱慈烺、定王朱慈炯及永王朱慈炤都带走了。

⑧厥职：他的职责。厥，其，他的。

⑨隶：属于。宫观（guàn）之籍：道士们管辖的范围。宫观，道士们居住的地方。

⑩楹（yíng）：柱子，这里引申为房屋一间。

⑪大河：黄河。雷首之山：雷首山，即首阳山，在今山西永济南，相传为伯夷、叔齐采薇绝食的地方。

叔齐之所采薇而饿者，若揖让乎其间，固范君之所慕而为之者也[①]。自是而东，则汾之一曲[②]，绵上之山出没于云烟之表[③]，如将见之，介子推之从晋公子，既反国而隐焉，又范君之所有志而不遂者也[④]。又自是而东，太行、碣石之间[⑤]，宫阙山陵之所在[⑥]，去之茫茫，而极望之不可见矣，相与泫然[⑦]。

作此记，留之山中。后之君子登斯山者，无忘范君之志也。

①固范君之所慕而为之者也：意为伯夷、叔齐的做法是范养民所羡慕并照做的。

②汾之一曲：汾河的一个曲折处。

③绵上之山：即介山。绵上，地名，春秋时属晋国，在今山西介休。

④又范君之所有志而不遂者也：意为范养民弃家去找太子，也想和介之推从晋公子重耳流亡一样，最后达到复国的目的，但他的这一目的没有达到。

⑤太行、碣（jié）石之间：此指北京。

⑥宫阙：皇宫。山陵：皇帝的陵墓。

⑦泫（xuàn）然：流泪。

林嗣环

林嗣环，清代文人。号铁崖，福建晋江人。生卒年及仕履均不详。有《铁崖文集》、《湖舫存稿》、《秋声诗》等。

口　技

【题解】 本文是作者《〈秋声诗〉自序》中的一部分，意在借口技艺人的"善画声"来说明其《秋声诗》的"善画声"。全文在描写上善于运用正面描写和侧面烘托相结合的手法来展现主题，既使人身临其境，又给人以充分的想象空间。

京中有善口技者。会宾客大宴①，于厅事之东北角，施八尺屏幛②，口技人坐屏障中，一桌、一椅、一扇、一抚尺而已③。众宾团坐④。少顷，但闻屏障中抚尺一下⑤，满座寂然，无敢哗者。

遥闻深巷中犬吠，便有妇人惊觉欠伸，其夫呓语⑥，既而儿醒，大啼⑦。夫亦醒，令妇抚儿乳，儿含乳啼，妇拍而呜之⑧。夫起溺⑨，妇亦抱儿起溺。床上又一大儿醒，狺狺不止⑩。当是时，妇手拍儿声，口中呜声，儿含乳啼声，大儿初醒声，床声，夫叱大儿声，溺瓶中声，溺桶中声，一齐凑发，众妙毕备。满座宾客，无不伸颈，侧目，微笑，默叹，以为妙绝也。

既而夫上床寝。妇又呼大儿溺，毕，都上床寝。小儿亦渐欲睡。夫齁

①会：碰上，适逢。
②厅事：私人住宅的堂屋。施：设置。
③抚尺：即"醒木"，说书人表演时用的木板，拍案以引起听众的注意。
④团坐：围着坐着。
⑤抚尺一下：指抚尺敲击了一次。
⑥惊觉：惊醒。欠伸：打呵欠。呓语：说梦话。
⑦既而：随后。大啼：大声啼哭。
⑧乳：喂奶。含乳啼：指含着奶头边吃奶边啼哭。拍而呜之：一边拍一边发出"呜呜"的哄孩子入睡声。
⑨溺（niào）：小便。
⑩狺狺（yín）：指喊叫声。

声起，妇拍儿亦渐拍渐止。微闻有鼠作作索索，盆器倾侧，妇梦中咳嗽之声[①]。宾客意少舒[②]，稍稍正坐。

忽一人大呼："火起！"夫起大呼，妇亦起大呼。两儿齐哭。俄而百千人大呼，百千儿哭，百千犬吠。中间力拉崩倒之声[③]，火爆声，呼呼风声，百千齐作；又夹百千求救声，曳屋许许声[④]，抢夺声，泼水声。凡所应有，无所不有。虽人有百手，手有百指，不能指其一端；人有百口，口有百舌，不能名其一处也[⑤]。于是宾客无不变色离席，奋袖出臂[⑥]，两股战战，几欲先走。

忽然抚尺一下，群响毕绝。撤屏视之，一人、一桌、一椅、一扇、一抚尺而已。

①齁（hōu）声：即鼾声。

②少舒：稍稍放松。

③中间：其中夹杂。间（jiàn），夹杂。力拉崩倒：指房屋火烧而倚斜崩塌种种声音。

④曳（yè）：拉。许许（hǔ）：象声词。

⑤指其一端：确指其中的一种。声音，说明声间之多和变化之快。下文"名其一处"意近。名，说出，道出。

⑥奋：举起来。几：差点，几乎。走：跑，这里有躲避的意思。

朱彝尊

朱彝尊（1627～1709），清代文学家。字锡鬯，号竹垞，又号金风亭长、小长芦钓鱼师。秀水（今浙江嘉兴）人。能诗词，长于古文。有《曝书亭集》、《日下旧闻》、《经义考》等。

池北书库记

【题解】文章虽是为王士祯池北书库所作的记，但写书库建置、内容的话不多。作者由池北书库之所属和藏书情况写起，然后具体叙述历代官府和民间藏书的情况。全文主旨鲜明，虽为记书库，但重点在议论藏书的意义，言简而意深。

池北书库者，今少詹事新城王先生聚书之室也[①]。新城王氏，门望甲齐东[②]，先世遗书不少矣，然兵火后散佚者半。先生自始仕迄今，目耕肘书，借观辄录其副[③]。每以月之朔望玩慈仁寺，日中集奉钱所入[④]，悉以购书，盖三十年而书库尚未充也。

自唐以前，书多藏之于官。刘歆之《七略》[⑤]，郑默、荀勖之《中经》、《新簿》[⑥]，其后四部、《七录》[⑦]，代有消长。民间所藏，赐书之外[⑧]，无多焉尔。自雕本盛行而书籍易得[⑨]，民间镂版，未贡天府者且十之九[⑩]，由是官书反不若民间之多。古之拥万卷者，自诩比南面百城[⑪]。今则操一囊金，入江浙之市，万卷可立致。然自博览者观之，若无所睹也。夫宋元雕本日就泯灭，

①少詹事：官名。王先生：即王士祯，清代著名诗人。

②门望：门第、族望。甲：第一。齐东：山东东部。

③目耕：读书。肘书：抄写。副：复本。

④朔望：阴历初一、十五。慈恩寺：即今北京报国寺。日中：整天。

⑤刘歆：字子骏，西汉目录学家。《七略》：刘歆校览群书之后撰成的目录学著作。

⑥郑默：三国魏秘书郎，作《甲经》。荀勖（xù）：晋秘书监，作《新簿》。两书均为记载书籍的著作。

⑦四部：我国古代图书分类的体例，自《隋书·经籍志》确立四部名称为经、史、子、集后，历代相传。《七录》：南朝梁阮孝绪所撰，分图书为七类。

⑧赐书：皇帝赏赐的书。

⑨雕本：刻本，雕刻版印刷的书。

⑩镂版：雕刻书版。天府：皇宫中的府库。

⑪南面百城：指藏书非常丰富。

幸而仅存于水火劫夺之余，藉钞本流传。顾士之勤于钞写[①]，百人之中，一二人而已。习举子业者[②]，诵四子书，治一经[③]，不过四五十卷，可立取科第。而贾人斫利[④]，亦惟近乎举子业者是求，非是则不顾，至以覆酱、裹面、糊蚕箔[⑤]。古之人竭心力为之者，今人全不之惜，任其湮没，此士君子蠹伤于心[⑥]，而先生书库之设，藏之惟恐不亟也[⑦]。

彝尊经乱[⑧]，先世之遗书莫有存者。及壮，糊口四方，经过都市，残编断帙，至典衣予直[⑨]，积之二十年矣。以验藏书家目录，则仅有其十之二三焉，然未尝无出于藏书家目录之外者。譬之于海，九川四渎无不趋焉[⑩]。而滮池瀱汋之水[⑪]，聚而勿涸，鸟见之饮啄，鱼得之泳游，亦可自乐其乐，而亡其身世之穷焉。明年归矣，将寻先生之书库，借钞所未有者。奉先生之命，遂为先生记之。

①顾：只是。

②习：学习，攻读。举子业：应科举考试。

③四子书：即《四书》，《大学》、《中庸》、《论语》、《孟子》。治一经：研习五经中的一经。五经即《易经》、《尚书》、《诗经》、《礼记》、《春秋左氏传》。

④贾（gǔ）人：商人。

⑤覆酱：盖酱罐。蚕箔（bó）：养蚕的竹席。

⑥蠹（yì）：伤痛。

⑦亟（jí）：急。

⑧乱：战乱，指明清之际的战乱。

⑨帙（zhì）：书套，指书。典：典当。直：通“值”，价钱。

⑩九川四渎：泛指大河。九川指“弱、黑、河、漾、江、沇、淮、渭、洛”（司马贞《史记索引》）。四渎指“江、河、淮、济”（《尔雅·释水》）。

⑪滮（biāo）池瀱汋：泛指小水。滮池，古水名，在今西安市北。瀱汋（jì zhuó），时有水时无水的井。

王士祯

王士祯（1634～1711），清代诗人。原名士禛，因避清世宗胤禛讳，改名士祯，字子真，一字贻上，号阮亭，又号渔洋山人。新城（今山东桓台）人。著有《带经堂集》、《蚕尾集》、《渔洋山人精华录》等。

焦山题名记

【题解】本文叙述了游焦山的四快事，即在吸江亭观夕照、孝然祠外欣赏月夜美景、听松林传出的梵音、观海上日出。全文虽仅百余字，但却从声、色、图、像诸方面简洁而生动地表现了焦山朝夕变幻的景致，从中亦展现了作者踌躇满志、潇洒豪迈的气度。

来焦山有四快事：观返照吸江亭①，青山落日，烟水苍茫中，居然米家父子笔意②；晚望月孝然祠外③，太虚一碧④，长江万里，无复微云点缀；听晚梵声出松杪⑤，悠然有遗世之想⑥；晓起观海门日出，始从远林微露红晕，倏忽跃起数千丈，映射江水，悉成明霞，演漾不定⑦。《瘗鹤铭》在雷轰石下⑧，惊涛骇浪，朝夕喷激。予来游于冬月，江水方落，乃得踏危石于潮汐汩没之中，披剔尽致⑨，实无不幸也。

①返照：夕照。吸江亭：在焦山之巅，清顺治时改亭为楼。

②居然：正是。米家父子：宋代米芾、米友仁父子都是著名书画家，被称为米家父子。

③孝然祠：在焦山上。

④太虚：天空。一碧：全碧。

⑤梵声：僧人诵经的声音。杪（miǎo）：树枝的细梢。

⑥遗世：离开尘世。

⑦演漾：水波长而摇动。

⑧《瘗鹤铭》：六朝摩崖正书石刻，上皇山樵书，刻于焦山，为著名碑石之一。后因山崩碑石没入水中。

⑨汩（gǔ）没：沉没。披剔：指除去石碑上的污物。

蒲松龄

蒲松龄（1640～1715），清代文学家，字留仙，一字剑臣，别号柳泉居士，世称聊斋先生。山东淄川（今山东淄博）蒲家庄人，出身于“书香”家庭。以短篇小说集《聊斋志异》闻名于世，此外尚有散文、诗、词、曲、戏剧等多种文学作品传世。有《蒲松龄集》。

聊斋志异自序

【题解】在这篇序言中，蒲松龄叙述了他创作《聊斋志异》搜集素材和命笔的过程，同时描述自己苦行僧般的凄凉生活，表现自己甘愿被人视为“狂”夫“痴”人，也要做这种潦倒的事业，既有悲凉之情而又不乏自负之心。

披萝带荔，三闾氏感而为骚[①]；牛鬼蛇神，长爪郎吟而成癖[②]。自鸣天籁，不择好音，有由然矣。松落落秋萤之火，魑魅争光[③]；逐逐野马之尘，魍魉见笑[④]。才非干宝，雅爱搜神[⑤]；情类黄州，喜人谈鬼[⑥]。闻则命笔，遂以成编。久之，四方同人，又以邮筒相寄，因而物以好聚，所积益伙。甚者人非化外，事或奇于断发之乡[⑦]；睫在眼前，怪有过于飞头之国[⑧]。遄飞逸兴，狂固难辞；永托旷怀，痴且不讳。展如之人，得毋向我胡卢耶[⑨]？然五父衢头[⑩]，或涉滥听；而三生石上[⑪]，颇悟前因。放纵之言[⑫]，有未可概以人废者。松悬弧时，先大人梦一病瘠瞿昙[⑬]，偏袒入室，药膏如钱，圆粘乳

①萝：女萝。荔：薜荔。三闾氏：指屈原。骚：指《离骚》。

②牛鬼蛇神：指李贺诗歌中有很多虚幻怪诞之辞。长爪郎：指李贺。

③这两句话是说自己才疏学浅。

④逐逐：追逐。野马之尘：尘埃。魍魉见笑：为鬼怪所嘲笑。

⑤干宝：晋代小说家，著有《搜神记》。

⑥黄州：指苏轼，喜听人谈鬼神。

⑦化外：政令教化所达不到的地方。断发之乡：偏僻之地。

⑧飞头之国：传说古代南方有人能让其头离身飞去。

⑨展如之人：诚实之人。胡卢：笑。

⑩五父衢头：古代衢名，这里是道听途说的意思。

⑪三生石上：指前世因缘。

⑫放纵之言：荒诞之言。

⑬悬弧：出生时。瘠：瘦弱。瞿昙：指和尚。

际。瘖而松生，果符墨志。且也少羸多病，长命不犹[①]，门庭之凄寂，则冷淡如僧；笔墨之耕耘，则萧条似钵。每搔头自念，勿亦面壁人果是吾前身耶[②]？盖有漏根因[③]，未结人天之果；而随风荡堕，竟成藩溷之花[④]。茫茫六道[⑤]，何可谓无其理哉！独是子夜荧荧，灯昏欲蕊[⑥]；萧斋瑟瑟[⑦]，案冷疑冰。集腋为裘，妄续幽冥之录[⑧]；浮白载笔，仅成孤愤之书[⑨]。寄托如此，亦足悲矣。嗟乎，惊霜寒雀，抱树无温；吊月秋虫，偎阑自热[⑩]。知我者，其在青林黑塞间乎[⑪]！康熙已未春日。

①羸（léi）：瘦弱。长：长大。命不犹：命运不如人。

②面壁人：相传达摩到中土传法，于少林寺面壁。这里借指和尚。

③漏：佛法用语，意为烦恼。

④藩：篱笆。溷：粪坑。

⑤六道：佛教认为，人死后要在六道里轮回。

⑥蕊：花蕊，这里指结灯花的意思。

⑦萧斋：书房。瑟瑟：风声。

⑧幽冥之录：《幽冥录》，南朝宋刘义庆著，是一部记鬼怪的书。

⑨浮白：饮酒。孤愤之书：韩非子文章《孤愤》。

⑩自热：自我安慰。

⑪青林黑塞：喻鬼魂所在之地。

方　苞

方苞（1668～1749），清代散文家。字凤九，一字灵皋，号望溪。桐城（今属安徽）人。桐城派的创始人之一，“桐城三祖”之首。论文主张“义法”，即所谓“言有物”和“言有序”。其文多是阐道翼教、通经明理的论文和墓志碑传之类，而一些记事小品和山水游记，则具较高文学价值，简洁可读。著有《方望溪全集》。

狱中杂记

【题解】本文是作者因受戴名世《南山集》案牵连，被关进刑部监狱后所见所闻的真实笔录。文章真实地揭露了狱中的种种黑暗情况，既表现了作者对为非作歹的狱吏的强烈憎恨，也表现了作者对含冤负屈、贫而无告的受害者的深厚同情。全文所记头绪纷繁，材料丰富，看似信手拈来，实则杂而不乱，井然有序。

康熙五十一年三月①，余在刑部狱，见死而由窦出者②，日三四人。有洪洞令杜君者③，作而言曰④：“此疫作也⑤。今天时顺正⑥，死者尚稀，往岁多至日十数人。”余叩所以⑦，杜君曰：“是疾易传染，遘者虽戚属⑧，不敢同卧起。而狱中为老监者四，监五室⑨。禁卒居中央，牖其前以通明，屋极有窗以达气⑩。旁四室则无之，而系囚常二百余⑪。每薄暮下管键⑫。矢溺皆闭其中，与饮食之气相薄⑬。又，隆冬，贫者席地而卧，春气动，鲜不疫矣⑭。狱中成法，质明启钥⑮。方夜中，生人与死者并踵顶而卧⑯，无可旋避。此所以染者众也。又可怪者，大盗、积贼、

①康熙五十一年：1712年。
②窦：洞。
③洪洞（tóng）：今山西洪洞县。
④作：起。
⑤疫：瘟疫。作：发作。
⑥天时顺正：气候正常。
⑦叩：问。
⑧遘（gòu）：遭遇，染上。戚属：亲属。
⑨监五室：每个老监管五间房屋。
⑩禁卒：狱卒。牖（yǒu）：原指窗户，这里指开设窗户。屋极：屋顶。
⑪系：关押。
⑫薄暮：傍晚。管键：锁钥。
⑬矢溺（niào）：屎尿。相薄：相混杂。
⑭鲜：很少。
⑮成法：老规矩。质明：天明。
⑯踵顶：头脚相靠。

杀人重囚，气杰旺[①]，染此者十不一二，或随有瘳[②]。其骈死，皆轻系及牵连佐证[③]，法所不及者。”余曰：“京师有京兆狱，有五城御史司坊，何刑部系囚之多至此[④]？”杜君曰：“迩年狱讼[⑤]，情稍重，京兆、五城即不敢专决；又九门提督所访缉纠诘，皆归刑部[⑥]；而十四司正副郎好事者，及胥吏、狱官、禁卒，皆利系者之多[⑦]。少有连[⑧]，必多方钩致。苟入狱，不问罪之有无，必械手足，置老监，俾困苦不可忍[⑨]，然后导以取保[⑩]，出居于外。量其家之所有以为剂，而官与吏剖分焉[⑪]。中家以上，皆竭资取保[⑫]；其次，求脱械居监外板屋，费亦数十金[⑬]。惟极贫无依，则械系不稍宽，为标准以警其余。或同系，情罪重者，反出在外，而轻者、无罪者罹其毒[⑭]。积忧愤，寝食违节[⑮]，及病又无医药，故往往至死。”

余伏见圣上好生之德，同于往圣，每质狱辞[⑯]，必于死中求其生，而无辜者乃至此。倘仁人君子为上昌言[⑰]，除死刑及发塞外重犯，其轻系及牵连未结正者[⑱]，别置一所以羁之，手足毋械[⑲]，所全活可数计哉[⑳]！或曰：狱旧有室五，名曰现监，讼而未结正者居之。倘举旧典，可小补也。杜君曰：“上推恩[㉑]：凡职官居板屋，今贫者转系老监，而

①积贼：多次犯案的贼。气杰旺：精神特别旺盛。

②或随有瘳（chōu）：或者随染随好。有瘳，病愈。

③骈（pián）：并列。轻系及牵连佐证：因轻罪被囚的以及被牵连、被捉来当证人的人。

④京兆狱：京兆衙门管辖的监狱。五城御史司坊：五城御史、五城兵马司及其下属十坊。

⑤迩年：近年。

⑥所访缉纠诘：所访查缉捕和盘问出来的犯人。

⑦皆利系者之多：都以多关押囚犯为有利。利，以……为有利。

⑧少：稍微。连：牵连。

⑨俾：使。

⑩导：劝导，劝诱。

⑪量：估量。剂：分别等差。部分：分割。

⑫中家：中产人家。竭资：用尽资产。

⑬监外板屋：老监之外（条件好些的）板屋。数十金：几十两银子。

⑭罹（lí）：遭受。

⑮寝食违节：睡觉吃饭都不正常。

⑯质：询问。

⑰昌言：善言，正当的言论。

⑱结正：结案。

⑲械：戴刑具。

⑳可数计哉：能数得过来吗。

㉑上：皇上。推恩：推广恩德。

大盗有居板屋者，此中可细诘哉[①]？不若别置一所，为拔本塞源之道也。”余同系朱翁、余生及在狱同官僧某[②]，遘疫死，皆不应重罚。又某氏以不孝讼其子，左右邻械系入老监，号呼达旦。余感焉，以杜君言泛讯之[③]，众言同，于是乎书[④]。

凡死刑狱上[⑤]，行刑者先俟于门外，使其党人索财物，名曰“斯罗”。富者就其戚属，贫则面语之。其极刑[⑥]，曰：“顺我，即先刺心；否则，四肢解尽，心犹不死。”其绞缢，曰：“顺我，始缢即气绝；否则，三缢加别械[⑦]，然后得死。”惟大辟无可要，然犹质其首[⑧]。用此，富者赂数十百金，贫者亦罄衣装[⑨]；绝无有者，则治之如所言。主缚者亦然[⑩]，不如所欲，缚时即先折筋骨。每岁大决，勾者十四三[⑪]，留者十六七，皆缚至西市待命。其伤于缚者，即幸留，病数月乃瘳，或竟成痼疾[⑫]。

余尝就老胥而问焉：“彼于刑者、缚者，非相仇也，期有得耳；果无有，终亦稍宽之，非仁术乎[⑬]？”曰：“是立法以警其余，且惩后也；不如此，则人有幸心[⑭]。”主梏扑者亦然[⑮]，余同逮以木讯者三人[⑯]：一人予三十金，骨微伤，病间月[⑰]；一人倍之，伤肤，兼旬愈[⑱]；一人六倍，即夕行步如平常[⑲]。或叩之曰：

①细诘：详细追究。

②同官：今陕西铜川。

③泛讯之：广泛地询问狱中囚犯。

④书：写下。

⑤凡死刑狱上：凡是判了死罪的案件已经奏上去的。

⑥极刑：凌迟、分裂肢体的酷刑。

⑦加别械：加别的刑具。

⑧大辟（bì）：砍头。要（yāo）：索取钱物。质其首：以其头颅作交易。

⑨用此：因此。罄（qìng）：这里指卖完。

⑩主缚者：掌管捆绑犯人的。

⑪大决：指秋决。旧时处决犯人，立即执行的叫“立决”，人数较少；其余的等到秋天执行，称“秋决”，人数较多，故也称“大决”。勾者：指皇帝朱笔划勾立即执行的。

⑫瘳（chōu）病愈。痼（gù）疾：治不好的病。

⑬仁术：善行，好心。

⑭幸心：侥幸的心理。

⑮主梏（gù）扑者：掌管给犯人带手铐、用板子打犯人的人。

⑯余同逮：和我一起被抓的。木讯：用板子、夹棍审问。

⑰病间（jiān）月：病了一个多月。间，间隔。

⑱兼旬：二十天。兼，加倍。

⑲即夕：当天晚上。

"罪人有无不均①，既各有得，何必更以多寡为差②？"曰："无差，谁为多与者！"孟子曰："术不可不慎③。"信夫！

部中老胥，家藏伪章④，文书下行直省，多潜易之，增减要语⑤，奉行者莫辨也。其上闻及移关诸部⑥，犹未敢然。功令⑦：大盗未杀人，及他犯同谋多人者，止主谋一二人立决；余经秋审，皆减等发配。狱辞上⑧，中有立决者，行刑人先俟于门外。命下，遂缚以出，不羁晷刻⑨。有某姓兄弟，以把持公仓，法应立决，狱具矣⑩。胥某谓曰："予我千金，吾生若⑪。"叩其术，曰："是无难，别具本章，狱辞无易，但取案末独身无亲戚者二人易汝名，俟封奏时潜易之而已⑫。"其同事者曰："是可欺死者，而不能欺主谳者⑬；倘复请之，吾辈无生理矣⑭。"胥某笑曰："复请之，吾辈无生理，而主谳者亦各罢去。彼不能以二人之命易其官，则吾辈终无死道也。"竟行之，案末二人立决。主者口呿舌挢⑮，终不敢诘。余在狱，犹见某姓，狱中人群指曰："是以某某易其首者。"胥某一夕暴卒，众皆以为冥谪云。

凡杀人，狱辞无谋、故者，经秋审入矜疑⑯，即免死。吏因以巧法⑰。有郭四者，凡四杀人，复以矜疑减等，随遇赦。将出，日与其徒

①有无不均：贫富不齐。
②为差（chā）：分等级。
③术不可不慎：语见《孟子·公孙丑上》：意思是挑选职业不可不慎重。
④伪章：假的印章。
⑤直省：各省。因各省都直属中央，故称。潜易之：私下里掉换公文。增减要语：增加或减少重要的语句。
⑥上闻：上奏皇帝的。移关诸部：指移送各相关部门的。
⑦功令：政府的法令。
⑧狱辞上：审判书奏上去。
⑨不羁晷刻：一时一刻都不停留。晷（guǐ），日影。
⑩狱具矣：罪案已经成立。
⑪生若：生你，使你活。
⑫别具本章：另外准备奏章。无易：不改变。案末：列在同案罪人名单后面的从犯。封奏：把审判书加封上奏。
⑬主谳者：主审此案的官员。谳（yàn），审案，判罪。
⑭复请：指发现错误再上奏章请示。生理：生存的道理。
⑮口呿舌挢：张口结舌，指惊骇的样子。呿（qū），张开口。挢（jiǎo），举。
⑯谋、故：预谋、故意杀人。矜疑：其情可怜，其罪可疑。
⑰以巧法：用奸巧的办法（捣鬼）。

置酒酣歌达曙。或叩以往事，一一详述之，意色扬扬，若自矜诩[①]。噫！渫恶吏忍于鬻狱，无责也[②]；而道之不明，良吏亦多以脱人于死为功，而不求其情[③]。其枉民也[④]，亦甚矣哉！

奸民久于狱，与胥卒表里，颇有奇羡[⑤]。山阴李姓，以杀人系狱，每岁致数百金[⑥]。康熙四十八年，以赦出，居数月，漠然无所事。其乡人有杀人者，因代承之[⑦]。盖以律非故杀，必久系，终无死法也。五十一年，复援赦减等谪戍[⑧]。叹曰："吾不得复入此矣！"故例，谪戍者移顺天府羁候，时方冬，停遣[⑨]，李具状求在狱[⑩]，候春发遣，至再三，不得所请，怅然而出。

①矜诩：夸耀。

②恶吏忍于鬻（yù）法：贪心的官吏忍心贪赃枉法。无责也：不足责怪了。

③脱人于死：使人从死中逃脱。情：指真实的案情。

④枉民：害民，让人民受冤枉。

⑤表里：内外勾结。奇（jī）羡：赢余。

⑥致：招致，得到。

⑦因代承之：就代替乡人承担了杀人罪名。

⑧援赦减等谪戍（shù）：遇到大赦援例减罪充军。谪戍：充军。

⑨故例：旧时的习惯做法。停遣：停止发配充军。

⑩具状求在狱：写呈文请求留在刑部大狱。

全祖望

全祖望（1705～1755），清代学者。字绍衣，号谢山。鄞县（今浙江鄞县）人。全祖望为人伉直有志节，一生致力于经史的研究，写了不少歌颂忠义的文章。著有《鲒埼亭集》。

梅花岭记

【题解】本文为歌颂表彰史可法等民族英雄的壮烈事迹而作。文章围绕史可法殉难这一中心，叙述了与其有关的几件事。通过这样几件事，歌颂了史可法舍生取义、视死如归的忠烈行为和崇高的民族气节。文章题目虽似是游记，但却蕴含象征之义，史可法等英雄们的坚贞节操，正如梅花那样冰清玉洁、傲斗霜雪。

顺治二年乙酉四月，江都围急[①]。督相史忠烈公知势不可为[②]，集诸将而语之曰："吾誓与城为殉，然仓皇中不可落于敌人之手以死，谁为我临期成此大节者[③]？"副将军史德威慨然任之。忠烈喜曰："吾尚未有子，汝当以同姓为吾后[④]。吾上书太夫人，谱汝诸孙中[⑤]。"二十五日城陷，忠烈拔刀自裁，诸将果争前抱持之[⑥]。忠烈大呼德威，德威流涕不能执刃，遂为诸将所拥而行。至小东门，大兵如林而至。马副使鸣騄、任太守民育及诸将刘都督肇基等皆死。忠烈乃瞠目曰[⑦]："我史阁部也[⑧]。"被执至南门，和硕豫亲王以先生呼之[⑨]，劝之降。忠烈大骂而死。初，忠烈遗言："我死，当葬

①顺治二年：1645年。顺治，清世祖年号。江都：明扬州府府治所在地。

②督相史忠烈公：即史可法。清兵入关后，南明福王封史可法为兵部尚书、大学士，督师扬州。殉国后，福王赐谥号为"忠烈"。势不可为：形势无法挽回。

③与城为殉（xùn）：即以身殉城。仓皇：匆忙。临朔：到时候，指城破时。大节：以身殉国。

④后：后代。

⑤谱汝诸孙中：把你的名字写进我们家谱，列在太夫人的孙儿辈中。

⑥自裁：自杀。抱持：指抱着不让自杀。

⑦瞠目：瞪着眼睛。

⑧阁部：明时称大学士为阁部。

⑨和硕豫亲王：清太祖努尔哈赤第十五子，名多铎。

梅花岭上。”至是，德威求公之骨不可得，乃以衣冠葬之。

或曰：“城之破也，有亲见忠烈青衣乌帽，乘白马，出天宁门投江死者，未尝殒于城中也。”自有是言，大江南北，遂谓忠烈未死。已而英、霍山师大起[①]，皆托忠烈之名，仿佛陈涉之称项燕[②]。吴中孙公兆奎，以起兵不克，执至白下[③]。经略洪承畴与之有旧[④]，问曰：“先生在兵间，审知故扬州阁部史公果死耶，抑未死耶[⑤]？”孙公答曰：“经略从北来，审知故松山殉难督师洪公果死耶，抑未死耶？”承畴大恚，急呼麾下驱出斩之[⑥]。

呜呼！神仙诡诞之说，谓颜太师以兵解[⑦]，文少保亦以悟大光明法蝉蜕[⑧]，实未尝死。不知忠义者圣贤家法[⑨]，其气浩然，常留天地之间，何必出世入世之面目[⑩]！神仙之说，所谓为蛇画足。即如忠烈遗骸，不可问矣。百年而后，予登梅花岭上，与客述忠烈遗言，无不泪下如雨，想见当日围城光景。此即忠烈之面目，宛然可遇，是不必问其果解脱否也，而况冒其未死之名者哉！

墓旁有丹徒钱烈女之冢，亦以乙酉在扬，凡五死而得绝[⑪]。时告其父母火之，无留骨秽地，扬人葬之于此。江右王猷定、关中黄遵岩、粤东屈大均，为作传铭哀词。

①英霍山师：义军首领冯弘图、侯应龙等先后在霍山（今属安徽）、英山（今属湖北）一带起兵抗清，假托史可法的名义号召群众，后皆失败。

②陈涉之称项燕：秦末陈胜起义时曾假托楚将项燕的名义。

③克：取胜，战胜。白下：南京的别称。

④经略洪承畴：洪承畴字亨九，原为明蓟辽总督。松山战败后降清。曾传说他已经殉难，崇祯皇帝还曾哭祭过他。

⑤审知：确实知道。抑：还是。

⑥恚（huì）：恼怒。麾（huī）下：部下。

⑦颜太师：即唐朝的太子太师颜真卿，传说他被叛将李希烈杀后升仙。兵解：死于兵刃而成仙。

⑧文少保：即文天祥。大光明法：道家的一种出世法。蝉蜕：像蝉脱壳一样离开躯体而成仙。

⑨家法：古代学者师徒相传的学术理论和治学方法。此指准则。

⑩何必出世入世之面目：意思是没有必要关注他形骸是否存在，是否成仙成佛。

⑪丹徒钱烈女：名淑贤，扬州城破时，壮烈殉难，轰动一时。丹徒为镇江府府治所在地。五死：自杀五次。

顾尚有未尽表章者[①]：予闻忠烈兄弟，自翰林可程下，尚有数人，其后皆来江都省墓[②]。适英、霍山师败，捕得冒称忠烈者，大将发至江都，令史氏男女来认之[③]。忠烈第八弟已亡，其夫人年少有色，守节，亦出视之。大将艳其色[④]，欲强娶之，夫人自裁而死。时以其出于大将之所逼也，莫敢为之表章者。呜呼，忠烈尝恨可程在北，当易姓之间，不能仗节，出疏纠之[⑤]，岂知身后乃有弟妇，以女子而踵兄公之余烈乎[⑥]！梅花如雪，芳香不染，异日有作忠烈祠者，副使诸公[⑦]，谅在从祀之烈，当另为别室以祀夫人，附以烈女一辈也。

①章：同“彰”。

②可程：史可法之弟，明崇祯时进士，李自成入京时投降义军。省（xǐng）墓：来墓地凭吊。

③大将：指清朝的大将。史氏：史家。

④艳其色：羡慕她的美色。艳，羡。

⑤易姓之间：即改朝换代之际。仗节：守住节操。出疏纠之：史可法曾上疏弘光帝，纠弹可程降贼之罪。

⑥踵：跟随。

⑦副使诸公：指与史可法一起殉难的部将。

彭端淑

彭端淑（生卒年不详），清代学者。字乐斋。四川丹棱人。工诗文，推崇司马迁、韩愈，其文气势雄厚，笔力刚健。著有《白鹤堂文摘》、《白鹤堂诗集》、《雪夜诗谈》。

为学一首示子侄

【题解】这是一篇写给晚辈人看的劝学文章，讲述做学问的道理。清朝乾嘉时期，学者们潜心学问，不务声名，治学严谨，形成一代学风。本文所表现的思想与当时的风尚是一致的。

天下事有难易乎？为之，则难者亦易矣①；不为，则易者亦难矣。人之为学有难易乎？学之，则难者亦易矣；不学，则易者亦难矣。

吾资之昏，不逮人也②，吾材之庸③，不逮人也；旦旦而学之，久而不怠焉，迄乎成④，而亦不知其昏与庸也。吾资之聪，倍人也⑤，吾材之敏，倍人也；屏弃而不用⑥，其与昏与庸无以异也。圣人之道，卒于鲁也传之⑦。然则昏庸聪明之用，岂有常哉⑧！

蜀之鄙⑨，有二僧：其一贫，其一富。贫者语于富者曰："吾欲之南海，何如？"富者曰："子何恃而往⑩？"曰："吾一瓶一钵足矣⑪。"富者曰："吾数年来欲买舟而下，犹未能也。子何恃而往⑫！"越明年⑬，贫者自南海还，以告富者，富者有

①为（wéi）：做。

②资：资质。昏：愚钝。不逮人：赶不少别人。逮：及。

③材：才能。庸：平庸。

④旦旦：天天。久：持久。怠（dài）：懒惰。迄乎成：一直到成功。

⑤倍人：数倍于他人，高于别人。

⑥屏（bìng）弃：抛弃。

⑦圣人之道：指孔子之道。卒：终于。于：由。鲁：愚钝，此借指孔子学生曾参。

⑧常：固定不变。

⑨鄙：偏僻的地方。

⑩恃：凭借，依靠。

⑪一瓶一钵（bō）：指一个水瓶，一个钣钵。

⑫子何恃而往：这句与前面的问句不同，带有怀疑、轻蔑的口气。

⑬越明年：第二年。

惭色。西蜀之去南海，不知几千里也，僧之富者不能至，而贫者至焉。人之立志，顾不如蜀鄙之僧哉[①]！

是故聪与敏，可恃而不可恃也[②]；自恃其聪与敏而不学者，自败者也[③]。昏与庸，可限而不可限也[④]；不自限其昏与庸而力学不倦者，自力者也[⑤]。

①顾：反而。

②是故：因此，所以。可恃而不可恃：是说聪敏可以依靠，又不能全部依靠它。

③自败者：自甘失败的人。

④可限而不可限：意思是说昏与庸是一种局限，但又不是绝对的局限。

⑤自力者：力求上进的人。

郑　燮

郑燮（1693～1765），清代画家、书法家、文学家，字克柔，号板桥。兴化（今江苏兴化）人。为文主张直抒胸臆，不事雕琢，其文多忠厚之语，直见性情。有《郑板桥集》。

范县署中寄舍弟墨第四书[①]

【题解】这是作者任知县时写给弟弟的信。文中表现了作者的平等思想，表现了他对农民的重视。全文无论叙事、议论、抒情或是写景，都如说家常，信笔随之，不事雕琢，直抒胸臆，真挚而亲切。

十月二十六得家书，知新置田获秋稼五百斛[②]，甚喜。而今而后，堪为农夫以没世矣[③]！要须制碓、制磨，制筛罗簸箕，制大小扫帚，制升斗斛[④]。家中妇女，率诸婢妾，皆令习舂揄蹂簸之事[⑤]，便是一种靠田园、长子孙气象[⑥]。天寒冰冻时，穷亲戚朋友到门，先泡一大碗炒米送手中[⑦]，佐以酱姜一小碟，最是暖老温贫之具[⑧]。暇日咽碎米饼，煮糊涂粥，双手捧碗，缩颈而啜之[⑨]，霜晨雪早[⑩]，得此周身俱暖。嗟乎！嗟乎！吾其长为农夫以没世乎[⑪]！

我想天地间第一等人，只有农夫，而士为四民之末[⑫]。农夫上者种地百亩，其次七八十亩，其次五六十亩，皆苦其身，勤其力，耕种收获，以养天下之人。使天下无农夫，举世皆饿死矣。我辈读书人，入则

①范县，在今山东。乾隆九年（1744），作者在该县任知县。舍弟：自己的弟弟，即郑墨。

②置：购买。秋稼：即秋季作物。斛（hú）：量器。

③没世：终身。

④碓（duì）：用木、石制成的舂米谷的用具。

⑤揄（yóu）：往臼中放谷或由臼中取米。蹂（róu）：同“揉”，用手来回搓或擦。

⑥长（zhǎng）子孙：养育子孙。

⑦炒米：北方的一种方便食品。

⑧暖老温贫：使老人、穷人温暖。

⑨啜（chuò）：喝。

⑩霜晨雪早：落霜和下雪的早晨。

⑪其：表示希望的语气。

⑫四民：指士农工商。

孝，出则弟[①]，守先待后[②]，得志泽加于民，不得志修身见于世[③]，所以以又高于农夫一等。今则不然，一捧书本，便想中举、中进士、作官，如何攫取金钱、造大房屋、置多田产[④]。起手便错走了路头[⑤]，后来越做越坏，总没有个好结果。其不能发达者，乡里作恶，小头锐面，更不可当[⑥]。夫束修自好者[⑦]，岂无其人；经济自期、抗怀千古者[⑧]，亦所在多有。而好人为坏人所累，遂令我辈开不得口；一开口，人便笑曰："汝辈书生，总是会说，他日居官，便不如此说了。"所以忍气吞声，只得挃人笑骂。工人制器利用，贾人搬有运无[⑨]，皆有便民之处。而士独于民大不便，无怪乎居四民之末也。且求居四民之末，而亦不可得也。

愚兄平生最重农夫，新招佃地人[⑩]，必须待之以礼。彼称我为主人，我称彼为客户，主客原是对待之义，我何贵而彼何贱乎？要体貌他，要怜悯他；有所借贷，要周全他；不能偿还，要宽让他。尝笑唐人七夕诗，咏牛郎织女，皆作会别可怜之语，殊失命名本旨[⑪]。织女，衣之源也；牵牛，食之本也。在天星为最贵；天顾重之[⑫]，而人反不重乎？其务本勤民，呈象昭昭可鉴矣[⑬]。吾邑妇人，不能织绸织布，然而主中馈[⑭]，习针线，犹不失为勤谨。近日颇有听鼓儿词，以斗叶为

①弟（tì）：同"悌"，顺从兄长。《论语学而》："弟子入则孝，出则悌。"

②守先待后：守先王之道以传给后人。

③得志：指出仕做官。泽：恩惠。修身：独善其身的意思。见（xiàn）：同"现"。

④攫（jué）：夺取。

⑤起手：一开始。路头：道路。

⑥小头锐面：头脸小而尖，指无孔不入、善于钻营。当：抵挡。

⑦束修自好：约束自己的言行，爱惜自己的声名。束，节制。修，修养。自好，自爱。

⑧经济自期：以治理国家来要求自己。经济，经世济民。抗怀千古：高尚的情怀高于古人之上。

⑨利用：利于使用。贾（gǔ）人：商人。

⑩佃地人：佃户，租地来种的农民。

⑪七夕诗：写农历七月初七牛郎织女鹊桥相会题材的诗歌。会别：相会、离别。命名本旨：牛、女星命名的根本宗旨，指名"牛"是重耕，名"织"是重织。

⑫顾：却。

⑬务本勤民：发展本业（农业），劝民勤劳。呈象：指牛郎织女星表现的意义。昭昭可鉴：明白清楚。

⑭中馈（kuì）：饮食之事，这里指主持家务。

戏者[①]，风俗荡轶，亟宜戒之[②]。

吾家业地虽有三百亩，总是典产[③]，不可久恃。将来须买田二百亩，予兄弟二人，各得百亩足矣，亦古者一夫受田百亩之义也[④]。若再求多，便是占人产业，莫大罪过。天下无田无业者多矣，我独何人，贪求无厌，穷民将何所措足乎？或曰："世上连阡越陌，数百顷有余者，子将奈何[⑤]？"应之曰："他自做他家事，我自做我家事。世道盛则一德遵王，风俗偷则不同为恶[⑥]，亦板桥之家法也[⑦]。"哥哥字。

①鼓儿词：即大鼓书。斗叶：斗牌，明清时称纸牌为叶子。

②荡轶（yì）：放荡而不守规矩。亟宜戒之：应当及时戒除它。

③业地：耕种之地。典产：出钱典当的土地，到期原主可以赎回。

④古者一夫受田百亩：《孟子·万章下》："耕者之所获，一夫百亩。"夫，成年男子。

⑤连阡越陌：指土地很多。阡陌，田间小路，用以作田界。子将奈何：你能怎么办。

⑥一往遵王：在家全体奉行开明王道。偷：败坏，不好。

⑦家法：治家的原则，法则。

刘大櫆

刘大櫆（1698～1779），清代散文家。字才甫，一字耕南，号海峰，桐城（今属安徽）人。其文甚有时誉，比较注重词藻，风格清峻，自成一体。有《海峰文集》、《海峰诗集》、《论文偶记》。

游三游洞记

【题解】这篇游记由去三游洞时路中的经历写起，记叙了游三游洞的所见所闻，突出了三游洞的幽静，追忆当年白居易、元稹、白行简以及欧阳修、黄庭坚来此的情况，抒写了因游历而引起的感慨。

出夷陵州治[①]，西北陆行二十里，濒大江之左，所谓下牢之关也[②]，路狭不可行，舍舆登舟[③]。舟行里许，闻水声汤汤[④]，出于两崖之间。复舍舟登陆，循仄径曲折以上[⑤]。穷山之颠，则又自上缒危滑以下[⑥]。其下地渐平，有大石覆压当道，乃伛俯径石腹以出[⑦]。出则豁然平旷，而石洞穹起[⑧]，高六十余尺，广可十二丈。二石柱屹立其口，分为三门，如三楹之室焉[⑨]。

中室如堂[⑩]，右室如厨，左室如别馆[⑪]。其中一石，乳而下垂，扣之[⑫]，其声如钟。而左室外小石突立正方，扣之如磬。其地石杂以土，撞之则逄逄然鼓音[⑬]。背有石如床，可坐，予与二三子浩歌其间，其声轰然，如钟磬助之响者。下视深溪，水声泠然出地底[⑭]。溪之外翠壁千

①夷陵州治：夷陵州的州城。夷陵州即今之宜昌。

②下牢：隋以前，夷陵郡的郡治在下牢戍，即今宜昌西北。

③舆（yú）：车或轿。

④汤汤（shāng）：水流的声音。

⑤仄：狭窄。

⑥穷：尽，走完。缒（zhuì）：用绳索将人或物由上往下送。危：高。滑：光溜。

⑦伛（yǔ）：弯腰。俯：低头。径：经过。

⑧穹起：高起成拱形。穹（qióng），隆起的样子。

⑨楹（yíng）：原本指堂屋前的大柱子，这里指房屋一间。

⑩堂：正屋。

⑪别馆：客馆。

⑫乳而下垂：像乳头一样下垂着。扣：敲打。

⑬逄逄（páng）：象声词，形容击鼓的声音。

⑭泠（líng）然：指水声之清。

寻[①]，其下有径，薪采者负薪行歌[②]，缕缕不绝焉。

昔白乐天自江州司马徙为忠州刺史[③]，而元微之适自通州将北还[④]，乐天携其弟知退[⑤]，与微之会于夷陵，饮酒欢甚，留连不忍别去，因其游此洞，洞以此三人得名。其后欧阳永叔暨黄鲁直二公皆以摈斥流离[⑥]，相继而履其地[⑦]，或为诗文以纪之。予自顾而嘻，谁摈斥予乎？谁使予之流离而至于此乎？偕予而来者，学使陈公之子曰伯思、仲思[⑧]。予非陈公，虽欲至此无由，而陈公以守其官未能至，然则其至也，其又有幸有不幸邪？

夫乐天、微之辈，世俗之所谓伟人，能赫然取名位于一时，故凡其足迹所经，皆有以传于后世，而地得因人以显。若予者，虽其穷幽陟险，与虫鸟之适去适来何异[⑨]？虽然，山川之胜，使其生于通都大邑[⑩]，则好游者踵相接也[⑪]；顾乃置之于荒遐僻陋之区[⑫]，美好不外见，而人亦无以亲炙其光[⑬]。呜呼！此岂一人之不幸也哉？

①寻：古代计量单位，八尺为一寻。

②薪采者：打柴的人。

③白乐天：白居易，字乐天，唐代文学家。江州：今江西九江。忠州：今四川忠县。

④元微之：元稹，字微之，唐代文学家。通州：今四川达县。

⑤知退：白行简，字知退。白居易之弟。

⑥欧阳永叔：欧阳修，字永叔，宋代文学家。黄鲁直：黄庭坚，字鲁直，宋代文学家，江西诗派宗主，与苏轼齐名，为苏门四学士之一。两人均曾被贬至夷陵。摈（bìn）斥：被斥逐。

⑦履：踏，行走在……上。

⑧学使：提督学政。陈公：陈浩，字紫澜，号未斋。乾隆十八年（1753）视学湖北。伯思：陈浩长子陈本忠，字伯思。仲思：陈浩次子陈本敬，字仲思。两人均为乾隆年间进士。

⑨陟（zhì）：登，上。适：偶然。

⑩通都：四通八达的都市。大邑：大的州郡。

⑪踵（zhǒng）：脚后跟。

⑫顾：但是。乃：意。遐：远。

⑬亲炙（zhì）：亲自领略。

袁　枚

袁枚（1716～1797），清代文学家。字子才，号简斋，又号随园老人，钱塘（今浙江杭州）人。他以诗名家，主张抒写“性灵”。其抒情文委婉纡徐，记叙文波澜起伏，故事性极强。有《小仓山房诗文集》、《随园诗话》和笔记小说《子不语》等。

黄生借书说

【题解】“说”是古代的一种文体，也称杂说，属于随笔的一类。青年黄允修向袁枚借书，袁枚就写了这篇文章，连同所借之书一起给了他。文章的中心论点是“书非借不能读”，其目的是劝勉青年要珍惜书籍，珍惜时间，专心学习。

黄生允修借书，随园主人授以书而告之曰[①]：

书非借不能读也。子不闻藏书者乎？七略四库[②]，天子之书，然天子读书者有几？汗牛塞屋[③]，富贵家之书，然富贵人读书者有几？其他祖父积、子孙弃者，无论焉。非独书为然，天下物皆然。非夫人之物而强假焉[④]，必虑人逼取，而惴惴焉摩玩之不已[⑤]，曰：“今日存，明日去，吾不得而见之矣。”若业为吾所有，必高束焉[⑥]，庋藏焉[⑦]，曰“姑俟异日观”云尔[⑧]。

余幼好书，家贫难致[⑨]。有张氏，藏书甚富，往借不与，归而形诸梦[⑩]。其切如是，故有所览辄省记[⑪]。通籍后[⑫]，俸去书来，落落大

①随园主人：袁枚自谓。

②七略：代宫廷之书经刘向整理而成七类，称七略。四库：唐玄宗时于长安、洛阳各聚书四部，以甲、乙、丙、丁为次，列经、史、子、集四库。

③汗牛塞屋：形容书籍多。汗牛：驮运使牛出汗。

④夫人：这个人。强（qǐng）假：硬要借。

⑤惴惴（zhuì）：忧恐的样子。

⑥高束：高高藏起，束之高阁。

⑦庋（guǐ）：收藏。

⑧俟：等待。云尔：语气助词，用在句尾，表示说完了。

⑨致：得到。

⑩形诸梦：梦见，在梦中显现。

⑪省（xǐng）记：了解，记忆。

⑫通籍：入仕途，作了官。

满[①]，素蟫灰丝[②]，时蒙卷轴，然后叹借者之用心专，而少时之岁月为可惜也！

今黄生贫类予[③]，其借书亦类予，惟予之公书与张氏之吝书若不相类[④]。然则予固不幸而遇张乎？生固幸而遇予乎？知幸与不幸，则其读书也必专，而其归书也必速。

为一说，使与书俱[⑤]。

①落落大满：意为到处是书。

②素蟫（yín）：白色的蠹鱼。蠹鱼，一种咬衣服、书籍的小虫。

③类予：和我相同。

④吝书：吝惜书籍，不愿借人。公书：把自己的书公开借给别人。

⑤这两句是说：写了这篇“说”，和书一起交给黄生。俱：共，一起。

祭妹文

【题解】本文是袁枚为其三妹袁机写的祭文。文章着重写兄妹之间的亲密关系，以时间先后为序，记叙了兄妹同读诗书，共捉蟋蟀，兄行妹恸，兄归妹笑，兄病妹探，妹“气绝”仍“一目未瞑”待兄等生活细节，表现了兄妹之间真挚亲密的感情，表现出作者的极度悲哀之情。

乾隆丁亥冬[①]，葬三妹素文于上元之羊山[②]，而奠以文曰：

呜呼！汝生于浙而葬于斯，离吾乡七百里矣，当时虽觭梦幻想[③]，宁知此为归骨所耶！

汝以一念之贞，遇人仳离，致孤危托落[④]。虽命之所存，天实为之；然而累汝至此者，未尝非予之过也。予幼从先生授经，汝差肩而坐[⑤]，爱听古人节义事；一旦长成，遽躬蹈之[⑥]。呜呼！使汝不识诗书，或未必艰贞若是。

余捉蟋蟀，汝奋臂出其间；岁寒虫僵，同临其穴[⑦]。今予殓汝、葬

①乾隆丁亥：即乾隆三十一年（1767）。

②素文：袁枚三妹名机，字素文。别号青琳居士，喜诗能文。出生前与如皋高氏指腹为婚。后高氏子放荡无行，高家提出解除婚约，但素文谨遵封建礼教，不愿毁约。婚后备受虐待，不得已与高氏断绝关系，回居娘家。去世时40岁。上元：地名，今属江苏南京市。

③觭（jī）梦：奇异之梦。

④仳（pǐ）离：离别，特指女子被丈夫所抛弃而分开。孤危托落：孤独无寄托。

⑤差（cī）肩：并肩。

⑥遽躬蹈之：竟然亲身去实行。

⑦临：凭吊死者。

汝，而当日之情形憬然赴目[①]。予九岁，憩书斋[②]，汝梳双髻，披单缣来[③]，温《缁衣》一章[④]。适先生奓户入，闻两童子音琅琅然，不觉莞尔，连呼则则[⑤]。此七月望日事也[⑥]，汝在九原[⑦]，当分明记之。予弱冠粤行[⑧]，汝掎裳悲恸[⑨]。逾三年，予披宫锦还家[⑩]，汝从东厢扶案出，一家瞠视而笑[⑪]，不记语从何起，大概说长安登科[⑫]，函使报信迟早云尔。凡此琐琐[⑬]，虽为陈迹，然我一日未死，则一日不能忘。旧事填膺，思之凄梗[⑭]，如影历历，逼取便逝[⑮]。悔当时不将嫛婗情状，罗缕纪存[⑯]。然而汝已不在人间，则虽年光倒流，儿时可再，而亦无与为证印者矣。

汝之义绝高氏而归也，堂上阿奶仗汝扶持，家中文墨眣汝办治[⑰]。尝谓女流中最少明经义、谙雅故者[⑱]，汝嫂非不婉嫕，而于此微缺然[⑲]。故自汝归后[⑳]，虽为汝悲，实为予喜。予又长汝四岁，或人间长者先亡，可将身后托汝，而不谓汝之先予以去也[㉑]！

前年予病，汝终宵刺探[㉒]，减一分则喜，增一分则忧。后虽小差，犹尚殗殜，无所娱遣[㉓]。汝来床前，为说稗官野史可喜可愕之事，聊资一欢。呜呼！今而后吾将再病，教从何处呼汝耶！

汝之疾也，予信医言无害，远

①憬（jǐng）然：醒悟的样子。赴目：来到眼前。

②憩（qì）：休息。

③缣（jiān）：细绢。

④《缁衣》：《诗经·郑风》篇名。

⑤奓（zhà）户：开门。莞（wǎn）尔：微笑。则则：叹息声。

⑥七月望日：农历七月十五日。

⑦九原：后来泛指墓地，这里指阴间。

⑧粤行：袁枚 21 岁到广西探望叔父袁鸿。

⑨掎（jǐ）：牵住，拉。

⑩披宫锦：指进士及第。

⑪瞠（chēng）视：惊讶地看着。

⑫长安登科：代指中举之事。

⑬凡此琐琐：所有这些琐事。

⑭填膺：充满胸怀。凄梗：凄凉哀伤得心里阻塞。梗，阻塞。

⑮逼取便逝：想去把握它，它立即消逝了。

⑯嫛婗（yī ní）：婴儿。这里指幼年时期。罗缕：罗列详细。纪存：记录留存。

⑰阿奶：指袁母章氏。文墨：文字工作。眣（shùn）：以目示意，此指期望。

⑱明经义：明了经书的意义。谙雅故：通晓文章典故。

⑲汝嫂：指袁枚的妻子王氏。婉嫕（yì）：性情和善可亲。

⑳归：指女子嫁人。

㉑而不谓：却没有料到。

㉒刺探：意为探视看望。

㉓差（chài）：同“瘥”，病愈。殗殜（yè dié）：半卧半起，意谓病未痊愈。娱遣：娱乐消遣。

吊扬州。汝又虑戚吾心，阻人走报[①]。乃至绵惙已极[②]，阿奶问望兄归否，强应曰“诺”。已予先一日梦汝来诀[③]，心知不祥，飞舟渡江。果予以未时还家，而汝以辰时气绝[④]。四支犹温，一目未瞑，盖犹忍死待予也[⑤]。呜呼痛哉！早知诀汝，则予岂肯远游，即游亦尚有几许心中言要汝知闻，共汝筹画也[⑥]。而今已矣！除吾死外，当无见期。吾又不知何日死，可以见汝；而死后之有知无知，与得见不得见，又卒难明也[⑦]。然则抱此无涯之憾，天乎，人乎，而竟已乎！

汝之诗，吾已付梓[⑧]；汝之女，吾已代嫁；汝之生平，吾已作传[⑨]；惟汝之窀穸尚未谋耳[⑩]。先茔在杭，江广河深，势难归葬，故请母命而宁汝于斯[⑪]，便祭扫也。其旁葬汝女阿印[⑫]。其下两冢，一为阿爷侍者朱氏，一为阿兄侍者陶氏[⑬]。羊山旷渺，南望原隰，西望栖霞[⑭]，风雨晨昏，羁魂有伴[⑮]，当不孤寂。所怜者，吾自戊寅年读汝哭侄诗后[⑯]，至今无男；两女牙牙，生汝死后，才周晬耳[⑰]。予虽亲在未敢言老，而齿危发秃，暗里自知，知在人间尚复几日[⑱]！阿品远官河南[⑲]，亦无子女，九族无可继者。汝死我葬，我死谁埋？汝倘有灵，可能告我？

呜呼！身前既不可想，身后又

①虑戚吾心：担心让我忧愁悲伤。戚，忧愁。走报：送信。

②绵惙（chuò）：病情严重，气息微弱。惙，气息短弱。

③已：以前。诀：辞别，永别。

④未时：午后1～3时。辰时：上午7～9时。

⑤支：同“肢”。忍死：临终不肯咽气。

⑥筹画：即筹划。

⑦卒：最终。

⑧付梓（zǐ）：刻板印刷。袁枚将袁素文的诗附在《小仓山房诗文集》中。

⑨作传：《小仓山房文集》卷七收有《女弟素文传》。

⑩窀穸（zhūn xì）：墓穴。

⑪先茔（yíng）：祖坟。宁：安葬。

⑫阿印：素文有两女，一名阿印，早逝；另一则由袁枚代嫁。

⑬冢（zhǒng）：坟墓。阿爷：袁枚父亲。侍者：指妾。阿兄：袁枚自谓。

⑭原隰（xí）：原野低湿的地方。栖霞：山名，在今南京市东北。

⑮羁（jī）魂：寄居在外的灵魂。

⑯戊寅年：乾隆二十三年（1758），是年袁枚丧子。哭侄诗：指袁素文遗稿里的《阿兄得子不举》诗。

⑰牙牙：幼儿学话的声音。周晬（zuì）：周岁。晬，小孩出生一周岁。

⑱亲：指父母。尚复几日：还有几天，指来日无多。

⑲阿品：袁枚之弟。

不可知，哭汝既不闻汝言，奠汝又不见汝食[1]。纸灰飞扬，朔风野大[2]，阿兄归矣，犹屡屡回头望汝也。呜呼哀哉！呜呼哀哉！

①奠：用酒食祭死者，故有“不见汝食”之说。

②朔风野大：北风广漠而猛烈。

汪　中

汪中（1744～1794），清代学者、散文家。字容甫，江苏江都（今江苏扬州）人。学无师承，文成一格，是清代著名的骈文大家。著有《述学》、《汪容甫诗文集》等。

哀盐船文

【题解】 乾隆三十五年岁末，当时的水路盐运仪征（今江苏仪征）发生了一场大火，百余艘盐船被烧毁，千余船民被烧死。汪中目睹了这次骇人听闻的惨案，并写下了这篇文章，表达他难以释怀的哀悯之情。

乾隆三十五年十二月乙卯，仪征盐船火，坏船百有三十，焚及溺死者千有四百。是时盐纲皆直达①，东自泰州，西极于汉阳②，转运半天下焉。惟仪征绾其口③，列樯蔽空，束江而立④，望之隐若城郭。一夕并命，郁为枯腊⑤，烈烈厄运，可不悲邪？

于是玄冥告成⑥，万物休息；穷阴涸凝，寒威凛栗⑦；黑眚拔来⑧，阳光西匿。群饱方嬉，歌咢宴食⑨，死气交缠，视面惟墨⑩。夜漏始下，惊飙勃发，万窍怒号，地脉荡决，大声发于空廓⑪，而水波山立。

于斯时也，有火作焉。摩木自生，星星如血。炎光一灼，百舫尽赤。青烟睒睒，熛若沃雪⑫。蒸云气以为霞，炙阴崖而焦爇⑬。始连楫以下碇⑭，乃焚如以俱没。跳踯火中，

①盐纲：即盐帮。

②泰州：今江苏泰州。汉阳：今湖北武汉市汉阳。

③绾（wǎn）：联结。

④樯（qiáng）：船上的桅杆。束：捆，绑。指船太多拦住了江。

⑤并命：同时死亡。郁为枯腊（xī）：在烈火的炙烧下，人的尸体变成了焦枯的干肉。

⑥玄冥：司水之神。

⑦穷阴：极阴冷。凛栗：寒冷令人战栗。

⑧眚（shěng）：眼睛生翳子，这里指天空的黑色云雾。

⑨歌咢（è）：又歌又唱。

⑩墨：指人的气色晦暗。

⑪万窍怒号：千孔万穴一齐怒号。地脉：地面上的江河。空郭：空旷。

⑫睒睒（shān）：火光闪耀。熛（biāo）若沃雪：形容火势极猛，融化了积雪。

⑬爇（ruò）：灼。

⑭连楫：把船连在一起。

明见毛发。痛謈田田[①]，狂呼气竭。转侧张皇，生途未绝。倏阳焰之腾高，鼓腥风而一吷[②]。洎埃雾之重开[③]，遂声销而形灭。齐千命于一瞬，指人世以长诀。发冤气之焄蒿，合游氛而障日[④]。行当午而迷方，扬沙砾之嫖疾[⑤]。衣缯败絮，墨查炭屑[⑥]，浮江而下，至于海不绝。

亦有没者善游，操舟若神，死丧之威，从井有仁，旋入雷渊，并为波臣[⑦]。又或择音无门，投身急濑[⑧]，知蹈水之必濡，犹入险而思济[⑨]。挟惊浪以雷奔，势若跻而终坠，逃灼烂之须臾[⑩]，乃同归乎死地。积哀怨于灵台，乘精爽而为厉[⑪]。出寒流以浃辰，目眴眴而犹视[⑫]。知天属之来抚，慭流血以盈眦[⑬]。诉强死之悲心[⑭]，口不言而以意。

若其焚剥支离，漫漶莫别[⑮]。圜者如圈，破者如玦[⑯]。积埃填窍，攦指失节[⑰]。嗟狸首之残形[⑱]，聚谁何而同穴。收然灰之一抔[⑲]，辨焚余之白骨。呜呼，哀哉！

且夫众生乘化，是云天常[⑳]。妻孥环之[㉑]，气绝寝床。以死卫上，用登明堂[㉒]。离而不惩，祀为国殇[㉓]。兹也无名，又非其命。天乎何辜，罹此冤横[㉔]！游魂不归，居人心绝。麦饭壶浆，临江呜咽。日堕天昏，凄凄鬼语。守哭迍邅[㉕]，心期冥遇。

①謈（pò）：痛楚的喊叫声。

②倏：忽然。阳焰：明亮的火焰。吷（xuè）：微小的声音。

③洎（jì）：等到。

④焄（xūn）：气。蒿：气蒸发的样子。游氛：凶气。

⑤嫖疾：轻快。嫖，同“僄”，轻。

⑥缯（zēng）：丝织品，指衣服。墨查：烧焦的木头。

⑦从井有仁：善游泳者还是冒死去援救别人。雷渊：此指深渊。波臣：这里指淹死于水中。

⑧音：通“荫”。急濑（lài）：急流。

⑨濡：这里指淹死。济：活命。

⑩跻：爬上。灼烂：烧烂。

⑪灵台：指心。精爽：魂魄。厉：恶鬼。

⑫浃（jiā）辰：十二天。眴眴：斜视的样子。

⑬天属：至亲。抚：悼念。慭（yìn）：哀伤。眦：眼眶。

⑭强死：暴毙。

⑮漫漶（huàn）：模糊不清。

⑯圜：同“环”。玦（jué）：缺口的玉环。

⑰攦（lì）：折断。

⑱狸首：肢体不全。

⑲一抔（póu）：一把，一捧。

⑳乘化：顺应自然的变化。

㉑孥：儿女。

㉒上：君主。明堂：古代天子举行朝会、祭视等活动的场所。

㉓离而不惩：身首异处仍不屈服。国殇：为国捐躯的烈士。

㉔罹：遭受。居人：活着的人。

㉕迍邅（zhūn zhān）：徘徊难行，依恋不忍离去。

惟血嗣之相依，尚腾哀而属路[①]；或举族之沉波，终狐祥而无主。悲夫！从冢有坎，泰厉有祀[②]，强饮强食，冯其气类[③]。尚群游之乐，而无为妖祟。人逢其凶也邪？天降其酷也邪？夫何为而至于此极哉！

①血嗣：直系子孙。腾哀：高声痛哭。

②从冢：许多人埋在一起的乱葬坟。泰厉：死而无后的鬼。

③冯：同“凭”。

钱大昕

钱大昕（1728～1804），清代著名学者。字晓徵，一字辛楣，号竹汀。嘉定（今上海嘉定）人。学识渊博，在音韵、训诂方面多有创见，长于诗文。著有《潜研堂文集》。

弈　喻

【题解】本文以下棋为喻，生动地说明了这样一个生活中的哲理，即观人之失易，见己之失难。文章以小见大，寓意深远。语言简洁生动，议论精辟，分析透彻。

予观弈于友人所[①]。一客数败，嗤其失算，辄欲易置之，以为不逮己也[②]。顷之，客请与予对局，予颇易之[③]。甫下数子，客已得先手[④]。局将半，予思益苦，而客之智尚有余。竟局数之[⑤]，客胜予十三子。予赧甚[⑥]，不能出一言。后有招予观弈者，终日默坐而已。

今之学者，读古人书，多訾古人之失[⑦]；与今人居，亦乐称人失。人固不能无失，然试易地以处，平心而度之[⑧]，吾果无一失乎？吾能知人之失而不能见吾之失，吾能指人之小失而不能见吾之大失。吾求吾失且不暇[⑨]，何暇论人哉！

弈之优劣有定也，一著之失[⑩]，人皆见之，虽护前者不能讳也[⑪]。理之所在，各是其所是，各非其所非，世无孔子，谁能定是非之真[⑫]？然则

①弈（yì）：下棋。所：住所。

②嗤：讥笑。易置之：与之对局。不逮己：比不上自己。

③顷之：过了一会儿。易：轻视。

④甫：才。得先手：指夺得先机，占了上风。

⑤竟局：终局，下完棋。数：计算。

⑥赧（nǎn）：因羞愧而脸红。

⑦訾（zǐ）：诋毁。

⑧度（duó）：推测，估量。

⑨不暇：没时间，顾不过来。

⑩著（zhāo）：同“着”。

⑪前：前面的失误。

⑫真：真理。

人之失者未必非得也[1]，吾之无失者未必非大失也，而彼此相嗤无有已时，曾观弈者之不若已[2]。

①得：收获。

②已时：停止的时候。曾观弈者之不若已：就连观弈的人也比不上了。

洪亮吉

洪亮吉（1746～1809），清代文学家。字君直，又字稚存，号北江，阳湖（今江苏常州）人。工诗及骈文，其骈文轻倩清新，用典灵活，且时参以散句，与孙星衍齐名，号为常州体。著有《洪北江诗文集》。

治平篇

【题解】本文是我国历史上第一篇论述人口问题的文章。作者看到了因人口增加而引起的贫困问题，指出了“治平”中潜伏着严重的矛盾，这在当时可说是有先见之明的。文章体现出作者对国事的高度关心。全文布局严谨，文字明白晓畅，平易亲切，通俗易懂。

人未有不乐为治平之民者也，人未有不乐为治平既久之民者也[①]。治平至百余年，可谓久矣。然言其户口，则视三十年以前增五倍焉，视六十年以前增十倍焉，视百年、百数十年以前不啻增二十倍焉[②]。

试以一家计之：高、曾之时[③]，有屋十间，有田一顷，身一人[④]，娶妇后不过二人。以二人居屋十间，食田一顷，宽然有余矣。以一人生三计之，至子之世而父子四人，各娶妇即有八人，八人即不能无佣作之助[⑤]，是不下十人矣。以十人而居屋十间，食田一顷，吾知其居仅仅足，食亦仅仅足也[⑥]。子又生孙，孙又娶妇，其间衰老者或有代谢[⑦]，然已不下二十余人。以二十余人而居屋十间，食田一顷，即量腹而食，

①不乐（lè）为（wéi）：不喜欢做。治平：社会安定。治，不乱。既久：已经很久，指时间长。
②视：比照，比……来看。不啻（chì）：不止。
③高曾：高祖、曾祖。
④身一人：自己一个人。身，自身。下文计算人数多计男不计女儿。
⑤佣作：雇工。
⑥仅仅足：刚刚够。
⑦代谢：指老人去世。

度足而居，吾以知其必不敷矣[①]。又自此而曾焉，自此而元焉[②]，视高、曾时口已不下五六十倍，是高、曾时为一户者，至曾、元时不分至十户不止。其间有户口消落之家，即有丁男繁衍之族，势亦足以相敌[③]。

或者曰[④]："高、曾之时，隙地未尽辟，闲廛未尽居也[⑤]。"然亦不过增一倍而止矣，或增三倍五倍而止矣，而户口则增至十倍二十倍，是田与屋之数常处其不足[⑥]，而户与口之数常处其有余也。又况有兼并之家，一人据百人之屋，一户占百户之田，何怪乎遭风雨霜露饥寒颠踣而死者之比比乎[⑦]？

曰：天地有法乎[⑧]？曰：水旱疾疫，即天地调剂之法也。然民之遭水旱疾疫而不幸者[⑨]，不过十之一二矣。曰：君相有法乎[⑩]？曰：使野无闲田，民无剩力，疆土之新辟者，移种民以居之[⑪]，赋税之繁重者，酌今昔而减之，禁其浮靡[⑫]，抑其兼并，遇有水旱疾疫，则开仓廪、悉府库以赈之[⑬]，如是而已，是亦君相调剂之法也。

要之[⑭]，治平之久，天地不能不生人，而天地之所以养人者，原不过此数也；治平之久，君相亦不能使人不生，而君相之所以为民计者，亦不过前此数法也。然一家之中有子弟十人，其不率教者常有一二[⑮]，又况天下之广，其游惰不事者何能

①量腹：计算人的食量。度（duó）足：量脚所占地方。不敷：不够。

② 曾：曾孙。元：玄孙。元，通"玄"，因避康熙（名玄烨）名讳，改写"元"。

③消落：指变得没有或减少。丁男：成年男子。丁，旧时指能够承担赋税劳役的成年男女。繁衍：增多、滋长。敌：比得上。

④或者曰：也许有人说。

⑤隙地：空地，没有种植的地。闲廛（chán）：空着的房屋。

⑥处（chǔ）：处在。处其不足、处其有余：指处在那种不足或有余的地位。

⑦颠踣（bó）：流离失所。比比：到处都是。

⑧天地有法乎：意思是说，天地有控制人口增长的办法吗？

⑨不幸：这里指死。

⑩君相：君主、宰相，泛指统治者。

⑪种民：租田种的人。

⑫浮靡：浮华浪费。

⑬廪（lǐn）：与仓同义，也是存放粮食的地方。悉：全部。府库：存放财物的地方。赈（zhèn）：救济。

⑭要之：总之。

⑮子弟：年轻的子孙。率教：听话。率，遵循。

一一遵上之约束乎[①]？一人之居以供十人已不足，何况供百人乎？一人之食以供十人已不足，何况供百人乎？此吾所以为治平之民虑也[②]。

①不事：不工作，不务业。一一：样样，所有事情。上：指君相。

②虑：担忧。

姚鼐

姚鼐（nài）（1731～1815），清代散文家。字姬传，一字梦谷，因以惜抱为轩名，人称惜抱先生。姚鼐为“桐城三祖”之一，为文主张上承方苞，提出“义理、考证、文章”三者并重的主张，并予以创作实践，成为桐城派的集大成者。著有《惜抱轩全集》。

登泰山记

【题解】本文是关于泰山的游记。文章叙述了作者的泰山之游。文中形象地描绘了泰山深冬景色的雄伟壮丽，尤其是夕阳晚照的斑斓多姿，旭日初升的奇妙瑰丽，表现了作者对祖国大好河山的热爱。

泰山之阳，汶水西流[①]；其阴，济水东流[②]。阳谷皆入汶，阴谷皆入济[③]，当其南北分者，古长城也[④]。最高日观峰，在长城南十五里。

余以乾隆三十九年十二月[⑤]，自京师乘风雪，历齐河、长清[⑥]，穿泰山西北谷，越长城之限[⑦]，至于泰安。是月丁未[⑧]，与知府朱孝纯子颖由南麓登[⑨]。四十五里，道皆砌石为磴[⑩]，其级七千有余。泰山正南面有三谷，中谷绕泰安城下，郦道元所谓环水也[⑪]。余始循以入，道少半，越中岭[⑫]，复循西谷，遂至其巅。古时登山，循东谷入，道有天门[⑬]。东谷者，古谓之天门溪水，余所不至也。今所经中岭，及山巅崖限当道者[⑭]，世皆谓之天门云。道中迷雾冰滑，磴几不可登。及既上，苍山负雪，明烛

①阳：山之南水之北，此指南面。汶水：大汶河，发源于山东莱芜市东北的原山。

②阴：山之北水之南，此指北面。济（jǐ）水：也称沇水，发源于河南济源市的王屋山。

③阳谷：山南面山谷里的水。阴谷：山北面山谷里的水。

④古长城：战国时齐国所筑的长城。

⑤乾隆三十九年：1774年。

⑥齐河：今山东齐河县。长清：今山东长清县。

⑦限：此指城墙。

⑧丁未：农历十二月二十八日。

⑨朱孝纯子颖：山东历城人，乾隆间进士，时任泰安知府。

⑩磴（dèng）：石级。

⑪郦道元：字善长，北朝人，著有《水经注》。

⑫循以入：沿着进去。少半：不到一半。中岭：中溪山。

⑬天门：即西、中、南三天门。

⑭崖限：像门一样的山崖。

天南[①]，望晚日照城郭，汶水、徂徕如画[②]，而半山居雾若带然[③]。

戊申晦五鼓[④]，与子颖坐日观亭待日出[⑤]。大风扬积雪击面，亭东自足下皆云漫[⑥]。稍见云中白若樗蒱数十立者[⑦]，山也。极天[⑧]，云一线异色，须臾成五采，日上，正赤如丹，下有红光，动摇承之。或曰：此东海也。回视日观以西峰，或得日，或否，绛皓驳色[⑨]，而皆若偻[⑩]。

亭西有岱祠[⑪]，又有碧霞元君祠[⑫]。皇帝行宫在碧霞元君祠东。是日观道中石刻，自唐显庆以来，其远古刻尽漫失[⑬]。僻不当道者，皆不及往。

山多石，少土，石苍黑色，多平方，少圆。少杂树，多松，生石罅[⑭]，皆平顶。冰雪，无瀑水，无鸟兽音迹。至日观，数里内无树，而雪与人膝齐。

①明烛：明亮的光照耀着。

②徂徕（cú lái）：山名，在泰安城东南四十里。

③居雾：停留着的雾。

④戊申晦：当月最后一天，即指农历十二月二十九日。戊申日为这个月的最后一天，农历每月最后一天叫“晦”。

⑤日观亭：位于泰山日观峰。

⑥漫：弥漫。

⑦樗蒱（chū pú）：古时的赌具。

⑧极天：天边。

⑨绛皓驳色：红色白色相杂。皓，白色。驳，错杂。

⑩偻（lǚ）：曲，驼背。

⑪岱祠：东岳庙。泰山又称岱宗，故名。

⑫碧霞元君：道教神仙，据说是东岳大帝之女。

⑬显庆：唐高宗年号（656～660）。漫：磨灭。

⑭罅（xià）：裂缝。

复鲁洁非书

【题解】姚鼐这封给友人的复信，全面阐释了自己有关文学风格的理论。作者认为，文章的风格是作家才性和气质的表现，人的才性和气质禀之于天，而天地之道阴阳相生，阴柔而阳刚，便成了文学作品风格的两大类型。全文亲切自然，无造作之嫌，充分体现了姚鼐文学创作的特色。

桐城姚鼐顿首，洁非先生足下[①]。相知恨少，晚遇先生。接其人[②]，知为君子矣。读其文，非君子

①洁非先生：鲁九皋，字洁非，乾隆间进士，官山西夏县知县，有《山木集》四卷。

②接：接触，交往。

不能也。往与程鱼门、周书昌，尝论古今才士，惟为古文者最少[①]，苟为之，必杰士也，况为之专且善如先生乎！辱书引义谦而见推过当，非所敢任[②]。鼐自幼迄衰，获侍贤人长者为师友，剽取见闻，加臆度为说，非真知文能为文也，奚辱命之哉[③]？盖虚怀乐取者，君子之心，而诵所得以正于君子，亦鄙陋之志也[④]。

鼐闻天地之道，阴阳刚柔而已。文者，天地之精英，而阴阳刚柔之发也。惟圣人之言，统二气之会而弗偏[⑤]，然而《易》、《诗》、《书》、《论语》所载，亦间有可以刚柔分矣。值其时其人，告语之体各有宜也[⑥]。自诸子而降，其为文无弗有偏者。其得于阳与刚之美者，则其文如霆，如电，如长风之山谷，如崇山峻崖，如决大川，如奔骐骥；其光也，如杲日，如火，如金镠铁[⑦]；其于人也，如冯高视远，如君而朝万众，如鼓万勇士而战之[⑧]。其得于阴与柔之美者，则其文如升初日，如清风，如云、如霞、如烟，如幽林曲涧，如沦、如漾[⑨]，如珠玉之辉，如鸿鹄之鸣而入寥廓[⑩]；其于人也，漻乎其如叹[⑪]，邈乎其如有思[⑫]，暖乎其如喜[⑬]，愀乎其如悲[⑭]。观其文，讽其音，则为文者之性情形状举以殊焉[⑮]。

且夫阴阳刚柔，其本二端，造

①程鱼门：程晋芳，字鱼门，号蕺园，安徽歙县人，乾隆间进士，学古文于刘大櫆。周书昌：周永午，字书昌，历城人。乾隆进士，官编修。为学渊博，不存稿，也不著书。为故者：作古文的人。

②这两句是说您的来信用意谦虚，推许我有些过了，不是我敢承当的。

③奚辱命之哉：怎么值得您命令我呢。

④诵所得以正于君子：吟诵自己所作的诗文请君子指正。鄙陋：谦词，指自己。

⑤二气：指阴气和阳气。

⑥告语之体：说话的方式。

⑦杲（gǎo）：明亮。镠（liú）：成色好的金子。

⑧冯：同“凭”。如君朝万众：像皇帝一样，使万众来相。鼓万勇士：击鼓激励万数勇士。

⑨沦：微波。漾：水波。

⑩鸿鹄：天鹅。寥廓：辽阔，空旷，此指天空。

⑪漻（liáo）：清澈。其如：就好比。其，语气词。叹：感叹。

⑫邈：远。思：思考。

⑬暖：温和。善：高兴。

⑭愀（qiǎo）：凄怆。悲：悲哀。

⑮举以殊：全都不同。

物者糅而气有多寡进绌[①]，则品次亿万，以至于不可穷，万物生焉。故曰：一阴一阳之为道。夫文之多变，亦若是已[②]。糅而偏胜可也，偏胜之极，一有一绝无，与夫刚不足为刚、柔不足为柔者，皆不可以言文。今夫野人孺子闻乐[③]，以为声歌统管之会尔；苟善乐者闻之，则五音十二律[④]，必有一当，接耳而分矣。夫论文者，岂异于是乎？宋朝欧阳、曾公之文[⑤]，其才皆偏于柔之美者也。欧公能取异己者之长而时济之[⑥]，曾公能避所短而不犯。观先生之文，殆近于二公焉。抑人之学文，其功力所能至者，陈理义必明当[⑦]，布置取舍繁简廉肉不失法[⑧]，吐辞雅驯，不芜而已[⑨]。古今至此者，盖不数数得[⑩]，然尚非文之至；文之至者通乎神明，人力不及施也[⑪]。先生以为然乎？

惠寄之文，刻本固当见与，抄本谨封还[⑫]。然抄本不能胜刻者。诸体中，书、疏、赠序为上，记事之文次之，论辩又次之。鼐亦窃识数语于其间[⑬]，未必当也。《梅崖集》果有逾人处[⑭]，恨不识其人。郎君令甥，皆美才未易量，听所好恣为之，勿拘其途可也[⑮]。于所寄文，辄妄评说，勿罪勿罪。秋暑惟体中安否[⑯]？千万自爱。七月朔日[⑰]。

①糅（róu）：杂。绌（chù）：不足。

②亦若是已：也不过像这样罢了。

③野人孺子：粗鄙之人。以为声歌流管之会尔：认为就是种种歌声乐器声的会聚集合。

④五音：即宫、商、角、徵、羽。十二律：即黄钟、太蔟、姑洗、蕤宾、夷则、无射、林钟、南吕、应钟、大吕、夹钟、仲吕等十二律。五音指音，十二律指调。

⑤欧阳：即宋代文学家欧阳修。曾公：即宋代文学家曾巩。

⑥时济之：常常补益它。济：帮助，补益。

⑦陈：陈述。明当：明白、恰当。

⑧廉肉：古代音乐上的术语，孔颖达《礼记·乐记正义》：“廉，谓廉棱；肉，谓肥满。”

⑨芜：芜杂。

⑩数数得：屡屡得到，指得来容易。

⑪人力不及施：人力无法达到。

⑫见与：被赠与。谨封还：谨慎封包返还。

⑬识（zhì）：标记。

⑭《梅崖集》：朱仁琇，字斐瞻，建宁人，乾隆间进士，工古文，有《梅崖居士文集》。逾人处：过人之处。

⑮令甥：陈用光，字硕士，新城人，嘉庆进士，鲁洁非之甥，姚鼐门人，著有《太乙舟文集》。听所好恣为之：听任他们按自己的素好尽情去做。拘其途：局限他的发展。

⑯惟：思念。

⑰朔日：农历每月初一。

刘开

刘开（1784～1824），清代散文家。字明东，又字方来，号孟涂。桐城（今属安徽）人。桐城派作家之一，与方东树、梅曾亮等齐名，著有《孟涂诗文集》。

问说

【题解】此文仿唐韩愈《师说》而作，指出求学应当勤问。文章先由学与问的相辅相成写起，从正反两方面论述了好学尤当勤问，最后强调，为学绝不能少问，不应以问为耻，应当学习古人，以好问为美德。写作上的最大特点是运用了正反对比论证的方法。

君子之学必好问。问与学，相辅而行者也，非学无以致疑，非问无以广识①。好学而不勤问，非真能好学者也。理明矣，而或不达于事②，识其大矣，而或不知其细，舍问，其奚决焉③？

贤于己者，问焉以破其疑④，所谓“就有道而正”也⑤。不如己者，“问焉以求一得”⑥，所谓“以能问于不能，以多问于寡”也⑦。等于己者，问焉以资切磋，所谓交相问难⑧，“审问而明辨之”也⑨。《书》不云乎：“好问则裕⑩。”孟子论“求放心”，而并称曰“学问之道”，学即继以问也⑪。子思言“尊德性”，而归于“道问学⑫”，问且先于学也。

古之人虚中乐善⑬，不择事而问焉，不择人而问焉，取其有益于身

①致疑：发现疑问。致，得。

②达：通达。

③奚：何。决：判断。

④破：解开，除去。

⑤就有道而正：到有学问的人那里判定是非。语出《论语·学而》。

⑥一得：一点收获。语出《史记·淮阴侯列传》。

⑦能：才能。多、寡：兼指道德方面而言。语出《论语·泰伯》。

⑧资：借。切磋（chuō）：共同研究。问难（nàn）：诘问。

⑨审：详细。语出《中庸》。

⑩裕：丰富。语出《尚书·仲虺之诰》。

⑪求放心：找回放纵散漫之心。语出《孟子·告子上》。学即继以问：学之后紧跟着就要问。

⑫子思：孔子之孙孙伋（jí），相传《中庸》为他所作。德性：品德。道：经由。语出《中庸》。

⑬虚中乐善：虚心采纳善言善事。中，内心。

而已。是故狂夫之言，圣人择之[①]，刍荛之微，先民询之[②]，舜以天子而询于匹夫[③]，以大知而察及迩言[④]，非苟为谦，诚取善之弘也[⑤]。三代而下，有学而无问；朋友之交，至于劝善规过足矣[⑥]；其以义理相咨访，孜孜焉唯进修是急[⑦]，未之多见也，况流俗乎[⑧]？

是己而非人[⑨]，俗之同病。学有未达，强以为知[⑩]，理有未安，妄以臆度[⑪]，如是，则终身几无可问之事。贤于己者，忌之而不愿问焉；不如己者，轻之而不屑问焉；等于己者，狎之而不甘问焉[⑫]。如是，则天下几无可问之人。人不足服矣，事无可疑矣，此唯师心自用耳[⑬]。夫自用，其小者也；自知其陋而谨护其失[⑭]，宁使学终不进，不欲虚以下人[⑮]，此为害于心术者大，而蹈之者常十之八九[⑯]。

不然，则所问非所学焉：询天下之异文鄙事以快言论[⑰]；甚且心之所已明者，问之人以试其能；事之至难解者，问之人以穷其短。而非是者，虽有切于身心性命之事[⑱]，可以收取善之益[⑲]，求一屈己焉而不可得也[⑳]。嗟乎！学之所以不能几于古者[㉑]，非此之由乎？

且夫不好问者，由心不能虚也；心之不虚，由好学之不诚也。亦非不潜心专力之故，其学非古人之学，其好亦非古人之好也，不能问宜也。

①狂夫：狂妄的普通人。语出《史记·淮阴侯列传》。

②刍荛（ráo）：樵夫。刍，割草；荛，砍柴。语出《诗经·大雅·板》。

③匹夫：指平民。

④知：同“智”。迩言：浅近的话。

⑤非苟为谦：不是没道理的谦虚。诚：实在。弘：大。

⑥劝善规过：规劝行好事不行坏事。

⑦义理：道理。相咨访：互相请教。咨：询问。孜孜：勤勉的样子。进修：进德修业。

⑧流俗：世俗的人。

⑨是己：以己为是。非人：以人为非。

⑩强（qiǎng）以为知：不知道的硬说知道。

⑪安：安定，稳妥。臆度（duó）：主观猜测。

⑫狎：亲近而不敬重。

⑬师心：以己心为师。

⑭谨护其失：严密地掩盖自己的过错。

⑮虚以下人：不耻下问。下人：在人之下。

⑯蹈：实行。

⑰异文鄙事：奇字僻典和琐屑事物。快言论：说着玩。

⑱切于身心性命之事：与品德修养关系密切的事物。

⑲取善：得到教益。

⑳屈己：委屈、压低自己。

㉑几（jī）：接近，达到。

智者千虑，必有一失。圣人所不知，未必不为愚人之所知也；愚人之所能，未必非圣人之所不能也。理无专在[①]，而学无止境也，然则问可少耶？《周礼》“外朝以询万民”[②]，国之政事尚问及庶人[③]。是故贵可以问贱，贤可以问不肖，而老可以问幼，唯道之所成而已矣[④]。孔文子不耻下问，夫子贤之[⑤]。古人以问为美德，而并不见其有可耻也，后之君子反争以问为耻，然则古人所深耻者，后世且行之而不以为耻者多矣，悲夫！

①理无专在：真理不能由某人独占。

②外朝：朝堂之外。语出《周礼·秋官·小司寇》。

③庶人：平民。

④道之所成：学问道德方面的成就。

⑤孔文子：卫国大夫孔圉，谥号“文”。夫子贤之：孔子认为他是贤士。

龚自珍

龚自珍（1792～1841），字尔玉，又字璱人。更名易简，字伯定，又更名巩祚。号定庵，又号羽琌山民。仁和（今浙江杭州）人。他是中国近代文学的先驱，其诗气势磅礴，色彩瑰丽，散文多抒发其政治、社会思想，才情纵横，意气飞扬。著有《龚定庵全集》。

病梅馆记

【题解】本文又名《疗梅记》。文章借病态之梅影射清王朝种种制度的摧残人才。同时，作者表示要疗梅、救梅，恢复梅花的本来面目，反映了他反对封建束缚、主张个性解放的思想。托物言志，以梅喻人，托梅喻政，含义似隐而实显，具有言简而意远的特色。

江宁之龙蟠[①]，苏州之邓尉[②]，杭州之西溪[③]，皆产梅。或曰："梅以曲为美，直则无姿；以欹为美[④]，正则无景；以疏为美，密则无态。"固也[⑤]。此文人画士，心知其意，未可明诏大号[⑥]，以绳天下之梅也[⑦]；又不可以使天下之民，斫直、删密、锄正[⑧]，以夭梅、病梅为业以求钱也[⑨]。梅之欹、之疏、之曲，又非蠢蠢求钱之民，能以其智力为也。

有以文人画士孤癖之隐，明告鬻梅者[⑩]，斫其正，养其旁条；删其密，夭其稚枝[⑪]；锄其直，遏其生气[⑫]，以求重价，而江、浙之梅皆病。文人画士之祸之烈至此哉！

予购三百盆，皆病者，无一完者[⑬]。既泣之三日，乃誓疗之、纵

①江宁：今江苏南京市。龙蟠（pán）：即钟山，又称紫荆山。

②邓尉（yù）：山名，在今江苏苏州西南。山中梅开时一望如雪，号称"香雪海"。

③西溪：小河名，在今浙江杭州西北。

④欹（qī）：倾斜。

⑤固也：诚然，是啊。此语口头上承认有理，但同时引出坚决反驳。

⑥明诏大号（háo）：公开明白地大加呼号。

⑦绳：这里指约束、矫正（实是束缚）。

⑧斫：用刀斧砍。

⑨夭梅：受摧残的梅。病梅：病态的梅。

⑩孤癖：特有的嗜好。隐：心意。鬻（yù）：卖。

⑪夭：摧折。稚枝：嫩枝。

⑫遏（è）：抑制。

⑬予：我。完：完好、健康。

之、顺之[1]。毁其盆，悉埋于地，解其棕缚，以五年为期，必复之全之[2]。予本非文人画士，甘受诟厉，辟病梅之馆以贮之[3]。呜呼！安得使予多暇日，又多闲田，以广贮江宁、杭州、苏州之病梅，穷予生之光阴以疗梅也哉！

①纵：放开，任其所为。

②棕缚：缚梅枝的棕绳。复：恢复。全：痊愈，治好。

③诟（gòu）厉：辱骂。诟，骂。辟（pì）：开辟。贮：收容。

己亥六月重过扬州记

【**题解**】此文为作者1839年重过扬州所作。文章通过记述重过扬州的感受，描写了鸦片战争前期扬州的社会状况，并揭示了此时中国社会的衰败，既表现了对时局的忧虑，也反映了深刻的认识。文章内容看似平淡，但却处处透露出作者的忧虑。同时，运用今昔的对比，揭示扬州城的似盛实衰的本质。写酷暑季节热闹的扬州，却又从中感到一股萧瑟的秋气，烘托反衬，寓意深刻。

居礼曹，客有过者曰[1]：卿知今日之扬州乎？读鲍照《芜城赋》，则遇之矣[2]。余悲其言。明年，乞假南游，抵扬州，属有告籴谋[3]，舍舟而馆。

既宿，循馆之东墙，步游得小桥，俯溪，溪声欢。过桥，遇女墙啮可登者[4]，登之，扬州三十里，首尾屈折高下见。晓雨沐屋，瓦鳞鳞然，无零甃断甓[5]，心已疑礼曹过客言不实矣。入市，求熟肉，市声欢[6]。得肉，馆人以酒一瓶、虾一筐馈。醉而歌，歌宋、元长短言乐府[7]，俯窗呜呜，惊对岸女夜起，乃止。

①礼曹：礼部官署。当时龚自珍为礼部主事。过：访问。

②鲍照：字明远，南朝宋文学家。《芜城赋》：鲍照名作，写扬州在经历战乱后的荒凉景象。遇：感触，感受。

③属：手下。籴（dí）：买进（粮食）。

④女墙：矮墙。啮（niè）：缺口。

⑤甃（zhòu）：用砖修井，此指砖。甓（pì）：砖。

⑥市声：市津买卖的声音。欢：喧哗。

⑦长短言乐府：指词。由乐府歌曲发展而来，词又称长短句。

客有请吊蜀冈者[①]。舟甚捷，帘幕皆文绣，疑舟窗蠡彀也，审视[②]，玻璃五色具。舟人时时指两岸曰：某园故址也，某家酒肆故址也，约八九处，其实独倚虹园圮无存[③]。曩所信宿之西园，门在，题榜在[④]，尚可识，其可登临者尚八九处，阜有桂，水有芙渠菱芡[⑤]。是居扬州城外西北隅，最高秀。南览江，北览淮[⑥]，江、淮数十州县治，无如此冶华也[⑦]。忆京师言，知有极不然者。

归馆，郡之士皆知余至，则大欢，有以经义请质难者，有发史事见问者，有就询京师近事者，有呈所业若文、若诗、若笔、若长短言、若杂著、若丛书乞为序、为题辞者，有状其先世事行乞为铭者，有求书册子、书扇者[⑧]，填委塞户牖，居然嘉庆中故态[⑨]。谁得曰今非承平时耶[⑩]？惟窗外船过，夜无笙琶声，即有之，声不能彻旦。然而女子有以栀子华发为贽求书者[⑪]，爰以书画环瑱互通问[⑫]，凡三人，凄馨哀艳之气，缭绕于桥亭舰舫间，虽澹定[⑬]，是夕魂摇摇不自持。

余既信信[⑭]，拿流风，捕余韵，乌睹所谓风号雨啸、鼯狖悲、鬼神泣者[⑮]？嘉庆末，尝于此和友人宋翔凤侧艳诗[⑯]，闻宋君病，存亡弗可知。又问其所谓赋诗者，不可见，引为恨。卧而思之，余齿垂五十矣[⑰]，

①蜀冈：在扬州市西北四里。

②蠡彀（luó què）：即螺壳。审视：仔细看。

③圮（pǐ）：毁坏。

④曩（nǎng）：往昔，从前。信宿：住过两晚。题旁：即匾额楹联等题字之处。

⑤阜（fù）：土山。芙渠：荷花。菱：一年生草本植物，生在池沼中。芡（qiàn）：一年生草本植物，生在水池中。

⑥江：长江。淮：淮河。

⑦冶（yě）华：繁华。

⑧经义：经书之义。请质难：请求质疑问难、批评指正。业：从事，指写。若：举例，相当于"比如"。状其先世事行乞为铭：描述其先人的事迹品行请求写铭文。

⑨填委：堆积。户牖（yǒu）：门窗，代指房屋。居然：很像。嘉庆：清仁宗年号（1796～1821）。故态：旧时景象。

⑩承平：太平。

⑪栀子：常绿灌木或小乔木，花供观赏。贽：古时初次拜见长辈的礼物。

⑫爰（yuán）：因，于是。瑱（zhèn）：戴在耳垂上的玉。

⑬澹（dàn）定：恬淡沉静。

⑭信信：连住四晚。

⑮乌睹：哪里看见。鼯（wú）：灰鼠。狖（yòu）：黑色长尾猿。

⑯和（hè）：唱和。宋翔凤：字于庭，龚自珍好友，长州人。侧艳：浮华艳丽。

⑰齿垂五十：将近五十岁。

今昔之慨，自然之运，古之美人名士富贵寿考者几人哉？抑予赋侧艳则老矣；甄综人物，搜辑文献，仍以自任[①]，固未老也。天地有四时，莫病于酷暑，而莫善于初秋，澄汰其繁缛淫蒸[②]，而与之为萧疏澹荡，泠然瑟然[③]，而不遽使人有苍莽寥泬之悲者[④]，初秋也。今扬州，其初秋也欤？予之身世，虽乞籴，自信不遽死，其尚犹丁初秋也欤[⑤]？作《己亥六月重过扬州记》。

①甄（zhēn）综：鉴别、评价。自任：当作自己的责任。

②澄汰：清洗。繁缛：繁琐。淫蒸：暑热。

③泠（líng）然：清凉的样子。

④遽（jù）：很快。寥泬（xuè）：即泬寥，寥阔空虚。

⑤丁：正值。